CB078685

Alma e Sangue

O Despertar do Vampiro

Nazarethe Fonseca

Alma e Sangue

O Despertar do Vampiro

ALEPH

Copyright © Nazarethe Fonseca, 2009
Copyright © Aleph, 2009

CAPA: Thiago Ventura
Luiza Franco
ILUSTRAÇÃO DE CAPA: Ronaldo Inc.
PREPARAÇÃO DE TEXTO: Eric Novello
REVISÃO: Luciane H. Gomide
PROJETO GRÁFICO E EDITORAÇÃO: Guilherme Xavier
COORDENAÇÃO EDITORIAL: Débora Dutra Vieira
DIRETOR EDITORIAL: Adriano Fromer Piazzi

Todos os direitos reservados.
Proibida a reprodução, no todo ou em parte, através de quaisquer meios.

ALEPH PUBLICAÇÕES E ASSESSORIA PEDAGÓGICA LTDA.
Rua Dr. Luiz Migliano, 1110 – Cj. 301
05711-900 – São Paulo – SP – Brasil
Tel.: [55 11] 3743-3202
Fax: [55 11] 3743-3263

www.editoraaleph.com.br

Dados Internacionais de Catalogação na Publicação (CIP)
(Câmara Brasileira do Livro, SP, Brasil)

Fonseca, Nazarethe
Alma e sangue : o despertar do vampiro /
Nazarethe Fonseca. -- São Paulo : Aleph, 2009.

ISBN 978-85-7657-080-6

1. Romance brasileiro I. Título

09-06166 CDD-869.93

Índices para catálogo sistemático:

1. Romances : Literatura brasileira 869.93

Introdução

Hoje

A máquina de escrever estava à sua frente. A folha presa no rolo continuava em branco. A jovem fitava o teclado da máquina e tamborilava os dedos no tampo da mesa de madeira. Estava indecisa. Sabia o que escreveria, mas não tinha a menor ideia de como começaria a contar sua história e a dele. Já fazia tanto tempo... Refletiu melhor. Não era tanto tempo assim, não para eles. Secou a testa com o lenço delicado e o guardou no bolso da calça jeans. São Luís estava muito quente, provavelmente choveria durante a madrugada.

Ergueu os olhos para a lâmpada amarelada e desejou que fosse mais clara e forte. Abriu um ruidoso saco de papel e conferiu seu conteúdo, perguntando a si mesma se havia comprado tudo de que precisaria. Havia corretivo, fita para máquina, papel, caneta, bloco de anotações, lápis e envelope. Estava tudo lá, menos como começar. Ergueu-se da cadeira e andou impaciente. Parecia um animal enjaulado num quarto deveras pequeno, que por pouco não tinha espaço para um velho guarda-roupa de portas arranhadas, uma cama com colchão de molas e sua arca.

Desviou a atenção para a janela. Fitou a rua da Estrela e logo à frente o prédio da Secretaria dos Transportes. Estava vazio devido ao adiantado da hora, e não mais se viam transeuntes na rua. Aqui e ali um carro deslizava pelo calçamento desgastado pelo tempo. Voltou a encarar a máquina como se fosse sua inimiga.

Faltava algo, mas o quê?, questionou-se, respirando o ar noturno. Assim como todos os quartos do velho casarão, o seu também era alugado, humilde e silencioso. Ninguém se incomodaria com sua ausência. Era perfeito, pensou, enfiando as mãos nos bolsos. Por uns instantes, o som de passos no corredor chamou sua atenção. Virou a cabeça e esperou alerta, mas nada aconteceu, decidiu voltar à janela. O brilho das luzes da cidade era encantador demais para não ser observado. Uma lembrança a sacudiu: as luzes de Paris. A saudade apertou seu peito. Fazia apenas uma semana que estavam longe um do outro.

– Deus, como te amo, como sinto tua falta – sussurrou em francês.

Fitou o céu escuro e viu as estrelas cintilantes amparadas pela lua crescente. Pareciam pedir sua atenção.

– Claro, é isso! – falou, voltando à mesa muito feliz.

Fez a margem e deixou um grande espaço, escrevendo entre aspas: "O mundo é um lugar maravilhosamente estranho e perturbador. Olhamos para cima e só vemos o céu, na eterna repetição de dias e noites. Não percebemos a mágica que os separa. Garanto que são bem mais do que horas, minutos e segundos. Para mim, estão separados por vidas, está aí o grande mistério". Um sorriso de satisfação surgiu em seus lábios.

Kara finalmente havia conseguido. A noite estava apenas começando. O melhor a fazer era continuar, pois ainda tinha muito para contar.

UNIDADE I

Kara Ramos

01. A reforma

Destino. Essa palavra pode parecer drástica para algumas pessoas, mas nunca foi para mim. Ele sempre nos leva a acreditar em coisas que estão fora do nosso alcance, que imperam absolutas sobre nossa vida com a mesma força do vento soprando sobre o mar. Veja bem, se você morresse hoje, na flor da juventude, diriam que morreu jovem e nada aproveitou da vida. Se morresse de maneira violenta, todos diriam que foi uma fatalidade. Contudo, morrer numa cama de hospital ou de modo mais sereno pareceria natural.

Obviamente nossos destinos estão fora do controle. É claro que há acasos maravilhosos, por exemplo, ganhar na loteria e encontrar sua cara-metade ou um lugar vazio no ônibus. Sorte ou merecimento? Difícil dizer, porque é assim que vemos a vida, e ela está totalmente fora do nosso comando. Entretanto, há momentos em que temos a nítida impressão de que podemos escolher. Isso é uma grande ilusão.

No meu caso, acredito que tive dois momentos: pude escolher e pouco depois aceitar o que me foi imposto. Não tenho reclamações a fazer. Sinto-me muito bem diante de minhas decisões. Há limites, é claro, mas assim são as coisas.

Bem, esse é o presente. Quero recuar no tempo cinco anos para começar minha história. Parece que foi ontem que recebi um telefonema de Roberto, meu amigo e sócio. A princípio, ele não quis revelar o motivo do chamado de urgência, apenas disse:

– Venha, você vai gostar da surpresa!

Larguei o que estava fazendo, peguei o velho jipe e fui direto falar com ele. Achei aquilo esquisito. Roberto não costumava guardar segredo. Na faculdade era chamado de Boca de Chafurdo. Sempre achei um apelido meio feio e jamais o chamei assim, pois apelidos só servem para humilhar as pessoas. Contudo, nunca lhe revelaria algo.

São Luís estava num daqueles dias quentes e abafados. O céu estava tão azul que poderia cegar, e o movimento das pessoas era intenso no centro da cidade.

Naquele momento, arrependi-me por não ter posto a capota. Antes mesmo de chegar ao sinal vermelho, abri o porta-luvas e peguei meu boné. A pequena proteção esfriou minha testa úmida de suor. Diante do prédio, desci apressada e cruzei o canteiro, seguindo pela passarela arborizada. Na recepção, falei com Regina e, como de costume, subi para a sala de Roberto onde era esperada. Anunciei minha entrada com uma leve batida na porta.

– Entre! – a voz de Roberto soou calma do outro lado. A mudança de temperatura foi tão repentina que comecei a espirrar.

Murmurei um pedido de desculpas e notei que Roberto não estava sozinho. Minha aproximação colocou ambos de pé.

– Sr. Lambert, esta é Kara Ramos, a mulher de quem falávamos – Roberto iniciou as apresentações de maneira agradável.

– Muito prazer – disse, estendendo-lhe a mão de modo confiante.

– O prazer é meu – respondeu, revelando um indisfarçável sotaque francês.

Lambert aparentava uns 40 anos. Tinha a pele clara e olhos escuros que me avaliavam de maneira quase desconfortável. Mantive a calma e o fitei do mesmo modo, fazendo-o desviar o olhar. Naquele momento, percebi o que estava acontecendo. Tratava-se de um encontro de negócios. Tive vontade de gritar com Roberto. Ele devia ter me avisado pelo telefone. Certamente perderia a oportunidade. Quem em sã consciência entregaria um trabalho de restauração nas mãos de alguém com a aparência de uma adolescente desleixada? Sim, pois era essa a minha aparência naquele momento. Pensei em tirar o boné, mas desisti. Meu cabelo devia estar coberto de poeira. Levei a mão discretamente à cabeça e ajeitei o rabo-de-cavalo, temendo chamar atenção.

Roberto nos convidou para sentar. Arrependi-me no mesmo instante, mas mantive a calma e fiquei imóvel na poltrona de couro. A camiseta havia colado no encosto. Passei o dedo pela gola e percebei o quanto estava manchada de tinta. A pobre malha mais parecia um quadro impressionista. O estilo, lógico, era pontilhismo. A calça jeans também não estava lá essas coisas, toda desbotada e surrada. Para piorar, havia um rasgo que deixava entrever metade de minha coxa. É preferível nem falar do tênis, cheio de manchas. Contive meu aborrecimento e sorri amavelmente.

– Bem... – Roberto começou, sorridente. – Sr. Lambert é advogado e está aqui representando os interesses de seu cliente, o senhor Paul Rohan.

Roberto olhou-me como se devesse participar de sua alegria quase absurda. Fitei seu rosto suplicante e devolvi um olhar que ele conhecia muito bem.

– Ah, o dono do casarão da rua do Sol! – falei rindo de modo diabólico. Roberto sempre soubera minha opinião a respeito daquela família de assassinos culturais. – Como poderia esquecer? A família finalmente resolveu recuperar a casa? – perguntei, sentindo-me muito mais à vontade na presença daquele sujeito de ar petulante.

– Exatamente. Paul resolveu reformar a casa – informou Lambert, com um sorriso cínico. Ele parecia muito íntimo de seu cliente, pois além de ter carta branca para resolver os problemas, chamava-o pelo primeiro nome.

– Fico feliz em saber.

– Foi uma decisão acertada da parte dele – continuou Lambert, orgulhoso com a atitude de seu patrão.

– Se esperasse mais alguns anos, a casa viria abaixo e o prejuízo seria bem maior.

O homem me fitou demoradamente e repetiu o sorriso que começava a me incomodar.

– Quer dizer que o senhor Rohan pretende se estabelecer em São Luís? – perguntou Roberto, tentando recuperar o clima sociável da conversa.

– Entendiu-se na Europa e decidiu explorar um lugar paradisíaco. Vá entender. Estou aqui para organizar sua chegada e alguns negócios pendentes.

– Depois de 125 anos, finalmente o velho casarão vai ser habitado.

– Parece bem informada a respeito do casarão, srta. Ramos.

– No meu ramo de trabalho, tenho que estar. Aquela casa é patrimônio histórico cultural de São Luís. Seu estado incomoda muita gente. – Com esse comentário, ele mudou a expressão. Tornou-se amável e respeitoso.

– Posso garantir que essa preocupação dominou os pensamentos de Paul nos últimos meses, desde que se tornou herdeiro. Mas os negócios a resolver eram muitos e só agora ele pôde dar atenção ao casarão.

– Entendemos perfeitamente – interveio Roberto, bancando o conciliador inocente.

Assim como eu, Roberto sabia muito bem que a casa era apenas uma das muitas propriedades que a família possuía. Ela estava em péssimo estado de conservação. Deixar um casarão colonial caindo aos pedaços era um crime imperdoável. Desde que fora comprada pela família em 1872, ninguém além do vigia a habitava. Havia sofrido várias reformas durante esses anos, mas nada que fosse bem-feito. Já haviam se passado vinte anos desde a última obra.

– Vejo que vim ao lugar certo.

– Acredito que sim – falou Roberto, pronto para iniciar a autopropaganda. – Nossa empresa conduziu com grande êxito a maior parte das reformas e restaurações da cidade. Trabalhamos com todo tipo de restauração: móveis, obras de arte, livros, casas...

– Obrigado, sr. Roberto, mas já conhecemos o perfil da empresa. Tenho informações detalhadas sobre os seus serviços. Paul faz questão de que a senhora Ramos cuide pessoalmente da restauração. Ele viu um dos seus trabalhos e gostou muitíssimo.

Lambert lançou um olhar desejoso sobre mim. Achei seu comportamento impróprio, mas não dei muita importância. Estava completamente fascinada com a ideia de ter chamado a atenção dos Rohan. Pelo menos eu havia conseguido, depois de o pobre casarão passar anos esquecido. Decidida a conseguir mais informações, falei de maneira amável:

– Ele gostou do quê, especificamente?

– Paul pode nunca ter vindo a São Luís ou ao seu país, mas sempre se manteve informado do estado da casa. Ele procurava a pessoa certa para o serviço, e você o impressionou bastante. Paul adquiriu algumas peças restauradas por você.

Aquilo explicava somente uma parte. Fiquei ainda mais curiosa e quis saber do restante.

– Fala como se o sr. Rohan já me conhecesse.

– Ele viu sua participação no documentário sobre Alcântara que passou na televisão – parou um instante. – É esse o nome certo?

– Sim, é Alcântara – Roberto falou satisfeito.

Fiquei muito nervosa no dia das gravações e quase desisti, mas fiz o sacrifício para divulgar a história e as belezas da Festa do Divino. Além disso, Roberto achou que ajudaria a promover nossos serviços. Pelo visto, funcionou. Durante algum tempo, a conversa girou em torno do documentário. Lambert deixou escapar algumas observações feitas por seu cliente. Nada significativo.

– A equipe de filmagem ajudou bastante.

– Além de bonita é humilde – comentou, fazendo Roberto erguer a sobrancelha, sério. Lambert tinha novamente a expressão provocante no rosto. – Realmente, uma grande profissional. Quero acertar todos os detalhes imediatamente, se possível.

Roberto sorriu e fez as primeiras perguntas. Os valores, nada baixos, começaram a ser discutidos de forma vaga. O preço real só poderia ser estabelecido mediante uma avaliação profunda em toda a casa. Lambert aceitou as exigências de Roberto e fez as de seu cliente.

Tinha trazido consigo fotos da casa, plantas e alguns desenhos muito antigos que datavam de 1869. Eles mostravam salas e quartos e se assemelhavam a um tipo de catálogo de vendas. Percebi que aquela reforma havia sido planejada com bastante cuidado e me senti um pouco injusta por fazer mau juízo de Paul Rohan. Lambert estava a par de quase todos os detalhes de uma restauração daquele porte. Seu único problema era a pressa, que soava exagerada. Só muito depois eu viria a descobrir o porquê.

Estávamos em volta da mesa coberta de papéis e fotos. Coloquei algumas fotos debaixo de uma lente poderosa para fazer um exame mais detalhado e notei que eram de épocas diferentes, mas idênticas. Minha cabeça começou a trabalhar. Por que motivo alguém as repetira? O fotógrafo havia escolhido as mesmas posições ou eram simplesmente cópias das primeiras? Estavam tão gastas pelo tempo. A última hipótese era a mais aceitável: talvez para manter o mesmo estilo no decorrer das diversas restaurações sofridas pela casa.

– Deve levar pelo menos um mês para recrutar todo o pessoal, isso na melhor das hipóteses – falei um pouco preocupada com sua pressa.

– E quanto ao orçamento final?

– Daremos uma resposta definitiva dentro de uma semana – informou Roberto, entrando em concordância comigo.

– Perfeito. Em uma semana poderei avaliar a casa com cuidado e fazer um relatório completo. Desse modo, evitaremos futuros desentendimentos – falei, fitando seu rosto um tanto desgostoso.

– Paul me deu um prazo meio apertado – comentou, quase em tom de confissão.

– Quanto tempo? – perguntou Roberto, oferecendo-lhe café, que ele aceitou de pronto.

– No máximo um ano.

– Com esse prazo teremos problemas. Esse tipo de serviço exige tempo e paciência.

– E dinheiro – disse Lambert, interrompendo o raciocínio de Roberto, que entendeu de imediato a insinuação. – Preciso estabelecer uma data – prosseguiu.

– Possivelmente dois anos, se não houver atrasos – afirmou Roberto, tentando não enganá-lo e tampouco o assustar demais. Lambert depositou a xícara sobre a mesa e declarou espantado:

– Impossível! Paul jamais aceitará um prazo tão longo.

– Estaria enganando seu cliente se aceitasse isso – falei, tirando os óculos para vê-lo melhor. – Sou uma profissional e costumo trabalhar com tempo. Não gosto de ser enganada nem de enganar. Acredito que Paul Rohan se sentiria ofendido se eu entregasse um serviço mal-acabado. Proponho primeiro a avaliação, daí poderei falar algo mais concreto.

Lambert sopesou minhas palavras, nos olhou durante alguns segundos e falou:

– Concordo, mas quero a avaliação dentro do prazo estabelecido. Nem um dia a mais – falou tentando manter-se à frente das decisões. – Dinheiro não é problema.

Por certo Lambert achou que nos jogaríamos a seus pés e iríamos garantir o término da obra para dois dias. No nosso ramo não havia disso, não muito. Reformas e restaurações são projetos delicados e trabalhosos que exigem comprometimento. Roberto sabia disso e não se fez de tolo. Pediu um pequeno adiantamento para as primeiras despesas.

– O vigia faleceu recentemente – falou no acerto dos últimos detalhes. – Portanto, terão de contratar outro o mais breve possível. A casa não pode, em hipótese alguma, ficar desabitada. Ela ainda guarda móveis antigos e outros objetos. Acredito que o adiantamento é suficiente para cobrir esse tipo de despesas – comentou, com um leve toque de cinismo dirigido a Roberto.

– Certamente – falou Roberto, retribuindo o sorriso enquanto recebia as chaves. Trocaram um olhar de respeito mútuo, afinal eram duas raposas das mais espertas. Depois das despedidas educadas, ele partiu, deixando o material e um telefone para contato.

– É inacreditável que este dia finalmente tenha chegado – falei, voltando para a mesa. Estava feliz por poder examinar com mais liberdade o material.

– O que achou dele? – perguntou Roberto.

– Normal.

– Não me venha com essa! Notei o modo como o olhou por cima dos óculos. Sempre que faz isso está analisando o caráter de alguém. Será que podemos confiar nele?

– Desconte o cheque e descobrirá.

– Nada de brincadeiras, quero a verdade. Confio em seu julgamento, porque ele nunca falha – disse, indo se sentar.

– Pelo que pude notar, ele parece confiável. A paciência guarda apenas para o seu cliente. Não me pareceu alguém que ceda com facilidade. Além de ser muito esperto e vivo, para ser franca. Mas...

– Mas?

– Está escondendo algo – falei com certeza de meu julgamento.

– Como o quê?

– Não faço a menor ideia. Mas há algo de estranho nessa pressa absurda.

– Não gostei dos olhos cobiçosos sobre você.

– Por favor, Roberto. Para você todo homem me deseja. Lambert me pareceu preocupado, mas são apenas suposições.

– Feliz? – perguntou, já de pé ao meu lado, colocando as mãos sobre meus ombros.

– Muito, mas...

– Eu sabia. Será que você nunca fica feliz? – perguntou, abraçando-me carinhosamente. – Isso não é normal, Kara. Todas as mulheres que conheço ficariam mais do que satisfeitas com um acontecimento assim. Ficar à frente de uma reforma desse porte é algo muito importante – disse, beijando meu pescoço.

Como sempre, Roberto estava tentando tirar proveito da situação. Ao me abraçar, parecia não ter controle de si. Ele nunca tinha passado de um grande amigo, mas em sua cabeça a ideia era outra. Ele sonhava com mais, muito mais. Toquei suas mãos sobre minha cintura e me virei para ele. Seus olhos brilhavam apaixonados, cheios de desejo. Naquele momento, lamentei por nós dois. Não gostava de Roberto como ele gostava de mim. O que sentia nada mais era do que amizade.

– Vamos sair para comemorar, jantar num lugar elegante e beber champanhe – sugeriu, apertando minhas mãos entre as suas.

Olhei para Roberto de modo carinhoso e sorri. Lembro-me de quase sempre comparar sua figura à de Lucas. Ele era muito bonito, forte e tinha um metro e oitenta de altura. A mesma altura e mesmo porte. Talvez a única diferença fosse a cor da pele. Lucas era moreno claro suave. Já Roberto era mais mulato com traços marcantes. Tinha um sorriso largo, luminoso e sensual que derretia o coração de qualquer mulher, menos o meu. Seus olhos castanhos-claros eram acentuados pelas sobrancelhas grossas e pelo cabelo curto. Ele e Lucas tinham sido grandes amigos.

– Você sabe a resposta.

– Às vezes me pergunto quem realmente morreu, se foi você ou o Lucas?

Já esperava sua represália, mas não pensei que fosse me magoar tanto.

– Odeio quando faz isso – comecei, soltando suas mãos e voltando a guardar os papéis sobre a mesa rapidamente. Queria fugir, sair da sala o mais depressa possível para evitar o assunto, como sempre fazia. As lembranças me perturbavam, traziam fantasmas que desejava ardentemente esquecer.

Notando meu estado, Roberto tentou se desculpar, mas era um pouco tarde.

– Desculpe, Kara. Sou um desastrado, mas dói muito vê-la assim.

– Assim como? Sozinha? É isso que quer dizer? – perguntei, virando-me com raiva.

– Sim, sozinha. Você sempre foi tão alegre e comunicativa. Vivia fazendo os outros rirem, dançava, ia a festas. Droga, Kara. Eu quero você de volta. Lembra-se de quando estávamos na faculdade?

– Faz muito tempo – falei, apertando a pasta em minhas mãos, fitando o vazio. Recuei no tempo e me vi ao lado de Lucas, andando pelos corredores com a mochila nas costas, despreocupada e feliz.

–Você lembra?– perguntou, aborrecido com meu silêncio. – Claro que lembra, está só mentindo para si mesma. Mude de casa, de bairro que seja, mas esqueça o Lucas, pois ele morreu! – gritou, perdendo a compostura e a paciência.

– Quem você pensa que é? – perguntei, magoada com sua atitude. Ele era meu marido! Eu assinei a documentação para que liberassem o corpo. Cada vez que olho você, Roberto, eu vejo o Lucas.

Minha voz parecia estar presa dentro da garganta. Roberto olhava triste e envergonhado por ter começado tudo aquilo. Dei-lhe as costas e recolhi minhas coisas, pronta para sair da sala. Só parei diante da porta, a seu pedido.

– Espere um instante, Kara! Como pude ser tão estúpido? Magoei você num dia especial – disse perturbado, aproveitando para segurar a porta e me impedir de fugir.

– Gostaria realmente de esquecer o Lucas, mas não posso. Acredito que ninguém possa me ajudar a fazer tal coisa.

02. O casarão

Um dia depois, Alva e eu estávamos prontas para começar a avaliação da casa. Munidas com mochilas e lanternas, parecíamos arqueólogas em busca de um achado histórico. Tínhamos um bom motivo para isso: o sistema elétrico estava desligado. Uma medida de segurança para proteger o imóvel contra um possível incêndio, já que a parte elétrica estava danificada. Com toda certeza passaríamos o dia inteiro naquela avaliação. Estava eufórica com a ideia de desvendar todos os cômodos. Desliguei o carro e retiramos o material de dentro do jipe. A expectativa de entrar no casarão não me deixava respirar direito, mas mantive o controle diante de Alva.

Deslizei a mão pela superfície da porta e senti a madeira se dividir em duas folhas. A tinta descorada e áspera se desfez sob meus dedos. A chave moveu-se ruidosa na fechadura, e a porta cedeu a meu empurrão. Olhei à minha volta e deparei com uma situação profundamente fascinante.

Deveriam ser aproximadamente nove horas da manhã. O sol atravessava os vitrais quebrados sem pudor, desvendando delicadamente cada segredo e lançando fachos de luz no chão empoeirado. As pequenas partículas flutuavam no ar serenas, em meio ao silêncio reinante em toda a casa. Reflexos coloridos podiam ser vistos nas paredes e no chão.

A cada passada que dava, sentia-me uma invasora, assustada com o eco dos meus próprios passos. A admiração de Alva era evidente diante do que via. Tudo à nossa volta cheirava a mofo. Aqui e ali encontrávamos taliscas quebradas, vidros pelo chão e até mesmo restos de papel e latas de refrigerantes, lixo deixado pelo antigo vigia. No *hall* de entrada havia cadeiras cobertas com lençóis encardidos e empoeirados. As teias de aranha iam de um canto a outro das paredes, onde pequenos cadáveres de insetos descansavam sem vida.

– Vamos começar? – perguntou Alva, tirando-me do estado hipnótico em que me encontrava desde que entrara.

Alva e eu colocamos nossas máscaras para evitar a poeira e testamos as máquinas fotográficas. Liguei o gravador e fiz uma pequena introdução sobre o assunto dizendo a data, hora e o local. Trabalhamos em silêncio, envolvidas pela atmosfera do casarão. Seguimos registrando os inúmeros problemas à nossa volta. A mobília tinha sido deixada no lugar, com exceção de quadros, tapetes e outros objetos que descansavam em caixas empilhadas pelos cômodos. Todo o resto estava em desordem, coberto com trapos, largado à mercê do tempo. Nem todo dinheiro do mundo justificaria tal abandono. Maldito Rohan.

– Que acha? – perguntei a Alva, enquanto examinava as paredes descascadas.

– Fantástica. Penso em como puderam deixá-la sem cuidados durante tantos anos. Chega a parecer proposital – falou, retirando o lençol dos móveis para melhor observar os danos.

– Sempre me fiz a mesma pergunta. Pelo menos, ela finalmente terá um morador. Quanto tempo acha que levaremos para colocá-la em perfeitas condições? – Eu queria uma terceira opinião.

Alva balançou a cabeça, e suas trancinhas e contas balançaram junto, num som familiar aos meus ouvidos.

– Um ano, talvez mais. Vai depender muito do que vamos encontrar pela frente e do pessoal contratado. Olhe a cor deste veludo. Ele é lindo. Pena estar tão gasto. Quero dizer, podre – disse ao ver um pedaço da cadeira se desfazer em suas mãos.

– Adoro este tom de vermelho – comentei, tocando-o com certo carinho, enquanto meus olhos deslizavam sobre aquele pequeno pedaço do passado. Coloquei-me de pé e dividi minhas certezas com Alva. Retirei a agenda da mochila, coloquei os óculos e li minha pequena lista de cômodos. – Três andares. No primeiro são dez cômodos, no segundo, doze e no último, catorze, sem contar a dispensa, o átrio, o sótão e um pequeno quartinho transformado em adega pelo antigo dono.

– Quarenta cômodos fechados? – perguntou ela, enquanto fotografava o teto. Estava interessada nos lambris soltos e nas manchas escuras que anunciavam um vazamento.

– Exato. Faltam cinco abertos contando com o *hall* de entrada de cada andar – completei, pensando em quanto teríamos de trabalhar naquela casa.

– Tem alguma ideia do motivo do abandono?

– Não. E acredito que ninguém neste Estado saiba. Os Rohan sempre se mantiveram distantes, nunca pisaram em solo brasileiro. Jamais a alugaram, venderam ou habitaram.

Aquele realmente era um assunto do qual queria manter-me afastada. O abandono daquele casarão sempre me pareceu algo absurdo, mas não era da minha conta. É claro, nunca escondi que gostaria de vê-lo habitado e restaurado, mas daí a falar deles, os Rohan, era bem diferente.

– É tão estranho o modo como a trataram.

– A casa teve a má sorte de cair nas mãos de pessoas que provavelmente a veem apenas como mais uma propriedade.

– Ela deve valer bastante, considerando o quanto vai custar a reforma – falou, parando diante da primeira porta fechada. – Com certeza pensam em vendê-la para recuperar o investimento.

– Pelo contrário. Rohan está resolvido a morar na casa.

– Paul Rohan é casado? – perguntou Alva, com um sorriso brincalhão.

– Não faço a menor ideia. Vai se candidatar?

– Claro! E se quer saber, dizem que os franceses são malucos pelas mulheres negras. Imagine, eu, Alva Maria Rohan?

– Vai me convidar para a cerimônia? – perguntei, dando corda para ouvir mais uma de suas brincadeiras.

– Óbvio! Quem acha que vai carregar a cauda do meu vestido de noiva?

Acho que ainda não descrevi Alva. Falarei dela agora que já conhecem o seu bom humor. Ela é o tipo de mulher que quando passa em uma calçada todos se voltam para vê-la desfilar, exibindo sua beleza negra trigueira. É alta e benfeita de corpo, tem os olhos brilhantes e vivos, a boca bem desenhada, o busto cheio e as pernas torneadas. Está quase sempre de cabelos trançados. Ela os joga sobre os ombros para que deslizem pelas costas em finas trancinhas. Eu e Lucas a conhecemos por intermédio de Roberto. Formávamos um quarteto bastante alegre. Não era raro nos encontrarmos em festas, clubes e praias. Ser sua amiga não era tarefa difícil. Nada nem ninguém parecia aborrecê-la e era uma ótima profissional. Após terminarmos a faculdade, nos unimos à empresa de minha família para trabalharmos juntos. Pena que papai jamais tenha podido nos ver ao lado de tio Júlio, trabalhando como ele sempre sonhara.

– A parte hidráulica está horrível, a água não sai e quando sai tem cor de ferrugem – enquanto falava, bebericava um refrigerante quente.

– Se fosse apenas o encanamento! Há também cheiro de rato morto. – Disse, voltando-se em minha direção. Perdemos o apetite. Claro que era comum em casas velhas e fechadas encontrar animais mortos, mas estava fedendo muito para ser apenas isso. No corredor que levava até o terceiro andar fedia com mais intensidade.

– Podem ser os banheiros, mas não descarto a hipótese de um animal maior ter ficado preso. Os passarinhos costumam fazer ninhos em cantos como este, ainda mais com uma área aberta no centro da casa, podem ter atraído gatos.

– Deve ser um Rohan. Ele pode ter morrido e está apodrecendo lentamente sobre o piso de madeira, manchando tudo com seu sangue, embaixo de uma nuvem de moscas que o devoram devagar. Foi assassinado com um tijolo de seis furos! Seus miolos estão espalhados, fervilhando de vermes que devoram seus últimos pensamentos. – Alva falava com os olhos arregalados, fazendo-me rir da tolice.

– Alva, faça o favor – disse, passando pela porta. No meio do corredor, fitei seus dois extremos e recoloquei a mochila nas costas para esperar que recolhesse seu material.

– É o cadáver de um dos Rohan. Deus, como não havia pensado nisso! O pobre homem escorregou na sujeira dos pássaros, tropeçou no gato, caiu de cabeça, rolou escada abaixo e morreu sozinho – disse, fingindo chorar.

– Seu humor às vezes me assusta – comentei, pondo a máscara.

Seguimos pelo corredor e subimos a escada. No terceiro andar, numeramos portas e chaves para a identificação de cada ambiente. Demo-nos conta de quão grande era a casa quando percebemos que não ouvíamos mais o barulho da rua. O silêncio só era quebrado pelo som dos passarinhos que povoavam o átrio abandonado.

Sinais. Nunca pense que algo acontece sem fornecer um dado revelador, uma advertência. E bem ali na minha frente, estava um sinal de que algo estava errado. Mas como eu poderia imaginar? Era apenas uma porta arrombada e ratos mortos pelos cantos. Estavam cobertos de moscas e formigas. Tomei fôlego e me aproximei de um para descobrir a causa da morte, aproveitar que ainda estavam inteiros. Não havia sido o vigia. Ele tinha morrido há uma semana e a morte dos ratos era recente. Encontrei a resposta ao me afastar dos pequenos cadáveres. Havia marcas de passos ao longo de todo o corredor. Comparei com as minhas e com as de Alva.

– E aí, Sherlock Holmes, descobriu o assassino? – perguntou Alva.

Segui as pegadas pelo corredor de cabeça baixa e sem ouvir Alva até deparar com o quarto arrombado. A porta estava escancarada. O trinco fora arrancado e jogado no chão, totalmente retorcido. Os móveis estavam descobertos e revirados. A janela aberta deixava ver o átrio. O sol entrava livremente e clareava tudo. O quarto inteiro havia sido remexido. A cena me abalou. Esperava tudo, menos vandalismo.

– Será que há mais alguém na casa além de nós? – cogitou Alva, com medo.

Todo aquele tempo preocupada com a casa e tinha me esquecido da nossa própria segurança. Poderia ser um mendigo, um ladrão, qualquer pessoa.

– Seja lá quem for, não está mais aqui. Pegou o que encontrou e fugiu pela janela – falei, apontando as pegadas sumindo. Mas por que não voltou pelo mesmo canto?

– O que faremos?

– Temos que avisar o Roberto. Assim, pelo menos, garantiremos nossa proteção caso ele resolva voltar.

Retirei o celular da cintura e fiz a ligação. Como já esperava, ele ordenou que eu deixasse a casa imediatamente. Fingi não ouvir e exigi um vigia para o mesmo dia, pois pretendia deixar a casa pessoalmente em suas mãos.

– Sei que está ansiosa para ver esse serviço iniciado, mas daí a arriscar-se, Kara, eu não aprovo. Conte-me exatamente como as coisas estão e deixe que eu tire as minhas conclusões.

– O jovem vândalo revirou as gavetas, abriu o guarda-roupa, usou os lençóis como cama e, não achando nada de interessante, saiu pela janela. Satisfeito?

– Não. Como pode ter tanta certeza de que ele não está escondido na casa ou esperando para atacar você na próxima porta entreaberta? Estou indo para aí agora mesmo. – Falou sério.

Desejei que tio Júlio o pegasse saindo da empresa a troco de nada e lhe desse uma bronca.

– Roberto, este é o único cômodo aberto. Os demais estão trancados e apenas eu possuo a chave. Pelo que me consta, não existem cópias. Se vier, vai destruir seu belo terno. Seja sensato! Temos pouco tempo e esta bagunça é a prova. Se a casa sofrer algum dano maior, seremos os únicos responsáveis. A casa está tão vazia quanto meu coração – falei suavemente, enquanto Alva observava meus métodos nada ortodoxos. Pelo que conhecia dele, Roberto havia amansado.

– Porque você quer assim. Você já me perdoou?

– Digamos que entendo as suas boas intenções. – Não lhe dei uma resposta direta, pois se o fizesse ele certamente atacaria com o bom e velho "vamos sair juntos?". – Vou desligar agora, pois tenho muito que fazer.

– Espere! Prometa que vai pensar no meu convite.

– Não gosto de promessas, são quase sempre impossíveis de se cumprir. Mas prometo que vou pensar no seu caso.

– Isso é um sim ou um não?

– O que acha?

– Acho que é a mulher mais teimosa que já encontrei em toda minha vida.

– Ótimo, pois penso o mesmo a seu respeito.

Sua gargalhada foi franca e gostosa do outro lado da linha. Desliguei o telefone e fui para a janela.

– Ele nunca desiste, não é?

– Não. Gostei muito do quarto. É bastante claro e espaçoso. Acho que me instalarei nele depois que retirarem os móveis – comentei, mudando de assunto.

– A iluminação natural é realmente ótima.

Cobrimos os móveis e fechamos a janela e a porta. Daquele ponto em diante, seguimos com mais cautela. Alva trazia um estilete no bolso da calça, assim como eu. De certa forma, aquilo nos deixava mais tranquilas. Para minha felicidade, nada mais havia sido arrombado. O quarto principal estava totalmente mobiliado, exceto pelo tapete enrolado num canto. Havia até mesmo um enorme espelho preso a uma linda moldura de madeira. Infelizmente o cheiro ficava cada vez mais forte, mesmo sem haver ratos pelo chão. Vinha da porta do sótão.

Diferente das demais, ela lembrava à do quarto principal tanto em espessura quanto em beleza. Ambas traziam os mesmos entalhes. Lindas rosas cobriam a madeira formando o relevo. Definitivamente um trabalho caprichado.

A noite vinha mansa sobre a cidade. Tudo à nossa volta tornava-se um tanto turvo. O pequeno corredor era estreito e a lâmpada estava quebrada dentro do bocal obsoleto. Era claustrofóbico fitar a entrada do último cômodo. Apenas duas paredes levavam a uma única porta.

– Chegamos ao fim! Não aguento mais esse cheiro – reclamou Alva, tirando algumas fotos do teto.

– Você vai precisar do *flash*. Está muito escuro aqui – falei, procurando minha lanterna na mochila.

– Que horas são?

– Seis horas.

– Droga! Estou atrasada!

– Vai ser rápido. Abrimos a porta, batemos algumas fotos e depois você pode ir na minha frente. Eu espero o vigia no carro – comentei, cansada. Alva parecia uma louca revirando os bolsos da mochila, da jaqueta e das calças.

– O que está procurando?

– Acho que deixei o *flash* no segundo andar, volto já.

Antes que eu pudesse impedir, Alva sumiu pelo corredor, deixando-me sozinha diante da porta. Toquei-a com certo receio. Rosas e mais rosas decoravam aquele estranho emaranhado de talos e espinhos. De repente, percebi que não havia trinco. Olhei a argola de ferro em minhas mãos e constatei que todas as chaves estavam numeradas. Não havia chave para a porta do sótão! Decidida a abri-la, empurrei-a com as duas mãos. O esforço foi em vão. Tirei a mochila das costas e tentei com o ombro. A única coisa que consegui foi gemer de dor e ficar furiosa. A maldita porta parecia me chamar. Sentei no chão pronta para resolver o assunto e chutei com os dois pés, só conseguindo fazer barulho.

O que não imaginava é que, do outro lado da porta do sótão, havia uma sombra poderosamente alta que a cobria totalmente. Sua posição era de alerta, e quem quer que entrasse ali estaria morto em questão de segundos. Felizmente, não o fiz. Cansada, desisti de chutar a porta. Como saberia mais tarde, lá dentro havia uma criatura desconhecida. Sua mão branca tocou os pesados ferrolhos temendo por sua resistência. Estavam firmes, não se moveram um milímetro. Curiosa, fez uma pequena abertura na porta se abrir. Do outro lado, uma pétala deslizou e um olho profundamente azul me fitou, sem que eu percebesse.

Cansada de lutar com a porta, sentei no chão e enxuguei meu suor com um lenço. Será que o som de meu coração batendo tinha chamado sua atenção? Um gemido mais alto escapou de seus lábios. O som me fez levantar do chão assustada, para fitar a porta. O pequeno observatório foi fechado sem que eu percebesse. Achei que era barulho do vento. Cansada do mistério, introduzi uma lâmina na fresta da porta e atingi a mão do estranho, que recuou machucado. A lâmina ficou presa num local mais apertado e se quebrou.

– Ai, merda!

Quando me lembro do sangue escorrendo, imagino um sorriso brotando nos lábios carnudos do estranho e o cheiro convidativo chegando ao seu olfato. Para ele, o aroma devia ser semelhante a estar num jardim cheio de rosas. Sentada no chão, de costas para a porta, tentei controlar o ferimento. Senti um leve toque roçar meus cabelos, mas quando virei para trás não vi ninguém.

– Cheguei!

– Droga, Alva! Qualquer dia você vai me matar de susto! – falei, saindo de perto da porta.

– Não resisti. O que foi isso? – perguntou, vendo minha atadura improvisada.

– Meu estilete quebrou e me feriu. Nada muito sério.

– Mas está sangrando muito.

Fomos para o quarto principal e lá improvisei um curativo para que o sangue estancasse. Sentada com a mão para o alto, tive a nítida impressão de ouvir uma porta se abrindo. Distraída procurando outro lenço, Alva não notou nada. Podia ser só a escuridão, mas tive a nítida impressão de ver um vulto passar pelo corredor. Amedrontada demais para dar explicações, chamei Alva para que saíssemos da casa. Enquanto descíamos, ouvi o vento sussurrar meu nome.

– Kara...

03. Um mês depois

O som das marteladas soava incômodo pela casa. Homens andavam de um lado para outro carregando tábuas, latas de tinta, rolos de papel de parede, fios elétricos e canos. Como eu havia planejado, estava instalada no segundo andar. Dali podia controlar tudo mais tranquilamente. A companhia telefônica havia ligado uma linha temporária que interligava algumas salas, facilitando os acertos de material e pessoal. A eletricidade, por enquanto, só na base do improviso.

O pó estava por toda parte. O piso da cozinha era removido cuidadosamente, pois seria restaurado e recolocado no mesmo lugar. Ainda conservava o brilho do passado, mas uma infiltração levantava-o em alguns pontos.

A adega era pequena e organizada. Guardava uma grande quantidade de vinhos franceses, alguns muito antigos e caros. Foram devidamente contados e armazenados em caixas, pois as estantes estavam totalmente podres. Felizmente, consegui contratar todo o pessoal necessário. Tudo corria num ritmo que garantiria a entrega no prazo. Claro que ainda era cedo para comemorar. Certos problemas só surgiriam com o decorrer do tempo. Mesmo assim eu estava feliz e queria dividir minha felicidade com alguém além de Roberto e Alva. A solidão havia se tornado uma constante em minha vida desde a morte de Lucas. Às vezes preferia assim, mas as alegrias devem ser divididas com quem se ama.

– Kara? – chamou Alva atrás de mim. Eu estava diante da janela, perdida no tempo, fingindo ver o trabalho das pessoas lá embaixo no átrio. – Vamos descer o lustre para o conserto do telhado e limpeza. Pedro quer que você acompanhe a retirada.

Enxuguei as lágrimas, aborrecida comigo mesma, e segui Alva.

– Está tudo bem?

– Melhor não poderia ficar. Como estamos indo?

– Bem, os tapetes estão na limpeza, as telhas que pedimos vão chegar a partir de segunda-feira. Por enquanto é só. No fim do dia, vão entregar uma remessa de material. Parece que são mais lâmpadas e alguns lustres novos. No terceiro andar, as coisas estão indo bem na parte da carpintaria. As tábuas foram suficientes, e o pó está quase matando todos lá em cima.

– E a porta do sótão? – Durante todo aquele mês não havia restado tempo para me preocupar com ela. O trabalho parecia não terminar nunca. O recrutamento do pessoal, as listas de compras, pequenos detalhes, licenças, ajudantes, pedreiros, desenhos dos vitrais, tudo isso me fez esquecê-la. Lambert não sabia sobre ela, e sua existência não era mencionada nas plantas, o que me intrigava.

– Mestre Rodrigo escolheu um carpinteiro para o serviço. Segundo ele, o homem é um especialista em portas emperradas. Ele me prometeu que ela vai sair sem um arranhão.

– Assim espero. Quero ser chamada no exato momento em que for aberta – falei, seguindo-a pela escada do primeiro andar.

– Não se preocupe tanto, é somente uma porta.

– Estou curiosa. Acha normal que uma porta esteja trancada por dentro sem que ninguém esteja do outro lado?

– Deve estar apenas emperrada devido à umidade da casa, nada mais.

– E as fotos?

– Só sobraram as do corredor. Sinto muito, a máquina queimou o restante.

– Estávamos à sua espera – falou Pedro, tomando minha mão carinhosamente. Meu ritmo de trabalho era frenético.

Pedro era o irmão mais velho de Lucas e eu tinha um grande carinho por ele. Uma vez, chegou a me dizer que a melhor coisa que Lucas havia feito foi se casar comigo. As opiniões divergiam.

– O que acha? – falou, apontando o lustre sobre nossas cabeças.

– Parece bem seguro – disse, examinando o teto.

– Dou seguimento à operação?

– Sim, mas evite uma descida muito rápida. Aquela mancha é uma infiltração e a madeira está podre. – Comentei, acendendo um cigarro. Alva e Pedro se entreolharam e baixaram a vista.

– Está tudo bem, Kara?

– Vai ficar melhor quando o lustre estiver no chão em segurança.

O pesado lustre foi retirado sem problemas. A madeira gemeu e soltou lascas, não aguentando a descida. O cristal estava totalmente sujo, as teias de aranha iam de uma ponta à outra. Rapidamente, o pessoal contratado para a limpeza começou a desmontá-lo e guardar as peças.

– Que caixa é essa? – quis saber, vendo a madeira escura com a palavra "frágil" escrita em francês.

– Encontramos na adega. Pelo que parece é a caixa original de transporte dele.

– Menos um trabalho – comentei, já de saída. Olhei para o cigarro e notei que ainda estava apagado. Maldito vício! Peguei o isqueiro no bolso da calça e o acendi.

– Quantas vezes já tentou largar? – perguntou Alva, seguindo-me até a cozinha.

– Quatro.

– Gosto de sua força de vontade. Não há dúvidas de que um dia conseguirá.

– Alva, você certamente é a pessoa mais verdadeira que já conheci, e digo mais: se continuar assim, vai se candidatar à governadora do Estado.

– Deveria jogar os cigarros fora. E o isqueiro também – comentou, observando o objeto pendurado no meu chaveiro.

– Ele era do Lucas, não posso jogá-lo fora.

– Então dê a alguém, Kara. Vai ser mais fácil se não tiver fogo à mão.

Enquanto ela falava, eu olhava para o isqueiro de prata. Deslizei os dedos pela inicial gravada e me senti saudosa. O objeto era um marco de um tempo feliz que jamais voltaria e que eu tentava manter preso comigo. Até mesmo o hábito de fumar eu conseguira com Lucas. Péssimo hábito!

– Vou dá-lo a Roberto. Nada mais justo que fique com ele.

– Sabe, detesto hospitais e seria muito difícil visitá-la quando estivesse lá estendida numa cama, doente terminal de câncer, cheia de tubos para respirar.

– Obrigada, Alva, já entendi o recado.

– Acho que fico melhor de branco. Preto não me cai muito bem, mesmo em enterros – disse Alva risonha.

A cozinha parecia uma cirurgia de estômago. Havia canos expostos pelo chão esburacado, e os velhos canos de ferro estavam totalmente enferrujados. O encanador-chefe se aproximou e relatou o andamento do serviço, tudo corria bem. Seguimos pelo corredor e chegamos ao átrio, que estava sendo capinado. Pequenas plantas haviam crescido entre as pedras do piso.

A fonte ainda não havia sido retirada para limpeza. A bacia estava coberta de lodo. O anjo de mármore rosa no centro estava escuro e sem vida. Suas belas asas estavam sujas de cocô de pássaros, e o corpo coberto pelas ramas de uma trepadeira que crescera dentro da bacia a seus pés. Seu rosto e cabelos longos eram familiares. Voltei-me para as sacadas internas e observei a turma da lixa, que trabalhava com afinco nas grades de ferro. A tinta velha quase desaparecera e poucos lugares mantinham o tom de marrom que recobria os belos desenhos. Falei com o pessoal e recolhi algumas opiniões, reclamações e pedidos, para finalmente me sentar. Eu me sentia à vontade no meio daquela confusão de gente e de sons. Aquela casa era muito especial. Havia lugares encantadores, repletos de um gosto apurado para o prazer de viver. Ficaria muito confortável quando pronta.

– Kara! Teresa quer falar com você. É sobre a biblioteca, algo com as estantes. – avisou Alva, interrompendo o meu descanso.

Subi assim que pude. Teresa me pediu para colocar a máscara. Sua voz saiu abafada e distante detrás de uma grande pilha de livros. A biblioteca tinha sido desmontada. As estantes estavam vazias. Espalhadas pela sala limpa, havia mesas desmontáveis cheias de livros das mais variadas formas, cores e assuntos.

Teresa era dessas mulheres pequenas e de rosto infantil, que o tempo se esquece de tocar. Suas roupas descontraídas, porém recatadas, transmitiam responsabilidade. Teresa estava à frente da restauração dos livros. Fora contratada de última hora, pois nem mesmo Paul Rohan sabia que possuía uma biblioteca.

Com ela trabalhavam mais três pessoas, seus alunos. Havia caixas de papelão espalhadas por todos os cantos, algumas vazias e outras já lacradas com fita adesiva. Sentei e esperei Teresa terminar de passar instruções a um dos seus ajudantes. Quando finalmente falou comigo, já estava lendo um livro de poemas.

– Desculpe-me, não quis fazer você esperar. Estou muito empolgada com este serviço. Há livros aqui que provavelmente não se encontram nem na Biblioteca Nacional. São títulos muito raros, possivelmente originais da época em que foram lançados. A maioria está em francês, mas há muitos em inglês, alemão, russo, espanhol e até mesmo em português. Veja, este é de Gonçalves Dias – falou, mostrando o livro envelhecido. – Mas isso não é importante. Chamei você aqui por dois motivos. O primeiro é esta pasta – falou, colocando-a em minhas mãos. – Um dos meus ajudantes a achou escondida entre os livros.

A pasta, ou o que restava dela, era de couro escurecido. As fivelas estavam quase se desfazendo de tão velhas.

– Qual o outro motivo?

– Vamos aos fatos. Nós nos conhecemos há bastante tempo, e você sabe que eu gosto de levantar dados e analisar exaustivamente os fatos – começou, receosa.

– E?

– Não é melhor você mesma olhar? Assim poderá tirar suas próprias conclusões – falou, entregando-me o livro que lia ainda há pouco. – Cuidado, está descolado de tão antigo que é.

– Desculpe, mas não notei nada de diferente nele.

– Tudo bem, eu mostro o que descobri. – Ela pegou de novo o livro e o abriu, cuidadosamente, na primeira página. – “Jan Kmam, primavera de 1610” – traduziu, empolgada. Pegou outro livro sobre a mesa e fez o mesmo. – “Para Jan Kmam, de Otávio, 10 de abril de 1814.” São dedicatórias originais escritas a bico de pena. Aqui estão dez caixas e todas elas contêm livros da mesma pessoa, sobre o mesmo assunto. Falam de ocultismo, vampirismo, lendas, coisas desse tipo, e o dono é sempre Jan Kmam. – Abriu uma delas e entregou-me um dos livros que enchia a caixa.

– Leia, vamos – pediu.

– Lord Byron... Que tem ele? – perguntei, sem entender aonde ela queria chegar.

– Então não sabe a história do livro? Não me admira, poucas pessoas sabem.

– Não. Pensei que Lord Byron só escrevesse poesias.

– Ele escreveu em 1813 um poema explorando o tema em questão, ou seja, vampiros. Chamava-se "The Giaour" e também está entre os livros. Contudo, Byron não escreveu "The Vampire", não todo. Ele foi escrito por John Polidori, amigo e médico de Byron, de fragmentos anotados de uma história contada por Byron. Isso gerou muitos problemas e discussões. Byron nunca mais voltou a escrever sobre o tema. Mas o importante aqui não é o livro ou o autor, e sim o dono. "Jan Kmam, abril de 1819." Ele devia gostar da história, pois a adquiriu novamente. Veja, é uma coletânea editada em francês com obras de Byron e outra vez "The Vampire" foi incluído, claro que sem sua permissão. Aqui tem mais um, "E. T. A. Hoffman, Vampirismo", e este outro poema: "Der Vampire", por Heinriche August Ossenfelder, de 1748. Ele tem tudo sobre o assunto. Esse tipo de literatura ganhou espaço no mundo literário no século XIX. Antes, foi debatido pelo clero e por filósofos, tornando-se popular por meio de histórias populares. Houve peças, óperas com pouco público no início e até mesmo casas lotadas. Eram somente histórias de tavernas.

– Está me dizendo que todos estes livros pertencem a esse tal Jan Kmam?

– Exatamente. As datas nas dedicatórias e nas assinaturas são muito antigas.

– Tudo bem que os livros sejam dele, mas as datas não fazem sentido.

– Exato! As datas não batem. Ligando os pontos, o que temos é uma diferença enorme: 1610, 1748, 1819 e outras mais adiante. A diferença chega a quase duzentos anos de intervalo. As observações de Teresa realmente tinham fundamento.

– Podem ter passado de pai para filho – tentei.

– É uma hipótese, mas e quanto à letra? Ela é inconfundível.

– Não sei. Mas é muito inquietante.

Toquei os livros e confesso que fiquei com certo medo. Primeiro a maldita porta e por fim os livros de um fantasma de duzentos anos, pensei.

– Sabe a quem pertenceu a casa antes dos Rohan? Se soubéssemos de mais alguma coisa – disse Teresa, enquanto mexia na caixa.

– Estes livros pertencem a Paul Rohan e ele pouco se importa em saber quem foi o dono anterior, contanto que sejam dele agora. – Olhei o rosto circunspecto de Teresa e notei que havia sido rude. – Desculpe-me, Teresa. Não tive a intenção de ser grosseira. O que descobriu é muito curioso, mas o dono da casa não liga a mínima para o que isso possa significar, entende?

– Acho que sim – falou desanimada.

– Há alguns anos conheci um homem que queria muito comprar a casa. Os Rohan nunca aceitaram as propostas de compra. O homem morreu tentando comprar o casarão. Os Rohan farão hoje o mesmo que fizeram na época. Vão reformar a casa e depois abandoná-la à própria sorte.

– É uma pena que um patrimônio como este se perca no egoísmo de uma pessoa.

– Já os contou? – Um pensamento criminoso se formava em minha mente.

– Ainda não, só os incluo na contagem depois de examiná-los pessoalmente. Será um serviço rápido, pois quase todos estão em ótimas condições, considerando a idade. Parece que o antigo dono teve muito cuidado com eles. Temos exatamente seiscentos e cinquenta livros: duzentos estão mofados devido ao vazamento do teto, resultado da última reforma, cem precisando de cola e um pouco de carinho, cinquenta precisando de sol e limpeza nas capas e os outros trezentos necessitando apenas de limpeza e de prateleiras novas – finalizou, tirando os óculos.

– Quero que me ceda alguns livros até o fim da reforma – disse, vendo-a sorrir mais do que satisfeita.

– Deixe-me apenas conferir e fechar a caixa. Não se esqueça de me contar o que descobrir. Estes livros vão me tirar o sono.

– Pode deixar comigo e não se preocupe, pois será a segunda a saber – brinquei.

– Quando estiverem prontos, me avise para colocá-los no carro. Vou começar as investigações hoje mesmo. Até mais tarde – falei, vendo Alva aproximar-se acompanhada de uma desconhecida. – Algum problema, Alva?

– Meu nome é Antônia – falou a mulher, estendendo a mão que recebi de pronto. Parecia preocupada, e pelas olheiras não dormia havia dias.

– Em que posso ajudá-la?

– Dona Antônia está procurando seu marido – disse Alva, cuidadosa.

– Como ele se chama? – perguntei, seguindo para o segundo andar, tendo Alva e a mulher atrás de mim.

– José Raimundo Pereira.

– Ele é carpinteiro, não é isso?

– Sim, é. José é carpinteiro.

A mulher de aparência humilde apertava a bolsa com força e tinha o olhar suplicante. Suas mãos eram lisas e brilhosas, certamente mãos de lavadeira. O vestido simples era vermelho e enfeitado com sianinha da mesma cor. Os cabelos grisalhos e ondulados estavam presos em duas marrafas. Esperava pacientemente de pé, não querendo se sentar, enquanto eu procurava o nome nas listas de trabalhadores. Todos estavam divididos em andares para o melhor desenvolvimento do trabalho, feito quase sempre em equipes. Ela olhava tudo à sua volta muito admirada, mas sempre se voltava em minha direção.

– Mantenho uma lista com o nome e ocupação dos funcionários. Aqui está – falei, olhando seu rosto mais tranquilo. – Terceiro andar, sala trinta e nove. José Raimundo Pereira. Alva, poderia levar a dona Antônia até ele, por favor?

– Obrigada.

Hoje, tenho certeza, a visita daquela mulher foi a ponta do iceberg. Em questão de horas, toda minha vida mudaria. Meu pai costumava dizer que a vida era como um jogo de xadrez. Não importava quão bom jogador você fosse, sempre levaria o xeque-mate. E a vida me deu um xeque-mate naquela noite. Mas é cedo, não quero me adiantar tanto. Quero relatar os fatos que ocorreram. Assim que a mulher saiu, voltei ao trabalho, recebi entregas ao lado de Alva e calculei alguns gastos com o pessoal que cuidava dos vitrais. O jardineiro apareceu. Queria uma lista com os tipos de plantas que deveria plantar. Os canteiros logo estariam prontos. Eu poderia fazer a lista, mas achava que esse era o tipo de coisa para o próprio dono escolher. Anotei na agenda e pedi um tempo ao jardineiro para falar com o proprietário.

– Morreram todas – ele falou, desanimado.

– Bem, hoje é sexta-feira, termine o que começou – parei, pois o telefone tocava insistentemente. – Oi, Roberto, me dê um minuto – voltei a atenção para o jardineiro à minha frente. – Segunda-feira terá uma lista completa em suas mãos. Prometo.

– Obrigado, Kara.

– De nada, Okada – falei, vendo-o sair. Okada era o melhor jardineiro que conhecia. Sabia lidar com qualquer tipo de rosa ou folhagem, vivia no Brasil havia mais de trinta anos, mas ainda se enrolava com o idioma.

– Não, Roberto, eu agradeço muito. Mas minha ideia de descanso não é acampar. Prefiro ficar em casa, ler um pouco e dormir. Convide Naiara, aposto que ela vai adorar ficar a sós com você numa barraca olhando as estrelas. – Não consegui conter o riso ao ouvir sua exclamação de desagrado.

– Diga-me, como consegue ser tão má?

– Acho que é genético.

– Então, vai ficar em casa sozinha o fim de semana inteiro?

– Não, o super-homem vai me buscar para jantar com ele – consegui dizer sem rir, enquanto via Alva entrar na sala com uma expressão preocupada.

– Está me dispensando? Deus, que mulher! Quando vai aceitar meus convites?

– Roberto, preciso desligar, pois tenho alguns problemas para resolver. Sinto muito.

– Adeus, Kara malvada, Kara megera – disse fazendo rimas com meu nome.

Alva aproximou-se da mesa e observou-me calada, durante alguns segundos.

– Algum problema?

– Lembra-se do carpinteiro, o José Raimundo?

– Claro! – confirmei, um tanto distante do assunto.

– Sumiu faz dois dias. Não foi para a casa e muito menos veio trabalhar.

– É, parece que começou – falei, vencida e descontente.

Sempre que se contrata um grande número de pessoas para um serviço desse porte há esse tipo de risco. Obviamente há muitos trabalhadores responsáveis e de confiança, mas existem os que só trazem aborrecimentos, os problemáticos. Meu desejo era de que o tal José não fosse desse tipo.

– Desde quarta-feira e só agora fico sabendo? Como foi isso, Alva?

– Acho que alguém bateu o ponto para ele. – Ela me mostrou o cartão.

Alva estava muito séria, aquilo era sua responsabilidade, e se alguém havia errado ali certamente não tinha sido ela.

– Sabe de alguma coisa, mestre Rodrigo? – perguntei, vendo-o na porta com um olhar desconfiado. Estava com o boné nas mãos.

– Posso entrar, dona Kara? – perguntou humilde.

– Claro, homem, deixe de cerimônia.

O calor estava demais, o ventilador não conseguia diminuir o bafo quente. Estava quente até no quarto mais ventilado da casa.

– Prometa que não vai despedi-lo e eu conto o que aconteceu.

Mestre Rodrigo era meu carpinteiro-chefe, não tive outra escolha. Além do mais, confiava nele e não podia correr o risco de perdê-lo devido a uma tolice. Com certeza, estava defendendo o sobrinho, um excelente trabalhador, mas muito jovem e irresponsável.

– Tem a minha palavra – falei, vendo Alva contrariada com minha decisão. Era como havia imaginado. Seu sobrinho havia batido o cartão de ponto para o amigo.

– Dou minha palavra de que Francisco não aprontará novamente. Juro por Nossa Senhora que isso não voltará a acontecer.

– Eu acredito, mestre Rodrigo. Mas me diga uma coisa, onde está o tal José Raimundo? Um dia eu entendo, mas dois? Por que Francisco insistiu no erro se ele não apareceu? – perguntei, andando agitada.

– Acho que ficou com medo de decepcionar o amigo. Além disso, se a senhora deixar, eu falo – comentou, envergonhado com o assunto a seguir.

– Fale, homem! – pedi, enquanto acendia um cigarro.

– José tem uma rapariga pelas bandas de Vila Palmeira e ficou de vê-la. Por isso ia chegar mais tarde, mas desde esse dia ele não voltou.

Naquele momento, traguei o cigarro profundamente sem olhar para Alva. Traição sempre me dava nojo e revolta, principalmente quando conhecia a esposa.

– Onde está a esposa dele? – quis saber, indo para a janela.

– Ela resolveu ir a alguns hospitais e à casa de alguns parentes – disse Alva.

– Ela não estaria se precipitando? Já devia estar acostumada com suas escapadas.

– Ela vai voltar, nem que seja para pegar as ferramentas que o marido deixou.

Detive-me ao ver a bolsa surrada de ferramentas que mestre Rodrigo segurava nas mãos. Não vou me abalar, pensei, sentindo a nicotina me acalmar um pouco.

– Devolva para a mulher dele assim que aparecer. Alva, veja quantos dias ele trabalhou, conte até mesmo os dias que ele não veio e prepare as contas. Obrigada – falei, dispensando os dois.

O resto da manhã transcorreu tranquilo. Tentei comer, mas tudo o que consegui engolir foram algumas frutas. Era meio-dia e tudo estava silencioso. O som das marteladas e serras havia parado. Pelas escadas, salas e corredores, o que se via eram homens devorando a refeição. Enquanto a conversa rolava, podia ouvir conversas sobre futebol, dinheiro, mulher, homem, dívidas, problemas de saúde, dilemas conjugais e piadas. Pedro, debruçado sobre uma mesa, mostrava a Alva algumas plantas. Ela ouvia atenta, enquanto sorvia refrigerante pelo canudo cor-de-rosa. Estavam tão entretidos que não me viram passar. Sentindo de novo um estranho estado de exclusão involuntária, dirigi os passos para minha sala. Sentei diante da janela aberta. Pensava na mulher do carpinteiro. Ela não voltou, e ninguém tocou no assunto outra vez. Estavam todos ocupados demais para perceber o que acontecia à volta. Podia quase vê-la andando nos corredores do Instituto Médico Legal em busca do marido desaparecido.

Fechei os olhos tentando fugir do passado, mas as lembranças me venceram pelo cansaço. Sentia o cheiro forte de éter no ar, as pessoas deslizavam a meu lado como fantasmas. Não havia nada em seus rostos. Dor, pena, pesar, nada, além da impassibilidade contida no olhar de quem se habituou à eterna repetição dos fatos. Eu nada mais via, além da confusão turva criada por minhas lágrimas. Jamais me esquecerei do enfermeiro. Ele parecia tão frio e indiferente à minha dor. Não era sua culpa. Quantas viúvas teria recebido naquele dia? Tinha olheiras profundas e uma cara cansada. Nunca tinha visto alguém tão pálido em toda minha vida, pelo menos até aquele momento.

Daquele dia em diante nunca mais usei lençol branco para não me lembrar do instante em que o enfermeiro puxou o lençol até a altura do peito de Lucas, de um corpo que eu implorava para que não fosse o seu. Então pude vê-lo. Parecia dormir. Tinha uma expressão calma e serena no rosto rígido e já azulado. Seus olhos escuros e sempre tão brilhantes jaziam cerrados. Fiquei ali me perguntando onde estariam suas roupas. Aquele pensamento tolo quase me fez interrogar o enfermeiro. Onde estava sua aliança? Eu sabia a resposta. Segurei o soluço e percebi que nunca mais veria seus olhos, seu sorriso bonito e conquistador. Essa era a verdade.

Sua voz ainda ecoava em meus ouvidos na despedida. Após nossa briga, eu ainda disse: "Eu te amo, Lucas". Ele respondeu como de costume: "Te amo". A porta se fechou e ele sumiu, sem voltar. No hospital, toquei seus cabelos lisos, beijei sua testa e senti seu aroma de homem. Por fim, me curvei e beijei seus lábios frios e selados, provando o gosto salgado de minhas próprias lágrimas. O corte na altura do peito era grande e profundo e parecia vivo diante de meus olhos chocados. Foi a última coisa que me lembro de ter visto. O lençol cobriu novamente seu corpo, enquanto eu lhe dava as costas numa despedida respeitosa. Saí daquele lugar feito de morte, assinei os papéis, recolhi seus pertences e com tudo que tinha direito eu o enterrei, enterrei meu marido morto.

Mudei muito naquele dia. Tornei-me mais forte, decidida e independente por não ter mais um marido para me defender. Apesar de sofrer com as lembranças, ainda me sentia traída. Uma estranha sensação me invadia sempre que falava do assunto. Era como se sua frieza cadavérica tivesse me contaminado e todo o ressentimento que sinto fosse sintoma dessa doença. Abri a tampa do isqueiro, acendi outro cigarro e fiquei ali observando a chama frágil resistir a meu sopro.

– Chamei todos aqui para pedir ajuda – comecei, falando seriamente. Estava no alto da escada do primeiro andar. O dia de trabalho chegara ao fim. Os rostos cansados esperavam minhas palavras um tanto impacientes. – José Raimundo Pereira, um dos carpinteiros, está desaparecido. Sei que muitos aqui não o conhecem, por isso mandei fixar uma foto dele no quadro de avisos na entrada. – Houve um abafado burburinho.

– Aquele que o vir, não hesite em falar comigo ou entrar em contato com sua esposa – falei, mostrando a mulher ao meu lado. – Seu endereço está no quadro junto à foto. Obrigada a todos, bom final de semana – disse, vendo a pequena multidão seguir rumo à porta e desaparecer em várias direções.

– Obrigada pela ajuda, dona Kara.

A pobre mulher estava nervosa, os olhos se encheram de lágrimas. Segurava as ferramentas do marido com carinho.

– É minha obrigação, ele trabalhava conosco. Não se preocupe tanto, ele vai voltar – comentei, levando-a até a porta.

Com toda certeza ela sabia da traição dele, podia ver isso em seu olhar.

Ela teve sorte. Não o encontrou morto em nenhum hospital, mas certamente seu sumiço era estranho até mesmo para a amante, que jurou ao mestre Rodrigo que não via o sujeito há duas semanas. Ela também estava à sua procura.

Sumiço à parte, a reforma estava saindo melhor que a encomenda.

– Está pronta? – perguntou Alva, recolhendo suas coisas.

– Vou ficar mais um pouco. Preciso falar com o vigia sobre as luzes e descobrir algo a respeito do carpinteiro – falei, aumentando a velocidade do ventilador.

– Olha, realmente acho que você não deveria se envolver tanto, mesmo porque é somente um carpinteiro.

–É um ser humano, Alva.

–Ele deve estar arranjando outra amante. Um caso típico de discussão conjugal que infelizmente interfere no serviço.

– Respeito sua opinião, mas mestre Rodrigo afirma que o carpinteiro ficou para abrir a porta do sótão, certamente o vigia o viu sair mais tarde. Além disso, preciso finalizar o desenho das janelas para entregar segunda-feira nas mãos do vidraceiro – comentei, acendendo um cigarro. Já era o quinto daquele dia.

– Não achou estranho o sumiço do último vigia?

– Não, estava insatisfeito com o salário. Roberto disse que ele achou pouco para tomar conta de uma casa tão grande e além de tudo mal-assombrada.

– Eu acho muito estranho, mas não tenho tempo para isso agora. Preciso ir que o Tito está me esperando. Vê se descansa que você está precisando – falou, puxando a aba do meu boné para frente.

– O mesmo para você e Tito – desejei, empurrando-a numa brincadeira antiga.

04. O visitante

Havia café na garrafa térmica e biscoitos na mesa. Preparei uma xícara e levei para a mesa de trabalho. O líquido quente me despertou. Fui até o rádio portátil que sempre trazia comigo e coloquei um CD. Pouco depois a música suave de Chopin tomou conta do ambiente.

A noite caiu com suavidade sobre o casarão e cobriu São Luís com cores escuras e brilhantes, fazendo tudo à sua volta parecer mais misterioso. Perdida no trabalho, não notei a demora do vigia nem que uma presença havia despertado juntamente com a noite serena. O aparelho de som parou. Ergui-me preguiçosa do assento e dei uma longa olhada no desenho. Tinha ficado perfeito. Satisfeita com o resultado, resolvi encerrar o trabalho. Olhei pela janela, fitei o relógio de pulso e me assustei. Passava das sete horas, o vigia estava muito atrasado. Comecei a me preparar para sair, verificando as coisas. Mochila nas costas, mesa organizada, tomadas desligadas, tudo arrumado. A janela! Fechei a janela, cruzei o quarto em direção à porta e nesse momento as luzes se apagaram. Não somente as da sala, mas todas as luzes do casarão. O susto foi tão grande que gritei. Simplesmente não via um palmo à frente do nariz. Dei meia-volta e fiquei quieta, tentando achar alguma coisa para ajudar na minha saída do casarão, foi então que me lembrei do isqueiro.

Mexi na calça em busca dele. Droga, não estava comigo. Onde eu o havia deixado? Provavelmente sobre a mesa em algum lugar, mas onde? Tateei a superfície e passei a mão sobre papéis, canetas e tesoura. Onde estaria?

Medo. Era essa a definição mais precisa do que eu sentia. Sempre tive medo do escuro. Eu perdia a noção de espaço e me sentia sufocar, uma reação que fugia do meu controle. Tremia de tão apavorada. Decidida a me acalmar, comecei a repetir:

– Não há nada no escuro, não há nada no escuro, não há nada no escuro.

Enquanto dizia essas palavras, respirava fundo tentando recobrar o fôlego e o controle. Com as mãos sobre a mesa, recomecei a busca mais calma. Quando toquei o isqueiro, gritei de alegria. Só consegui respirar melhor depois de ver a chama frágil tremular à minha frente.

– Não tenha medo do escuro.

O aviso soou de maneira sensual, cortando a escuridão como uma carícia. Ergui os olhos e dei de cara com um completo desconhecido. Sentado comodamente na cabeceira da mesa, ele me observava. Fiquei tão aborrecida com a possibilidade de ele ter me visto apavorada que nem o olhei direito.

– O que houve com as luzes? – perguntei, achando que se tratava do vigia.

– Eu as apaguei – falou de modo insolente.

– E posso saber por quê? Não há necessidade de deixar o casarão às escuras.

– Gosto do escuro.

Seu rosto parecia não ter movimento. Os olhos azuis brilhavam no escuro, como se fossem de um gato. Ele notou que eu o observava e deu um leve sorriso malévolo e malicioso. Recuei assustada.

– Quem é você e o que faz aqui?

– A invasora aqui é você – falou, apontando o dedo em riste em minha direção.

Somente naquele momento percebi suas roupas antigas. A manga de sua camisa era larga e trazia cordões no punho. Ela algum dia fora branca, bem como o resto do tecido.

– Vamos, diga! O que faz em minha casa? Onde estão os móveis e todo o resto?

Fiquei tão atônita e surpresa que ri dele. Foi isso mesmo, eu ri. Nervosismo, medo, sei lá! Mas não foi uma das atitudes mais acertadas a tomar, porque ele ficou furioso. Saltou da cadeira e ficou em pé para mostrar o quão alto e forte ele era. Seus ombros largos eram valorizados pela camisa de tecido solto. Foi com grande surpresa que notei o lenço de seda em volta de seu pescoço. Era um *plastron*, uma espécie de gravata usada no século XIX, se não me engano.

– Do que ri? Acha que sou algum bufão para rir de mim? – perguntou mais alto e muito mais agressivo enquanto andava para frente.

– Não se aproxime!

– Quem pensa que é para gritar comigo, sua pequena insignificante!

Não sei explicar como podia me sentir atraída, estando totalmente assustada. Sua beleza chegava a ser um insulto, essa era a verdade.

– É só isso que consegue sentir? Kara, Kara, Kara, pensei que fosse mais corajosa – falou com um leve sotaque que não identifiquei de imediato.

– Como sabe meu nome? – tentava me lembrar de onde conhecia seu rosto. Seu olhar era tão familiar.

– Sua amiga negra falou enquanto usava aquela estranha máquina. Diga-me, sua mão melhorou?

– De onde você saiu, afinal?

– Do sótão.

– Ai, meu Deus!

– Você vive chamando por Deus. Ele ajuda tanto quanto parece?

– Escute aqui. Não sei quem diabos você é, mas ordeno que vá embora imediatamente! – falei, tentando parecer o mais segura possível. O silêncio foi quebrado com sua gargalhada gostosa.

– Kara, você deve ter sido uma menina muito levada, mas uma boca tão perfeita e carnuda não deveria ser manchada com palavrões. Contei quatro, apenas enquanto a vigiava. Agora, vamos. – Falou, estendendo a mão num convite perturbador.

– Acho melhor não tentar.

– Preciso de sua ajuda. – O sussurro fez minha pele arrepiar e ele sabia disso, pois riu com um brilho safado nos olhos azuis. – Vê, conheço você, sei que vai me ajudar, pois é gentil e doce. Vamos, não tenho a noite inteira, ajude-me a sair desta casa. Ela não é mais segura. – Sua mão se moveu e o anel brilhou em seu dedo.

O que fazer? Tinha o dedo doído de tanto segurar a válvula do isqueiro. Olhei a porta atrás dele e pensei: posso passar por ele no escuro, não há nada no caminho, será uma corrida só.

– Está bem, vou ajudá-lo, não me custa nada.

Soltei a válvula e corri em direção à porta. Tomada por dois braços fortes, gritei furiosa enquanto me debatia. O isqueiro caiu de minha mão durante a luta. Ele conseguiu evitar todos os meus chutes com facilidade.

– Por que tornou tudo tão difícil, hein? Agora está no escuro novamente.

Seu hálito tocava meu rosto e era totalmente inodoro, mas quente.

– Posso esmagar você com um apertão mais forte.

– Miserável...

Notei que estava suspensa no ar e chutei sua perna com toda força que tinha. Ele não gritou e tampouco se moveu.

– Não, por favor – implorei. Ele passava a mão no meu cabelo e o puxava para trás com força.

– Tão macio e cheiroso. Mas, infelizmente, nas mãos certas viram uma maravilhosa arma de tortura, não acha? Agora, seja uma boa menina e responda: vai me ajudar?

– Vou.

– Perfeito! Ligue a pequena caixa e vamos embora.

– Não posso. Ela caiu no chão – falei, receosa. Tremi e esperei um tapa, mas sua reação foi totalmente diferente.

– Eu encontrarei – falou, me largando para abaixar e procurar o isqueiro perdido.

Vendo-me livre, peguei a mochila e corri pela porta. Com receio de cair escada abaixo e muito apavorada para pensar em algo melhor, tomei o corredor e dei de cara com a escada do terceiro andar. Dessa vez não pensei duas vezes e subi correndo. O caminho parecia menos escuro, graças a iluminação que vinha da rua. Pretendia me esconder e ligar para alguém. Correndo às cegas, ouvia os passos do meu agressor. Ele estava perto. Esbarrei em alguma coisa e caí dentro da sala. Machuquei o joelho, mas contive o grito. Não era hora de bancar a frágil.

– Cristo, uma lanterna! – murmurei, mal acreditando em minha sorte.

A luz inundou o chão sujo e em seguida o corpo do vigia. Apavorada, arrastei-me para longe do corpo. Sua garganta sangrava. Tentei novamente me levantar, mas tudo que consegui foi sentir dor. Ao iluminar a sala à minha volta, me enchi de nojo. Havia pequenos corpos peludos e fétidos apodrecendo pelo chão, cadáveres de gatos e ratos.

– Droga! – falei baixinho, puxando a perna dolorida. Eu estava no maldito sótão! Era uma sala como as demais só que com o teto rebaixado. Uma luz turva vinha da pequenina e suja janela, a única do local.

Continuei percorrendo o lugar com a lanterna. Do outro lado, bem distante, encontrava-se uma espécie de caixa de madeira. Deixei a luz vagar em suas linhas retas e grosseiras. Era apenas uma caixa alta e larga, retangular. Coloquei-me de pé e afastei-me do corpo. O joelho doía demais, mas eu precisava sair dali o mais rápido possível ou terminaria morta como o vigia. O cheiro fétido estava quase me sufocando. Comecei uma espécie de maratona em um pé só e dei uma olhada no local. Nada além de móveis, caixas e baús velhos. Procurava algo com que pudesse me defender, como uma perna de cadeira ou uma barra de ferro. Vasculhei tudo à minha volta e não achei nada. Os cacos de vidro no chão eram pequenos demais até para pegar. Resolvi olhar de perto o velho baú. Talvez guardasse algo que pudesse usar.

Assim que abri a tampa, uma onda fétida me atingiu. Era o corpo de José Raimundo Pereira. Ele estava enfiado no baú em estado de decomposição. De sua boca escorria um líquido negro e viscoso. O cheiro desagradável me deu ânsia de vômito. Afastei-me tremendo dos pés à cabeça. Ele ia me matar. No meu estado, sequer percebi que recuava e, ao esbarrar em algo, gritei fora de controle. Fui agarrada novamente. Sua força não era a de um homem normal. Senti como se batesse em um muro. Cansada e sem conseguir respirar direito, desmaiei em seu abraço esmagador.

– O que preciso fazer para mantê-la ao meu lado, Kara?

Não posso precisar quanto tempo fiquei desacordada, mas, quando despertei, estava sendo afagada por uma mão fria e carinhosa. Sentia-me segura e protegida.

Movida por esses sentimentos, me aconcheguei e fechei a mão sobre seu peito, buscando apoio. Recebi um beijo na testa e um abraço mais forte. Isso durou exatos dois minutos, antes que me lembrasse do que havia acontecido anteriormente. Abri os olhos e dei de cara com dois incríveis pontos azuis. Eles me fitavam insinuantes e sedutores. Eu estava abraçada a um assassino, recebendo seus carinhos! Pulei de seu colo e caí no chão pesadamente. O joelho falhou. Segurei a perna machucada e gemi dor. Não ia chorar na frente dele. Ele nada fez para me ajudar, simplesmente continuou sentado na cadeira, observando-me caída.

– Se continuar se comportando dessa forma vai acabar cheia de hematomas. – falou, inclinando-se para frente. Recuei e me refugiei debaixo da mesa com medo de sua reação.

– Se quiser dinheiro, tenho um pouco lá embaixo – disse, tentando negociar minha vida que até há algumas horas pensei não valer nada.

– Uma mulher pode dar muito mais do que dinheiro a um homem.

Não, Deus, isso não, por favor, eu imploro! Não permita que este desgraçado me toque, supliquei em silêncio. Entendi naquele momento que ele era um assassino perigoso e não via mulher há muito tempo. Para piorar, eu era a vítima perfeita.

– O que quer que deseje de minha pessoa, devo avisar, sou portadora de HIV – disse de improviso, torcendo para que acreditasse.

Ele suspirou alto e perguntou, confuso:

– É algum tipo de seita ou uma nova doença?

– Isso, uma doença – falei, agarrando-me à sua sugestão. Deus, faça com que ele acredite, supliquei. Ele deveria estar preso havia muito tempo para não saber o que era AIDS. Sorte minha.

– Não parece doente – argumentou.

– Está no sangue e passa por meio do contato sexual.

– Isso está totalmente fora de questão. Não que você não seja bonita e desejável – falou, deslizando o olhar pelo meu corpo sedutoramente, fazendo-me corar até a raiz dos cabelos. – Não posso.

– Sei como é, entendo perfeitamente. Você não gosta de mulher – falei, gesticulando muito compreensiva.

– Não, acho que você não entendeu. Gosto de mulheres. Vocês são bonitas, macias, surpreendentes e saborosas.

– Olha, entendo e não é vergonha nenhuma assumir. Todo mundo hoje em dia assume numa boa. Afinal, não há nada de errado em ser *gay* – comentei, tentando sair daquele assunto delicado.

– *Gay*? Que significa? *Gay* é alegre em inglês – traduziu em sua confusão, que realmente me chocou. O pior era que ele parecia sincero.

– Bem. É um homem que não gosta de mulher. Homossexual – falei enfim. – Que prefere ter relações sexuais com pessoas do mesmo sexo.

– Ah, SEXO, então é isso! Achou que desejava fazer sexo com você! Gostaria, apesar de nunca ter feito sexo, só amor. Bom saber que ainda não perdi o jeito – brincou, recostando-se na cadeira com tranquilidade.

Ele mudava de anjo para demônio em questão de segundos, e eu simplesmente não estava pronta para lidar com isso.

– Disse que eu teria que dar muito mais que dinheiro.

– Ah, mulheres! Preciso de sua ajuda, não de seu corpo. Vamos, saia de debaixo da mesa! Está ridícula.

– Vá para o inferno! – gritei enfurecida. Ágil como um gato, ele me puxou pelo braço antes que conseguisse escapar de novo e me arrancou de debaixo da mesa.

– Tente não me irritar. Posso matar você e arranjar outra, entendeu? – perguntou, me sacudindo. – Responda! – ordenou, segurando meu queixo com força. Em represália, cuspi no seu rosto furiosa.

– Maldita mulher! – disse, limpando o rosto e fazendo o mesmo comigo.

– Nojento! Filho da puta!

– Fala como uma prostituta. Cale a boca!

– Tente me calar!

– Não entendeu, não é? Eu estou no comando. Eu mando, você obedece. Entendeu, agora? – rugiu.

– Sim...

– Ótimo.

Ainda me segurando, pegou minha mochila e a lanterna.

– Aonde vamos? – quis saber, visto que me arrastava junto com ele. Estava muito apressado.

– Estamos saindo da casa. Poderia andar mais depressa?

– Minha perna está doendo. Eu me machuquei – reclamei, parando perto da parede para me apoiar.

– A culpa é toda sua! Se não tivesse fugido, não teria se machucado.

– Ótimo! Você me assusta e me toma como refém, puxa meus cabelos, diz que vai me matar e ainda quer que eu goste?

– *Mon Dieu*, que mulher!

– O que vai fazer? – quis saber, vendo-o se abaixar e iluminar minha perna.

– Nada, não sou médico – falou, levantando a calça *jeans*. – Que espécie de roupa é essa, grossa como lona? Por que não veste saia?

Ótimo, íamos falar de moda.

– O joelho está roxo e a perna também. Nada posso fazer além de carregá-la.

Tomou-me em seus braços sem nenhum esforço.

– Posso andar, me largue.

– Segure a bolsa e fique quieta – pediu, soltando a lanterna no chão.

– Está muito escuro para deixar a lanterna aqui.

– Vejo muito bem no escuro, não se preocupe. Não rolaremos escada abaixo.

O assassino andava com uma segurança invejável. Já eu, estava perturbada com sua proximidade e me sentia péssima por estar daquele jeito em seus braços. Que faria comigo? Iria morrer? Podia ver Alva e Roberto diante de meu caixão, lamentando a morte violenta.

De repente, meu raptor deu uma topada, e me agarrei a ele com mais força temendo cair.

– Posso andar, a dor diminuiu. Não vou fugir.

– Kara, você mente muito mal para uma mulher – falou, descendo as escadas do primeiro andar. Pude ver a porta, as luzes da rua.

– Olha, juro que não vou fugir. Você deve estar cansado, coloque-me no chão – pedi, fazendo uma voz doce e segura.

– Sou tudo, menos estúpido. Além disso, nunca confiei em mulheres bonitas – falou perto do meu pescoço.

– Eu...

– Cale a boca, por favor – pediu, num sussurro impaciente.

Meu jipe estava diante da casa. As luzes da rua pareciam irritar seus olhos claros. Ele se dirigiu para o carro e ordenou que eu abrisse a porta. Parecia um gato assustado. Depositou-me sobre o banco. Nesse momento, não pensei duas vezes e tentei empurrá-lo para fora do carro num impulso louco. Tudo que consegui foi irritá-lo ainda mais.

– O que pensa que vai fazer? – murmurou entredentes, próximo ao meu rosto.

O assassino apertava meu pescoço com força. Para me livrar de suas garras, empurrei-o de novo, num gesto de desespero, mas logo aprenderia que não era essa a forma para fugir dele. Vingativo, ele puxou meu braço e me deu uma amostra do que era capaz.

– Minha vez – tomou meu pulso e deslizou a afiada unha sobre minha pele. O corte fino e profundo me fez gemer e puxar o braço. – Não, ainda não. Quero que entenda que tudo que me fizer eu devolverei em dobro – falou, traçando um segundo corte.

– Chega!

– Dói, não é? Quer sentir dor? Não, acho que não. Já que nos entendemos, faça esta estranha carruagem andar.

Sem ter alternativa, me vi obrigada a bancar a motorista daquele filho da mãe! Desci a rua e perguntei aonde desejava ir. A resposta quase me fez bater.

– Vamos para sua casa – falou sorridente.

Lá estava eu levando um suposto fugitivo não sei de onde para a paz e a segurança de meu lar. Mas havia algo de bom nisso. Em casa poderia tentar fugir novamente e com a ajuda dos meus vizinhos ou um telefonema num momento de descuido. Pelo menos era o que pensava enquanto dirigia.

Ele olhava pela janela um tanto distraído e admirado. Os cortes sangravam livremente e sujavam minha calça. Levei a mão ao corte e sem querer chamei sua atenção. Retirei a mão do ferimento e voltei a me concentrar no trânsito. Ele retirou algo da manga e passou em volta do meu braço, fazendo uma espécie de curativo. Segurei o volante com força. Seu toque cuidadoso em nada se assemelhava com a brutalidade de minutos atrás. Ele sequer olhava o que fazia, tinha os olhos grudados em meu rosto. Um calor estranho se apoderou de meu corpo me fazendo tremer.

– Doce como você – lambia os dedos sujos de meu sangue.

Virei o rosto, aterrorizada. Que tipo de ser humano faria tal coisa? Não alguém normal. Ele mexeu em tudo que pôde. Abriu o porta-luvas e revirou tudo. Mexeu no pente, espelho, lenço de papel e documentos do carro, mas não parecia buscar nada específico, pois logo se cansou. Olhou para trás e viu a caixa.

– O que tem na caixa? – estava desconfiado.

– Livros velhos.

Ele pareceu ficar satisfeito e virou para frente. Olhava o painel, curioso.

– Podemos ir mais depressa?

– Temos que obedecer aos sinais e a velocidade ou seremos multados pela polícia.

– Deve estar formulando mil planos de fuga em sua linda cabecinha, mas aviso desde já que minha paciência é limitada. Mato da mesma maneira que amo e vivo intensamente. Tente fugir e a matarei, tente pôr minha existência em risco e a matarei. Farei o mesmo a qualquer um que tentar me impedir. Já esperei demais, chegou o momento de voltar.

– Mate-me logo – falei sem pensar.

– Seus lábios são muito bonitos, mas devia falar menos. Use-os para coisas melhores.

Virei o rosto temendo um beijo. Assim que chegamos fitei minha casinha com receio. Talvez morresse dentro dela ainda hoje. Olhei a janela de arcos redondos e vidros azuis e me lembrei do dia em que a pintei. Como sempre, Lucas detestou, e sequer se meteu. Decidi tudo sozinha. Minha casa azul. Era dessa forma que costumava chamá-la carinhosamente.

– Esta é sua casa?

– Sim.

– Um lindo tom.

Sua consideração me chocou. Decididamente, quem quer que fosse, era um psicopata. Primeiro ameaçava, depois elogiava a casa.

– O que quer de mim?

– Quero alguns dias de sua vida. Nada mais. Estive distante muito tempo, nem sei quanto. Perdi muitas coisas. Está tudo tão desorganizado, caótico. Cheira mal e é muito barulhento – comentou de modo confuso e desordenado, olhando ao redor.

– Há alguém lá dentro? – fitava meu rosto em busca de algum deslize.

– Não, moro sozinha.

– Mentira! E quanto a isto? – falou, tomando minha mão com força e tocando a aliança de ouro – Quer que eu mate seu marido?

– Sou viúva.

– Onde está a aliança dele?

– Fale, mulher!

– Está no meu cordão – apressei-me em dizer, antes que ele quebrasse meus dedos. Furioso, ele tateou sobre meus seios e puxou o cordão em que a aliança circulava.

– *Mon Dieu*! Uma verdade saída de seus lábios; isso é *fantastique*! – falou, sorrindo no escuro que nos envolvia.

Tremia de ódio e medo. Desejava ardentemente chutá-lo porta afora. Como podia ser tão cruel? Durante toda a minha vida nunca tinha deparado com um tipo tão insuportável quanto aquele.

– Sei que me detesta. Posso sentir o ódio borbulhando em seu sangue, agitando suas emoções, correndo rápido em suas veias. Isso é muito tentador. Sentimento maravilhoso, não? Tão intenso quanto o ódio, somente a paixão. Veja como ele a aquece.

Virei o rosto e esperei suas ordens.

– Que tal entrarmos, minha viuvinha?

– Preciso abrir o portão – falei, tentando descer, mas ele me deteve.

– Um passo em falso e mato todos nessa praça. Não duvide, pois assistirá a tudo.

Olhei para a rua e vi crianças brincando. Não tinha escolha, teria que obedecer. Desci do carro, abri o portão debaixo de seu olhar, mantive a calma aparente e continuei agindo como se nada estivesse acontecendo.

– Oi, Kara! – falou Filipe no seu habitual grito infantil. Fitei o menino à minha frente e olhei preocupada para trás.

– Oi, querido!

– Poderia me ajudar com um trabalho de história?

– Claro, mas não hoje, tá bom? – falei, tentando me livrar dele. Olhei o carro e vi meu sequestrador descer. – Segunda-feira pela manhã eu o ajudo, mas agora vá brincar.

– Querida, ainda não abriu o portão? – A voz do assassino soou às minhas costas, num aviso disfarçado.

– Jan – falou, segurando a mão de Filipe assim que ele o encarou.

– Filipe, prazer. Você é o namorado secreto da Kara?

– Sou sim. E você, o que é dela?

– Ele é meu amigo, mais nada. Precisa ir jantar, está tarde.

– Escondendo o jogo, Kara? Você disse que éramos namorados, mas tudo bem. Fiquei muito mandão e ela terminou comigo – brincou, bancando o machão.

– Filipe! – falei, censurando-o preocupada.

– Kara ficou esperta e escondeu você de todo mundo. Gostei. Ele é mesmo seu namorado? – perguntou, gaiato.

– Se responder você vai embora?

– Sim, juro.

– É – falei a contragosto.

– Legal! Kara arranjou um "cara" – falou, fazendo rima. Tchau, Jan! Gostei da roupa de pirata – falou, saindo aos pulos.

Voltei para o carro seguida do tal Jan e manobrei para dentro da garagem. Ele nada dizia, simplesmente me observava dirigir. Tranquei os portões e peguei a correspondência tentando passar uma ideia de segurança. Ele deveria confiar em mim. Só precisava de cinco minutos. Olhei-o sob a luz da garagem e notei o quanto era branco. Só vinte anos de cadeia fariam isso a alguém, mas ele não parecia ser tão velho. Aparentava ter no máximo trinta.

Entramos na sala escura. Ele controlava meus passos e movimentos. Tinha posto seus dedos dentro do cós da minha calça, como uma espécie de coleira pela qual me empurrava ou puxava a seu prazer.

Acendi as luzes e o fitei na claridade enquanto verificava as janelas. Quando se sentiu seguro, sentou no sofá e lá ficou, muito à vontade, olhando tudo à sua volta com total interesse. Sua aparência era péssima, estava abatido e sujo, uma visão repugnante. Onde quer que tenha conseguido aquelas roupas, garanto que não fizeram nenhuma falta ao antigo dono. Estavam rasgadas no ombro e no punho rendado. Deveria tê-las roubado de algum teatro ou coisa parecida. Suas botas sujavam todo o tapete. Ele era a própria imagem de um sem eira nem beira. Mas isso não era motivo para destruir minhas lindas e brancas almofadas de crochê.

– Não parou um minuto de me olhar com nojo e repulsa. É assim que trata suas visitas? – falou, cruzando as pernas elegantemente.

– Você não é visita. E está nojento e repulsivo – desabafei diante de sua cara impassível.

– É, devo estar horrível mesmo – comentou complacente, puxando a camisa do corpo e a olhando melhor. – Obrigado por sua sinceridade. Por que não se senta?

Ele fazia as vezes de anfitrião. Sentei-me à sua frente e tentei encará-lo nos olhos, mas não consegui, pois eram perturbadores.

– Posso saber o que está olhando?

– Você, suas roupas, seus cabelos. É tudo tão bizarro – falou, tentando me definir.

– Estava trabalhando. Queria que eu estivesse com um vestido de festa?

– Mulheres trabalhando. É bem remunerada? O que você faz? – perguntou, levando os dedos às têmporas como se doessem.

– Sou restauradora. Pagam-me pelo que faço, e garanto que o faço muito bem. Sou uma profissional competente e responsável – falei furiosa com seu machismo. – Imagino que acredite que lugar de mulher é na cozinha. Pois está muito enganado. Quem governa este Estado é uma mulher.

– É, eu sei. Vi alguns retratos dela em postes e paredes. – Andava pela sala com uma graça digna de um lorde. A foto na estante escura em estilo colonial foi seu primeiro alvo. – É seu marido?

– É.

– E por que não é feliz ao lado dele?

– Seu nome é mesmo Jan?

– Sim – falou, depositando a foto na estante. Deslizou os olhos sobre alguns livros e leu os títulos em voz alta.

Só naquele momento percebi a estranha coincidência. O dono dos livros também se chamava Jan. Mas não poderia ser ele, afinal não aparentava ter quatrocentos anos! Pouco depois, voltou-se e perguntou se eu gostava de poesia.

– Gosto – respondi, não entrando em detalhes. Sempre detestei perguntas sobre minha vida particular e fiquei pior depois da morte de Lucas.

– Eu também. É um grande alimento para a alma faminta. Gosto especialmente de Byron – comentou amável, sendo interrompido pelo toque do telefone.

Jan aproximou-se da mesinha e me fitou. Calmamente, pegou o aparelho sobre a mesa e segurou o fio, observando onde terminava.

– Que vai fazer? – tentei não parecer aflita, mas foi impossível.

– Detesto interrupções – falou, rindo cínico enquanto puxava o cabo com violência.

– Filho da puta.

– Também detesto linguagem chula! Tente controlar sua língua ou vou lavar sua boca com sabão.

– Dane-se!

– Você nunca vai aprender. Já lhe disse quanto sua casa é agradável? Tem quantos cômodos? – comentou, segurando novamente o cós da minha calça.

– Quatro.

– Mais respostas lacônicas. Quando fizer uma pergunta, quero que fale tudo a respeito, entendeu? Afabilidade não faz mal a ninguém. Tentemos de novo. Quantos cômodos?

– Quatro.

– Cite-os – murmurou entre dentes, sacudindo-me como uma boneca de pano.

– Sala, cozinha, banheiro e dois quartos.

– Você errou. São cinco. Hoje está tudo tão mais prático, mas seus móveis são coloniais. Gosta do passado, posso sentir isso em você – falou, mantendo a conversa num tom amigável. – Não gosto disso, é tão vazio. Não é seu. De quem é?

– Era do meu marido.

– Tinha um péssimo gosto para arte.

Jan me soltou para tocar os sinos de barro pendurados na entrada da cozinha. Andei cuidadosamente para perto da mesa e ali fiquei observando-o. Cansado dos sinos, começou a investigar a cozinha em busca de aventura. Abriu e fechou as gavetas e portas dos móveis até dar de cara com a geladeira. Leu os recados pregados, brincou com os ímãs. Fascinado, deslizou os dedos em sua forma para finalmente segurar o puxador. Ficou encantado com a claridade e com o ar frio. Abriu depósitos e cheirou a comida, mas nada provou. Quando descobriu o congelador, ficou totalmente deslumbrado com o gelo que se acumulava havia duas semanas.

– Esteve preso muito tempo, não foi?

– Pode-se dizer que sim.

Fui para a pia e olhei o conjunto de facas ali disposto.

– Por que foi preso? – falei, pegando a maior faca para escondê-la atrás das costas.

– Quer saber se sou inocente, não é? – abriu o vidro de mel e o cheirou. – É uma pergunta capciosa, menina, mas vou responder. Somos todos culpados de alguma forma. O que acha da culpa?

– Nada. Qual o motivo dessa pergunta? – minha voz tremeu. Calma, mantenha a calma, pensei, olhando-o desconfiada.

– Meu doce, você que começou essa conversa. Deveria saber algo sobre negligência, omissão e culpa. Não sabe do que estou falando? – disse, voltando-se em minha direção em definitivo.

– Não, não sei do que fala.

–Por que gosta tanto de mentir? Uma mulher inteligente como você não deveria esconder-se atrás de mentiras. Mentiras são como a fumaça. Não podem encobrir para sempre.

– Não estou mentindo.

– Dê-me a faca. – Seu pedido fez meu coração pular.

– Não ouse se aproximar de novo! Juro que vou ferir você! – falei o mais seriamente que pude.

– Solte isso agora! – rosnou Jan, esmurrando a mesa. A expressão em seu rosto havia mudado. Parecia cada vez mais pálido e feroz. – Pagará caro pela desobediência, menina!

O celular tocou. Paramos os dois onde estávamos. Puxei o celular do bolso e me preparei para pedir ajuda.

– Sou eu, Kara, me ajude por favor...

O aparelho foi arrancado de minha mão e estraçalhado, mas a faca não. E foi com ela que tirei um fio de sangue de seu pescoço. O empurrão me jogou no chão, ainda de faca em punho. Levantei preparada para lutar, enquanto ele tocava o pescoço ferido. Meu pulso foi detido no ar. Jan o apertou com força, a faca caiu ao chão. Presa entre suas mãos frias e firmes, mirei seu rosto e mordi seus dedos.

– Maldita mulher!

Com a mão livre, peguei o que tinha sobre a mesa e acertei nele com toda força que possuía. O pote de mel espatifou-se, cortando minha mão e a testa dele, deixando-o atordoado demais para conseguir me segurar. Chutei-o entre as pernas e saí correndo para o quarto. Bati a porta e a tranquei por dentro. Ouvia seus chutes do outro lado. Estava furioso. Abri a janela e pulei dentro da garagem, machucando outra vez a perna. Quando finalmente cheguei ao portão, quase gritei de ódio. Estava trancado. Estava sendo vítima de minha própria segurança. Acho que gritei com toda a força de meus pulmões.

Quando me virei para trás, diante de meus olhos, estava Jan. Sorriso sarcástico nos lábios carnudos e sujos de mel. Estava encostado calmamente no portão de madeira, esperando-me com um olhar demoníaco.

– Ninguém foge de mim, ninguém foge da morte, minha Kara. E eu sou a morte.

Jan me tomou nos braços e me carregou em direção a casa. Depositou-me na cama e foi se lavar. Pelo barulho dos passos, ao sair do banheiro, dirigiu-se à cozinha. Quando retornou, trazia uma faca nas mãos. Depositou-a na mesinha de cabeceira e começou a remexer o guarda-roupa. Buscava um lençol. Rasgou-o em tiras, enquanto falava comigo ainda desacordada.

– Malvada, desbocada, insensível, mentirosa, desobediente, indelicada, traiçoeira. Esqueci algo? Ah, cabeça-dura, é isso, cabeça-dura! Como uma mulher tão bonita e delicada pode possuir tantos defeitos? – divagou, rasgando o lençol com raiva. Terminando, tomou minha mão sangrenta entre as suas e examinou o corte.

– Isso está feio, e a culpa é toda sua – acusou-me, lambendo a palma e os dedos sujos de sangue. – Você é a primeira mulher que me acerta tão baixo. Vou garantir que não mais aconteça – falou, olhando para baixo da linha da cintura.

Pegou a faca e riu, furou o próprio dedo. As gotas de sangue caíram sobre o corte, em minha mão. O sangue borbulhou e expulsou o caco de vidro cravado na carne e em pouco tempo ficou tão seco quanto argila. O pó escuro sumiu no ar, como o ferimento.

– Vamos mudar a roupa – ele disse em tom de brincadeira, retirando meus tênis.

A primeira coisa que fiz ao acordar foi olhar o teto e pensar: que pesadelo horroroso! A segunda foi levar a mão ao rosto doído. Fitei os pulsos e vi tiras de curativos. Tentei me sentar, mas não consegui; tentei me erguer, mas meus pés e mãos estavam atados aos espelhos da cama de madeira. Minha roupa não era mais a mesma. Vestia apenas uma das minhas camisetas de dormir. Sentindo-me vulnerável, olhei à minha volta e percebi o quanto a casa estava silenciosa. Obviamente, a porta estava trancada por fora. Não havia sido um pesadelo.

– Ele existe e vai me matar. Mais uma vez falhei. – Dizendo isso, limpei o rosto e notei que a mão não doía nem estava ferida. Além de tudo, estava perdendo o juízo. Lembrava-me perfeitamente de ter cortado a mão quando o acertara com o pote de mel.

– Deus, o que está acontecendo? Pense, Kara Ramos!

A porta trancada me dizia que ele não estava em casa. Quanto à amarração, o que posso dizer? Ela passava pelo espelho da cama, parecia seguir por debaixo do estrado e prendia meus pés me impedindo de alcançá-los. Era uma espécie de efeito gangorra. Inconformada, deitei novamente. Que farei quando ele voltar? Ou melhor, o que ele fará ao voltar? Talvez não retorne. Sonhe, Kara, sonhe. Esta é, com certeza, a hipótese mais improvável. Ele vai voltar. Deve ter ido vender meu aparelho de som e minha televisão nova. Melhor que seja o som ou a TV e não eu. Será que tenho a cara roxa do tapa?

Uma onda estranha de lembranças invadiu minha mente e ouvi minha mãe xingando o casarão como se estivesse presente.

– Aquela casa nunca será nossa! Será que não percebe isso? – dizia ela a meu pai. – Maldito casarão, eu o detesto e jamais morarei nele!

Era assim que o chamava carinhosamente. Desculpem-me, esqueci de contar, mas não era a primeira vez que aquela casa trazia problemas à minha família. Não que ela tenha culpa diretamente, mas é como uma maldição. Quem se aproxima dela paga um preço bem alto. Alto demais. Durante muito tempo ela foi o sonho de consumo de meu pai. Seu abandono o irritava como também me irritou. Seu passatempo favorito consistia em enviar cartas com propostas de compra aos Rohan, mas nunca obteve um sim. A quantia vultosa revoltou mamãe, que nunca fez objeção em gastar dinheiro com o que lhe dava prazer. Para alegria dela e tristeza de papai a resposta era sempre não. Negativas nunca chegaram a assustar meu pai, talvez por isso ele tenha enriquecido. As palavras não e jamais fizeram parte do seu dicionário. Minha mãe lhe disse não, e um ano depois meu irmão Marcos nasceu. Entendem o que digo? Pois bem, determinado a conseguir o que queria, partiu para Paris a negócios. É claro que o negócio era a compra da casa.

– Um negócio desse tipo deve ser tratado de homem para homem – falou, vendo mamãe fazer contrariada sua mala.

Convicto de sua vitória, ele partiu. Minha mãe chorou como não tinha feito em nenhuma outra despedida. Da janela de vidro o vimos entrar no avião. Aquelas foram as primeiras das muitas lágrimas que ela derramou por ele, que não voltou com vida ao Brasil. Uma semana depois de sua partida, o telefone tocou, e não foi uma melodia alegre. Joel Raimundo Ramos tinha sido acometido por uma estranha febre e morrido dormindo. Seu secretário particular e amigo contou que ele havia chegado muito calado do jantar de negócios que tivera com Etienne Rohan. Nada explicou. A única coisa que disse foi: "Descobri que aquela casa não valia tanto quanto parecia". Na manhã seguinte, despertou doente e não mais se recuperou.

Ficamos diante da cova aberta. Eu sentia a chuvinha fina caindo, o chão úmido e o vento frio batendo nas costas. Via o Pantaleão envolto na frieza de um inverno rigoroso, com os pés atolados na lama. Procurei ar nos pulmões e tudo que encontrei foi dor e pesar. Eu tinha 15 anos e via tudo que mais amava ser guardado naquele lugar úmido e de aspecto sujo. Havia acabado. Uma vida inteira descia para repousar naquela cova sinistra. Uma mão firme tocou meu ombro e me puxou para um abraço de consolo. Sem reação alguma me deixei abraçar e tentar esquecer o que sentia. O abraço fora de Lucas, até aquele momento somente um dos funcionários prediletos de meu pai. Ele era pobre, magro e três anos mais velho do que eu. Seu futuro e o de minha família estavam garantidos. Papai, prevenido como sempre, tinha deixado os negócios em ordem e nas mãos de meu tio Júlio.

O barulho do jipe na garagem me trouxe de volta à realidade. Já era tarde da noite e os sons pareciam mais nítidos. O ruído das chaves e de seus passos na lajota da garagem chegaram bem claros aos meus ouvidos. Sim, eram suas botas velhas. Em seguida ouvi o tinir das correntes da porta traseira do jipe e enfim o arrastar de algo pela casa, primeiro na sala, depois pelo corredor, seguindo para o segundo quarto, onde se encontrava meu pequeno escritório. Alguns ruídos totalmente indecifráveis. Quando percebi sua aproximação, fingi dormir profundamente.

A porta foi aberta com cuidado. Podia sentir sua presença, mas não fiz um movimento sequer. Quando ele se sentou à beira da cama, gelei. O que podia querer comigo? Ele me desamarrou e tive que me controlar muito para não sorrir de alegria diante do fato. Vou fugir, pensava feliz, enquanto seus dedos, delicadamente, desatavam os nós apertados. Por um instante ele apenas acariciou as marcas deixadas pelas tiras. Depois, tocou meu tornozelo com os lábios quentes. Confusa, virei de lado ainda fingindo dormir. Jan se aproximou e começou a desatar os nós em meus pulsos com paciência, mas, após beijá-los, depositou sobre eles aros de aço frios e resistentes. Eram algemas.

– Abra os olhos, *petite*. O tapa que lhe dei não foi assim tão forte – falou perto do meu ouvido.

Sentia-me consumida pela raiva e totalmente frustrada mais uma vez e tendo que me submeter à sua vontade. Abri os olhos e o encarei com valentia. Seria preciso bem mais para fazer um Ramos desistir.

– Infeliz! – falei, encolhendo-me contra o espelho da cama.

– Seu vocabulário é bem rico, mas comigo não adianta muito. Para dizer a verdade, até gosto de vê-la assim furiosa. Comentou, agarrando meu tornozelo com força. Rápido como uma cascavel, ele me algemou. Ao ver meu olhar ressentido, simplesmente falou:

– Precisamos conversar.

Tive um desejo louco de chutar sua cara, mas me contive. Não serviria de divertimento para o sequestrador.

– Parece que o isolamento fez muito bem a você. Sabe, eu não a prenderia dessa forma se fosse uma boa menina, mas é melhor se acostumar com sua nova posição.

– Que posição? De sua prisioneira?!

– Kara, eu vou partir. Mas certamente não será hoje e muito menos amanhã.

À medida que falava, andava pelo quarto de um lado para outro com uma expressão preponderante. Parecia um general despachando ordens. Assemelhava-se muito a um aristocrata. Aquela não era a postura de um zé-ninguém. Não pude deixar de imaginá-lo caminhando em um dos corredores do Louvre, vestindo trajes do tempo de Luís XIV. Balancei a cabeça, confusa com a visão e voltei minha atenção às suas palavras.

– Estou depauperado. Como vê, apoderei-me de roupas de seu marido.

As roupas tinham ficado perfeitas nele. A calça *jeans*, que ficava folgada em Lucas, moldou-se perfeitamente ao seu corpo benfeito, como se lhe pertencesse. Ele não tinha esquecido nada. O cinto e a blusa de gola alta branca haviam combinado perfeitamente com o *blazer* preto de corte fino. Jan escolhera o melhor, tinha bom gosto para roupas.

– Nada possuo além deste anel – dizendo isso, estendeu a mão, e a pedra azul brilhou em seu dedo mínimo. Era tão azul quanto seu olhar. – Estimo-o demais para vendê-lo e, mesmo que o fizesse, não conseguiria metade de seu valor.

– Não peço nada, além de minha liberdade.

– Sei que invadi sua vida de forma inesperada e até violenta, mas foi necessário. Tenho poucas alternativas e preciso de ajuda.

– Então, por que matou?

– Mato para viver.

– Então, é isso. Você é um matador de aluguel, um pistoleiro – concluí, entre a revolta e a indignação.

– É, sou um matador. Nunca matei por esporte, busco viver.

– E ainda chama isso de vida! É tão desumano.

– Desumano, cruel, perverso? Já pensei em todas essas coisas e as esqueci. Tudo se consumou há muito tempo. Posso garantir que me trouxe algumas alegrias e prazeres.

– Você não é normal – falei indignada.

– Acha-se muito normal, não é? Pois vou mostrar o quanto é anormal – falou, puxando-me da cama com exasperação. Ele me colocou diante da penteadeira e abriu as gavetas com força. – O que significa isso?

– São roupas.

– De quem?

Impaciente com meu silêncio, sacudiu-me pelo ombro, fincando os dedos como garras.

– Vamos, de quem são?

– Do meu marido. Por que tanto interesse?

– Há quanto tempo ele morreu?

– Não enche o saco!

– É realmente tão difícil falar comigo? – fitava-me entristecido.

– Por que quer saber? Deixe-me em paz e vá matar alguém, talvez a curiosidade passe – falei ríspida.

– Não brinque comigo, menina! – ameaçou, erguendo-me pelos ombros e lançando um olhar hostil. –Vou bater em você de novo. Fale! – rosnou ele, apertando-me com força.

– Três anos – gemi, mordendo o lábio para conter as lágrimas.

– Vejo que o amava. *Pardon*! Ama a ponto de conservar os pertences dele ao lado dos seus, como no passado. O modo como o idolatra é realmente lindo – comentou com seu tom cínico. Há fotos dele em todos os cantos da casa. Só não achei no banheiro. Ele a amava? – perguntou de modo tão desdenhoso que mais parecia uma mulher fofoqueira querendo descobrir algo escandaloso.

– Isso não é da sua conta!

– Não é de minha conta?! Mas claro que é. Afinal, se não tivesse guardado seus pertences, estaria agora vestido em trapos. Obrigado por amá-lo tanto.

Acho que só consegui ouvir sua gargalhada durante dois longos segundos. Depois disso, acertei em seu rosto a bofetada mais estrondosa que consegui. Por alguns instantes, ele apenas me observou quieto, incrédulo. Depois, tentou me forçar a encarar seus olhos. Sem sentir o chão, agarrei as abas do *blazer* e tentei empurrá-lo. Jan se divertia com a cena.

– Ora, me largue!

– Sabe há quanto tempo eu não era esbofeteado? Já sei, não sabe nem quer saber. Eu já imaginava, mas faz bastante tempo, e foi tão intenso e ardente quanto desta vez. Não foi educado de sua parte. Mas Kara não é uma boa menina mesmo. É um moleque com a boca mais suja que já vi. Mas isso não alterou o sabor de seus lábios.

Seus lábios tocaram minha pele e um arrepio de medo e prazer percorreu minha espinha.

– Me solte ou vou começar a gritar. Não me importo, vou acordar a vizinhança inteira. Grito bem forte! – insisti, bancando a idiota, enquanto fugia do seu olhar perturbador.

Ele ergueu minha cabeça e falou meio embriagado:

– Aposto que sim. Tem lindos pulmões.

Seu olhar sobre meus seios, ali apertados em seu abraço, parecia convidar ao toque. Fitei seu rosto e tentei berrar, mas ele se apoderou de meus lábios, como se devorasse uma fruta suculenta. Em represália, eu o mordi com força.

– Malvada! – disse, tomando novamente minha boca na sua.

Esmurrei, empurrei e lutei com toda força que possuía, mas de nada adiantou. Cansada de lutar e sem saber ao certo como, abri as mãos antes fechadas, prontas para agredir, deslizei-as sobre seus ombros e correspondi a seu beijo devastador. Quando sua boca descobriu a minha, senti o gosto de sangue sem saber se era dele ou meu. Suas mãos passearam por meu corpo de modo desejoso e quando tocou meus seios recuei. Envergonhada, soltei-me dele, desta vez sem protestos. Só não fui ao chão porque ele me enlaçou novamente.

– Estou me sentindo mal. O que fez comigo? – quis saber, ao ser erguida do chão. Tudo girava à minha volta.

– Beijei você, Kara, nada mais. Foi um beijo doce e profundo – disse, sentando-se, comigo em seus braços sobre a cama. – Homem algum a beijou desta forma.

Minha cabeça pesava. Sem conseguir me manter afastada, recostei-me em seu peito. Não sabia o que estava fazendo com o rosto voltado para o corpo daquele estranho. Agarrada à sua roupa com cheiro de zimbro, notei que minha cabeça era uma massa de ar. Ali só circulava um pensamento, uma agradável sensação de conforto e de prazer. Vou morrer em seus braços, constatei. Sua mão deslizou por minhas costas vagarosamente, subiu aos ombros e encontrou meus cabelos.

– Deveria usá-los sempre assim, soltos. São bonitos demais para ficarem presos – comentou sussurrante. – E então, ele a amava?

– Eu não...

– Quieta, nada de protestos, estou cheio deles, fale comigo – pediu, suave. Seu tom de voz era surpreendentemente calmo e hipnótico. – Sei que sou desprezível, desdenhoso e imoral, mas ainda sei ouvir alguém. Tem tanto medo da verdade a ponto de não a revelar a um estranho que vai sumir de sua vida em três dias?

Afastei-me para me recostar no espelho da cama, ainda tonta. Esperei antes de falar qualquer coisa e quando a voz rompeu os lábios soou diferente aos meus ouvidos.

– As pessoas dizem "eu te amo" com tanta facilidade. Ele me traía com qualquer uma – vou morrer mesmo, pensei. O que importa se ele vai saber que espécie de canalha era Lucas? – Loira, morena, negra, alta, baixa, pouco importava. Ninguém nunca disse nada, todos compactuavam com ele, principalmente os homens. Uma união machista e respeitosa. Lá vai o garanhão, pensava eu cada vez que ele cruzava a porta. Por que vocês são tão unidos? – perguntei, segurando sua roupa e encarando seu olhar límpido em busca de uma resposta.

– Sou o menos indicado para responder.

– Não esperava mesmo que respondesse – falei, desejando ardentemente um cigarro. – Durante algum tempo eu não notei nada. As desculpas esfarrapadas, o cheiro do perfume da outra, as marcas de batom. Até que vieram as cartas anônimas que diziam que ele tinha outra mulher e que eu também deveria traí-lo. Hoje finalmente posso rir disso tudo.

– Você tem um sorriso muito bonito.

Ignorei o elogio e continuei falando ou não teria coragem para continuar.

– Embora nunca tenha me tratado mal, seu comportamento mudou após uma violenta discussão que tivemos, graças a um bilhete que encontrei em sua camisa. Ele ficou cada vez mais frio e distante. Nem nos tocávamos mais. O que doía era perceber que Lucas não tinha coragem para admitir que nosso casamento estava morrendo. Preferia mentir e não lidar com o assunto. Mentia como se nada estivesse acontecendo. Talvez com medo de perder o bom emprego que possuía na empresa de minha família.

– Dinheiro, como sempre o dinheiro – suspirou Jan, pensativo.

– Não sei ao certo. Às vezes acho que era uma espécie de vício. Certa noite, cansada de bancar a esposa compreensiva, abri o jogo e mostrei as cartas anônimas. Dessa vez a carta trazia o nome da outra, e ele não teve condições de negar. Durante a briga, ele fez questão de me jogar na cara todos os meus defeitos. Disse que eu nunca estava em casa, que colocava a empresa à frente de nosso casamento e não tinha tempo para uma gravidez! Foi a gota d'água.

Jan permanecia em silêncio. Coloquei a cabeça entre as mãos e continuei:

– Dei um tempo, liguei para o marido da outra e os denunciei, vingativa. Precisava liquidar o assunto. Deitei-me nesta cama e dormi como havia muito tempo não fazia.

– Algum motivo especial para sua atitude?

– Sim. Queria evitar as velhas desculpas do tipo "eu ainda te amo" ou "não é o que você está pensando". Ele morreria negando, era seu estilo. Pela manhã, banquei a esposa preocupada e não contei nada a ninguém. Dois dias depois ele apareceu morto num matagal perto da obra em que estava trabalhando. Nunca imaginei! Minto, imaginei e desejei sua morte, só não esperava que o marido traído o fizesse tão rápido. Analisei meus sentimentos e descobri que era exatamente o que queria. Matar Lucas por me enganar, me trair e me culpar por seus erros. O amor acaba, vira ódio. Restou pouco da jovem que sonhava em ter filhos, em construir uma família. Com o tempo, passei a me sentir completamente árida. E hoje posso dizer que não há mais culpa, nem mesmo consigo chorar por ele – constatei, fitando Jan, que me olhava com consideração respeitosa. Desviei o olhar e fiquei em silêncio.

– Acredita realmente que o matou?

– Tive grande participação. Se não tivesse ligado, ele ainda estaria vivo.

– E certamente traindo você com qualquer uma.

– Eu tinha decidido me separar dele, não iria continuar seu jogo.

– Assegurar isso seria uma grande mentira. Possivelmente iria perdoá-lo e ficaria ao seu lado, pois ainda o amava.

Fazia algum tempo, ele se erguera da cama e andava vagarosamente.

– O fato é que você já o fez. Julgou e declarou a si mesma culpada. Se acha mesmo que o matou, está se enganando.

– Está sendo severo demais!

– Estou sendo verdadeiro. Isso é viver na ignorância. Você tem toda sua vida pela frente, esqueça-o. Lucas morreu, você está viva e me deu provas disso. Lutou por sua pequena e preciosa vida. Além disso, existe muita paixão dentro de você. Deve dividir esse sentimento com alguém. A culpa pode destruir você, Kara. Não gostaria de ver isso acontecer – tocou minha mão e voltou à sua frieza cortante.

– Obrigada por ouvir minha confissão, padre Jan – brinquei, imitando seu sotaque francês, sentindo-me leve. Aquele homem tinha conseguido me tirar do poço de culpa em que me encontrava há três anos.

– Eu a ouvi e dei toda atenção que pude, mas isso não significa perdão. Não posso perdoar ninguém, nem a mim mesmo. Quero que saiba que carregarei seu segredo comigo por toda a eternidade. Sabe que é a primeira vez que diz meu nome? Devo dizer que fica muito bonito saído de seus lábios. Obrigado – dizendo isso, fez uma reverência, curvando-se à minha frente. – Sou o primeiro a ouvir isso?

– É.

Seu comentário e o cumprimento me fizeram corar como uma boba. Seu sorriso gaiato me lembrou do beijo. Encolhi-me na cama e fiquei preparada para mais um ataque, mas em vez disso Jan apenas cruzou os braços e perguntou:

– Tem fome ou algo parecido?

Ele examinou o banheiro com cuidado e permitiu minha entrada. O banho foi rápido, porém relaxante. A poeira do sótão parecia presa em meus cabelos. De repente, lembrei-me daqueles pobres homens mortos, senti um peso no coração. Como pude revelar meus segredos mais íntimos a um assassino debochado? Contei a ele coisas que nunca tinha revelado sequer à minha melhor amiga, pensei diante do espelho. Enquanto me penteava, notei os lábios inchados, fora o tapa, estavam feridos. Ao abrir a porta, encontrei-o encostado na parede à minha espera. Lancei um olhar para meu escritório e percebi a porta trancada.

– Por que está fechada?

– É onde ficarei até sair de sua vida. Trouxe algumas coisas e gosto de privacidade.

– Melhor que não sejam drogas, pois não toleraria – falei, tentando manter o controle sobre a casa.

– Drogas?

– Cocaína, maconha, LSD, ópio, sei lá!

– Entendo. Não se preocupe quanto a isso. Nunca possuí esse tipo de vício. Meu único vício é jogar, todo e qualquer tipo de jogo.

Obviamente, uma dúvida pairava sobre minha cabeça. Horas atrás ele tinha confessado estar pobre e agora possuía objetos pessoais? Devia ter assaltado alguém durante o passeio que deu. Fui para a cozinha e, sob o olhar vigilante de Jan, preparei uma pequena refeição para dois. Não podia comer enquanto ele me olhava. Assim que coloquei o prato de macarronada com almôndegas sobre a mesa, ele me fitou fascinado.

– Tirou tudo isso de latas e pacotes. Tem certeza de que está cozido?

– Chama-se comida rápida. Vem tudo pré-cozido, basta esperar cinco ou seis minutos, dependendo do que vai comer, entendeu? – perguntei, depositando os talheres perto do prato sem deixar de perceber o quanto suas mãos eram finas e pálidas. Como podia ser tão forte?

Um dos guardanapos caiu, abaixei para recolhê-lo e notei que o chão estava limpo. Os cacos de vidro haviam sumido. Tudo havia desaparecido, bem como o corte em minha mão e os ferimentos em sua testa e no pescoço.

– Por que essa cara?

– Nada, estava apenas olhando – afastei-me, procurando algo para beber. Decidi embebedá-lo, mas só havia vinho. Vai ter que servir, pensei, pegando a garrafa. – Podemos? – perguntei, tentando não parecer muito ansiosa, afinal aquela era minha última chance de escapar.

– Claro! – sorriu satisfeito em ver a garrafa.

O que aconteceu depois foi insólito. Ali estava eu jantando amigavelmente com meu raptor. Ele estava muitíssimo à vontade, abriu o vinho de maneira graciosa, serviu-me e logo depois a si mesmo. A princípio eu só comi, descobri que estava faminta, mas depois comecei a beber e fazer perguntas:

– Você é francês?

– Sou.

– Está há muito tempo em São Luís?

– Faz algum tempo. Por que pergunta? – disse, deslizando os dedos longos sobre a borda do cálice de vinho.

– *Mon Dieu, petite*, essas coisas. Contudo, seu português é perfeito! – falei.

– Acha mesmo?

– Tenho certeza. – O elogio o fez sorrir para sorver o vinho. Tomei a garrafa e a aproximei de seu cálice, mas ele impediu delicadamente pondo a mão sobre a boca da taça.

– Por que foi preso?

– Errei profunda e cegamente. Deixei que o amor dominasse meu coração a ponto de comandar minhas ações, decisões e meus pensamentos. Errei como somente um tolo apaixonado erraria. Mas sobrevivi, e estou aqui forte o suficiente para lutar – seus olhos tinham um brilho maligno.

– Alguém o traiu também?

– Viu só? Temos algo em comum.

– Então, é isso, uma vingança! Precisa de minha ajuda para se vingar de alguém?

– Não ousaria tanto. É como dizem: um assunto de homens. Poderia ser muito perigoso para você.

– Foi uma mulher?

– Você pergunta demais. São todas iguais – reclamou e se levantou, pedindo que eu fizesse o mesmo.

– Mas...

– Chega. Vai passar o dia presa no quarto.

– Por que tenho de ficar amarrada o dia inteiro? Isso é contra os direitos humanos.

– Lindo! Madame, é inteligente seguir meu conselho. Obedeça-me agora! Estou cansado para entrar numa discussão, a manhã não tarda a chegar e foi uma noite longa.

– Isso é realmente necessário? Você poderia confiar em mim – falei. Já estávamos no quarto. Jan ajeitava a cama e finalmente as algemas. – Você nunca responde nada?

– Não. E você? Estarei no quarto ao lado, pela casa. Talvez saia, talvez não. Tenho sono leve. Tente não colocar nossa vida em perigo. Se o fizer, virei aqui e tirarei todas as suas comodidades. Faça o que peço e terá sua liberdade de novo – dizendo isso, desejou-me uma boa noite em francês e sumiu, trancando a porta.

05. Dentro da noite

A madrugada veio. O nascimento do sol foi longo e precioso para mim. A claridade aos poucos cruzou os vidros da janela, atravessou a cortina e jogou-se sobre o lençol. Pude sentir sua carícia quente como uma mão masculina. Pouco depois, um galo cantou solitário em algum quintal distante, amanhecia.

Passar um dia todo na cama é no mínimo tedioso. Nada para fazer, nada para ler. Nada, nada, nada! A princípio foi fácil, pois não consegui conciliar o sono. Comi algumas frutas tiradas da geladeira na última hora e fiquei deitada contando as telhas. Ouvi todos os movimentos da rua, as crianças brincando, os carros indo e vindo, os ambulantes, um carro de propaganda. Tomar café com pão e manteiga era decididamente meu desejo às dez da manhã. Podia sentir o cheiro vindo de algum lugar bem próximo. Lá pelo meio-dia, queria almoçar e ir ao banheiro. A uva havia acabado, fora meu divertimento. Sugava a polpa e soprava os caroços a distância. As correntes permitiam só alguns movimentos. Dava para pegar a comida, contudo, não conseguia colocar os pés no chão. Minha vontade era gritar, mas com certeza ele acordaria. A casa estava totalmente silenciosa. Quem passasse na rua pensaria que eu tinha ido viajar ou coisa parecida.

Roberto acampando, Alva fazendo compras, talvez fosse melhor assim. Não gostaria de vê-los cair nas mãos de Jan. Na rua havia confusão de músicas e sons. Era fim de semana e todos pensavam apenas em divertimento. Há quanto tempo eu não ia ao cinema? Três anos. Tudo na minha vida parecia fazer três anos.

O espelho da cama era feito em madeira. Poderia arrancar o pino trabalhado e erguer os encaixes. Não deveria ser tão difícil assim. Ou seria? Para abafar o som fiz uma bola com os lençóis, cobri com o travesseiro e chutei até conseguir. Demorei quase a tarde toda. Jan estava dormindo há catorze horas, dormindo durante o dia como um vampiro! Seria possível? Não, não podia! Quando o pino saiu e deixou a corrente livre, quase gritei de alegria. De um salto, fiquei de pé e fui para a janela. Minhas mãos tremiam de tão nervosa. Assim que a brisa fresca do anoitecer invadiu o quarto, me senti livre novamente. Apoiei o joelho dolorido na janela. A cortina tremeu, num aviso silencioso de perigo.

– Abandonando seu hóspede! – falou Jan bem próximo ao meu ouvido. Lançou-me sobre a cama e bateu a janela com violência. Qual seria a punição desta vez?

– Por que é tão má? Tínhamos um acordo. Dois dias, foi só o que pedi.

–Você disse que ia ficar e ficou. Acha que tive escolha? Hein? Não, você escolheu! Estou com fome, sede e preciso ir ao banheiro. Que me diz disso? Nada, está aí lindo e belo, descansado e pronto para me atormentar pelo resto da noite. Isso é um acordo? Não, é uma tortura desumana que somente poderia sair da mente de alguém como você. Um ser sem coração que prende mulheres com correntes.

Meu desabafo deixou-o calado e perplexo. Escondi a cara no travesseiro e chorei. Sua indiferença parecia cortar minha pele. Sua mão tocou meu ombro. Recuei e sequer olhei para seu rosto. Jan estava triste e arrependido. Saiu e voltou sem que eu ouvisse os seus passos.

– Tome isso.

Recebi o copo d'água gelada de suas mãos e bebi sedenta. Enquanto o fazia, ele tentava tirar com carinho os cabelos do meu rosto. Entreguei o copo, sequei as lágrimas e fiquei em silêncio. Quando finalmente tive coragem de fitá-lo, perturbei-me com seu estado. Apesar de parecer muito à vontade com seus cabelos soltos sobre os ombros, Jan estava pálido. Podia ver com clareza as veias mais finas e azuis de seu rosto. Sem perceber, comecei a tocá-lo. Preferi me afastar. Quanto tempo teria ficado ali tocando a sua face? Não havia sinal de raiva. Desta vez, seus olhos expressavam uma calma quase hipnótica.

– Você está bem?

– Estou, estou muito bem. Quero que coma alguma coisa, que vá ao banheiro, enfim, faça o que necessitar. Tem liberdade para fazer o que quiser. E vista uma roupa bonita. Vamos sair – avisou, enquanto retirava as algemas de meus pulsos doloridos.

– Por que isso agora? É muito perigoso, alguém pode reconhecê-lo.

– Acho muito difícil, e perigoso é não estar ao meu lado. Faça o que lhe pedi, mas antes preciso de um favor.

Minutos depois, ele trocava os canais da televisão muito satisfeito. A princípio, pensei que não soubesse ligar o aparelho por não ter intimidade com o modelo, mas era bem pior. Jan jamais tinha visto uma televisão em toda sua vida.

– Isso é lindo! Fascinante! É tão colorido, parece viva – disse Jan embevecido, sem se dar conta de que faltava o som.

– Aposto que entenderá melhor se aumentar o volume – falei, pegando o controle.

– E fala? – perguntou assombrado.

– De que serviria sem som? – depois de algumas explicações, ele sequer me entregava o controle remoto. Deixei-o e fui fazer o que tinha pedido.

– Estou pronta – falei, surgindo à sua frente.

– Veja, são os homens que matei!

Olhei a televisão chocada e vi os rostos do vigia, do carpinteiro e de mais um homem identificado como policial. Nada havia no rosto de Jan além de indiferença. Não era remorso ou pena, era uma frieza desumana.

– Realmente fascinante. Encontraram os corpos depressa e sabem a causa da morte. Esta é uma época muito rica em máquinas e seres. Devo ter cuidado.

– Você os tirou do casarão?

– Claro! Se os deixasse lá, em pouco tempo alguém descobriria e daria por sua falta. Não quero que nada de errado aconteça a você.

– Quem era o outro homem?

– Não o conhecia. Mandou que eu parasse, pediu documentos, quis me algemar. Fiquei com as algemas dele – disse, mudando os canais.

– Foi para isso que usou meu carro, para desovar seus malditos cadáveres!

Jan virou lentamente a cabeça e me encarou. Em seus olhos, ardia um fogo funesto. Ergueu a sobrancelha e falou num sussurro enraivecido, porém controlado:

– Acredito, madame, que não lhe dei o direito de falar comigo nesse tom.

Aterrorizada, afastei-me o mais depressa que pude e sentei-me na poltrona à sua frente. Apoiei os cotovelos nos joelhos e tentei não me entregar ao desespero. Jan desligou a televisão e me observou mordaz. Cruzou as pernas e depois de um longo suspiro perguntou, indiferente:

– Você os conhecia? É este o motivo das lágrimas?

– Como pode ser tão cruel? De onde saiu, afinal? Do útero de uma rocha? Que espécie de monstro você é, Jan? Algo consegue atingi-lo ou nunca desce desse castelo de gelo onde se colocou? – falei, pouco me importando com o que ele iria fazer.

– Não lhe devo explicações. Qual o motivo dessa cobrança? Desfaz-se em lágrimas por pessoas que nunca cumprimentou? Insulta-me e julga-me como se não tivesse defeitos? Pensa que é inocente? Você é tão culpada quanto eu. Diretamente, você nunca matou, Kara. Mas tentou me matar e vai continuar tentando. Sabe por quê? Chama-se sobrevivência. Ninguém quer morrer, ninguém quer matar, mas todos os dias pessoas matam. Legítima defesa, ele atirou primeiro, apanhava dele, estava com fome, perdi a cabeça. As desculpas são variadas, mas não preciso de nenhuma delas, pois sei o que estou fazendo.

– Pois bem, me mate. Agora! – pedi, enfrentando-o.

Jan olhava com certa perplexidade. Baixei a vista e desisti de provocá-lo. De súbito, fui agarrada pelo pescoço e encostada na parede. Ele apertava meu pescoço com força. No mesmo momento, comecei a me debater furiosa, buscando ar para respirar. Agarrada a seu braço, tentava empurrá-lo com toda força que possuía.

– Vê, Kara, não deseja morrer e eu não tenho pressa. O que sente é culpa e isso vai passar, como todo o resto. Mas enquanto não passar, vai continuar a incomodar. Claro, é problema seu. Resolva ou arraste isso consigo pelo resto da vida – disse, soltando-me no chão sem o menor cuidado.

Caída no chão, tossindo, continuei ouvindo sua voz.

– Vamos! Tenho algo para mostrar. Pode ser que aprenda um pouco hoje à noite sobre a vida e a morte.

Jan me puxou pelo corredor e me empurrou sobre a cama. Mexendo no meu guarda-roupa, olhava tudo com uma careta de desagrado.

– São feias, masculinas e escondem suas formas femininas. Que século é este! – disse, examinando as roupas mais despojadas. Quando abriu a outra porta do móvel, tentei impedi-lo, mas ele me deu as costas e fingiu não ouvir meus protestos. – Veste-se desta forma porque gosta! Não posso crer no que vejo. São vestidos, lindos vestidos. Enterrou muito mais do que seu marido, enterrou a si mesma. Mas Jan está aqui e não vai permitir que isso perdure por mais tempo – enquanto falava, escolhia um vestido. E pelo modo como o fazia, parecia saber exatamente o que procurava. – Aqui está a roupa perfeita para você, Kara. Simples, elegante e com um toque de sensualidade. Vista-se logo, estou esperando na sala.

Pensei em não obedecer, mas aquela saída poderia significar minha liberdade. Troquei de roupa, prendi os cabelos, passei um pouco de batom e apareci na sala. Jan estava de olhos fechados, sentado no sofá com a cabeça recostada na cadeira. Também havia mudado de roupa. Encontrava-se totalmente de negro, o que o deixava ainda mais pálido. Quando me notou no ambiente, me examinou demoradamente. Seus olhos passearam pelo decote redondo do vestido branco e subiram até meus cabelos.

– Solte o cabelo, está muito séria.

Como não obedeci, veio em minha direção. Enquanto desfazia a trança, deslizava os dedos entre os fios numa massagem lenta e sensual. Parecia brincar comigo.

– Lindo demais para ficar preso. Mostre o que tem hoje, pois tudo isso vai perecer um dia – falou, segurando um cacho para cheirá-lo.

– Não vamos pegar o carro? – perguntei, assim que cruzamos os portões.

– Hoje não, prefiro andar. A noite está bela demais para não desfrutarmos dela. Não sente? – quis saber, examinando meu rosto com atenção.

– É muito perigoso – menti, acompanhando seu passo lento.

Na verdade, não queria concordar com ele. Era demais para o meu ego ferido. Contudo, muitas vezes sentia necessidade de sair sem rumo noite afora.

Sem medo, sem hora para voltar, mas esses eram meus sonhos, meus desejos mais secretos.

– Sem minhas caminhadas, possivelmente teria desistido de tudo. Elas me alimentam a alma. Não acredito que não sinta prazer em sair sem rumo pela noite. Sinta, vamos, esqueça quem sou! – pediu, parando no meio da praça arborizada, diante de minha casa.

O vento embalava as árvores de maneira calma e graciosa, espalhando o perfume das acácias no ar noturno. O ciciar era baixo, mas audível. Tudo à nossa volta parecia, subitamente, ter silenciado para que ouvíssemos o doce farfalhar das folhas.

– As casas, as pessoas, estas coisas nunca mudam, continuarão as mesmas – prosseguiu Jan, melancólico. – Mas agora tudo está desagradável, as luzes coloridas parecem cegar, existem barulhos tão altos e ofensivos que me pergunto se muitos de vocês não estão surdos. Você vê estas coisas, Kara? – perguntou, sorrindo tristemente.

– Estaria mentindo se dissesse que não.

Assim que chegamos à rua, ele me olhou interrogativo, com as mãos nos bolsos. Andava despreocupado, como se a noite lhe pertencesse.

– Sente saudade do passado?

– Quer saber se sinto saudades de Lucas?

– Falo do passado distante de nós, cem, duzentos anos atrás.

– Entendo o que quer dizer. Sente saudade de uma época em que não havia carros nem poluição. Mas isso é arcaico. Os lampiões a gás ficaram obsoletos e foram substituídos por lâmpadas. As pessoas veem melhor. Seria muito estranho ver um lampião a gás nestes dias. Somos responsáveis por estas mudanças. Quando exigimos uma vida melhor, estamos indiretamente pedindo pelo avanço e isso tem um preço.

– E qual é o motivo de ser restauradora?

– Bem, talvez eu tente deter o passado, conservando o que ele deixou como marco.

Mas acredito que ninguém consiga deter o tempo ou mudar certos fatos, como impedir a morte de quem amamos. Não seria maravilhoso e perigoso voltar no tempo e ver pessoas e acontecimentos importantes?

– Feche os olhos, Kara – Jan pediu suavemente, a sombra de sua mão cobrindo meu rosto. Fechei-os sem pestanejar, envolvida por algo maior. – Imagine uma festa num grande salão. Ele está repleto de casais. Todos vestidos elegantemente. Sim, num belo salão damas e cavalheiros dançam uma valsa suave. Veja seu vestido de tafetá rosa, as joias em seu pescoço e pulso, o leque em sua mão. Num gesto delicado, você o abre e sorri segurando minha mão enquanto a cumprimento.

– Deus... – gemi, detinha-me no meio do gesto cerimonioso. Jan tinha minhas mãos entre as suas, parado no meio do que parecia ser um desses gestos cavalheirescos. – Devo estar ficando louca.

– É só saudade do passado como se lembra dele, *ma chérie.*

– Tenho vivido dele e não me envergonho disso. Não é de admirar que esteja perdendo o juízo – comentei, enquanto segurava a aliança pendurada no cordão em volta do meu pescoço.

Jan retirou o cordão de meu pescoço com a agilidade de um ladrão experiente. Tomou a aliança para colocá-la em seu dedo anular e em seu lugar colocar o anel.

– É apenas uma troca temporária. Não vou andar ao seu lado parecendo seu amante. De modo algum esta ideia me desagrada, mas chamaria a atenção das pessoas à nossa volta, e isso, minha Kara, é o que menos desejo.

Ao terminar de falar, colocou o cordão novamente em meu pescoço. O peso do anel de ouro me espantou e o examinei preocupada. Era valioso demais para ser carregado daquela forma.

– Não me sinto tranquila com isso preso ao meu pescoço. É uma joia muito valiosa. Devolva-me a aliança, é mais seguro.

– De jeito nenhum! Este é o local mais seguro que conheço para guardá-la. Tenho certeza de que vai cuidar muito bem de minha safira.

– Safira! Deus, é pior do que pensava! Este anel é roubado?

– Madame, este anel está em minha família há mais de cinco gerações – revelou sério. Tentei me afastar dele, mas fui detida.

– Nada disso. Devemos andar abraçados, acabamos de nos casar. Estamos apaixonados.

– Por favor, não banque o cretino.

– Relaxe, é apenas uma farsa – disse ao meu ouvido, pois algumas pessoas passavam por nós.

Cruzamos as ruas e andamos pelas calçadas sem pressa, desviando das crianças que brincavam naquela noite de sábado. Caminhamos num ritmo meio apressado. Sua mão em minha cintura exercia uma leve pressão. Sem ter outra escolha, tive de abraçar sua cintura benfeita. Debaixo de meu toque delicado estava a firmeza de suas costas largas. Sentia o seu cheiro de modo intenso. Isso não está certo, pensei. Mas em pouco tempo esqueci medos e reservas. Acho que foi no momento em que Jan passou o braço sobre meus ombros e me puxou para mais perto de seu corpo. Envolvida por sua proteção duvidosa, aproveitei, sem fantasiar. Ao meu lado, estava um homem estranho, um raptor. O movimento de meus quadris tão próximos aos dele o torturou. Seus dedos sentiam meu ombro desnudo e macio, as unhas tocavam minha pele sedosa. Percebi que desejava beijar meu pescoço esguio, mas conteve o gesto a tempo. Sentia-me cansada de tanto andar. Ele parecia ter apressado o passo e ficava cada vez mais difícil acompanhar seu ritmo, muito superior ao meu.

– Podemos parar um pouco? Estou com dor na perna.

– Você é muito frágil. Desculpe-me, acho que não notei o que fazia. Esqueci-me totalmente de que não tem resistência para cruzar a cidade a pé – comentou rindo, como se fosse algo natural.

– Deve estar brincando! – falei incrédula, vendo-o chamar um táxi.

– Para onde, patrão? – perguntou um homem negro, muito simpático, ao volante.

Seu sorriso branco e perfeito ia de um canto ao outro da boca, provavelmente por achar que Jan era turista. Vestia-se de maneira extravagante como a maioria dos *reggaeiros* da ilha. Usava boina nas cores da Jamaica, trancinhas, camisa tingida, figa no pescoço e brinco na orelha, um *reggaeman* feliz.

– Quero me divertir, ver pessoas, beber e dançar. Onde posso encontrar um lugar que me permita tudo isso e muito mais?

– São turistas e querem cair na noite. Muito bem, pegaram o táxi certo. Meu nome é Bobby e sou conhecido por levar o turista ao lugar certo na hora certa! – dali em diante o homem não parou mais de falar. Parecia conhecer todas as casas de badalação da cidade.

O carro seguiu para a praia do Olho D'água. Bobby ligou o rádio e a música da Tribo de JAH tomou conta do carro. Jan pareceu gostar e até marcou o compasso no encosto do banco, animado. Comecei a traçar meus planos de fuga e bem depressa. A ideia do clube não fora nada má.

– Algum problema? – quis saber Jan.

– Não, nenhum problema, só estava distraída.

– Tente...

– O patrão vai querer táxi para a volta? Está difícil conseguir táxi de madrugada com estes boatos sobre extraterrestres. Cá pra nós, posso dizer que o povo maranhense está acostumado a ver mula-sem-cabeça, saci-pererê, capelobo, alma penada e o fantasma de Donana Jansen, mas extraterrestre nunca. Acho que foi só em 1973. É, em 1973 eles apareceram pela primeira vez, fizeram algumas vítimas e nenhuma delas ficou viva para contar a história. Meu tio morreu nas garras de um deles. Foi horrível, Deus o tenha! – dizendo isso se benzeu.

– Fala de seres de outro planeta?

– Exatamente, patrão.

– No século XIX, as pessoas acreditavam que a lua fosse povoada por homens-morcegos – comentou rindo.

– Não duvido, patrão, não duvido. Meu tio, que Deus o tenha, foi encontrado morto num banco da Praça Gonçalves Dias. Estava mais branco que o senhor, se me permite a comparação. Ele estava cheio de pequenos furos pelo corpo. Minha mãe disse que foi por onde sugaram o sangue dele – disse o homem, completamente alterado.

Jan não respondeu, apenas ficou pensativo como eu jamais o tinha visto ficar.

– Que acha, *petite*?

– Isso não passa de uma grande tolice. Quem em seu juízo perfeito acreditaria em uma conversa absurda como esta? – respondi.

– Cada um acredita no que quer, mas meu tio morreu e não foi de morte natural – disse Bobby, encerrando o assunto.

– Não deveria duvidar, *ma petite*. Nunca se sabe o que encontraremos pela noite.

Jan pagou a corrida e não reclamou do preço. Acertou os detalhes da volta e fez o taxista sorrir novamente.

– Sei que quer chamar a atenção das pessoas, mas, quando fizer isso, tente não ofendê-las. Vai ficar mais fácil – avisou, segurando meu ombro enquanto me guiava pela calçada em direção ao clube.

– Tente não bancar o tolo. Esta foi a conversa mais antiga que ouvi para segurar freguês – falei, ajeitando a alça da bolsa sobre o ombro.

– Você se acha muito inteligente, não? Cuidado para não se surpreender. Sua petulância vai levá-la a um caminho sem volta.

– E onde pensa que roubar e matar vai levá-lo? Acredita realmente que conseguirá viver assim para sempre? Isso vai levá-lo à morte – desabafei irritada. Queria fazer com que entendesse e acordasse para sua situação crítica.

– Tenho por hábito jamais morrer – falou sorrindo.

– Jan, não brinque assim com sua vida. Sei lá, você é jovem e bonito. Não se destrua dessa forma.

– Obrigado por seus elogios, mas não quero que se preocupe com minha vida, ela está segura. Não vou morrer – parou e beijou minha testa. Havia algo a mais no fundo daquele olhar azul, mas certamente ele nunca diria.

O som da música estava muito alto. A pista de dança estava repleta de casais colados no ritmo ondulante do *reggae*. As luzes coloridas piscavam deixando todos tão estranhos e misteriosos quanto Jan. Garçons se esgueiravam rapidamente por entre as pessoas em um constante vaivém. Ele me puxava pela mão em busca de uma mesa vazia, o que seria muito difícil naquele momento.

– Queremos uma mesa.

– Impossível, o clube está cheio.

O garçom mudou repentinamente de ideia ao receber as notas em suas mãos.

– Siga-me – disse gentil.

A mesa ficava a uma distância razoável da pista de dança. O homem anotou os pedidos e saiu. Jan cruzou as pernas e se recostou na cadeira. Começou a fazer uma espécie de sondagem de tudo e todos à nossa volta. Ele se sentia em casa.

– Certamente as tavernas, as estalagens, mudaram bastante – comentou sério.

– Deus, de onde tirou essas palavras? – falei sorrindo.

– Como se chamam agora?

– Bares, clubes, *night clubs*, inferninhos, discotecas. Tudo menos tavernas. De onde você saiu?

– Dos seus pesadelos.

Calei a boca e desviei o olhar. Ele fitou meu rosto por algum tempo em silêncio, e isso me deixou decepcionada. Parecia que nunca falaria nada a seu respeito.

– Algum problema comigo? Estou suja ou descabelada? – perguntei, preocupada com seu olhar insistente.

– Estou admirando a sua beleza.

O garçom deixou as bebidas sobre a mesa e sumiu na multidão.

– Gostaria que parasse – pedi, envergonhada.

– A lua pede para que paremos de olhá-la quando se põe bela no céu ou o mar envergonhado recolhe suas ondas quando o admiramos? Não, permanecem lá. Faça o mesmo. E jogue fora esse cigarro. Como pode se poluir dessa forma? – falou, arrancado-o da minha mão.

– Devolva o meu cigarro! – pedi, tentando alcançá-lo novamente.

– Fumar é prejudicial à saúde. É um hábito terrível, impróprio para uma mulher tão encantadora como você. Sabia que deixa um gosto estranho no sangue?

– Prejudicial é conviver com você – falei, fitando a carteira de cigarros sobre a mesa. Ele percebeu meu olhar e em questão de segundos a pegou, antes mesmo que eu pudesse esticar o braço.

– Controle-se, *mademoiselle*. Um pouco de abstenção não lhe fará mal algum.

Ele guardou a carteira no bolso e deu o assunto por encerrado.

– Que viemos fazer aqui? Não acredito que esteja se arriscando tanto apenas por diversão – sorvi o refrigerante, ainda raivosa.

– Pareço alguém que não gosta de se divertir?

– Não. Parece bem boêmio, daqueles que vivem na noite, fazendo festa e bebendo. Tem cara de ser devasso e imoral. Um aluno de Sade, para ser mais exata.

– Descobriu tudo isso num simples olhar? Suponho que me julgue pelo que revelo ao falar, andar e beijar.

– Suponha o que bem entender. O que sei ao certo é que amanhã pela manhã você estará fora da minha vida para sempre – disse, lembrando-o de seus problemas.

– Somente amanhã à noite. Trata-me dessa forma desdenhosa por saber que sou um assassino ou é desse modo que mantém os homens distantes de sua vida?

– Quero que saiba que só fiz revelações a respeito de Lucas por me sentir acuada.

– Gostaria que pudesse se ver enquanto mente. Fica divina, franze a testa e não encara ninguém. Você falou porque precisava falar e não suportava mais viver se enganando. De agora em diante, lembre-se de que não vive mais mentindo! Veja minha entrada em sua vida como algo bom. Não sou um exemplo a ser seguido, mas talvez algo a ser lembrado – suas palavras eram um tanto confusas, mas eu as entenderia muito em breve.

Jan, como disse anteriormente, era um sem-vergonha, e tinha a capacidade de atrair mulheres com um simples olhar. Um homem consciente de seu poder de sedução. Além disso, sem dúvida alguma, era perturbadoramente provocante. Com seus modos elegantes e insinuantes, atraiu duas mulheres para a nossa mesa. Desembaraçadas, sabiam muito bem o que faziam e acima de tudo o que desejavam daquele homem cobiçável. Ele as acariciava, desfrutando de sua liberdade para com elas, que pareciam bastante envaidecidas com a conquista.

– Sua amiga não gosta de homem? – quis saber a loira, olhando-me com desdém.

– Preocupe-se apenas em me agradar. Deixe-a fora disso – avisou com certa frieza.

– Claro, querido.

A outra mulher, uma negra, brincava com a fita de seda que prendia seu cabelo. Suas longas unhas vermelhas deslizavam carinhosamente pelos fios claros. As bebidas eram uma constante na mesa, os copos nunca estavam vazios, e dentro de poucas horas a loira ficou bêbada. Àquela altura eu só desejava acordar do pesadelo interminável. Meu sonho de vê-lo embriagado nunca se realizou. Tudo que podia fazer era esperar por uma oportunidade de fuga. Ele conversava, ria, beijava as mulheres, descobria coisas e me vigiava atento. Ninguém à nossa volta parecia se importar com o fato de ele estar com três mulheres na mesa. O clube não era bem um lugar familiar, acho que entendem o que digo. Aquela era uma cena comum. A mulher negra fumava e bebia por nós duas. Quase pedi um cigarro, mas desisti ao sentir o olhar acusador de Jan. Ela era mais silenciosa do que a outra e bem menos vulgar.

– Você beija muito bem. Onde aprendeu a beijar assim? – quis saber a loira, sentando-se no colo de Jan para se pendurar melhor em seu pescoço. Ele a recebeu de maneira desejosa e a envolveu pela cintura, segurando os quadris. Puxou-a mais para perto e procurou seu colo exposto pelo vestido decotado e curto. Os dedos dele se entrelaçaram na alça fina, prendendo-a junto a ele.

– Com mulheres como você, querida – revelou, fazendo-a gargalhar alto.

Virei o rosto, desgostosa demais para continuar a fitar seu gesto imoral. Jan parecia querer me mostrar que realmente era um homem sem escrúpulos. Enquanto a seduzia, fitava-me de maneira insinuante. Devia haver algum modo de conseguir fugir. Subitamente percebi que um homem me olhava com interesse. Ele era perfeito, o tipo ideal para o serviço. Grande, forte e largo como um muro e muito mal-encarado. Alguém que, com toda certeza, não mediria esforços para lutar pelo que queria. Olhei discretamente para Jan e notei o quanto estava ocupado. Beijava avidamente a loira, que parecia derretida por completo em seus braços. Voltei o olhar para meu alvo e comecei a dar toda minha atenção feminina. Meu sorriso foi retribuído prontamente. Ele passou a mão nos cabelos de maneira desajeitada, mas ainda parecia indeciso e o motivo era Jan. Imediatamente, resolvi dar um motivo maior. Fiquei à sua frente e ergui a saia até as coxas. No mesmo instante o homem deixou o copo sobre o balcão e veio em minha direção. Voltei-me para a mesa e peguei a bolsa, preparando-me para fugir.

– Vamos dançar, boneca?

– Pensei que nunca me convidaria – falei, virando-me para o homem que me contemplava desejoso.

Contrariado, Jan se afastou da negra que o acariciava. A mulher ainda tentou segurá-lo, mas ele a empurrou, impaciente com o que via. A loira dormia, totalmente bêbada, sobre o tampo da mesa. Eu havia sido deliciosamente capturada pelos braços fortes do meu salvador, que não olhava para mais ninguém.

– O que acha que está fazendo? – perguntou Jan, erguendo-se da mesa.

Não lhe demos atenção e continuamos andando em direção à pista de dança. Mais alguns metros e estaria livre!

– Pagará caro por isso – falou, puxando meu braço com violência.

– Quem é você, afinal? – perguntou o homem, empurrando Jan com a mão espalmada em seu peito.

Ele sorriu perigosamente e soltou meu braço. Àquela altura todos à nossa volta observavam a cena com interesse.

– Volte para a mesa, mulher!

– Você não manda em mim! Estou cheia de obedecê-lo. Acabou! – falei, escondendo-me atrás do homem.

– Sai fora, branquelo! Vai me encarar?

Os empurrões nem tiravam Jan do lugar. Ele ia apanhar com toda certeza.

– Acho que será inevitável – dizendo isso, Jan desferiu um soco no queixo do homem, que simplesmente voou sobre uma mesa às suas costas. Pronto! A confusão estava formada. As coisas não haviam saído conforme planejado, mas agora era impossível retroceder.

Meio tonto, o homem ergueu-se entre os pedaços estraçalhados da mesa, passou a mão pela boca sangrenta e avançou sobre Jan, pronto para agredi-lo com uma das pernas da mesa. Jan a segurou no ar e desferiu um socou. Lutavam quebrando tudo em volta.

Incitadas pela confusão, as pessoas ao nosso redor começaram a brigar. Mulheres gritavam, copos e garrafas voavam pelos ares. A pista de dança virou um inferno, as pessoas se acotovelavam enlouquecidas, tentando ao mesmo tempo se defender dos objetos lançados e buscar a saída do clube. Naquela confusão de corpos que se empurravam em fuga, vi Jan atracado com dois homens que tentavam em vão segurá-lo. Dei as costas para a cena de violência e corri rumo à porta, como todo o resto fazia. Ouvi gritos e tiros, mas, ao cruzar as portas escancaradas do clube, escutei claramente meu nome ser chamado em voz alta e furiosa. Sem perder tempo corri pela calçada rumo à avenida. As pessoas que saíam às pressas entravam em seus carros em bandos e sumiam a toda velocidade. A polícia surgiu da outra extremidade da avenida. Apavorados, os que ainda saíam do clube eram imediatamente presos para averiguação. Qualquer sinal de rebeldia era controlado com pancadas. Entre os detidos não consegui ver Jan. Corri e me escondi, tentando respirar recostada numa barraca fechada. Estava na margem direita da pista deserta e precisava me esconder. Olhei para o relógio e vi minha salvação. Bobby apareceria a qualquer minuto. Antes que a dúvida cortasse meus pensamentos, festejei ao ver um carro surgir na pista. Era um táxi. Era Bobby. Sorri aliviada e sinalizei para que parasse.

– Graças a Deus é você, Bobby.

O grito cortou a noite como uma faca afiada, enquanto fitava o sorriso de Jan ao volante. Do outro lado estava o corpo de Bobby. Tentei fugir, mas fui puxada para dentro do carro com violência. Sobre o banco traseiro lutava com Jan que pulou sobre mim como uma pantera ligeira. Fui amarrada com trapos velhos. Eu me debatia, tentava arranhar seu rosto e gritava pedindo ajuda. Fui calada pela pressão da mordaça sobre meus lábios. Para completar, Jan me cobriu com um cobertor velho e pôs o carro em movimento. Não entendia como ele conseguido agir tão depressa.

Algum tempo depois o carro parou, as portas foram abertas e a mala também. Senti a corrente de ar entrar pela porta e pensei que ia colocar meu corpo junto com o do taxista.

– Quieta ou a jogarei no chão, minha pequena traidora! – aquele aviso foi o suficiente para que permanecesse imóvel em seus braços.

Envolvida na escuridão do grosso cobertor, senti um frio no estômago, algo parecido com pular de um lugar alto. Nesse instante, percebi que não ouvia seus passos. Tentei puxar a coberta, mas ele impediu e aumentou a pressão dos braços à minha volta. Corríamos ou flutuávamos? Essas coisas passavam em minha cabeça, enquanto o vento sacudia a ponta da coberta. A certa altura, algo tremeu e nós caímos. O cobertor deslizou e, sem poder gritar, emiti um grunhido. Fitei o céu cheio de estrelas e o rosto de Jan, mas ao olhar para baixo não encontrei o chão. Abaixo de nós, encontrava-se a beira de um telhado. Sem entender ao certo o que acontecia, fechei os olhos e rezei para não despencar. Se caíssemos daquela altura, provavelmente não sobraria muito de nós dois.

– Kara, escute-me, vou colocá-la sobre as telhas. Sei que está com medo, mas dou minha palavra de que não vai cair. Não precisa temer, estou aqui, apenas não olhe para baixo. Agora faça o que mando e tudo correrá bem. Vamos! Passe os braços sobre meu pescoço – pediu, colocando-me sobre o telhado.

Sabendo onde estava, fiquei imóvel. Nem respirava e apenas fitava Jan, sem olhar para baixo. Ele agia como um gato sobre o muro, tranquilo e confiante. Fiz o que ele mandou e me vi suspensa no ar, pelos pulsos amarrados. Ele se apressou em me segurar pela cintura, diminuindo a pressão. Colada a ele, tive a impressão de flutuar. Ele se deslocava de maneira ágil e leve. Pulava de um telhado a outro com a agilidade de um felino, como um espectro à noite. Sim, um fantasma. Se não estivesse agarrada a ele juraria que era feito de sombra. Tentei ver para onde íamos, mas só consegui ficar tonta e ter a absoluta certeza de que Jan não era humano. Nada do que fazia ou falava tinha sentido. O último pulo nos colocou no chão.

– Abra os olhos – ordenou, tirando gentilmente meus braços do seu pescoço.

Olhei à minha volta e me vi na garagem. Dentro de casa, seguimos para o quarto onde ele me empurrou para a cama e ligou a luz.

– Traidora!

– Ai! – gemi, assim que a mordaça foi desamarrada.

– Gemerá muito mais antes que eu acabe com você – ameaçou, desamarrando-me.

– Como conseguiu andar sobre os telhados?

– Detesto perguntas, principalmente as suas – retrucou. O *blazer* estava rasgado e ele o jogou no chão, furioso.

– Deve-me ver como uma estúpida, que não entenderia suas explicações.

– Não é estúpida, mas se comporta como uma estúpida, é diferente. Deveria tê-la deixado enfrentar a fome no olhar daquele sujeito. Teria sido muito educativo. Mas isso não interessa, é bom vê-la novamente. Sentiu falta de minha agradável presença? – perguntou, estendendo as longas pernas sobre o tapete do quarto.

– Que espera de resposta?

– Nada muito sujo, por favor.

– Adorei ficar longe de você. Respirei ar puro e me diverti vendo-o rolar pelo chão, atracado com aquele sujeito. Bem que estava merecendo uns socos. Infelizmente eles não conseguiram esmurrá-lo o suficiente.

– É uma pena realmente. Se tivesse esperado um pouco mais, teria visto a morte de seu amiguinho – desdenhou, soltando os cabelos da fita, que caíram livres sobre a camisa negra.

– Você o matou? Jan, você o matou diante de todas aquelas pessoas? Não posso acreditar que tenha cometido tal loucura!

– Fiquei muito magoado com seu comportamento. Foi desleal demais. Uma atitude terrivelmente deselegante me abandonar daquela forma. Confesso que fiquei muitíssimo aborrecido – balançou a cabeça e estalou a língua, fazendo beicinho.

– E foi este o motivo que o levou a matar um inocente?

– Olhe o tom de voz! Além disso, não foi você quem preparou a armadilha para ele? Quando o joguei sobre as cadeiras, nunca imaginei que uma delas pudesse empalar o corpo de forma tão violenta. Você o seduziu e o atraiu para a própria morte.

– Não! Você o matou, teve a escolha, não me culpe – gritei, erguendo-me da cama.

– Disse que iria aprender algo esta noite. Aprenda a perder e a admitir seus erros.

– Deveria ter me deixado partir. Tem dinheiro e roupas, o que quer mais?

– Entenda, você é minha – revelou, olhando-me com desejo.

Suas palavras me deixaram tão furiosa quanto no dia em que Lucas me proibiu de fazer tatuagem dizendo que meu corpo também lhe pertencia.

– Acha que eu sou um objeto seu?

– Afirmativo. Sua preciosa vida me pertence. Ela repousa aqui – falou, mostrando a palma da mão.

– Não pertenço a ninguém! Gostaria de matá-lo cada vez que fala desse modo!

– Aposto que teria feito o mesmo com Lucas caso ele tivesse jogado algumas verdades na sua cara.

– Pare! Não sou assassina – retruquei, quase sem voz.

– Veremos, *mademoiselle*, veremos – dizendo isso, puxou-me pelo corredor, levava-me para a cozinha. – Chegou a hora de nos conhecermos melhor. Possui belas facas – elogiou, retirando-as do esconderijo improvisado.

– Não, por favor – implorei, ao ser encostada contra a parede. Jan soltou meu queixo e se afastou. Minha hora havia chegado. Cairia no chão envolta em uma poça de sangue e morreria. Olhei ofegante e me controlei para não pedir clemência. O silêncio era total. Podia ouvir minha respiração alta e a dele tranquila. Ele sorriu e avançou para frente com a faca apontada para meu estômago. Fechei os olhos e falei, encolhendo meu corpo na parede fria:

– Deus, tenha piedade da minha alma!

– Rezando? – Jan perguntou, cortando os trapos que prendiam meus pulsos.

Abri os olhos e encarei aquelas pedras azuis encarando meu rosto de maneira divertida.

– Por que me amedronta dessa forma? Que espécie de prazer doentio é esse?

– Não é a primeira vez que digo que gosto de como reage às minhas provocações. Adoro ver como me enfrenta. Sua fúria é apaixonante, seu atrevimento me agrada profundamente. Num minuto encanta e no outro entristece. Logo depois seduz para finalmente provocar minha cólera a ponto de desejar matá-la aos poucos. Mas sua ousadia me impede que o faça. É a primeira pessoa com quem converso há anos, e mesmo dizendo me odiar consegue ser gentil. Provavelmente se não fosse tão atrevida e petulante eu a teria matado no primeiro dia. Odeio passividade. Vê a faca? Quero que me mate com ela.

A ordem foi dada em tom decisivo e não pude conter o riso. Após tantos sustos e aborrecimentos, estava finalmente rindo. Não era mais aquela mulher controlada de antes. Explodi numa gargalhada gostosa, apoiei a cabeça no ombro de Jan e continuei rindo. Olhei seus olhos e tremi, diante da certeza que havia dentro deles. Não podia ser verdade. Não, Jan estava brincando.

– Pare de jogar comigo – pedi, sentindo a pressão de suas mãos sobre as minhas.

– A vida é um jogo. Dê as cartas! – falava junto ao meu rosto, enquanto aproximava o corpo do meu, limitando o espaço entre nós dois.

– Mate-me, Kara – sussurrou próximo aos meus lábios, quase me beijando, num jogo de sedução contínuo, carregado de provocação. – Use sua humanidade e mate a quem odeia. Mate-me por amor, ódio, raiva, legítima defesa, mas faça logo – fez uma pausa, sugou meus lábios com carinho e sussurrou: – Mate-me, Kara.

– Pare!

– Não, pare-me você, sei que é capaz.

Virei o rosto, envergonhada. Tentei soltar a faca e fugir do laço de seu abraço, mas ele impediu apertando minhas mãos e me encostando novamente na parede. Ele sabia que eu nunca conseguiria matá-lo e usava isso para me torturar de maneira impiedosa.

– Olhe para mim. Vai ter de me odiar de verdade para conseguir.

– O que quer provar?

– Diga-me uma coisa. Qual foi o motivo que a levou a me trair daquela forma? Quero que jogue o que sente na minha cara. Grite se quiser, mas faça!

– Deixe-me em paz, estou cansada de brigar com você.

– Só vai conseguir paz depois de falar, vamos, diga!

– Eu o odeio! Gostaria que sumisse da minha vida! Gostaria que morresse!

– Olhe, quero que veja algo inesquecível – dizendo isso, nos imprensou.

Ele estava certo, foi algo marcante. Durante um segundo uma sombra cobriu seus olhos claros e pude ver sua pupila dilatar sobre a íris. Hipnotizada, quase não acreditei ao sentir seu sangue quente molhar minhas mãos. Fitava-me intensamente, sentia dor e não pude acreditar quando caiu no chão.

– Não – murmurei, fitando a faca em minhas mãos ensanguentadas. Caí de joelhos ao seu lado e o agarrei com força. – Oh! Deus, não! Jan... Fale comigo, por favor.

O sangue manchava suas roupas escuras e o chão. Toquei seu peito, pescoço, pulsos e nada encontrei. Desesperada, apoiei as costas na parede, abracei os joelhos e chorei. Deveria ter desmaiado, vomitado, qualquer coisa, mas meu cérebro parecia se negar a desligar. Não deixava o consolo da inconsciência. Matei Lucas e matei Jan, repetia atordoada.

De todas as nossas brigas, aquela decididamente tinha sido a pior. Perguntava-me se me sentia daquela forma porque era ele ou porque nunca tinha me dado conta de como era violenta. O que passava por sua cabeça quando me sugeriu tal loucura? Talvez eu soubesse a resposta, mas acho que não iria pensar nela. Devem estar me vendo de algemas ou coisa parecida. Desistam. Claro, cometi um crime e o caminho não poderia ser outro, mas com Jan as coisas não acontecem assim, não mesmo. Neste ponto, tudo mudou. Podemos chamar de ponto de partida para algo bem mais assustador, e inesperado.

Deveria verter lágrimas por ele? Pensem o que quiserem, não tenho uma resposta, tudo ainda está muito prematuro. Ele parecia diferente de tudo o que já tinha visto. Era realmente mau, inteligente, poderoso e muito misterioso. Senti isso quando fui obrigada a tocá-lo e olhar dentro dos seus olhos. Era uma espécie de fascinação. Admirei-o por conseguir ser tão verdadeiro em relação aos seus atos e instintos. Queria ter sua coragem. Que inferno! Havia chamado Jan de doente e lá estava eu com meus pecados que mais pareciam doenças. Achava que tinha empurrado Jan para sua morte. Naquele momento, um pensamento frio cruzou minha mente. Não matei. Ele usou minha raiva e meu medo. Era tão covarde que não conseguiu dar um fim a si mesmo!

– Miserável – xinguei, empurrando seu corpo com o pé. Ergui a cabeça e limpei o rosto com as costas das mãos.

– Tome, use isto.

– Deus!

Minha voz quase não saiu. Tentei me convencer de que era mentira, mas não. Ali estava Jan, totalmente refeito da facada. Recuei, tomei a faca de novo e ameacei. Seus olhos brilhavam, fitando-me com o mesmo cinismo de horas atrás.

– Por favor, *petite*, já basta. Mais uma facada e destruiremos por completo esta bela camisa. Sinto, mas acho que já conseguimos isso.

06. Um morto bem vivo

Ele estava sentado no chão, à minha frente, e parecia bastante normal sem qualquer sinal de desconforto.

– Surpresa, Kara? Se não estivesse, eu é que ficaria! Está tão pálida! Isso não é normal. Tem sempre um aspecto corado, os lábios tão viçosos. Devo supor que é medo, *ma chérie*?

– Como... Como pode estar vivo eu... eu... – tentei falar, mas não conseguia articular as palavras. Tremia encarando sua expressão avaliadora.

– *Mon Dieu*! *Mademoiselle* Kara está decepcionada? Quer que eu morra outra vez? – perguntou, tentando pegar a faca de minhas mãos trêmulas.

– Não! Abra a camisa.

– Madame, que atitude – censurou-me, fingindo constrangimento.

– Pare de brincar comigo.

– Peça outra coisa.

– Abra a camisa!

– Pronto!

Nada. Nenhuma marca, arranhão, corte, nada, nada! Olhei a faca e vi sangue e ainda havia sangue em minhas mãos.

– Aconteceu. Eu matei você, Jan. Você morreu. Não havia nada, nem pulso nem batimentos.

Sua gargalhada soou alto. Levou a mão ao ventre chato e firme e continuou a rir, exibindo seus dentes perfeitos e estranhamente pontudos. Ele ainda tentou ficar sério, mas não conseguia.

– *Pardon, pardon*, mas não consigo me controlar diante de tanta inocência. Pensei que fosse mais inteligente.

– Não me insulte, o estranho aqui é você. Por que não morreu? Há sangue espalhado pelo chão – senti-me enjoada e virei o rosto. Cobri os lábios e notei que ainda tinha a faca comigo. Joguei-a longe e tentei limpar as mãos no vestido, nervosa.

– Sente-se bem? Achei que gostaria de me matar. Pensei realmente que sentiria alívio – disse, surpreso com minha atitude confusa.

– Como pode pensar isso! Eu nunca sentiria prazer em tirar uma vida. Não existe prazer na morte.

– Eu já imaginava. Nunca esperei ser compreendido, nunca esperei carinho e jamais esperei amor. O mundo parece ter ficado bem mais cruel do que antes para nós dois. Queria conversar, observar seus hábitos, mas tudo que consegui foi perturbá-la. Desculpe-me, não preciso de você como inimiga. Tenho de contar algo e preciso que acredite. Não sou fugitivo da polícia. Sou um vampiro.

– Legal, já jantou? – somente depois que fiz a pergunta notei como ela fora infeliz. Ele não se ofendeu, apenas respondeu.

– Já, já. A loira do clube e o taxista.

– Isso é mentira!

– Não, não é. É uma das verdades mais incontestáveis da natureza. Existo e estou aqui em alma e sangue. Sabe, no princípio acreditei que o melhor seria mentir. Sofreria menos, não reclamaria. Mas não importava o que fizesse, você se lamentava. Então resolvi me revelar como sou de verdade, um vampiro – disse, de maneira sussurrante. Em seguida, agarrou minha mão e levou-me pelo corredor em direção ao escritório, que desde sua chegada encontrava-se fechado. Destrancou a porta e empurrou-me para dentro. A luz estava acesa. Olhei à minha volta e encontrei tudo fora dos lugares de costume.

Os livros da estante estavam remexidos, no chão. Sobre a mesa havia pilhas de revistas antigas, papéis velhos e jornais. Com toda certeza ele andara lendo. A caixa com os livros que trouxera do casarão também estava aberta, mas os livros continuavam guardados. Percebi que a pasta de couro tinha sumido. A pequena cama de campanha estava coberta apenas com um fino lençol. Os demais, juntamente com um grosso cobertor, cobriam a janela numa terrível cópia de cortina. Vi algo que certamente não fazia parte daquele quarto em desordem. Estava no meio dele, coberto por um cobertor. Curiosa e pronta para mais uma surpresa, puxei-o com força.

Negro e fascinante, ele surgiu diante dos meus olhos. Fiquei admirada com o caixão num estado de hipnose completa. Parecia me convidar a tocar sua forma lisa e brilhante.

– Ai, meu Deus! É verdade.

– Só não entendo por que acreditou no caixão, e não em minha palavra.

– Saia dessa casa agora mesmo e leve isso com você – falei, como uma mãe que vê o filho trazer mais um gato para casa.

– Somente amanhã. Temos um trato de três dias. Além disso, é tarde. O dia está quase nascendo e não vou arriscar tudo só para deixá-la mais feliz.

– Dane-se! Quero agora! Tenho alho suficiente na cozinha para mandá-lo para a Lua. Vi muitos filmes sobre vampiros e sei bem o que pode matá-lo, portanto fique longe – ameacei, indo até minha mesa em busca de um crucifixo.

Jan recostou-se na parede e ficou me olhando de maneira gaiata.

– Alho só fica bom com macarronada, pelo que ouvi dizer. Quanto a isso, é somente um símbolo cristão que nunca sequer me deu alergia.

Puxou a cruz da minha mão e a guardou. Ao fechar a gaveta, bateu com força desnecessária só para fazer barulho.

– Assusto você? Sabe como é, suores, tremor, arrepio na espinha.

– Não – menti muito baixo, recuando.

– Será que perdi o jeito? Melhor testar.

De um salto, estava grudado ao meu corpo, anulando meus esforços de fuga.

– Não! Não! Não! Você me assusta, acredite. Tenho medo sempre.

– *Ma chérie*, eu sei. Quero algo que somente você pode me dar. Desejo seu calor, sua vida. Quero o seu sangue, o prazer de tê-la em meus braços, numa entrega total. Desejo-a demais.

Chorando, senti seus lábios passearem pelo meu colo. Empurrei-o, cravando as unhas em seus ombros. Tentava afastá-lo, mas parecia estar colado junto a mim. Segurei seus cabelos e ergui a cabeça para ver seu rosto. Jan tinha os olhos dilatados. Os lábios entreabertos exibiam os caninos pontudos. A verdade surgiu naquele momento. Percebi que nunca havia visto uma arma em suas mãos. Ele sempre usara a força. Matou o vigia e não pegou sua arma, brigou no clube de mãos limpas e matou um homem, atacou Bobby e rasgou sua garganta. Todos os corpos sangravam no pescoço. Lembrei-me do aspecto da loira no clube e atinei para seu estado após ser beijada por Jan. Ele também havia ferido meus lábios ao me beijar.

– Finalmente acredita, posso ver em seu olhos, *mon amour* – falou, sem esconder a verdadeira face.

– Não quero morrer! Não quero morrer!

– Jamais cometeria tal erro. Seria um crime imperdoável agora que tudo está como antes. Amo-a demais para ir até o fim. Preciso disso, precisamos nos unir inteiramente. Preciso tê-la por inteiro. Confie em mim – dizendo isso, empurrou meus cabelos. Eles escorregaram por minhas costas, deixando o caminho livre para sua boca ávida.

Meu último gesto de resistência foi silenciado por seu olhar penetrante, que me anestesiou a vontade própria. Confusa e inebriada com seus carinhos, não resisti ao doce apelo, mesmo quando me vi erguida do chão. Curvado sobre meu corpo, parecia falar comigo por meio de carícias. Provocante, sua boca desceu na curva de meus seios e me fez gemer de prazer. Delicadamente, ele me colocou na cama, apoiado no cotovelo, e me olhou cheio de desejo. Não lutava mais, flutuava numa nuvem que terminava no abraço de Jan. Podia falar, mas não pronunciei uma palavra sequer, selei meus lábios com os dele para não protestar. Tudo que queria era retribuir seus afagos. Podia sentir seus dedos desabotoarem meu vestido. Toquei seu rosto e recebi um beijo na palma da mão. Sorri e deslizei os dedos entre os fios de seus cabelos que caíam fazendo cócegas em meu nariz. Os fios de ouro foram afastados, substituídos por um beijo cálido. Um arrepio de prazer percorreu meu corpo. A boca de Jan cobriu a minha e retribuí, para sentir um gosto conhecido invadir meu paladar. Era sangue.

– Mordi seus lábios? – perguntei, levando a mão aos lábios sujos de sangue. O céu estava dentro de casa, o céu dos olhos de Jan.

Sorri outra vez e senti o peso do seu corpo sobre o meu. Suas mãos deslizaram sobre meus quadris, puxando a renda da roupa íntima. Beijei seu peito nu e quase o mordi, brincalhona. Onde estaria Kara Ramos? Eu me perguntava enquanto recebia seus carinhos.

– *Mon amour, mon amour* – gemeu, enquanto mordiscava minha cintura, o ombro e finalmente o pescoço, fazendo-me sorrir e beijar sua boca.

De súbito, a brincadeira ficou mais lenta. Voltei à consciência como se tivesse acordado de uma espécie de transe. Mas já era tarde. Jan recolheu-me em seu abraço e mordeu-me, com força. Deixei um ruído fraco escapar da garganta e me debati sem fôlego. Cravei as unhas em suas costas e senti o sangue molhar minhas mãos. Ele afastou as presas e beijou os furos para sugá-los com força. O líquido quente escorreu por meu pescoço e molhou meus cabelos espalhados na cama. Fechei os olhos e senti-me leve. O sangue parecia ferver dentro de minhas veias, sacudindo meu corpo em ondas de prazer. Ao provar novamente dos lábios de Jan, sorvi seu beijo morno. Levada por essas sensações agradáveis, apaguei e acordei muito tempo depois.

07. Beijos mordidos

A maca foi colocada no chão e segui a toda pelo corredor do hospital. Lembro-me das lâmpadas que via em intervalos repetitivos. Ao meu lado, um homem era seguido por mais dois. Mãos frias tocaram meu pescoço enquanto eu atravessava portas e mais portas. Erguida da maca, fui colocada sobre uma cama e examinada por funcionários de branco.

– Ela tem um corte feio no pescoço, o batimento cardíaco está fraco e a palidez é um mau sinal. A reação da pupila é boa, não parece estar drogada ou dopada.

Acho que retirei as mãos do enfermeiro de cima de mim, aborrecida.

– Quem a trouxe? – perguntou uma voz masculina, apoderando-se de meu pulso e depois medindo minha pressão.

– Olhe isso, dr. Vitor – A enfermeira chamou, puxando a borda do meu olho.

– Que fizeram com ela?

– Só Deus sabe, foi atacada na rua – alguém falou da porta.

– Ela vai ficar boa?

– Faremos o possível – respondeu a enfermeira, acalmando o homem loiro.

– Sei que sim, obrigado.

– Pode esperar na recepção se quiser – disse, sem perceber que seu interlocutor já havia desaparecido.

– Precisamos de sangue tipo A positivo. Isso são furos?

– Parecem marcas de dentes – sugeriu doutor Vitor, cobrindo meu rosto com sua sombra.

Entre o sonho e a realidade, empurrei ambos e tentei me erguer da cama.

– Fiquem longe de mim! – gritei. Ambos tentavam me deitar novamente na mesa. Quando fitei a cor do sangue no pacote de transfusão, perdi o controle e voltei a gritar: – Sangue não!

– Segure ela, homem!

– Estou tentando. De onde ela tira tanta força?

– Me larguem, por favor. Eu não quero sangue, quero ir embora! Eu quero ficar igual a ele! – falei, debatendo-me de modo incontrolável.

A enfermeira avançou, tentando impedir que eu retirasse a agulha da veia.

– Jan! Jan!

– Não fiquem aí parados, façam alguma coisa ou ela vai destruir a emergência! Chamem a segurança! – ordenou a enfermeira assim que derrubei uma bandeja cheia de pequenos instrumentos.

Meu braço sangrava livremente e tudo que eu queria era sair porta afora. Finalmente, presa por dois médicos e mais um enfermeiro forte, fui detida. Desmaiei antes mesmo que a enfermeira aplicasse o sedativo e só acordei três dias depois, com Alva e Roberto ao meu lado no quarto.

– Quem é esse Jan? – perguntou Roberto.

– Isso pouco importa no momento.

Não consegui manter os olhos abertos. Uma luz forte me incomodava a ponto de doer. Eu fitava apenas vultos que se moviam pelo quarto. Cobri o rosto com a mão e pedi num fio de voz:

– Fechem a janela.

Assim que o ambiente escureceu, consegui fitá-los. Pareciam preocupados, ansiosos, aliviados, curiosos, tudo ao mesmo tempo. Eu estava triste demais e sem forças para dirigir alguma palavra a eles.

– Água – pedi, quebrando o silêncio constrangedor.

– Claro, querida – disse Marcos.

Deveria ter estado entre a vida e a morte para que chamassem meu irmão Marcos. Olhava-me no leito de modo apreensivo. Tocou minha mão passando segurança. Nós nos parecíamos bastante em caráter. Em aparência lembrava muito o nosso pai. Cabelos escuros, a pele morena, queixo forte e sobrancelhas grossas. Ele e tio Júlio pareciam determinados a nos assustar de tão parecidos. Marcos era um tipão de homem.

Sua voz soou tão alta que quase levei a mão aos ouvidos. Com ajuda, sentei na cama e sorvi a água até o último gole. Eles ajeitaram os travesseiros e me ajudaram a puxar o corpo para cima. Espiei o quarto onde estava. Era um apartamento bem decorado e com certeza caro. Olhei o pacote de transfusão e acompanhei o líquido ser drenado para dentro de minhas veias. Toquei a mangueira discretamente para tirá-la, mas Marcos me impediu, delicadamente.

– É preciso, querida. Você está muito fraca, precisa se restabelecer – falou, desempenhando seu papel de irmão mais velho.

– Quanto tempo faz...

– Três dias inteiros – disse Roberto, chegando mais perto da cama.

– Como vim parar aqui?

– Não se lembra do que aconteceu? Foi assaltada. Um desconhecido a encontrou desmaiada dentro do carro e a trouxe para o hospital.

Acuada por uma sessão de perguntas, resolvi não responder nenhuma.

– Não me sinto bem – disse, encolhendo-me e fechando os olhos.

– Alva, chame o médico, por favor.

Verdadeiramente não estava bem. Sentia arrepios percorrerem meu corpo. Sentia frio. Desejei ardentemente ser abraçada. Não suportava as vozes, queria que todos fossem embora, que fosse noite e que a claridade não perturbasse meus olhos.

– A visita acabou. Ela está com febre novamente e precisa descansar. Esforçou-se demais – falou o médico, retirando a mão do meu pulso. – Ela não está em condições de responder a tantas perguntas, precisa dormir.

Assim que os visitantes foram embora, ele tocou minha testa e iluminou minha pupila com uma lanterna pequena.

– Isso dói! – falei, tentando fechar os olhos.

– Desculpe, mas é necessário – respondeu, guardando o objeto no bolso do jaleco branco. – Como se sente?

– Com muito sono – respondi bocejando.

Ele auscultou meu coração, auferiu a pressão e retirou o soro que já estava no fim, para que a enfermeira colocasse outro.

– Então durma.

A irritação visual sumiu por completo no quarto às escuras. O sono desapareceu e fiquei desperta como um gato assim que anoiteceu. Minha mente trabalhava a toda. Levantei da cama, arrastei-me até o banheiro e encarei meu rosto no espelho sobre a pia. Minha aparência estava péssima. Eu estava abatida e descabelada. Toquei o curativo em meu pescoço e senti a carne doer. Impaciente, comecei a retirar as ataduras e dei de cara com os dois furos arroxeados. Senti uma tontura balançar meu corpo e precisei me segurar na pia para não cair. Escorreguei para o chão e fiquei lá sentada. Baixei a cabeça e chorei lembrando-me de tudo que fizera. A simples lembrança do beijo de Jan bastou para o ferimento voltar a sangrar. Preocupada, recoloquei a atadura e procurei pelo corpo outras marcas, mas felizmente não achei nada. Voltei para a cama e deitei ainda tonta, planejei a história que contaria e pude então dormir tranquila.

– Deixar o prato seria educado – disse o médico, sorrindo ao me ver comendo.

Limpei os lábios no guardanapo e deixei-o sobre a bandeja para que a enfermeira a retirasse. Assim que ela saiu, fiquei a sós com aquele médico observador, sabendo muito bem que era hora de contar minha mentira.

– Meu nome é Vitor. Eu e um colega, doutor Macedo, a medicamos assim que chegou. Bem, pelo menos tentamos – disse, ainda segurando minha mão.

– Fico agradecida – falei, puxando a mão delicadamente.

– Tenho algumas perguntas, se você não se importar.

– Claro, tudo bem.

As primeiras perguntas foram sobre como me sentia, minha rotina de vida, antigas doenças e quadro atual de saúde. Mas aos poucos elas mudaram de foco, como eu já imaginava.

– O que acha que furou seu pescoço?

Ele preenchia uma ficha e evitava me olhar de frente.

– Um ferro fino, talvez uma pequena chave de fenda – falei, sem alternativas plausíveis.

– É um corte resistente, ainda sangra. Não faz uma ideia mais clara?

– Realmente não sei.

– Certo. Chegou a ver suas roupas sujas? Lembra se sangrou muito?

– Não me lembro.

Apesar de ter perdido muito sangue, minhas roupas estavam limpas, o que certamente intrigou a todos.

– Algo errado, doutor? – perguntei, sondando sutilmente suas ideias.

– Para ser franco, sim.

Vitor tinha uns trinta e poucos anos, era simpático, mesmo com toda sua curiosidade. Era o tipo moreno-claro, de sorriso bonito e gentil. Aparentava ser um excelente profissional e levava seu trabalho muito a sério, mas não a ponto de ser frio. Provavelmente por isso, conseguia extrair dos pacientes os seus segredinhos. Mas seu charme comigo não ia funcionar.

– Deve saber que chegou aqui num estado muito ruim. Parecia quase morta. Ao ver o sangue destinado à sua transfusão, simplesmente reviveu e por pouco não quebrou tudo à sua volta. Foi preciso três homens para detê-la.

– Sinto muito. Realmente não sei como pude me comportar dessa maneira. Sempre fui uma pessoa controlada. Acredito que meus estragos serão devidamente integrados à minha conta – falei, tentando finalizar o assunto.

– Você não chegou a destruir nada. Jogou apenas algumas bandejas no chão. Não fique tão perturbada, estava em choque. É natural. Além disso, o comentário não foi feito em tom de reprovação. Devo avisá-la que estas perguntas partiram de minha curiosidade. Não irão para sua papeleta, tem todo o direito de não responder. Aceitarei sua negativa, mas quero que veja algo e reflita, antes de se negar a fazê-lo – dizendo isso, puxou a manga do jaleco e desfez um curativo em seu pulso.

As marcas de Jan estavam ali vivas e recentes, marcas de dentes, furos não muito profundos e menores. Virei o rosto e fiquei sem ação.

– Deve estar se perguntando quem me mordeu – falou, ajeitando o jaleco. – Pois foi você.

– Mentira! Nunca faria algo desse tipo. Estou bem.

– Nós sabemos a verdade. Agora diga como aconteceu e onde ele está.

– Olhe, sinto muito se o machuquei, mas não sei do que está falando. Fui assaltada e ferida – continuei, ciente do perigo que corria caso revelasse algo.

– Há um mês venho acompanhando casos como o seu. Os demais chegaram aqui mortos, ou melhor, exauridos. Todos os corpos encaminhados para este hospital apresentavam furos e mordidas na garganta, quando não pelo corpo todo.

– Ninguém me mordeu. Um louco furou meu pescoço e me roubou.

– Uma noite antes de sua chegada quatro corpos foram encontrados, três deles num beco, o quarto era um taxista que teve a garganta rasgada. Seu ladrão não foi muito gentil com ele. E um detalhe interessante, dois deles trabalhavam para você. O que me diz disso? Um deles estava totalmente em decomposição, mas o que realmente intriga a polícia é o que faziam dois homens com um cadáver de quase três dias.

– Não vou continuar ouvindo suas loucuras! Nem sabia disso.

– Deixe-me dizer apenas uma coisa – recomeçou, aborrecido demais para se privar da última palavra. – Seu organismo nada sofreu além de uma perda muito grande de sangue. Você ficou viva por algum motivo.

Um calafrio de medo percorreu minha espinha. Segurei a borda do lençol, ficando abalada com a revelação que até agora tinha evitado.

– Ele vai voltar e querer muito mais do que seu sangue da próxima vez. Não sou tolo a ponto de acreditar nessa conversa de extraterrestres. Não é a primeira vez que isso acontece nem será a última. Tem certeza de que quer correr esse risco?

– Doutor, gostaria de saber do que fala, mas infelizmente não posso ajudá-lo, sinto muito. Minha atitude foi terrível, jamais desejei feri-lo, não era eu mesma quando o fiz.

Temendo pelo pior, resolvi ficar na ignorância.

– Realmente não foi a senhorita que me mordeu. Era uma mulher faminta, que jamais quero encontrar em um beco escuro – ele suspirou e voltou a agir como médico. – Meu objetivo era avaliar seu estado e autorizar algumas visitas. Tome, este é o número do meu telefone. Ligue quando recuperar o bom senso. Não vou mordê-la. Só desejo ajudá-la.

– Obrigada, doutor. Passei no teste? – perguntei, pegando o cartão.

– Nunca vi alguém tão preparado – comentou, um pouco mais à vontade, voltando à sua atitude brincalhona.

Ele já estava na porta quando o chamei.

– Doutor!

– Sim! – voltou-se esperançoso.

– Quando irei para casa?

– Dentro de poucos dias.

– Estou enganada ou deseja que eu fique mais tempo?

– Sou um médico, meu trabalho é fazer com que meus pacientes se recuperem. Tudo que sei é que se sentisse mal mudaria de atitude em relação a esse segredo que guarda com tanto cuidado. Você delirou e nem mesmo assim deixou escapar nada, a não ser o nome de um tal de Jan. Amigo seu? – seu tom de voz renovou meus arrepios.

– Tenha um bom dia, doutor Vitor – falei sem nem piscar.

Após sua saída, andei pelo quarto como um animal enjaulado. Minutos depois, já me sentia exausta pelo esforço. Talvez devesse ter contado a verdade. Mas do que adiantaria? O pior de tudo era que Vitor parecia saber algo sobre ele, mas o quê? Suas insinuações tinham sido claras. Teria sido enviado por Jan? Não, impossível.

Marcos entrou no quarto e preparou-me para receber dois policiais. Ele se sentou na beira da cama, tomou minhas mãos entre as suas e me deu um apoio desnecessário, mas muito convincente. Não me sentia tão fragilizada como aparentava. Sentia uma força estranha guiar meus pensamentos e ações. Ela me fazia forte e capaz de enfrentar qualquer pergunta, mas me deixei proteger e respondi a tudo com cuidado.

Depois das apresentações, os dois acomodaram-se e começaram o interrogatório. Jan estava certo. Eu sabia mentir quando queria. Bastou me encher de coragem e levar o show adiante. A verdade soaria como mentira, e a mentira como verdade. Esse era o fato. Enquanto despejava minha história, imaginava a cena: “Bem, podemos dizer que fui sequestrada e seduzida por um vampiro. Vê como é simples, detetive?”.

Aproveitei que discutiam qual dos marginais locais poderia ter cometido os crimes para observá-los com cuidado. O mais jovem chamava-se Léo Millano. Era forte e alto, tinha o rosto longo e olhos espertos. A atenção a detalhes era perturbadora. Fazia ligação com quase tudo enquanto levantava hipóteses e recordava pistas. À vontade em suas roupas informais, Léo observava cada movimento meu, enquanto Ribeiro, o mais velho, preferia ficar repetindo minhas respostas. Era do tipo conservador, um pouco autoritário e antipático. Suas idas e vindas pelo quarto davam-me nos nervos.

– Fale-me sobre o ataque.

– Poderíamos abrir a janela? – perguntou Léo, observando as cortinas cerradas.

– Marcos, ligue o ar-condicionado, por favor.

Estava quente e eu não suava como os demais, só desejava manter a luz solar longe dos meus olhos.

– Quando o sinal fechou, não notei ninguém na pista ou nos canteiros, mas assim que o carro entrou em movimento, ouvi sua voz – disse lá pelas tantas, enquanto pensava nos meus motivos para protegê-lo.

– O que ele falou exatamente? – perguntou, tomando nota.

– Me obrigou a continuar dirigindo e disse que de modo algum olhasse pelo retrovisor ou para trás – parei de falar e mordi o lábio, segurando minha covardia. Senti que a qualquer momento colocaria tudo a perder, que não conseguiria terminar aquilo sem cometer um ou dois erros.

– Ele chegou a dizer o que queria? – Léo continuou.

"Quero alguns dias de sua vida."

– Ele disse que era um assalto – respondi, apertando a mão de Marcos, precisando de seu apoio pela primeira vez.

– Ele chegou a mostrar alguma arma? – perguntou Ribeiro, deslizando o lenço sobre a testa úmida.

– Não sei como era a arma, foi rápido demais – respondi, pensando nos lábios de Jan percorrendo meu colo e meu seio.

– Tudo bem, Kara – falou Marcos, segurando meu ombro.

– Pôde ver a cor de sua pele? – o homem insistiu.

– Não – menti, sentindo as lágrimas quentes molharem meu rosto.

O quarto pareceu ficar mais quieto do que nunca. Guardei as forças e esperei por mais. Pensei que fosse fácil mentir sobre tudo que havia acontecido. Entretanto, a cada palavra e lembrança, podia sentir Jan ao meu lado. Mentir daquela forma poderia ser torturante, perigoso, humilhante, qualquer coisa, menos fácil.

– Tome, use isso – falou Marcos ao me estender um lenço branco.

– Podemos terminar amanhã – disse o policial. Estava de pé diante da cama, aprontando-se para sair. Parecia finalmente ter se comovido com minhas lágrimas. Outra vítima teria aceitado sua oferta. Mas eu desejava terminar de uma vez com aquele circo de horrores.

– Não, prefiro continuar.

– Tudo bem. Falemos dos seus empregados agora – sugeriu.

– Sim, um deles estava desaparecido. Foi encontrado?

– Sim, ele foi encontrado morto junto com o vigia e mais um policial. Sabe de algo?

– Não. Houve algum roubo no casarão?

– Não, Kara, o casarão está seguro

Marcos acalmou-me rapidamente. Fazia meu papel de mulher envolvida com o trabalho. Na verdade imaginava se algum deles teria visto ou percebido a presença de Jan Kmam.

– Vamos finalizar. O que pensou depois que ele disse que era um assalto?

– Não vi seu rosto, mas posso evitar que mate outra pessoa – falei, desejando que minhas palavras se tornassem verdade, mesmo sabendo que seria impossível. O tenente esperou pacientemente, seu olhar era de admiração. Marcos segurava minha mão carinhosamente. Sua consideração deixou meu coração rasgado.

– Depois que paramos, ele pegou minha bolsa, o cordão de ouro e com ele a aliança de meu marido.

Entre a vida e a morte, pude perceber Jan retirar meus objetos de valor, remexendo o porta-luvas do carro. Não sei se estava simulando um assalto ou me roubando de verdade, quem sabe? Mentira, cumplicidade em seis mortes e sabe-se lá quantas coisas mais. Só o falso testemunho já me deixaria na cadeia por vários anos.

– Ele pretendia levar o carro, mas um homem apareceu e nos viu. Gritei por ajuda e senti uma dor terrível no pescoço. Depois disso devo ter desmaiado. Só consigo me lembrar disso, sinto muito – falei, agarrando-me a Marcos. Escondi o rosto em seu peito e chorei, num desabafo de culpa e medo.

Os dois policiais saíram acompanhados pela enfermeira e por Vitor, que apareceu no meio do interrogatório e me olhou preocupado. O corte sangrava novamente. Algo foi aplicado em minha veia e pouco depois eu dormia.

Um raio de luz penetrou o quarto ainda frio. A janela estava aberta e a cortina balançava suave sobre o piso limpo. Havia uma fragrância doce que perfumava todo o ambiente. Virei para o outro lado e percebi de onde vinha tão doce perfume. Depositadas sobre a mesinha de cabeceira, sem cuidado maior, estavam belas rosas vermelhas. Sentei na cama e tomei-as em meus braços. Mergulhei o rosto entre elas e deleitei-me com o perfume. Preso a elas estava meu cordão e as duas alianças de ouro. Ele tinha me visitado. Fiquei tão envaidecida e deslumbrada com seu cuidado em me devolver as joias, que esqueci totalmente de seus crimes. Jan não me roubou, fez parecer um assalto para nos proteger das perguntas. Nisso, a aflição apareceu. Não teria como explicar o aparecimento das joias. Tinha que esconder os objetos com urgência.

Corri para o banheiro e olhei meu pescoço livre da atadura. As marcas haviam sumido. Não havia nem mesmo uma cicatriz. Deitei na cama e fiquei olhando as rosas, desapontada. Não havia nenhuma palavra escrita ou um pequeno bilhete. Uma ameaça, talvez. Era a despedida. Ele estava de partida, e por isso veio devolver as joias. Encolhi-me na cama e chorei. Estava consumida de tristeza e saudade. Perguntava-me quais teriam sido seus passos pelo quarto. Que teria feito enquanto eu dormia. Por que não me acordou? Talvez porque não quisesse falar comigo.

O resto da manhã transcorreu naturalmente. Vitor não tocou mais no assunto e passou a me tratar como uma paciente comum. Gostei disso. Não conseguiria me defender se ele fizesse outra investida.

Uma jornalista apareceu e implorou a Marcos para trocar algumas palavras comigo e, quem sabe, tirar algumas fotos. Marcos explicou que não haveria entrevista. Mesmo porque aquilo tudo logo seria esquecido. Alva apareceu durante a hora do almoço para me informar que tudo corria como se eu mesma estivesse à frente das coisas. Estávamos dentro do prazo. Já Roberto parecia intimidado com a presença de Marcos, que não saía do meu lado. Nada como ter um irmão mais velho nessas horas.

– Mamãe ligou, mandou lembranças e um beijo de melhoras – falou, beijando minha testa. – Tome, coma algo. Está muito magra.

– Como estão todos? – perguntei, mordendo a fruta com força.

– Mamãe continua do mesmo jeito – comentou aborrecido. – Como pôde aceitar o serviço, Kara? – perguntou finalmente.

– Não faço somente por mim ou pelo dinheiro. Faço pelo papai. Era o que ele queria, foi o que sempre desejou.

– Não está reformando o casarão para o papai, está reformando aquela maldita casa para um dos Rohan! Como o tio Júlio aceitou? – perguntou irritado.

– Há muito mais envolvido do que nossos sentimentos pessoais. Eles estão pagando um bom dinheiro. Que deveríamos ter feito? Passado o negócio à frente?

– Não teria sido má ideia. Veja o que aconteceu a você, ao carpinteiro e ao vigia. Você quase morreu, sabe disso?

– Eu sei.

– Mamãe, quando soube, disse que esta cidade ainda mataria mais um Ramos – revelou chateado.

– O que você acha? – perguntei, empurrando seu ombro forte.

– É loucura – falou, rindo de minha brincadeira. – Tolice dela, afinal papai morreu em Paris, e não aqui.

Marcos nunca desejou sair de São Luís, mas como era o mais velho da família, acompanhou mamãe. Casou-se como uma natalense e ficou morando na cidade. Tive sorte e fiquei fazendo faculdade, mesmo porque já estava noiva de Lucas. Morei por um tempo na casa de tia Marta e concluí os estudos. O maior erro de minha vida foi casar com Lucas.

– Nem acredito que parou de fumar. Quem foi o herói que te convenceu a largar o vício?

– De quem está falando? – perguntei, meio sem graça. Devo ter ficado vermelha. Nunca deveria ter pronunciado seu nome. Naqueles dias, tentei convencer a mim mesma de que haviam sido os medicamentos e meu estado nervoso.

– Ora, Kara Ramos, não se faça de desentendida. Vou avivar sua mente: Jan – repetiu o nome de forma suave e provocativa.

– Jan, hum! O que tem ele?

– Diga-me você. Foi a primeira pessoa que chamou ao acordar. No exato momento em que pus meus pés neste hospital, fui confundido com ele. Achavam que eu, digo, que ele fosse seu marido – revelou, comendo as uvas.

– Onde encontrou estes livros? São da biblioteca do casarão.

– Estavam dentro de uma caixa no seu escritório. Por falar nisso. Seu escritório estava uma bagunça. Mas não se preocupe, coloquei tudo no lugar.

– Estava fazendo faxina – falei com um sorriso amarelo.

– O que houve com a cama? Já coloquei o pino no lugar, o que deve ajudar por um tempo, mas terá de comprar uma cama nova. Estou dormindo nela, espero que não se importe, mas aquela caminha de campanha é um lixo. Mas não vamos nos distanciar tanto assim do assunto.

– Que assunto?

– Não banque a esperta comigo, Kara. Filipe contou-me que ele esteve em sua casa na sexta-feira à noite – disse, retirando um peso do meu peito.

– Sim, claro. Ele só estava de passagem.

– De onde?

– Paris – revelei, enquanto apertava o livro nas mãos.

– Vamos. Sei que ele passou a noite e o dia inteiro em sua casa e que apenas saíram à noite para passear, segundo o pequeno espião.

– Se sabe tanto, o que mais deseja, detalhes? – falei envergonhada.

– Sim. Qual a profissão? Estão apaixonados? Vão casar? Quando será a cerimônia? – enquanto dizia aquelas loucuras, ria de meu rosto zangado.

– Nem brincando! Jan é apenas um amigo de Paris que veio e já se foi. Nada mais.

– Só não compreendo por que o chamava com tanto carinho? Não precisa mentir para seu irmão, posso compreender essas coisas também.

– Como vou saber? Deveria estar delirando, sonhando, tendo um pesadelo, falando bobagens, sei lá!

– Ele é bonitão assim como seu irmão?

Fiquei sem ação diante de sua brincadeira. Que diria? Que Jan era o homem mais belo e desejável que já tivera o prazer de olhar, beijar e sentir. Era melhor controlar a língua e o pensamento.

– Pensei que fosse casado, Marcos. Ainda dando uma de solteiro?

– Você é terrível, Kara. Está sempre fugindo das perguntas.

– Estou bem, juro. Fico feliz em saber que se interessa pelo meu bem-estar. Obrigada – falei, beijando-lhe o rosto com afeto.

– Não sou o único. Roberto ficou esquisitíssimo. A simples menção do nome de seu amigo o deixava agitado. Vocês andaram dormindo juntos?

– Apenas na imaginação dele. Nunca falei ou fiz nada que pudesse provocar este tipo de atitude enciumada.

– O amor não escolhe o alvo! Ele pretende visitá-la?

– Acho que não.

– Vocês brigaram?

– O tempo todo.

– Ele deve ser alguém especial para tirar Lucas de sua cabeça. Ele é casado? É por isso que evita falar sobre ele?

– Não, acho que acabou.

– Ninguém acaba um relacionamento mandando rosas vermelhas. Aposto que não contou tudo para ele, senão estaria aqui do seu lado. Mentiu para ele, não foi?

– Menti.

– Vamos, me passe o número dele que eu resolvo isso para você.

As palavras de Marcos não estavam longe da verdade. Meu irmão tinha razão. Roberto surgiu no quarto minutos depois e demonstrou seu aborrecimento, mas por quê? Ficamos algum tempo conversando e dei graças a Deus por Marcos não nos deixar a sós. De modo algum desejava ser interrogada. Não lhe devia satisfações, não havia nada a ser explicado. Observei as dálias que havia me trazido e preferi permanecer com uma rosa vermelha entre os dedos. Quando um dos espinhos me furou, levei o dedo aos lábios para sugar avidamente.

08. Visita noturna

A janela cedeu silenciosa ao seu toque, a cortina balançou. Encoberto pela fina camada de tecido, Jan estendeu a mão, seus dedos abriram caminho pelas dobras suaves. A luz fraca e azulada penetrou o ambiente banhando-o por completo. A cada passo ficava um pouco mais perto. Dormia tranquilamente, minha mão repousava sobre o travesseiro ao lado do rosto, meus cabelos estavam espalhados pela fronha clara e as pernas levemente flexionadas.

Jan chegou bem perto e estendeu a mão pálida. Segundos depois, o lençol cedia, desnudando meu corpo. A camisola modesta de algodão parecia fascinar seus olhos famintos. Suavemente, tocou minha pele, mas recuou, temendo me despertar. Entre o medo e o desejo, venceu o mais forte. Ele estendeu a mão sobre meu rosto e fechou os olhos, como se tivesse se apoderado de meus sonhos e penetrado neles. Os dedos percorreram meu rosto adormecido. Não sabia dizer se estava dormindo ou acordada.

Jan tocou meus lábios cerrados com os seus. O encanto era delicado e podia ser quebrado ao menor gesto. No fundo de seu coração frio temeu enfrentar meus olhos acusadores. Queria me pegar em seus braços, ter o direito de vigiar meu sono e provar de minha boca. Deitou ao meu lado e envolveu meu corpo. Não acordei, mas via e ouvia, era isso. Não queria despertar daquele mundo gostoso. Retribuí o abraço protetor e ali ficamos juntos, entre o sonho e a realidade.

Jan não tentou beber meu sangue, queria somente meu calor e minha companhia na noite, que desejou ser eterna. Muito tempo depois ele suspirou e olhou pela janela. A madrugada sumia lenta, a alvorada estava próxima e a manhã não tardaria a chegar. Era hora de partir. Sentiu-me em seus braços e foi dominado pela tristeza e frustração de não poder continuar comigo. Sabia exatamente como despertaria, sentiu ciúmes do sol, afinal seus raios estariam ao meu lado, e ele não.

"Durma, meu anjo mortal. Sonhe com suas rosas e nosso amor."

Uma lufada de vento mais forte balançou a cortina, erguendo-a do chão. Encolhi meu corpo e fechei os dedos sobre o que esperava ser o travesseiro. Jan riu por receber um carinho inesperado. Tão suavemente quanto deitou na cama, ele saiu. Cobriu-me e preparou-se para partir. Decorou meus traços mais uma vez e por fim fitou as rosas. Tomou uma, beijou suas pétalas macias e colocou-a sobre o travesseiro onde sua cabeça descansara minutos atrás. Antes de ir, roubou-me um beijo de adeus.

– *Au revoir, mon amie.*

A janela escancarada denunciava o intruso. Acolhi a rosa junto ao peito com ternura, pois agora sabia que não estivera sonhando. Jan tinha estado ao meu lado até o alvorecer. O gosto de seus lábios ainda estava nos meus, o cheiro de suas vestes ainda impregnava minha alma.

09. Dezessete meses depois

Estávamos passando a última revista pelo casarão, totalmente finalizado. Ellen, a decoradora, ficou encarregada dos toques finais. Soubera realizar seu trabalho com muita eficiência. Os móveis e tapetes finos estavam de novo pela casa. Cortinas e objetos de decoração foram comprados, restaurados e devidamente espalhados pelos ambientes. Os quartos receberam os móveis antigos e alguns novos. Confesso que nunca tinha participado de uma reforma tão completa. Em geral, cuidávamos da parte inicial, restaurando e deixando tudo pronto para o dono, que contratava um decorador ou decorava a casa pessoalmente, mas no caso do casarão foi diferente. Ellen falou pessoalmente com Paul Rohan para anotar suas ideias e seus desejos. Sim, ele já estava em São Luís. Estava hospedado num luxuoso hotel, esperando o término do serviço para se mudar para o casarão, o que aconteceria em breve, pois a casa estava totalmente limpa e preparada para recebê-lo como morador. Infelizmente, nunca respondeu aos meus convites para vir dar uma olhada na casa. Estava sempre ocupado ou indisposto.

– Como está o jardim? – perguntou Ellen, riscando mais um item da nossa lista.

– Okada fez um trabalho magnífico com os canteiros – falou Alva, dirigindo-se para o átrio.

– Vamos conferir a fonte depois, podemos examinar a adega e terminar logo com isso. Pelo que sei, Paul pretende instalar-se esta tarde.

– Foi o que Lambert falou pelo telefone – Ellen confirmou minhas palavras.

Testamos os postes de luz e a água da fonte. O belo anjo em seu centro tinha sido substituído por uma gárgula feita de mármore negro. Na bacia da fonte foram colocados peixes japoneses da mesma cor. Confesso que o efeito não era ruim, mas tinha uma aparência sinistra. A criatura estava de cócoras e tinha grandes asas abertas. Seu rosto demoníaco inspirava medo, suas presas longas estavam expostas, a água escorria de sua boca assustadora e caía na bacia, para a alegria dos peixes que nadavam vigiados.

– Terrível – comentou Alva, fazendo uma careta para a fonte. A besta parecia olhá-la atenta. – Quem em sã consciência retiraria um lindo anjo e colocaria em seu lugar a própria imagem do coisa ruim?

– Sorte foi a bacia ter suportado o peso – falei, molhando os dedos na água. Fitei suas presas expostas e afastei-me, incomodada com a visão.

– Está muito quente. Junho é sempre assim. O céu fica muito claro, o vento não é quente nem frio. Faltam nuvens, e o calor aumenta, porém inesperadamente chove. Melhor? – Ellen perguntou, olhando meu rosto com interesse.

– Sim, obrigada. Já passou, estou bem, meninas – falei, tranquilizando-as. É, Alva. Este bicho é muito feio para um lugar tão florido.

– Com certeza. Veja que rosas lindas! Um recanto maravilhoso para amar e sonhar.

– É verdade o que dizem dele, Ellen? – perguntou Alva, curiosa.

– O quê, por exemplo? – perguntou enquanto arrancava uma dália vermelha.

– Que é esquisito.

– Não sei o que quer dizer com esquisito.

– Vamos direto ao assunto. Paul é bonito?

– Não, ele é bem mais que isso. É arrebatador! Elegante, sedutor, um pouco misterioso – parou e pensou, estreitando o olhar. – Paul é... Não sei explicar bem.

– Fascinante? – perguntei, lembrando-me de Jan.

– Exato. Ele é fascinante. Esta é a palavra para descrevê-lo com exatidão.

– Que falaram a respeito de Paul Rohan, Alva? – perguntei, vendo-a muito calada.

–Roberto disse de modo confidencial que ele parecia muito... – nisso ela parou de falar e balançou a mão, buscando a palavra certa.

– Diga! – Ellen e eu pedimos em coro, ansiosas pela fofoca.

– Roberto disse que ele era efeminado. Pronto, falei!

– Impossível! E o que Roberto sabe sobre efeminados? – comentou Ellen, perdendo a compostura.

– Como assim impossível?

– Não fique aí pensando com sua mente poluída, Alva Maria!

– Meninas, por favor! – falei, enquanto as observava discutir por alguém que nem conheciam direito. Quer dizer, Alva não conhecia. Ellen já havia jantado com Paul. A negócios, claro.

– Paul pode ser diferente, mas daí a espalhar coisas sobre ele já é demais. Seus modos são refinados demais para a maioria. O que Roberto queria é que ele agisse segundo sua conduta machista e leviana. O fato é que Paul transpira masculinidade e é muito bonito. Nunca havia estado com um homem tão sedutor quanto ele. Paul definitivamente é o homem mais fascinante que já tive o prazer de conhecer – falou, concluindo sua defesa apaixonada. Tinha os olhos brilhando e nada parecia afetar seu conceito sobre Paul Rohan. Alva olhou-me e sorriu.

– Mas veja bem seu gosto para flores – disse Alva, olhando ao redor. – Não há uma flor branca ou de qualquer outra cor neste jardim. Só existem flores vermelhas.

Ellen e eu nos viramos e constatamos o incontestável. Entretidas em nossas preocupações e atividades diárias, não notamos o que crescia ali. À nossa volta, encontrava-se um mar vermelho de rosas e flores que balançavam no soprar do vento. Senti uma enorme perturbação ao olhar para elas de maneira demorada.

– Que grande tolice, Alva, julgar um homem pela cor que gosta. Isso é ridículo. Pelo que sei, gostar de vermelho não é crime. Ele tem muita paixão, é só isso – comentou Ellen, indignada.

– Acho melhor terminarmos logo com isso – falei, tentando deixar aquele jardim de sangue.

Nenhuma das duas notou o quanto aquilo tinha me afetado. Estavam ocupadas demais brigando. Continuei meus afazeres e tentei não pensar em Jan, mas devo admitir que a tarefa não foi fácil. Aconteceram muitas coisas depois daquela noite. Eu poderia levar uma vida inteira falando, mas não há tempo. Prefiro falar apenas do meu bom humor. Sentia-me viva, confiante e mais mulher. Era como ter um ataque do coração e sobreviver, ou sair viva de um sequestro, como foi meu caso. Passei a dar valor à minha vida por intermédio da dele. Não tinha a eternidade a meu dispor. Descobri isso quando o sol banhou meu rosto na saída do hospital. Por que deveria me enterrar junto com Lucas? Eu precisava e queria viver, os beijos daquele vampiro tinham me despertado para a vida. Mudei meus hábitos e tentei esquecer o pior. Comprei roupas novas, mudei móveis e cortinas e renovei os quadros das paredes. Voltei a sentir prazer em me divertir. Recolhi tudo o que havia sido de Lucas ou que me trazia lembranças dele e doei a quem precisava. Juntei suas fotos e guardei numa caixa no fundo do guarda-roupa. Deixei apenas uma à vista, para lembrar que ele havia sido importante em minha vida. Percebi que nutria um sentimento mórbido e doentio em relação a alguém que tinha me dado dissabores e pouquíssimas alegrias.

Voltei a sair com meus amigos e a aceitar alguns convites de Roberto, lembrando-o sempre de nossa amizade. Havia algo que me incomodava, algo que por vezes me deixava ansiosa, sem sono. Algo parecido com uma esperança quase convicta de revê-lo e talvez dizer obrigada. Mostrar o quanto fui tola. Não sei o que diria nem como agiria se o encontrasse novamente, mas ficaria feliz em saber como está. O que estaria fazendo? Onde estaria vivendo? Sabia que ainda estava na cidade. Podia sentir isso.

Cada vez que a noite caía, podia jurar que ele estava perto. Como estivera naquela noite no hospital. Também queria saber por que tinha me dado rosas e sido tão carinhoso. Não tinha respostas para várias perguntas e muito menos uma desculpa para justificar meu comportamento. Na primeira vez, depois da mordida, ele me levou para dentro de seu caixão e dormiu comigo abraçado. Às vezes, fechava os olhos e podia sentir seu perfume bem próximo e sua mão segurando a minha na escuridão do caixão. O que tinha me tornado? Sentia-me fria procurando suas vítimas nas páginas dos jornais só para descobrir seus passos ou uma foto sua. Não, isso era impossível. Vampiros não podem ser fotografados. Ou podem?

– Kara?Lambert chegou – falou Alva, indo abrir a porta.

Passava do meio-dia quando terminamos de colocá-lo a par de todo o funcionamento da casa. Mostrei as plantas-baixas e fotos e detalhei toda a parte financeira. Ao fitar a pasta em suas mãos, notei que já tinha visto outra igual. Mas onde?

– Paul ficou muito feliz com o resultado de nossa união. Principalmente, levando em consideração o lamentável incidente – tais palavras na boca de Lambert soavam de forma suja.

– Sinto o mesmo por ter conseguido satisfazê-lo. Foi um prazer trabalhar para os senhores. Bem, agora tenho de ir.

– Gostaria de conversar a sós um momento – falou Lambert dispensando Alva e Ellen com o olhar. Ele esperou que cruzassem a porta para prosseguir: – A casa ficou magnífica! Foi um trabalho excelente – disse, aproximando-se um pouco mais.

– Contei com a participação de vários profissionais competentes.

– Modéstia, teu nome é Kara.

– Disse que queria falar comigo. Estou com pressa – falei, olhando o relógio.

– Gostaria que jantasse comigo esta noite.

– Sinto muito, mas tenho compromisso.

– E amanhã?

– Não, acho que não – falei, andando devagar, para não parecer uma fuga.

– Prometo que não a cansarei. Não mais do que o necessário – insinuou, estendendo a mão para tocar meu rosto e deixando à vista a aliança de ouro. – Não percamos tempo com desculpas tolas.

– Vou poupar tempo e ser franca. Nunca gostei de mentiras. Aposto que sua mulher também não gosta – disse, fazendo-o ver o quanto era inconveniente.

– Nunca a amei, e ela sabe disso.

– Sua vida particular em nada me diz respeito – falei, sendo fria.

– Certamente que não. Sinto muito se a deixei envergonhada.

– Lambert, se há alguém envergonhado nesta sala é somente você. Bom dia – tentei pegar a mochila de volta, mas ele me impediu, colocando-a atrás de suas costas.

– Não é à toa que foi atacada. Este seu orgulho pode pôr um homem louco – dizendo isso, avançou e beijou-me. A força de meu tapa o trouxe de volta à realidade. Ele me fitou com o rosto vermelho e ressentido. Puxei a mochila de suas mãos e saí da sala sem olhar para trás. Manobrei o carro e ainda tive o desprazer de ver Lambert na porta, vendo nossa partida.

– Lambert cantou você, não foi?

– Como sabe?

– Adivinha? – falou sorrindo.

– Se ele não ama mais a esposa, que tenha coragem e diga a verdade. É nojento ter de suportar a indiferença, ter de olhar a pessoa e saber o que está acontecendo sem poder nada dizer. Isso não é viver, é apenas vegetar – disse por fim.

– Fala com tanta certeza.

– Nunca suspeitou? O que acha realmente? Pode dizer, não vou ficar chocada.

– Cheguei a desconfiar, mas nunca tive certeza. Você e Lucas pareciam tão unidos e apaixonados. Sempre achei que ele fosse alguém em quem podíamos confiar.

– Eu confiava nele.

O passado cheira a mofo e eu estava prestes a espirrar. Deixei Alva em casa, segui em frente, parei numa banca e comprei duas revistas e o jornal. Depois de um longo banho, comecei a almoçar, lendo uma das revistas. Após terminar, deitei no sofá para terminar a leitura. Só fui interrompida pelo telefone. Roberto queria confirmar o jantar de comemoração pelo término da reforma. Decidi ir com os jornais para o quarto. As notícias pareciam iguais às de todos os dias. Aumentos, fraudes, vendo, troco, quadrinhos, horóscopo, ofertas. Contudo, a página policial trazia surpresas. Eu sabia o que acontecia cada vez que a noite cobria a cidade. Jan acordava, tinha sede e a saciava.

MULHER É ENCONTRADA MORTA NA PRAIA DO OLHO D'ÁGUA.

A garota de programa conhecida como Tetê foi encontrada morta na beira da praia. Sua garganta foi rasgada com violência. A morte, quase instantânea, foi provocada pela hemorragia. A polícia tem certeza de que se trata de obra do tarado local. O elemento perigoso fugiu recentemente de um sanatório. Várias testemunhas afirmam que já o viram rondando as imediações em busca de vítimas desavisadas. A violência sexual ainda não foi confirmada, mas, pelo estado do corpo, se torna clara a brutalidade do crime.

Não conseguia tirar os olhos da foto. Parecia tão jovem. Estranhamente, morte e crime acompanham uma vida como a dela. Joguei o jornal longe e corri para o banheiro para vomitar. Tinha vergonha de mim mesma por sentir falta de alguém capaz de tal atrocidade. Que direito ele tinha de matar as pessoas em nome de sua fome animalesca? Por que matara aquela garota de forma tão grotesca? Deveria ter contado a alguém, denunciado sua presença na cidade. Mas quem acreditaria? Roberto diria que eu tinha sonhado. Alva afirmaria que estes são os males da solidão. Marcos aconselharia uma mudança de região.

Peguei minha bolsa, busquei minha agenda apressada e encontrei o que buscava.

– Alô?

– Sim?

– Doutor Vitor?

– Ele mesmo – falou bocejando.

– Boa tarde. Eu me chamo Kara Ramos. O senhor me deu seu cartão. Gostaria muito de falar com você. Lembra-se de mim?

– Claro que me lembro! Você está bem?

– Oh, sim, obrigada. Acredito que saiba a respeito do que desejo conversar.

– Sim, eu sei.

– Já leu o jornal de hoje?

– Leio todos os dias e não consigo tirá-la do meu pensamento. Quer falar sobre as mortes, não é mesmo?

– Sim, quero contar tudo. Começando por aquela noite em que fui para o hospital.

– Quando podemos nos ver?

– Hoje à noite será totalmente impossível. Tenho um compromisso. Mas amanhã terei o dia livre, se o senhor puder.

– À tarde seria melhor para mim – falou, ansioso. Depois de me passar o endereço do local em que nos encontraríamos, agradeceu. – Vai salvar muitas vidas.

– É o que mais desejo. Até amanhã, Vitor.

Roberto, como combinado, chegou oito em ponto. Estava muito elegante num terno azul-marinho, de colete e gravata de seda com detalhes vermelhos. Vestia por baixo uma camisa fina e calças bem talhadas. Parecia disposto a me seduzir e, de certa forma, conseguiu. Avisada de que seria uma ocasião especial, estava vestida à altura. O tubinho de veludo negro de alças finas era uma das minhas novas aquisições. Pelo olhar de Roberto, parecia aprovado. O salto tinha me dado mais altura, diminuindo a diferença entre nós. O cabelo solto me deu um ar mais sensual.

Naquela noite, quando terminei de me arrumar, encontrei uma nova mulher diante do espelho, a mulher da qual Jan havia falado. Uma mulher que gostava de roupas caras e bonitas, que sabia ser sedutora.

Afastei Jan de meus pensamentos e sorri para Roberto enquanto ele abria a porta do carro para que eu entrasse.

– Aonde vamos? – perguntei, acomodando-me no banco.

– Considere esta noite uma grande surpresa e simplesmente aproveite – disse ao meu lado, no carro. Porventura já lhe disse o quanto está deslumbrante?

– Não, ainda não – falei brincando.

– Ótimo, assim poderei repetir durante todo o caminho.

O teatro Artur Azevedo foi nossa primeira parada. Ele brilhava convidativo. Em suas sacadas ouvia conversas animadas e via sorrisos festivos. O salão de recepção estava finamente decorado e passava todo o encanto da noite. Algumas pessoas conversavam em pequenos grupos, outras apenas passeavam, prontas para conhecer o esplendor de seu interior. Com o programa nas mãos, seguimos para a nossa frisa no terceiro piso. Os oitocentos lugares estavam quase todos ocupados quando as luzes começaram a piscar anunciando o início do concerto composto por Mozart, Beethoven e Chopin. O teatro parecia um templo lírico em que qualquer sonho poderia se tornar realidade. Durante um segundo, houve silêncio completo. Seria uma noite memorável.

O maestro entrou e foi imediatamente aplaudido. De novo, houve silêncio. Ele ergueu as mãos e fez o primeiro movimento. A melodia encheu o teatro com suavidade e tocou cada pessoa de maneira diferente. Ao meu lado, Roberto absorvia a música sem maior interesse ou emoção. Não havia paixão nem amor em seu olhar, apenas enfado. Ele gostava de manter a postura do homem culto, mas gastava esses conhecimentos apenas para impressionar algum desavisado. Não se encantava por nenhum compositor ou peça em especial. Jamais se entregaria.

Quando chegamos a Mozart, tive o prazer de ouvir um velho e querido amigo. Mozart para mim era assim: o elo para um lugar guardado na alma. Sua música alegre e aristocrática com uma sutil melancolia tocava fundo no coração. Fechei os olhos e reencontrei Jan, seus modos finos, o profundo abismo existente por trás de cada frase e o olhar misterioso. Os aplausos trouxeram-me de volta à realidade. Pouco depois percebi que o tempo tinha voado e faltava só mais uma composição para o término da apresentação. Tristeza minha, alegria de Roberto.

O solista entrou no palco e foi aplaudido. O maestro rendeu as homenagens e esperou que se sentasse ao piano. Houve um minuto de concentração. Suas mãos pousaram sobre as teclas e o som suave da *Grã-Polonaise Brilhante* tomou meu coração. Senti uma tontura e apoiei a mão na frisa, uma onda de calor e frio varreu meu corpo. Virei o rosto em direção à frisa vizinha e foi com espanto que encontrei Jan. Nossos olhares encontraram-se e compartilhamos a melodia na eternidade do momento. Acho que fiquei de pé. Meu corpo parecia ter vontade própria e quando cruzei a porta, já de saída para encontrar quem me chamava, fui detida.

– Kara? Onde está indo?

Olhei para Roberto, perguntando-me por um breve segundo quem era ele e por que ousava me deter.

– Preciso ir ao toalete – falei, puxando o braço.

Agitada demais, cruzei o corredor e segui sem rumo.

– Deus, o que há comigo? – perguntei, sem saber o que fazia ali.

– Saudade? – perguntou a voz inconfundível.

Jan e eu estávamos bem próximos. Ele sorria. Encheu-me de beijos famintos. Perdida em suas carícias, senti-me novamente segura e completa.

– Lembre-se, *petite*, você é e sempre será minha.

– Kara? – chamou Roberto, já por perto.

Assustada, toquei os lábios e os senti inchados pela violência dos beijos. Corri para o toalete e agradeci por estar deserto. Lá, fugindo de Roberto, olhei no espelho e constatei que não tinha sido um sonho. Jan estivera comigo. Meu vestido estava desarrumado, o cabelo remexido, o batom borrado. Provas mais do que claras de sua passagem devastadora.

Lavei o rosto e refiz a maquiagem. Completamente calma e refeita do susto, deixei o toalete para encontrar Roberto no corredor, com todas as demais pessoas. O concerto havia acabado.

– O que aconteceu? – perguntou, segurando meu braço com força.

– Nada, apenas um mal-estar repentino. Está machucando meu braço – avisei, olhando aborrecida.

– Desculpe, estou nervoso. De repente você se levantou da cadeira e saiu como um zumbi pela porta. Não pude entender. Perdeu o final do concerto – falou um tanto duro, como se só a minha presença justificasse seu sacrifício.

– Já conheço as obras, não se preocupe. Vamos embora?

– Não me diga que quer cancelar o jantar?

Observava as pessoas à minha volta com atenção, mas não o encontrei.

– Estou bem. Além disso, não quero estragar nossa noite. Saímos para comemorar, não foi?

Desejava esquecer o que havia acontecido, fingir que tudo não passara de um sonho. Mas seu perfume estava em minha pele. Cheguei a pensar numa desculpa para fugir para casa e me esconder debaixo das cobertas. E se ele estivesse lá? Não precisava levar adiante a farsa da comemoração. Dentro do carro, só conseguia dizer sim e não a Roberto, que desistiu e ligou o rádio, dando-me algum tempo para refletir. As luzes amareladas dos postes passavam por nós rapidamente. Lembrei-me do braço de Jan envolvendo minha cintura enquanto voávamos pelos telhados. Tentei não pensar no dia seguinte. Minhas revelações estavam em jogo, aquela aproximação não tinha sido em vão. Tudo poderia ser descoberto e traria complicações para mim mesma. Pensei em Vitor e no próprio Jan. Era tarde demais para voltar atrás.

– Kara? Chegamos – avisou Roberto, desligando o carro.

Descemos diante de um dos mais elegantes e conceituados restaurantes da cidade. O manobrista levou o carro para o estacionamento. Lá dentro, o *maître* conduziu-nos à mesa e saiu para dar espaço ao garçom. Pedi um aperitivo. O local era realmente agradável e de decoração acolhedora. Plantas e rosas estavam distribuídas em todos os cantos, deixando o ambiente com um aspecto tropical chique. Desviei minha atenção para os músicos que tocavam indiferentes às pessoas presentes. Ali, tudo sugeria luxo e perfeição.

– Pare, Roberto! Segundo minha última contagem, é a oitava vez que me diz quanto estou linda – comentei, fazendo-o rir.

– É a mais sedutora deste restaurante.

– Obrigada.

Enquanto saboreava o delicado prato de carne e legumes, pensei nos elogios de Roberto. A toda oportunidade ele tocava minha mão sobre a mesa.

– Gostou da surpresa, Kara?

– Muito. Foi uma noite cheia de surpresas. O restaurante é muito agradável. Ainda não o conhecia. Você vem sempre aqui?

– Apenas em ocasiões especiais.

– Hoje definitivamente é uma delas. Sinto-me aliviada em ter finalizado a reforma. Quando entreguei as chaves, lembrei-me de papai. Ele teria ficado satisfeito com o resultado. Saber que alguém está morando no casarão realmente o deixaria feliz.

– Mesmo um Rohan?

– Sim, mesmo um deles.

– Então hoje seria um dia de festa para ele. Tomei uma decisão muito importante há muitos anos, mas acredito que somente hoje ela se concretizará. Tentei desistir muitas vezes, mas nunca consegui. Hoje percebo que serei recompensado por esperar. Valerá à pena – revelou, vendo o garçom encher as taças de cristal.

– Nossa, quanto mistério! – falei, recebendo uma taça de suas mãos.

– Pode adivinhar se quiser.

– Conseguimos uma reforma fora da cidade? Algo grande? Não, espere. Acho que sei! A recuperação de algum monumento famoso. Não? – perguntei, vendo seu olhar decepcionado.

– Kara, eu amo você. Quero que se case comigo.

Sorvi o champanhe de um gole só e tentei falar algo coerente.

– Roberto, eu... – sentia-me confusa demais para terminar.

– Não diga nada, por favor. Sei que a peguei de surpresa, mas esta foi a única maneira que encontrei para chamar sua atenção. Talvez devesse ter dito algo sobre meus sentimentos em relação a você e depois ter feito a proposta, mas sentia que estava muito longe, sempre se lembrando de Lucas. Nunca escondi o quanto desejo fazer parte de seu mundo. Amo você há bastante tempo. Para ser franco, tinha inveja de Lucas por tê-la como esposa. Esperei demais e sei que posso esperar um pouco mais para que pense com carinho em minha proposta – falou, beijando minha mão carinhosamente.

– Deve entender que sempre o vi como um amigo e que sua atitude é bem inesperada. Jamais imaginei que me proporia casamento. Não posso nem devo prometer nada do que não sinto. Além disso, não quero me casar novamente. Se responder daqui a três dias, será para um relacionamento aberto, em que me sinta livre para sair dele a hora que bem quiser. Pode compreender isso, Roberto?

– Eu não seria como o Lucas num casamento – disse, muito sério.

– Ninguém o conheceu o suficiente. Lucas morreu e com ele morreram todos os seus defeitos. Tenho certeza de que não seria como ele. Seria você mesmo, traria os seus defeitos. Não me venha dizer que não os tem. Eu não quero ser esposa, quero ser amada, e para isso não preciso de uma aliança.

– Você mudou muito, Kara. Quase não a reconheço.

– Mudei para melhor viver.

– Posso fazer uma pergunta?

– Claro que sim – falei, um pouco receosa.

– O que você vê quando me olha?

Olhei seu rosto por alguns minutos e reconheci um amigo de muitos anos e um sócio honesto.

– Vejo alguém em quem confiar minha vida, um homem sensível, prestativo, alegre, bonito e inteligente. Alguém que deveria estar se divertindo em vez de se preocupar à toa – falei, tocando seu nariz com a ponta do dedo.

Ele sorriu e beijou rapidamente meus lábios. O toque suave não me despertou nada além de uma preocupação profunda.

– Quero mostrar o quanto a amo, mas é necessário que me deixe namorar você e participar de sua vida. Não estou reclamando, mas às vezes você me evita, não adianta negar.

– Tento protegê-lo de uma decepção.

– Estarei preparado para isso também, Kara.

Dançando na parte superior do restaurante, tentava sentir algo em seu abraço que modificasse meu conceito sobre nosso relacionamento. Tentava por ele e por mim mesma, pois sabia que precisava fugir do laço de sedução traçado pelos carinhos de Jan. Nos braços de Roberto, senti seu perfume, mas ele não me seduziu. Toquei seus ombros fortes e experimentei o contato de suas mãos em minha cintura, entretanto o que sentia poderia ser comparado a estar nos braços de Marcos, meu irmão, o que apenas era um misto de carinho e confiança. Nada mais.

Ele deslizou as mãos sobre minhas costas, roçou os lábios em minha orelha, encostou seu rosto no meu, olhou-me com ardor e paixão. Eu só consegui dar um singelo sorriso. Percebi naquele instante que tudo não passava de um grande engano. Nunca poderia amá-lo como desejava. O melhor seria fazê-lo entender o quanto éramos diferentes, que a relação naufragaria mais cedo ou mais tarde. Tentaria conduzir cuidadosamente o assunto e evitar maiores danos. Afinal, não queria perder sua amizade por algo tão tolo.

Aproveitando a música suave, fechei os olhos. Vi Jan envolvendo-me em seu abraço poderoso e másculo. Senti seu corpo junto ao meu, o toque suave dos seus dedos em minha pele sobre a veia pulsante.

Nesse instante, um arrepio de medo e prazer devorou minhas emoções e consumiu meu desejo de fugir. Podia ouvir sua respiração e a minha, o cheiro de sua fragrância dominando meus sentidos, entranhado em meu corpo.

– Zimbro.

– Disse alguma coisa, Kara? – Roberto questionou-me, um tanto desconfiado.

– Não, nada. Só pensava alto.

Meia hora depois, estávamos no carro em movimento rumo à minha casa.

– Talvez este não seja o momento apropriado para esta pergunta, mas sinto que me deve uma resposta. Qual é a sua relação com o tal do Jan? Sei que ele mandou as rosas para o hospital. Você chamou o nome dele diversas vezes enquanto delirava – insistiu, com certa mágoa na voz.

– Muitas pessoas me mandaram rosas e flores. Paul Rohan também o fez, e isso não significou nada.

Evitava estender o assunto. Uma nuvem negra pairava sobre minha cabeça. A mulher da praia não me saía da mente e agora tinha que aguentar Roberto fazendo-me perguntas.

– Sei disso, mas não sussurrou meu nome ou o deles enquanto dormia.

O toque de malícia traduzido como ciúme chegou ao limite. Cansada, virei o rosto sem reconhecê-lo em sua postura de "meu dono".

– Em consideração aos anos de amizade entre nós dois e à nossa sociedade nos negócios, vou dizer a mesma coisa que disse ao meu irmão – falei, vendo seu rosto mudar satisfeito. – Jan é um grande amigo, assim como você. – concluí, vendo-o ficar sério e pensativo.

– Costuma beijar seus amigos na boca?

– Não tenho que responder esse tipo de pergunta.

– Me desculpe. Não tive a intenção de invadir sua vida particular.

– Aceito suas desculpas se não tocar mais nesse assunto.

Ele não disse nem fez mais nada, e o clima tenso desapareceu. Tão logo o carro parou diante do portão, Roberto desceu e abriu a porta, cheio de delicadezas.

– Venha, eu a levo até a porta.

– Não precisa.

– Faço questão. Não quero correr o risco de perdê-la novamente. Não sabe o que passei vendo-a quase morta naquela cama de hospital.

– Não pensemos mais nisso, está bem?

– Pense em minha proposta, pense um pouco em mim – pediu suave, enquanto se aproximava devagar.

– Vou fazer isso, não tenha dúvidas – afirmei, encostando-me na parede.

Imóvel, esperei por seu toque. Queria tirar algo a limpo. Esse era o momento. Roberto, sem jeito com minha distância proposital, cobriu meus lábios com um beijo carinhoso. Ele demorou a me soltar, decidido a fazer com que eu sentisse algo além de cócegas. Envolveu minha cintura com mais força. Estava excitado e deixava isso bem claro. Diante do meu incentivo, suas carícias tornaram-se mais ousadas e provocantes. Retribuí com carinho o que era dado com tanto ardor, mas sem sentir nada além desse carinho.

Acho que fechei os olhos, pois senti o toque de Jan em meus cabelos, o beijo percorrendo meus ombros, a leve e tentadora mordida. Senti o arrepio subir a espinha e sua boca devorar minha carne. De repente, comecei a sentir asco. A repulsa tomou conta dos meus sentidos e repeli Roberto, pois ele não era Jan e seus carinhos nem se comparavam aos dele. Um minuto a mais em seus braços e vomitaria. A todo custo, libertei-me dele, que ficou sem entender nada.

– Largue-me, por favor – disse por fim, conseguindo me livrar do seu toque.

A vergonha e a confusão em seu rosto eram claras. Para piorar o terrível quadro, emendava sem parar uma desculpa pior do que a outra. Seu exagero odioso estava me deixando louca da vida, pois sabia muito bem que eu mesma era a responsável.

– Roberto, não há necessidade de se desculpar. Somos adultos e inteligentes para saber o que aconteceu aqui. De maneira alguma queria forçar um banho frio. Perdi o controle da situação, jamais quis dar falsas esperanças. Sinto, realmente – finalizei, encarando seu rosto mais do que surpreso. Ele tentou dizer algo, mas foi detido pelo "boa-noite" rápido e eficaz. Observei-o partir e senti o ar voltar aos pulmões. Juro, não pretendia ser tão direta nem severa demais com ele, mas tampouco imaginei que teria uma noite como aquela. Amor, palavrinha cretina, não? Lucas nunca declarou seu amor por mim. Enquanto isso, seu melhor amigo e companheiro de farras o fazia com tanta intimidade. Pouco importava. O amor é algo para ser somado e dividido entre duas pessoas de forma igual. Se um ama e o outro gosta, alguém certamente está amando demais. Conveniente é possuir um carro, uma TV, um telefone celular e até mesmo um cartão de crédito. Marido tem de ser amado. Não pude dar amor a Lucas e não posso dar amor a Roberto.

Fitei o sofá vazio e por um segundo desejei ver Jan, ali sentado de pernas cruzadas, sorrindo cínico com uma calma irritante que não compreendia. Mas isso era um doce e perigoso desejo. O dia seguinte selará nossos destinos, pensei, tirando o vestido. A noite tinha tudo para ter sido maravilhosa, com o restaurante fino, o vinho e a música. Mas o pedido de casamento e as perguntas estragaram tudo. Merda! Como poderia esquecer se a cada minuto algo me lembrava dele? Devo ter evitado a entrada do sótão umas vinte vezes até tomar coragem e subir aquelas escadas.

Ia passar, tinha certeza. A reforma havia terminado e tudo voltará ao normal. Quanto ao encontro súbito no teatro, aquilo podia ter sido um delírio. Mentia para mim mesma, fitando o espelho. Tomei a toalha e enxuguei o rosto sem ter respostas para minhas perguntas. Deitada no quarto, prestava atenção no movimento repetitivo da cortina, no farfalhar das folhas lá fora, num gato chamando sua companheira e, enfim, no silêncio. Definitivamente, estava sem sono. Tinha acontecido muita coisa para que simplesmente dormisse. O que Jan faria se soubesse de minha decisão? Com certeza me mataria. “Pronta para morrer, *ma petite*?”

Depois de fechar o guarda-roupa, levei a caixa de papelão para a cama e a abri. O cheiro forte de zimbro envelhecido penetrou fundo em minha alma confusa. Corri o olhar pelas peças de roupa ali secretamente guardadas e suspirei decepcionada. A camisa, antes encardida, agora descansava alva e limpa sobre a calça preta desbotada.

Quando partiu, Jan levou seus livros e o caixão. Acredito que já perceberam, mas não custa esclarecer: Jan é o mesmo Jan Kmam dos livros encontrados por Teresa. As dedicatórias, as datas, tudo fazia sentido. Só eu não percebi que apenas um vampiro poderia ter vivido tanto tempo. Estranho, não é? O certo é que ele os levou consigo, do mesmo modo como apagou a mordida em minha pele, sem deixar vestígios de sua presença. Deveria estar louca quando resolvi guardar aquelas coisas. Tentei jogá-las fora, mas não consegui. Será que ele voltaria para buscá-las?

10. Revelações

Chegando ao Instituto Médico Legal, sentia um peso enorme no peito. Fazia três anos desde minha única visita, e agora Vitor marcava um encontro justamente no mesmo lugar. Um mundo de lembranças invadiu minha mente. O estranho é que elas eram bem mais reais. Recostei-me tonta na parede e procurei recuperar o fôlego. Passei a ter tais tonturas com frequência depois da mordida. O amor vampiro exaure.

– Obrigado por ter vindo, Kara. Sinto pelo ambiente. Tive que dar uma aula e ficaria impossível marcar em outro local. Além disso, quero mostrar alguns dos corpos que chegaram de madrugada.

Entramos numa espécie de sala de arquivo que nos daria privacidade total. Havia uma escrivaninha com gavetas, alguns arquivos e uma cadeira surrada de napa preta. Antes que nos sentássemos, Vitor sugeriu que fôssemos até os corpos.

Eu tinha feito aquele mesmo caminho cinco anos atrás. Desta vez, sentia que as coisas à minha volta eram reais, podia ver e ouvir, e sabia que não veria Lucas sobre uma mesa fria. Ainda assim, algo me amedrontava a cada passo. Vitor cruzou a porta e logo depois me apresentou ao médico responsável pelo setor. Diante de uma parede cheia de gavetas de aço, o vi colocar luvas e um avental.

– Pronta?

– Acho que sim.

Vitor puxou a gaveta e revelou um saco negro, o qual abriu para exibir um corpo nu.

– Perceba as diferenças. Este é um pedinte de esmolas que morreu por volta das oito e meia de ontem e foi encontrado hoje às seis da manhã. Dois furos e quase nenhum sangue em suas roupas. Este é o comportamento que venho seguindo há vários meses – disse, abrindo outra gaveta sem o menor sinal de choque. – Este é o segundo tipo. Uma prostituta de 21 anos com muitos clientes.

Seu agressor não foi muito gentil. Veja, esta foi a primeira mordida e a mais suave – apontou os lábios feridos. Recuei, e Vitor deteve-me. – Esta foi a mais funda – falou, mostrando o seio com pontos azulados.

A marca dos dentes estava ali clara e nítida.

– Ele morde por todo o corpo, às vezes apenas nos seios ou nos lábios. Depende muito de seu estado de espírito, acredito eu. Estou com mais duas com esse mesmo padrão – falou, puxando as gavetas para expor seus corpos.

– Já entendi!

– Faço questão. Nesse dia, ele estava de mau humor e quase a esmagou antes de sugar o sangue dela – disse, puxando-me para perto, sem pena.

O corpo estava todo roxo, cheio de hematomas e com a garganta arrebentada.

– Escute aqui, Vitor, sei do que ele é capaz. O que quer provar, afinal?

– Que existem duas dessas coisas agindo, ou melhor, matando pela cidade.

– Conheço apenas um deles, e acho que já é o bastante.

– Podemos começar? – disse, abrindo a janela a meu pedido.

– Gostaria que se acalmasse.

Ele estava tenso, parecia que iria lutar numa guerra. Acabou rindo de si mesmo.

Vitor vestia roupas informais. Havia tirado o jaleco e exibia a camisa polo e a calça branca. Foi uma revelação ver seu físico, digamos, muito interessante.

– Estou nervoso e devo ter deixado você nervosa também. Sinto muito. Quero que se sinta à vontade e me considere um amigo ou um padre.

– Prefiro um amigo, um padre jamais entenderia. Seria excomungada.

– Não o teme? – perguntou, pondo um pequeno gravador sobre a mesa.

– Não mais que esta pequena máquina em suas mãos.

– Vou apenas gravar nossa conversa.

– Impossível. Esta conversa não pode ser escrita e muito menos gravada.

– Essa fita jamais sairá de minhas mãos ou será usada de maneira a prejudicá-la. Posso garantir.

– Sinto muito, não tenho mais nada para fazer aqui.

– Kara, se acha que não sou de confiança, por que me procurou?

– As palavras sem provas se perdem ao vento, as que porventura forem gravadas ou escritas ficarão para sempre e levantarão suspeitas. Não posso correr esse risco. Minha vida correria perigo e poderia prejudicar minha carreira. Menti para muitas pessoas, inclusive para a polícia. Posso ser presa como cúmplice de assassinato – revelei, sincera.

– Tem razão, estou sendo egoísta.

– Tenho meus motivos, mas não se preocupe. Guardará consigo cada palavra do que vou dizer, não tenha dúvida disso.

Deixei que as palavras saíssem livremente no desenrolar da história. Quando terminei, senti um alívio enorme invadir meu peito. Perguntava-me por que não o havia feito antes. Obviamente, devem estar se perguntando se contei tudo. Diria que falei apenas o necessário.

– É realmente incrível que tenha sobrevivido!

– Como disse, ele prometeu e cumpriu sua promessa de ir embora.

– Conversaram muito durante esses três dias?

– Não muito. Jan sempre mantinha uma distância enorme entre nós. Sobre seus mistérios e segredos nada sei. Quando falava de si, era de maneira obscura.

– Por que o protege dessa forma? Desde que cruzou aquela porta, vem defendendo essa criatura. Sabe do que ele é capaz.

– Não devo ter explicado bem ao telefone. Quero deter Jan Kmam. Estou determinada, por isso estou aqui me expondo dessa maneira. Estou pedindo sua ajuda.

– Nada posso fazer contra ele, Kara. Apenas você pode. Ele vai voltar, não negue. No seu íntimo, você sabe disso. Quando acontecer, sabe o que terá de fazer.

– O que acha que posso fazer contra ele, Vitor? Nada parece afetá-lo.

– Disse que esse Jan Kmam mata todas as noites. Seus métodos não são nada gentis. Viu os corpos, são obra dele. Mudou o estilo. Foi isso que a fez correr até aqui?

– Está sendo maldoso. Eu tenho medo. Embora não perceba, é assim que tenho vivido durante esses últimos meses, com medo de minha sombra. A polícia não fala muito sobre o assunto, mas preciso encontrá-lo. A última vez que o vi, ele não me deu tempo para falar.

– Vocês se encontraram recentemente?

– Sim, mas foi muito rápido e não pude pedir que partisse.

– Teme mais por um corpo morto do que um vampiro. Qual é sua verdadeira relação com esse ser?

– Não sou obrigada a responder isso. Contei o que aconteceu, mas, pelo que vejo, deseja apenas julgar meus atos! Chegou sua vez. Que deseja realmente nisso tudo? Qual é seu interesse em Jan Kmam?

– Quero estudar esse ser. É um animal único e muito precioso para a ciência.

– Animal? Kmam é um homem.

– Está enganada, Kara. Ele é um predador feroz e poderoso que deve ser capturado. É muito perigoso. Pretendo estudá-lo de maneira completa. Quero conhecer seus hábitos, poderes e fraquezas.

– Isso não tem a menor graça.

– Nunca falei tão sério em toda minha vida – disse, colocando uma pasta sobre a mesa. – Aqui estão arquivadas todas as mortes cometidas por ele. Venho estudando seu comportamento há algum tempo e tenho algumas certezas. Ele já esteve na cidade por volta de 1970 a 1973 e até mesmo em 1980. Existem provas de sua passagem. Houve algumas mudanças no estilo das mortes desse último ano. As demais continuam iguais. São violentas e com um requinte de crueldade. Estou correndo atrás de um vampiro, Kara, e vou pegá-lo.

– Controle seu ego. Está delirando. Nunca caminhou ao lado dele para saber como Kmam consegue passar despercebido pelas pessoas. Ele é bem mais poderoso do que se mostrou ou possamos imaginar. Vê se corta essa de Van Helsing. Kmam não teme cruzes ou alho ou qualquer outra baboseira do gênero.

– É dessa forma que vai detê-lo? Provavelmente vai se atirar em seus braços e pedir por mais. Possivelmente acredita que se o proteger, ele lhe dará a imortalidade. Se não viu *Drácula*, deixe-me contar o final: ele morre!

Movida pela revolta, esbofeteei Vitor com força e nenhum arrependimento.

– Entendo sua atitude. Está confusa.

– Dane-se! Não estou confusa, estou decepcionada e ao mesmo tempo aliviada por não ter permitido a gravação dessa conversa. Você é um tolo pretensioso que sonha com fama e glória. Está enganado se pensa que vai deter Jan Kmam numa jaula e estudá-lo como um rato de laboratório. Tente isso e ele pode colocá-lo numa cova. Agora saia da minha frente, por favor.

– Deus! Não pode continuar a se enganar. Ele é um achado científico, um ser cheio de revelações e confirmações além de nossos conhecimentos. Ele é imortal.

– Ele é, Vitor. E você? Quanto tempo acha que vai viver para perseguir Kmam? Dez, vinte, trinta anos? Saia da minha frente ou vou usar de violência.

– E vai fazer o quê? Me morder de novo? Com a vida dele poderíamos salvar outras vidas e curar pessoas. Não seria justo, Kara?

– Você perdeu o juízo.

– Acorde! Jan Kmam é a resposta para nossas dúvidas mais antigas sobre envelhecimento, morte e saúde eterna!

– Quem está bancando o vampiro agora? Ele ou você? Deus! Como pude confiar em alguém assim? – o arrependimento feria-me como uma espada.

– Olhe, Kara – disse, apontando a janela aberta. – É noite, o que significa que seu amigo acordou. Quem sabe quem ele está matando nesse momento? Quem será hoje? Um mendigo, uma prostituta, uma dona de casa? Não, talvez hoje mude uma vez mais o estilo e resolva matar uma criança, afinal, são tantas que andam pelas ruas.

Vitor olhava-me com repugnância.

– Sinto ter tomado seu tempo – falei, sumindo pelo corredor vazio.

Passei por muita coisa perturbadora e consegui segurar a barra de uma forma ou de outra. Aquele foi um longo caminho e não estava disposta a andar por ele de novo. Não agora que conseguia encarar o espelho. Havia me conformado com tudo que passei, pois estive no meu limite. Veem? O limite entre a culpa e a conformação.

Maldito! Como podia me acusar? Queria colocar um ser pensante numa jaula e estudá-lo e ainda me acusava de ser fria? Ótimo! Isso tudo parece ter saído de uma ficção do arco da velha. Não sou igual a Jan nem pior do que ele! Vitor não estava lá. Não fazia ideia do que eu tinha passado. O que sabia sobre Jan Kmam no fim das contas? Eu continuava furiosa. Gostaria de vê-lo diante dele tentando deter sua vontade. Seria muito divertido, muito mesmo. Jamais deveria ter confiado nele. Agi como uma tola. Eu estava perdida, e Jan Kmam também. Pouco me importava o que Vitor viesse a dizer. Seria sua palavra contra a minha. Mesmo que tivesse coragem de se expor a um ridículo que poderia custar sua carreira, estaria espantando Kmam ou o atirando sobre nós dois. Tentei me acalmar para não perder o raciocínio lógico. Vitor jamais falaria. Um movimento em falso e Jan Kmam sumiria sem deixar rastros, levando consigo todos os seus almejados conhecimentos e poderes. Isso se não o matasse. Esmurrei o volante do carro e segui em frente.

11. Roberto

O tempo passou e nada aconteceu. Como previ, Vitor bancou o inteligente e ficou quieto. Estranhamente, Jan Kmam fez o mesmo. Durante uma semana inteira, nenhum corpo foi encontrado com seus sinais. Os boatos dos jornais locais cessaram e aquilo desencadeou muitas perguntas em minha mente. Onde estaria? Teria partido? Talvez tivesse mudado a dieta.

Estava cansada de ser perseguida por sombras em pesadelos inacabáveis. Apesar de ter tirado férias, não conseguia me divertir. Tinha voltado à minha velha e conhecida apatia. Ficava o tempo todo esperando que algo acontecesse. Não conseguia sequer sair. Procurava o que fazer dentro de casa, lia um livro, via televisão, alugava filmes e comia chocolates. Eu os devorava lentamente, saboreando o recheio de licor. Mantinha os olhos pregados na tela até dormir.

Um dia, enquanto via um filme de terror, a campainha tocou. Pulei do sofá de susto. Olhei o relógio e constatei o quanto era tarde para visitas. Afastei a cortina e vi Roberto cruzando o portão de madeira.

– Droga – sussurrei, olhando meus trajes. Vestia camiseta de dormir, calcinha e meias. Coloquei um roupão. Faltava apenas um dia para que lhe desse a resposta, mas pelo visto Roberto havia decidido adiantar o veredicto.

– Saudades. Posso? – perguntou, beijando meu rosto rapidamente.

–Claro. Pensei que nos veríamos apenas amanhã – comentei, reavivando sua memória.

– Mas já é amanhã. Veja, trouxe uma correspondência para você e aproveitei para adiantar tudo, se importa? – falou, entregando o envelope grande e vermelho que trazia nas mãos.

– Não queria dar trabalho. Espero que não repare em meus trajes.

– Gosto de vê-la à vontade. Fica bonita com pouca roupa.

– Comporte-se – pedi, enquanto me sentava no sofá à sua frente. – Extravagante, não? – comentei, rompendo o lacre. Deparei com letras negras, feitas à mão na mais bela e elegante caligrafia. Deslizei os dedos sobre elas e li em silêncio.

Convido a todos que apreciam os prazeres da vida para viver uma noite de encantamento e glamour. *Venham, venham com a fantasia de sua preferência. Escondam seus rostos atrás de máscaras e vivam uma fantasia diferente.*

Logo abaixo, havia a data e o local do Baile de Máscaras e Fantasias.

A festa seria no casarão, e devo admitir que a ideia era perfeita. Nada mais mágico e misterioso do que um baile naqueles moldes. Seria inesquecível.

– Quase todo o pessoal foi convidado. Ellen, Alva, Teresa, alguns figurões da sociedade maranhense e suas esposas, a sociedade local. Podemos combinar a fantasia, o que me diz? Tipo João e Maria, Romeu e Julieta ou quem sabe Cleópatra e Marco Antonio. Temos três semanas para decidir.

– É, veremos. No momento, só quero descanso. Uma festa seria demais para mim – falei, vendo sua animação diminuir significativamente. – Alva ligou. Está animadíssima com as férias. Sabe como ela adora Salvador. Por pouco não fica rouca contando os detalhes das festas de que irá participar.

– Recebi um postal dela – comentou. Roberto parecia muito arrumado para apenas uma visita como aquela. Meu único desejo era de que ele não estivesse imaginando coisas.

– Qualquer dia desses irei à Bahia. É um lugar realmente lindo.

– Perfeito para uma lua-de-mel.

– De preferência para aqueles que se amam. Quer um chocolate?

– Não, obrigado. Estou cuidando do físico, o que significa deixar de comer doces e qualquer coisa que me deixe com barriga.

O ventre chato e firme de Kmam me veio à mente. Era impossível não fazer comparações.

Roberto perguntou alguma coisa a qual nem prestei atenção e aproveitou para tocar meu joelho. Recuei delicadamente e percebi suas intenções com clareza.

– Dorme sempre assim?

– Sempre veste terno e gravata para entregar correspondência?

Sua gargalhada soou alto.

– Adoro suas perguntas.

– Não é o único – comentei, vendo-o olhar minhas pernas.

– Serei sincero. Me arrumei desse jeito somente para você. Quero que me veja bonito e elegante. Além disso, tenho esperança de que tenha piedade de mim e me dê a resposta hoje.

Ajeitei o roupão, fechando-o mais ainda, e respondi calmamente:

– É até melhor que seja hoje.

Na hora só pensei em ser delicada e objetiva. Franqueza seria a melhor opção. Até porque seria impossível não magoá-lo, já que teria que engolir seu próprio orgulho. Respirei fundo e comecei a falar pausadamente ao seu lado no sofá.

– Somos amigos há muitos anos, não?

– Dez anos. Lembra de quando nos conhecemos?

– Claro, foi no dia do meu aniversário. Lucas nos apresentou. Nossa, faz tanto tempo. E que festa! – sentia falta dos bons tempos.

–Você fazia 15 anos e estava linda. Fiquei tão nervoso quando fomos apresentados que quebrei alguma coisa – comentou, puxando da memória.

– Uma taça de champanhe. Mamãe fez o curativo e logo depois você voltou à festa. Mais para o fim da noite, Lucas ficou bêbado. Foi um vexame. Papai ficou muito aborrecido.

– Aborrecido? Ele ficou uma fera e me obrigou a dar um banho nele para que o porre passasse. Então nós dois o arrastamos até o banheiro e o lavamos.

– Naquela noite, quebrei um dos discos de papai, mas graças aos céus ele não viu e ficou como saldo da festa. Assim que recebi minha mesada, comprei outro e coloquei no lugar. Como presente, claro. Desculpe se fugi do assunto, Roberto. Sabe, gosto muito de você, mas como um amigo, um irmão. Eu o respeito demais para começar um relacionamento que não nos levaria a lugar nenhum. Seria cruel de minha parte enganar um amigo tão querido. Não o amo como deseja, mas como amigo, e sua amizade é muito preciosa para mim.

– Posso esperar mais, Kara.

– Você deve procurar uma mulher que o ame e respeite. Me recuso a aceitar que continue a esperar por algo que não vai acontecer – disse, sendo o mais verdadeira possível. Roberto tinha de aceitar a verdade e logo.

– Não pode decidir assim sem mais nem menos. E quanto a mim? Eu a amo. Se tivesse me dado uma chance. Jamais me deu a oportunidade de demonstrar o que sinto. Estava sempre chorando por Lucas, afogada em trabalho.

– Jamais poderia imaginar que sentia algo tão forte por mim. Sempre fomos amigos, você era o melhor amigo de Lucas. O que queria? Que me jogasse em seus braços?

– Cometi muitos erros, talvez tenha esperado demais. É tarde para voltar atrás. Não vou admitir e ponto final.

– Do que você está falando, Roberto? Fez uma proposta e estou respondendo. Pensei seriamente e fui delicada com você, franca como jamais foi comigo. Nunca irei me envolver com você – disse amável, tentando finalizar o assunto.

– Beijei você naquela noite, Kara. O que senti foi paixão. Havia desejo em seus beijos. Não tente negar isso também. Correspondeu como uma mulher e nada teve a ver com amor fraternal. Você me queria como homem em sua cama, aceitou meus carinhos e meu abraço. Por que está mentindo? – quis saber, tornando a situação ainda mais constrangedora.

Criara um monstro e agora teria de enfrentar sua fúria. Como explicar o que senti? Confessar que estava pensando em outro homem não parecia uma boa solução. É o tipo de coisa que levaria uma mulher à morte. Pensei em milhares de respostas, mas nenhuma delas faria sentido.

– Gostaria que aceitasse minha decisão e considerasse esse assunto encerrado.

Roberto ergueu-se furioso e empurrou meu braço de forma grosseira. Na vida, cada segundo marca um ponto de onde poderíamos recuar e evitar problemas. É aquele momento de dúvida e decisão. Roberto tinha passado por ele depois de ouvir minha negativa. O ponto onde poderia evitar o que se seguiu.

– Seria muito fácil para você, não é mesmo? Se livraria de mim e continuaria com a consciência tranquila, mantendo essa farsa de que somos amigos – fitou o meu rosto com desdém.

– Farsa? É desse modo que vê nossa amizade? Como pode ser tão vingativo?

– Em quem pensava quando me beijou daquela forma? Em Lucas? Não, duvido muito. Quem sabe naquele médico tão prestativo que a tratou com tanta atenção. Não, claro que não. Você estava pensando em Jan, não é mesmo, sua vadia?

Enquanto falava, andava de um lado para outro, como se comandasse um interrogatório. Estava totalmente combativo. Temerosa, fui até a porta e a destranquei, pronta para fazer com que saísse.

– Saia! Acredito que já tenha chegado ao limite de sua indelicadeza.

Eu havia tentado durante toda a semana manter a calma, evitar contrariedades, mas pelo visto os problemas vinham até mim como pregos a um ímã.

– Enquanto não me revelar o nome dele, não sairei daqui – falou, sentando-se novamente.

– Gostaria que pudesse ver quanto está sendo ridículo. Sou dona dos meus atos e não devo satisfações a ninguém, muito menos a você.

– Claro, nada além do ombro amigo no qual lamentou a morte de Lucas. Engoli meu orgulho por três longos anos enquanto ouvia você se lamentar. Um belo dia, você finalmente esquece Lucas. Viva! Chegou a minha vez. E o que ouço quando me aproximo de você naquele leito de hospital? Hein? Jan, Jan, Jan! Cada vez que você repetia esse nome parecia que estava me matando. Agiu como uma vagabunda. Pulou nos braços do primeiro que surgiu à sua frente – acusou de forma agressiva, já rouco. Ouvindo-o falar, não tive dúvidas de que ele sempre quisera me dizer aquelas palavras duras.

– Isso não é verdade.

– Cale a boca! Acha que sou estúpido, Kara? Você não sente nada, é a mulher mais fria que já conheci! Ele sequer a visitou no hospital. Simplesmente mandou aquelas malditas rosas vermelhas e você ficou lá se derretendo. Ele não a ama, você não passou de uma noite de sexo para ele!

– Chega! Você passou anos nutrindo esse interesse doentio e absurdo e agora quer que eu corresponda. Você não sabe o que é amar. É um desgraçado interesseiro, falso e vingativo. Fora de minha casa!

Furiosa demais para continuar a olhá-lo, abri a porta e me virei. Comecei a passar mal, ficar tonta. Algo estava errado comigo.

– Acha que terminou? – perguntou bem próximo às minhas costas.

– Saia! Vá embora agora!

– Cometi loucuras por você, mas não merece saber de nenhuma delas. Garanto que não sairei daqui sem ter o que mereço. Também terei o que ofereceu tão gentilmente ao seu amigo Jan.

Dizendo isso, puxou meu roupão com força e me empurrou para o sofá. Seus beijos repulsivos tocavam meu rosto, buscando minha boca, enquanto forçava suas pernas entre as minhas. Tentava a todo custo rasgar minha camiseta. Eu gritava e lutava como podia debaixo de seu peso, sentindo a camiseta ceder. Ergui a mão e cravei as unhas em seu rosto.

– Cadela! – disse, esbofeteando meu rosto. – Vai pagar caro por isso!

A porta foi escancarada de repente. Em questão de segundos, estava livre do peso de Roberto. Ele tinha sido jogado a distância por um vulto negro que identifiquei, entre as lágrimas, ser de Jan Kmam.

– Kara, você está bem?

Sua voz estava mudada pela ira e preocupação.

– Estou – gemi, tonta.

– Está sangrando – murmurou, olhando meu rosto preocupado. – Vai morrer, bastardo!

Jan Kmam avançou sobre Roberto e passou a esmurrá-lo sem piedade. Batia com força a ponto de tirar sangue, sem dar mostras de querer parar. Foi preciso detê-lo.

– Não! – pedi, segurando sua mão tentando detê-lo.

Eu o segurava como podia, vendo Roberto estendido sobre os destroços da minha mesinha central. Parecia um tigre sobre a presa.

– Eis que surge mais um de seus queridos amigos – Roberto cuspiu as palavras, junto com o sangue que saía de sua boca ferida. Limpou-a com as costas das mãos e encarou Jan com desdém.

– Jan, por favor, calma. Estou bem, juro – pedi, temendo pelo pior. Fitei seus olhos e notei o brilho frio da morte. – Não o mate.

Roberto, vendo que me segurava em Kmam, lançou um olhar ainda mais ressentido e ameaçador sobre nós dois.

– Tem certeza? – perguntou, analisando meu rosto ferido e Roberto, com desprezo.

– Ele não merece o esforço.

– Estão realmente enganados se acreditam que isso vai ficar assim. Vai ter volta!

Roberto avançou em direção a Jan, pronto para agredir seu rosto. A reação foi imediata. Jan o agarrou tão depressa que sequer pude compreender o que acontecia. Subitamente, o levantou pelo pescoço. Seus olhos se transformaram em pedras de cristal azul. Roberto tentava falar. Os dedos de Kmam pareciam garras afiadas, prontas para dilacerar sua carne. Sua garganta débil sumia sob a pressão. Jan simplesmente ignorava sua luta patética. Um sorriso brincava em seus lábios, pois Roberto certamente seria uma grande fonte de divertimento.

– Jan, solte ele. Por favor.

Por um instante, Jan me olhou e encarou Roberto quase roxo pela falta de ar. Por fim, decidiu largá-lo sobre a passarela de entrada. Livre, Roberto tossia e tocava a garganta dolorida, sem fôlego, tentando voltar ao normal. Mal conseguia colocar-se de pé.

– Se ousar cruzar estes batentes de novo, eu o mato. Se tiver a indelicadeza de tocar em Kara outra vez, eu o mato. Se não sair agora dessa casa, eu o mato. Como notou, não tem escolha. Suma! – falou Kmam, levantando-o do chão e empurrando-o pelo portão afora. Ele havia começado num rugido baixo e terminado num trovejar alto e poderoso. Roberto tentava abrir o carro e sequer ousava olhar para trás.

Entrou no carro e sumiu a toda velocidade. Parada na entrada da casa, fitei Jan rir satisfeito com seu trabalho. Na meia-luz que o iluminava de forma precária, consegui ver claramente cada linha de seu rosto. Como se tivesse ouvido meu chamado, virou em minha direção para me dar um de seus mais belos sorrisos.

– Eu não me sinto bem.

O mundo escureceu à minha volta e as pernas fraquejaram. Carregada até o quarto, fui depositada gentilmente sobre a cama. Ele tirou sua jaqueta de couro preta e a jogou sobre a poltrona próxima, saindo e retornando com um copo d'água. De volta à realidade, segurei o copo, mas tremia tanto que não consegui levá-lo à boca. As mãos de Jan cobriram as minhas e me ajudaram prontamente. Devolvi o copo e ficamos nos olhando em silêncio, por incontáveis minutos. Não sei descrever seu olhar com precisão. Era uma mistura de preocupação, afeto e até mesmo indignação. Graciosamente, ele abriu os braços em minha direção e eu me deixei envolver. Jan me apertou em seu peito e afagou meus cabelos, enquanto murmurava que tudo estava bem, que ninguém me machucaria, que ele estava ali para me proteger e servir. Chorei, abraçada a ele. Chorava de ódio. Tinha vontade de gritar, de tão furiosa que estava.

– Como pôde? Dizia ser meu amigo. Ele foi meu padrinho de casamento.

– Não pense mais nisso. Está se magoando de novo quando o faz. Já passou. Deixe que eu cuide dele.

– Não, Jan. Prometa que vai esquecê-lo – pedi, olhando em seus olhos e cravando as unhas em seus ombros. – Rasguei sua camisa. Deus, como fiz isso?

– Tenho outras – comentou, sem dar importância aos rasgões.

Olhava para os buracos sem entender o que acabara de fazer. Fitei minhas mãos e vi as unhas muito longas e afiadas que tinham crescido rapidamente. Como? Eu as havia cortado a menos de um dia!

– Machuquei?

– Impossível, minha rosa.

– Jure para mim, Jan Kmam, que não vai matá-lo – pedi, sentindo seus carinhos embriagadores. Ele cheirou meu pescoço e depois esfregou o rosto liso em meu colo.

– Qualquer coisa, menos isso – murmurou, deitando-me sobre a cama macia.

– Jure – insisti o mais convincente possível, enfiando as mãos em seus cabelos sedosos.

Kmam encarou meu olhar suplicante com desejo e sorriu.

– Quem jura, mente. Não é isso que dizem? Peça outra coisa, pois vou matar aquele canalha – disse naturalmente, como se falasse do tempo.

– Não pode fazer isso – disse, debaixo de seu peso.

– Está me dizendo que ele tinha o direito de estuprá-la? Devia ter matado aquele verme no exato momento em que entrei. Rasgaria sua garganta sem beber o sangue venenoso e o veria manchar o chão em suaves ondas quentes.

– Solte-me. Estou bem agora.

– Mentirosa, está morrendo de medo. *Pourquoi*, Kara? Jamais conseguiria machucá-la. Desejava tê-la em meus braços, sentir que estava bem, sentir o gosto de sua pele – ofegou, beijando meu rosto, cheio de carinho. Quando buscou meus lábios, gemi de dor. – *Dieu*! Olhe seu lábio, está cortado. Aquele *maudit chien*! Vou precisar de muito controle para não matá-lo quando o vir de novo.

Levantei da cama e fui para a poltrona. Distante de seu toque, podia pensar melhor. Ajeitei o corpo sobre os travesseiros e suspirei aliviada. Passar dos limites seria por demais insensato, mesmo porque não encontraria forças para lutar nem contra o homem nem contra o vampiro.

Sentia-me cansada e meus ombros estavam roxos e doloridos. Toquei a boca e constatei a violência de Roberto. Meus lábios estavam inchados e com um baita corte. Kmam deixou o quarto sem aviso e voltou com a caixa de primeiros socorros.

– Como sabia onde estava?

– Esqueceu que passei três dias aqui – falou, entregando-me a caixa.

– Quero te agradecer. Se não tivesse entrado naquela hora realmente não sei o que teria acontecido comigo.

Sentindo uma lágrima rolar, sequei-a rapidamente e fui para a penteadeira limpar o corte no lábio. Fechei o roupão e me contive diante do espelho para não chorar. Levei o algodão úmido ao canto da boca. A dor continuaria por bastante tempo. Será que Jan veio pedir ajuda novamente? Não pelo que vejo. Conseguiu novas roupas e não parece mais depauperado.

– Geralmente não salvo pessoas, eu as mato. Pense em si mesma como um caso à parte – revelou calmo, em seu humor peculiar.

– O que veio fazer aqui?

Ele riu e apoiou a mão no queixo.

– Anda lendo muitos jornais. Deve saber o motivo de minha visita à sua bela e aconchegante casa. Falando nisso, notei algumas mudanças significativas. Diminuiu o número de fotos e está, como direi, está alegre, bonita. Sim, é isso. E também colocou novas cortinas e um vaso com flores.

– Fico feliz que tenha notado. Recebo poucas visitas e a maioria não nota nada de novo.

– Digamos que sua última visita foi um tanto rude.

– E está louco para saber o motivo – disse, finalizando a limpeza do corte, para me olhar no espelho e perceber o quanto estava assanhada.

– Devo?

– Roberto me fez uma proposta e não gostou da resposta. Pretendia se casar comigo e vinha planejando isso há muito tempo. Insinuou coisas terríveis a meu respeito. Pensa que somos amantes.

– E não somos, Kara? Fiquei com ciúme naquela noite. Por pouco não a roubei dele.

– Eu gritaria por socorro – resumi, vendo seus olhos brilharem hilários.

– Faz bem o seu gênero, meu amor. Agora continue sua história. O que faziam no teatro?

Kmam segurava meus cabelos com as duas mãos e me olhava através do espelho.

– Saímos para comemorar o término da reforma. Jan, peço pelo que ainda há de bom e humano em você, não o mate.

– Ele vai voltar. Não será hoje, nem amanhã, mas fique certa, Kara, ele voltará para morrer. Nem em pensamento conhece o mal como eu conheço. Viu o modo como ele a olhou quando se achegou a mim. Quem tenta esse tipo de coisa uma primeira vez, tenta também uma segunda. Se algum dia ele a amou, esse amor morreu hoje. Ele não vai desistir, estava cego de ódio, sequer me notou. Conheço aquele olhar, já o vi antes. Ele perdeu o que amava – divagou.

– Quer que eu dê minha permissão para matá-lo?

– Quero que me deixe fazer algo. Temo pela sua segurança, agora mais do que nunca. Devo-lhe minha vida. Posso ser um assassino, ou mesmo um monstro como disse tantas vezes, mas ainda sei dar valor a um favor.

– Se me considera tanto, realize meu desejo. Deixe que ele siga seu caminho. Não ganhará nada matando alguém tão vil quanto Roberto.

– Ganharia sua segurança e minha paz.

– Faça e ficarei devendo esse favor.

– Posso tentar, mas pedirei algo em troca.

– Que seja. Não costumo matar meus amigos.

– Só agora vejo quanto senti falta de suas piadas sarcásticas. Recebeu seus objetos e as rosas?

– Sim, agradeço sua consideração.

– Espero que as rosas tenham conseguido suavizar meus atos e a péssima impressão que deixei.

– Sim, eram lindíssimas. Adoro rosas vermelhas, são tão perfeitas. Foi terrível vê-las murcharem e morrerem. Deveriam ser eternas – divaguei, sem perceber a péssima comparação. – Disse que os jornais o trouxeram aqui. O que deseja? – questionei-o, sentindo-me culpada por trocar delicadezas com o assassino das vítimas nas manchetes.

– Existem outros vampiros na cidade. Um deles em especial esta matando as mulheres. Ele costuma ser descuidado, feroz e violento. Acima de tudo, aprecia o que faz. Como deve ter notado, ele tem predileção por damas da noite, prostitutas. Mata todas por prazer. Seus motivos, eu nunca soube ao certo, mas isso não importa. Os demais vampiros ainda não vi, mas estou buscando saber quem são, em breve terei respostas.

– Se conhece o assassino, tem que detê-lo.

– O momento certo virá, não tenha dúvidas quanto a isso – garantiu com prazer.

– E quando será? Quando seu amigo matar todas as prostitutas de São Luís?

– Ele NÃO é meu amigo! – frisou, fazendo-me recuar com seu olhar agressivo.

Que era aquilo afinal? Um jogo de vida e morte? Fiquei irritada com sua atitude passiva. Podia sentir que borbulhava de vontade de fazer algo, mas controlava-se claramente.

– É inconcebível que permaneça indiferente. A polícia nem desconfia do que está acontecendo. Kmam, sei que é diferente dele. São Luís é pequena demais para seus hábitos. Ninguém enxerga as marcas das mordidas como picadas de insetos. Não estamos no século XVIII – disse, ajoelhando-me aos seus pés e tentando parecer suave.

– Já me chamaram de muitas coisas, mas inseto é totalmente novo – comentou, sorrindo. Aparentemente, seu bom humor havia se restabelecido.

– O que vai fazer?

– Pedir que saia dos meus pés. Posso perder o controle tendo você tão próxima. Não estou indiferente às mortes, mas não pelos mesmos motivos que você. Detesto exibicionismo e Gustave é dado a tal prática. Farei algo em breve, mas a oportunidade terá de surgir. Quero fazer benfeito. Além disso, estou em desvantagem. Matá-lo agora seria impossível.

– Bem, pelo menos pretende matar esse tal de Gustave.

– Sim. Inimizades em nosso meio só levam a duas coisas: morte ou um cuidado eterno com a própria sombra.

– Seu meio?

– Achou que eu fosse o último vampiro ou coisa assim?

– Você é um mistério.

– Gostou do livro que deixei? – disse, olhando o volume em minha mesinha de cabeceira.

– Sim, muito. Você o quer de volta? – perguntei, sentindo-me tola.

– De modo algum. Não conheço melhor dono para ele.

– Levou também a pasta. O que havia nela?

– Documentos, agora sem valor algum, e algumas joias de família. Essas coisas.

– Joias?

– Joias. Meu passaporte para um futuro seguro, querida. Quando me instalei no casarão, sabia que levaria algum tempo para retornar ao meu estado normal, então tomei providências. Papel-moeda é perecível e desvaloriza com grande facilidade. A melhor saída são joias e pedras. São eternas e o valor sempre sobe.

– Então vivia mesmo no sótão?

– Viver não é bem a palavra. Estava dormindo.

– E por que não saiu para ver o mundo? Sei lá, parecia tão perdido no tempo.

– Eu saí. Que pensa que estou fazendo aqui? – Jan achava minhas perguntas divertidas.

– Quanto tempo dormiu?

– Cento e vinte e cinco anos, se não me engano.

– Deus! Cento e vinte e cinco anos é muita coisa. Disse que vive de sangue. Então acordou movido pela fome?

– Sim e não. Esperei alguns dias refazendo-me e uma noite acordei por completo. A princípio, senti os ratos correndo sobre a tampa do caixão, seus movimentos furtivos e seus pequenos gritos estridentes. Empurrei a tampa e peguei o primeiro alimento vivo em cento e vinte e cinco anos de fome. Quase o estraçalhei de tão faminto. O gosto quase me enlouqueceu e esperei o próximo com ansiedade, pois um rato pequeno não foi suficiente, precisava reunir mais força. Examinei o sótão por completo, fitei o teto escuro e não encontrei um morcego sequer.

– Mata sua própria espécie – comentei, sentindo nojo.

– Minha única semelhança com morcegos é a predileção por sangue. Toda essa alusão entre minha espécie e a do quiróptero mamífero é uma grande fantasia. Tenho poderes, mas nunca virei morcego, fumaça ou dormi de ponta-cabeça. Jamais conseguiria ficar tão pequeno e peludo – falou, rindo junto comigo da comparação.

Levantou-se da poltrona e pegou a jaqueta, preparando-se para partir, o que infelizmente interromperia suas revelações esclarecedoras. Assim que chegamos à sala, seu lindo sorriso havia desaparecido, dando lugar a um ar preocupado, que chegava a enrugar sua testa.

– Agora, quero que me escute com atenção. Anos atrás, amei uma mulher. Ela era humana, parecia muito com você e tinha este mesmo olhar seguro. Gustave desconhecia sua existência. Enquanto isso durou, ela esteve segura, mas o segredo vazou. Ele a torturou e finalmente a levou à morte. Não quero e não vou permitir que isso aconteça novamente. Não vai conseguir. Posso não suportar a dor de uma nova perda.

– Kmam, sou diferente. O tempo passou. Sei que devo me comportar e me vestir diferente dessa mulher. Não fique assim tão preocupado. Posso me cuidar sozinha.

Kmam retirou do bolso da calça um objeto.

– Evitei usá-lo. Não queria que o visse. Bem, esta é minha Thais – disse, entregando o relicário.

Minha mão tremia ao tocar a pintura delicada, ali fixa entre a prata do objeto. A jovem trazia os cabelos presos no alto da cabeça. Escuros como os meus, desciam por seu colo claro. Os ombros estreitos envoltos pelo vestido negro pareciam frágeis, meio adolescentes, e o decote quadrado do vestido acentuava seu busto imaculado. Examinei com atenção seu rosto e notei o olhar vago, emoldurado por sobrancelhas perfeitas que demonstravam uma dignidade solene. A boca pequena, porém carnuda, nada expressava além de um leve sorriso. Era apenas um esboço de felicidade.

A tinta, enfraquecida pelo tempo, ainda conseguia transmitir a energia da frágil jovem ali presa para a eternidade. Fechei o relicário e o entreguei a Kmam, perturbada. A semelhança era incontestável, poderia me passar facilmente por aquela mulher. Fiquei decepcionada e ressentida e, não sabendo bem por quê, preferi não falar nada.

– Temo por sua segurança e vou protegê-la a qualquer custo. Todavia, preciso de sua colaboração. Gustave é novo na cidade e logicamente deve estar descobrindo seus recantos, como eu também fiz. Isso significa que quase todas as noites ele tem saido, procurando novos caminhos e lugares de onde goste. Entende o que digo? – falou, colocando o relicário em volta de seu pescoço.

– Perfeitamente. Como um cão, ele está marcando seu território.

Afastava-me de Kmam, que ergueu a sobrancelha, desconfiado de minha leve mudança de humor.

– Gustave acredita ser o único na cidade e é desse modo que deve continuar pensando. Este século está cheio de alimento para ele. Há casas de diversão de todos os tipos em todos os lugares. Eu mesmo frequento algumas. De qualquer forma, acredito em seus ataques de melancolia. São frequentes em nossa espécie, mas nele é algo perpétuo.

– Você o conhece muito bem. O que é dele?

– Nada.

– Espera que me esconda dentro de casa? – falei com desdém.

– É exatamente isso que fará. Vai permanecer dentro de casa e se comportar como uma boa menina, enquanto preparo a arapuca – disse, tocando meu rosto com suavidade.

– Deve estar brincando comigo. Tenho uma vida, não posso simplesmente me esconder e esperar que consiga detê-lo, Kmam.

– Em momento algum pedi que abdicasse de sua vida ou dos prazeres dela. Desejo apenas algum tempo antes de me bater com ele. Pouco importa o que eu tenha de fazer para mantê-la dentro de casa, Kara, eu o farei. Mais cedo ou mais tarde, ele descobrirá sua existência. Ele pode matá-la ou fazer até pior.

– Gostaria de saber o que é pior do que ser atacada por um de vocês. Pensei que temesse por minha vida, mas vejo que pretende apenas defender seus interesses.

– Não diga bobagens, Kara! Sabe o quanto ouviria de meu criador por lhe dar explicações, por ter me envolvido com uma mortal outra vez? Humanos e vampiros não devem ser misturar – esclareceu, mantendo a conduta firme à minha frente.

Com toda certeza, não pretendia perder sua moral diante de um prato de comida, ou seja, eu.

– Que belo conceito! – desdenhei.

– Maldita mulher! Deve se lembrar do que aconteceu antes da mordida. Os carinhos, as carícias, os beijos que trocamos, o meu toque em sua pele – reclamou, tentando controlar a fúria que crescia dentro dele.

– Não me lembro – menti.

– Então me deixe refrescar sua memória.

– Chega!

– Não, não é o bastante. Gustave vampirizaria você. Ele a tomaria em seus braços. Pegaria pelos cabelos assim... – sua mão pousava em minha nuca.

Tentei protestar, mas Jan Kmam me calou com um beijo cálido e voraz. Depois, libertou meus lábios para que recobrasse o fôlego e prosseguiu sua explicação.

A expectativa me matava, seus olhos deslizavam pelo meu corpo cheio de volúpia, cientes da minha espera. A textura de sua boca macia prendia meu olhar, enquanto ofegava pelo que viria a seguir. Ele sorria com malícia, crueldade e uma pontada de imoralidade.

– E então ele a morderia – disse num murmúrio doce e perigoso.

As pontas de seus caninos estavam à mostra apenas para me aterrorizar. Fechei os olhos e tentei empurrá-lo para longe. Gritei ao sentir os lábios de Kmam sobre minha pele, mas a mordida não veio. Ele apenas beijou demoradamente minha veia, que ardia de desejo como todo o meu corpo.

– Esta é uma pequena amostra do que Gustave faria a você, caso estivesse de bom humor. Além disso, não sei imitá-lo muito bem. É uma coisa que não quero aprender – disse, soltando-me com delicadeza.

– Cachorro miserável.

– Decepcionada? Como dizia, bom humor em Gustave é coisa rara. Em geral, ele está sempre enfadado de tudo e com vontade de beber. Sabe o que é um alcoólatra? Deve saber. É uma doença tão frequente em sua sociedade. Pois bem, Gustave é um, mas evidentemente, nesses dias, seu vinho é outro. Ele põe suas mãos em garrafas de silhuetas femininas fartas e em roupas curtas, corpos à mostra. Seu vinho é o sangue, e ele costuma guardar as melhores garrafas para o fim. E para ele, Kara, você é o mais doce champanhe. Gustave a deixará para o final – sua voz assumira um tom aborrecido.

– Pouco importa os malditos hábitos dele, nunca o vi e não desejo vê-lo. De modo algum permitirei que controle minha vida em favor de seus planos de guerrilha. Tem muita gente por aí com a cara de Napoleão e mesmo assim ninguém os exilou em Elba. Danem-se você e o pinguço!

Ele percebeu que havia passado dos limites com aquela brincadeira, bem a seu estilo, mas agora era tarde para voltar atrás. Seu silêncio era pesado. Esperava por algo que não viria.

– A mesma Kara de dezessete meses atrás. Insolente, teimosa, orgulhosa, desconfiada, mas frágil como porcelana – parecia conhecer-me como ninguém mais.

Mantive minha postura por tanto tempo, e ele, com simples palavras, conseguira me definir por completo. Sempre tão certo e cheio de conhecimentos.

– Odeio você!

– O ódio é o limite do amor.

– Vá embora! – ordenei, dando-lhe as costas e sumindo no corredor.

Encostei-me à parede e esperei por sua partida. A porta bateu assim que Jan Kmam passou por ela, furioso. Encontrei a sala vazia. O portão gemeu, deixando-o passar. Abri a porta desesperada e corri pela passarela. Cheguei a vê-lo descendo a rua com as mãos nos bolsos, o andar seguro de predador consciente e o cabelo voando livre. Em nenhum momento olhou para trás. Sumiu diante de meus olhos, como um fantasma. Seria mais um de seus poderes? Apoiei a cabeça nas tábuas do portão, e sem saber por que lamentei sua partida brusca.

Eu o mandei embora. Naquele momento, achei que poderia ter sido nossa última conversa e o tratei com desprezo e frieza. Seria merecido, já que ele me assustou de propósito. Por outro lado, tinha sido meu salvador. Droga de vida, praguejei. Nem sabia onde estava vivendo.

* * *

Logo que acordei, o nome de Vitor me veio à mente. Tinha esquecido totalmente de avisá-lo do perigo que corria, muito mais do que Jan. Talvez tivesse sido melhor assim.

Olhei a mesa de centro despedaçada a meus pés e comecei a recolher seus pedaços, lembrando das palavras de Jan. Outros vampiros? Quem seriam eles e desde quando estariam na cidade? As provas de Vitor faziam sentido agora, sua busca por evidências. Em meu acesso de raiva estúpida nem tentei descobrir como era Gustave. Devia ser bonito e atraente como Kmam, ou quem sabe careca e grotesco como Nosferatu. Possivelmente se pareceria com a gárgula do casarão, de olhos demoníacos e grandes presas.

Minha semelhança com a jovem do relicário me perturbava. Como ela teria morrido e em que circunstâncias? Tudo parecia um grande pesadelo e eu não conseguia acordar. Mais uma vez ele levara minha paz de espírito e sem nenhum constrangimento.

12. Negócios de família

– Está sendo precipitada e totalmente imprudente ao tomar essa decisão. Devo deixar claro que não concordo – reclamou tio Júlio, andando pela sala de reuniões.

Roberto, na ponta direita da mesa, apenas me olhava calado. Tinha as mãos ocupadas por uma caneta e a rolava lentamente. Havia alguns minutos que ouvia a ladainha de tio Júlio e estava cansada dela e do olhar de Roberto.

Transcorridos cinco dias desde aquela malfadada noite, ele ainda trazia no rosto cinco riscos fundos e escuros, provocados pelas minhas unhas, além das marcas dos socos de Jan Kmam. Quis rir assim que o vi entrar na sala de reuniões, mas me contive. Aquela sujeira não precisava vir à tona, nós dois sabíamos disso. Kmam sumira, as mortes continuaram a encher os jornais sem discrição, e, pela última vítima, parecia que tudo iria piorar. Uma criança fora encontrada morta com os mesmos sinais. Em São Luís não se falava de outra coisa, estava nos jornais e até mesmo na televisão.

Vitor nada fizera e tudo parecia muito quieto para meu gosto. Podia sentir no ar o cheiro de desgraça. Cada vez que a noite caía, eu ficava imaginando quem iria morrer. Diante disso, resolvi dar um ponto final em tudo. Estava colocando minha parte na empresa à venda. Iria deixar São Luís e seguir para Natal, esquecer do passado e começar uma vida nova, quem sabe dar aulas, montar um negócio e viver de renda. Qualquer coisa, menos continuar na cidade.

– Deixe-me terminar, Kara. Seu pai não aprovaria sua decisão. Devemos pensar na empresa – vendo meu olhar inalterável, apelou para Roberto. – Faça algo, homem, tente convencê-la do contrário! – titio parecia não perceber o clima pesado na sala.

– Impossível, Júlio. Kara, como deve saber, é uma mulher de vontade própria, tem ideia fixa. E quando resolve fazer algo, vai até o fim.

– Aposto que tem o dedo de sua mãe. Essa ideia tola de deixar o Maranhão é bem coisa de Clara – reclamou, culpando uma inocente.

– Mamãe nada tem a ver com isso. Tomei minha decisão, espero que a compreendam e a aceitem. É fato consumado.

Depois disso, falamos sobre os procedimentos legais a serem tomados e deixei clara a exigência de vender minha parte para alguém conhecido e que fizesse parte da empresa. Queria evitar problemas futuros. Roberto não se candidatou, mesmo formigando de vontade de fazê-lo. Obviamente, ele não iria facilitar as coisas para que eu deixasse a cidade ao lado de Kmam. Pelo menos era isso que passava em sua mente.

Chegamos a uma decisão lógica após examinar alguns papéis, e foi nesse momento que Roberto comentou cheio de malícia.

– Kara está decidida a mudar de vida. Quer ser uma mulher diferente, quem sabe ter filhos, cuidar de um marido, construir família.

– Felizmente o amor modifica as pessoas para melhor. Pena que não acontece com todo mundo. Estou viva, mereço uma nova chance, um homem que me ame de verdade e me respeite.

– Se vocês não precisam mais de mim, estou indo embora – comentou Roberto, retirando-se da sala.

Após sua saída, o ar pareceu ficar mais leve e respirável. Tio Júlio serviu-me uma xícara de café, sentou-se à minha frente e perguntou:

– Vai me dizer o que está acontecendo ou terei de perguntar a Roberto?

Olhei-o demoradamente e vi um pouco de meu pai naquele rosto. Com seus 56 anos completos, tio Júlio refletia o que seria seu irmão mais velho se estivesse vivo. Cabelos brancos, algumas rugas de expressão rodeando os olhos escuros e marcando seu sorriso gentil. Era quase impossível não comparar os dois. Trazia os mesmos movimentos, o tom de voz baixo, mas cheio de confiança. A única diferença era a vaidade. Enquanto Joel, meu pai, tinha o necessário, tio Júlio possuía em excesso. Estava sempre impecável, bem-vestido e perfumado. Não era algo para ser censurado, já que sempre recebia pessoas importantes e fechava negócios em lugares elegantes.

Abandonei meus pensamentos e expliquei com muita convicção meus pontos de vista, onde Kmam e Roberto não foram citados em momento algum. Tio Júlio chegou a oferecer dinheiro, acreditando que se tratava de problemas financeiros, mas quando falei de minha vida vazia ele chegou à conclusão de que Kara Ramos havia mudado para melhor. Como bom negociante, ofereceu seus préstimos para me ajudar em alguns investimentos lucrativos e que garantiriam um bom futuro, caso meus planos falhassem.

– Como uma raposa velha, você veio falar comigo de caso pensado. Isso é bom. Vejo que tem a visão e o sangue dos Ramos. Sentiremos sua falta. Vive aqui há tanto tempo que me sinto seu pai – comentou emocionado. – Como vai viver sem São Luís, sem este ar?

– Vou voltar sempre, acredite em mim. Este lugar corre tanto em minhas veias quanto nas suas. Pensou realmente que esqueceria meus tios do coração ou que poderia viver sem dançar Boi? Acha que eu esqueceria meu festejo preferido? Jamais! – falei, beijando-lhe a testa para receber seu abraço carinhoso. – Está animado para este ano?

– Claro que estou! O que faria com o resto do ano se não dançasse Boi no São João? – ergueu-se da cadeira para dançar pelo meio da sala, batendo duas canetas no ritmo das maracas. Acabei seguindo seus passos, na animação. Rimos muito depois de dançarmos feito dois malucos pela sala.

– Este ano vou virar a noite.

– Ainda haverá bumba-meu-boi ano que vem, tio Júlio – avisei, lembrando de tia Marta, que teria de segurar aquele rojão humano.

Seria uma tarefa difícil arrastá-lo do meio da brincadeira antes que começasse a passar mal de tanto dançar. Depois de boas gargalhadas, tio Júlio ficou sério e perguntou cuidadoso:

– Rejeitou o pedido de Roberto, não?

– Quem contou?

– Kara, até parece que não sabe o quanto Roberto é garganta. Ele disse a Deus e ao mundo. Mas eu sabia que você diria não. Você cresceu nestes últimos anos e deve ter percebido o que há de melhor e de pior num relacionamento a dois.

– Sabia das traições de Lucas, não é mesmo?

– Muita gente sabia.

– É uma pergunta estúpida, mas por que nunca me contaram?

– Era algo que você tinha de descobrir sozinha. Como não podemos voltar no tempo, o máximo que posso fazer é me desculpar. Quanto a Roberto, acho que o pedido destruiu a amizade de vocês. Sempre foram tão chegados, mas, pelo que vi há pouco, encaram-se como inimigos.

– Acabou. Tudo que resta agora são negócios que espero resolver o quanto antes.

– Notou aqueles sulcos em seu rosto? Aquilo sim é trabalho de profissional. Gostaria de apertar a mão da mulher que fez aquilo, sem falar nos hematomas. – comentou, olhando-me com vontade de rir.

– Eu também.

– Acredito que tenha recebido um convite como este – falou, mudando de assunto. – Eu e Marta não iremos, portanto quero que nos represente da melhor forma possível. O herdeiro de merda desconhece nossas diferenças do passado. Quero que seja nosso último contato com aquela família. Seja portadora de minhas humildes desculpas por não comparecer à palhaçada que ele está preparando. Quando fazemos negócios, não devemos ver os defeitos do cliente. Faça o serviço e cobre o preço. Isso não significa se misturar com ele depois.

Aquele lema havia nos levado onde estávamos agora. Evitar envolvimentos desnecessários era um bom modo de manter os negócios. Perguntava-me se todo aquele ressentimento não tinha um exagero infundado. Um homem tem seus direitos e um deles é não vender aquilo que estima. A persistência tem seu preço e talvez papai tenha pagado pela sua.

Observei tio Júlio ao telefone e notei o tom seguro que usava para persuadir um cliente a aceitar uma proposta. Pelo sorriso nos seus lábios, havia conseguido mais um bom negócio.

– Sabe exatamente quem foram os donos do casarão? – prossegui, tentando descobrir referências da passagem de Jan Kmam pela casa.

– Foram três os proprietários. Não, minto. Foram quatro. Joel, antes de viajar, visitou o cartório e levantou mais informações, procurando algo que forçasse os Rohan a vender a casa. Seu pai conseguiu descobrir os primeiros donos, os antigos proprietários daquele elefante branco. Nos livros antigos foi fácil ver que ela, como mulher-dama, já havia passado por muitas mãos. De acordo com as revelações, o primeiro dono morreu tuberculoso. Pelo que se sabe dele, era boêmio de carteirinha. Ganhou a casa do pai para viver com a esposa, constituir família e tocar os negócios. A família negociava algodão e ele tinha muito ouro para financiar suas noitadas de farra, jogo e bebidas. Naqueles dias, o Estado era Vice-Reino do Grão-Pará, e o algodão estava em alta.

– Espere, tio. Esse tipo de informação não fica no cartório – retruquei.

– Estou velho, não louco, eu disse que seu pai fez investigações. Obviamente ele pesquisou em outros lugares, falou com pessoas, e um desses lugares foi a casa do antigo vigia do casarão. Veja como os fatos são estranhos. A casa teve três zeladores. Do primeiro pouco se sabe, mas o segundo passou exatamente oitenta anos zelando pelo elefante branco. E foi da própria boca desse homem que seu pai colheu essas informações.

– Nossa!

– O homem morreu dias depois da visita de seu pai. Estava muito idoso, foi o coração. Daí o cargo passou para seu filho, o velho conhecido como Manuel, que também está morto, por sinal de maneira trágica. Após a morte do senhor boêmio, a mulher juntou seus pertences e, com a ajuda da família, vendeu a casa. Pouco depois, partiu e ninguém sabe para onde. O segundo dono era jovem e havia se casado há pouco como uma linda jovem. Era gente de posses, com escravos e fazenda de açúcar. Tudo ia muito bem e parecia que finalmente o casarão teria um dono fixo quando se abateu a desgraça. O senhor teve de se ausentar por problemas na fazenda. Deixou a mulher na cidade e partiu. Os detalhes não sei, mas um dos criados da casa violentou e matou a sinhazinha.

– Que coisa terrível!

– Você deve ter uma ideia do escândalo. O negro foi caçado como animal. Naqueles dias, esse tipo de coisa acontecia de vez em quando. Escravidão era algo levado a sério neste país. Quando finalmente conseguiram pegá-lo, foi trazido para a cidade. Depois de sofrer muito nas mãos do viúvo enfurecido, foi mandado para o presídio em Alcântara, onde morreu no tronco. Claro, correu um boato com a história do estupro. Segundo falaram, ela tinha um amante. Ele a roubou e matou, acusando o negro, que supostamente teria visto os dois juntos várias vezes. São coisas daquela época.

– Durante todos esses anos, só ouvi a conversa pela metade.

– Como pode notar, não é nenhuma história de ninar. Seu pai queria tanto a casa que encobria os fatos feios a respeito dela.

– O que houve depois?

– A casa foi fechada e malvista. Foi alugada várias vezes, mas todos que lá moravam saíam assustados. Os escravos diziam ver o fantasma da sinhazinha pelas escadas chamando o marido. Por volta de 1869, ele voltou a habitar a casa até que rolou do segundo andar e morreu. A família colocou o casarão na mão de um corretor, mas ninguém queria comprar o imóvel. O corretor estava quase desistindo de vender a casa quando viajou para Paris, a negócios. Numa mesa de jogo, conheceu o dono mais rápido que o casarão teria. Mais inusitado ainda foi o que o levou a comprar a casa. Sua história trágica, assombrada.

– Que sujeito mórbido!

– O vigia disse que não fez contraproposta. Segundo o corretor, pagou o preço exigido e pediu desenhos da casa, pois não pretendia se mudar ainda. Estava tudo acertado quando houve uma pequena mudança nos planos. O proprietário, sem mais nem menos, transferiu a propriedade para Gustave Rohan. O motivo, ninguém sabe ao certo. Não eram parentes nem irmãos. Bem, nesse ponto a história fica turva feito lama.

– Mas quem era ele, afinal? Estava tão interessado na casa, como pôde passá-la a outro assim de mãos beijadas.

– Calma, ainda não acabou. Após a transferência, o homem morreu junto com a noiva. Um terrível incêndio consumiu um dos armazéns dele e matou os dois. O nome dele era James. Não, era Jan, Jan Kmam – revelou, sorrindo por acertar, sem perceber que me afastava perplexa.

13. Tia Marta

Fui recebida com festa na casa de tia Marta, que após o almoço simplesmente me intimou a passar a tarde em sua companhia.

A casa não havia mudado, continuava a mesma de que me lembro. Muro baixo, área de piso vermelho decorada com samambaias penduradas em xaxins, belas roseiras brancas e cor-de-rosa tomando o muro de cal encardido cheio de plantas viçosas.

Naquela casa estavam alguns de meus antigos referenciais de alegria. As almofadas coloridas, sobre o tapete no canto livre da sala, todas em ponto-de-arroz, convidavam a um cochilo ou a ver televisão, que por sinal estava coberta por um paninho de algodão bordado em ponto-cruz. Somente minha tia para cobrir a televisão!

A casa de mamãe não era diferente. Ainda havia a cadeira em que ela embalara Julia, minha irmã mais nova. Horas tricotando um sapatinho, horas bordando uma cama de pagão que eu, ainda criança, queria a todo custo engomar com meu ferro de plástico. Ficava horas inteiras esperando os pedaços de linha que sobravam para fingir bordar em um retalho.

No corredor, havia um local em que todos paravam. Era uma parede repleta de fotos. Tia Marta preferia a parede em vez de um álbum de retratos. Marta e Júlio estavam lado a lado, sérios diante do fotógrafo que batera a chapa no dia do casamento. Meus primos estavam os cinco numa única foto em que todos sorriam, devidamente vestidos para o grande evento. Aquele tipo de fotografia era típica da época, mas mesmo assim não conseguia esconder seus rostinhos traquinas e levados. Agora somos todos adultos, mas ainda nos lembramos de nossas travessuras em dias de reuniões familiares.

Formaturas, casamentos, batizados, aniversários. Tudo ficava afixado na parede. O tempo parecia deslizar entre nossos dedos, como a areia da praia na qual brincávamos fazendo castelos de sonho. Alguns ainda permanecem na praia, firmes e fortes, mas o meu a onda mais forte tinha destruído.

– Perdida nas recordações?

– Totalmente.

– Não se vive de recordações. Vamos bater umas claras para um bolo de fubá – ordenou, levando-me para a cozinha.

– Gostaria de saber por que não usa a batedeira.

– Uso para bater a massa do bolo. As claras devem ser batidas numa bacia de louça e por alguém que esteja de cabeça boa. Pelo que vejo, não é o seu caso – falou, tirando gentilmente a bacia de minhas mãos. – Tome, filha, bata. Veja só, as claras sequer se moveram.

Uma jovem vinha ajudando titia. Com o passar dos anos, os afazeres domésticos ficaram pesados para que tia Marta conseguisse dar conta deles. Em suas mãos, a clara rapidamente subiu e tomou as bordas, como uma nuvem branca, cheia de raspa de limão. Olhei para o chão em quadrados pretos e brancos e vi Shano se aproximar no seu passo lento e elegante. Tomei-o no colo e acariciei sua cabeça grande, com afeto. O típico gato vira-lata, olhos cinza, orelhas secas e pontudas, cauda roliça, pelo malhado acinzentado. Começou a ronronar, fechando os olhos misteriosos. Pouco depois, deitou-se em um canto e começou a lamber o pelo e esfregar a pata pelo rosto. Voltei minha atenção para titia, avental na cintura, dedos sujos de trigo. Vê-la passar manteiga na forma para receber o bolo me deu saudades de mamãe.

Tia Marta era pequena, rosto honesto, amável, riso franco, olhos sempre atentos. Dona de uma personalidade espontânea e jovial, dizia exatamente o que pensava, sem meias-palavras. Assemelhava-se à minha mãe, que também não tinha papas na língua na hora de dizer a verdade a quem merecesse ouvir. Conversamos sobre muitas coisas, inclusive família. Como sempre, havia alguém aprontando, alguém se casando às pressas.

– Júlio me contou sobre sua decisão. Estava mesmo na hora de deixar aquela casa. Viver sozinha não é bom para ninguém. Quem sabe encontre um novo amor na Terra do Sol. Fiquei muito preocupada com você. Pensei que ficaria traumatizada com o assalto, mas graças à minha Nossa Senhora tudo passou e não restaram sequelas. Este jipe velho não é seguro, ainda mais agora, com esse maluco solto nas ruas, matando mulheres. Deus, que mundo perigoso! – comentou, cortando o bolo pronto sobre a mesa.

A conversa rolou à base de café e bolo de fubá. Por fim, fiquei para o jantar. Não havia nada me esperando em casa. Distraída, esqueci os problemas.

Jantamos em clima alegre, saboreando um delicioso arroz branco, solto, regado a caldo de peixe e camarão, acompanhado de cuxá, sumo de limão e pimenta-de-cheiro. O pirão de farinha d'água de tia Marta levava folhas de coentro e a medida certa de sal e pimenta, seu toque especial.

Comi me refestelando e quando terminei pensei que não aguentaria mais nada, até ver o sorvete de cupuaçu.

– Parece um palito equilibrado de tão magra. É a vida de solteira que anda levando – reclamou, servindo-me do cremoso sorvete.

Quando cheguei à sala, sentia-me completamente saciada. Além disso, a companhia era das melhores.

– Marta, que tal um cálice de licor de jenipapo com um charuto? – pediu meu tio, ligando a televisão.

Em comemoração à minha visita, titia liberou apenas um charuto e o licor. Sequer sabia que ele tinha uma caixa no escritório. Ele piscou para mim, e o assunto ficou em família. O licor amarelo-escuro e de gosto doce realmente combinava com o cheiro do charuto. Sentindo o peito quente, sorvi a bebida delicadamente. Fiquei meio melancólica e fui para a escuridão acolhedora da área iluminada pelo poste a poucos passos rua acima. Lembrei-me das noites que namorava Lucas sentada naquelas cadeiras de ferro, dos nossos sonhos para o futuro e dos filhos que teríamos.

– Mais um golinho? – perguntou titia em seu xale preto.

– Não, obrigada, tenho de dirigir.

– Passou a tarde inteira recordando, olhando velhas fotos, vagando pela casa como um fantasma silencioso. Está com algum problema?

– Pareço uma figurinha num álbum velho que está descolando e vai voar. Estou feliz, mas ao mesmo tempo assustada com a liberdade, temendo não encontrar outro álbum para fazer parte. Não posso explicar com clareza – finalizei, sentindo o cálice incomodar minha mão suada.

– Kara, na pior das hipóteses você poderá se decepcionar, mas pelo menos terá saído dessa rotina que a sufoca. Precisa se casar outra vez, quem sabe tomar um banho na chuva.

– Titia!

– Querida, a vida é isso. Nascer, crescer e finalmente morrer. Faça algo enquanto a última etapa não chega. Olhe para mim! Há vinte anos era jovem e nada me tocaria, mas depois de cinco filhos tudo muda. Tanto o corpo quanto a alma e as prioridades.

– E quanto a tio Júlio? Ele ainda está ao seu lado.

– Estamos sozinhos, Kara. Tão sozinhos quanto no dia em que nascemos ou no dia em que morremos. Somos pequenos e frágeis diante desses fatos. Levanto-me, sirvo seu tio, vejo-o partir para o trabalho, recebo um telefonema ou dois de meus netos mais atenciosos ou de um filho saudoso, completo meus afazeres ao lado da mocinha que me ajuda, sirvo seu tio novamente, volto para a cama e começo tudo de novo no dia seguinte.

– Está arrependida?

– De maneira alguma. O amor torna tudo isso suportável. Sem ele, essas coisas não fazem o menor sentido e não há motivos para continuar. Claro que sempre haverá alguma coisa do passado que desejamos modificar, mas para quê? Afinal, consegui superar quase todas essas vontades. Contei com um aliado forte e que respeito e amo muito, seu tio. Não, Kara, está tudo nos lugares certos – finalizou sorrindo.

– Pergunto-me se estas coisas acontecerão e se terei um marido e filhos para amar.

– O tempo irá dizer, Kara, mas com certeza seus problemas jamais serão como os que eu ou sua mãe enfrentamos. Nossa geração está no fim. A sua está apenas começando – disse, para me abraçar passando confiança.

14. Recomeçar, mas do jeito certo

Foi com o coração leve que deixei a casa de meus tios àquela noite. Sentia-me renovada de forças. Desejei que os problemas me esquecessem, pois eu, Kara Ramos, os havia esquecido! Comecei a planejar mentalmente minha mudança e como resolveria tudo. Só uma coisa me tirava o sorriso dos lábios: Jan Kmam. Até que ele voltasse a aparecer, o silêncio me protegeria. Que poderia acontecer caso descobrisse minha partida? Depositei as chaves sobre a estante, rebobinei a fita da secretária eletrônica e comecei a ouvir os recados.

"Kara, sou eu, Alva. Cheguei de Salvador. Tenho mil novidades para contar, liga pra mim. Sabe o que aconteceu com Roberto?"

– Espero que tenha sumido – falei, passando para o próximo recado.

"Aqui é o tenente Ribeiro. Tomei seu depoimento após ser atacada, lembra-se? Bem, tenho informações sobre o caso. Gostaria que viesse ao distrito. Obrigado."

– Merda, era só o que me faltava! – xinguei, aborrecida com a ideia de reafirmar minhas mentiras.

A fita continuou em seu lento circular e trouxe-me mais um dissabor.

"Kara, sei que fui muito arrogante. Sei que perdi o controle. Passei dos limites, mas acho que mereço uma segunda chance. Não mude sua vida por minha causa, desculpe-me, por favor."

Era Roberto.

– Cachorro miserável! Ótimo, um estuprador arrependido, maravilha!

Pisei em algo estranho no início do corredor. Assustada, liguei a luz pensando se tratar de um inseto. Foi com surpresa que vi uma trilha feita de rosas vermelhas. Abaixei-me e recolhi uma a uma, pois apontavam para meu quarto. A luz forte banhou o ambiente e revelou aos meus olhos uma cama de rosas. Espantada demais com a visão, soltei as flores que trazia nas mãos e me aproximei da cama vagarosamente. O aroma doce e envolvente estava no ar. Não podia estimar quantas rosas havia, mas juntas cobriam a cama como um lençol. Um pedaço retangular de papel, no alto dos travesseiros, quebrava a vastidão vermelha que se tornara minha cama. O cartão trazia a caligrafia de Jan Kmam.

Ma petite, *sou como um menino desastrado e travesso diante de ti, mulher do século dos loucos. Ando infeliz desde que a assustei com meus modos de demônio. Porém, peço perdão.* Pardon petite, *por ser tão perdido, descarado e descortês.* Pardon. *Quero vê-la, espere-me, pois lhe visitarei neste sábado.*

Nada farei, dou-lhe minha palavra de vampiro. Espere por mim, não tardarei.

P. S.: Merece bem mais do que rosas. Contudo, elas se parecem tanto com você. Elas logo perecerão, nada posso fazer. Estou de mãos atadas. Talvez um dia possa presentear-lhe com uma rosa eterna, como a que trazes no seio esquerdo.

Jan Kmam.

Joguei-me sobre as rosas e lá fiquei, vaidosa. Enquanto organizava recipientes para tantas flores, procurava um significado lógico para suas palavras misteriosas. Uma rosa eterna. Havia espalhado vasos por toda a casa, até mesmo no banheiro. Pela manhã, daria algumas às vizinhas, tia Marta e Alva.

O dia nasceu e me expulsou da cama. Passei pelas rosas do quarto e segui vendo rosas espalhadas pelo corredor e pelo banheiro. Encontrei mais delas sobre a bancada da pia. Escovei os dentes sentindo o aroma doce. Daí, parei para imaginar Kmam deitado, dormindo em seu caixão. O que faria em primeiro lugar? Lavaria o rosto pálido, escovaria os dentes? Ri e me meti debaixo do chuveiro. Vestida, tomei um café rápido e comecei a distribuir as rosas entre minhas vizinhas, com a desculpa de ter ganhado um sorteio numa floricultura local. A desculpa colou bem em todas as casas, menos em uma.

O garoto de olhar vivo aproximou-se, virando o boné para trás.

– Mentirosa! Vi Jan trazer as rosas. Ele veio numa moto. Era linda, toda preta. Kara, pede para ele me deixar dar uma volta nela?

– Certo, Filipe, mas me conta essa história direito.

– Ele veio numa pampa baú de uma floricultura e descarregou as rosas, um montão como essas. Depois a pampa foi embora, mas Jan ficou lá dentro e só saiu depois de um tempão. Aí falei com ele. Pede para ele, vai?

– O que ele disse? – perguntei curiosa.

– Vou dizer porque sou seu amigo há mais tempo que de Jan. Ele disse para eu ficar quieto e não dizer nada quando você chegasse, pois era uma surpresa de namorados. Depois me deu dez reais, olha – falou, tirando a nota do bolso do calção.

– Eu lhe dou mais dez se ficar caladinho e não contar a ninguém sobre isso tudo. É um segredo só nosso, entendeu? – pedi, passando a nota ao garoto.

– Feito. Ser amigo de vocês dois é muito bom – falou, estendendo a mão em sinal de acordo fechado.

Sentia-me tão furiosa que chutei o pneu do jipe. Sabe-se lá quantas vezes ele não invadira minha privacidade e mexera em meus objetos pessoais.

– Prepare-se, Jan Kmam, pois teremos uma conversa séria no sábado – disse, dando partida no carro para sair a toda.

15. Verdades e mentiras

– Sente-se, por favor – convidou, mostrando-me a cadeira em frente ao *bureau.*

Acomodei-me e o fitei confiante e com ares de interesse. Tinha de fazer meu papel de vítima, caso contrário, levantaria suspeitas. O homem à minha frente estava calmo, repousado e com cheiro de limpo. Pelo que pude notar, devia ter dormido uma noite inteira.

– Pedi sua presença para que tente reconhecer alguns suspeitos. Eles têm agido na cidade, e pelo estrago que fizeram nos últimos meses podem ser os responsáveis pelo que lhe aconteceu. Todos são bastante violentos e estão sob suspeita de roubo e assassinato, que felizmente não foi seu caso.

Graças a Deus, pensei. Era só dizer que não conhecia nenhum e sair de fininho.

– Antes disso, quero que veja algumas fotos. O detetive Léo já está trazendo. Lembra-se dele?

– Acho que sim – respondi simplesmente.

A porta abriu, e o detetive em questão surgiu com um envelope nas mãos e um belo sorriso nos lábios.

– Bom dia, como vai?

– Bem, obrigada.

– Escute, são fotos meio fortes. Quero que faça um esforço e dê uma olhada nelas. São das mulheres mortas. Anda lendo os jornais? – atalhou, retendo o envelope nas mãos peludas.

– Sim. É realmente assustador. Nunca mais me senti segura para sair à noite.

– E faz muito bem, pois desconfio de que seja a única sobrevivente dos ataques desse maníaco.

Ribeiro parecia muito seguro de suas descobertas, mas eu estava certa de seu total e completo equívoco. O pobre homem não sabia da missa a metade e já se julgava um talento.

– Tenente, acredito que esteja cometendo um pequeno engano. Não sou prostituta – falei meio sem jeito.

– Jamais pensaria algo assim. Fiz algumas investigações. Deve me perdoar, mas é meu trabalho.

– Deveria procurar meu agressor – falei aborrecida.

– Gosto de saber com quem estou lidando. Não sabe do que as pessoas são capazes de fazer para receber seguro, coisas desse tipo.

O clima estava tenso. Daí para frente resolvi deixá-lo prosseguir, mantendo o controle da máscara de tranquilidade que usava.

– Sei o que faz e com quem anda e jamais a confundiria com uma vagabunda de rua. Quero que veja essas fotos e tire suas próprias conclusões – disse, entregando-me um envelope.

Diante dos meus olhos, encontravam-se corpos e mais corpos de mulheres. Todas mortas e vestidas apenas com um robe vermelho. Os corpos foram fotografados onde haviam sido encontrados. Em vias públicas, na avenida Litorânea e até mesmo em ruas do centro.

O critério parecia ser o mesmo descrito por ele. Todas eram prostitutas, menos eu. Estava numa grande encrenca, e a culpa era toda de Kmam! Passando as fotos, reparei em mais uma coisa. Havia círculos feitos em tinta vermelha em torno das marcas das mordidas nos corpos. Sem conseguir me conter, levei a mão ao pescoço e instintivamente toquei a mordida.

– Sabia que notaria a semelhança – comentou Léo, espantando-me bastante. – É o mesmo tipo de ferimento que trazia em seu pescoço quando foi levada ao hospital. Segundo consta, não possuía mais nenhum pelo corpo.

– Tem razão.

– Há um ano e meio a cidade não tem mais segurança. Primeiro dois vigias, um carpinteiro e um taxista. E agora esta fila interminável de mulheres. Isso não a intriga? – perguntou, saindo de seu assento.

– Deve intrigar muito mais aos senhores que estão à frente dessa investigação.

– Quer saber minha teoria, senhora Ramos?

– Trouxe-me aqui para isso, não?

Ele percebeu o jogo duro.

– Exato. Acredito que esse maníaco se escondeu no casarão, seguiu-a e por fim tentou matá-la. Não conseguindo, roubou-a. Não sei se tomou conhecimento através do falatório popular, mas o que dizem é que as vítimas foram mortas por extraterrestres que sugam o sangue de todos aqueles que conseguem pegar. Essas novas mortes trazem os mesmos sinais. Contudo, são pessoas comuns como eu e você. Até uma criança já morreu. Nada parecido com isso aqui. Ou temos dois loucos agindo na cidade ou simplesmente esse miserável gosta de variar. Sabe como o chamam pelas ruas?

Balancei a cabeça em negativa e esperei pela resposta do homem à minha frente. Ribeiro serviu-se de um café e me ofereceu um gole, que recusei prontamente.

– O assassino do robe vermelho. Deve ter notado, todas foram encontradas vestindo um. Pessoalmente, considero-o um palhaço exibicionista. Esse sujeitinho quer chamar a atenção e infelizmente está conseguindo. Mas vou pegá-lo e, quando o fizer, aí sim teremos uma conversa sobre robes vermelhos.

Percebendo minha confusão, Léo sanou minhas dúvidas.

– Ele parece ter certa raiva e admiração por mulher. Ao que parece, presenteia as vítimas, sugere que vistam o robe e em seguida as mata. São prostitutas e obedecem ao cliente. Nada têm em comum além da profissão. Loiras, morenas, não importa. Surgem da noite para o dia, e ele sequer obtém seus favores sexuais.

– Quer dizer que nenhuma delas teve contato sexual com o assassino?

– Não. Segundo o legista, nenhuma delas manteve relações sexuais com o agressor. Obviamente, o jogo de sedução é feito, mas não há sinais de sexo, pelo menos até agora. Claro que falamos de violência física, como hematomas, marcas e coisas desse tipo. Há sinais visíveis de um tipo de relação. Seus seios estão com marcas de mordida e feridos pelos furos, mas não há sinal de força, como cordas, algemas ou algo parecido. Seus pulsos estão intactos. Ou seja, é tudo permitido. Mas o que me chamou a atenção foi a quantidade de álcool no sangue, ou no que restou dele. Elas estavam totalmente embriagadas, o bastante para entrar num coma alcoólico se estivessem vivas.

– Olhem, isso é muito coerente, mas nada sei sobre essas mortes ou esse homem. Fui atacada, roubada e largada para morrer. Ele levou minhas joias, meu dinheiro e sumiu. Não me tocou dessa forma doentia. Existe, é inegável, uma grande semelhança com o tipo de ferimento que sofri, mas termina nisso – reafirmei.

– Seu médico, doutor Vitor, disse que você perdeu muito sangue – insistiu Ribeiro.

– Ele não é meu médico, apenas tratou de mim enquanto estive internada. Quanto à perda de sangue, sim, é verdade. Tive de me submeter a transfusões.

– Como sabe, examinamos seu carro a fim de encontrar algo que nos levasse ao meliante.

– Sim, meu irmão me contou.

– O veículo deveria estar muito sujo com seu sangue. Mas, ao contrário, estava limpo. O sangue encontrado era quase nenhum em real comparação ao seu estado na noite em que deu entrada no hospital.

– E? – quis saber, controlando meu nervosismo.

– Diga-me a senhora. Será que não foi levada para outro lugar e drogada, contra sua vontade, ou algo parecido? Tente se lembrar, é muito importante. Isso explicaria muita coisa. Ou será que está nos escondendo algo? Não tema, fale. Ajudaremos no que for necessário.

– Falei tudo o que sabia naquele dia no hospital. Nada mais sei. Passei algum tempo tentando me lembrar de mais detalhes, mas infelizmente nada de novo me veio à mente, sinto muito. Tenho alguns compromissos. Deseja perguntar mais alguma coisa?

– Não, mas ficaremos em contato.

Obviamente ficaram decepcionados, pretendiam me assustar. Bem, a identificação dos sujeitos foi fácil e rápida, já que eu não tinha visto nada. Eram quase onze horas da manhã quando coloquei os pés fora da delegacia. A cordialidade de Ribeiro era na verdade uma teia de fios fortes, pegajosos e transparentes, prontos para me prender, mas nem de longe eu tinha cara de mosca. Porém, sua desconfiança serviu de alerta: a polícia me via como suspeita e não como vítima. Droga! Será que andavam me seguindo? Olhei pelo retrovisor discretamente, meio paranoica. Parei o carro e me preparei para o pior dos encontros do dia: Roberto.

– Regina, Roberto está com alguém na sala? – perguntei, retirando os óculos escuros.

– Está sozinho resolvendo alguns pequenos negócios por telefone. Quer que a anuncie?

– Não, quero fazer uma surpresa – sorri amavelmente.

Rodei o trinco e entrei. Roberto voltou-se para mim ainda sentado na cadeira e sorriu surpreso. Recostei-me na porta e a tranquei sem que ele notasse, retribuindo o sorriso com o mesmo grau de falsidade, ficando no centro da sala. Tive vontade de vomitar. Não seria má ideia. Faria mira e sujaria a roupa branca com prazer. Entretanto meus planos não eram esses.

– Kara, que bom ter vindo! Pensei que nunca mais veria você me olhando com doçura.

–A vida é cheia de surpresas.

– Venho vivendo um inferno desde aquela noite. Sinto tanto! Deus, como pude agir daquela forma grosseira. As coisas que disse foram inacreditáveis.

– Faço uma vaga ideia de sua dor.

– Que idiota sou eu! – falou, quebrando o pesado silêncio que nos envolveu, enquanto eu observava sua cara cretina. – Sente-se, Kara.

– Sente-se você, Roberto. A conversa não será longa, mas pode afetar seu equilíbrio.

– Não entendi.

– Isso ajuda a clarear suas ideias? – perguntei, puxando o trinta e oito de Lucas da bolsa aberta.

Sua primeira reação diante da arma foi de espanto. A surpresa de alguém que nunca esperou por uma atitude como aquela. Ele ficou pálido e perplexo.

– O que significa isso? É alguma brincadeira? – tentou convencer-se.

– Pelo contrário, é algo bem sério. Pretendo matá-lo, Roberto.

– Kara...

– Por que não se senta? Ficará mais à vontade. Claro, depende de como prefere morrer – falei gentilmente, tendo-o na mira.

– Isso é uma grande loucura! O que pretende? Pensei que tivesse me perdoado.

– Pensou errado. Já disse o que pretendo: vou matá-lo. E aconselho que fique onde está, pois, caso contrário, acontecerá muito antes do que imagina.

Roberto correu em minha direção a fim de tomar a arma de minhas mãos. Engatilhei-a e a encostei em seu rosto, sentindo o sangue correr mais rápido em minhas veias. Por incrível que pareça podia ouvir o coração de Roberto batendo acelerado, sentia seu medo.

– O tambor está carregado. Do jeito que ela esquenta em minhas mãos, pode acabar deslizando e disparar – avisei, vendo-o recuar com as mãos para o alto. – Bem, agora que nos entendemos, insisto. Sente-se! – ordenei, alterando a voz. Roberto sentou-se na poltrona de couro e segurou os braços do móvel, buscando apoio. A testa estava começando a brilhar, e a expressão vitoriosa parecia nunca ter estado em seu rosto.

– Quer dinheiro para dar àquele sujeito? – perguntou com aquele tom de macho ofendido que costumava usar.

– Seu texto está errado. Nada quero, pois tudo aqui me pertence de uma forma ou de outra. Tenho metade da empresa de engenharia e restauração de meu pai. Acredita realmente que o deixaria vivo por dinheiro? Quanto acha que vale a sua vida? A meu ver, merda nenhuma depois do que fez. Não preciso de dinheiro, não preciso de nada que venha de você, Roberto. Nem de sua violência nem de seus insultos. Não preciso de nada! Sabia que esta cadeira onde está aboletado é minha? Quem pensa que é para me subornar? – falei furiosa, chutando a cadeira.

– Kara...

– Cale a boca! Estou sem paciência para ouvir sua voz – disse, aproximando a arma de sua testa. – Não tenho nada a perder colocando-o numa cova. Sou sozinha, sou uma vagabunda, não é? Tudo que vou perder é uma bala e um belo tapete.

O que Kmam dissera aconteceu bem mais cedo do que ele poderia supor. Tinha de fazer algo eu mesma ou aquilo se tornaria um hábito. Sorte dele eu ter resolvido fazer pessoalmente.

– Lembra-se de quando me mandou calar a boca ou me insultou de vadia e cadela? Lembra-se, seu cachorro?

– Você sempre jogou comigo, fazendo-se de difícil, você sempre gostou. Mas eu já esperava por isso. Isso não está acontecendo – cuspiu, furioso com a humilhação a que era submetido.

– Por favor, perda de sanidade é algo que me enoja nesses momentos – comentei, fria e indiferente à sua tremedeira súbita. Aliás, até me divertiu. Roberto sentia na pele o que me fez. Eu sei, eu sei. Era mera retaliação e desforra, mas eu via como um ajuste de contas. Que se dane! Roberto tinha me humilhado e agredido e por muito pouco não me fez passar pela pior humilhação que uma mulher é capaz de suportar.

– Vamos ao que interessa – disse, escolhendo devagar o lugar onde meteria uma bala. – Ah, como pude esquecer! Você destruiu minha mesinha da sala – disse, pegando o pesado cinzeiro sobre o tampo de vidro.

Ele acompanhou sua trajetória até que atingisse o centro de vidro da sala, fazendo-o em pedaços. Agora era só uma questão de minutos para Regina bater na porta. Coloquei a arma na cabeça de Roberto e perguntei no tom mais gelado e seguro que encontrei:

– O cano está frio? Eu sei, é o ar-condicionado. Algo antes do fim?

O suor pingava de sua testa úmida, as mãos crispadas sobre a cadeira mostravam a dimensão de seu pavor. O tremor que sacudia seu corpo não era falso. Roberto finalmente estava assustado e indefeso, tão indefeso quanto eu mesma diante de sua violência. Regina batia na porta e a tensão se estendeu por demais. Puxei o gatilho. O estalo seco e vazio o fez pular na cadeira, fechando os olhos, como uma criança que espera o estourar de uma bomba.

Um som estranho surgiu em meio ao silêncio.

– Não me lembro de ter feito isso – comentei, vendo o líquido escorrer pelo couro escuro. – De qualquer maneira, isso foi um aviso. Espero que o compreenda e o aceite. Fique longe de minha vida! A partir de hoje, Kara Ramos não existe mais para você. Lembre-se: a arma poderia estar carregada, como agora. Posso colocá-lo na cadeia ou na cova, a escolha é sua. Teve sorte. Jan teria sido mais convincente. Aconselho você a não tentar descobrir. Passar bem – falei, dando-lhe as costas com segurança.

Ele estava totalmente prostrado na cadeira úmida. Envelhecera uns vinte anos em poucos minutos. Regina também não parecia nada calma.

– O que aconteceu? Ouvi gritos!

– Roberto quebrou o centro de vidro, nada sério – falei, segurando a porta para dar algum tempo a ele. – Vá e tente ajudá-lo, pois teve um pequeno problema. Incontinência urinária, entre outras coisas.

Minha saída, como esperava, foi tranquila. Roberto jamais admitiria o que havia acontecido naquela sala, seu orgulho não permitiria. Não conseguiria admitir que uma mulher o assustara tanto. Sei exatamente o que estão pensando: como ela foi capaz de fazer isso, como conseguiu ser tão fria diante do medo de um homem?

Posso explicar, ou tentar, mas nunca retirar o que fiz. E, além disso, nunca me arrependi, Roberto mereceu. Claro, agi de maneira maligna e vingativa. O que fazer? Não consegui me controlar. Lembro-me apenas de ter copiado a cena de um filme sobre gangues de rua. A única diferença é que minha arma estava descarregada. Foi uma cena chocante. Bem, não fiquem imaginando que sou tão tola. Sei que para toda ação, há uma reação. Quanto à arma, decidi que o melhor lugar para ela seria em minha mesinha de cabeceira, onde ficaria bem à mão. Decidi que ninguém nunca mais me pegaria de surpresa. Lembro-me de quando Lucas a comprou. É estranho e fascinante o modo como agimos levados pelos nossos medos, e foi esse o motivo dele: medo. Pequena e de cabo de madrepérola, aquele portátil objeto de fogo parecia muito mais uma joia que uma arma mortal. Pouco a pouco, ela me seduziu. No início eu a olhava a distância. Entretanto, a curiosidade foi mais forte e logo eu já sabia manejá-la e cuidar de sua limpeza. Por fim, fiz aulas de tiro e, quando percebi, sentia sua falta. Delicada e mortal, era assim que Lucas a chamava. Jan Kmam teve muita sorte. Quando resolveu invadir minha vida, ela estava no conserto. Certamente ele não teria levado uma facada, e sim um tiro. O que provavelmente não faria nenhuma diferença.

16. Pesadelos

Dentre as minhas lembranças, estavam o brilho trêmulo das velas, o cintilar das joias e a suavidade de nossas roupas. Conseguia visualizar o salão de cristal límpido em que estávamos refletidos. Seu rosto nítido e pálido sorria e sua mão estendida me convidava a dançar. Podia ouvir a música implorando. Toquei sua mão e aceitei a valsa. Entre vultos estranhos de rostos sem formas, deslizávamos ágeis e leves acompanhando a sensualidade da dança. Minha saia negra de seda misturava-se às vestes escuras de Jan Kmam. Éramos os únicos de negro no salão, mas as pessoas pareciam não se importar, pareciam não nos ver juntos e felizes. No encontro suave de nossos lábios surgiu o beijo. Retribuí amante e desejei mais. Ele deslizou para meus ombros e delicadamente sugou meu pescoço, como se soubesse o que desejava. A música foi interrompida e à nossa volta fez-se a escuridão total. A mão de Kmam apertou a minha, protetora. Estava às suas costas, mas mesmo assim ainda podia ouvir seus passos cada vez mais perto.

Cobri os olhos, mas ainda o via à minha frente. E atrás dele, um inferno de chamas. Tinha a espada na mão e o fogo iluminava as suas vestes. Ao fitar seu rosto, nada vi além de um borrão sem formas. Gritei e corri a esmo, enquanto escutava Kmam chamar por mim. De sua boca saía outro nome: Thais. Sei que estava chorando e continuei correndo da sombra sem rosto. Finalmente parei, obrigada. Meu coração descompassado e a dor que sentia no ventre pareciam consumir minha alma. Deslizei os dedos sobre o que atormentava minha carne e senti a lâmina fria, molhada com meu sangue. Podia vê-lo manchando minhas mãos, assim como podia ver meu agressor. Era Kmam. Um grito escapou e cruzei a barreira da realidade. Sentada na cama coberta de suor, tremia nervosa.

– Foi só um pesadelo – disse, sentindo dor. Parei, levei a mão ao estômago e senti a camiseta úmida. Suja de sangue. – Não, não... – arfei, caindo sobre a cama. – Deus...

– Kara, vai ficar tudo bem, posso ajudá-la – disse Kmam, surgindo à minha frente.

– Não quero morrer. Não me deixe morrer, Jan – ele começou a sumir. Parecia ser levado pelo vento. – Jan! – gritei, acordando finalmente.

O quarto estava escuro e silencioso, minha respiração ofegante quebrava a paz do ambiente. Olhei ao redor. Sufocava com a escuridão. Na busca pelo abajur, derrubei a extensão do telefone. A claridade me atingiu os olhos. Furiosa, empurrei-o e quebrei a lâmpada.

– Merda! – murmurei, tentando me controlar. Sentia um medo terrível me dominar. As lágrimas desciam quentes pelo rosto. Já conhecia a sensação que pelo jeito nunca me abandonaria.

Saí pelo outro lado da cama, liguei a luz central e voltei. Sequei as lágrimas, respirei fundo e recolhi o telefone do chão, devolvendo-o ao seu lugar. O sono sumira por completo. Eram quatro da manhã e estava péssima, abalada pelo pesadelo. Certamente ele não seria o último. Vinham surgindo em minha mente de forma espaçada nos últimos meses. Eram longos, sangrentos e assustadores. Sempre vinham com fogo, espadas e morte, quase sempre a minha, nunca a dele. Eu via pessoas, escutava vozes e visitava lugares, com Kmam sempre presente.

17. Transformações

– Amo São Luís, mas adoro a Bahia – falou Alva, levando mais uma colher de sorvete à boca.

Em nosso primeiro encontro após sua viagem de férias, ela não se calou um só minuto. Sua animação seria contagiante se eu não estivesse com tantos problemas. Ela não gostou nada de minhas decisões. Também sentiria sua falta, ficaria sem minha melhor colaboradora e amiga.

– Afastar-se de Roberto não é a solução para seus problemas.

No shopping, as pessoas passavam olhando as vitrines e carregando sacolas de grifes, enquanto as crianças andavam distraídas, buscando novidades. Outras apenas corriam de um lado para o outro, satisfeitas com o espaço livre disponível.

– Terminei com Tito – disse, retomando a conversa.

– Alva, por quê? Vocês pareciam tão felizes, ele falou em casamento – comentei, surpresa demais.

– Nunca o amei. Gostava de sua companhia, nada mais. Tito sabia disso. Nunca lhe dei falsas esperanças. Ele se iludiu sozinho.

– Não sei o que lhe dizer.

– Tente a verdade – aconselhou, brincando com o guardanapo de papel.

– Alva, prefiro que fique tudo como está. Não quero que tenha de escolher um lado.

– Kara, você se colocou entre dois homens. Queria que Roberto esperasse a saída do titular para assumir o lugar de reserva? – comentou maliciosa.

– Está me insultando – defendi-me, tentando manter o controle da situação.

– Confirma que seu amigo o agrediu e o ameaçou de morte? Kara, como pode deixar-se influenciar por um homem que sequer quer vê-la?

Levei a mão à testa e comecei a sentir tudo rodar à minha volta. A voz dela chegava fraca, distante aos meus ouvidos. Minha mão estava fechada sobre o pulso de Alva, que me fitava, desorientada com minha agilidade feroz. Podia sentir o medo esquentando seu sangue, deixando-a quase pálida. Ela estava incomodada com meu olhar, seu lábio frouxo articulou um:

– Me largue.

– Erro crasso. Roberto deveria ter pedido você em casamento. Você o ama! – falei, surpresa com o que sentia ao tocar seu pulso. – Poderia matar por ele, não é mesmo?

Ela arregalou os olhos e tentou puxar o braço, que não soltei.

– Não diga besteiras!

– Quer a minha permissão? Sabemos que não precisa dela. Eu nunca amei Roberto. Por que esperou tanto? Sou sua amiga, não me julgue culpada por não amar Roberto. Ele errou e vai fazer novamente. Espero que não seja com você – falei, sentindo um tremor estranho percorrer meu corpo.

– Pouco sabe a respeito dele. Quem é você para julgar? Você nem dava importância a ele. Não pode negar que sempre o viu como um empregadinho de seu pai – murmurou, defendendo-o com unhas e dentes.

Seu pulso parecia uma extensão de onde eu tirava imagens de revolta e medo. Alva estava com medo de mim. Sentia dor com aquele contato. Uma sombra cobriu meus olhos e pude ver imagens de sua mente, de mágoa e ressentimento.

– Roberto tem tudo o que sempre desejou, menos eu – falei, saindo de seus pensamentos.

– Por que o odeia tanto? Talvez porque ele esteja vivo, e Lucas não.

– É verdade, você me odeia. Desdenha, pisa sobre meus sentimentos, gosta de me ver sofrer. Sempre gostou. Alva, você se acostumou a me ver como sua amiga para conseguir a atenção do homem que ama. Pensei que fôssemos amigas. Fique com ele, jamais a impediria de tê-lo. Afinal, vocês se merecem! – disse, soltando-lhe o pulso ferido por minhas unhas.

Alva recolheu a bolsa e saiu correndo.

Foi doloroso vê-la me dar as costas e partir daquela forma. As pessoas à minha volta olhavam-me curiosas, todos tinham visto sua partida brusca. Podia ouvir seus sussurros incômodos. Levei a mão à cabeça, totalmente tonta. Senti a lágrima rolar por minha face e cair sobre a mesa. Passei as costas das mãos pelo rosto, respirei fundo e me levantei apressada, rumo ao banheiro. Tinha o estômago embrulhado. Fechei-me no reservado e vomitei.

Molhada de suor, saí do reservado e parei diante do espelho que recobria as paredes do banheiro luxuoso. Corri os dedos por minha face pálida e tentei remover as manchas que a cobriam. Elas partiam dos meus olhos, testa e sobre o queixo suado. Apavorada, liguei a torneira e lavei-me, entre o nojo e a surpresa. Algo estava errado. O suor era tão vermelho quanto minhas lágrimas. Não conseguia entender ou acreditar no que via e tentei manter o controle, respirando fundo. Desliguei a água, sequei o rosto e saí rapidamente do banheiro, temendo a entrada de alguém. Entrei no carro e só parei ao chegar em casa.

Estava apavorada sem saber o que acontecia comigo. Sentia que a qualquer momento a náusea voltaria. Decididamente não morreria sangrando sozinha. Kmam só apareceria no sábado, e ainda era quinta-feira. Vi-me sem alternativas e chamei Vitor. Ele não me acusou ou sequer protestou. Mandou que eu mantivesse a calma e esperasse. Minutos depois estava à minha porta.

– Eu não sei. Isso é totalmente novo. Sinto-me um incompetente. Nada que aprendi faz sentido diante disso.

Toquei a testa e outra vez vi sangue.

– Começou de novo.

– Kara, tente se acalmar ou perderemos o controle da situação. O que está sentindo?

Vitor me levou delicadamente para o sofá.

– Angústia...

– Abra a boca – pediu, mostrando o termômetro.

Minutos depois de uma breve espera...

– Está com febre alta, tem as pupilas dilatadas e está um pouco abatida. Como começou, sabe dizer ao certo? – perguntou, examinando minhas mãos e unhas com cuidado.

– Eu estava bem até começar a chorar.

– Discutiu com ele, foi isso? – perguntou, tirando minha pressão.

– Não o vejo há meses. Foi com uma amiga. Saímos e discutimos, eu a machuquei com minhas unhas e depois já chorava sangue.

– Sua pressão está baixa, mas o coração está normal. Bate firme e forte. Isso me parece uma reação do seu organismo. Ele parece refletir o que você sente, como dor, raiva e medo. Perdeu a calma e por fim chorou. Quando foi a última vez que chorou? Consegue lembrar?

Vasculhei minha mente e me vi nos braços de Kmam, chorando na noite em que Roberto me atacou.

– Não faz muito tempo. Três dias, com certeza – disse, finalmente. Ao apertar o lenço, machuquei a palma da mão. – Ai! Vê, isso já aconteceu antes, minhas unhas parecem facas. Rasguei uma camisa, machuquei Alva e agora a mim mesma.

– Vou ser franco. A mordida a afetou de alguma forma. Um vírus, uma bactéria. O certo é que algo estranho está percorrendo sua corrente sanguínea. Algo mudou seu organismo – falou, secando minha testa novamente. – Vou recolher uma amostra de seu sangue e depois lhe darei um calmante.

Ótimo, ele conseguiu o que tanto desejava. Uma amostra de sangue infectado por Kmam.

Vitor tinha a mão muito leve e a picada não doeu. Todavia, ao injetar o calmante, senti o braço arder e coçar como se fosse fogo líquido nas veias. Tão subitamente como surgiu, tal sensação se foi, deixando apenas uma sensação desagradável. Não existe nada pior que injeção.

Por sugestão de Vitor, fui para a cama. Ele ficou na poltrona onde Kmam costumava se sentar, tentando esconder a evidente preocupação. Olhava-me demoradamente, com a minúcia de um especialista. A espera era muda e inativa, teríamos uma longa noite pela frente. Não ousava pedir sua partida. Tinha medo, muito medo. Tremia em pensar na possibilidade de ficar sozinha e morrer numa poça de sangue feita pelas minhas lágrimas. A dor consumia minha carne, jamais tinha sentido tanto pavor. Uma dormência suave tomou minhas mãos e braços, meu corpo relaxou e finalmente caí no consolo da inconsciência. Mas dentro dela ainda havia lucidez e Jan Kmam. Estava com ele, via através de seus olhos, sentia seus movimentos, provava de cada sensação e reação suas. E para meu espanto ele lutava com dois vampiros. A rua estava semi-iluminada, mas ele podia ver seus agressores perfeitamente. Eles o haviam seguido até aquele ponto para atacá-lo. Na verdade, tinham a clara intenção de capturá-lo. Mas isso ia ser, digamos, impossível. Jan escapou da rede que foi lançada sobre si e riu da tentativa inútil. Lutava com duas facas pequenas. Uma espada lhe seria a companhia mais digna, todavia as duas lâminas não deixavam a desejar. Os cortes eram ligeiros e os seus agressores se afastavam enfurecidos e feridos nas mãos e nos braços. Num salto inesperado, Jan Kmam capturou um dos vampiros e, cruzando as duas lâminas, conseguiu decapitar sua cabeça. O gesto apavorou o segundo vampiro que tentou fugir, mas era tarde. Jan recolheu do chão a espada e a lançou para atingir o fugitivo no meio das costas. Ele caiu empalado e passou a rastejar na rua molhada.

– Quem é você? – perguntou abaixado junto ao vampiro.

– O futuro.

O vampiro falou e traiçoeiramente cravou uma pequena faça em seu peito. Jan Kmam puxou a faça e com ela cortou sua cabeça.

– Jan! – gritei, sentando-me na cama.

– Calma, está tudo bem, fique calma – falou Vitor, segurando-me pelos ombros.

Encarei seu rosto ofegando e sem conseguir me deter vomitei no chão. Pouco depois, recostei-me nos travesseiros. Recebi um copo de água das mãos de Vitor que agia como uma enfermeira. A luz vinha do abajur, fitei sua fraca luminosidade e suspirei, tentando controlar a respiração para perceber que realmente chovia. Seria verdade? Jan estaria bem?A luta tinha sido bem real.

– Estou sangrando?

– Parou. Ou melhor, sumiu, veja – disse, passando um lenço sobre minha testa. – Clara como água, sua febre também desapareceu. A pressão subiu um pouco e seu sono me preocupou. Deveria ter apagado rapidamente, ter dormido como uma pedra durante seis ou sete horas. Foi um sono agitado e, como de costume, falou enquanto dormia. Teve pesadelos?

– Alguns, mas isso já acontece há algum tempo.

Matei a sede com um belo copo de água e novamente passei por alguns exames rápidos feitos por Vitor.

– Estou assustado. Parece tudo normal, reflexos, temperatura, coração, respostas visuais, pressão, mas deve saber que são conclusões de seu estado atual e é um diagnóstico superficial. Temos de fazer exames mais precisos. Gostaria de ter a opinião de outra pessoa, um colega meu.

– Não! Estaríamos apenas cercados de pessoas com as mesmas dúvidas.

Ele concordou, convencido.

– Se não estivesse do meu lado, não sei o que teria acontecido. Obrigada – prossegui, beijando seu rosto. Ele sorriu segurando minhas mãos, e as beijou, contudo o sorriso sumiu.

– Deus!

– O que houve?

– O corte sumiu – disse, deslizando os dedos por minha mão aberta.

Sim, havia sumido, bem como o primeiro corte em minha mão ou a marca da mordida. Todos eles haviam sumido!

– Kara, você fez algo estranho com ele? Disse-me que ele era um homem normal, então ocorreu algum tipo de relação...

– Kmam me beijou e me mordeu, só.

– Sei que é difícil falar dessas coisas, contudo precisamos de respostas.

– Nós não fizemos amor, Vitor.

Um silêncio pesado caiu sobre o que parecia uma conversa.

– Ele nada falou sobre mudanças?

– Não houve tempo para isso.

– Andei pesquisando e descobri que o mundo sabe pouco ou quase nada a respeito desses seres, ou simplesmente negam sua existência. E quase tudo que foi escrito, filmado ou encenado tem erros graves se compararmos com suas informações. Nada bate com o que me contou ou está sentindo. Não dessa forma. Pouco importa a lenda, nada se assemelha ao que você sente. Não existe nada de concreto para nos apoiarmos, Kara – declarou frustrado. – Deve ter acontecido algo que não notou. Provou algum líquido num cálice? Participou de algum ritual?

– Ele só me beijou. Havia um gosto estranho em meus lábios, parecia sangue.

– Jan provou de seu sangue. Sabe o que pode estar acontecendo? Faz uma pequena ideia?

– Na verdade, não – fingi inocência.

Não queria admitir. Não podia acreditar que Jan tivesse feito algo contra a minha pessoa.

– Está tentando enganar a quem? Há rosas vermelhas por toda a casa e foi ele quem mandou. Sei que sim, não tente negar.

– Ninguém lhe deu o direito de invadir minha vida pessoal.

– Isso não é vida pessoal, é suicídio. No que pensa que esses sintomas vão dar?

– Não é meu pai para me passar um sermão – disse, sentindo uma tontura mais forte.

A voz de Vitor começou a parecer alta e incômoda. Levei as mãos aos ouvidos e tentei não escutar seu tom irritante. Não havia dúvida, eu tinha sido vampirizada por Kmam. Ele estava certo. Mas admitir isso na ocasião foi totalmente impossível.

No momento, só desejava colocar Vitor para fora de minha casa.

Levantei-me e caí a poucos passos da porta do quarto, como uma pedra. Não tinha forças nem para falar. Vitor me ajudou a voltar para a cama.

– Vá embora.

– Há algum meio de encontrar o senhor Kmam?

Ri de sua inocência. Sua fragilidade heroica era adorável. O pequeno homem tentando desafiar a criatura imortal. Se não fosse verdadeira sua preocupação, a cena seria patética.

– Vitor, ele poderia matá-lo antes que pronunciasse seu nome. Pode sentir o cheiro do medo em seu corpo, precisar que passo dará em seguida e com que pé o fará. Kmam não é um homem, você sabe. Ele poderia fazer com que se apaixonasse por ele ou que o seguisse até que se olhasse no espelho e notasse que envelheceu. Então o visitaria. Belo e forte, jovem e viçoso, sem que o tempo o tivesse tocado, como nunca o fará. Quem pensa que é para deter Jan Kmam? O que faria se o encontrasse? Que lhe diria? Como o enfrentaria? Acha que tem força para enfrentar seu olhar mais suave e provocante? Vitor, para Kmam nós já estamos todos mortos e é ele quem está vivo. E é desse modo que vai permanecer para sempre – terminei cansada e exausta.

– Você está delirando, Kara.

– Talvez tenha cruzado com ele na rua e nem o notou. Ele está lá fora, veja seu rosto belo! – convidei sorrindo. Parecia só ter forças para falar dele, e pronunciar seu nome. – Poderia mordê-lo novamente. É tão doce – murmurei, beijando-o nos lábios, ardentemente, envolvendo-o com força e desejo.

– Kara, por favor, aquiete-se!

– Fique comigo, Vitor.

Ele não conseguiu resistir e retribuiu ao meu beijo. Antes que pudesse perceber, deixou-se envolver e me tocou com desejo.

– Fique quieta! – ordenou, afastando-me ofegante.

Escondi o rosto nas mãos e chorei.

– Pelo menos não é sangue – comentou, secando-as com carinho.

– Ajude-me, sinto-me tão diferente.

– Estou tentando, Kara. Gostaria que pudesse se ver. Desse modo vai morrer.

– Não, não vou! Ele não vai deixar!

– Tenho de fazer algo.

– Vai me dar sangue? – falei, dona de meus pensamentos de novo.

– Tem febre novamente.

– Jura? – brinquei, tentando levantar seu moral. Vitor ficou à minha cabeceira e fez o que pôde. Lençol, coberta, água... lembro-me que tentei falar, gritar, mas só conseguia tremer.

O bater de meu queixo me incomodava, o frio parecia penetrar até a medula, e nada que Vitor fazia conseguia resolver a situação. Ele surgiu à minha frente como um borrão desfocado que deslizava de um lado a outro do quarto. As cobertas pesavam, os tremores espasmódicos sacudiam meu corpo. Entre um delírio e outro, senti o corpo dele cobrir o meu. Tentava me manter deitada enquanto balbuciava palavras desconexas.

Às vezes, apenas fitava o teto de olhos hirtos, provocando em Vitor a nítida impressão de que havia morrido, às vezes os cerrava num coma temporário. Quebrei coisas, arranhei-o, cheguei até a mordê-lo novamente. Tudo que eu queria era sair porta afora e encontrar Kmam.

Meu pobre amigo Vitor, e pensar que o insultei. Sem ele, não sei o que teria acontecido comigo. Devo-lhe minha vida e para sempre lhe serei grata, apesar de suas ideias estranhas e seu comportamento obsessivo. Era um bom homem. O fato é que eu estava doente outra vez e a razão era a mesma. Vitor não gostou nada disso. Escutei-o insultar Kmam diversas vezes. O que ele tinha feito? Como seu toque, suas carícias ou o carinho de um beijo podem gerar tanta dor? Sonhei que estava morrendo, amando-o numa cama de rosas. Sonhei sem parar com seu beijo doce, cálido e feroz, com seus caninos pontudos tocando minha carne, as unhas deslizando sobre minha pele, minha rosa. Senti o contato de seu corpo firme. Queria morrer na doce ausência da sanidade, no sufocar de seus beijos, na ânsia da perda da vida que se esvai no sangue sugado por sua boca. Entre o lençol feito de pétalas rubras, via-me nua, rolando entre as rosas. A morte seria apenas um ínfimo detalhe, comparado ao prazer vindo dele, da mordida em meu pescoço. O mais estranho de tudo era que, entre delírios e lembranças reais e inventadas, minha mente se mantinha ciente do que acontecia na casa.

Vitor despertou e se levantou da poltrona em um salto. Seus passos se detiveram na sala. Estava perplexo demais para conseguir dizer até mesmo seu nome.

– Quem é você? – A voz chegou até ele baixa, porém altiva.

– Você, você é Jan Kmam? – gaguejou.

– Perguntei quem é?

– Sou Vitor – disse, estendendo a mão para Kmam, que a observou sem mover-se um milímetro. Vitor tentava não se acovardar. – Kara não está bem.

Jan Kmam deslocou-se no ar com a rapidez de um raio, jogando Vitor na parede.

– Fera!

O vampiro fez uma reverência e grudou-se a ele no chão, espremendo-o, machucando sua cabeça na parede.

– Onde ela está?

Vitor arregalou os olhos amedrontado, perturbado com a proximidade do vampiro. Kmam não se importava em esconder a verdade e mostrava as pupilas dilatadas e os caninos.

– Ela não está bem. Passou muito mal e dorme há trinta e oito horas.

Jan Kmam chegou ao quarto e encostou seu rosto sedoso ao meu.

– O que significa isso? – perguntou, vendo-me amarrada à cama com tiras de pano.

– Ela delirou e quis sair porta afora para encontrá-lo.

– Como ousou amarrá-la dessa forma humilhante? Ela teria me encontrado, estúpido! – Kmam rugiu agressivo. Ele sequer lembrava que fizera o mesmo meses atrás.

– Não faça isso! – falou, tentando impedir a retirada do soro de minha veia pelas mãos enojadas de Kmam.

– Não ouse tocar nela de novo – Kmam o empurrou com força e ele caiu sobre a penteadeira, desorientado. – Fique longe de nós dois ou o mato! Não o faço agora em consideração a Kara, mas fique longe! – avisou, fazendo o podre homem recuar.

O gosto de sangue tomou conta da boca de Vitor, o murro fora forte. Em silêncio, ele viu Kmam descobrir meu corpo, desamarrar-me cuidadosamente e me enrolar numa coberta.

– O que fez a ela, vampiro?

– Nada que não desejássemos – disse, detendo seu passo em direção à porta.

– Olhe, ela está quase morta. Será que não é o bastante? Vai matar Kara transformando-a no mesmo que você?

Kmam percebeu que o homem à sua frente acusava-o por preocupação sincera. Ele se deteve mais uma vez diante da porta e olhou para mim, semiconsciente em seus braços.

– Este é o meu maior desejo, porém apenas ela decidirá se quer ou não compartilhar a eternidade comigo. Kara o chamou?

– Sim, chamou.

– Isso significa que ela confia em você. Pelo que falou e viu, sabe o que sou. Agradeço pelo que fez a ela. É um milagre que ainda esteja viva. Fez um bom trabalho, mas não há mais nada que possa fazer. Se preza sua vida, não tente me deter. Teria de matá-lo e Kara não me perdoaria por isso. Fique, se quiser, mas mantenha a boca fechada, caso contrário prejudicará a ela e a si mesmo. Se insistir, não haverá dia nem noite seguros o suficiente para escondê-lo. *Au revoir*.

Kmam ultrapassou a porta e sumiu, levando-me em seus braços. A noite o acolheu como mais uma sombra bem-vinda debaixo do olhar espantado de Vitor. Ao tentar segui-lo, encontrou apenas o redemoinho das folhas caídas no chão. Ele agora ia muito longe, como um fantasma invisível aos olhos humanos.

18. Renascer

O líquido pingava farto dentro do cálice e escorregava pelo vidro límpido. O *guglu* do vinho preencheu rápido o espaço restante, a colher de chá homogeneizou suavemente a mistura e foi esquecida sobre a mesinha. Jan Kmam aproximou-se da cama com o cálice em punho.

Deitada na cama, vestindo uma camisa masculina de pijama, eu dormia. Meus braços amolecidos despencaram para o lado quando Kmam me ergueu. Ele me fez beber o sangue, derramando-o sobre meus lábios semicerrados. Pálida e debilitada em minha lassidão, comecei a ouvir sua voz distante.

– Acorde, *mon amour*, acorde – dizia, fazendo-me engolir a mistura. – Tudo ficará bem se beber. Eu prometo.

Podia sentir o líquido molhando meu rosto. Abri os olhos, apenas uma brecha, tentei focalizar seu rosto e engasguei. Fazia uma força enorme para mantê-los abertos. O líquido invadiu minha boca e desceu garganta abaixo, fazendo-me acordar por completo. Encarei seu rosto ali tão próximo e tentei afastar o cálice dos lábios, buscando fôlego.

– Tem de beber tudo – insistiu, antes de me fazer engolir o resto. Suave e quente, é do que me lembro. Quando chegou ao fim, desejei mais.

– Ainda tenho sede – falei, com a voz rouca.

– Depois.

Até hoje confesso não saber se eu não queria me mover ou se apenas me encontrava imobilizada por uma força maior. Corri lentamente os olhos à minha volta e encontrei um quarto desconhecido. Era quase um apartamento, levando em conta os espaços. O bom gosto da decoração era evidente, com certeza um hotel de luxo.

Graças ao silêncio eu ouvia o mar quebrar na praia, podia até mesmo sentir seu cheiro pelo quarto. Ele estava próximo. Examinei meus trajes e continuei em silêncio, apenas observando o ambiente. Kmam, como de costume, estava sentado perto da cama, esquadrinhando minhas reações e meus movimentos. Ele acompanhou minha pele readquirir o tom corado. Viu meus olhos que há pouco pareciam sem vida voltarem a ter brilho.

– É o mar?

– Sim, é o mar. Quer ir até a sacada? – perguntou um pouco reticente.

– Onde estou? – sentia as forças voltarem e com elas o desejo de descobrir a verdade.

– Está em minha casa, gosta? É um hotel, como deve ter notado. Ele tem sido minha casa nesses últimos meses. Entro e saio à hora que quero e a vista é linda. Sinto-me de volta aos velhos tempos – comentou à vontade.

– Tenho uma casa e gostaria de estar nela – reclamei.

– Precisamos de privacidade, e seu amigo parecia determinado a me irritar com perguntas e acusações.

– O que fez a ele?

– Nada. Mediante sua obstinação inconveniente, tomei tal atitude. São amigos há muito tempo?

– Desde que você me jogou no hospital. Era uma queda-de-braço e sabíamos muito bem disso.

– Sente-se melhor?

– Não, graças a você. Sabe o que passei e o medo que senti enquanto sangrava pelos poros? Vomitei, tive febre, delirei, agredi Vitor e passei momentos terríveis! – disse descontente, mal-humorada.

– Sinto muito.

– Vá para o inferno com suas desculpas. O que fez comigo? Tenho o direito de saber. Li seus livros e eles falam de coisas terríveis sobre vampiras, caixões cheios de sangue vindos da Transilvânia, orgias vampirescas, batismo de sangue e o escambau!

Ele ria abertamente, sem tentar se controlar.

– Quer ser minha noiva?

– Não ouse rir de mim, seu morcego desgraçado! Foi o que fez, não foi? Batizou-me com seu sangue? Fale, estou cheia de seu silêncio! – gritei, num mar de contrariedade.

– Vejo que se sente melhor. Tudo não passa de literatura romântica.

– Desgraçado mentiroso! Sei que me infectou com alguma coisa, posso sentir. Estou vendo em seus olhos.

– Não há o que dizer. Vitor salvou sua vida, ele a medicou e impediu que se tornasse o que sou. Não vai mais acontecer.

– Vitor me deu apenas calmantes – falei, atirando o cálice longe.

Kmam fitou os cacos, sem dar muita importância. A parede ficou manchada com o falso vinho.

– Tome, seque as lágrimas. Veja com seus próprios olhos. Estão tão claras quanto o seu engano. Ele a salvou, *ma petite*.

– Mente descaradamente. Vejo em seus olhos com esse maldito dom que me deu – afirmei, fechando os punhos furiosa.

– Ótimo, uma especialista no assunto! Veja suas lágrimas, estão cristalinas agora e assim permanecerão. Dou-lhe minha palavra de honra.

– Quero minhas chaves, minha privacidade e minha vida de volta – disse veemente, pouco ligando para seu juramento de honra. Jan Kmam suspirou furioso ao meu lado na cama. Levantei-me e andei descalça pelo quarto, revirando-o em busca de minhas roupas.

– Volte para a cama, o chão está cheio de cacos de vidro. O que está fazendo?

Fiz-me de surda, abri o guarda-roupa e não encontrei nada. Avancei sobre ele, deixando-o confuso. Desatei seu cinto. Tendo-o em minhas mãos, passei-o pela cintura. Olhei o arranjo no espelho, vendo Kmam às minhas costas. Ficou certamente estranho, mas iria servir. Quanto a estar descalça, não importava. Nada mais importava àquela altura dos acontecimentos. Tomei o telefone e falei com segurança.

– Alô? Portaria? Desejo um táxi.

Kmam tomou o aparelho de minhas mãos e puxou o cabo, destruindo-o.

– Estúpido!

Cruzei o quarto. O caixão dele estava perto da parede. Sua presença orgulhosa e brilhante me fez passar distante. Agarrei o trinco da porta e o puxei furiosa. Sem me convencer, comecei a chutar e a esmurrar a porta e a gritar por ajuda. Ele me agarrou com facilidade e me levou para a cama. Estava sobre meu corpo e cobria minha boca.

– Calada, entendeu? Ou terei de amordaçá-la. Precisa repousar. Está cansada e nervosa. Esforçou-se demais para uma doente em recuperação, assim vai decepcionar Vitor. Ele gosta muito de você e tenho certeza de que ficaria triste em ver sua paciente agir dessa forma.

Respirava com dificuldade e senti um nó na garganta. Era raiva, com toda certeza. O que pensou que eu fosse? Um brinquedo? Um bichinho, um animalzinho de estimação? Sim, era isso. Havia perdido o direito de viver. Kmam agora assumira o controle da situação por completo.

Fitava as paredes como louca e nada falava, sentada como uma boneca de pano.

– Quero ir para casa.

– Não há ninguém para cuidar de você – comentou, esperando que me deitasse.

– Não me importo.

– Eu me importo. Não está bem para ficar sozinha.

– É verdade, você me contaminou.

– Bobagem, está apenas cansada e precisa dormir – falou com carinho, enquanto ajeitava o lençol. Indignada demais para me conter, avancei sobre ele e o empurrei, descarregando todo o meu desgosto e frustração.

Tentava magoá-lo e feri-lo. Queria fazer com que sofresse também, provocar nele a mesma dor que eu sentia. Ele se defendia de minhas investidas sem nem me tocar ou me machucar. Deixou-se esmurrar e não reagiu a nenhum dos meus golpes. Cansada, agarrei suas vestes e o empurrei desgostosa. Corri para a sacada e lá me refugiei de sua frieza. A lua minguante banhava aquele pequeno refúgio de concreto. O mar, a distância, quebrava calmo na areia da praia. Ela parecia não se importar em receber seus carinhos frios. Impassível, dócil, recebia o amante.

Segurei os ombros com frio e deixei as lágrimas caírem sobre meu rosto, aliviando o coração pesado. Queria resposta para meus medos, minhas incertezas e dúvidas. O que Kmam queria, afinal? Conhecia minha impossibilidade diante dele, que jamais responderia às minhas perguntas.

Ele se fechara em conchas. O homem de gelo. Desejava com todas as minhas forças odiar aquele rosto, esquecer seus carinhos censuráveis, arrancar de minha pele a sensibilidade para não sentir prazer no seu toque poderoso. De alguma forma gostava dele e me culpava, torturava-me por isso. Era vergonhoso admitir tal prazer. O que as pessoas diriam? Seria acusada de louca, me comparariam a ele. E naquele momento, a dúvida surgiu. Não seria realmente semelhante a ele? Fria, má, egoísta... Sim, pois é preciso ser egoísta para ser um vampiro. Pensar apenas em si mesmo e na fome, na necessidade de se alimentar sem pensar em quem perecerá quando a fome chegar. Existiria amor no coração de um ser como aquele?

A mulher do relicário voltou à minha mente. Kmam a amou de verdade ou apenas a manipulou, da mesma maneira que fazia comigo? Sentia vergonha desses sentimentos contraditórios? Eu o acusava e insultava, para logo depois rir junto com ele. Tinha vontade de banir sua imagem de meus pensamentos, mas era impossível. Um cobertor foi posto sobre meus ombros num gesto de cuidado. Contive o soluço e comecei a falar.

– Não podemos continuar com isso, seja lá o que for. Amanhã, deixarei o hotel e retornarei à minha casa. Quero-o longe de mim para sempre.

– Não vou me afastar de você.

–Tenho uma vida e quero vivê-la. Você parece determinado a destruir tudo que tenho.

– Não é verdade.

– Basta! Chegou a hora de ouvir. Eu tinha amigos, uma vida praticamente normal, mas graças a você eu perdi tudo. Nem consigo dormir sem ter pesadelos com você! A polícia parece estar sempre no meu pé e quem sabe não estão me seguindo. Vitor quer estudá-lo e eu quero apenas paz! E nem isso você permite que eu tenha.

– Contou a ele. Aquele homem em nada me afeta e nunca o fará. Não é ninguém.

– É isso que somos para você, Kmam! Nada! Apenas comida, um pedaço de carne cheio de sangue que você usa e depois descarta como lixo. Somos os humanos idiotas, diante do imortal sedento e cheio de poderes – debochei. – Saiba que para mim você não passa de um pedaço de carne branca, uma coisa fria que apenas pensa em sua satisfação pessoal. Um vampiro idiota e sem coração! – Queria revidar, ir à desforra.

Ele se continha ao máximo. Podia ver o modo como fechou os olhos. Contudo, minhas palavras chegavam a ele de maneira forte. Assemelhava-se a uma estátua alta e poderosa de mármore italiano. Seu maxilar estava contraído, o rosto enrijecido pela ira.

– Pergunto-me como pude defendê-lo diante de Vitor, como pude ser tão tola a ponto de acreditar que se importava comigo. Você é igual ao seu amigo. Quando me atacou, arrastou-me para a lama junto com todas as outras que morreram. Vocês são iguais! Eu o desprezo e a tudo o que representa. Eu o odeio! – falei com firmeza. Um minuto depois eu já havia me arrependido. Bem sabia que eram mentiras cruéis.

Agarrada com violência, fui posta contra a parede. Meus cabelos enchiam suas mãos de ferro. Colada a ele, desviei o rosto, mas ele me obrigou a fitar sua raiva. Sentia-me incapaz de pronunciar uma palavra sequer.

O vento sacudiu seus cabelos, torturando meu olfato sensível ao seu perfume. Frente a frente, podia ver sua íris límpida brilhando sobrenatural, sentia a respiração alterada, as pequenas veias delicadas de sua face deslumbrante. Kmam vasculhava minha alma, analisando cada centímetro, buscando confirmações para suas dúvidas. Podia sentir suas formas másculas e perturbadoras roçando em meu corpo trêmulo. A seda do pijama não era barreira para evitá-lo. Virei o rosto ruborizada.

– Vou matá-la, Kara – o aviso foi feito com segurança categórica.

Ele me arrastou para dentro sem cuidado algum, com uma frieza desconhecida até aquele momento. Empurrou-me indiferente ao chão e sem pensar em seus gestos. Fugi para o banheiro e lá me tranquei em pânico. Minha esperança era que ele voltasse à calma rotineira. Havia despertado um demônio e tinha de enfrentá-lo.

– Acredito que não abrirá a porta caso eu peça, não é verdade?

– Não! Vá embora!

– Foi o que pensei – disse cansado, antes de enfiar a mão na madeira maciça da porta para abrir o trinco.

Cobri o rosto com as mãos e gritei assustada, encolhendo-me cada vez mais no chão frio. Gemi ao ser agarrada por ele pelos cabelos, para depois ser arrastada até a cama. Recuei para o espelho, sentindo-me desprotegida, pequena.

– O que está fazendo? – quis saber, vendo-o tirar a jaqueta e desabotoar os punhos da camisa de seda.

– Estou ficando mais à vontade. Pretendo me divertir esta noite. Vou usá-la e descartá-la, como sugeriu docemente.

– Está me assustando, Kmam, pare!

– Pedi que parasse quando me ofendia? Pedi para calar quando me insultou com crueldade? Não, ouvi calado. Estou cheio de ouvi-la me ofender, cansei de bancar o vampiro bonzinho. Estou pronto para bancar o vampiro devasso e imoral que você vê em minha pessoa – disse, lambendo minha mão malicioso. – Cansei de buscar saídas lógicas para o nosso problema, mas por que esperei tanto tempo? Por que sou tão estúpido? Sempre que a vigiava da janela, pensava em matá-la, mas algo acontecia e eu desistia como um tolo. Pensei que fosse diferente, Kara. Que tivesse alguma consideração por mim, mas você é igual às outras! Otávio tinha razão, vocês nos desprezam. É dessa forma que seu coração cruel me vê? Como uma aberração sangrenta? Hein?

Sua decepção era evidente. Mas como Jan Kmam poderia sentir tanto? Parecia infeliz como um garoto que descobre num único dia todas as mazelas do mundo. Sua reação aos meus insultos e sua dor queixosa eram insuportáveis. Não conseguia sequer olhar seus olhos escuros, pela dor que lhe causara. Ofendera-o muito e apenas agora notara.

– Eu sinto muito.

– Pare de mentir! Você não sente nada. Sua humanidade não permite, e jamais desejaria sua piedade. Não sou digno de pena, nunca serei digno de dó, sou digno de medo! Sou aquele que a ama e que a odeia. Tudo que desejo é que me leve em sua mente como uma última visão – disse inalterável em sua dor orgulhosa, cheia de dignidade.

Kmam puxou a camisa do meu pijama, que desceu até meus ombros. O colo exposto encantou seus olhos. A mão fria deslizou profana por minhas costas e conduziu-me ao seu peito. Calada, tremia indefesa. O desejo ardia em meu ser numa mistura de medo e paixão, mas estranhamente havia calma em meu coração. Não estava petrificada, e sim convicta do que aconteceria. Ia morrer e isso me pareceu o melhor.

Eu não queria chorar sangue, não queria matar para viver. Dividida entre a vontade de tocar seu corpo ou apenas esperar pelo fim, nada fiz. Permiti que me beijasse de forma sedenta. Ele me segurava como se fosse sumir a qualquer minuto. Buscou meu pescoço e gemeu faminto. A hora chegara, mas não partiria sem levar algo dele. Tomei seu rosto em minhas mãos e, enquanto ele me fitava surpreso, o beijei. O primeiro beijo que eu lhe dava. Sim, eu sabia o que fazia. Foi um beijo apaixonado de adeus. Não durou muito, pois Kmam acordou de meu feitiço e se afastou chocado. Seu olhar estava frio como a neve da Sibéria.

– O que fez comigo? – cobrou enfurecido, segurando meu rosto entre as mãos como se fosse esmagá-lo.

– Eu...

Foi rápido. Kmam puxou-me para trás e avançou sobre meu pescoço desprotegido. Esmagada contra seu corpo, sentia sua respiração ofegante. As presas tocavam minha pele fina, fazendo-a arrepiar-se de medo. Ele hesitava, como se escolhesse a melhor posição e eu, como uma boneca sem vida, esperava. Mais uma vez ele tentou, mas os caninos pareciam não ter forças para perfurar minha carne. Um urro escapou de sua garganta fazendo tremer tudo à nossa volta. Largada de qualquer modo sobre a cama, nem o vi sair.

19. Hoje

Levantei da cadeira deixando a folha na máquina de escrever pela metade. Precisava respirar, esticar o corpo cansado de permanecer na mesma posição. Recuperar o fôlego para mergulhar na parte derradeira dos acontecimentos. Deslizei a mão pela trança e desembaracei as mechas escuras, deixando-as livres sobre as costas. Ainda próximo da mesa examinei as folhas datilografadas. Enquanto relia alguns trechos, perguntei-me quantas folhas levaria. Estarei sendo objetiva e clara? De que adianta se tudo já passou? As feridas estão cicatrizadas. Refleti, segurando as folhas pelo meio, pronta para rasgá-las. Não. Eu vou terminar o que comecei. Lutei muito para desistir agora.

Meus olhos estavam fixos na rua, esperava por algo. O cheiro de chão molhado veio trazido pelo vento leve e frio anunciando a chegada da chuva. Evitei os primeiros pingos, lembrando dos conselhos da minha avó que sempre dizia que a primeira chuva traz a sujeira das nuvens, a segunda traz a sujeira dos telhados e a terceira é a melhor.

É estranho lembrar o que aconteceu, agora no ponto onde me encontro. Kmam e eu... Esse passado tão complicado é fundamental para que entendam minhas escolhas. Infelizmente, anotar as lembranças traz de volta os sentimentos e as sensações como se as revivesse. Levei a mão para fora da janela e deixei a chuva me molhar, como num ritual de purificação. Umedeci o rosto e os lábios, a água fria refrescou o pescoço. De algum modo me libertava do passado, ele parecia estar atrelado a mim. Precisava deixar as lembranças para trás, ou simplesmente nas folhas deste manuscrito.

Tranquei a porta e pendurei a toalha sobre a fechadura. Joguei a chave sobre o tampo da mesa e fui para a cama. Despi-me da blusa de seda branca, da calça *jeans* desbotada e guardei tudo na mochila. Sacudi a camisa de pijama negra e a vesti me deliciando com a suavidade do tecido e o perfume de meu amante. Calcei as pantufas com rosto de gatinho. A chuva caía com força. Sem alternativa, fechei a janela. Minha aproximação embaçou o vidro e aproveitei para escrever o nome de Jan. Os pingos escorregavam pela superfície lisa e transparente. O som das sarjetas era alto, enchia o quarto. A água descia arrastando o que ainda bloqueava sua passagem. Escorria suja e rápida.

A madrugada estava fresca. Gastei alguns minutos na janela. Meus olhos buscavam a paz do céu límpido e salpicado de estrelas. Olhá-las reorganizou as lembranças que começavam a fluir. Estava com fome, mas não queria largar o trabalho, a noite estava correndo. Remexi em meus objetos pessoais e depositei sobre a mesa uma bela caixa de música. Antigo e delicado, o objeto prendia a minha atenção. O pequenino espaço circular coberto por uma abóbada de vidro abrigava um sublime casal. O cavalheiro vestido em trajes antigos segurava a delicada dama nos braços. Seu rostinho era a face do amor, caracterizada em rabiscos suaves. Girei a manivela e o casal começou a se mover embalado pela agradável melodia. Um pouco de calma. Era tudo de que eu precisava para encarar as lembranças que vêm a seguir.

20. O baile

O murmúrio das pessoas que enchiam as salas do casarão era abafado pela música alta. Paul Rohan havia criado um grande evento. Os convidados circulavam alegres e fantasiados. A máscara era obrigatória, uma das excentricidades do anfitrião que ainda não tinha aparecido. Obviamente, ele pretendia fazer uma grande entrada.

Champanhe e salgadinhos finos não faltavam. Até mesmo os garçons desfilavam fantasiados. Todos estavam vestidos à moda francesa, com meias brancas, calças de seda negra, casaca e peruca branca. Um verdadeiro capricho da imaginação de um sonhador rico, devo salientar. Lambert, fantasiado de nobre, fazia às vezes de anfitrião. Apesar de nunca ter pisado em solo brasileiro, Paul possuía muitos conhecidos, amigos de negócios, talvez.

Do meu canto estratégico, perto da escada, reconheci algumas personalidades locais. Jornalistas sedentos por informações, políticos no eterno jogo da boa convivência que atrai votos, empresários e suas respectivas esposas e amantes, damas da sociedade como sempre muito finas e repletas de joias em seu exagero grã-fino, peruas em pleno voo. A fina flor da humanidade estava reunida naquele templo de extravagância.

Eu observava as pessoas dançarem no salão, animadas com a música descontraída. Perguntava-me o que eu fazia ali. Provavelmente agradando tio Júlio. Ele praticamente tinha me chantageado para que fosse ao baile. Chegou a jurar que não ajudaria a vender minha parte na empresa se eu não aparecesse, um tremendo golpe baixo! Eu estava de péssimo humor depois do que tinha acontecido no quarto de hotel. E ainda por cima tinha absoluta certeza de encontrar Roberto e Alva. Titio estava curioso, mas jamais admitiria. Teria de contar todos os detalhes da festa.

Mas antes quero recuar um pouco no tempo para revelar o que aconteceu depois da saída brusca de Kmam.

Ele voltou antes do amanhecer, enquanto eu fingia dormir. Nada disse ou tentou fazer. Partiu, deixando as chaves sobre a mesinha de cabeceira, algumas roupas sobre a poltrona e dinheiro para o táxi. Tomou seu caixão e sumiu pela porta. Depois disso, simplesmente desapareceu. No dia seguinte busquei informações sobre Kmam na portaria e lá percebi que me esperavam. Não precisei pagar a conta, pois já havia sido paga.

Tudo que consegui descobrir foi que o senhor Jan Kmam tinha partido de madrugada sem deixar nenhum recado. Era mentira! Kmam não teria como conseguir um lugar seguro em tão pouco tempo. Ele ainda estava naquele hotel e o homem à minha frente sabia muito bem onde. Ele era um mentiroso fácil de se comprar. Pedi um pedaço de papel, puxei a nota alta que Kmam havia deixado para o táxi e a dobrei junto com o bilhete para que o homem entregasse a ele. Educadamente, ele devolveu o dinheiro e disse que Kmam o receberia, mas apenas ao anoitecer.

Somos humanos demais para nos envolver. Tente perdoar tudo que fiz e disse.
Kara Ramos.

Encontrei Vitor adormecido no sofá, parecia cansado. Ah! Meu pobre amigo Vitor. Quando o acordei, mostrou-se desesperado, abraçou-me forte e contou o que havia acontecido. Além dos hematomas pelo corpo, Vitor tinha o olho roxo e os lábios cortados.

Percebi que aquilo tinha de acabar. Passei a semana inteira fazendo exames supervisionados por ele, que ficou fascinado com a minha melhora repentina. Eu estava muito bem. Claro, ainda tinha pesadelos, mas nada comparado a chorar sangue. Devo revelar outro fato de vital importância: eu não sentia mais a presença de Jan.

Um dia acordei e senti como se me faltasse algo. A sensação perdurou bastante tempo até descobrir o que era. Só havia um vazio que não conseguia preencher. Ele havia partido e levado consigo um sentimento que me passava segurança. Como último presente, mandou-me algo envolto em papel fino. Um belo vestido negro de veludo, tule e organza. Entre a curiosidade e a vaidade feminina, eu o vesti. Devo dizer que não me decepcionei. Era o vestido mais elegante que já tinha vestido.

Toquei o veludo do corpete e bailei pelo quarto como uma dama do século XVIII, sentindo o peso da saia de veludo. Sorri, vendo meu jeito de princesa de contos de fadas. O vestido era encantador demais. As mangas finas e transparentes chegavam a cobrir parte das mãos, dando um ar misterioso e clássico.

Voltara a adorá-lo e a raiva tinha desaparecido como num passe de mágica. Pronunciava seu nome enquanto dançava pelo quarto e, no meu desvario, derrubei a caixa em que ele havia vindo. Deparei com mais uma bela surpresa. A pequena caixa de veludo trazia em seu interior uma lindíssima coleira, brincos e um anel, todos em ônix. A cor e a delicadeza do desenho das joias pareciam ter sido pensadas para combinar com aquele vestido. Imediatamente, coloquei-os e fui para frente do espelho.

Um arrepio de medo varreu meu corpo. Refletida ali estava um fantasma. Aquela mulher não era eu, era Thais, a amada de Jan Kmam. Ela era humana e se parecia muito com você, imaginei-o dizendo. Desolada, deixei-me cair sobre a cama. Encarei a verdade. Kmam jamais tinha visto quem eu era de verdade. Apenas tinha protegido e usado uma cópia perfeita da mulher que tanto amara.

Furiosa, tive vontade de destruir o vestido com tesouradas, mas faltou coragem. O vestido não tinha culpa, nada mais era do que uma obra de arte em tecido fino. Pouco importava o que eu sentia. No final das contas, ele tinha ido embora para sempre. Encarei o presente como bem-vindo, pois não tinha pensado numa fantasia para o baile. Faltavam apenas dois dias quando o vestido foi deixado nos batentes.

E lá estava eu, vestida como uma condessa. Os cabelos cacheados deixavam aparecer o colo e emolduravam o rosto e o pescoço com suas mechas. Como minha companhia ideal, tinha convocado Vitor, meu anjo da guarda. Mal podia espirrar que ele queria saber o porquê. Acho que ficamos amigos.

– Demorei muito? – perguntou, entregando-me a taça de champanhe.

– Um pouco, algum problema?

– Um homem chamado Lambert simplesmente me interrogou. Ele não sabe de nada, sabe?

– Como assim? Sabe do quê, Vitor?

– Foi algo que ele disse – falou pensativo. – Ele me chamou de Jan. Por muito pouco não soltei a taça no chão.

Algo estava errado.

–Ele segurou meu braço, então me voltei e disse que meu nome não era Jan. Daí mil perguntas surgiram à sua boca. Ele deve ter nos visto entrar juntos. Não respondi a nenhuma.

– Fez bem, mas isso não justifica o Jan. Além disso, quando chegamos foi o criado quem nos recebeu, ele só apareceu depois.

– Foi apenas um engano, ele se confundiu com outro convidado, outro homem. Kara, não existe somente um Jan na cidade. O Estado está cheio. Vamos, tire essa ruga da testa.

– Eu sei, mas tremo só em pensar que alguém além de nós saiba de algo. Seríamos acusados de crimes que não cometemos, seria um escândalo, estaríamos sozinhos e sem nenhuma prova concreta para nos defender! Além disso, morreram mais duas pessoas esta semana. Kmam provavelmente não conseguiu deter Gustave.

– Kara, acalme-se. Todos os seus argumentos são plausíveis, mas tudo que podemos fazer é esperar. Não acredito que ele tenha partido. Todos os dias pessoas são encontradas mortas. Como pode ter tanta certeza de que não é Kmam quem as está matando? Como explicar o inexplicável?

– É como sentir sua presença, Vitor. Sei que está ao meu lado ou às minhas costas. Do mesmo modo, podia sentir Kmam, mesmo não estando ao meu lado. Bastava fechar os olhos e eu o encontrava. Mas agora não há nada além do vazio. Desculpe, mas nunca poderei explicar – finalizei, sorvendo a champanhe.

– Tudo bem, Kara, nem tudo pode ser explicado – comentou, aceitando minha palavra.

– Obrigada. Acho que ele o contaminou, parece conhecê-lo muito bem – falei, admirada com suas observações.

– Digamos que foi quase impossível deixar de manter contato com ele – falou, tocando o queixo atingido pelo soco. – Sei que perdi a chance de estudar algo além da imaginação humana, mas fico muito feliz que esteja longe dele. Finalmente, tomou consciência e colocou sua vida em primeiro lugar. Não me olhe assim, o enfrentei e sei do que ele é capaz de fazer por você. Defendê-la é algo que Kmam leva a sério. Deve ser muito especial para ele.

– Foi um milagre ele não ter feito nada pior com você. Devo-lhe muito, Vitor, e disso jamais esquecerei.

– Ele tem um soco forte. Imagine só o que poderia fazer se sentisse ciúme de verdade? Um poder desses é algo muito perigoso.

– Certamente deve haver um tipo de escolha para dar esse poder a alguém – comentei, fugindo do assunto ciúme.

– Pena que nunca saberemos.

Uns poucos casais passeavam pelo átrio, admirando as rosas. Pareciam encantados com a beleza ali criada pelas mãos experientes e milagrosas de Okada. A iluminação vinha dos pequenos postes de ferro. Ainda eram os mesmos, nada tinha sido modificado ou jogado fora. Estava tudo preservado de acordo com os originais.

Durante a reforma, foram instalados sistemas de aclimatação, combate ao fogo e iluminação. A fonte que murmurava jogando água límpida na bacia dos belos peixes poderia ser mais encantadora, caso o anjo tivesse permanecido em seu lugar. A gárgula, por sua vez, fascinava as pessoas que a tocavam. Sua visão me assustava, bem como os filmes que andara vendo recentemente, em que o vampiro se transforma em um terrível monstro e estraçalha a garganta da mocinha.

– Lembro-me de ter visto uma ou duas vezes esta casa. Ela parecia apenas envelhecer e ficar cada vez mais escura e triste. Fez um belo trabalho. Podemos ver isso em todos os cantos, ficou muito bonita. Esta festa deveria ser em sua homenagem.

– Vitor...

– Falo sério. Deve sentir-se orgulhosa do que conseguiu fazer com ela.

– Sim, muito, foi um desafio. Um desafio bem maior do que esperava, mas valeu a pena. Concretizei meu sonho e o de meu pai. Passaria por tudo outra vez, caso fosse necessário – disse, parando perto das rosas.

– Parece ter sido preparada para este jardim – comentou admirado.

– O que disse? – perguntei distraída.

– Gostaria que pudesse se ver. Parece perdida, presa na alma dessa casa. Veja seu vestido. O tempo roubou um pedaço do passado e deu a você de presente. Enquanto isso, anda por essas pedras polidas, arrastando sua saia negra – falou, realmente admirado com o que via.

– Vitor, não me diga que está tendo uma visão? – brinquei.

– Falo sério. Parece quase impossível vê-la de outra forma. Esse vestido parece sempre ter pertencido a você. Você parece estar distante de tudo, deste século, mas ao mesmo tempo tão próxima desta casa.

– Obrigada pelo estranho elogio, meu herói – brinquei, sentindo uma dor conhecida penetrar minha alma. Toquei seu rosto e tentei me afastar, mas fui impedida suavemente.

– Foi Jan Kmam quem lhe deu este vestido?

– Sim, foi.

– Já imaginava. Ele tem bom gosto, sabe escolher mulheres e vestidos. É lindo. Parece ter sido feito sob medida – dizendo isso cobriu meus lábios num beijo carinhoso.

– Vitor, não posso retribuir seu sentimento. Não agora – disse assim que nos separamos.

– Eu sei, Kara. Jan Kmam a tem presa num laço maior e mais forte que o próprio tempo, que seu amor-próprio ou a morte – revelou, soltando-me com gentileza e sem aborrecimento. – Sei o que sentem um pelo outro e o que os separa. Sabe, não condeno Kmam. Você é uma mulher muito bonita, delicada, honesta, traz nos olhos a doçura de uma criança e nos lábios a promessa do prazer. Amar você não é tarefa difícil. Sabe o que aconteceria se tivesse ido até o fim?

– Sim, eu sei. Obrigada por ser minha consciência durante todo esse tempo.

– Sou é muito intrometido – disse, entregando-me um botão de rosa.

– Agradeço por tudo.

– Você tinha razão. Eu sou maluco. Fique aqui e guarde o nosso cantinho. Vou conseguir uma garrafa de champanhe e faremos uma festa particular – disse, sumindo pelo corredor.

– Vitor...

De repente, estava sozinha. Os casais que há pouco passeavam entre os canteiros voltaram às salas mais cheias. Olhei a rosa em minhas mãos e aspirei fundo suas pétalas aveludadas. O céu estava perfeito, límpido e cheio de estrelas buscando companhia de alguém como eu. Pensei bem. O que tinha perdido? O homem que amo, respondi para o vazio que reinava à minha volta.

Uma das minhas músicas favoritas começou a tocar e, embalada pelo ritmo suave, fechei os olhos e dancei sozinha. O vestido acompanhava meu balanço. Queria dançar e esquecer os problemas e a saudade. Talvez tentar ver que aquele foi o melhor momento para nos separarmos em definitivo, para dizer adeus. Mas não houve adeus, pensei, girando, girando, girando...

– Desculpe-me. Eu não o vi, sinto muito. Machuquei o senhor? – perguntei, recuando apressada após esbarrar num dos convidados. Estava fantasiado de vampiro, com capa negra com forro de cetim vermelho e gola alta. Estava perfeito. Agachara-se no chão para pegar a rosa que caíra.

A máscara de veludo negro cobria totalmente seu rosto. Tinha um formato medonho, nariz pontiagudo, olhos grotescos e uma boca satírica, só permitindo a visão de seus olhos extremamente azuis. Ele me observava calado. Recebi a rosa de suas mãos enluvadas e agradeci. Sentindo-me subitamente incomodada com sua observação insistente, resolvi me retirar.

– Desculpe pelo esbarrão – disse, mostrando-lhe a rosa.

Ele nada respondeu, apenas cruzou os braços e continuou a fitar intensamente os meus olhos e bloquear minha passagem, bancando o mal-educado. Sentindo-me ridícula com a cena inusitada, resolvi sair de sua presença o mais rápido possível. Devia estar bêbado.

– Pode me dar licença? – pedi, vendo-o insistir com a brincadeira.

Antes que eu pudesse lhe dar as costas, ele me segurou pelo braço e me puxou de encontro ao seu peito, arrancou minha máscara e me forçou a olhar em seus olhos. Surpresa demais para esboçar qualquer reação, esperei com a mão espalmada em seu peito.

– Psiu! – brincou, tocando meus lábios.

Ele levou a mão ao rosto e retirou a máscara. Seus cabelos escorregaram sobre os ombros e o perfume tomou conta do ar. Jan Kmam sorriu travesso e cobriu meus lábios com os seus. Não conseguíamos nos separar, queríamos ficar ali acorrentados um no outro para sempre, juntos enfim. Sem fôlego, exaustos pelo beijo demorado, uma eternidade de segundos preenchia nosso silêncio. Eu não iria lutar, nada de guerrilhas falsas e forçadas por meus escrúpulos humanos, nada de consciência, nada de sanidade mental, não naquele momento quando havia encontrado a paz. Kmam sabia o que se passava em minha alma e em meu coração. A distância imposta por ele apenas fez crescer dentro de meu coração o desejo de reencontrá-lo e poder tê-lo novamente em meus braços.

– Pensei que tivesse morrido.

– Jamais morrerei, prometo a você, *mon amour*. Pensei que ficaria louco. Passei cinco noites sem conseguir pensar direito. Enchia meus lábios com seu nome e o sentia cruzar minha boca como se fosse seu beijo cruel. Sabe o que fez? – perguntou, segurando meu rosto entre suas mãos. – Trespassou meu peito com uma estaca quando me beijou daquela forma. Queimei, ardi. E pensar que quase a matei. Via você em cada mulher dessa cidade. Tentei ler, andar, dormir e até mesmo não matar por sua causa. Quando a fome me queimou nas veias, em meu coração, era apenas em você que conseguia pensar. Só desejava tê-la em meus braços de novo e fazer com que perdoasse minha brutalidade, que fosse minha outra vez. Isso vai parecer ridículo, mas deito-me de lado para imaginar que está comigo, quando vou dormir. Devo estar ficando louco, a eternidade me fez mal, pois sinto seu perfume impregnado em meu corpo – dizendo isso, esfregou sua face na minha, manhoso.

Sorri com carinho e beijei seu rosto frio.

– Recebeu meu bilhete?

– Sim, recebi – falou, com os olhos brilhando.

– Estou perdoada?

– Amo você demais para odiá-la.

– Você é louco, Kmam – murmurei, agarrada a ele, que estava perdido no meu decote.

– Somos loucos. *Dieu*, quero-a demais! Amo você, Kara Ramos. Diga que sente algo além de desejo. Não posso mais conviver com seu nojo pelo que sou. Quero que me ame como eu a amo. Diga sim e seremos um do outro para sempre. Se disser não, entenderei e partirei definitivamente de sua vida, sumirei para sempre. Juro pela humanidade que me resta – afirmou com toda confiança que sentia e beijou a pedra em seu anel.

Jan conseguia, da maneira mais surpreendente, nutrir em meu coração um amor forte e poderoso, capaz de transpor as barreiras do certo e do errado. O limite não mais existia. Perguntei diversas vezes a meu coração como poderia sentir ternura por algo como ele e a resposta demorou a vir. Só o amor poderia conseguir tal coisa.

– Kmam, não posso dizer que te amo. Seria muito pouco para resumir o que sinto – disse, abraçando-o como só uma mulher apaixonada faria. – Responderei da melhor maneira que conheço. Assim... – dizendo isso, enlacei seu corpo e o beijei.

Nunca havia experimentado algo tão revelador quanto me entregar àquele ser fascinante e sobrenatural. Ia muito além da carne, da fome e do sangue. Podia sentir seu coração cheio de apetite batendo de encontro à minha mão espalmada em seu peito.

– Paremos, meu amor.

Ignorando o protesto calei-o novamente com meus beijos. Ele me conduziu às sombras e olhou meu rosto na escuridão do jardim.

– Não me enlouqueça, Kara. Não me torture assim, perderei o controle – gemeu, apertando-me junto a ele para descer ao meu decote e se deleitar com o perfume de rosas.

Ele mergulhou em meu seio. A carne frágil cedeu ao apelo da fome. Jan me ergueu do chão, enquanto bebia com suavidade meu sangue, levando meu coração onda após onda naquele ritmo conhecido.

Ele me possuiu novamente.

Como veem, fiz minha escolha. Nesse momento tive a chance de fazer um julgamento e assumir o peso do veredicto. Declarei-me culpada por amar um vampiro e a ele me entregar. Devem saber que nesse tipo de sentença o castigo é a morte. Quantas pessoas não morreram por amor? Por religião, graças às ideias políticas, em nome de uma causa, em guerras santas em nome de Deus? Jan Kmam era meu objetivo, meu amor. E é desse modo que lutamos por algumas coisas, sejam boas ou más. O que não tinha entendido ainda era quanto aquilo me afetaria ou às outras pessoas. No momento, só conseguia desejar aquela união. O que Vitor pensaria de tudo isso? O que importa? Eu o amava, e isso me bastou.

Mais tarde Vitor me contou que distante das sombras do jardim onde eu e Jan nos beijávamos, um casal reagia com revolta. Ao me ver com Jan Kmam, Roberto deu as costas para a janela e fechou os olhos enfurecido. Teve ímpetos de descer e nos atacar. Alva observou sua reação decepcionada. O amor estraçalhava seus sentimentos. Vencida, mudou de estratégia e entrou na sala.

– Pensei que a odiasse! – gritou com desdém.

Espantado, Roberto abriu os olhos e encarou sua interlocutora surpreso, mas não arrependido.

– Detesto mulher curiosa! Aprenda isso se quiser ficar comigo. E quanto a odiar a Kara, isso é problema meu – assegurou, bebendo de um gole o resto do uísque.

– Vai beber por ela ou por mim? – insistiu Alva, desafiando perigosamente o homem irritado à sua frente. – Se a odeia tanto, mate-a de uma vez.

– Veja só, enfim a boa amiga se revela.

– Você sempre foi cego, Roberto. Nunca viu nada além do que queria. Estava sempre tão ocupado bajulando Kara e o pai dela que sequer percebeu o quanto a detestava. Sempre a melhor, a mais inteligente, a mais bonita, as melhores notas, a melhor família, perfeita, unida. Batam palmas, os Ramos vão passar. Eu sentia vontade de vomitar cada vez que tinha de comparecer à casa deles. Apenas você me fazia suportar tamanho suplício.

– Quanto sacrifício, Alva.

– Kara tirou tudo o que me pertencia, meus amigos, meu lugar na classe, meu cargo de líder e até mesmo você!

– Nunca lhe prometi nada.

– E a ela? Prometeu amor eterno? Veja com seus próprios olhos o que fazem nas sombras do jardim. Aposto que estão se divertindo muito. Ela o beija, ele retribui. Será que estão transando?

– Cadela! – rugiu, atirando o copo vazio na direção dela. O objeto se espatifou na parede. – Não é metade do que ela é para mim. Eu a amo, entendeu?

– Ela não o ama e nunca vai amá-lo da mesma maneira que eu o amo.

Alva jogou as verdades sem medo e levou o troco.

– Sua idiota, será que não enxerga que a detesto, que tenho nojo de você? – disse, empurrando-a com brutalidade. – Pouco importa o que sente, para mim foi só sexo. Eu a usei da mesma forma que você usou Kara para conseguir o que queria. Vá procurar alguém para aborrecer, mas saiba que Kara Ramos ainda será minha. Se não for minha, não será de mais ninguém! – empurrou-a ao chão. – Vagabunda!

– Vai pagar por isso, Roberto! Vai pagar bem caro! – ameaçou, refazendo-se.

Vitor e outros convidados no corredor viram a cena com surpresa, e comentários surgiram sobre o bate-boca do casal no salão principal. Indiferentes a tudo e a todos, eu e Jan Kmam permanecíamos nos braços um do outro no jardim. Kmam tocava meu seio com os lábios ávidos, vendo a marca recente.

– Estou vivo de novo! Posso sentir meu coração batendo como há mais de cento e vinte e cinco anos não batia. Você me acordou, menina, agora terá de arcar com seu erro. Está pronta para isso?

– Não sei. A única coisa que tenho certeza é do amor que sinto por você, Kmam – falei plena. – Por que ainda sou mortal? – ele suspirou e me fez ficar à sua frente, sentada na grama.

– Ainda é cedo. Quero ter tempo para habituá-la ao que sou e, além disso, não me agrada eternizá-la nesta casa.

– Sabe o risco que está correndo? Pode perder-me – falei, tocando-lhe o rosto. – Que aconteceu então?

– Eu a beijei – falou, inclinando-se sobre mim para roubar mais um beijo mordido.

Recuei assustada.

– Vê, ainda não está pronta.

Jan Kmam me ergueu e rodou comigo em seus braços. Seu riso era o de um menino feliz, um sorriso quase humano, não fossem os caninos. Recolocando-me no chão, deteve-me em seu abraço e voltou a ficar sério.

– Kara, escute-me. Quero que saia desta casa agora. Encontre seu amigo e desapareça daqui – ordenou decidido.

– Mas por quê? Que há de errado afinal?

– Gustave está aqui.

– Como?

– Não tenho tempo para dar explicações. Sua vida corre perigo – disse, impaciente com minha teimosia.

– A casa está cheia de gente, ele não se arriscaria a fazer uma loucura.

– Kara, você desconhece nossos poderes. Eu estou aqui. Portas e limites nunca vão nos deter, entenda isso. Jamais poderia imaginar que você estivesse aqui. Fechei-me para você e é a primeira pessoa que sinto, contudo não posso deter-me diante disso. Vim destruir Gustave.

– Então, por que motivo me mandou este vestido?

– Jamais lhe daria este vestido, ele pertenceu a Thais. Espere! – falou, detendo-me antes que fugisse dele magoada. – Não quis ofendê-la. O que quero dizer é que nunca a confundiria com ela, seria grosseiro. São mulheres diferentes em caráter e temperamento, só se parecem fisicamente. Amo você pelo que é, não pelo que aparenta ser, pode entender?

– Acho que sim. Então, quem me daria o vestido em seu nome? Havia um bilhete com a sua assinatura. Quem mais sabe de nós dois?

– Gustave, afinal só ele teria mantido este vestido intacto. Isso basta para me tirar a segurança. Vá, procure seu amigo, ele também corre perigo. Fiquem juntos, vá para casa dele, é mais seguro. Sei como encontrá-la. Juro que vou vencê-lo e voltarei para você – disse, roubando-me um beijo sôfrego. Dirigiu-se para o outro lado do casarão e sumiu por uma das portas.

Recolhi a máscara do chão e andei apressada para a porta que me levaria de volta ao salão de baile. Precisava encontrar Vitor o mais rápido possível. Assim que cheguei ao salão o vi no segundo piso. Subi as escadas tentando alcançá-lo, mas estranhamente quando cheguei ao corredor ele sumiu. Segui pelo corredor e na ponta da escada do terceiro piso o vi novamente. Cheguei a chamar seu nome, mas ele não parou. Segui-o novamente, e foi quando uma das portas se abriu e Lambert apareceu. Escondi-me no susto, mas assim que ele chegasse à escada me veria. Abri a primeira porta que encontrei e entrei. O quarto estava às escuras e ouvia o som de vozes na porta lateral.

– Onde eles estão?

– Do outro lado do jardim, senhor Rohan.

Fui para perto da porta e passei a observar a cena pela brecha. O criado olhava as sombras pela janela do quarto sem nada mais ver.

– Deveria ter me chamado.

– Sinto muito, meu senhor.

– Serei tolerante, Ian. Como ela está? – perguntou, olhando o jardim sem muito interesse.

– Se me permite... Lindíssima!

Ele riu finalmente e tocou o ombro do criado satisfeito. Então aquele era Paul Rohan! Seu sorriso sumiu e deu lugar a uma expressão sagaz:

– Entre, Lambert. Meu caro amigo, nunca lhe disseram que é feio ouvir por trás das portas?

O comentário de Paul Rohan fez meu coração pular, afinal, eu também ouvia atrás das portas, quando já deveria estar bem longe do casarão. Ele pediu o colete ao criado com um gesto de mão. Paul conhecia bem o hábito sorrateiro de Lambert. Mas de quem eles estavam falando?

– Foi involuntário, sinto – desculpou-se, envergonhado por ser pego.

– Eles vão se separar novamente. E quando o fizerem, pegue Kara. Ela me pertence – avisou, parando de abotoar o belo colete de veludo vermelho para olhá-lo sério.

Aquela afirmação me chocou. Paul saiu da janela e passou por Lambert como se não estivesse em seus aposentos.

– Entregue o bilhete a ele Ian e venha me calçar.

O criado tirou o papel do bolso de seu uniforme e o entregou a Lambert, para logo em seguida obedecer ao seu senhor. Tomou os finos sapatos e fez o seu trabalho. Eu só queria poder vê-lo melhor, mas ele havia saído do ângulo da porta. O que Paul Rohan pretendia me sequestrando?

– Entregue a *Monsieur* Kmam, assim que a trouxer para meus aposentos.

Os planos eram bem claros e eu estava realmente em perigo. Seria ele Gustave? Mas como poderia ser, ele era o dono do casarão?

– Quero que ele sofra a noite inteira. Fique alerta, vigie-o de perto, mas não seja tolo a ponto de se aproximar demais. Jan fica bastante irritado quando perde seus brinquedos – comentou, sorrindo para o espelho, enquanto estudava o rosto apreensivo de Lambert em sua nova tarefa. – Teremos sorte se ele não quebrar nada.

Paul dava os últimos retoques em sua fantasia. Um cavalheiro do século XVIII, todo em veludo e seda vermelha. Prendia o cabelo longo com um laço de seda na mesma cor do traje e usava um pequeno broche de rubi no plastron. Faltava-lhe a máscara e assim que o criado a passou para suas mãos ela se mostrou grotesca. Um duende perverso, era com o que se parecia.

– E quanto ao tal amigo dela, o médico chamado Vitor? O que faço com ele? – perguntou Lambert, preparando-se para sair.

– Preocupe-se apenas com Kara Ramos. Se ele tentar impedir, sabe como agir, não? Agora saia, quero me preparar para descer – disse, recebendo o perfume das mãos do criado.

Lambert colocou sua máscara e saiu, fechando a porta.

– Confia nele, Paul? – perguntou Ian, limpando o casaco de seu senhor cuidadosamente.

– Não confio em ninguém, Ian. Sei que tipo de rato é Lambert e os vícios que mantém. Percebo que não o suporta. Tem algum motivo especial?

– Ele parece desejar sua amada.

Um silêncio pesado caiu sobre o quarto.

– Tem certeza disso, Ian?

– Absoluta, Paul.

– Ficarei alerta – afirmou Paul, voltou-se para o espelho e falou, vitorioso. – Isso torna tudo mais fácil. Sabe o que me aborrece, o que me irrita? Tudo que tenho sempre passou pelas mãos de Kmam primeiro. Tudo! Eu a espero durante anos e o que acontece? Kmam surge do nada e a seduz primeiro – rosnou, andando pelo quarto.

Imóvel do outro lado da porta, o medo crescia em meu coração, não havia duvidas de que ele era Gustave!

– Lembre-se de que a terá para sempre, ele não.

– Tem razão, Ian, tem razão, não devo me aborrecer. Não esta noite. Hoje comando o jogo mais uma vez e, como sempre, vou ganhar. Diga-me, providenciou os aposentos para minha hóspede?

– Tudo conforme determinou – o criado falou, recolhendo as roupas caídas no chão.

– Ótimo, quero que Kara se sinta em casa. E a minha criança, onde está? – Paul parecia deliciar-se com seus planos.

– No quarto ao lado. Quer que eu a traga até você?

O cooperativismo servil do criado era surpreendente.

– Não, eu mesmo irei até ela. Agora me deixe ir, preciso me alimentar. Meus convidados esperam-me impacientes.

Fui tomada pelo desespero. E aquele era o quarto ao lado. Só nesse momento alguém se moveu na cama. Aproximei-me e reconheci Ellen! Precisava me esconder e depressa. Olhei a minha volta e fui para detrás da poltrona mais próxima. Encolhi-me o máximo que pude. O vestido atrapalhava um pouco, mas quando Gustave entrou estava completamente oculta. Ele não ligou a luz central, só a do abajur, assim que se aproximou suavemente do leito para observar a mulher nele deitada. O lençol fino a acolhia, o robe vermelho entreaberto permitia a visão de seu colo atraente. A fome crescia sufocante. Ele sentou na cama e a tocou. Um toque provocante, devasso, cheio de ânsia. Sentindo-se maculada, Ellen despertou e fitou seu amante. Sorriu feliz para abraçá-lo sem medo. Ele a agradou com beijos e afagos e sussurrou ao seu ouvido o quanto a desejava e queria. Eu podia ver tudo detrás das cortinas.

– Paul, você veio. Pensei que tivesse me esquecido – reclamou, fragilizada pela poderosa sedução que lhe fora imposta.

Ao que parecia, Ellen estava à mercê de Paul havia vários dias e entregou-se a ele, totalmente escravizada.

– Claro que vim. Pensou que fosse esquecer minha decoradora favorita? – disse, mordiscando seu ombro nu, enquanto a deitava sobre a cama, buscando a melhor posição sobre ela.

Havia marcas recentes de mordidas pelo pescoço e colo, mas Ellen parecia não se importar com elas e desejava apenas agradar ao ser à sua frente. Aquilo me chocou.

– Sua amiga chegou – avisou Paul com um sorriso misterioso nos lábios, vendo-a recuar um pouco. – Por que não sai das sombras Kara? Sei que está me observando, senti sua presença assim que entrei no quarto. Você deixou seu cheiro e essência nesta casa, é impossível não senti-la.

Continuei quieta com o coração aos pulos, mas ao ouvir sua aproximação fiquei de pé e o enfrentei.

– Fique longe de mim.

– Não vou machucar você.

Paul falou e andou, fazendo-me recuar para o outro lado do quarto ficando longe da porta que ele trancou. Estava presa! Percebendo minha agonia, ele voltou para perto do leito e se dirigiu a Ellen que me olhava com desconfiança, parecia não me reconhecer.

– Ellen, Kara veio lhe fazer companhia. Quero que continuem amigas. Fará isso por mim?

– Por que não ficamos juntos, apenas nós dois? Eu o amarei por nós duas.

– Vai fazer o que desejo, não vai?

Paul falava suavemente, mas machucava a mulher em seus braços, puxando seus cabelos para trás. Seus olhos eram pedras frias e cruéis.

– Pare com isso, não a machuque – pedi aflita.

Indiferente aos meus protestos Ellen cedia aos caprichos do vampiro.

– Vou, Paul – gemeu, tentando soltar-se de suas garras pálidas, frias e firmes.

– Seja boa comigo e serei bom para você. Não quero magoá-la novamente, sabe o quanto a amo.

Cansada daquela demonstração de poder e submissão, peguei uma pequena estatueta sobre a mesinha próxima e o ameacei.

– Solte ela agora!

Paul agiu muito depressa. Tirou a estatueta de minhas mãos e me empurrou ao chão com força.

– Monstro!

– Igual a Jan Kmam – disse, voltando a atenção para Ellen.

– Está pronta para receber meu beijo e dividir comigo a eternidade? – quis saber, afagando seu cabelo muito liso e macio.

O que se seguiu me apavorou e confundiu. Completamente dócil, ela balançou a cabeça afirmativamente. Paul a estreitou nos braços com verdadeiro carinho, a despiu do robe em busca de seu seio. Nele, fartou sua fome de sangue e prazer, licenciosa como minutos atrás havia me permitido ser com Jan Kmam. Cada vez mais fraca, Ellen vacilava em seus braços, quase adormecida. Ele a deitou sobre a cama e a cobriu com cuidado, beijou-a nos lábios e a abandonou, adormecida.

A essa altura já estava tentando destrancar a porta, abrir a janela. Estava presa como um rato. Paul agora me encarava e quando fechou as mãos sobre meu corpo lutei. E gritei por ajuda, a saia não me permitia chutá-lo onde bem merecia. A porta se abriu de supetão: era Vitor. O soco atingiu a face empoada de Paul e ele me soltou. Vitor segurou minha mão e corremos porta fora.

Corríamos o mais rápido possível e literalmente atropelamos o criado, que nos olhou surpreso. Estávamos no segundo piso no fim do corredor quando Lambert surgiu da porta lateral apontando uma arma para a cabeça de Vitor. Olhei para trás e vi Paul se aproximando.

– Peço que fique calma e nada de mal vai acontecer ao seu amigo.

– Não vai ser tão fácil – Vitor jogou-se sobre Lambert e rolaram pelo corredor. – Corra Kara!

Aproveitando a atitude de Vitor corri, mas não consegui ir muito longe. Mãos frias e fortes me seguraram. Agarrada novamente e impedida de gritar, senti os pulsos doerem. Tentei atingir sua face, enquanto via um homem surgir às costas de Vitor. Parecia uma espécie de gorila. Maior e mais forte, conseguiu tirá-lo de cima de Lambert e o esmurrou. Gustave ria de minha luta débil, observando meu rosto e meu corpo com malícia. Quando finalmente se cansou e percebeu que começaria a gritar, tocou minha testa com a ponta dos dedos. Imediatamente perdi a força e só não fui ao chão porque ele me tomou nos braços. Estava consciente mas não conseguia falar nem me mover. No meu desespero, chamei por Jan Kmam.

Vitor foi arrastado completamente desacordado para a sala mais próxima, enquanto eu era carregada em direção oposta. Paul me levou para a biblioteca, depositou-me no chão e saiu. O mais estranho daquele estado é que podia compartilhar plenamente da mente de Jan Kmam. Sabia exatamente onde ele estava no casarão. Ele estava no quarto principal, quando ouviu meu pedido de socorro. Apressado, deixou o ambiente e seguiu pelos corredores. Foi com profunda preocupação que recolheu minha máscara do chão. Seguiu em frente, sentindo a presença de um humano bem perto. Parou ao ver Vitor sair aos tropeços da sala em que fora jogado.

– Levaram a Kara – disse, segurando o estômago dolorido. Sua boca sangrava e o olho estava vermelho, quase roxo.

– Quem? – perguntou Kmam, enlouquecido.

– Lambert e um sujeito pálido vestido de lorde.

– Idiota, estúpido, não consegue proteger nem a si mesmo! Como pôde permitir? – cobrava demais de Vitor. Uma cobrança descabida.

– Eu tentei. Não sou você. Fiz o que minha mortalidade permitiu – explicou, passando a mão pela boca sangrenta.

Kmam, tocado por suas palavras verdadeiras, soltou-o e continuou seu caminho, passo apressado, tenso.

– Que vai fazer? – perguntou, enquanto ajeitava a roupa. Limpou os lábios e recolocou a máscara para esconder o olho roxo.

– Vou encontrá-la.

– Como? Pode estar em outro lugar.

Vitor continuou ao lado de Kmam, seguindo seus passos, formulando hipóteses.

– Não. Ela continua na casa, na biblioteca – disse fechando os olhos, parando alguns segundos. – Kara está viva, em suspensão. Melhor assim. Ela está bem, tenho certeza.

– Também a sente? – Vitor falou impressionado.

– Sim. Ela vê o que vejo, sinto o que ela sente.

– O que faremos então?

A inocência de Vitor fez Kmam olhá-lo de cima a baixo e sorrir.

– Só me resta esperar. Logo, Gustave surgirá com algo. Quanto a você, faça o que quiser.

Tudo que Jan desejava era voar pela escadaria e me alcançar. Contudo, detinha-se.

– Quero ajudar a Kara! Ela é minha amiga e não vai me impedir de fazê-lo!

Com o dedo em riste, Vitor ameaçou Kmam, que o olhou e suspirou impaciente.

– Entenda uma coisa, homenzinho. A única coisa que pode fazer é sair daqui. Não sabe com o que está lidando. O que lhe fizeram foi apenas um carinho comparado ao que pode vir. Faça algo inteligente, suma.

– Seu egoísta, miserável! Que vai fazer depois de salvar Kara? Matá-la em nome de seu amor? Iludir seu coração com falsas promessas? Pensa que não ouvi suas mentiras?

– E porventura pensa que não o vi beijando Kara? Quem pensa que é para tocá-la? Não se atreva a repetir tal coisa – falou furioso.

– Está enganando Kara para conseguir o que deseja. Não vou permitir! – disse, enfrentando-o sem medo. Jan Kmam fechou a mão sobre ele e ia fazer algo quando foi interrompido.

– Jan Kmam? – perguntou um dos garçons, desconfiado com o clima tenso que pairava entre ambos. As pessoas em volta também pareciam notar o comportamento agressivo dos dois. – É para o senhor.

O homem entregou o bilhete.

Não há tempo para formalidades, sabe o que tenho em meu poder. Comporte-se e ela viverá. Logo depois que o último convidado sair, alguém irá buscá-lo. Afinal, precisamos conversar. Seu amigo, Gustave Rohan.

– Leia e tente acordar – disse Kmam, permitindo que Vitor compartilhasse as novidades, enquanto observava a escada em que Lambert o fitava a distância. – Aquele é o homem, não?

– Sim, é ele. Temos de ajudá-la. Por favor, confie em mim. Posso ajudar. – disse, vendo Kmam seguir Lambert com o olhar frio.

Jan Kmam nada respondeu. Estava decidido a dificultar a vida de Vitor: era puro ciúme mortal atormentando seu coração imortal.

– Nós não precisamos de sua ajuda, deveria ter percebido sua inutilidade há muito tempo. Ordeno que vá, enquanto ainda está vivo. Kara jamais será sua, seu fracote – afirmou, encarando-o com os olhos impassíveis.

– Nunca será minha, mas não pertencerá a você, seu morcego anêmico. Kara é uma mulher livre e jamais o seguirá nesse caminho sem volta. Primeiro largou-a no hospital quase morta, depois a fez adoecer daquela forma. Agora seu amigo a rapta. É realmente muito pretensioso –completou Vitor, empurrando o bilhete no peito de Kmam.

Eram da mesma altura e se enfrentavam medindo forças diferentes, bem diferentes.

– Eu deveria torcer seu pescoço por isso. Vai escapar mais uma vez, mas entenda, posso mudar de ideia e grudá-lo na parede com pregos. Saia da minha frente! – rosnou, soltando-o num empurrão.

Vitor não reagiu. Controlou sua antipatia por Jan e se afastou, misturando-se aos demais convidados. Antipatizar com Jan Kmam não era uma das melhores coisas a fazer. E logo Vitor aprenderia isso.

Kmam se manteve na sala de estar fingindo beber, esperando a aparição de Gustave, enquanto vigiava Vitor a uma distância respeitável. Foi nesse momento que um garçom surgiu com uma bandeja cheia de finos salgados. Jan o empurrou discretamente sobre Vitor e sumiu, sem que ninguém sequer o percebesse. O pobre garçom se desculpou e Vitor foi limpar-se no banheiro, onde Kmam já o esperava e o trancou.

– Seu miserável! Idiota! Vai precisar de minha ajuda.

Vitor gritou sem que ninguém o ouvisse, em meio ao som da música alta. Kmam jogou a chave pela janela mais próxima que encontrou. As luzes se apagaram e um único facho de luz iluminou o alto da escada do primeiro andar. No alto surgiu Paul Rohan, belo, alto e excêntrico.

Seu traje arrancou suspiros e exclamações diversas das pessoas que rapidamente se aglomeraram diante da escadaria. Elegante, ele desceu alguns dos degraus e, segurando o corrimão, começou a falar:

– Sejam bem-vindos à minha humilde casa. Ou devo dizer casarão? – perguntou-se, fazendo ares de pensativo. Os convidados, na meia-escuridão, sorriam de sua jocosidade. – É meia-noite e um dia chega ao fim, outro nasce lentamente e tudo que podemos fazer é esperar. Podemos fazer isso de duas formas. Ou dormindo – sugeriu, virando o polegar para baixo em sinal de desacordo à forma sugerida – ou festejando! – disse, voltando o polegar para cima. Um sorriso lépido brilhava em seus lábios enquanto seus olhos observavam a todos.

As pessoas aos seus pés, distantes da realidade, aplaudiram com entusiasmo.

– Sabia que concordariam. Somos vultos festivos em um mundo de fantasias que escondem tudo, inclusive a nós mesmos. Fadas, palhaços, mágicos, duendes, princesas, malandros. Borboletas, gorilas, vampiros... – disse, apontando para Jan Kmam no escuro. O primeiro confronto se dera. – Somos o que somos e isso devemos manter em segredo, escondido debaixo de uma máscara, das sombras, mas não poderemos nos esconder para sempre. Por esse motivo eu lhes digo: tirem as máscaras!

Dizendo isso, tirou a sua própria revelando-se aos convidados, que o seguiram tirando as suas também.

Jan Kmam tirou sua máscara devagar e se revelou, enquanto enfrentava o olhar de Gustave a distância. Pareciam feitos do mesmo mármore, e nenhum dos dois recuou.

A música voltou e a festa recomeçou. Paul cumprimentou seus convidados e entre eles ficou, sem em nenhum momento chamar a atenção sobre sua estranha pessoa. Tudo parecia o que deveria parecer, totalmente encoberto pela fantasia do momento. A festa era um sucesso, bem como a farsa que Paul pregava. Dançou com algumas das mulheres, seduzindo a todas com seus bons modos. Ele as fascinava com o charme vampiresco, fazendo-as acreditar no que queria: Paul Rohan era um homem normal e extremamente bonito.

Lambert movia-se entre os convidados, sempre com os olhos atentos em Kmam. Não era apenas ele quem o fazia, mais adiante estavam Roberto e Alva. Manter a calma não era tarefa difícil para Kmam. Ele conversou com as pessoas discretamente e chegou, assim como Paul, a dançar com algumas mulheres. Por fim, dançou com uma senhora que simplesmente o confundiu com outra pessoa, e ao terminar a dança foi abordado por Alva.

– Podemos dançar?

– Será um prazer. O que deseja?

– Sabe quem sou? – ela quis saber, segurando seu ombro, surpresa.

– Tenha certeza disso.

– Por que Kara não está dançando com você? – sua curiosidade era palpável.

– Sua falsidade não me espanta. Conheço tipos como você e seu amante.

Kara sempre pensou em vocês dois em momentos difíceis, e ambos se revelaram cobras de um mesmo cesto. Onde está Roberto? Ele não tem coragem de perguntar pessoalmente? – questionou Kmam, ainda dançando com ela. – Ah! Ele se cansou de você, posso ver em seus olhos. Dói, não é? Kara sentiu sua maldade e quase morreu. Sorte sua ela ter conseguido sobreviver.

– Quem pensa que é para me dizer essas coisas?

– O homem de Kara Ramos. Vá e diga a seu ex-amante. Quem sabe não muda de ideia? – disse, rindo diabólico.

Ele a soltou e fez uma mesura para acompanhar sua partida rápida e aborrecida. Roberto a seguiu de imediato, certamente ávido por informações.

A festa se arrastou por mais duas horas e meia, e daí em diante os convidados começaram a deixar o salão em pequenos grupos. Kmam sentou-se diante da escada e esperou, resignado. Ian aproximou-se dele e solicitou:

– Acompanhe-me.

A confiança do homem não surpreendeu Kmam. Criados humanos sempre foram um fraco na espécie. Outrora, eram seduzidos com falsas promessas, muitas vezes com o magnetismo ou pela pobreza em que viviam. O dinheiro, em todos os casos, estava presente, contudo não eram raros aqueles leais ao senhor, como Ian. Kmam o seguiu em silêncio até a biblioteca e, chegando lá, o criado abriu a porta e o convidou a entrar. O ambiente estava iluminado com a janela aberta, permitindo que a brisa da noite entrasse livremente. Havia duas poltronas, uma diante da outra. Gustave esperava seu rival de pé, de costas para a porta.

Frente a frente, olharam-se em silêncio, para logo depois se sentarem em perfeita sincronia.

– Sinta-se em casa, Kmam – disse o francês.

– Seu humor continua o de um bufão – respondeu na mesma língua, enquanto cruzava as pernas para melhor recostar-se na poltrona.

Era uma batalha de olhares e eu estava bem no meio dela, literalmente no meio, caída sobre o tapete entre as duas poltronas, ouvindo e vendo mais do que nunca, mas completamente imóvel. Era torturante! Meu corpo era uma barreira, um limite onde se detinham obedientes. Kmam observou que nada me havia acontecido e que Gustave não havia me tocado. Satisfeito com isso, resolveu dar início à negociação.

– E então, o que deseja desta vez? Devo avisá-lo de que ainda estou com a bolsa vazia desde nosso último encontro – falou Kmam para arrancar uma gargalhada cínica de Gustave.

– Ela é perfeita, não é? Quanto ela vale? Bela, suave como a brisa da madrugada, brilhante como nosso inimigo sol, fina e apetitosa como um jambo. Deve ser um grande esforço manter-se longe dela e de seus beijos quentes. Ah! *L'amour*! – comentou, olhando sonhador para mim, largada no tapete. Seu suspiro irritou Kmam, que por força maior continuou imóvel, apenas voltando a atacar com vigor.

– Vamos, Gustave! Oh, mil desculpas. Esqueci totalmente de que agora se chama Paul Rohan. Vergonha? Não, acho que não. Lembro-me de que fazia muitas de suas amigas o chamarem em voz alta antes de matá-las. Não é complexo, apenas um modo de manter uma vida que não lhe pertence.

Gustave o fitou e sorriu baixo, tentando recuperar o bom humor, o riso brando e debochado que às vezes fazemos ao encarar alguém com desdém.

– Kmam, pensei que esse fosse seu sonho. Viver uma vida humana ao lado de sua bela florista, a ceguinha. Afinal, o que o levou a desejar tanto este casarão senão manter uma vida de aparências?

– Não perca a noção do perigo. Lembre-se: estou morto para o *Conselho*, o que significa estar longe de nossas leis. Livre de punições como você mesmo está. Posso passar por cima da verdade e resolver tudo à moda antiga, "Etienne".

Kmam pronunciava seus nomes falsos com nojo.

– Vai me empalar e me deixar morrer ao sol? – perguntou Gustave, fingindo medo. – Que crueldade! Não vê tudo que fiz para manter seu patrimônio, ou melhor, o meu? Como poderia explicar ao Estado que sou imortal, *mon cher*? Mudei de nome para manter o que tanto amou. Afinal, deu-me com tanto carinho e desprendimento.

– Ladrão, sei que sempre foi. Agora, idiota, custa-me crer. Que espécie de jogo é este? Você sequer existe perante o *Conselho*, mas isso não quer dizer que não possa submeter-se diante dele. Não vou esperar cinco anos para que seja julgado e condenado. Quero reparação!

As palavras de Kmam tocaram Gustave com força e seu rosto tomou um ar ainda mais rígido e tenso.

– Você não irá me expor a esse ridículo! Não aceitarei! Não sou um *Personne*, apenas eu e você sabemos o que aconteceu naquele galpão àquela noite. A única sombra acusadora é você, Kmam, para o *Conselho* eu sou seu herdeiro. Jan Kmam sumiu! – objetou Gustave, enfrentando Kmam com hostilidade.

Kmam gargalhou alto, exibindo seus belos caninos.

– Pode não ser um *Personne*, contudo colocou uma humana entre nós. O que pretende com isso, Gustave? Que deseja negociar segundo as leis do *Conselho*? Espera que eu passe por cima disso? Está se beneficiando da lei, dela vive e por ela vai morrer!

– Jamais lhe darei esse direito! O *Conselho* nunca me julgará culpado. Viveu pelas leis humanas e me deu tudo que possuía. Houve doação e agora só falta ver você sumir. Conhece os métodos, sei como fazer – seu olhar era malicioso.

– Acredita realmente que deixarei me levar à exaustão? Com certeza enlouqueceu – sorriu Kmam, divertindo-se com sua débil tentativa.

– Ainda há o fogo. Tudo permanecerá em minhas mãos e ninguém levantará das cinzas para reclamar. Acredite Kmam, você me dará seu bem mais precioso novamente – disse, fitando-me caída entre os dois.

– Nunca lhe dei nada. Você roubou, é diferente. Ou já se esqueceu que antes de me conhecer não passava de Gustave, o mão leve de Paris? É um ladrão, mesmo coberto de seda e veludo. É baixo, reles e mal-amado. Lembra-se de quando tentou me roubar naquele beco? Deveria tê-lo matado ali mesmo. *Dieu*, como fedia! Deveria ter tirado sua vida ali mesmo. Fedia a esgoto. *Fartum* seria menos desagradável. Nunca deveria ter te tirado da lama. Todos me avisaram. Somente agora vejo com clareza. Minto! Conheci meu erro ao me ver trancado naquele galpão, rodeado de querosene e tristeza, sentindo o fogo me sufocar numa onda de calor que mais parecia um afago da própria morte. Sabe como fiquei quando os galões explodiram? Não, Gustave. Desconhece o poder do fogo. Tenha certeza de que não vou privá-lo desse prazer. Vou fazer com que sinta sua carícia devastadora consumindo seus cabelos, selando seus lábios e olhos. Ficará trancado dentro de seu corpo, como se fosse um caixão vivo.

Havia uma frieza cortante em cada palavra proferida por Kmam. Elas estavam submersas no ódio, na revolta.

– Virei um esqueleto vivo, meio pele, meio trapos. Quer saber o que me manteve vivo? Duas palavras, um pensamento irredutível. A dor que sentia parecia pequena comparada à ideia que se formava em meu cérebro, tornando-se um pensamento fixo e vibrante: sangue e vingança. Não implorei nem pedi para que abrisse a porta e poupasse Thais das chamas. Bastardo!

– Teve a chance de salvá-la e preferiu me insultar. Você a matou, Kmam.

– Ela preferiu perecer ao meu lado como minha mulher. Mesmo morta ela não aceitaria ser sua! Você vai implorar para ficar vivo como fez naquele beco! – gritou Kmam de modo selvagem, esmurrando o braço da poltrona.

Comecei a me mover levemente no chão. Gustave perdia lentamente o controle sobre minha mente. Eles se fitaram em guarda e esperaram, mas ainda não era chegada a hora.

– Devo dizer que foi comovente vê-los morrer espocando nas chamas. Se serve de consolo, naquela noite perdi muito dinheiro comprando querosene.

– Dinheiro. O vil metal corrompendo o corrompido. Sempre se interessou em gastar, nunca em gerar e fazer render.

– Ah, o burguês volta a atacar! Sempre administrando, vendendo, comprando, alugando, de olhos no administrador, fazendo contas, negócios e mais negócios – repetiu com deboche. Queria vê-lo julgado pelo Tribunal Revolucionário, sonhei com sua cabeça rolando, caindo no cesto. Imaginei sua cabeça privilegiada guilhotinada, como a de tantos outros iguais a você, Kmam.

– Gustave teria sido uma honra, como francês, perecer como Danton. Mas por que nunca me denunciou ao Regime do Terror? Bem sabia que possuía um jornal naqueles dias, minhas moedas financiaram bem mais que poesias.

– Maldito! Tive medo de perder minha cabeça. Além de que eu ainda o amava.

– Mentindo como de costume. Amou o luxo e tudo que pude proporcionar com meu dinheiro. As roupas caras, a bela casa onde o coloquei, o poder que lhe entreguei de mãos beijadas. Logo que conseguiu o que queria, desapareceu feliz como uma criança.

– Não me culpe se sua vida era um tédio.

Sempre no vício, sempre na lama. Já aprendeu a se portar à mesa, Gustave?

– E para quê, se o que preciso não está em pratos?

– Certamente. Está em garrafas.

– *Chien*!

Eles se encaravam prontos a se atracar, mas algo mais forte que o ódio os detinha.

– Diga-me, por quanto tempo vai manter esta farsa? Por dez, trinta, cinquenta anos?

– Você é o professor, guie-me! Espera realmente me ofender?

– Estou tentando, Gustave, me dê um tempo. Afinal, dormi durante cento e vinte e cinco anos.

Gustave calou-se repentinamente e voltou sua atenção para mim. Acordada, apoiei as mãos sobre o tapete. Olhei à minha volta e encontrei Kmam sentado, observando-me com atenção.

– Kmam, o que houve? – murmurei, vendo-o desviar o olhar para a outra extremidade da sala. Vi que Gustave me fitava com desdém. Encarei por alguns segundos seu rosto descorado e recuei, buscando apoio em Kmam.

– Fique onde está, Kara – avisou Gustave, imperativo. Voltei-me para ele e não quis obedecer.

– Obedeça, Kara – disse Jan, passando-me confiança.

O ser à minha frente sorria satisfeito e percorria meu corpo com o olhar ameaçador, tentava subjugar o meu. Atrevida e confiante, o enfrentei. Deveria parecer frágil diante deles, porém jamais seria humilhada por alguém, mesmo que fossem vampiros.

– O que fez a Vitor?

– Kmam, que bela escolha. Primeiro, ela me enfrentou e agora me questiona de forma tão imperiosa. Perfeita para meus caprichos.

Gustave tirou o anel do dedo e depois de beijá-lo jogou-o em minha direção.

Peguei-o entendendo seu gesto e sob o olhar atento de Kmam o atirei sobre ele de forma agressiva. Ele pareceu deleitar-se com minha atitude e suas ideias de posse.

– Quero sair daqui! – afirmei, ficando de pé, sem notar que a tensão crescera entre eles, que também se puseram de pé, cercando-me.

– Faça as honras, Kmam – disse ele, sorrindo com malícia.

– Kara, você está no meio de uma disputa. Vivemos livremente na imortalidade, mas isso não significa que estamos livres de leis, castigos e regras. Gustave reclama, com esse gesto, direitos sobre você. Este é seu campo de batalha, e nós dois estamos nele. Pela lei, o mortal escolhido deve escolher um criador.

– É brincadeira, Kmam? Isso é ridículo, é loucura! – reclamei de pé entre eles. A distância entre uma poltrona e outra era a mesma, eles estavam parados em espaços definitivamente iguais.

– Não, não é loucura, minha querida. É a lei. Dois passos em direção a Kmam e pertencerá a ele. Obviamente, é uma questão de gosto. Dois passos em minha direção e será minha. Porém se recuar estará pedindo uma luta, e aquele que vencer leva o prêmio. Claro, pode ir para frente, se quiser

– Não, Kara!

– Se seguir em frente significa que escolheu a morte nos braços do dono do campo, ou melhor, da casa. E esse alguém sou eu, *mademoiselle*. Gustave Rohan, seu anfitrião – falou, curvando-se numa mesura. Pronta para escolher?

Gustave andava ao meu redor juntamente com Kmam, para que ambos tivessem espaço. Olhei para eles mais do que assustada e concluí que não estavam mentindo ou ficando loucos. Teria realmente de fazer uma escolha. Por mais insano que pudesse parecer, existiam leis, e elas comandam os vampiros com mãos de ferro.

– Kmam, que faço?

– Escolha, rápido! Indecisão significa que pertence a Gustave.

– Como pude me esquecer desse detalhe? – desdenhou Gustave.

O primeiro passo foi em direção a Kmam, que sorria vitorioso sobre Gustave, mas logo me detive um segundo.

– Quer saber quem matou seu pai, Kara Ramos? – falou Gustave, suave como uma serpente na grama.

– Do que está falando?

– Sabe, quando você tinha apenas doze anos, seu pai começou a me escrever cartas de proposta. Ele queria comprar o meu casarão. Eram propostas tentadoras, gordas, mas nunca as aceitei. Afinal, este patrimônio sempre me trazia doces lembranças de Jan Kmam e de Thais. Finalmente ele foi até Paris e o que posso dizer? O que poderia fazer além de convidá-lo a minha casa?

Enquanto ouvia o relato do vampiro, sentia meu coração apertar dentro do peito. Como o destino poderia ter brincado tanto com os Ramos materializando-os, todos, em um só homem? Uma farsa com mais de cento e vinte e cinco anos.

– Ele era um homem muito culto. Cheio de belos princípios, um pai exemplar.

– O que pretende com isso, Gustave? – perguntou Kmam ainda distante, sequer havíamos nos tocado.

– Kara precisa saber há quanto tempo espero por ela. Desta vez eu a vi primeiro – disse como um menino convencido.

– Deixe que fale, preciso saber – pedi.

– Seria um idiota se não contasse a verdade. Decidi matá-lo e me esquecer dele de uma vez por todas. Seus sonhos e sua idiotice humana, a vultosa quantia em dinheiro que me ofereceu pelo casarão. Contudo, Joel, sentindo-se bem em minha presença, mostrou-me a bela família que possuía. Foi um grande choque ver Thais naquela foto, a promessa de seu sorriso, a doçura de sua adolescência. E finalmente eu, Gustave Rohan, estava apaixonado. Olhei seu pai e percebi que era muito cedo para possuí-la, precisava amadurecer. Porém, tinha de garantir que fosse minha, então fiz minha proposta: a casa por você – disse tranquilo, como se suas palavras não pudessem tocar a honra e o orgulho de um pai.

– Canalha! Como pôde propor uma coisa dessas?

– Eu a pedi em casamento, nada mais. Mas vejo que decência é um dom de sua família. Como será doce corrompê-la, minha criança.

– Miserável!

– Deixei que ele me insultasse e partisse, e naquela mesma noite o visitei – contou, deslizando a língua sobre os lábios sedosos. – O resto, Kara, você já sabe. E ainda quer se entregar a Kmam, que nada fez por você.

– Não! – gritei, avançando sobre ele, disposta a atingir Gustave com murros. Perdera o controle, estava completamente cega de ódio. – Você matou meu pai!

Gustave ria enquanto me dominava com força. Jan Kmam não se movera do canto. Estava parado vendo-me ser subjugada. Havia uma expressão controlada em seu olhar. Kmam esperava pelo momento certo. Gustave o enfrentava deslumbrado, mantendo meu braço virado para trás das costas, com força.

– Jan... – disse assustada. Em meu desespero furioso, escolhera um lado e o pior deles. Caíra na armadilha e apenas poderia esperar um milagre.

– Esqueça esse nome. Eu a ensinarei a clamar por mim! – disse, puxando-me para que me encostasse nele.

Kmam por pouco não avançou. Fitou meus olhos inundados pelas lágrimas e me falou em pensamento:

"– Procure acalmar-se. Logo a libertarei."

"– Ajude-me, Jan" – pedi, sem saber como podia ouvir seus pensamentos.

"– Confie em mim."

– O que estão fazendo? Falando mentalmente sem minha permissão? Até isso agora me pertence, mocinha – falou, sacudindo-me furioso.

– Ela não pôde escolher, Gustave.

Kmam começou a andar vagarosamente pela sala.

– Claro que pôde! Já o fez. O melhor agora é sumir daqui, antes que veja o que não quer – disse, beijando-me à força e enfiando a mão em meu decote, totalmente devasso.

– Pare! – implorei, debatendo-me enjoada.

– Por duas vezes a terei! – cuspiu, enfrentando o olhar assassino de Kmam, que o viu se ajoelhar e erguer minha saia.

Ignorando minhas súplicas, Gustave rasgou minha meia fina e lambeu minhas pernas. Em poucas horas, uma mudança violenta havia ocorrido. Tudo caíra por terra. Perguntava apenas por quê? O que havia acontecido a tudo que conheço como certo? Afinal, o que fazia nos braços daquele ser repulsivo e obsceno? Talvez Jan Kmam pudesse me dizer. Olhava-me mudo, enquanto me sentia prestes a ser violada por aquela fera.

– Ajude-me – supliquei, sentindo os braços dormentes.

– Já mandei calar a boca! – falou Gustave, sacudindo-me com brutalidade. Caída no chão, finalmente chorei sem esperanças. Jan ficou a poucos passos de Gustave e pela primeira vez se permitiu demonstrar preocupação por mim.

– Escute este choro, Kmam. Este é o som que deve levar consigo. Sabe por que ela chora? Porque sabe que o perdeu. E vai chorar muito mais, eu prometo!

– Está perdendo seu tempo, Gustave. Kara não pode escolher, pois já a escolhi. Ela é única, assim como Thais, e você sabe disso.

Diante do olhar seguro de Kmam, ele hesitou.

– Mentira! Fala isso apenas para salvá-la, pensa que não conheço seu coração mole? A quem quer enganar? Se fosse verdade, jamais teria concordado com a escolha. Ela é minha – gritou, fazendo-me levantar com seu puxão.

– Não, não é. Kara e eu nos uniremos em breve. Sabe quem a jogou naquele hospital? Fui eu. Enquanto você sonhava em vir para o casarão, eu já estava nele. Pode ter visto Kara primeiro, mas quem a beijou e possuiu primeiro fui eu. Se a possuir, será de novo o segundo, como foi em sua maldita eternidade.

– Prove.

Gustave me empurrou na direção de Kmam. Acolhida por seus braços, senti-me segura mais uma vez. Friamente, ele fez com que eu ficasse de costas. Kmam pousou as mãos em minha cintura e encostou seu peito largo em minhas costas, abrigando-me. Seu rosto liso roçava no meu quando por fim falou bem próximo ao meu ouvido:

– Tente não me odiar, estou salvando sua vida. Amo você, lembre-se disso.

Um arrepio de medo percorreu minha espinha. Nem acabou de falar, empurrou-me para o meio da sala. Gustave recuou, e Kmam começou a me rodear como um tigre. O silêncio era aterrador. Segurava a saia aflita, enquanto buscava alguma resposta em seu olhar ou no rosto impassível de Gustave, que só esperava. Algo estava para acontecer e certamente seria comigo.

– Que está fazendo? Pare, eu imploro – pedi, sentindo o perigo me rodear.

– Estou esperando, Kmam.

Ele voltou a insistir, vendo a indecisão de Kmam diante da difícil tarefa. Contudo, era chegado o momento. Ele parou e me fitou totalmente desconhecido e falou num tom de voz seguro e metálico:

– Dei-lhe meu sangue. Valendo-me disso, ordeno que sangre!

Caí de joelhos e gemi ao sentir os furos em meu pescoço se abrirem. Com eles, veio o sangue. A carne cedeu como se Kmam tivesse me mordido outra vez. Toquei o ferimento e finalmente senti o líquido manchar os dedos e depois meu colo. Algo vindo de um poder negro e lançado sobre mim como uma praga.

– Não! Isso não está acontecendo – murmurei, sem acreditar no que via.

Ao falar, senti o gosto de sangue invadir minha boca, consequência de seus beijos que nada mais foram que mordidas. Desgostosa demais e confusa, cobri o rosto com as mãos e chorei.

– Kara, não vê o quanto ele a ama? Presenteou-a com seu sangue imortal. Esse é o limite do nosso amor-vampiro, é o limite do amor que Kmam lhe dará. Amor e sangue vindo do fundo de seu coração faminto e apaixonado. Eu não faria diferente, minha pequena deusa – completou Gustave, furioso.

– Basta.

Obedecendo as palavras de Kmam, os furos se fecharam e o sangue sumiu de minhas vestes e mãos. Sumiu tão misteriosamente quanto surgiu, e tudo que restou foi o gosto amargo da decepção em minha boca. Não que tivesse perdido grande quantidade de sangue. Era apenas um abatimento, algo que me deixava desolada e mais do que nunca envergonhada. Desejei ardentemente morrer para não olhar o rosto do meu amado inimigo. Pude ver suas botas conhecidas aproximando-se, mas nada fiz. Quando ele finalmente tocou meu ombro, empurrei-o com toda força que tinha, encarei-o de maneira selvagem e corri procurando refúgio perto da poltrona que outrora havia ocupado. Podia ver sua dor, o desgosto no olhar acostumado à vitória. Pouco importava. Aquele poder esmagador digno de um deus pagão definia o que eu era em suas mãos, um objeto que a qualquer momento poderia ser destruído com um simples comando de voz.

Gustave gargalhou satisfeito. Ele havia conseguido nos separar. Eram iguais em beleza, força, poder e maldade. Frios e brutais, esses eram os vampiros que eu conhecia. Nada mais de docilidade, de amor e de carinho.

– Parece que Kara não entendeu sua demonstração de amor. Otávio o avisou disso também, Kmam? Ele porventura disse que o amor mortal dói? Fuja enquanto ainda há tempo, Kara – aconselhou Gustave, debochado.

– Cale-se! – gritou Kmam, saindo pela primeira vez de sua calma controlada.

– Kara precisa saber que você viveria ao seu lado e faria dela uma bela escrava de sangue. Sabe o que é isso, menina? Deixe-me dizer.

– Vou fazê-lo engolir a língua – falou Kmam, aproximando-se dele.

Só se deteve ao ouvir minha voz.

– Deixe que fale! Continue, eu quero saber.

– São mentiras!

– E onde está a verdade, Kmam? Você jamais me disse. Quero saber!

– E vai saber, querida. Ele a tomará em seus braços e nada fará além de se saciar em você. Continuará prometendo eternidade e amor. Sim, amor, minha pequena tola. Então você se tornará uma sombra trêmula, mais fraca e velha, enquanto seu amado continuará vivo, belo e jovem. É isso que quer? Eu a quero do meu lado. Será como eu. Kara, eu lhe darei a eternidade!

– Nunca faria isso a você, Kara! Eu te amo! Quero fazê-la feliz, quero você ao meu lado. Vou tornar você uma de nós.

– Não quero nada que venha de você! – repeti, sentindo-me comprada. Tirei o anel e o colar e joguei no chão, enjoada. – Cansei de seus presentes e de suas rosas. Jamais serei Thais para nenhum de vocês. Sou Kara Ramos, e é apenas isso que quero ser! – disse, tocando o vestido revoltada. Por muito pouco não o arranquei de meu corpo. – Vocês não sabem o que é amar.

Kmam cerrou os punhos e gritou enfurecido. Um grito animalesco, vindo do fundo de seu coração-vampiro. Deu-me as costas e fitou Gustave de pé, espada na mão. O brilho da lâmina era tão intenso quanto o sorriso diabólico em seus lábios.

– Surpreso?

– Não é a primeira vez que me atrai para uma armadilha, Gustave.

– Tem toda razão – afirmou, avançando sobre Kmam.

O que se seguiu foi a destruição da sala. Os golpes de Gustave despedaçavam os móveis. Kmam estava sem espada e usava como substituto um abajur longo de ferro, arrancado da tomada, que não resistiria aos avanços da espada de Gustave. Oprimida contra a parede, recuei até a outra porta para ver o desfecho da luta. Kmam quase arrancou a espada das mãos de seu adversário, mas no último segundo Gustave agilmente cortou-o no peito.

– Kmam... – gemi, vendo o corte manchar a camisa.

– Ela se importa, Kmam. Vou cortar sua cabeça por isso! – gargalhou no auge de sua loucura.

Jan Kmam continuou a se defender dos golpes, dessa vez com uma cadeira. Era uma situação das mais inusitadas. Imagine-se em minha posição e verá a cena apavorante, digna de perplexidade. Século XXI e uma luta com espadas ocorrendo em um velho casarão. Nenhum deles morreria com um simples golpe, mas com certeza ficaria marcado eternamente. Esse pensamento me fez girar nos calcanhares e correr para a porta.

– Não! – gritou Gustave às minhas costas.

Perdendo a atenção da luta, perdeu a espada para Kmam, que o furou na barriga. Em dores, ele recuou, vendo seu sangue banhar a espada.

– Saia Kara, fuja!

Sem esperar outra ordem, girei o trinco da porta e fugi sem olhar para trás. A simples visão de Kmam mutilado ou ferido me mataria de dor.

– Ellen! – eu disse ao encontrar a mulher grudada à porta. Abatida, ela me encarou com certa hostilidade. – Venha, vamos fugir.

– Ele é meu, está me ouvindo? É meu! – repetia enlouquecida, empurrando-me de volta para a sala.

– Mate-a, Ellen! Mate Kara! – ordenou Gustave.

– Fuja, Kara!

Ellen avançou e desferiu um violento tapa em meu rosto, que retribuí de pronto. Com uma agilidade vinda de sua insanidade, empurrou-me, pulou sobre meu corpo e fechou as mãos em minha garganta.

Tinha a vantagem de estar vestida com um leve robe, enquanto eu me debatia, tentando alcançar seu rosto. Podia sentir minha garganta contraída e o ar chegando ao fim. Arranhei seus braços, tirando-lhe sangue, mas ela parecia possuir uma força invencível e cega a qualquer outra coisa, inclusive à dor. Sentindo a vista escurecer e quase desmaiando, deparei com o rosto preocupado de Vitor. Ele a havia arrancado de cima de mim, jogando-a longe.

– Está bem?

– Estou – a voz falhava devido à pressão.

– Temos de sair daqui – falou, vendo os dois homens lutando como feras.

Kmam estava descabelado, tinha os caninos expostos e os olhos mudados. Suas roupas desgrenhadas estavam sujas com seu próprio sangue. Gustave não ficava atrás. Erguia-se desajeitado dos livros onde havia sido lançado, os olhos pareciam pedras escuras e assustadoras. Trazia o ombro do casaco rasgado e sangue na gola. Sua orelha pingava, sujando seu rosto desfigurado pela ira.

– Morra, desgraçado! – gritou Ellen, avançando sobre Kmam.

Antes que pudesse reagir, Kmam recebeu uma facada nas costas. Ele a agarrou pelo pescoço e a ergueu do chão, depois o torceu com força de forma rápida. Ellen caiu sobre o tapete pesadamente, sob nosso olhar espantado. Nossos olhos se encontraram por um segundo, e tudo que vi foi dor. Agarrei-me a Vitor, escondi o rosto em seu peito e lamentei a morte dela.

– Maldito!

Gustave urrou, avançando sobre Kmam num voo que somente um vampiro daria. Arrebentaram a porta e saíram pelo corredor rolando pelas escadas, destruindo tudo pelo caminho. Pareciam um vento tempestuoso levando tudo que havia pela frente. Vitor e eu seguimos correndo o rastro de destruição e chegamos a tempo de vê-los atravessar as portas de vidro da sala de música. O estrago foi bem pior do que eu poderia imaginar. De pé, Kmam se segurava na coluna coberto de cacos e sangue. Mais à frente, Gustave tentava arrancar das costas um enorme e pontiagudo pedaço de vidro. Eu não conseguia desgrudar os olhos do rosto lívido de Kmam, a poucos passos de nós.

– Saiam daqui! – falou com dificuldade e caiu ao chão, escorregando pela coluna, que parecia ter sido pintada com seu sangue. Vitor afastou-se e fitou Gustave arrastando-se pelas pedras do jardim. Por certo ele fugia, mas de quê? Ao olhar para o céu, pude perceber sua palidez, sua claridade. Estava amanhecendo! O sol logo banharia o átrio, o jardim, e juntamente com eles Kmam.

Procurei Gustave e vi seu criado o arrastar com dificuldade.

– Ele está fugindo.

Abaixada junto a Kmam, tocava seu rosto sem saber como ajudá-lo.

– Saia daqui, é muito perigoso. O criado vai voltar para pegá-la. Tire-a daqui, homem – parecia sentir uma dor tremenda.

– Não sem você! – falei, vendo Vitor se aproximar

– Não vai querer assistir a isso. Está livre agora, vá embora, saia da cidade. Eu nunca lhe faria aquelas coisas, eram mentiras. Quero que vá agora! – sussurrou, o sangue invadindo sua boca.

– NÃO! Não vou deixar que morra – disse isso, correndo para dentro da sala de música.

– O que está fazendo? – falou Vitor, vendo-me puxar o grosso tapete do chão.

– Ajude-me. Não posso deixar que ele morra dessa forma – supliquei, puxando o tapete com toda força que possuía.

Vitor me ajudou, depois de sua paralisia. Espantado, estava totalmente contra minha decisão. Kmam não parecia nada bem, com cortes abertos que sangravam livremente. A cicatrização rápida não aconteceria e ele acabaria morrendo. Assim que o cobri, entendi o problema. A faca com a qual Ellen o ferira entrara até o cabo, impossibilitando que a ferida se fechasse. Senti as pernas moles e quase desmaiei, mas me forcei a continuar, disso dependia a vida dele. Jamais havia sentido tanto medo do amanhecer quanto naquele momento. Pouco importava o que Vitor pensaria. Ali estava uma vida, uma vida preciosa e decidira salvá-la a qualquer custo.

– Deixe-me. Não faça por pena.

Aquilo era novo. O poderoso Jan Kmam, fraco? Não, eu jamais permitiria.

– Disse-me que era imortal, que nada o tocava. Sei que não mentiu. Ajude-me a salvá-lo e deixe de sentir pena de si mesmo – pedi, erguendo-o junto com Vitor.

– Para onde o levaremos? É quase dia.

A casa ficava cada vez mais clara, perigosamente clara. Podia sentir o sol vindo lento através das cortinas cerradas pelos criados. Kmam arrastava-se sem força, debaixo do tapete. Olhávamos para os lados esperando uma interrupção, um ataque, mas nada veio. A casa estava silenciosa, cheia de fantasmas invisíveis.

– Vamos colocá-lo no porta-malas do carro – sugeri em tom de resolução.

– Será o suficiente?

– Tem de ser – disse, segurando as pontas do tapete.

Quando por fim chegamos ao salão de entrada, estava quase morta de cansaço e Kmam parecia sentir o mesmo, mal acompanhando nossos passos.

Vitor sumiu pela porta para ganhar tempo abrindo as trancas do carro. A morte estava lá fora, vencendo a madrugada e esquentando a manhã orvalhada de maneira rápida e feroz. Clara como chamas para Kmam, quase desmaiado.

– Kmam, acorde – pedi, vendo-o escorregar do apoio em meu ombro. – Ajude-me a ajudar você – supliquei, sem forças para mantê-lo de pé ao meu lado.

Kmam deslizou para o chão e ficou exposto ao dia. Aflita, comecei uma batalha de puxa-puxa com o corpo inerte, fora da proteção do tapete. Seria atingido em cheio pelo sol cada vez mais forte. Quando finalmente consegui recolocá-lo sobre o tapete, minha respiração ofegante era tudo o que ouvia. Caí sobre ele sem notar que sua mão tinha ficado exposta. O sol deslizou sobre o piso brilhante e aos poucos tocou a pele desprotegida. Banhada pela fraca luz que vinha da porta aberta, sua mão começou a ficar vermelha e soltar fumaça. Seu gemido de dor me alertou. Desesperada, juntei as pontas do tapete e tentei protegê-lo com a sombra de meu corpo.

– Calma. Não vou deixar que morra, meu amor – murmurei, agarrada a ele, envolvido no grosso tapete. – Meu Deus, Vitor, depressa! Rápido ou será tarde demais – gritei, vendo o sol cada vez mais presente na sala.

Vitor entrou pela porta correndo, esbaforido.

– Desculpe a demora. O carro estava preso e muito longe da porta. Tive de trazê-lo para mais perto. Só espero que o porta-malas seja escuro e grande o suficiente para ele – comentou, ajudando-me a erguê-lo do chão. – Pegue outro tapete e jogue por cima – pediu, já erguendo Kmam nos ombros.

Felizmente Vitor era suficientemente forte para carregar Kmam, caso contrário ele teria sido arrastado porta fora. Ocupado demais com a fuga, não notamos a observação silenciosa de Ian no alto da escadaria.

– Pronta?

– Estou.

– Então, vamos!

Cruzamos as portas e nos expusemos ao sol, que banhava a rua com os raios mais belos que já vira. O tapete começou a fumaçar em questão de minutos. Kmam se contorcia de dor, e por um segundo pensei que fosse cair do ombro de Vitor. O porta-malas aberto o acolheu de mau jeito, mas o salvou da morte. Por fim, a tampa do porta-malas foi fechada. Acho que somente depois disso voltei a respirar.

– Aonde vamos? – Vitor perguntou detrás do volante, dando partida no carro.

– Para casa.

21. A fuga

Dormi a manhã inteira, um sono sem sonhos, despovoado de imagens e sentimentos. Quando acordei, fui para a janela verificar o carro, que continuava coberto por uma capa protetora. Não conseguia tirar os olhos dele. Interiormente, sabia que não era mais a mesma mulher. Para falar a verdade, tudo tinha acontecido tão rápido, entrega e rejeição. Desde que essa loucura havia começado eu vinha mudando um pouco a cada dia.

O carro estava estacionado na garagem. Tínhamos trancado as grades de ferro e os portões de madeira. A fragilidade de Kmam ao sol parecia ter nos pego como um vírus e compartilhávamos do mesmo terror e cuidado. Emprestei meu carro a Vitor, com sua promessa de voltar para me ajudar com Kmam, que estava ferido.

– Pensei que não viria – disse, fechando a porta atrás de Vitor.

– Por preço algum perderia esta oportunidade.

– Como está Kmam?

– Enquanto houver sol ele dormirá. Temos tempo para conversar.

Contei-lhe tudo que havia acontecido, numa troca de informações e verdades.

– Seus exames chegaram – comentou, abrindo a maleta com certa reserva.

– E?

– Esta é uma amostra tirada durante a sua crise e esta de um período posterior. Na primeira, o sangue parece estar sofrendo uma mudança desconhecida, é quase uma verdadeira revolução. O laboratório não conseguiu identificar o quê. O vírus aos poucos se alia ao sangue e fica em seu lugar num período de vinte e quatro horas, repetindo o processo em caso de transfusão. Foi exatamente o que aconteceu a você. Por todos estes meses ele ficou adormecido e somente despertou durante o incidente.

– Cristo! Tornou isso público para um laboratório?

– Claro que não. Um amigo me fez o favor sem perguntas. Devia-me algo.

– Ótimo, menos um envolvido! E o segundo exame?

– Completamente normal. Segundo me contou, Kmam lhe deu vinho. Tem certeza de que era vinho?

– Não.

– Ele a teve de novo, eu sei. O que quer dizer que existe novamente algo percorrendo sua corrente sanguínea. Contudo, talvez leve dezessete meses outra vez para agir, quem sabe?

– Deve haver algo errado. Eu estava péssima quando colheu a amostra. Não pode ter desaparecido assim tão rápido. O que significa este vírus de que fala?

– Nada que a boa e velha ciência já tenha estudado. Não pertence a nenhuma família de vírus conhecida. Tem um comportamento próprio e é muito forte. Aparentemente, coexiste e acrescenta outras células, e estas são bem mais resistentes. Fora a crise, não parece afetar sua saúde. Ninguém jamais viu algo assim. É a descoberta do século – falou, com os olhos brilhando. – E pode ser o que estou procurando.

– Então, estou bem?

– Pelo visto, sim. Não quero que tenha falsas esperanças. Nada sabemos sobre essas reações. Pode estar adormecido, esperando uma chance para atacar seu organismo novamente. Não podemos esquecer as lágrimas, o suor e a febre. Temos que descobrir mais sobre esses sinais. Precisa interrogar Kmam. Se não o fizer, eu o farei – avisou, segurando meu ombro.

– Não será necessário. Eu tinha uma vida tão calma, tudo sempre acontecia de forma ordenada e previsível. Nada de atropelos, confusões, armas, inimigos, morte. Havia meu trabalho, meus amigos, a minha casa e a segurança que ela me oferecia. Tenho perdido tudo ao longo destes meses. Quantas vezes não me queixei por levar uma vida morta, e agora ela que parece querer me matar. É um pesadelo. Fico à espera de que alguém bata na porta ou que o despertador toque – sonhei, revelando meus sentimentos mais secretos.

– Não posso fazer nada. Sinto-me um inútil.

– Já fez muito e agradeço por tudo. Julguei-o mal. Foi sincero comigo e eu não consegui compreender suas afirmações. Expôs o que realmente acha de Kmam, e suas palavras me magoaram, mas apenas porque eu não desejava ver o óbvio: amo Jan Kmam – admiti sem medo.

– Eu sei, os vi juntos no átrio. Na primeira vez que vi Kmam ele quase me matou. Tive medo, um medo tão real quanto ele mesmo, e quando a perdi a noite passada pude sentir seu desprezo por minha fragilidade humana. No entanto, ao seu lado Jan Kmam parecia vivo e feliz. Pude vê-lo de outra forma. Juro que me escondi e tentei sufocar minha confusão. De repente, eu não conseguia vê-lo da mesma maneira, nem acreditar que matasse... até vê-lo torcer o pescoço daquela mulher.

– Chamava-se Ellen. Era decoradora, trabalhava para nossa empresa e infelizmente começou, assim como eu, a gostar do homem errado.

– Como pode amá-lo, Kara?

– Somos humanos, não importa a raça nem o credo. Humanos. Veja o mundo à nossa volta, Vitor. O que encontra olhando desse ângulo? Sim, daí, do alto de sua indiferença? Nada além de vida e morte. Alguns criam, outros matam, alguns constroem, outros destroem. Não existe diferença entre nós e aqueles dois seres que vimos lutando. Queriam coisas distintas e lutavam por elas, não da maneira mais justa ou digna, mas lutavam. Kmam e Gustave são cruéis e desumanos como nós mesmos. Envolvem-se em intrigas, traições e assassinatos.

Enquanto falava, lembrava-me das palavras de Kmam ao me mostrar o que eu realmente era. A linha que divide nosso mundo do deles é tão tênue e transparente que podemos atravessá-la sem notar. Um poder perigoso e desejável. Tão desejável quanto a riqueza ou o poder de controlar a vida e a morte.

– Jamais aceitarei.

– Não é necessário. Você é livre.

– Claro que não o farei. Existem pessoas boas no mundo.

– Você separa o bem do mal, mas eles não existem.

– Veja você. Para salvar vidas, utilizou-se da morte. Cortou, estudou, dissecou um corpo humano sem vida para ser o que é hoje. Passou sobre seus escrúpulos mais humanos para fazê-lo. Foi frio diante de um cadáver que um dia viveu, amou e teve uma alma, você ainda é humano mesmo assim.

– Salvei vidas. E eles, o que fazem? Não fique sem atitude diante disso, de modo algum vou permitir que o faça.

– Sua existência está sendo alimentada com sangue humano. Mas como Kmam poderia viver sem sangue? O mundo sem destruição? A morte sem a vida? Só fazemos o que leva à satisfação de um, de dois ou de um bilhão de pessoas, mesmo que signifique a destruição de todos os outros. Ou se esquece de que causamos guerras, fome e miséria? Quem está pensando em quem? Uma nação inteira à custa de sangue e de vidas inocentes. Matamos todos os dias e não percebemos. O egoísmo é algo bem real e dividido por um mundo.

Ele estava calado sem argumentos e vendo um fundo de verdade em cada palavra que eu dizia.

– Ele a convenceu a ser o que ele é?

– Lutarei por minha humanidade – disse com franqueza.

– Pensei que a tivesse perdido.

– Jamais me perderá como amiga, jamais – afirmei, abraçando-o.

De frente para a janela, vi a noite totalmente estabelecida lá fora. Sentindo um arrepio percorrer minha espinha, soltei-me de Vitor.

– Chegou a hora.

Enquanto retirávamos a capa de cima do carro, já o ouvíamos chamar meu nome de maneira insistente.

– Estou aqui, já vamos abrir.

O porta-malas aberto libertou o cheiro de sangue seco de seu corpo abatido. Estava muito pálido e não parecia ter descansado, apesar de ter dormido o dia inteiro. Olhou para nós dois e falou em tom agradecido:

– Obrigado, estou em dívida com os dois. *Merci.*

Com certo esforço saiu do porta-malas, quase caiu. Vitor e eu o seguramos, porém fomos prontamente repudiados.

– Posso partir sozinho, foi o bastante.

Jan Kmam sentia dor.

– Pensa que não sei o que tem enterrado nas costas?

– Isso não é de sua conta e muito menos da dele – disse, fuzilando Vitor com o olhar. Sua situação era humilhante.

– Acha que vai muito longe desse jeito? Pare de bancar o mal-agradecido.

– Já estive bem pior, acredite. Consegui sobreviver das cinzas, posso fazê-lo de novo. Nunca houve ninguém, além de mim mesmo.

Ao finalizar seu discurso de independência, vacilou, segurando-se na grade de ferro para se manter de pé.

– Agora é diferente, estou aqui. Além disso, tem uma vingança para finalizar – falei, passando seu braço sobre meu ombro.

Vitor ficou a distância, temendo aproximar-se dele e do seu orgulho. Acreditem, agradeci a Deus por isso, pois se tivesse se aproximado, Kmam o teria repudiado e a mim também. Às vezes, ele simplesmente se comporta como uma criança, um menino teimoso! Sentado sobre o tampo da mesa, Kmam observou Vitor se preparar para retirar a faca de seu ombro. Sua pele descolorada não me assustava mais, eu o conhecia bem, mas Vitor parecia fascinado com ela e todo o resto. O destino pregava uma peça, uma brincadeira perversa e perigosa. Poderíamos estar todos mortos agora, mas não, estávamos juntos, e quem sabe escrevendo o futuro.

– Está satisfeito, doutor? – perguntou Kmam, enquanto era auscultado. Claro que era uma pergunta sarcástica.

– Kmam sabe de tudo, Vitor. Eu contei a ele.

– Tudo bem, Kara. É bom que ele saiba o que realmente penso de sua raça – complementou, tirando o estetoscópio de seu peito.

– Espécie. Está satisfeito?

Um pouco preocupada, segurei o braço de Kmam e o olhei, mandando-lhe um recado mudo.

"Pare de bancar a criança, por favor."

– Sim e não.

Vitor foi lavar as mãos. Estava indo bem, sequer tremia ou parecia nervoso, talvez por ser médico ou pelo fato de Jan Kmam estar em suas mãos.

– Estou feliz por tê-lo como paciente. É algo com que nunca sonhei. Por outro lado, gostaria de nunca tê-lo visto ou sabido de sua existência. É um ser perigoso e instável. Seus atos prejudicam inocentes.

– Sua franqueza é espantosa e muito bem-vinda, mas não espere conseguir mais do que esta consulta – Kmam disse, dando-lhe as costas para que começasse logo a retirada.

Vitor me encarou e preparou uma seringa com anestesia para dar início à pequena cirurgia.

– Vou aplicar uma anestesia local para que...

– Nada de drogas, doutor.

– Vou cortar sua carne, será muito dolorido – avisou preocupado.

– Kara, faça este homem entender o que digo.

– Vitor, Kmam não pode receber nenhuma espécie de analgésico ou droga. Faça seu trabalho e o ajudará. Não se preocupe com o resto. Acredite.

– Está bem. Segure o ombro dele para que não se mova – pediu, pegando o bisturi.

Fitei Kmam e seus olhos escurecidos pela dor. Tentei transmitir confiança. Ele tomou minha mão e a beijou suavemente, e assim ficou enquanto Vitor agia rápido. Cortou-lhe a carne apenas o suficiente para a retirada da faca. Coberta de sangue, ela foi depositada sobre a bandeja pequena de seus instrumentos. Kmam sequer gemeu.

Vitor se preparava para costurá-lo, quando deu de cara com um corte que cicatrizava sozinho.

– Deus! – exclamou, completamente fascinado.

– Doutor, estou fraco, mas ainda posso me regenerar sozinho. Guarde sua agulha – brincou, descendo da mesa.

– Como a pele pode se regenerar com tanta rapidez? – perguntou, cheio de dúvidas.

– Está perguntando à pessoa errada. Talvez Kmam responda, em agradecimento ao serviço prestado – disse, fechando o recipiente com algodão e logo em seguida o álcool.

Kmam, de peito nu, olhou-me e suspirou cansado para se dirigir a Vitor.

– Está tudo no sangue. Tudo vem dele, tudo se vai com ele. Posso ficar seco como uma passa sem ele, mas ainda vivo e consciente. Com ele sou o que conhece: forte, bonito, ágil e atraente para qualquer um – disse, um pouco convencido. – Vejo, falo, ando, respiro e ouço melhor do que qualquer mortal. Posso viver debaixo da terra por quanto tempo quiser, sem me alimentar. A noite é meu dia e nela existo supremo. Minha imortalidade está segura se eu não brincar com fogo, não tomar banho de sol e evitar objetos cortantes na área do pescoço – disse, cruzando o dedo de um lado a outro do pescoço imitando um corte. – O resto pode fazer estragos que o tempo certamente apagará. Copiaram tudo, meus anjos?

– Palhaço – xinguei baixo, sabendo que ouviria.

– A faca impedia a cicatrização, por isso perdia sangue e ficou fraco?

Para Vitor o que valia era a explicação, pouco importava o modo como era passada.

– Acertou, doutor. Por que acha que as pessoas costumavam cravar estacas em nossos corações e logo em seguida cortar nossas cabeças? – revelou, seguindo-me até o quarto. Tinha saído enojada com sua vontade de aparecer.

– Mas e quanto ao alho, às cruzes, à água benta e aos espelhos?

– Ilusões contra um poder real e eterno usadas para que vocês durmam tranquilos, mas quanto ao alho... – falou, quase dando credibilidade a ele.

– Faz efeito?

– Já tentou no macarrão? – perguntou, fechando a porta do quarto, impedindo-o de entrar.

Quando me voltei para ele, respondeu simplesmente que precisávamos conversar. Não dei muita importância e continuei a fazer o que tinha começado, arrumar minha mala, e bem rápido. Só faltavam alguns objetos pessoais.

– Como se sente? – perguntei.

Sabia como ele estava, mas meu coração queria ouvir.

– Estou ótimo, só preciso de roupas e san... – Parou para não completar a palavra ou dizer o quanto estava com fome. Estava tranquilo e suave. Kmam retornava à velha forma.

– Estou ciente do que precisa, mas o aconselho a pensar antes de tocar em mim ou em Vitor. Esta tarde fui até seu hotel e peguei algumas roupas suas. O homem da recepção não fez perguntas. Foi ordem sua?

– Sim, foi. Disse que era minha noiva – revelou, vendo-me despejar as roupas sobre a cama. Ele me observava passivo, num estado de reflexão.

– Poupe-me dos detalhes.

– O que está fazendo? – quis saber, pegando as peças de roupa sobre a cama.

– As malas.

– Para onde vai?

– Para longe dessa lama na qual me colocou – afirmei, decidida como jamais estivera diante dele.

– Nunca mais farei aquilo.

– Com certeza não!

– Precisei fazê-lo para salvar sua vida – murmurou em tom baixo e calmo.

– E para quê? Para me usar da mesma maneira que Gustave usou Ellen? Não, Kmam, muito obrigada – disse, vendo sua frieza contemplativa. – Gostaria de ter força e poder para matar aquele filho da puta! Vingaria meu pai e me sentiria melhor, adoçaria o gosto amargo que sinto em minha boca. Quando penso que aquela coisa matou meu pai... – falei, secando as lágrimas, furiosa.

– Vou fazer isso por nós dois, prometo.

– Espero que consiga, deve-me isso.

– Natal é um lugar bonito? Quando vai partir? – perguntou, lendo parte de meus pensamentos.

– Meia-noite... – disse, antes que pudesse defender minha mente dele. – Perdeu o direito de fazer isso, mesmo que nunca tenha permitido. Não sei como consegue, mas exijo que pare, não lhe pertenço.

Enquanto falava, evitava me lembrar de tudo o que havia acontecido entre nós dois. Aonde ia? Fugir? Nem conseguia respirar direito quando começava com aquilo. Tinha de deixar o quarto com um pouco de orgulho, um pouco que fosse. A sensação era de ser uma completa devassa. Sentia-me nua diante do seu olhar atento. Depois da noite passada, tinha ficado bem mais difícil evitá-lo.

– Amo você, lembra-se? – disse num sussurro provocante, tentador. Queria deter-me sem o menor uso de força. E conseguiu, pois parei diante da porta fechada e esperei. – Desejo-a como jamais desejei outro ser em toda minha existência. Seja minha – pediu, no mesmo tom suave.

Kmam queria derrubar por terra a muralha que tão dificilmente eu erguera durante o dia para enfrentá-lo. Com certeza fraquejaria e cederia ao seu encanto. Fechei os olhos e encostei a cabeça na porta, vencida. Imediatamente, minha mente se encheu de sons e imagens. Podia ver-me em seus braços recebendo seus carinhos, sentir seus afagos, seus beijos possessivos me atraindo, puxando, vencendo minha resistência. Kmam havia invadido minha mente e eu não conseguia pensar em mais nada além de rendição, porém nesse momento lembrei a ele de toda a dor que sentira, do ódio, do modo como o enfrentei diante de Gustave, meu coração sangrava de remorso. Contudo, consegui me livrar de seu fascínio.

– Está fugindo, Kara, está bloqueando meus pensamentos, impedindo-me de tocar você. Por quê? Nós éramos um, horas atrás. Eu não menti, eu não mudei!

Seus olhos estavam sombrios perdidos na dor que lhe causava.

– Recusa-se a ver a verdade. Eu não poderia ser o que é. Estamos em lados diferentes. Jamais conseguiria matar, mesmo que significasse estar do seu lado, não poderia. Esqueça tudo, deixe que o tempo apague o que sentimos.

– Estamos presos um ao outro. Não, serei egoísta quanto a isso. Deveria ter aprisionado você quando tive chance, seria minha agora, só minha – falou, beijando meu pescoço, pronto para agir outra vez.

– Não! Não vou permitir – resmunguei fazendo-me de dura enquanto tentava sair de seus braços.

– Acha que tomaria à força o que quero espontaneamente, Kara?

– Não sei – gemi, escondendo o rosto em seu ombro.

– Seria mais fácil arrancar meu coração e dá-lo a Gustave numa bandeja de prata. Sabe o que pede? Nunca mais nos veríamos. Teria de colocar um oceano entre nós para resistir à tentação de revê-la – disse, puxando-me para o aconchego do seu peito ainda nu. – Teríamos de ser fortes para não pensar um no outro, meu amor. Sentiria o exato momento de sua morte, não importando a distância ou o tempo. Como suportaria isso? Não entende o que me pede? Pede para deixar que envelheça e morra.

– É meu destino. Tenho uma vida para viver. Quero ter filhos que não pode me dar, quero um marido que não pode ser – disse, sentindo seu coração bater forte e doído.

– Não! Jamais permitirei que alguém além de mim tenha seu amor e seu carinho. Não me traia em planos para o futuro. Eu não suporto imaginar! Posso lhe dar a noite, uma vida eterna ao meu lado, poderes, conhecimento além do que possui e imaginou existir. Posso lhe dar o meu amor. Tenho tão pouco a oferecer – lamentou, caindo em si e reconhecendo seus limites.

– Não pertenço a você ou a seu mundo – sustentei a afirmação e afastei-me dele.

Jan Kmam buscava algo ao avaliar minha decisão, talvez um ato de fraqueza, um gesto tímido de desculpas, um insulto, qualquer coisa. Mas nada fiz.

– Desculpe-me. Não tenho o direito de exigir absolutamente nada. Direito ao seu coração, à sua vida, a seu amor. É humana e assim deve continuar. Sabe, roubei mulheres das camas de seus maridos para amá-las a meu modo. Fiz caridade, roubei, cheguei a construir vidas ou destruí-las a meu prazer, mas a nenhuma dessas pessoas eu me dei por completo. Não dei a elas o direito de escolher, de decidir realmente se me amavam ou odiavam. Era meu desejo e isso bastava. Contudo, você apareceu e me enfrentou, me insultou e até mesmo me chutou. Jogou verdades em meu rosto e me fez compreender que o desejo do outro também importa e tem valor. Submisso a você, dou-lhe uma escolha, e o que faz? Despedaça-me junto com a humanidade que me resta no coração. Obrigado, Kara, você acabou de me ensinar mais uma coisa: respeitar a vontade alheia – dizendo isso, curvou-se numa mesura e saiu do quarto.

Depois de enxugar o rosto, refazendo-me diante do espelho, fui procurar Vitor. Ele retirava os tapetes do seu carro. Deixei que falasse e fiquei ouvindo sem ouvir, apenas respondendo com monossílabos. Tinha os olhos voltados para o vazio da noite, que ainda se estenderia por tantas horas à frente. Sabia que durante esse tempo me faria a mesma pergunta: tinha escolhido o caminho certo?

Somente o tempo diria. Perguntava-me por que tínhamos de esperar por respostas. Fui para a cozinha e ajudei Vitor a arrumar seus instrumentos sem trocar uma palavra que fosse. Só saí de meu transe quando o telefone tocou.

– Kara, meu anjo, é você? – alguém falou sedutor do outro lado da linha.

– Quem está falando, por favor?

– *Mon Dieu*, as mulheres são realmente demônios esquecidinhos! Já se esqueceu de minhas carícias? *C'est moi*, Gustave Rohan, *ma chérie*! Pensei em fazer uma visitinha, posso? – perguntou, saboreando o momento.

– Vá à merda! – xinguei no meu ralo francês, para logo em seguida desligar o telefone. – Filho da puta! – rugi, esmurrando a mesinha com força.

– Gustave? – perguntou Kmam, surgindo na porta do corredor.

– Em alma e sangue – disse, imitando-lhe a fala.

– Temos de sair daqui e bem depressa.

– Estamos todos em perigo. Se ele sabe o número do telefone, sabe o endereço também – disse Vitor.

– Ele sabe bem mais do que pode imaginar.

Antes que pudesse dizer ou fazer qualquer coisa, Kmam e Vitor aliaram-se e dentro de poucos minutos controlavam minha vida. Daí a tirar-me de casa foi questão de segundos. Kmam exercia um poder estranho sobre ele, que o recebia de mente aberta. Tentava ver até onde iria a gama de poderes daquele ser. Vitor sentou atrás do volante e esperou. Kmam começou a dar ordens, ignorando-me por completo.

– Vamos para o meu hotel. Lá, decidirei o que fazer com vocês. Siga para o Praia Mar Hotel – falou autoritário.

Fizemos o trajeto em silêncio. Vitor borbulhava de questões, contudo manteve o controle, afinal, Kmam não parecia disposto a conversar. Estava totalmente taciturno. Tinha os olhos voltados para frente, maxilar contraído e as sobrancelhas arqueadas. Talvez prestasse atenção na música que tocava no rádio. Quanto a mim, olhava as luzes de São Luís. Elas me acalmavam em seus pequenos intervalos amarelos. Começava a sentir sua falta. Será que em Natal encontraria lâmpadas como aquelas? Sua luminosidade dourada deixava o piche envelhecido, meio mágico. E quanto ao cheiro das acácias, almendras e laurarosas que floresciam nos canteiros que separavam as pistas, espalhando a fragrância adocicada dentro dos carros que passavam em alta velocidade? Ou o cheiro do mangue e da lama do São Francisco? Fechei os olhos e pude sentir o vento frio me embalar. A dor da perda próxima cortou meu coração e me senti apavorada. Como deixar sem dor o que se ama? – sequei a lágrima discretamente na escuridão do carro e encontrei Kmam me encarando acusador.

O carro foi estacionado na garagem do hotel e nós seguimos pelo *hall* de entrada em direção à recepção, onde Kmam retirou sua chave e pediu que encerrassem sua conta. Vitor segurou minha mão com carinho. Os olhos atentos de Kmam não deixaram passar o fato em branco e assim que pôde ocupou as mãos de Vitor com uma de minhas malas. Parecia querer que me jogasse em seus braços.

Bem, ele iria esperar sentado.

– Tem algum amigo na cidade onde possa ficar por alguns dias? – Kmam perguntou a Vitor, andando de um lado a outro da pequena sala de sua suíte.

Definitivamente, descobrir um lugar seguro onde se esconder era um tédio. Olhava o relógio a cada segundo e Kmam estava ciente disso. Entretanto, o assunto pareceu avançar quando Kmam sugeriu a casa de amigos.

– Tenho amigos, mas jamais arriscaria a vida deles. Se esse homem estiver realmente interessado em mim, o que duvido muito, não se deterá diante disso.

Vitor deixou o corpo desabar no sofá ao meu lado. Parecia tenso.

– Seu bom senso é para mim como sangue, bem-vindo. Gustave o usaria como isca para chegar até nós dois.

– Posso ficar num hotel, estou de férias – comentou Vitor, esboçando um meio sorriso, que não foi retribuído por mim e muito menos por Kmam.

– É uma boa ideia, me dê um minuto – pediu, indo para o outro ambiente e abrindo uma gaveta. Quando retornou, trazia um maço de notas nas mãos. – Isso é pelo incômodo de tirá-lo de sua casa e pela consulta. Obrigado – disse Kmam, jogando o maço para Vitor.

– É muito, não posso aceitar.

– Hotéis custam caro, não aceito negativas. Aceite e use. Ficaremos em outro hotel, divididos em dois grupos: Kara e eu num andar e você em outro. Não devemos chamar a atenção.

Vitor concordou, achando tudo muito lógico e certo.

– Ótimo, finalmente se decidiram! – comentei, fazendo o rosto de Kmam se suavizar, mas apenas por alguns minutos. – Vitor, pode me dar uma carona?

– Claro.

– Carona para onde?

– Vou viajar, lembra-se? Tenho uma passagem somente de ida para Natal e não vou perdê-la. À meia-noite meu avião parte, estarei dentro dele e ponto final – disse vitoriosa, derrubando seu esquema.

– Não é uma ideia muito inteligente – Vitor comentou sincero.

– Não foi o que disse duas horas atrás.

– Quer levá-lo consigo? Quer que ele mate toda a sua família e a escravize?

– Isso era ideia sua.

Era uma espécie de guerra pessoal, em que nos fitávamos com raiva e decisão. Para minha surpresa ele foi o primeiro a desistir. Desviou o olhar e suspirou alto, cansado de minha teimosia, quem sabe, cansado de tudo.

– E quanto a nós? E quanto a mim, Kara. Que farei? – quis saber Vitor, desorientado.

– Não se preocupe, o supervampiro cuidará de você – debochei, sorrindo satisfeita.

– Suas piadas não vão levá-la a nada – avisou Kmam, num tom sério.

– Faço o que bem entendo, a vida é minha.

– E quanto a seu tio e às pessoas que a conhecem? Acredita realmente que Gustave ou Lambert não vão procurá-los? Kara, a menina mimada pelo papai não quer ver a verdade. É questão de dias para ele encontrar você e quem estiver do seu lado.

– Não ouse falar de meu pai ou de meus amigos. Não tenho mais nada e é graças a você.

– Se não permaneceram ao seu lado, certamente nunca foram seus amigos, minha querida.

– A culpa é sua se estou nesse beco sem saída! E falando nisso, quem é Gustave e por que devo fugir dele?

– Haverá tempo para resposta.

– Quero saber agora.

– Você é covarde, Kara, não tem fibra para enfrentar a verdade.

– A verdade você já conhece, Kmam. Livre-se dele!

Vitor estava perplexo com a cena à sua frente. Havíamos nos esquecido dele e brigávamos abertamente.

– A culpa é nossa. Divida pelo menos isso comigo – pediu com desdém.

– Kmam, você não quer dividir, quer roubar. Estou cheia de você e de suas ordens. Faça isso, faça aquilo. Dane-se! – reclamei, sentindo Vitor me segurar o braço.

Jan Kmam fechou o punho sobre um objeto que descansava em cima do centro e o lançou na parede às minhas costas. O som de vidro espatifado me trouxe de volta à realidade.

– Kmam, Kara. Por favor, tentem ficar calmos.

O pobre coitado ainda não tinha visto nada e já estava assombrado. Tinha vontade de gritar, voar sobre Kmam e tirar aquele olhar imperioso de seu rosto com as unhas. Mas, em vez disso, fui para a sacada, e ele, para o outro lado do quarto. Vitor ficou sozinho no meio da sala sem saber quem seguir. Eu precisava de ar puro.

– Kara, ele tem razão, todos corremos perigo. Vimos do que eles são capazes de fazer. Dependemos da segurança que Kmam pode nos dar.

– Finalmente um mortal consciente! – falou alto para que ouvíssemos.

– Cachorro debochado! O que ele pensa que está fazendo?

– O melhor é fazermos o que ele diz. Não levará muito tempo para Kmam e Gustave se encontrarem e resolverem esta guerra de sangue.

– O que acha de ser comandado, Vitor?

– Eu e Kmam queremos a mesma coisa: salvar sua vida. Preocupo-me, sabe? Ele está tentando protegê-la de Gustave e eu a protejo de Kmam – disse, tocando meu rosto suavemente.

– Desculpe-me se fui grosseira com você. É tudo culpa dele e infelizmente ele sempre tem razão – comentei, tendo de engolir meu orgulho.

Fiquei na sacada até a hora de partirmos. Queria evitar Kmam ao máximo ou o pior poderia acontecer. Tinha de pensar em Vitor.

As reservas foram feitas em duas chamadas telefônicas para evitar ligação entre nós. Parecíamos estar fugindo da máfia ou coisa parecida. Vitor seguiu na frente, mas antes me entregou um bilhete.

Kara,

falei com Kmam, você vai continuar saudável. O vírus em seu sangue sumirá dentro de poucos meses sem deixar nenhum dano maior. Confie nele, sei que é incapaz de fazer mal a você. Tente não se aborrecer ou discutir com ele.

De seu médico e amigo, Vitor.

Dobrei o papel e acompanhei Kmam e o carregador com nossas bagagens rumo ao elevador.

– Carta de amor do futuro pai de seus filhos?

– O bilhete é particular – disse, mantendo a calma. Não estávamos sozinhos.

O jovem conosco observava os andares que descíamos, enquanto a ascensorista lançava um olhar afável a Kmam. O silêncio, só quebrado pelo som do elevador descendo, era enfadonho.

Quando a porta se abriu, saí o mais rápido que pude e mantive uma distância respeitável. Kmam pagou a conta em dinheiro e encheu os olhos do gerente que tentou descobrir o motivo de sua saída repentina. Nesse momento, Kmam teve o desplante de dizer que estava saindo do hotel por minha causa. Afirmou ao gerente que eu tinha achado a banheira muito pequena para nós dois. Dei as costas aos dois, morta de vergonha.

– Foi só uma brincadeira – disse, sentando-se ao meu lado no banco do táxi. Pediu que o motorista seguisse para o Hotel La Ravardière.

– Vá brincar com suas negas! – disse desaforada. Era o fim de minha paciência.

– A escravidão terminou em seu país em 1888. Qual o motivo de mandar-me brincar com uma negra? Possuí alguns escravos, mas nunca os fiz de meros brinquedos, não sou racista.

– Cristo! É apenas uma maneira de pedir que não me perturbe! Não me aborreça! Entendeu? – perguntei, perdendo as forças para lutar com ele. O taxista sorria de sua ingenuidade.

– Ah, gíria, é isso! Por que não me disse antes?! – falou sorridente.

– Às vezes tenho vontade de matá-lo, Jan Kmam – falei sem pensar.

– Não é a primeira vez e nem será a última, *ma chérie*.

O hotel era luxuoso e muito fino. Tinha o atendimento impecável e favorável ao cliente. Vitor estava na recepção, mas como prevenira Kmam, fingia não nos conhecer. De maneira engenhosa, pediu a chave de seu quarto diante de mim e Kmam, para que víssemos o número enquanto nos registrávamos, obviamente como marido e mulher.

– Senhor e senhora Kmam, espero que tenham uma ótima estada em nosso hotel.

– Teremos – falou, já seguindo o jovem com nossas malas. Vitor parecia estar adorando brincar de espião. Não deixava de ser uma mudança para quem só brincava de cientista maluco.

A suíte tinha ar-condicionado, telefone, frigobar e vista para a baía de São Marcos e o centro histórico, perfeito para um turista como ele. Assim que me situei, liguei para o aeroporto e cancelei meu voo, sob o olhar vigilante de Kmam, que dava uma gorda gorjeta ao jovem fardado que carregara nossa bagagem.

– Quando minha caixa chegar, suba com ela imediatamente. Estarei esperando. Será bem recompensado – prometeu, levando o rapaz até a porta e trancando-a após sua partida.

– É sempre tão bondoso? – comentei, examinando o banheiro grande e extremamente limpo. A banheira era enorme, mas jamais entraria nela com Kmam.

– Apenas com quem merece. Além disso, dinheiro compra muitas coisas: sexo, companhia, favores, votos e, em nosso caso, segurança. É dela que mais precisamos. Bem, preciso pensar agora.

Não ousei perguntar se tinha melhorado. Não desejava passar uma ideia errada sobre minha preocupação.

– Fique à vontade, não preciso de muito espaço. Guarde tudo nas gavetas. As camareiras costumam notar esse tipo de coisa. Deixe que entrem para fazer a limpeza. Nunca as impeça, pois ficam curiosas, bisbilhoteiras e muito faladeiras, entendeu?

– Vou fazer um esforço – disse, guardando as roupas tranquilamente.

– Jamais deixe um estranho ficar sem ninguém no quarto. Sabe o que pode acontecer quando sou acordado bruscamente. Quando estou sozinho tenho outros métodos, mas estes nos servirão, por enquanto.

– Quanto tempo vamos esperar? – perguntei, sem responder a sua pergunta.

– Uma semana no máximo, talvez menos. Quer que chame Vitor para lhe fazer companhia?

– Prefiro ficar sozinha. Vou organizar as coisas e dormir – disse, enquanto tirava as roupas de dentro da mala, sem dar-lhe muita atenção.

– A cama é bem confortável. Terá um sono tranquilo, prometo – sua voz estava cheia de respeito.

O caixão foi depositado com cuidado sobre o chão acarpetado e os carregadores pagos regiamente. Havia entrado no prédio envolto em uma grossa lona. Onde estivera todo esse tempo, eu ignorava. Ele o arrastou pelo chão e o depositou do outro lado do quarto, longe da cama, quase na pequena sala. Lá, o desamarrou com cuidado. Parecia não me ver às suas costas, entretido com a tarefa. Guardou a corda e deixou o sinistro objeto descoberto por alguns segundos enquanto avaliava seu estado. Logo depois, ocultou-o, tirando-o de minha vista. Fazia algo natural como arrumar a cama ou sua mala. Quando terminou, viu que eu o observava, mas continuou agindo da mesma forma. Eu, no entanto, sentia-me envergonhada por ter espionado seus atos de modo tão indiscreto.

– Vejo que ainda o teme. Não se preocupe, ele não morde! Quem faz isso por estas bandas sou eu.

Kmam foi para o banheiro e lavou as mãos e o rosto. Foi até sua sacola militar de nailon e minutos depois se perfumava com um líquido verde de fragrância que identifiquei como zimbro. Bem, aquele de fato era o seu cheiro. A fragrância invadiu o quarto inteiro e chegou a me perturbar.

Arrumado e cheiroso, ele me olhou. Eu fingia total desconhecimento do que fazia.

Com ares de chefe de acampamento, disse:

– Peça o que quiser pelo telefone. Há algum dinheiro sobre a mesinha para a gorjeta. Não é necessário lhe dizer que jamais deve revelar seu paradeiro. Não confie em ninguém e também não abra a porta se...

– Ainda sei me cuidar – falei, interrompendo a lista de cuidados. – É só isso?

– Não me espere, só voltarei ao amanhecer.

Jan Kmam possuía poucas roupas, enfurnadas em uma sacola sem o menor cuidado. Além delas, tinha três caixas de papel com seus amados livros. Curiosa, abri todas elas e achei a velha pasta de couro. Despejei seu conteúdo sobre a cama e deparei com uma pequena fortuna em joias e pedras preciosas. Então era dali que vinha o dinheiro, Kmam não mentira. Certamente já vendera algumas delas para conseguir manter as aparências. Havia desde anéis a brincos; pequenos saquinhos de veludo negro cheios de brilhantes, pérolas, rubis, e no último um pequeno lingote de ouro. Senti-me uma bisbilhoteira de marca maior, revirando seus objetos. Guardei tudo com cuidado redobrado e fiquei pensando o que investigaria a seguir. Naquela pasta havia valores suficientes para recomeçar uma vida. E pensar que aquela pasta já estivera no casarão nas mãos de Teresa, que de tão fascinada com seus livros, sequer se interessou em abri-la. Aquele filho da mãe tinha muita sorte! Graças a Teresa, suas economias não terminaram nas mãos de Gustave Rohan.

Àquela altura eu já havia xeretado tudo ou quase tudo, faltava sua cama. Aproximei-me do caixão bem devagar, pois realmente sentia medo daquela coisa, mas isso não foi suficiente para me impedir de puxar a lona, tocar sua madeira brilhante e passar a mão por sua forma detalhada. Apesar de ter dormido dentro dele, não conseguia lembrar-me de seu interior. Seria tão belo por dentro quanto por fora? Prestes a abri-lo, recuei, lembrando-me de que poderia estar cheio de areia e ratos, como em muitos filmes. Certamente só havia um modo de descobrir.

Ergui a tampa para encontrar o forro de cetim creme e brilhante. Exalava um cheiro de coisa antiga guardada.

Sorri de minha estupidez fantasiosa tocando o tecido macio. Sei que vai parecer ridículo, mas cabiam tranquilamente duas pessoas, talvez por isso eu tenha dormido tão bem ao seu lado. Levei o pequeno travesseiro ao rosto e senti o cheiro de seus cabelos por ele todo. Comportava-me como uma típica mulher apaixonada ao revirar seus pertences e cheirar suas roupas. Era o tiro de misericórdia em meu orgulho próprio.

Enquanto pensava nisso, notei que havia algo dentro da fronha sedosa. Acho que ri e me senti convencida. É, convencida. Jan Kmam com algo meu, algo para lembrar, sentir, como eu mesma fizera, guardando suas roupas naquela caixa. Porém, o que tinha nas mãos era pessoal demais, tratava-se de minha camiseta de dormir, e ali dentro do travesseiro dele. Seria para sonhar comigo ou simplesmente sentir meu cheiro, como a pouco eu mesma fazia? Bem, aquilo fora o fim de minhas buscas. Sem mais nada para fazer, adormeci, com o controle remoto da televisão nas mãos. Na manhã seguinte, acordei com a batida de Vitor na porta. Murmurei um "já vou" sonolento e fui atender enrolada no lençol.

A cidade estava fria e chuvosa.

– Está tudo em ordem?

– Acredito que sim, ainda estou viva. Acordou muito cedo, não? – falei, jogando-me sonolenta sobre a cama.

– É quase meio-dia, Kara – afirmou, indo para o telefone pedir meu café da manhã.

– Nossa, dormi demais.

Olhei em direção à lona e o vi cobrindo o caixão. Pedi licença a Vitor e fui para o banheiro. Quando saí, encontrei meu café no carrinho.

– Ele está ali, não é?

– Com certeza. E vai dormir o dia inteiro, como sempre – afirmei, sorvendo o café com leite quentinho.

– Que vamos fazer hoje?

– Nada.

– Como assim nada? Podemos dar uma volta pelo hotel, almoçar na cobertura e aproveitar a vista panorâmica.

– Se vamos ficar presos, que o façamos em grande estilo. Além disso, Kmam não liga se gastarmos dinheiro. Então, que me diz? – perguntei, levando o garfo à boca.

– Kmam acordou-me às quatro da manhã para dizer que deveríamos ficar juntos e trancados, por questão de segurança. Segundo ele, Gustave pode estar dormindo, mas seus amigos e criados não.

– O que os olhos não veem o coração não sente – disse, partindo o maravilhoso bolo de trigo. – Ele o ameaçou, não foi? – perguntei, sentindo a raiva dominar-me. Sorvi o suco lentamente e resolvi esperar. Ia tratar com Kmam, pessoalmente.

– De certa forma sim, mas não vamos pensar nisso. Disse o quanto iremos esperar?

– Uma semana, segundo ele.

Para matar o tempo, jogamos cartas por horas e eu acabei trapaceando, mas tinha meus motivos. Vitor era uma fera no buraco, e para salvar minha honra de jogadora e mulher, resolvi partir para o ataque.

– Estava perdendo feio e de repente começou a ganhar como um profissional? Kara, eu saio um instante e o que faz? Rouba as cartas do baralho! Sua danadinha! – disse, fazendo-me cócegas nos quadris.

– Pare! – pedi rindo, como há muito não fazia.

– Ladra, roubando para ganhar mais chocolates! – disse, seguindo-me pelo quarto, enquanto fugia dele jogando os travesseiros, revirando tudo à volta.

– Que vergonha, doutor, perdendo para uma principiante e sua paciente! Doutor para paciente, paciente para doutor! – falei brincalhona em cima do sofá, com um travesseiro nas mãos.

– Eu vou pegar você – falou, correndo atrás de mim pela pequena sala. Corri para o quarto e o encarei.

– Como é doutor, está cansado?

– Vou pegar você, Kara, e vou fazer...

– Fazer o quê, doutor?

Nossa alegria sumiu e deu lugar ao silêncio envergonhado, por que ao certo não sabíamos. Distraídos, não percebemos que a noite caíra e que Kmam havia despertado do outro lado do quarto. Após sua aparição, a alegria do ambiente morreu. Apesar da situação ser um tanto embaraçosa, fiz tudo de propósito. Queria provocar ciúmes.

– Posso jogar também? – perguntou Kmam, malicioso.

– Comigo não, obrigada – disse, indo para a sala, onde liguei a televisão.

Sentada diante do aparelho, percebi que Kmam dizia algo a Vitor, mas não pude ouvir. Logo depois, Vitor seguiu em direção à porta.

– Aonde vai? – quis saber, curiosa com sua rápida mudança de atitude.

– Tomar um banho e jantar, dormir um pouco.

– Pensei que fôssemos jantar juntos – disse, sentindo sua distância. Ele nem me olhava nos olhos.

– Temos a semana inteira. Além disso, tenho de desfazer as malas, joguei minhas roupas dentro de qualquer maneira. Deve estar tudo amassado – desconversou.

– Posso saber o que está acontecendo? – disse, sentindo Kmam às minhas costas, feito um cão-de-guarda.

– Quem tem que fazer essa pergunta aqui sou eu. O quarto está uma bagunça. Você seminua e Vitor correndo atrás de você. O que estava acontecendo?

– Não acredito! O que visto não é problema seu. Agora fale! Você está ameaçando Vitor, não é?

– E por que motivo faria isso? Pelo que sei, Vitor veio conosco de livre e espontânea vontade. Sou um vampiro, não um mafioso. Sim, ia me esquecendo, obrigado, foi muito gentil desfazendo minha mala. Agradeço.

– Quero saber que conversa é essa de livre e espontânea vontade?

– Vitor não corre perigo algum, mas como se sentiria muito sozinha, resolvi que seria melhor se tivesse alguém para cuidar de sua segurança enquanto durmo. Ele é o melhor que conheço para o serviço. Preocupa-se com você e ainda é médico, um excelente médico – finalizou amável.

– O que disse a ele para que saísse daqui tão depressa?

– Perguntei como tinham passado o dia e ele respondeu. Logo em seguida, disse que precisava ir, nada demais.

–Você pode não ser da máfia, mas é bem pior. É um péssimo mentiroso! – falei, vendo-o desafivelar o cinto.

– Então somos dois – disse abrindo as calças e fazendo-me deixar o quarto.

Eu fitava as imagens da televisão, mas nada via. Era só um ponto para onde olhava, enquanto a raiva crescia dentro de mim como uma bola de neve. Detestava aquela situação. Podia sentir a revolta de Vitor, seu desconforto resignado. Algo estava acontecendo e minha alienação ao fato deixava-me louca de curiosidade e insatisfação.

– Já jantou? Desculpe-me, esqueci completamente de que iria jantar com o doutor. Ele não é um cavalheiro? Terá que jantar sozinha ou pode fazê-lo comigo, se quiser – sugeriu, prendendo o cabelo já penteado.

– Prefiro morrer de fome.

– Duvido. Seu apetite é um dos melhores que já vi em uma mulher. Lembro-me de que, mesmo quando a mantinha como refém, nunca rejeitou um prato de comida. Pelo contrário, chegou a me acusar de deixá-la com fome – relembrou, deleitando-se com o fato.

– Tem razão, não é falta de apetite, é tão somente a companhia.

Sua alegria morreu no mesmo instante. Ele arrancou a jaqueta de cima da poltrona e antes de sair falou áspero:

– Não seja por isso!

A porta bateu e ele sumiu irritado. O importante era evitar sua aproximação. Isso me deixou mais tranquila. Era preferível ficar sozinha a ter sua companhia perturbadora.

Num revide infantil, peguei o telefone e pedi um jantar com tudo que tinha direito e regado a vinho francês. O gosto de revolta durou pouco. Afinal, ele não estava presente para me ver gastar seu dinheiro. Não adiantaria nada, pensei, olhando a cadeira vazia do outro lado da mesa vazia. Ergui meu cálice e brindei junto com o fantasma que me sorria provocante:

– À vida! – disse, para depois sorver o líquido tinto e suave.

– À morte – disse, imitando sua voz, que nem de perto chegava à realidade.

Gostaria de ter ficado bêbada, dormido no sofá apenas para dar a ele o trabalho de me aturar, de me arrastar para a cama, mas isso não aconteceu. Minha resistência ao álcool era admirável, cheguei a fazer apostas e nunca perder. O pessoal da faculdade adorava pegar um desavisado e ganhar o dinheiro do pobre inocente. Naquele instante, senti falta da faculdade, da turma antiga e dos amigos. A bebida estava me deixando melancólica, era hora de vestir a roupa de dormir.

Começou a chover e isso foi o suficiente para embalar meu sono tranquilo e pesado.

22. Nos sonhos de todas as noites

O som das espadas tinia alto. O brilho das lâminas prendia minha atenção, até que o silenciou tomou o salão vazio. Vi uma mão me convidar na escuridão. Pensei que fosse Kmam. Segura e firme ela me conduziu. Porém, ao fitar meu acompanhante, deparei com um homem sem rosto. Só podia ver seus olhos, e eles me paralisavam. A gargalhada trouxe-me de volta à consciência, mas era tarde. A espada estava cravada em meu ventre. Ele me olhava bem de perto. Havia ódio naqueles olhos. Assim que tirou a lâmina de meu corpo, segurou-me e sussurrou suavemente:

– Eu te amo.

A gargalhada chegou aos meus ouvidos enquanto eu caía sem parar, até que finalmente despertei na cama gritando o nome de Kmam.

– Estou aqui – falou, surgindo na escuridão, deitado ao meu lado.

Abracei-o ofegante recuperando-me do pesadelo. Fiquei ali, como tantas outras vezes, sentindo-me segura e forte novamente.

– Estou aqui e sempre estarei – sussurrou, apertando-me em seus braços.

– Tive um pesadelo. Um homem me matava com uma espada. Ele tinha olhos claros, parecia ser você, mas não era. Estava sozinha no escuro – falei, chorando ainda apavorada.

– Estamos só nós dois no quarto.

– Acenda a luz, está escuro. Não gosto do escuro.

– Com a luz acesa, ele voltou para a cama até eu me acalmar e adormecer sobre seu peito. Ao acordar pela manhã, encontrei apenas uma rosa sobre o travesseiro.

O terceiro dia foi igual. Passava as manhãs e as tardes me distraindo com Vitor, mas quando a noite chegava, ele arrumava uma desculpa e sumia do quarto antes de Kmam despertar. Aquilo me deixava maluca. Tinha vontade de encostá-lo na parede e fazer com que falasse o que acontecia. Contudo, temia envergonhá-lo. A saída era fazer Kmam falar, mas como conseguiria isso?

Como de costume, Jan mudou de roupa, perfumou-se e saiu, falando um delicado boa-noite. Não comentou sobre a noite do pesadelo e agradeci por isso. Meia hora depois, retornou ao hotel. Calmo e muito calado, sentou-se a certa distância no sofá e tentou ver televisão.

De soslaio, olhei curiosa. Estava corado e seus lábios pareciam mais sedosos e convidativos. Desejei tocar sua pele. Estava quente e viva. As pernas estavam cruzadas de forma relaxada sobre a mesinha de vidro, a velha bota ainda era a mesma daquele primeiro encontro. Suspirei e me censurei. Estava bancando a mulher apaixonada de novo.

– Você está bem, Kara? Parece um pouco pálida.

– Estou. É só apatia.

– Como passou o dia?

– Acordei, tomei café, vi televisão, andei de um lado para o outro de minha jaula, joguei dominó, dama, cartas e xadrez com Vitor. Li, dancei, comi novamente, dormi um pouco, vi televisão e aqui estou outra vez. Um dia emocionante, como pode notar – disse, sem conseguir controlar meu sarcasmo.

– Sei que é uma mulher muito ativa para ficar presa entre quatro paredes, mas prefiro ser vítima de sua raiva a permitir que Gustave a pegue – disse, num clima de “vamos fazer as pazes”.

– Eu sei – falei, apreciando o cessar fogo – mas já faz três dias, e nada aconteceu. O que está esperando?

– Minha espada – respondeu, aberto ao diálogo.

– Não pode matá-lo com outra coisa? Sei lá, um machado, uma faca?

– São ideias muito boas, mas realmente preciso de minha espada. Não expliquei a você, mas acho que chegou a hora de fazê-lo. Mas é você quem me impede, sempre zangada e aborrecida.

– O que esperava? Eu passo o dia inteiro trancada vigiando seu sono, esperando a camareira para que limpe tudo e não pergunte o que tem debaixo da lona ou por que nunca saio do quarto.

– Quer sair um pouco?

– Podemos? – perguntei, sequer acreditando.

– Se prometer se comportar.

– Vou pegar um casaco – avisei, indo ao guarda-roupa. Lá chegando, aproveitei para ajeitar o cabelo, passar batom e colocar perfume.

– E Vitor? Não quis vir conosco?

Estávamos no corredor em direção ao elevador quando me lembrei dele.

– Falei com ele enquanto se aprontava. Disse que ia ler um pouco.

Diante de sua resistência, resolvi me calar e esperar o momento adequado. Irritá-lo agora seria uma grande estupidez, pois ainda estávamos dentro do hotel. Kmam segurou minha mão e não a soltou mais. Cruzamos o *hall* e seguimos para a saída onde, para minha surpresa, o manobrista nos aguardava com o mais novo brinquedo de Kmam: uma moto negra como a noite. Possivelmente a que tinha deixado Filipe encantado. A BMW parecia um garanhão árabe de tão esbelta e altiva. Recebi o capacete e subi com sua ajuda no que Kmam chamou carinhosamente de *Cheval*, cavalo. Ela parecia devorar as ruas de São Luís com seu motor suave e possante, levando-nos à beira-mar. A ponte brilhava distante lembrando pingos de ouro. Os carros, em número um pouco menor devido ao adiantado da hora, deslizavam suaves como se flutuassem através do São Francisco. A brisa marítima soprava fria vinda do mar escuro ao longo da murada. Recostada ali, fitava o outro lado da margem iluminada por mil vidas. Sentei-me no banco para desenhar no muro e contemplar as palmeiras dançando ao vento. Palmas sedosas no farfalho dengoso alertando os sentidos.

UNIDADE II

Jan Kmam

23. O PASSADO

– Gosta deste lugar?

Kmam estava encostado na murada ao meu lado, tranquilo e bastante à vontade.

– Muito. Costumava vir aqui com minha mãe e meus irmãos. Ficávamos horas esperando que os caranguejos subissem na murada, apenas para empurrá-los de volta na lama – comentei sorrindo, enquanto fitava a água escura.

Comemos algodão doce, pipoca e sorvete. Foi um passeio e tanto para nós. Simples, porém agradável.

– Mamãe gostava muito do mar e este ainda era um de seus cantos preferidos na cidade. Era tão divertido quanto ir à igreja em Santa Inês. Moramos lá antes de vir para a capital. Sabe como é cidade pequena. Foi um tempo bom, admito, nada comparado à cidade. Lá, todos se conhecem, são compadres e comadres, se falam. Uma cidade pequena e amiga. Crescer ali foi a melhor coisa que me pôde acontecer. Não ficamos tanto tempo, mas aproveitei cada dia

Kmam sentou-se ao meu lado e esperou pelo resto de minhas recordações.

– Íamos à igreja, ao cinema nas tardes de domingo, ficávamos na pracinha. Era maravilhoso. Nossa, falei demais – disse, notando que ele estava calado há algum tempo.

– Gosto de ouvi-la. Seu tom de voz me agrada muito. Sinto que estou dentro de uma sala pouco iluminada, recostado em travesseiros, e a única coisa que me liga ao mundo é a sua presença – comentou, fechando os olhos por alguns segundos.

– Entendi. Dá vontade de dormir.

– Não seja tão rigorosa consigo mesma. Acalmaria feras e bestas com um sussurro.

– Pensei que apenas a música tivesse esse poder.

– Sua voz é música. A música que desejo ouvir para toda a eternidade. Doce e meiga e ao mesmo tempo forte como o vento – disse, tocando meu queixo com carinho, olhando em meus olhos, atraindo-me para perto.

– Kmam – sussurrei. Fazendo-me de forte, segurei sua mão e cobri seus lábios, evitando o beijo.

– Kara – tomou minha mão entre as suas e a beijou, sôfrego. – Vê? Até nossos nomes combinam: Kara e Kmam.

Havia uma promessa velada no olhar azul. Fiquei de costas e evitei constatar sua decepção. Comecei a andar pela calçada deserta com os braços cruzados. Pouco depois, ele me chamou:

– Venha, vou contar o que deseja saber – disse, com certa impaciência na voz.

Sentei-me novamente no banco e mantive-me distante. Kmam não parecia à vontade para falar de seu passado. Só o fazia por simples respeito à minha pessoa, nada mais. Para ele, aquilo não passava de um erro, e cometer erros é algo normal para qualquer um, mas nunca para ele. Sentia que havia cometido um erro não me revelando a verdade.

– Tudo isso começou há trezentos e cinco anos. Era 1690 e vivíamos sob o reinado do Rei-Sol, um governo absolutista, o que nos é indiferente. Não importam os governos, política, Estado, vivemos distantes de suas leis. Respeitamos o sistema, porém a distância deve ser mantida. O anonimato é imprescindível para nossa sobrevivência. Naqueles dias, Otávio estava de malas prontas. Queria viajar, ver o mundo, ou uma parte dele.

– Espere um pouco. Otávio é o nome do seu pai? Então nasceu vampiro? – Kmam riu e balançou a cabeça em negativa.

– *Ma chérie,* ninguém nasce vampiro. É uma fatalidade ou um presente. No meu caso, um presente fatal. Terei de voltar um pouco mais no tempo. É até melhor, não tem problema.

– Tem certeza?

– Absoluta, não se preocupe. Não será desagradável para nenhum de nós dois. Quem sabe não recue comigo e veja por meus olhos como tudo aconteceu. Estávamos na Paris do ano do Senhor, de 1572, no mês de agosto. E naqueles dias havia no ar um tom forte de intriga e morte criado por protestantes e católicos.

– Não posso acreditar! Você, um protestante!

– As coisas eram diferentes. Boa parte dos parisienses tornou-se protestante. As ideias de Calvino começaram a penetrar Paris por volta de 1520. Ele assimilou as reformas de Lutero, porém de forma mais radical e simplificada. Quando nos reuníamos, havia comentários sobre a Bíblia feitos por um sacerdote sem paramentos, e a Igreja seguia o mesmo sistema, ou seja, nada de imagens. Quanto aos fiéis, nós, obviamente, deveríamos nos batizar e comungar. Como Lutero, Calvino acreditava que a Igreja era útil à salvação. Contudo, foi obrigado a deixar Paris e se refugiar na Suíça, na cidade de Genebra. Suas mudanças agradavam e desagradavam, os motivos eram diversos. Muitos se sentiam atraídos pelo reformismo, alguns sentiam o peso das perseguições e de todo o resto. Na grande maioria, nobres e burgueses, como minha família, sentiam cada vez mais o peso das exigências do rei e da Igreja. Dessa forma, não fora nada difícil mudar de credo, mas ser um huguenote não era fácil. Havia perseguições, mortes, confusões. A luta religiosa tomou caráter político. A maior prova disso foi a propagação do capitalismo, que nessa religião se espalhou com grande força.

– Em que você acreditava?

– Eu acreditava em muitas coisas, mas meus motivos para abraçar o protestantismo foram outros. Segui meu pai e todo o resto da família por comodismo. Eu era o filho estranho, porém muito astuto nos negócios, o que me dava certa liberdade de ação. Por exemplo, ainda estava solteiro aos 27 anos e isso era considerado estranho. Foi numa das celebrações de nosso culto que eu o vi, meu motivo. Para falar a verdade, meu motivo tinha a sua altura, olhos verdes como um lago na primavera, uma boca pequena e rosada, cabelos dourados como o sol e um rosto de anjo. Minha mulher. Ela era protestante e se casaria com um protestante. O pai dela era muito rígido com relação a isso e o meu também. Foi um duplo abraço, e eu o dei consciente. O amor realmente nos faz cometer loucuras, e aquela foi uma das melhores que já havia cometido.

Quanto à doutrina, era um tanto severa, mas pregava o que todo burguês da época desejava ouvir, que empréstimo de dinheiro a juros não é pecado condenável. E ainda dizia mais: que ser rico não era pecado, e sim uma prova de ser querido por Deus. O mundo mudou tanto. Acredito que este tenha sido um dos muitos motivos que levaram meu pai a se converter. E ali estávamos, os Kmam huguenotes. Devo admitir que minha família sempre foi bem colocada. Propriedades e negócios que iam muito bem, obrigado.

Mas havia o outro lado, o de pessoas que eram condenadas e executadas por serem consideradas hereges. Mas deixe-me voltar a Valéria.

– Sua esposa?

– Sim, seu nome era Valéria. Eu costumava chamá-la às escondidas de ninfa, por assemelhar-se a uma. Estávamos casados havia quatro anos e aquele seria nosso primeiro filho. Ela estava apenas com 17 anos, e eu com 30.

Hoje em dia, isso é um pouco malvisto, mas no século em que estávamos era perfeitamente normal. Vivíamos em La Rochelle, mas Valéria não gostava, queria voltar para Paris a todo custo. Sempre que podia, fazia-me jurar que voltaríamos para lá, afinal, tínhamos uma casa e os negócios. Ela sentia falta de seus parentes, que ainda viviam em Paris. Deve lembrar-se de que não tínhamos o direito de celebrar nosso culto em Paris, só conseguíamos isso nos subúrbios de duas cidades: Motauban e La Rochelle. Era uma trégua que nos beneficiava muito, se quer saber, pois todo mundo precisa de paz para falar com Deus. Imagine sua alegria quando soube que iríamos a Paris assistir ao casamento de Henrique de Navarra com Margarida de Valois, irmã de Carlos IX. Parecia uma criança, sabia que seria um grande acontecimento. Todos os huguenotes estariam presentes para o casamento e de maneira alguma queria ficar de fora, claro.

Mas bem sabiam os homens da casa que o evento significava muito mais do que isso, havia um trono em jogo. A união favoreceria os protestantes, pois um herdeiro de Henrique de Navarra chegaria ao trono, e isso deixou muita gente preocupada. Com isso, lá fomos nós, criados e baús rumo a Paris.

A cidade estava cheia. Havia pessoas pelas ruas e lá mesmo dormiam, pois as estalagens e pequenas tavernas estavam cheias. Muitos protestantes até dividiam o quarto com católicos. Acredite, deve ter sido demasiado educativo.

Nós nos instalamos em nossa casa, que era grande e cabia a família inteira. Havia cheiro de festa no ar e um tempero mais pesado: a intriga e a discórdia que eram destiladas nos ouvidos de Carlos IX por sua mãe. Ainda assim, houve o casamento. A tão esperada união. Lembro-me dos criados dormindo cansados sobre a palha da cozinha, do cheiro de sopa quente no caldeirão sobre o fogo. A casa ficava um tanto quanto afastada das ruas mais próximas ao palácio e foi isso que nos fez demorar a entender o que acontecia realmente.

A cidade dormia tranquila, como Valéria em meus braços. Podia sentir seu ventre crescido de encontro ao meu corpo, o movimento do bebê ali dentro, protegido. Estava desperto, pensando em como era feliz nos negócios. Imaginava meu filho, divagava entre os lençóis. Mesmo com as janelas abertas, sentíamos a onda de calor. Havia uma quietude perturbadora no ar.

Lembro da face de Jan Kmam me contando fatos tão pessoais e antigos, mas para ele tão presentes e repletos de melancolia.

– Jan? – ela chamou suavemente, enquanto buscava minha mão nas cobertas.

– Ainda não é hora de despertar. Descanse, o dia foi agitado.

–Sonhei com você. Estava doente e sangrava.

– Foi apenas um pesadelo. Sempre estarei aqui do seu lado – disse por fim, abraçando-a com carinho.

– Foi muito real e sei que não estava lá. Você estava sozinho e ferido. Prometa que terá cuidado quando andar perto da ralé católica.

– Valéria, nunca iremos nos separar. Jamais deixarei você ou o bebê. Juro pela honra de minha família e pelo meu nome – disse, observando-a solenemente.

Enquanto conversávamos na cama, Valéria ouviu alguém chorando. Um som medonho invadiu o quarto, congelando meu sangue nas veias. Eram gritos abafados de dor de huguenotes que tinham as gargantas cortadas. A rua estreita abrigava um espetáculo pavoroso e indescritível. Pessoas em suas roupas de dormir corriam enlouquecidas, enquanto eram perseguidas violentamente por católicos. Desprovidas de armas, tombavam mortas, atingidas por espadas e lanças que as traspassavam impiedosamente.

Alguns tentavam se defender em luta aberta, porém o esforço era fadado ao fracasso. Mulheres, crianças, velhos, ninguém era poupado. Até mesmo os criados eram mortos, e a rua se encheu de sangue humano que descia na sarjeta como um rio vermelho de intolerância, banhando as ruas turvas de Paris. Com tochas nas mãos, eles obrigavam huguenotes a se converterem. Muitos renunciaram ao novo culto e se renderam ao catolicismo para não morrer.

Meu irmão a essa altura esmurrava a porta, gritando meu nome. Peguei a espada e o segui apressadamente pelo corredor, rumo à escada. Lá chegando, encontrei rostos desfigurados pelo medo, homens meio vestidos, ou ainda de camisolão como eu mesmo, que só vestia as calças. Meus sobrinhos choravam nos braços de suas mães amedrontadas.

Aparvalhadas, as mulheres da casa correram para o andar de cima e se juntaram à minha mãe e Valéria. Os homens lá em baixo olharam suas esposas e seus filhos, sabendo que aquilo poderia significar o fim de todos. Meus olhos buscaram os de Valéria. Quando a porta veio abaixo, no rugido da madeira sendo estraçalhada, os gritos invadiram a casa. O criado próximo à porta teve a cabeça decepada pelo primeiro golpe. Colhidos por nós, alguns soldados e católicos recuaram deixando os mortos para trás.

A porta já não existia, era somente uma abertura vinda do inferno por onde passavam demônios sanguinários. Logo estávamos cercados e as mulheres em perigo. Seus gritos nos desorientavam e a morte era inevitável. Dispersas, elas corriam para os fundos, deixando somente o pavor atrás de si. Infelizmente, de nada adiantou a fuga, pois foram apanhadas por espadas e lanças. Os tiros eram ouvidos lá em cima.

Amas, criadas e crianças jaziam no chão sob o avanço superior e mortal da selvageria ali cometida. Matei com a mesma ferocidade com que era atacado. Vi meu pai ser vencido e jogado sobre o corrimão do segundo andar. Corri até ele e tudo o que pude fazer foi receber a espada de suas mãos junto com seu último suspiro. Matei seu agressor. Vi duas de minhas cunhadas jogarem-se pela janela e encontrarem a morte. Eu estava chocado demais para lamentar. Tudo que ouvia eram os gritos de Valéria, meu nome parecia distorcido em seu pavor.

Cruzei a porta e vi minha mãe de posse da arma de meu pai. O disparo seco da arma pegou seu agressor no rosto e o jogou escada abaixo. Sua vitória não durou muito. Um disparo a atingiu no peito, fazendo-a cair morta. Na desordem dos móveis, meus olhos buscavam vida; contudo, só morte e sangue manchavam a minha vista.

Chamei o nome de Valéria. Ainda podia ouvir os seus gritos. Corri para nosso quarto, mas fui detido por um homem que me feriu o braço. Matei-o num golpe certeiro e encontrei um soldado sobre seu corpo ferido. O disparo de minha pistola o acertou na cabeça, deformando sua face. Curvei-me sobre Valéria e a depositei sobre a cama, esquecendo de me resguardar. Pouco importava agora. Minha ninfa agonizava em meus braços, havia sangue em seu ventre. Tinha os olhos arregalados de dor e os dedos sujos firmes sobre minha mão. Tentou tocar meu rosto e, por fim, morreu dizendo meu nome. Tudo que consegui foi chorar enfurecido, segurando-a em meus braços. Em meu pranto, não percebi um último soldado que buscava sobreviventes. O ataque foi rápido e fatal. Em segundos, encontrava-me no chão, trespassado por sua espada. Caído e indefeso, fui deixado à minha sorte.

Enquanto ouvia a narrativa de Kmam não conseguia mover um músculo. A tensão havia me paralisado, tudo que conseguia era respirar.

– A rainha-mãe tinha conseguido o que desejava: matara três mil huguenotes com a desculpa de uma conspiração contra o rei Carlos IX. E ele se convenceu disso, juntamente com aquela mulher. É claro que tal conspiração nunca existiu, fora apenas uma desculpa para reprimir os protestantes. Ela destruiu minha vida, acabou com tudo de bom e bonito que eu conhecia. Nossa família sumiu, não sobrou um Kmam vivo.

– E você?

Kmam deu de ombros e voltou a falar no mesmo tom pensativo.

– Não estou vivo. Morri naquela noite, como toda a minha família. Nada restou daquele homem alegre. Ele se afogou em sangue no chão da casa, pois seu carrasco não havia tido a delicadeza de oferecer uma morte rápida. Eu fitava o teto e sentia o sangue fluir entre meus dedos frios, enquanto tossia sufocando. Poderia ter ficado ali durante toda a madrugada, mas logo aconteceu.

Os passos na escada me alertaram. Tentei pegar o cabo da espada, sem conseguir fechar os dedos sobre ela. Era um homem. Ele não era soldado nem se parecia com um católico. Talvez fosse um aproveitador e estivesse roubando os mortos. Olhei seu rosto pacífico e frio, quase beirando a indiferença ao meu estado, e ordenei que partisse. Minha voz não passava de um sussurro fraco e moribundo. Indiferente, ele avançou pelo quarto em minha direção, passou pelo corpo de Valéria e abaixou-se perto de mim.

Sua sombra poderosa me cobria. Naquele momento, eu só conseguia vê-lo como um anjo, apesar de se assemelhar a um homem. Fitei o brilho flamejante de seu olhar sobrenatural, a cor marfim de sua pele rara e incomum. Tive medo e tentei rastejar para longe de sua presença.

– Não tema, vim ajudá-lo, meu amigo.

– Ajude-me! – supliquei, vendo-o rasgar meu camisolão, coberto de sangue. Não pensei nas consequências. Queria ficar vivo e me vingar.

– Meu nome é Otávio. Se confiar em mim, será livre como jamais imaginou que poderia ser. Eu lhe darei força e poder.

O que Otávio fez eu só compreendi anos mais tarde, mas acho que deseja saber exatamente como aconteceu. Ele tomou uma pequena adaga e traçou um corte na pele pálida de seu antebraço. O sangue jorrou de sua veia sobre o ferimento, que começou a borbulhar e queimar como fogo líquido. O corte cicatrizou por completo, mas ainda havia a dor crua na carne. Aparentemente, o ferimento desaparecera e meu ventre chato estava intacto, porém dolorido. Busquei explicação em seus olhos, mas não havia tempo. Podia sentir isso tão claramente quanto sentia a dor.

– Não é o suficiente, meu amigo, ainda vai morrer. Amenizei sua dor por apreciar sua pessoa. Desejo oferecer-lhe uma vida imortal, basta que também a deseje – falou segurando-me em seus braços, como a um filho ou o mais terno dos amantes. Bem, ele esperava uma resposta e eu a dei da melhor forma que encontrei:

– Não permita que me vá assim, não me deixe morrer.

– Jamais lhe negarei a vida – falou, afundando suas presas em meu pescoço. Um som sufocado escapou de minha garganta e me calou em definitivo. Crispei as unhas em seu ombro. Fraquejava, enquanto sugava o meu sangue.

Sentada ali, podia sentir um arrepio de prazer percorrer minha espinha, trazendo lembranças recentes. A sensação conhecida da pele ardendo, a luta débil do coração, a moleza gerada pela perda prazerosa de algo quente e vivo, a mente recusando-se a sentir dor. Senti sua boca junto ao meu pescoço, fazendo-me tremer.

– Quando ele finalmente me soltou, sentia-me quase morto e traído. Pouco importava agora quem eu era, onde estava e o que sentia. Chegara ao meu limite. Pude ver seu sorriso de vitória e meu sangue colorindo sua boca, fazendo-me ficar de olhos abertos, sacudindo-me com força.

– Acorde, acorde! Não quer viver? – perguntava.

Fitei seu rosto forte sem foco e senti o gosto da vida em minha boca. Era doce, levemente salgado, era sangue. Otávio presenteou-me com seu sangue e bebi cada gota dele, ansiando por mais e mais. No princípio, sequer conseguia sugar. O líquido descia por minha garganta farto e quente, animando-me a sugá-lo na fonte sem fim. A apatia durou poucos segundos, pois já o sugava com fome. Do vazio da morte, surgiu minha vida inteira. Minha mente transbordou, levando-me ao meu nascimento. Repassei à vida, às alegrias, às tristezas, aos amores e finalmente à morte. Um ruído infernal tomou conta de meus ouvidos perseguindo-me até a loucura que me dominava. O sangue não interessava mais. Levei a mão ao peito e senti a carne tremer viva. Meu coração retornava à vida, batia com força. Cobri os olhos para não ver as sombras que me atormentavam, os fantasmas e demônios. Tapei os ouvidos para não ouvir os ecos da morte. Meu coração parecia prestes a explodir e fundir-se à minha alma. Foi nesse momento que me ergui do chão e rugi com toda a força de meus pulmões.

– Calma, homem, deixe passar, deixe-se morrer ou enlouquecerá – Otávio segurava meus ombros com toda a força que conseguia para me trazer de volta à realidade. – Kmam! – gritou, sacudindo-me. Meus olhos estavam arregalados e fixos em seu olhar negro, vivo. Eles estavam mudando.

– Diga seu nome. Quem é você? Vamos, responda! – insistiu, sacudindo-me como se fôssemos velhos amigos.

– Jan Kmam – respondi meio estático, espantado com tudo à minha volta.

– Seja bem-vindo ao mundo dos vivos.

Kmam suspirou e observou as ondas quebrando mansas nos pilares distantes da ponte. Como não havia nada a ser feito, apenas toquei sua mão sobre a murada e sorri para ele, respeitando seus sentimentos e lembranças. Ele segurou as minhas mãos e as beijou, carinhosamente.

– Vamos esticar as pernas – disse, levantando-se do banco.

Acompanhei sem protestos, permitindo que ele descansasse o braço sobre meus ombros. Era maravilhoso sentir Kmam tão próximo, tão meu. Ele estava triste, pensei, sentindo-me culpada, mas não tanto a ponto de erguer meu braço até a cintura para completar o abraço.

– Quer parar? Não precisa contar o resto se não quiser.

– Preciso continuar, queria apenas andar um pouco. Obrigado por sua consideração. *Merci, ma petite.*

Fez uma breve pausa e, antes que eu falasse qualquer outra coisa, voltou a suas revelações:

– Vaguei por minha casa destruída como um fantasma fugitivo. Nada restava de meu mundo. Tudo que conseguia era sentir ódio e revolta. O gosto da vingança encontrava-se em minha boca e só conseguia substituí-lo pelo sangue de muitos de meus inimigos, que poderia conhecer na face católica.

– Junte tudo que lhe pertence e o que mais ama, precisamos sair dessa casa. Não é seguro aqui. Precisamos partir, Kmam. Este não é mais o seu lar, meu amigo. As lembranças, guarde-as consigo, mas quanto a este lugar, esqueça-o. Aqui caíram todos os que amou. Quer o mesmo?

– Nunca houve segurança para nós, para eles – disse olhando os corpos no chão. – Não existirá segurança para os meus inimigos!

– Cuidado, o ódio pode lhe tirar o melhor da eternidade.

Vesti uma roupa limpa e juntei os valores de minha família, as joias. Eram poucas nos corpos, pois não costumávamos ostentar o luxo. A simplicidade era uma qualidade huguenote, mas no cofre de papai havia muito mais. Recolhi tudo que encontrei. Por fim, notei que nada sentia além da frieza e da indiferença respeitosa. Nenhum porco católico colocaria as mãos sobre os pertences de um Kmam. Naquela noite, coloquei o anel de meu pai no dedo e somente o tirei para colocá-lo em seu cordão, Kara.

A revelação foi assustadora e me fez parar para buscar a murada em fuga de seu abraço.

– Foi uma grande responsabilidade, mesmo não sabendo.

– Confio em você. Quanto à responsabilidade, eu sei, também foi para mim nos primeiros anos. Seu peso em minha mão fazia com que me lembrasse do rosto de meu pai, fazia tudo voltar como uma onda de ódio que me cobria.

Naquela noite, Otávio vigiava a entrada, enquanto me despedia dos meus da melhor forma que encontrei. Juntei todos os cadáveres na sala e ateei fogo desde a cozinha até os quartos. Sentei ao lado de Valéria e observei as chamas lambendo toda a casa. Ia fazer o pesadelo dela tornar-se realidade. Beijei seus lábios e esperei quieto, mas Otávio me levou para fora e disse pela primeira vez o que eu era realmente.

– Quer se destruir? Você agora vive, e o fogo, assim como o sol, são seus maiores inimigos. Jan Kmam, você é um vampiro. É imortal, meu caro, viverá para sempre. Triunfou sobre todos eles, sobre este século e sobre o próprio tempo. Há vida na morte, meu caro amigo, olhe o fogo. Sua morte trouxe vida às chamas. Vamos, precisa comer – disse, subindo em seu cavalo.

Montei no cavalo e observei minha casa ardendo como uma tocha. Dando as costas ao passado, eu o segui em galope pelas ruas lamacentas e escuras de meu novo mundo: a noite. Pouco depois, paramos diante de uma casa humilde na Place de Grave. O mercado agora estava silencioso e tudo que víamos eram cães vagabundos que vagavam pelas valas em busca de restos de peixe e carne.

Otávio bateu e esperou muito pouco, um velho de aparência humilde surgiu detrás da porta e nos deu passagem. O ambiente realmente era simples e limpo. O fogo estava aceso e um caldeirão borbulhava entregue às chamas, mas o cheiro da carne cozinhando não me agradou, chegou mesmo a me dar ânsia de vômito. E foi o que fiz. Vomitei. Corri para a sarjeta, e lá acho que vomitei até que nada mais restasse dentro de meu estômago. Foi quando Otávio surgiu e me arrastou para dentro novamente.

– Sentirá coisas estranhas ainda esta noite, mas quero que as deixe passar. Nada de lutar. Não o criei para perecer diante do medo e da dor – falou reclamando, enquanto me ajudava a subir as escadas que nos levaram ao segundo andar. Ele abriu a porta e me conduziu à cama. Abriu as janelas e deixou a brisa da noite entrar. Jogado sobre o leito, senti muito calor e em seguida frio. Fiquei nesse estado por quase meia hora até mudar por completo. Morri como um mortal.

Otávio não saiu do meu lado. Tomou minha mão e passou-me confiança, ajudou-me a superar o medo. Como deve ter notado, Otávio tinha organizado tudo pacientemente para minha chegada. Ele sempre soube que aquele massacre aconteceria e apenas esperou o momento certo para aparecer.

– Está querendo dizer que ele poderia ter salvado você e toda sua família? Não posso acreditar nisso! – falei perplexa.

– Sim, Otávio sabia, mas não o culpo pelo modo como fez, Kara.

– E por que não? Ele poderia ter salvado muitas vidas.

– E consequentemente teria me perdido. Esta não é uma decisão que devamos tomar em nossas mãos. Temos poderes e somos responsáveis por eles, mas não a ponto de interferir na vida dos mortais. Há proibições em nosso meio, e uma decisão como esta pesava sobre a cabeça de alguém comum, um ser humano, com visão, responsabilidade e um coração, alguém de carne e osso. De repente, vi-me num abismo moral. A rainha e o rei, tão perfeitamente justos e humanos, tomaram aquela decisão.

– Que motivo o levou a salvá-lo? Tomando essa atitude Otávio não transgrediu as proibições?

– Não. Morri, e minha morte jamais iria afetar ou interferir no desenrolar da história da França. Ele me escolheu, e este é um dos poderes mais antigos e puros de um vampiro, o desejo. Ele não pode ser impedido nem mudado. Além disso, havia o amor. Ele me queria e me teve. Otávio salvou-me por me amar. E, mesmo assim, deu-me a chance de escolher.

– Então...

– Lembra quando disse que poderia ser qualquer um?

– O amor-vampiro não tem sexo?

– Não exatamente. O que posso dizer é que pode e existe troca de carícias, prazer, carinho, mas consumação nunca. Bem, sei de alguma coisa a respeito. Segundo Otávio, não foi nada agradável, tratando-se de fecundação. Prazer houve, refiro-me aos resultados. Gerou seres meio-humanos, meio-vampiros. Todavia poucos sobreviveram para se tornarem eternos. A mãe sempre morre, é inevitável. O melhor é dar e receber prazer ao morder nossas vítimas, mas entendo o que perguntou. Entre nós existe carinho, amizade ou ódio eterno, é dessa forma que vivemos. Sozinhos, acompanhados, e até mesmo em grupos maiores.

– Chegou a amar Otávio?

– Sim, de certa forma ainda o amo – afirmou de maneira séria.

– Mas e quanto a Gustave? Onde entra em tudo isso?

– Ah, sei! Quer saber se o amei também? Sim, mas é muito cedo para falar nele. Quero contar algo interessante – disse, andando vagarosamente.

– Tranquilo e morto, comecei a observar o quarto. No canto, perto da janela de madeira maciça, encontrava-se uma cômoda enfeitada com pedaços de bronze, o que na época era conhecido como arte de marchetaria, além de uma cadeira coberta com veludo negro e uma capa de lã. No chão, havia um enorme tapete e um espelho de bela moldura. Do outro lado do quarto, um baú, e sobre sua tampa repousava um par de pistolas. Era um luxo simples e necessário. A noite parecia inacabável. Otávio saiu prometendo voltar com algo para meu paladar. Confesso que pensei que ele fosse voltar com vinho, pois me sentia sedento e impaciente. O estômago vazio reclamava e parecia não desejar carne cozida. Andava de um lado para outro do quarto, quando parei diante do espelho. É a luz do candelabro, pensei. O quarto estava muito escuro. Busquei o candelabro e o segurei perto do espelho, recuando assustado.

Minha reação deve ter sido semelhante à sua, quando me viu pela primeira vez no claro. Aquele não era Jan Kmam, não o que eu conhecia. Um homem pálido, de aparência espectral, de olhos tão estranhos e belos quanto os de Otávio. Por fim, quando ri, seduzido por minha nova aparência, encontrei meus caninos já desenvolvidos. Afastei-me do espelho, confuso, e sentei-me na cadeira próxima. Sem querer, cortei o veludo com minhas novas armas, as unhas. Estava prestes a sair pela porta quando Otávio entrou no quarto acompanhado de uma linda mulher.

– Otávio, eu mudei, estou diferente. Leve esta mulher daqui, não quero que me veja – falei, segurando seu braço coberto pela camisa branca. A capa já havia sido jogada displicentemente sobre a cadeira. Fitava seus olhos escuros, o rosto duro com traços típicos de um romano.

– Jan, você está ótimo. Ela veio ajudá-lo e nada notará além de sua beleza, a não ser que queira que veja outra coisa. Quer isso? – perguntou, passando o braço sobre meus ombros. Era um jogo, e teria de aprender a jogá-lo da melhor maneira.

Uma refeição foi trazida para a jovem. Ela aceitou tudo sem protesto e, enquanto comia, não demonstrou embaraço ou educação. Comia com as mãos e bebia o vinho de modo ávido.

Era doce e preenchia o quarto. Via as gotas de suor em sua pele macia e tenra, uma morena cigana. Sentia-me atraído por sua cintura fina, os quadris perfeitos para mim. Desejei-a em seus trajes pobres e rasgados.

Devorei seu corpo de forma completa e queria tê-la em meus braços, devorar-lhe, beijar sua boca úmida de vinho. Perdido em meus sonhos, comendo-a com meu olhar sem pudor, sentia-me viril. Era como se nada mais existisse além dela, nem a dor nem os acontecimentos recentes. Só a fome por seu corpo. Não percebi que se aproximava. Alta e magra, com um andar cheio de volúpia, ela sentou em meu colo, tirou os sapatos e buscou minha boca.

Senti-me invadido, seu hálito saiu de seus lábios numa pergunta que atingiu meu olfato sensível, numa mistura doce de sabores.

– Quer algo especial, *monsieur*?

A noite estava naqueles olhos negros e emoldurados por sobrancelhas perfeitas. Sem conseguir me manter firme na decisão de não possuí-la, tomei seu rosto em minhas mãos e beijei-a faminto, sentindo minha firmeza de homem encontrar-lhe as coxas. Busquei-lhe os seios intumescidos sob o tecido e a fiz gemer baixinho. "A flor da lama", como Otávio a batizou, parecia apreciar meus carinhos famintos até que empurrou meu peito com força e tentou se afastar. Sua boca sangrava, e eu, atordoado com meu gesto, mas muito apaixonado pelo gosto de seu sangue, a deixei sair de meus braços. Livre, ela procurou os braços de Otávio, que estava na cama, recostado nas almofadas.

– Seu amigo tem muita fome. Acho que não poderei satisfazê-lo plenamente, *monsieur*.

– Está enganada, você conseguirá, é perfeita – afirmou, puxando-a para os lençóis, enquanto ela ria fogosa. Ele lambeu o sangue de seus lábios sujos e, entre uma carícia e outra, a distraiu. – Feche os olhos – pediu manso. Ele começou a beijar seu pescoço, enquanto os dedos habilidosos desfaziam o nó do corpete e afastavam a blusa para deixar seus seios à mostra.

Envergonhado, busquei a porta em fuga. Afinal, ela não me pertencia mais. Machucara seus lábios e agora ela me temia. Otávio, sobre ela, a afagava, ela estava quase nua. Segurou meu braço e falou comigo sem palavras pela primeira vez.

Ela é sua, Jan, mas terá de ir até o fim. Você sabe o que quer.

Suas palavras despertaram algo dentro de mim. Tomei o lugar dele e encarei o rosto da jovem, que me recebeu entre suas pernas.

– Então o garoto faminto voltou. Está mais calmo, *monsieur*? – quis saber, aceitando meus carinhos.

Mergulhei em seus cabelos escuros e a ajeitei em meu colo novamente. E ali, sentindo suas pernas macias sobre as minhas, deslizei as mãos em suas espáduas nuas. Podia ver Otávio apagando as velas, deixando o ambiente cômodo à minha timidez. Sentou-se na cadeira distante da cama e esperou nas sombras. Enquanto satisfazia aos meus desejos e aos da flor, notei que aquilo me agradava, mas não me satisfazia por inteiro. Sequer pensava em tirar as calças e possuí-la por completo. A fome que sentia parecia queimar. Sua boca ferida percorreu meu peito nu e encontrou meus lábios. Nos beijos ferozes, voltou a sangrar. Segurei seu queixo e suguei o alimento com força. Ela se debateu furiosa e tentou se libertar. Segurei seus pulsos com firmeza e calei seu grito. Estava fascinado com sua apreensão, seu olhar arregalado que suplicava piedade e ao mesmo tempo enfrentava-me feroz.

Otávio surgiu às minhas costas e mostrou-me o que fazer. Sua unha traçou um risco na pele delicada do pescoço da jovem e colocou-me diante do aroma quente do sangue dela.

– Beba, Jan! – ordenou Otávio, impedindo-me de fugir.

Beijei suas lágrimas e afundei em sua carne para sugar o precioso líquido, encontrando satisfação para todos os meus desejos e anseios. Quando fui afastado dela por Otávio, ela já estava morta. Continuei com seu corpo delicado em meus braços, fechei seus olhos, afaguei seu cabelo brilhante e a beijei pela última vez. Nunca vou esquecer minha flor da lama.

– Não podem ficar vivos? – perguntei, depositando-a sobre a cama como se estivesse apenas dormindo.

– Infelizmente, não. Precisam ser levados à morte. Se ficam vivos, tornam-se perigosos – comentou Otávio, pondo as pistolas dentro do baú, parecia preparar o quarto, fechou a janela. – Venha, a noite chega ao fim – comentou, pegando o candelabro sobre a mesa, depois de acender as velas novamente.

– E quanto a ela? – perguntei de pé, ao seu lado, na porta.

– Linot cuidará dela, não se preocupe. Ele é seu criado agora, assim como esta casa também é sua. Trate-o com respeito e jamais ouse tocar nele, entendeu? A rua está cheia de pessoas prontas para lhe oferecer sangue e prazer. Linot é único em sua lealdade – comentou, sorrindo para o criado. – Como deve ter percebido, não vivo aqui. Tenho de manter uma farsa. Para o mundo, sou um burguês católico, apesar de em nada crer além de meus poderes, e é assim que quero manter as coisas. Sua farsa virá com o tempo. Por enquanto, deve manter seu belo rosto nas sombras; mostre-o somente às suas vítimas. Linot é seu elo comigo. Quando quiser me ver, fale com ele, mas não será necessário chamar-me por muito tempo. Vivemos com cautela, pois o cuidado é a semente para o futuro – dizendo isso, empurrou um dos blocos de pedra, fazendo a parede abrir-se pesadamente. A abertura era estreita e limitada de altura, mas cumpria seu dever. Otávio passou as últimas ordens para o criado, que respondeu com uma afirmativa e observou o patrão sumir detrás da porta de pedra. – Ficarei contigo hoje, mas deve habituar-se a não ter a minha companhia para dormir. Minha casa deve ter um morador ou levantaria suspeitas. Vivemos numa Paris perigosa que vê em tudo um motivo para a morte.

Olhei à minha volta e encontrei-me num quadrado perfeito, sem janelas ou qualquer outra abertura. Fiquei um pouco assustado com a ideia do limite, mas me acalmei e procurei não pensar no fato em si. Foi nesse momento que percebi os caixões.

Dispostos sobre pequenas elevações que seguiam todo seu comprimento, repousavam fechados. O chão, como no quarto anterior, estava coberto por tapeçarias finas de desenhos rebuscados.

– Não deve ter medo deles, pois são nossa segurança maior – Otávio falou, lavando o rosto e os braços numa higiene inesperada. Ele notou meu olhar surpreso e sorriu para o espelho na parede. – Somos vampiros, não porcos. Nunca ouviu falar nas Termas Romanas? Respeito sua personalidade e seus gostos, mas procure se manter limpo. Será um grande atrativo para as suas vítimas – disse, preparando a jarra para que eu pudesse também me lavar. – Fique à vontade, a casa é sua, sou seu convidado.

Aproximei-me da bacia e lavei meu rosto como ele havia feito. Sentia-me realmente muito agradável com o cheiro de rosas.

– Hoje, Jan Kmam morreu. Quero que escolha um novo nome, basta um. Será o suficiente por enquanto. É melhor do que não ter nenhum. Isso não faz bem a um homem e muito menos a um vampiro.

– Sou um fantasma sem nome agora – concluí, olhando o espelho.

– Eu sei. Sabia que era especial desde o primeiro momento em que o vi em La Rochelle. Belo, altivo e sonhador – falou, elogiando sua criação.

– Sentirá em breve o que sinto hoje – comentou, tocando a tampa do caixão. A pedra de ônix em seu anel brilhou escura e misteriosa como ele mesmo o era. – Vê esta obra de arte? Este é meu presente para a sua eternidade. Ele é seu melhor amigo, sua segurança durante o dia e até mesmo à noite, se for o caso. Respeite sua madeira. Ela contém segredos. Antes de ser devidamente montado, recebeu um banho de um líquido muito especial. Ele jamais permitirá que a madeira aceite o fogo, mesmo que sobre ela seja derramada querosene.

Devo dizer que aquilo não me fascinou muito no começo; afinal, quem teria a infeliz ideia de atear fogo em meu caixão? Mas como tudo nessa vida um dia tem sua utilidade, agradeci e ouvi tudo a respeito de minha nova responsabilidade.

Para ele, os caixões significavam algo como um título de nobreza, algo a ser respeitado. Respeitei sua madeira e fui recompensado com a vida. Agradeci o presente e deitei-me nele pela primeira vez. Confesso que era tudo muito estranho. Fez questão de me informar que aquela caixa de madeira com alças, um caixão simples ao lado do meu, não era seu caixão. Ele dava grande importância ao lugar em que dormia.

Eu estava dentro dele e deitado, mas não conseguia puxar a tampa. Estava apreensivo, afinal tinha morrido havia poucas horas e agora entrava em um caixão, completamente vivo.

– Pela manhã, estará dormindo como uma pedra e nada sentirá, não se preocupe. À noite, estará bem consciente. Diga-me o que prefere para o jantar: criadas ou damas? – quis saber, rindo gostoso.

– Ambas – disse, sentindo-me mais calmo e rindo junto com ele.

Ele estava certo. Puxei a tampa e logo depois tudo ficou escuro. A última coisa de que me lembro foi da doce recordação da voz de Valéria desejando-me boa noite e assim dormi, com a sensação de conforto no coração infeliz.

– Venha, sente-se – pediu, carinhoso.

– Não, obrigada, minhas costas não vão aguentar quatro séculos de história – comentei, fechando o casaco leve que vestia sobre o vestido de algodão cheio de flores. Estava a poucos passos dele.

– Tive uma ideia – falou, puxando-me para me sentar de costas para ele. Dócil, aceitei o conforto de seu peito. – O que acha?

– Acho ótimo, mas quero que se comporte – falei em tom conciliatório.

– Tem a minha palavra de honra – falou, pondo a mão sobre meu coração para jurar.

– Sabe, não foi difícil aceitar a nova vida. O pior foi minha anulação como pessoa e a saudade que sentia de Valéria. Afinal, eu tivera um nome, uma família e negócios que vi passar para as mãos do Estado. Aquilo doeu tanto quanto ver minha casa em ruínas, completamente destruída pelo fogo.

Andando por uma Paris fétida, vimos carroças transportando corpos para serem levados a valas comuns. Era o retrato cruel de uma noite sangrenta que marcava toda a história da França. Perseguições, mortes, a tomada de La Rochelle, o caminho de vida nova nas Américas, nossos grandes sonhos.

– Participou de algum deles?

– Não. Sentia-me preso às minhas raízes, a uma vingança frustrada e a Otávio.

– Não se vingou? – minha decepção era evidente.

– É a favor da vingança?

– Maldosamente sim, acredito. É um compromisso para quem fica. Claro, não aconselho. Cada pessoa deve decidir o que é melhor para si mesma. Quero e vou conseguir vingança.

– Terá sua vingança, eu prometo. Mas para alguém pacifista é, como direi, um conceito maravilhoso. Seu mundo não vê a vingança com bons olhos.

– Está sempre falando “seu mundo”. Não se sente parte dele?

– De modo algum.

– Qual é seu mundo, então?

– Este. Pertenço à obscura noite, ao espaço onde o sol jamais vai brilhar, onde o entardecer divide os tempos do jogo.

Discordei, mas fazer isso com Jan Kmam era perder tempo. Logo, ele voltou à narrativa.

* * *

– Otávio me preveniu: jamais deve intervir, jamais deve tocá-los com o propósito de chamar a atenção. A raiva crescia a cada noite, a cada novo acontecimento. Mas eu não o ouvi. Meu maior desejo era invadir o palácio e matar Catarina de Medici e toda a sua laia. Iria assustá-los tanto e de tal forma que morreriam de pavor. Por sorte ou azar da França, comecei de baixo para cima, matando primeiro alguns soldados e católicos distraídos que reconheci durante a matança. Não foi difícil, chegou a ser divertido assustá-los e deixar que sangrassem até morrer. O que não pensei foi que aquilo pudesse afetar alguém, mas afetou. Sem querer, aqueci o fogo da revolta.

Simplesmente aproveitava a ausência de Otávio e saía para cumprir minha vingança. Quando retornei de uma delas, encontrei-o em minha casa. Acho que aquela foi nossa primeira discussão, uma das poucas que tivemos. Ele realmente estava furioso. Chamou-me de Kmam e só o fazia quando estava aborrecido.

– Paris inteira anda comentando! Falatórios geram suspeitas, e suspeitas geram suspeitos. Não vou perder tudo que possuo por causa de sua estupidez! Não me importa o que faça às suas vítimas, contanto que não deixe esses malditos bilhetes – cuspiu, jogando o pedaço de papel sobre mim, que ainda estava caído no chão, sentindo minhas costelas se juntarem de novo.

– O povo tem direito de saber por que eles morrem. Se não deixar o recado, não fará sentido

– A cultura grega lhe fez mal. Aliás, o conhecimento lhe faz mal. Passei anos enterrado e não gostei nem um pouco. Tive de recomeçar do zero, e isso agora me é totalmente impossível. Fiquei dependente do luxo. Preciso desfrutar da eternidade perto dos vivos, e não com os mortos.

– Ninguém prende fantasmas.

– Fui procurado pelo Conselho.

– Sabe o que significa isso? Condenação. Você é um tolo. Colocou a vida de toda uma espécie, de toda uma sociedade, em perigo.

– Ele estava certo. Eu me excedi, e muito.

– Não quero matá-lo, Jan, mas precisa compreender esse sistema para que possamos viver bem. Preciso de sua companhia na eternidade, meu amigo, mas devo pedir que pare. Pare ou terei de passar por cima do amor que sinto por você e entregá-lo à nossa justiça. Terá de ficar trancado cinco dias sem se alimentar.

Não era uma sentença das piores. Otávio conseguiu amenizá-la dizendo que era seu herdeiro, senão o castigo seria de um ano. Fiquei muito grato. Eu não era nenhum estúpido. Conhecia os limites de nossos direitos e cruzei a linha sabendo deles. Sabia que existiam outros castigos ainda piores.

Otávio levou-me até sua casa e me trancou em um quarto no subsolo. Era totalmente de pedra maciça. Sabe, pensei em matá-lo enquanto andava de um lado para outro, sentindo a fome me enfurecer cada vez mais. Planejei exatamente como faria passo a passo. Tive tempo para pensar, cantar, lembrar de Valéria. Tudo o que ouvia era meu coração faminto. No dia em que vi um rato correr pelos cantos do quarto, completamente perdido e amedrontado, cacei-o e saciei provisoriamente meu desejo. Tinha vontade de gritar, mas nada fiz, pois não adiantaria. O melhor era deitar no chão frio e esperar naquele estado de quase inconsciência.

Quando finalmente saí do castigo, estava magro e fraco. Antes de qualquer coisa, fui recebido por duas linhas mulheres que acreditaram que eu tinha fugido da Bastilha. Eu e Otávio fizemos as pazes e fomos jogar na taberna mais próxima. Eu me tornara um leviano. Compreendi que o melhor seria vê-los morrer; e matá-los seria pouco e rápido demais. E foi assim que vivi aqueles anos. Vagava pelo Sena; seduzia prostitutas, marinheiros, damas, cavalheiros, criadas, mendigos no Saint-Innocents. Um lugar e tanto, um refúgio perfeito para ladrões e todos aqueles sem dinheiro ou um lugar decente para viver. Assemelhava-se ao que você hoje chama de favelas. Policial algum se atrevia a ir lá. Um recanto com cheiro de morte, repleto de ossos pelas valas frescas. Pobreza, guerra, fome, Paris não ia nada bem. Aquele era o cemitério dos pobres, aonde todo indigente ia para seu descanso final. Nada comparado ao Saint-Paul, onde iam parar os belos enterros. Tínhamos nosso jazigo, mas agora era um lugar esquecido. Às vezes, perguntava-me como superei aquelas noites. Na maioria delas, deixava Otávio sozinho em sua casa lendo um volume e outro em sua biblioteca e saía em busca de algo que perdera havia muito tempo: a felicidade. Porém, nada encontrava além de sangue, becos e ruas vazias. Notre Dame acolhia-me em suas torres e seus batentes. Deve achar inusitado um ex-protestante e vampiro buscando abrigo e consolo numa igreja católica.

Jan Kmam falou e, num meio sorriso, esperava que eu falasse algo.

– Quando Lucas morreu, eu fazia o mesmo. Buscava uma igreja, ia lá tentar achar a paz para minha culpa e a encontrava. Afinal, o que é Deus, senão perdão? As igrejas têm o dom de acalmar almas torturadas como a minha e a sua.

– Acredita que tenho uma alma? Estou consciente num corpo que se esqueceu de cair. Uma ilusão fantasiosa de um homem que viveu muito tempo atrás. Diga-me, o que vê realmente quando me olha? Um homem?

– Vejo alguém fantástico, além de qualquer hipótese, de confirmação lógica. Um ser tão perfeitamente imperfeito quanto qualquer outro. Alguém que tem um coração duro, com acessos de moleza. Alguém que poderia amar eternamente, se pudesse.

Kmam inclinou-se sobre meu ombro e buscou meu pescoço para beijá-lo, fazendo-me recuar. Fitei-o de pé e encostei-me à murada, evitando olhar seu rosto.

– Fez isso somente para me testar.

– Precisa ser testada? Desculpe-me – disse, depois de um segundo de reflexão.

– Como era Paris nesses dias? – disse fugindo da sua aproximação.

– Era uma época difícil para viver. Havia muitos castigos e punições e poucas esperanças de uma vida melhor. Fogueira para bruxos, a roda para os ladrões, e muito mais. Cabelos como os seus dariam um bom lucro aos ceifeiros de Paris – disse às minhas costas, tocando-os para sentir a maciez dos cachos.

– Ceifeiros?

– Quando as prostitutas eram presas, ou uma beldade como você caía no agrado e nas mãos dos policiais, podiam ser encarceradas apenas por não lhes dar seu calor numa noite fria. Eles as prendiam e tosavam, conseguindo tudo de um jeito ou de outro. Sim, perucas. Belas perucas para as cabeças nobres ou burguesas – comentou, ajeitando meus cabelos. – Calma, *ma chérie,* não vou tosá-la.

– É muito realista quando quer.

– Sabe, castigos e execuções eram coisas normais. A roda era o tipo de acontecimento que divertia o povo. As praças ficavam lotadas, todo mundo queria ver um ladrão ser açoitado ou um acusado de bruxaria perecer nas chamas.

– Belo lugar para viver eternamente. O que fazia além de vagar, de ir a tavernas e matar? – comentei, aproximando-me cuidadosamente dele.

– Fazia negócios. Contratei um contador para ser minha voz durante o dia. Fiz meus empreendimentos crescerem para me sustentar. Comprei casas e cobrei aluguel, adquiri um navio, contratei um capitão e tripulação e um armazém para mercadorias. Era o suficiente para me manter ocupado e feliz. Com as licenças certas, tudo ia bem. Também adquiri um pequeno restaurante e o transformei num lugar de classe. O tempo foi passando, passando, levando as piores noites. Aprendi a usar meus poderes e a respeitar nossos limites. Mas não havia amor.

Amor só para Otávio, meu amigo, meu conselheiro, meu segundo pai. Estava com cem anos vivendo como vampiro quando fui avisado de minha iniciação definitiva àquele novo mundo.

– Está louco? Não vê que verde deixa parecendo um vegetal? – falou Otávio, impaciente com o costureiro. A complicada tarefa era arranjar um traje para um grande evento, o ritual de minha aceitação como vampiro, pelo Conselho. Deveria estar perfeito, segundo ele.

Acredito que era a febre da época. Paris vivia seus dias de absolutismo e o Rei-Sol vivia seu apogeu. Todos queriam parecer bem nessa realidade repleta de conspiradores.

Por qualquer motivo, alguém poderia morrer envenenado. E envenenava-se quase todo mundo naqueles dias. Versalhes era o ponto alto da corte, a nobreza e a burguesia eram convidadas a dedo e compareciam. Os demais choravam e tramavam para conseguir pelo menos caçar ao lado do rei. Mas nós não íamos a Versalhes, íamos render honras a outro rei, um rei vampiro. Não que uma vez ou outra não circulássemos nesse meio, aproveitando as festas e, obviamente, o sangue. Quando finalmente me decidi pelo traje azul, contrariando o costureiro e fazendo Otávio sorrir, tive vontade de desistir, mas ele nunca permitiria. Estava alegre demais para deixar que algo destruísse seus planos.

– Um evento como este só daqui a cem anos. Precisa ser aceito e reconhecido como herdeiro de meus poderes. Agora que já conhece seus deveres, também terá direitos. Poderá julgar e ser julgado e escreverá seu nome ao lado do meu no livro, para que entre em nossa história. Vamos! Ajude-me, Kmam. Não fique aí como um dois de paus!

Otávio certamente era um vampiro vaidoso. Parecia que estava ali havia horas, decidindo que roupa vestir.

– Confia nele? – disse, referindo-me a seu criado particular.

– Franco é mudo, esqueceu?

– Deveria ter cuidado com os serviçais – disse, entregando as joias em suas mãos, vendo-o abotoar o casaco.

– Posso matá-lo a hora que quiser e você sabe disso. Ninguém é insubstituível. Veja os governantes de Paris – brincou.

– Ele sabe ler e escrever, e isso basta – comentei, ajudando-o com o *plastron* e o broche que o prenderia. – Além disso, está sempre observando tudo que falamos – comentei, esperando que ele terminasse de se adorar diante do espelho.

– Não posso tirar isso dele, e, além do mais, ele é procurado. Um passo em falso e sua cabeça rolaria – falou, aborrecendo-se com toda a conversa. – Você é desconfiado demais, Jan. Para que trabalha tanto? Deveria descansar, tudo que faz é somar e calcular. Terá toda a eternidade para esquecer Valéria.

– Jamais esquecerei Valéria.

– Que seja. Gaste seu dinheiro com mulheres e garotos ou numa mesa de jogo, mas, por favor, divirta-se! Detesto vê-lo triste. Fica com uma aparência sinistra.

Nós agora vivíamos em uma mansão no Quartier Saint-Paul, um lugar perfeito para burgueses e nobres. Vivíamos em alto estilo, protegidos por muros altos, portões sólidos de madeira e tudo que o dinheiro podia comprar. Depois de tanto tempo vivendo na Place Grave, eu merecia algo melhor. O luxo me seduzia e sou um alvo fácil, como deve ter notado. A casa era fantástica. A frente era coberta com pedras de cantaria e pelos cantos cresciam trepadeiras floridas que subiam até o telhado, circulando as janelas de vitrais, onde pela manhã o sol raiaria supremo. O piso brilhante era coberto com tapetes vindos direto da Pérsia. Havia quadros de pintores conhecidos e anônimos. Para Otávio, o que importava era a beleza do conjunto, e não o nome pintado no canto da tela. Minha paixão eram as esculturas. Ficava horas observando formas e texturas. Podia ver minha ninfa sorrindo, graças à imaginação de um artista que pacientemente me ouviu descrevê-la nos mínimos detalhes. Ele ficou famoso e muito bem de vida, graças a mim e a Otávio, que patrocinávamos sua arte e exposições.

– Então mandou objetos para o Brasil.

– Sim, mandei.

– Eu sabia. Tem bom gosto. Sempre o senti pela casa. Gustave não pareceu interessado no que havia dentro dela. Aquela casa tem alma e vida próprias. É possível sentir isso pelos salões e corredores. É perfeita.

– Pensei o mesmo quando a vi pelo catálogo. Uma casa para formar um lar seguro para amar e ser amado. Sonhei com aquelas sacadas e com o jardim cheio de rosas.

– Diga-me, como eram as rosas?

– Quando comprei a casa? Exatamente como estão. Nada foi mudado além do anjo, tudo continua igual.

– Refiro-me à cor das rosas.

– Sempre houve abundância de vermelho. Mas o que significa este olhar, Kara?

– Não percebe? Gustave manteve o jardim da mesma maneira que você o viu. Deve ter um significado especial.

– O casarão estava abandonado quando o comprei, não havia jardim. Gustave recriou um jardim que sempre invejou. E, quanto às rosas, é cedo para falar delas. Pretendo descrever minha cerimônia de aceitação.

Na noite do Conselho, nos alimentamos e começamos os preparativos para o evento. Seguimos de carruagem até os arredores do Saint-Innocents. Lá chegando, dispensamos o coche de aluguel para seguir a pé pela escuridão. Pouco depois de uma caminhada silenciosa que fazíamos quase invisíveis, paramos diante de uma construção elevada. Era um velho mausoléu, enegrecido pelo tempo e coberto de hera e trepadeiras. A construção parecia encravada no chão. Otávio afastou cuidadosamente a planta e abriu passagem. Pousei meus olhos sobre as tumbas e segui adiante, um corredor escuro à frente. A princípio, vi velhas ossadas dispostas em buracos encravados nas paredes. Aos poucos, o corredor se estreitou e as ossadas sumiram. Toquei a parede e não senti insetos ou teias de aranha. Logicamente, o caminho havia sido limpo por completo e preparado para receber visitantes. Surgiram aos poucos uma luz trêmula e sons de sussurros, que à frente se tornaram vozes, conversas diversas. Era o fim do túnel. Estávamos diante de um salão iluminado, com vários candelabros distribuídos que sustentavam velas e mais velas. Não havia humanos presentes. Acho que sorri ao me sentir subitamente em casa.

Nossa presença foi confirmada por um jovem vampiro na entrada e logo depois nos misturamos aos demais.

– Não se assuste, está entre os da sua espécie – sussurrou Otávio ao meu ouvido, enquanto deslizávamos entre nossos semelhantes.

– Jamais, meu amigo, jamais – falei observando em volta. Homens e mulheres vampiros conversavam animadamente em pequenas rodas. Via o balançar dos leques, o girar das bengalas, seus trajes brilhantes, finos e caros. Ouvia o cintilar das joias nos colos perfeitos, em mãos tão alvacentas quanto as minhas. Eram demônios de beleza singular em vestidos de seda e veludo de todas as cores. Havia em cada rosto o poder da sedução. Deveríamos ser quase duzentos ali, e aquilo me fez pensar. Paris não suportaria. Não conseguiria alimentar a fome daqueles olhos verdes, azuis, cinza, negros, violetas. Juntos poderíamos matar como uma praga, uma peste. Seríamos descobertos. Nesse momento, recebi um cálice das mãos de Otávio.

– O que é?

– A resposta à sua pergunta. Vamos, beba e esqueça. Hoje, a noite nos pertence, mas se quer realmente saber, é algo vindo das veias de nosso rei. Beba rápido, é muito precioso e forte para ser desperdiçado. Ao início! – disse, erguendo o cálice, num brinde.

– Ao bizarro! – falei, sorvendo o sangue extremamente doce que chegou a travar minha garganta. Tossi. Uma mão bateu com delicadeza em minhas costas.

– Respire fundo e logo passará – a voz feminina falou, junto ao meu ouvido.

– Consuelo, minha querida megera. Onde esteve no último século? – falou Otávio em espanhol, enquanto beijava suas mãos enluvadas.

A dama em questão trajava um vestido vermelho e agitava um leque, sacudindo de leve os cachos negros.

– Rússia. Queria sentir frio de verdade – respondeu mudando de idioma, numa brincadeira entre eles. Enquanto eu sorria sem saber o que dizer, Consuelo o enlaçou num beijo mordido.

– Quem é o jovem que me olha furioso? – quis saber em francês, fitando o belo jovem espanhol de cabelos longos e traje negro em veludo.

– Chama-se Juan. Sangue quente. Não é perfeito? – perguntou vaidosa. Nossa espécie orgulha-se em conseguir pessoas bonitas, jovens e inteligentes. Mas não julgue mal. É uma beleza diferente da que vocês mortais conhecem. Essa beleza pode estar nos olhos, no temperamento ou na conduta estranha e perturbadora.

– É, poderia atravessar séculos em busca de algo assim – comentou Otávio, olhando o rapaz de alto a baixo. – Consuelo, este é Jan, meu escolhido. É sua primeira noite no Conselho.

– Eu notei – disse, apoderando-se dos meus lábios com volúpia. Suguei ávido as duas pétalas macias que eram sua boca, submetendo-a à minha vontade.

– Nossa... – disse tonta e abalada – Juan não faz.

– Aproveite que ele vem vindo e ensine a ele – disse Otávio, rindo do rosto furioso de Juan ao nos ver sair de cena.

Alguns dos convidados tomaram instrumentos musicais dispostos no canto do salão e começaram a tocar. Valsas, melodias para dançar do mundo mortal. Em parte, aquela festa trazia vestígios de sua cultura humana. Talvez seja essa a única coisa que respeitamos em seu mundo: a cultura de seus artistas. Todos eles, à sua maneira, conseguiam a imortalidade.

Os pares se formaram, havia duplas de mulheres e de homens que dançavam muito à vontade com aquela ambiguidade natural e aceitável no meio. Dancei uma valsa com Otávio e me senti muito estranho. Mas percebi que se tratava de um conceito antigo e certamente humano, que deveria morrer como meu corpo fizera. Ele era meu amigo e meu criador. Vi naquilo uma forma de carinho que poderíamos compartilhar. Não havia um critério específico de divisão entre membros mais antigos e mais novos. Os assuntos passavam por futilidades, filosofia, a última vítima ou como conquistar os mortais com mimos. Assuntos que não seriam apreciados em outra roda de conversas. Otávio e eu ouvíamos um de seus amigos falar da política atual na América. Todos pareciam interessados pelo novo continente. Sabe, uma vez Otávio perguntou minha nacionalidade e eu respondi que era francês, de imediato.

– E não é?

– Percebo agora que não possuo uma pátria. Sabemos de onde viemos, mas nunca onde vamos acordar na noite seguinte. Isso gera perda de nacionalidade. Perdemos o hábito de nos ver como franceses, espanhóis, alemães, russos, romenos. Entende o que quero dizer?

– Sim, um cidadão do mundo.

– Acho que conseguiu definir a minha situação. Um homem sem lugar certo, um nômade. E evitei por tantos anos admitir que caminhava para isso. Agora percebo que foi inútil fugir.

Kmam pareceu naquele momento muito solitário, perdido entre mundos que nunca significaram nada para ele. Ele tentou esconder e tudo veio à tona para mostrar que amou e teve uma vida tão comum quanto a de qualquer outro mortal. Mas isso era passado. Jan Kmam agora significava morte para aqueles que se aproximassem dele.

– E a festa?

– De repente as conversas se extinguiram no salão e todos começaram a sumir por uma abertura escavada na pedra. Otávio me conduziu por ela, enquanto me passava instruções sobre como me portar no ambiente que logo surgiria à nossa frente. A sala não era muito diferente da primeira. Espaçosa, de teto baixo e feita na pedra maciça. O ambiente era uma cópia do parlamento francês em todos os detalhes. Diante das cadeiras de madeira, ficava imponente um trono de veludo vermelho sobre um tablado com um tapete de mesma cor. Todos assumiram seus cantos entre murmúrios. Nós, os não inscritos no livro do Conselho, não tínhamos o direito de permanecer ao lado do nosso criador. A nós foram indicados acentos distantes da bancada e do trono. Eu era o décimo, e comigo havia mais cinco homens e quatro mulheres. Havia dez cadeiras e nenhuma a mais, somente dez de nós são aceitos a cada cem anos. Um número reduzido e respeitado. Se houvesse um sobrando, sequer passaria da porta, seria afastado e considerado um *personne né*, ou um ninguém. Provavelmente teria de esperar mais cem anos por este direito.

– Você me disse que eram quase duzentos na sala.

– Sim, duzentos naquela sala. Entretanto, isso não significa nossa totalidade pelo mundo. Até aquele século, quase duzentos vampiros reconhecidos, inscritos nos livros.

– Como saber quantos desses duzentos decidiram criar mais um vampiro?

– Quando cruzamos a barreira dos cem anos, adquirimos o direito e a capacidade de possuir um companheiro de nossa escolha. Podemos fazer isso bem antes, mas será por própria conta e risco. Daí em diante, avisamos o Conselho por meio de uma carta, com nosso selo pessoal. Seu nascimento é marcado, e dessa forma é feita sua contagem e observação. Os que passam são devidamente avisados e convidados a comparecer ao Conselho, mas não esquente a cabeça com números: poucos vampiros chegam aos cem anos.

– Pensei que fossem eternos.

– E somos, mas não imunes à solidão, à tristeza e ao suicídio. Existe também a possibilidade de nosso criador mudar de ideia e nos destruir. A maioridade chega somente aos cem anos, não importa quantos poderes possua ou quanto seja cruel com suas vítimas. Isso não é um fator isolado, é uma verdade. Não é ficção. Descobrimos poderes, verdades, maneiras novas de interpretar um mesmo estado de coisas e até a própria morte. É um novo mundo que se revela diante de nossos olhos e mente vampiros. Segredos são revelados de criador para criação.

– Por que está tão hesitante? – falei, vendo-o observar o mar.

– Não é hesitação, e sim cuidado. Devo revelar somente o necessário.

– Está querendo dizer que vem omitindo fatos?

– Conto apenas o essencial. Ir além seria tolice.

– Minha civilização nunca omitiu sua história – retruquei.

– Porque não quis – desdenhou.

– Mas...

– Posso parar se quiser.

Kmam estava jogando sujo quando insinuava parar. Sem saída, resolvi aceitar sua atitude misteriosa. Desisti do combate, mas apenas por aquele momento.

* * *

– Ótimo. Deixei-me retomar o relato. Na reunião, uma onda de silêncio banhava o Conselho. Permanecemos sentados até uma voz cerimoniosa anunciar a entrada do rei.

– Sua majestade Ariel Simom!

Seus passos ecoavam, seguidos por um longo manto. Parado diante do trono ele observou o Conselho à sua frente. Analisou toda a sala com interesse, examinou cada expressão estampada nos rostos. Dando-se por satisfeito, sentou-se, cruzou as pernas elegantemente e esperou o Conselho se manifestar. Um dos membros dirigiu-se à tribuna e deu início ao discurso de abertura. Foi um tanto demorado para o gosto de todos, mas o cerimonial deveria ser respeitado.

Enquanto isso, eu contemplava o rei. Estávamos no canto à sua esquerda, e eu podia vê-lo bem. Descrevê-lo é inútil, pois sua aparência era fascinante. Eu sempre me olhava no espelho e dizia para mim mesmo que era estranho. Mas Ariel ultrapassava essa frieza. Era como ver Otávio dentro de mil anos. Aliás, devo dizer, somos como o vinho. Quanto mais envelhecemos, mais apurados ficamos. O que acontece é o amadurecimento, o aumento dos poderes e das forças mentais e físicas. Fiquei completamente perdido dentro de seus olhos verdes-jade inexpressivos e poderosamente sedutores. Ariel suplantava qualquer um de nós naquele salão. Era o limite, penso eu. O limite.

Poderia ter ficado a noite inteira perdido no contorno suave de suas sobrancelhas quase vermelhas, descobrindo a forma de seus lábios finos e delicados, em seu porte poderoso e real.

Não restava nada mais de humano nele. Ariel era apenas um vampiro, forte e poderoso, inflexível em atos e palavras. Esta certeza me alegrou e entristeceu. Saber que atingiria aquele ponto-limite me deixou confiante. Finalmente, tinha encontrado uma certeza. Ali está o limite, eu me dizia. Encontrara um motivo para continuar a me levantar todas as noites. Sempre que me deitava me perguntava o que faria no dia seguinte para que tudo continuasse a valer a pena. Agora eu sabia. Ficaria tão belo e poderoso quanto Ariel. Pensando nisso, fui tomado por um leve pânico. E depois, Jan Kmam? Aguentará viver prisioneiro a uma forma perfeita e assustadora que o impedirá de andar livremente por entre os mortais? Suportará essa solidão recompensada com sangue?

– E?

– Ainda não sei a resposta, Kara. Como em qualquer outra civilização, o poder cobra um preço alto. Ariel era um prisioneiro que convivia com certos limites e responsabilidades, mas parecia viver bem com eles. Era rei há bastante tempo, devia existir alguma compensação. Mil anos é tempo demais para ser viver com pouco.

Arregalei os olhos com o número e vi Kmam balançar a cabeça amigavelmente.

– Assustador, não? Mais velho do que o mundo e tão sedento quanto o Saara. É um velho ditado que ouvi da boca de Ariel. Quando seu discurso chegou ao fim, não houve aplausos. Geralmente não fazemos isso. Outro membro subiu à tribuna e citou os temas da noite: uma cerimônia de aceitação, uma doação e uma petição de justiça.

– Um número limitado de assuntos para um período de tempo tão longo, não acha?

– Estes são assuntos para o rei resolver junto ao Conselho. Não significa que durante esse intervalo de tempo não ocorram outras sentenças e julgamentos. Ariel, como rei, tem por obrigação julgar sozinho durante esse período de tempo. Além disso, todos conhecem seus direitos e deveres.

– Como seu castigo?

– Perfeitamente. Isso foi decidido por ele, mas o fato chegou aos seus ouvidos por intermédio dos vigilantes. Eles acompanham nossos passos. Mas deixe-me contar um pouco sobre cada tema, vai gostar. A aceitação é um ritual simples. Cada membro do Conselho apresenta seu escolhido ao rei e aos demais. Um a um fomos conduzidos ao centro do salão, onde mostramos do que éramos capazes. Nosso limite eram dez poderes. Raramente alguém tinha onze ou mais.

– Poderes? – disse, agitando a mão no ar.

– Sim. Falo de conhecimento em línguas, artes, ciências e até mesmo em magia. Mas todos seriam aceitos, pois o tempo, segundo o rei e o Conselho, é o melhor professor.

– Então, seus poderes são limitados.

– Tudo na vida tem limites. O crescimento dos seus cabelos, o das árvores, a vida em si. Cada vampiro traz consigo cargas de conhecimentos e deve passá-las para sua criação, se assim o desejar, mas isso nem sempre acontece. Existe o ciúme de tais poderes. São segredos guardados de século a século. Você os chamaria de pulo-do-gato.

– Meu pai me contou essa fábula – comentei sorrindo.

– Por demais instrutiva. Dos que se apresentaram comigo, poucos atingiram o oitavo poder.

Eu fui o último, estava nervoso. Otávio me anunciou ao Conselho repetindo sua descendência e logo depois se afastou, deixando-me sozinho no meio do salão. Fechei os olhos por um momento e mostrei alguns de meus conhecimentos. Entre alguns dos que citei há pouco e outros mais, foram dez de minha natureza. Eu explico. "Minha natureza" quer dizer coisas que posso fazer de mãos limpas, ou seja, sem um livro ou espada em punho. Poderes vindos de minha mente e força. Modéstia à parte, havia aproveitado cada minuto daqueles cem anos. Lapidei meus conhecimentos e adquiri outros. Finanças já estava no sangue, mas música, arte, literatura, conhecimentos em alquimia, magia. O que mais apreciava era o estudo de línguas. Naquela época, sabia exatamente oito idiomas. Superei meus colegas de banco e fiz percorrer pelo Conselho um murmúrio de admiração que fez até mesmo o rei se levantar. Mais uma vez eu ultrapassara o limite, com autorização de meu criador, obviamente.

– Está porventura a me desafiar? – falou o rei, olhando-me, inflexível.

– De maneira alguma, majestade.

– Não há necessidade de curvar-se diante de mim. Não sou Luís XIV. De vocês espero apenas lealdade e respeito, jamais uma dor nas costas – falou polidamente, detendo meu olhar no seu. Todos riram da brincadeira, que desfez o clima tenso. – Afinal de contas, não são minhas vítimas – comentou, lançando um olhar cúmplice para Otávio, que riu discretamente.

– O que demonstro é admiração. Nunca tinha visto alguém tão belo e poderoso quanto vossa majestade.

– Elogia-me abertamente. E seu criador, meu amigo? O que pensará disso?

– Meu criador é belo, mas vossa majestade o supera. E quanto a Luís, jamais me curvaria a seus pés – disse, repetindo o gesto submisso à sua frente.

– É modesto, belo, puro, galanteador e poderoso. Mas qual é seu nome? Diga-me.

– Jan Kmam.

– Aconselho-o, meu amigo, a não permitir que Luís escute tal coisa. Ele ficaria deveras irritado.

Todos riram, juntamente com ele. Risadas vampirescas, estranhas e metálicas como a minha.

– Eu o conheço. Foi punido, não?

– Sim, majestade – respondi humildemente.

– Provocou comentários políticos logo após a Noite de São Bartolomeu – disse ao ler um documento antigo e envelhecido trazido por um dos seus criados. – Cinco dias sem alimento. Como foi, Kmam?

– Instrutivo, majestade.

– Isso é passado agora. Foi aceito por este Conselho, contudo vi coisas muito interessantes e perigosas. Pretende usurpar meu trono?

– Seu reinado e conduta me agradam. Não tenho motivos para modificá-los à minha maneira, pois sinto que é semelhante à sua.

– Coragem. E por que não a teria, vindo de quem vem? Criei seu criador, Otávio. Você tem meu sangue em suas veias. Poderia assumir meu lugar. Busco em todos os novos membros um igual. Alguém tão forte e capaz quanto eu mesmo no dia em que fui escolhido para ocupar este trono. Farei com você o teste, Kmam – um murmúrio de indignação tomou conta do Conselho. – Silêncio! Todos conhecem a lei. Acima de dez, o teste. – Nada mais foi dito. Eu nada sabia. Olhei para Otávio, buscando uma resposta às minhas dúvidas. Tudo que ele fez foi dar-me as costas e enviar um pensamento, afastando-se. "Honre seus sentidos e instintos", escutei em minha mente. Estava sozinho à frente de Ariel, esperando seus movimentos.

– Aproxime-se. Dê-me suas mãos e olhe em meus olhos e, acima de tudo, não resista. Deixe-me vê-lo, seja meu.

– Foi assim – disse Kmam, estalando os dedos à minha frente, no ar noturno. – Literalmente caí em seus olhos e fiquei completamente imobilizado. Suas mãos me passaram algo além da vida, algo vindo da própria morte. Varrido por uma força da qual apenas nós dois compartilhávamos, senti meu corpo tremer sem controle, enquanto Ariel esperava me fitando fixamente. Um grito subiu de minhas entranhas sem que eu pudesse detê-lo, libertando minha mente e toda a minha existência, desde meu nascimento até minha morte e meu nascimento como vampiro. Numa fração de segundo, vi-me com Ariel em minha casa. Eu era um garotinho correndo pela casa com meus irmãos. Logo depois, virei um homem feito e apaixonado, beijando minha esposa e colhendo sua virgindade, seu último suspiro de vida, para cair morto ao seu lado. Como se um raio houvesse me atingido, vi cem anos em questão de segundos, cada vítima, cada morte ali fixa em minha mente para todo o sempre. De repente, caí de joelhos aos pés de Ariel, exausto pelo esforço. Ele me ajudou a ficar de pé, passou a mão em meus ombros e sorriu feliz. Só havia o silêncio à nossa volta.

– Otávio, você é capaz de dividir a amizade dele comigo?

– Certamente, majestade – respondeu feliz, da tribuna.

Quanto a mim, sentia-me atordoado. O Conselho ficou de pé e cada um deles tocou o pulso. Sabia o que aquilo significava: eu era o favorito do rei. Conseguiria favores, honrarias, opinar caso ele pedisse e ficar sentado mesmo à sua presença. Mas havia algo melhor do que isso. Um vampiro percorria as fileiras com uma bandeja nas mãos. Sobre ela estava um cálice antigo e escuro, com desenhos e escrituras em ouro e um punhal no mesmo estilo e beleza. Um a um, eles cederam um pouco de seu sangue imortal. Enquanto isso ocorria, o rei me presenteou com pedras preciosas e colocou em minha mão um anel. Não o possuo mais, me foi usurpado, mas posso descrevê-lo perfeitamente. Pesado, em ouro, trazendo um "V" em seu centro. Mas logo o terei de volta – afirmou, com os olhos distantes.

* * *

– Mas por que não se tornou rei? Afinal, sobreviveu ao teste.

– Era preciso muito mais do que sobreviver. Lembra-se do que sentiu no exato momento em que a toquei pela primeira vez?

– Acho que senti muito medo – comecei meio sem jeito. – Pensei que fosse morrer. Suas mãos eram frias como as da morte devem ser.

– Ariel fez o mesmo comigo. Desvendou minha vida, minha mente e alma, quase do mesmo modo que um vampiro faz ao matar suas vítimas. Com ele foi profundo e revelador. Havia faces a mim desconhecidas. Ele me colocou no lugar de alguém que o conhece completamente. Veja minha situação, sequer pude aproveitar o direito de estar ao lado de Otávio. Ele sentou sozinho em seu lugar de direito e de lá me observou ao lado do rei, em meu novo *status*. Quando o cálice chegou às mãos de Ariel, ele me presenteou com seu sangue. Senti meu corpo gelar. Preparei-me para recebê-lo e nada aconteceu. Sentia-me muito bem, provando mais uma vez que era merecedor da honra. Uma hesitação mágica corria em minhas veias, numa mistura deliciosa de poder. O Conselho sentou-se, seguindo a pessoa do rei e a minha.

Fitei-o ao meu lado e o vi retribuir o sorriso vampiro de bom grado. Parecia simplesmente normal para o nosso padrão. Quando o segundo tema da noite surgiu, percebi o óbvio! Eu tinha mudado, não ele ou os demais. Estava encantado, mas não a ponto de me abster do que acontecia na tribuna ou de não perceber o modo desejoso com que Ariel me olhava. Ele parecia sentir minha reserva, meu respeito em relação a ele e a Otávio. Voltei meu olhar para a tribuna, onde o ritual de doação acontecia.

– Há algum tempo espero por esta noite – começou, dirigindo-se a todos no salão. Chamava-se Pirro e reivindicava consentimento para morrer. Aparentemente não mostrava, mas seu olhar transmitia um longo tempo de existência vampira. – Toda minha existência foi marcada por bons e maus momentos, como a de todos aqui presentes. Contudo, me foi dado o direito de decidir o limite dessa existência e cheguei a ele. Vi guerras, reis e rainhas, convivi com o amor, com a solidão, com a alegria de poder compartilhar meus poderes e conhecimentos com alguém que muito amei. Vivi a dor da perda desse amor. Não encontro mais motivos para me levantar todas as noites e mesmo dormindo não encontro a paz. Neste século, perdi minha amada e quero me unir novamente a ela. Esse vazio não me levará a nada além do suicídio. Tenho somente meu nome para zelar e muito me envergonharia de tal ato. Peço morte pelo fogo.

– Permitido – disse o rei, vendo que o Conselho não faz objeção a seu pedido.

– Majestade, eu objeto – uma voz feminina falou das fileiras. – Pirro, preencha o vazio com alguém que lhe traga vida novamente. Vivemos uma época maravilhosa. Tente vivê-la antes de partir. Eu posso amá-lo e sabe disso há mais séculos que posso lembrar. Dê-me a chance de tê-lo finalmente – implorou, aproximando-se dele enquanto se declarava. Pirro tomou suas mãos delicadas e fez um diamante brilhar contra a luz das tochas e velas.

– Seu amor sempre foi verdadeiro, mas sabe que não posso correspondê-lo com a mesma intensidade. Deixe-me seguir meu caminho e tente seguir o seu.

– Não! Você escolheu a morte por medo de enfrentar a dor da perda.

– Agradeço sua preocupação, mas jamais poderia corresponder ao que me oferece.

Olímpia olhava-o frustrada. Apesar da rejeição, ela continuou a discordar e impedir que Pirro seguisse com seu desejo de morte. Ariel e todo o resto de nós apenas ouvíamos calados.

– Majestade, não o deixe cometer tal crime – suplicou, aproximando-se do trono e ficando de joelhos diante do rei.

Ariel parecia perturbado e ordenou que o Conselho se retirasse imediatamente. No salão vazio, ficamos somente o rei, eu, Pirro e Olímpia.

– Veja, Kmam, o que sofre um rei – disse, cobrando algo de si mesmo. – Olímpia, você o ama, não é, minha borboleta? – perguntou, sentando-a em seu colo, chamando-a pelo seu apelido carinhoso.

– Sabe que sim, majestade, muito.

– Não me chame assim, estamos a sós.

– Sim, Ariel – disse Olímpia, olhando-o com carinho.

– Ainda não o esqueceu? – quis saber enciumado.

– Não. Respeitei sua união com Cassandra durante dois séculos por amá-lo e veja o que ela fez: destruiu-o antes de se entregar ao sol. Não é justo! – objetou por fim.

– Nada é justo quando se trata de amor.

– Não pude amá-lo como queria, Ariel. Amo Pirro – afirmou, mesmo vendo a dor nos olhos do rei.

– Ele não sente o mesmo por você, nunca sentiu. Não tenho o poder de obrigá-lo a aceitar seu amor. Pirro é livre e responsável por seus atos. Encaminhou seu pedido há dez anos e em nenhum momento voltou atrás em sua decisão.

Era uma situação bem difícil, pois se Olímpia continuasse a insistir, Ariel seria obrigado a negar seu direito de morrer, o que o deixaria com duas opções: esperar que Olímpia desistisse ou se entregasse ao sol, como tinha feito Cassandra por não mais suportar a eternidade.

Está disposto a desistir em favor de uma nova tentativa ao lado de Olímpia, Pirro?

– De modo algum, majestade. Estaria mentindo para ela e para mim mesmo.

– Amar também é abnegação, Olímpia. Deixe que Pirro tenha um fim respeitoso e digno de sua postura. Quer vê-lo sair para morrer à luz do dia como um desgraçado? Que seus restos fiquem expostos à curiosidade, aos escárnios e à investigação humana em qualquer beco? – as lágrimas tintas escorreram pela face entristecida de Olímpia.

– Sempre respeitei a felicidade dele e se é desse modo que Pirro deseja morrer, que assim seja – o soluço a sacudiu, Ariel a abraçou, segurando seu queixo, beijou-lhe os lábios rubros. Pirro somente esperava e por fim a abraçou, agradecendo sua decisão. O rei ordenou a volta do Conselho.

– Aproxime-se, Pirro. Escolheu alguém? – o rei perguntou, fazendo sinal para que trouxessem o grande livro em que constaria, a partir daquela noite, sua morte em nosso mundo.

Um carrinho surgiu empurrado por dois dos nossos e foi deixado diante do rei. Ariel passou algumas das grandes páginas, assinou a permissão e entregou a pena de marfim em forma de presa a Pirro.

– Pensei que morreria pelo fogo por não possuir herdeiros de meu sangue, mas vejo que estava enganado, deixo uma herança muito maior, o amor verdadeiro. Vou doá-lo a Olímpia – revelou. Ele estendeu a mão para que ela se aproximasse e assinasse com ele.

– Não posso.

– Aceite como prova do carinho que sinto por você – disse, convencendo-a com um beijo sedutor.

O livro recebeu a assinatura em suas folhas grossas, antigas e amareladas, mas no local errado, ao lado da de Pirro. O jovem ajudante sequer conseguiu fazer um gesto, pois foi detido por um olhar do rei. E ninguém mais pareceu perceber o que se seguiria. Um belo divã vermelho foi trazido, colocado no centro do salão e logo em seguida coberto com um manto negro de veludo e almofadas. Pirro despediu-se de alguns amigos, do rei e até mesmo de mim. Depois disso, tomou a mão de Olímpia e, com ela, sentou-se no divã. Pirro escolheu o melhor modo de dar um fim à sua existência. Por meio de um beijo. Sentados ali, diante de nossos olhares um tanto estáticos, eles se fitavam em silêncio. Olímpia fez o primeiro movimento, estendeu a mão e tocou seu rosto gentilmente. Queria absorver seus traços e guardá-los um a um em seu coração. Pirro tomou sua mão e a abraçou. Era muito doloroso, o ar estava impregnado com o sofrimento do coração partido de Olímpia. Ele parecia corresponder a seus carinhos sem medo e lhe deu o primeiro beijo. Olímpia retribuiu com toda a paixão que sentia e deslizou as mãos por seu pescoço. Nesse momento, ela se afastou dele, escondendo o rosto nas mãos.

– Está se matando. Como pode me dar esse direito? Não percebe o quanto o amo? – lamentou baixinho, fugindo de seu olhar.

– Somente você saberia me tomar em seus braços. Você tem este direito porque me amou de verdade, Olímpia. Estou me entregando ao seu amor, Olímpia.

Ela buscou os olhos de Ariel, e, por um segundo, perdeu-se neles buscando permissão. Pude ver o filete de sangue escorrer pelo canto das bocas unidas. Havia começado. Pode imaginar tal cena? A seda rosada e brilhante do vestido de Olímpia cintilando sobre o casaco escuro de Pirro, que cada vez ficava mais pálido e fraco. Sua mão pendia frouxa ao lado do corpo e os cachos da peruca escorreram pelo ombro relaxado. O véu loiro dos cabelos de Olímpia acariciaram o rosto calmo e satisfeito de seu amante.

Ela ajeitou Pirro em seus braços como a um menino, e então algo aconteceu. Olímpia descobriu sua boca e todos puderam ver o quanto estava viva e corada com o sangue imortal de seu amor. Mais uma vez ela olhou Ariel. O rei permitiu, sabia o que ela queria. Olímpia realizou seu desejo maior quase sorrindo. Antes que o Conselho se levantasse indignado, o olhar impiedoso de Ariel os deteve.

– Não há nada mais para mim, Pirro. Vou contigo. Perdoa-me, meu amor. – sussurrou, desabotoando seu casaco, buscando sua garganta. Todos vimos o olhar aborrecido de Pirro que, sem força, não conseguiu deter o que se seguiu. Olímpia afundou no seu pescoço e voltou a sugar seu sangue, num abraço mortal. Em questão de minutos ambos estavam mortos.

O que aconteceu ali me chocou. O amor de Olímpia, a resignação de Ariel e a entrega de Pirro, não se assemelham a nada que tivesse visto, ouvido ou vivido naqueles cem anos. Entenda, desde a morte de Valéria eu esquecera o que era amar. Quando matava uma mulher pelas ruas buscando me satisfazer, simplesmente trocava carícias e as iludia antes do fim. Mas aquilo não era o amor. Otávio representava algo novo, um amigo misterioso que jamais significaria algo tão humano e desgraçado como o amor de Olímpia. Uma semente começou a germinar em meu coração.

Respirei fundo e fitei Kmam, que continuava do mesmo jeito, recostado no muro de pedra com o olhar perdido no horizonte.

– Essas coisas aconteciam com frequência? Morrer de amor. A maioria de nós, humanos, só conhece esse tipo de coisa através de livros e cinema, muito raramente na vida real. Chegar ao limite da vida por um amor verdadeiro – calei-me constrangida. Durante todos estes míseros anos de vida, não tinha experimentado nada parecido. Não que eu desejasse a fatalidade ou um amor perfeito.

– Às vezes acontece – comentou friamente.

– Ela foi muito corajosa. Foi a coisa mais bonita que já ouvi. Invejo sua coragem.

– É preciso ter coragem para amar e se entregar, mas é preciso muito mais para viver com a dor de não ter feito nenhuma delas.

Doeu ouvir a indireta, olho no olho. Dei-lhe as costas e não reagi. Não tinha argumentos para discordar ou simplesmente dizer algo a meu favor.

– Seus corpos, segundo soube, foram queimados juntos. As cinzas, jogadas ao mar a pedido de Ariel. O salão estava livre para a última pauta. Um vampiro de traços orientais subiu à tribuna. Ele se chamava Togo e era responsável pelas pautas criminais. Na verdade, era um pacificador. Resolvia lutas, crimes, intrigas, disputas e roubos. Vestia um quimono negro, à moda de sua cultura japonesa. Seus cabelos lisos estavam trançados de forma a deixá-lo com um aspecto sério e vigoroso como o soldado que havia sido, segundo me contou durante uma conversa que tivemos anos depois. Decididamente era uma forma bela e sedutora de vampiro.

– Majestade, irmãos de sangue, boa noite – falou em claro francês, língua oficial em dias de Conselho. – Dois de nossos iguais entraram em luta sem a permissão do rei. Consegui, por algum tempo, evitar o pior como punição para ambos, mas soube que o confronto se deu sem que pudéssemos evitar ou os trazer diante de vós, majestade. Um deles desapareceu depois da luta. Ficamos sabendo que se entregou ao sol, deixando todos os seus bens para seu herdeiro de sangue – falou, levantando suspeitas na cabeça de todos. – Fui pessoalmente falar com seu herdeiro. Ele tem seu nome escrito no livro. É um dos nossos. Possui o anel de seu criador e herdou, além de bens, um pupilo.

– Nada vejo de errado. Aonde quer chegar?

– A luta foi entre criador e atual herdeiro. – A revelação sacudiu o Conselho. Era clara a traição.

– Onde estão? – perguntou Ariel, impassível em sua curiosidade controlada.

– Trago esse caso diante do Conselho para pedir justiça! Um dos nossos foi brutalmente ferido, teve sua morte atestada, seu nome foi retirado do livro e banido para a última página por seu ato suicida. A vergonha o cobriu quando na verdade se trata de assassinato. Peço pena máxima para o vampiro acusado de traição e roubo!

Terminado o discurso, Togo foi aplaudido à nossa maneira, com pequenas batidas na mesa. Ele fez sinal para um de seus auxiliares, que fez entrar a vítima. Seus passos eram o de um humano e a aparência de um vampiro, mutilado pela morte da carne. Sua pele estava envelhecida e magra, seu olhar escuro. Ele nos enfrentou com altivez. Seu nome era Ian, uma sombra do que fora um dia como vampiro. Suas mãos estavam ossudas e cobertas por uma fina camada de pele. Era como ver um esqueleto vestido em seda e veludo.

– Majestade, venho à vossa presença depois de vinte anos clamar por justiça. Sou vítima de premeditação.

Ian, pelo que soube, era uma das mais belas vozes entre nós, e aquele corte havia sido a marca da crueldade e da inveja.

– A terá, Ian – consentiu Ariel, pedindo que Togo prosseguisse com seu trabalho. – Tragam a caixa.

Nesse momento, um tosco carro de madeira surgiu, e sobre ele a tal caixa. Estava amassada em alguns cantos. Eram marcas de socos, na verdade. Socos de dentro para fora. Togo aproximou-se dela e revelou seu conteúdo.

– Esta é a caixa. Uma de nossas piores formas de punição. E dentro dela está o vampiro responsável pela morte de Ian. Resistiu à prisão e dispensou o diálogo. Pelo que vi e ouvi, Roger é culpado por premeditação, roubo e duplo assassinato, pois durante sua prisão decapitou o pupilo de Ian diante de mim e feriu mais seis pacificadores.

A confusão era geral. Admitíamos com certa frieza alguns delitos, mas a morte é sempre algo perturbador à nossa espécie. A perspectiva de morte na eternidade é assustadora.

– Exijo provas! – pediu Ariel, silenciando a galeria inquieta. Em nenhum momento duvidara de Togo ou Ian, apenas executava seu papel de rei.

Ian aproximou-se e retirou a luva para exibir uma armação de madeira. A outra havia sido cortada.

E ainda não é o fim. Ian foi ferido e levado a um estado de morte ilusória, pois seu agressor pensou ter cortado sua cabeça, o que não aconteceu completamente. Após cortar a mão dele, jogou-o no Sena, amarrado a uma pedra. A prova conclusiva veio quando o rei ordenou a abertura da caixa. Do seu interior surgiu um ser totalmente descabelado, rasgado e sujo. Trazia a camisa manchada de sangue e as mãos feridas, devido aos socos desferidos contra a caixa. Magro e faminto ele nos olhou e viu onde estava.

– Sabe de que é acusado? – perguntou Ariel, confortavelmente reclinado no trono. Tinha os dedos nas têmporas. Estava pensativo.

– São mentiras! Piedade! – gritou Roger, atirando-se ao chão, dissimulado.

– Devo ser piedoso da mesma maneira que foi com Ian? – perguntou Ariel, inclinando-se para frente.

– Ele me agrediu primeiro, foi legítima a luta. Por esse motivo cortei sua mão – disse, fitando Ian com frieza.

– Quem é você para tomar resoluções? Porventura pretendia ser a lei, o juiz e o carrasco? – Ariel ergueu-se do trono e ajeitou o manto sobre os ombros. – Acredito que os julgamentos e as sentenças caibam a mim e a este Conselho. Por acaso deseja mudar o que acreditamos ser certo e justo há mais de cinco mil anos?

– Eu não quis... eu... jamais.

– Um orador nato – disse o rei, fazendo todos rirem. – Entendo o que fez. Mas agora é tarde...

– Roger. Meu nome é Roger.

– Como dizia, Roger, agora é tarde. Meu pacificador já me informou dos seus crimes, do seu comportamento desastroso e de sua relutância em segui-lo pacificamente. É terrível. Além disso, existem provas irrefutáveis pesando sobre seu pescoço – dizendo isso, tocou sua garganta e começou a rodeá-lo, pensativo. – É a sua própria palavra, afinal revelou ter cortado a mão desse vampiro. Bem, não vou tomar mais o tempo deste Conselho, é tarde. Tragam as espadas. Eles vão resolver isso como imortais, e não como cães.

Rapidamente duas espadas foram trazidas e colocadas à frente de Ariel, que as segurou e as ofereceu aos dois vampiros. A prova final veio quando Roger tomou sua espada nas mãos.

– Onde estão as pedras de sua espada, Ian? – quis saber, examinando o objeto em suas mãos.

– Esta não é minha espada, majestade. Ela me foi roubada há vinte anos – a revelação fez Roger investir sobre Ian. Nem ele, e muito menos nós, o vimos ser atingido. Apenas sentimos a violência do golpe que o jogou ao chão. Ariel o havia acertado agilmente.

– Seria injusto para Ian lutar com uma criatura superior em força, beleza e membros! – num segundo, Ariel o desarmou e cortou sua mão, diante da surpresa de todos. Seu grito de dor varreu o salão silencioso, fazendo todos os meus pelos se crisparem. O corte rapidamente cicatrizou, porém era muito tarde. Roger agora só possuía uma mão e muito mais ódio que antes. Ariel se dirigiu calmamente ao trono. Ainda com a espada de Roger sangrenta em suas mãos, olhou-o e disse antes de atirar a espada a seus pés:

– Viva a igualdade!

Ian lançou-se sobre Roger, que se defendeu sem jeito com sua nova condição. As espadas encontravam-se ruidosas no ar, enquanto os dois seres movimentavam-se no salão diante de nós. Os golpes eram brutais e buscavam apenas o ajuste de contas.

Estático, o Conselho observava a luta se desenrolar em investidas rápidas. Apesar de magro e marcado, Ian mostrava-se veloz. Roger tentava atacar, mas sua nova situação o tinha deixado fragilizado. Perplexo, observei minha espécie, também ansiosa diante da cena. Bem, tratava-se de algo de nosso interesse. Reagimos como uma plateia humana. Vi uma vampira esconder o rosto detrás do leque, temerosa pelo desfecho. Roger e Ian decidiriam suas vidas imortais naquele combate. No fundo ainda tínhamos um pouco de emoção. Precisei me forçar para não virar o rosto quando Ian trespassou o corpo de Roger com a espada. Obriguei-me a observá-lo puxar a lâmina banhada de sangue do corpo ferido, prostrado de joelhos, e finalmente erguer a espada no ar num movimento gracioso, embalando-a na horizontal para atingir o pescoço de Roger e decepar sua cabeça, que rolou no chão salpicando minha mão. Tudo havia terminado. Roger fora vencido. Limpei o sangue em minha mão com o lenço, sob o olhar de Ariel, que sorrindo disse: "Que desperdício". Sem saber ao certo, ri também e notei que não mais sentia a tensão.

– Sua justiça, majestade, salvou minha honra diante deste Conselho – falou Ian, aproximando-se do trono ao lado de Togo. Estava visivelmente exausto.

– Agradeça à sua espada. Sua voz sempre embalou minha solidão. Quando sumiu, pensei que houvesse sucumbido ao poder de sua voz, mas estava enganado. Seu nome voltará às páginas puras de nosso mundo e será escrito ao lado do meu em sinal de reparação ao erro cometido. Tudo isso, eu sei, é justo, mas não trará tudo que perdeu. Sinto-me na obrigação de lhe dar beleza e força. Quanto à sua mão, sabe que é impossível restaurar tal mutilação como gostaria. Venha, repare sua carne – disse, oferecendo-lhe o pulso sangrento, livre da camisa.

Ian levou o pulso à boca e o sugou por alguns segundos, até cair no chão. Ian foi erguido por Togo, estava zonzo. Quando se voltou para o Conselho, tentando nos enxergar com clareza, percebemos sua pele marcada suavizar-se e por fim ficar tão fina quanto a minha. Seus olhos ganharam novamente o brilho, tudo estava restaurado.

– Tome, Ian, isso pertence a você – disse, entregando-lhe o anel roubado. A joia havia sido tirada da mão de Roger. Seu corpo foi retirado e Ian sentou novamente em seu lugar de direito. Togo encerrou a pauta criminal. Uma fila surgiu diante do trono. Alguns dos membros do Conselho aproximaram-se do rei, prestando suas homenagens e seus cumprimentos pela reunião bem-sucedida. Alguns traziam canudos nas mãos. Na verdade eram pedidos, agradecimentos, coisas desse tipo.

24. O preferido do rei

A reunião chegou ao fim com umas poucas palavras de Ariel, que agradeceu a todos pela presença, lembrando-os de suas obrigações e seus deveres. Saiu do salão sob o som das batidas na mesa. A seu pedido, acompanhei-o prontamente. Dirigimo-nos para uma pequena sala onde Ariel ainda deu algumas ordens. A música recomeçou e restava somente um baile de tudo aquilo, mas não participaríamos dele. Perguntei-me onde estaria Otávio, enquanto observava Ariel retirar o fino casaco, com a ajuda de um de seus lacaios. Ele parecia querer ficar à vontade, livre do peso da coroa. Vestindo apenas a camisa e suas calças, Ariel sentou-se e pediu que retirassem a peruca:

– Isso esquenta minha cabeça – comentou, falando comigo pela primeira vez desde que entramos na sala. Tocou a cabeça e suspirou, deslizando as mãos pelos cabelos vermelhos e ondulados. O criado aproximou-se com uma escova de cabo de marfim e o penteou com cuidado.

– Quero que entenda uma coisa. Não sou seu dono, apenas mais um amigo. Pode me visitar se quiser. Eu quero. Meus afazeres como rei tomam algum tempo, mas estou quase sempre sozinho e entediado no alto do trono. Como deve saber, não tenho direito a uma rainha. Esse lugar é único. Posso ter companhia, mas ainda não encontrei a pessoa certa – disse um tanto triste, talvez pensando em Olímpia. – Sei que é inteligente, mostrou isso a todos esta noite. Não espero muito nem pouco, apenas o suficiente. Sendo pupilo de Otávio, deve saber que agora possui privilégios. Pois bem, aproveite-os. Mas lembre-se: tenha cautela. Da mesma maneira que dou, eu tomo, da mesma maneira que amo, eu odeio – finalizou, secando a face úmida e refrescada.

– Compreendo.

– Quando estivermos a sós, tem permissão para chamar-me de Ariel. Diante do Conselho, majestade. Eles são antiquados – comentou, observando-se no espelho, vaidoso. – A propósito, Otávio é meu irmão. Possui muito mais sangue real do que pode imaginar. Vamos, ele nos espera na carruagem e deve estar destruindo a madeira com as unhas.

Depois da revelação, tudo ficou claro. Otávio estava muito mais que satisfeito, estava a um passo do trono. Seguimos por um corredor lateral e saímos numa rua próxima ao velho cemitério, onde a carruagem nos esperava. Otávio desceu assim que nos aproximamos e abraçou o irmão, carinhoso.

– Cem anos, maninho – Ariel disse sorridente.

– Cento e dez. Será que nunca vai aprender a contar, Ariel?

– Devemos comemorar! – falou Ariel, subindo na carruagem, seguido por nós dois. Fomos os três para casa. Lá estava preparado um pequeno banquete para nossa ilustre visita. Otávio fez tudo às escondidas. Segundo ele, eu ficaria muito confiante e não seria eu mesmo diante do rei. Havia prostitutas, rapazes e muitos desavisados em busca de novas aventuras, comida e bebida à vontade.

– O fim pode imaginar. Ariel era um ser fantástico, conhecia metade do mundo e sonhava em conhecer o resto. Segundo ele, deveria percorrer a América nos próximos anos para estabelecer sua posição. Era culto, inteligente e fino, conhecia de tudo um pouco. Adorava caçar belas mulheres com seu jeito de menino-homem. Dançar, jogar e matar eram esportes que ele conhecia como ninguém. Apesar de ter um rosto de anjo, era um pequeno imoral. Tocava tão bem quanto qualquer virtuoso da época. Mas sua paixão eram as armas de fogo. Possuía uma coleção delas em seu *château* em Chantilly, que ficava a poucos quilômetros de Paris. Lá, ele mantinha uma fachada perfeita para sua vida. Para empregados e vizinhos, estava sempre em festas ou viajando pelo mundo e não tinha tempo para se envolver com seus negócios ou outras pessoas.Tinha fama de boêmio, sempre com dores de cabeça ou dormindo depois de uma noitada de jogos e orgias. Costumava promover grandes bailes para o liberar de suspeitas. As jovens damas mantinham-se longe dele e de seus olhos verdes provocantes. Uma ou duas já haviam sido encontradas mortas em circunstâncias estranhas. Dizia que não era de ferro, mas de desejo. Ariel era, como nós mesmos, um ótimo ilusionista. E assim vivemos entre Paris e Chantilly, numa eterna festa, indo a bordéis, mesas de jogo, becos, bailes da nobreza, festas de família, concertos e óperas. Chegamos até mesmo a comparecer a um enterro, somente para seduzir a viúva. Nossa! Éramos três devassos, imorais. Foram bons tempos! Ariel dizia sorridente que as pessoas inocentes vão cedo para a cama.

– Entenda – prosseguiu, fitando-me explicativo. – Nosso território é este, a noite, as pessoas de vida promíscua, os vícios noturnos, ladrões, prostitutas e prostitutos. Mas isso nunca deixou de lado a dona de casa, o jovem inocente e cheio de sonhos, o casal apaixonado, a velhinha que deixa sua sombra trêmula cair sobre as pedras gastas da rua. A noite nos pertence, e se não quer perecer não cruze nosso caminho. Lembro-me de uma noite fria de setembro. Nós decidimos procurar divertimento na rua. A noite estava perfeita para isso. Queríamos provar para nós mesmos a crueldade do destino.

* * *

– Encontrar um de vocês?

– Sim, ou a própria morte. Otávio acreditava que somos responsáveis por nossos destinos, que podemos guiá-lo e que cada um decide o que faz. Eu acreditava na fatalidade, no destino cruel que guia as pessoas à morte por pouco ou quase nada. Mas entenda. Falávamos disso de maneira distante. Era apenas um fato a ser comprovado a qualquer momento. Ariel era definitivamente o mais louco, o que era uma de suas maiores qualidades. Para ele, as duas possibilidades estavam certas e garantiu que provaria sua teoria. Caminhávamos há uma hora pela névoa quando ela surgiu, a teoria. Surgiu em forma de homem. Subimos os três pela rua e o esperamos a postos. Ele parecia trôpego e ziguezagueava entre o meio da rua e a sarjeta. Ariel surgiu à sua frente e o fez parar. O homem, mesmo bêbado, sentiu o perigo rondar sua vida e recuou, para encontrar Otávio às suas costas. Novamente ele se moveu, mas desta vez para o lado e deparou comigo. Não o tocamos. Queríamos estudá-lo primeiro.

– O que querem de mim? Não tenho muito dinheiro – falou, num francês quase incompreensível. Com certeza era estrangeiro.

– Qual o seu nome? – questionou Ariel em seu idioma, o árabe.

– Hamed – respondeu, num misto de alegria e desconfiança por encontrar alguém que o entendia.

– Sou Ariel, este é Jan e o que o olha aí do lado é Otávio. Que faz tão distante de casa e em meu país? – falou Ariel convencido e aproveitando para se aproximar. O homem aportara em nossas terras para comprar e vender. Era um comerciante e, pelos trajes discretos, abastado, pois quanto mais simples, mais abastado. Ariel começou a desenrolar uma conversa com ele e em minutos tratavam-se como velhos amigos. Eu e Otávio, lado a lado, de braços cruzados, esperávamos o desfecho fatal, que simplesmente não veio. Ariel convidou o homem para tomar um trago em nossa companhia e por nossa conta, e lá fomos nós para a taverna mais próxima. Depois de muita conversa e muito vinho Ariel fechou negócio, colocou-o em um coche de aluguel e pagou o cocheiro, dando-lhe recomendações para deixar Hamed em seu hotel, em segurança. O homem tinha sucumbido ao vinho. Olhamos para ele incrédulos e com vontade de rir de sua atitude inesperada.

– Rapazes, não me olhem assim. Acabo de comprar cem belos tapetes persas – nesse momento não resistimos mais e gargalhamos. – De que riem, afinal? Se tivesse matado Hamed, teria feito tão bom negócio? – rimos mais ainda.

– Ariel, meu irmão realmente merece a coroa de rei, pois sua sagacidade é rara e digna dessa sua mente brilhante, mas seu modo de negociar com humanos é por demais hilário. Primeiro os assusta, seduz e então os embebeda para conseguir bom preço – disse, gargalhando ainda mais.

Ariel nos olhou muito sério, para depois rir e finalmente gargalhar junto conosco, rua abaixo. Ele tinha razão. Se tivéssemos matado Hamed, teríamos perdido um bom negócio e ele a vida, ou seja, uma fatalidade do destino.

Foram dezoito anos maravilhosos, estávamos sempre juntos e felizes. Isso é tão raro entre nós que devemos aproveitar cada instante. Como diria Otávio:

– Por que deveríamos estar tristes? Somos belos segundo as senhoras, bonitos de acordo com as mulheres, ricos como dizem os invejosos e nossas bolsas, e imortais como mostra o espelho.

Tudo chegou ao fim com uma visita de Togo. Trazia notícias nada boas. Um novo rei tentava tirar o lugar de Ariel na Prússia oriental. Promovia leis e gerava falatório humano desde 1672, mas somente agora resolvera enfrentar Ariel na Espanha, um território neutro. A revelação balançou a todos, inclusive a mim, que presenciava com tristeza a separação de três grandes amigos. Chantilly foi tomada por alguns membros do Conselho.

Eu e Otávio ficamos de fora. Claro que opinei quando Ariel pediu, mas fiz questão de deixar tudo a seu critério, pois quando reinava cheio de problemas ele se modificava totalmente. Isolou-se numa câmara do *château* em que ficava acordado dia e noite fazendo planos, discutindo com seus conselheiros, tomando decisões, preparando-se para a partida. Só parava para se alimentar uma vez ou outra. Seu apetite parecia sumir, e o sangue não lhe fazia muita falta, o que segundo Otávio ocorria devido à idade.

Ficamos em Chantilly a seu pedido, pois quando todos saíam ele discutia conosco as decisões tomadas e voltava a ser o nosso Ariel. Numa dessas noites, quase de manhã, preparávamo-nos para dormir. Os dois fecharam-se em seus aposentos. Eu ainda lia quando senti o cheiro de fumaça. Saí da cama, apurei os sentidos e ouvi seu chamado. Cruzei o quarto apressado e chutei a porta para deparar com um inferno. O caixão de Otávio ardia, envolto pelas labaredas que o lambiam sem muito sucesso. Enrolado no tapete do meu aposento, expus-me ao fogo e arrastei o caixão de Otávio para fora. Não havia outro modo de fazê-lo. No corredor, abafei as chamas queimando as mãos ainda mais. Ele saltou de dentro, molhado de suor.

– Mais um pouco e estaria cozido! – disse sufocado, tossindo. Voltou ao quarto e só saiu com sua espada nas mãos. – Devemos avisar Ariel. Tome sua espada. A morte e a traição nos rodeiam.

– Traição?

Os criados tinham sumido. Não havia ninguém em Chantilly. Quando chegamos ao corredor próximo à câmara de Ariel, fomos recebidos com disparos e espadas. Otávio, enlouquecido pela raiva, cortou a cabeça do mais velho, sem que ele sequer notasse. Cravei a espada no peito do segundo e Otávio finalizou. Ariel chutou a porta da câmara e surgiu diante de nossos olhos. Estava descabelado, sujo de sangue e com a camisa rasgada. Tinha numa mão a espada e na outra a cabeça do traidor. Atrás dele, a câmara ardia em chamas.

– Senhores, peguem seus caixões, pois assim como a manhã o *château* Coucher du Soleil não tarda a cair.

Ele estava certo. Pegamos nossos caixões e nos escondemos na capela próxima, vendo a bela casa queimar por inteiro. Na noite seguinte, saímos da capela e vimos o *château* reduzido a cinzas. Ariel estava calado e só desabafou dentro da carruagem negra que o esperava.

– Parto amanhã para a Espanha e só volto com a cabeça do covarde!

E assim o fez. Partiu, deixando saudade em nossos corações. Felizmente, meses depois recebemos uma carta na qual Ariel relatava com detalhes e um prazer irrepreensível como havia posto fim à vida do usurpador. Dizia, entretanto, que não poderia regressar. Queria pôr ordem na casa. As notícias agradaram, mas não tiraram o peso de sua ausência. Parecia que não sabíamos nos divertir sem nos lembrarmos dele e de suas brincadeiras. Ariel era um moleque. Um ano depois, Otávio convidou-me para ir à Ásia com ele. Senti-me tentado pela falta que sentia de Ariel.

Melancolia nunca nos fez bem, mas eu estava tão enraizado em Paris que sequer conseguia imaginar tal coisa. Além disso, a viagem seria longa e cansativa demais. O que significava que teria de viver pelo menos uns trinta anos em um país estranho. Decidi ficar. Ele não gostou da ideia, mas de forma alguma alguém iria fazê-lo desistir de sua viagem.

– Deve ir, sei como gosta de aventuras. É bem irmão de Ariel.

– Reencontrá-lo não me fez nada bem. O passado voltou junto com as lembranças de casa e de velhos amores. Mas não posso me abater. Preciso ver coisas novas, e a Índia é perfeita. Sabia que os ingleses estão por lá?

– Eu sei, Otávio. É a terceira vez que me diz – falei sorrindo.

Gostaria que seu entusiasmo me tivesse contagiado. Talvez se tivesse ido não teria... mas agora é tarde, e não me arrependo. Organizei uma festa de despedida com alguns amigos humanos em casa, e para os não-humanos num bordel que costumávamos frequentar. Foi uma noitada e tanto. Como presente de despedida, dei-lhe um conjunto de pistolas semelhante ao que havia dado a Ariel antes de sua partida. Mandei fazê-las idênticas e com seus nomes gravados. Sentiria muito mais sua falta do que a de Ariel, mas deixei que partisse. Ele precisava daquela viagem para voltar a ser o velho Otávio "ave de rapina", pensei, vendo-o organizar baús, livros, caixas de madeira e o seu caixão.

Naquela manhã, ao entrar no meu caixão, percebi que não o havia abraçado como devia. Fiquei distante, temendo me magoar com sua ausência. Seu caixão foi trancado com cuidado numa caixa de madeira transportada até o navio. À noite, quando despertei, não o vi se arrumar ou pedir meus conselhos cantarolando enquanto tocava violino. Também não vi o rosto escuro de seu lacaio, um mouro chamado Alexandre. Otávio havia dado esse nome a ele, pois achou seu verdadeiro nome muito complicado. O mouro agradeceu. Afinal, estava cansado de corrigi-lo.

– Deve estar se perguntando onde estava Franco. Ele havia tentado matar Otávio ao ser surpreendido roubando. Nunca soubemos o motivo que o levou a cometer tal loucura. Era regiamente pago, tinha o melhor quarto que um criado naqueles dias podia desejar.

– Fala como as donas de casa atuais. Ele era um membro da família, ganhava bem! – falei, rindo.

– O tempo passa, Kara, mas certas coisas não mudam. Ele sabia o que fazíamos e o que éramos. Sempre senti algo de diferente nele. Otávio tentou evitar o pior, mas ele parecia decidido. Chegou a ferir o ombro de Otávio, pegou-o de surpresa. Ele tirou a espada de sua mão e o matou. Otávio ficou abatido com sua traição e por muito tempo não quis outro criado. Aceitou Alexandre a meu pedido, pois foi um presente, mas nunca mais confiou em outro ser humano. Quando ele se foi, passei muito tempo sozinho e não gostei nem um pouco. Alegrias devem ser divididas, assim como o dinheiro, o amor e o conhecimento. Nunca pensei em gerar outro vampiro, afinal a semente de que lhe falei estava adormecida em meu coração endurecido. Depois de oitenta anos sozinho, habitua-se à solidão.

– Oitenta anos é muito tempo. Como conseguiu?

– Sabia que faria essa cara de assustada. Acho que fiquei desconfiado, tive medo de me magoar. Tinha perdido toda a minha família, Ariel e depois Otávio. Sentia-me bem observando a humanidade à distância. Sentia Valéria viva dentro de mim e não suportaria a dor da perda. Não sei, depois de tanto tempo vejo como comodismo de minha parte. Acomodei-me à vida de solteiro, posso dizer assim. Além disso, sempre escrevia para Otávio. Ele se instalou numa casa na Índia e vivia muito bem pelo que descrevia em suas cartas.

Ariel percorreu a Europa pondo ordem na casa. Isso levou quarenta e dois anos, para ser exato. Depois voltou para a Espanha e comprou uma bela propriedade. Criava cavalos, e pelo que contava estava feliz. Nunca perdíamos contato por cartas, mas Otávio deixou de me escrever durante três anos. As cartas para a Ásia demoravam muito e quase nunca chegavam. Hoje em dia, é tudo rápido. Adoro o telefone e o computador, são maravilhosos. Mas a comunicação entre as pessoas é muito mais agradável.

Mas, como dizia, a ideia da solidão me incomodava, mesmo que eu não estivesse só. Devo tê-lo atraído sem querer, como fiz com Consuelo. Sim, usufruímos da companhia um do outro algumas vezes. Não foi ruim, contudo ela é dominadora e possessiva. Durou pouco, mas foi intenso. Sabe, temos esse poder. Não falo apenas de vampiros, humanos também o possuem. É um dom.

Atrair coisas boas e ruins. Paris caminhava lentamente para a Revolução. O Iluminismo aos poucos esclarecia a França e mostrava a todos a desigualdade. A *Enciclopédia* foi proibida duas vezes, mas por força de Diderot tive uma em minhas mãos. Devorei cada página. Ali estava o conhecimento real. Tudo num único volume, era fantástico! Conhecimento sobre o corpo humano, mecânica, artes. Foi maravilhoso poder ver representantes tão inteligentes da humanidade da qual eu havia feito parte. Montesquieu, Rousseau, Voltaire, conde de Buffon, barão D'Holbach, eles sempre diziam e mostravam algo de novo.

Entreguei-me à cultura e esqueci-me da solidão. Participei de reuniões intelectuais e de debates, timidamente ouvindo suas ideias e levantando pequenas dúvidas para eles. Dava ajuda financeira e sempre exigia meu anonimato. Sabe, Rousseau era muito desconfiado e chegou a falar de vampirismo comigo. Acho que investigou alguns casos. Uma época inesquecível, mágica!

– Adoro quando fala dessas pessoas. Eram realmente gênios, como contam os livros de história?

– Sim, e até mais um pouco. Muitos deles escondiam segredos ou eram muito tristes. Acho que foi isso que nos atraiu muitas vezes. Infelizmente, também atraía seres degenerados. Foi nesses dias que fui encontrado por Gustave. Veja só sua sorte. Era uma noite como tantas outras, mas muito fria. O inverno gritava aos nossos sentidos, e as ruas estavam lamacentas demais para andar com dignidade. Resolvi sair de carruagem, pois seria mais prático e limpo. Esperava uma dama no Quartier Latin. A rue des Bernardins e os bordéis estavam próximos. A algazarra podia ser ouvida da sarjeta. Meu criado e cocheiro esperava a volta de uma dama. Ela tinha ido convidar mais uma amiga para que terminássemos a festa em minha casa. Entretanto, a porta da carruagem abriu-se, e foi Gustave quem entrou. Em sua mão, uma faca. Nas palavras, um terrível mau cheiro, carregado de vinho e violência.

– Sabe o que quero! Dê-me o ouro! Quer morrer, burguês imundo? – vociferou, fazendo-me virar o rosto.

– É só o que quer?

– Não brinque comigo. Sou Gustave, o mão-leve.

– Não é o que parece. Tirou sangue de meu pescoço – falei, enfrentando seu olhar, nervoso. O sangue sumiu em minha pele, e isso fez com que recuasse assustado. Foi o suficiente. Bati com o cabo da bengala na madeira da carruagem, dando sinal para o cocheiro partir. Nisso, Gustave estava pronto para pular fora, pedindo piedade. Impedi que saísse, batendo a porta. Sorri para ele malévolo, desisti das mulheres. Meu intuito era a vingança, um divertimento novo, algo que me tirasse do tédio. Joguei-o sobre o banco, ouvindo sua súplica por piedade. Foi então que o comprei.

– Quer ouro? Tome – falei, jogando minha bolsa sobre ele. – Não tema, quero apenas companhia para o jantar. Está com fome?

– Poderia comer a carne de seu corpo para matar minha fome e beber seu sangue para saciar minha sede, caso fosse preciso, mas *monsieur* é bondoso e isso não será necessário – disse, insinuando um ataque caso eu fizesse algo.

Levei-o para casa e mandei os criados servirem um banquete. Sentei-me à outra extremidade da mesa e o vi comer de maneira animalesca e desajeitada. Ele levava as mãos gordurosas ao prato e depois à mesa, emporcalhando a toalha bordada. Definitivamente, aquele coitado nunca comera tão bem em sua vida. Aparentava ter uns 28 anos de idade. E sua beleza, nem mesmo a sujeira e as roupas toscas e rasgadas conseguiam esconder. Gustave, como viu, era belo ao gosto de nossa espécie. Olhando-o beber o vinho sofregamente em minhas taças de cristal, percebi o quanto sua vida era miserável.

– O que faz além de roubar?

– Roubo, mato, troco e vendo. Quer matar alguém, *monsieur*? Eu sabia, quer um serviço. Está diante do homem certo. Diga-me o nome, onde mora e mais vinte coroas e o homem estará morto – falou, mostrando a faca. Vendo minha falta de interesse, continuou a falar. – Já sei, quer um serviço mais limpo. Conheço um sábio, ele fábrica ótimos venenos. Que me diz? – disse, batendo com a mão na mesa.

Na outra ponta da mesa, eu só conseguia sentir o cheiro de lama. Ele estava imundo e fedia. Decidi aproveitar sua ideia a meu favor. Disse-lhe que realmente precisava do seu serviço de assassino, mas antes precisava de uma aparência melhor para chegar perto da suposta vítima. Conduzi seus passos a um dos quartos vagos e chamei as criadas para que o banhassem, pois não conseguia aproximar-me dele.

– É inacreditável! Afinal, ele parecia um príncipe no baile.

– Aquele príncipe um dia já fora um sapo. Arranjei-lhe roupas e o que surgiu foi o que vimos no baile. Um homem limpo, atraente, mas totalmente sem elegância ou trato, pois ainda não havia sido lapidado. Só o tempo faria isso. O mais estranho era sua disposição. Em nenhum momento recusou os presentes ou se sentiu humilhado. Fez parecer todo o tempo que eu lhe devia aquilo. Era o espírito da Revolução. Não me aborreci, pois meus objetivos eram outros. Deixei que ele aproveitasse o vinho e o luxo. Queria ver como ele se comportava. Roubou os talheres da mesa e pequenos objetos. Tentei desenvolver uma conversa, saber quem era, mas tudo que consegui foi indelicadeza, nada mais.

– Sabe o meu nome, do que mais precisa? Desistiu de matar o homem?

– Não, em absoluto – disse, enchendo novamente de vinho seu cálice.

– Pode me passar a garrafa?

Daí para frente, não largou a garrafa um só momento. Quando o vinho acabou, dei-lhe outra garrafa e consegui o que desejava.

Gustave vivia no Saint-Innocents como muitos mendigos e ladrões de Paris. Dormia em valas e nos escombros de alguma construção da Idade Média. Não pertencia a nenhum bando, ou pelo menos não me disse. Quando falou nas mulheres, foi duro:

– São vadias, todas. Todos nós somos filhos de vadias. Eu sou um filho de prostituta que foi jogado na rua para viver por conta própria – sua mágoa era imensa.

Naquele momento tive pena dele. Coloquei a mão sobre seu ombro e tentei confortar seu pranto ébrio. Ele me empurrou, chamou-me de burguês imundo, de coisas que não se diz diante de uma dama. Furioso, ataquei-o com fome. Havia esperado demais por uma noite. Deixei-o quase morto sobre o divã. Pouco depois, ele retornou e perguntou o que eu havia feito.

– Bebi seu sangue, tem algo a dizer antes que o mate?

– Quero morrer bebendo – murmurou, abraçado à garrafa.

–Posso beber no inferno?

– Pergunte ao diabo.

– Não é ele, é?

– Tem razão, sou o diabo e vim propor um negócio. O que acha de viver eternamente, ter dinheiro e tudo o que sempre sonhou? – estava com os olhos brilhando pelo álcool. Seus lábios abriram-se num sorriso exibindo dentes perfeitos, coisa muito rara em sua idade e condição.

– É mesmo o diabo? Quer minha alma?

– Não espero tanto. Quero sua companhia.

– Que tenho de fazer?

– Viver.

– Pensa que sou estúpido? Sei que é o diabo e vai me matar – rosnou encostado no divã, que cedeu com seu peso e quase o jogou no chão.

– Não, não vou.

– Poderei beber?

– É só o que fará.

– Pensei que fosse o diabo, e não um enviado do paraíso.

– Talvez eu seja as duas coisas – respondi, agarrando-o novamente, para completar o que havia começado. Bebi seu sangue de novo e por um minuto ainda pensei em matá-lo, mas desisti.

Eu suspirei e me sentei ao lado de Kmam no banco frio. Ele estendeu as pernas na calçada vazia e deixou o corpo se apoiar nos braços, com as mãos espalmadas no cimento.

– Você se arrepende?

– Nem sempre. Sinto que deveria ter sido mais cuidadoso. Nada acontece sem que antes vejamos os sinais. E os sinais a respeito de Gustave eram gritantes. Ignorei-os por orgulho e vaidade – fez uma pausa e voltou ao passado.

* * *

Gustave ergueu-se vampiro daquele chão. Eu, como um bom pai, apoiei-o quando sentiu dor. Mostrei como deveria matar e viver, o que respeitar. Foi divertido ensiná-lo a se vestir, falar e andar entre as pessoas e seduzi-las. É claro que ele nunca seria como eu ou Otávio. Estava sempre numa posição combativa, odiando ricos e pobres.

Constantemente, destratava nobres e burgueses, apenas para matá-los num duelo. Perturbava mulheres casadas e era por vezes insuportável. Por mil vidas, eu me arrependi. Seu prazer maior era gastar com coisas que não poderia ter completamente. Bebida em especial.

Comprava caixas inteiras de Bordeaux, champanhe e Borgonha. Sentia-se fascinado ao ver uma mesa posta com um belo jantar. O sangue parecia não satisfazer sua fome. Perguntava-me se estava se alimentando o suficiente. Ficava pálido e magro com frequência. Numa noite trazia convidados e os matava com ferocidade, na outra evitava os humanos. Uma das criadas encontrou pães mofados e até assados podres em seus aposentos. Interroguei-o, pois queria entender o que acontecia. Quando o encostei na parede, Gustave começou a chorar.

– Antes eu não tinha nada, agora tudo tenho e nada posso. Não sou ingrato, gosto de ser quem sou, mas queria poder comer um pedaço de pão. Quero fazer amor com uma mulher – lamentou, segurando-me com força.

– Gustave, *mon cher*, não sabe o que é agora? O que tem de fazer para encontrar satisfação? Saboreie o que tem ou enlouquecerá. Não entende que jamais poderá fazer amor novamente da forma como fazia? Ame-as à sua maneira. Sabe que jamais poderá comer ou beber de novo. Acabou, não é mais humano, esqueça os velhos hábitos. O que sente é apenas ilusão, o passado cobra um preço alto demais. Não pague por ele, nada ganhará. Sinta-se saciado com o sangue, com a vida que ele lhe oferece, Gustave.

– Eu quero beber! Quero sentir o gosto do álcool em minha boca. Não quero somente sangue – falou descontrolado.

– Pode imaginar um vampiro viciado em álcool e sangue? Não, não pode. Bem, o problema era meu, eu o criara e agora teria de arcar com meu erro. Andei de um lado para outro do quarto, vendo-o brincar com as garrafas de vinho. Parecia enlouquecido pela fome. Enquanto me preparava para sair e encontrar alguém, ele abriu uma das garrafas e bebeu seu conteúdo. A princípio, nada sentiu, porém minutos depois começou a passar mal. O seu estômago, acostumado aos novos hábitos, reagiu de forma violenta. Estava na porta de saída quando o vi rolar escada abaixo, contorcendo-se de dor. Estava a ponto de morrer intoxicado. Não ria, Kara, é verdade.

Qualquer coisa além de sangue se torna veneno. Chamei André, o cocheiro, e o incumbi de uma tarefa. Ele saiu e retornou trazendo o que pedira. As duas prostitutas foram conduzidas à saleta ao lado dos aposentos de Gustave. A primeira eu mesmo matei assim que cruzou a porta de seu quarto, e então o alimentei de meu pulso para salvá-lo. A segunda, bem, a ocasião pedia algo especial, uma mulher que de preferência gostasse de vinho. Sylvie era perfeita.

A criada serviu o vinho e deixou a garrafa. Esperei a melhora de Gustave e mandei trazê-la. Do lado de fora do quarto, expliquei a situação.

– Meu amigo é muito tímido, puro, quase ingênuo, tem pouca experiência com mulheres. Quero que seja cuidadosa e não se deixe vencer por sua falta de interesse – disse, sorrindo amavelmente para ela.

– Pobrezinho. Confie em mim, *monsieur*, seu amigo terá o melhor de Sylvie.

Levei-a até ele e disse seu nome. O dinheiro foi colocado em suas mãos, e isso a deixou muito mais consciente de suas obrigações. Fingi sair e fiquei imperceptível aos seus olhos, apenas esperando o momento certo para agir. A mulher beijou-o e agradou, sem receber muito em troca. Gustave estava pouco interessado em seus dotes, só conseguia sentir o calor e o cheiro da bebida em sua boca. Sem mais resistir, mordeu-lhe os lábios para depois sugá-los faminto. Mas não conseguiu ir até o fim, pois a quantidade de álcool era pouca em seu sangue.

Caída sobre a cama, a mulher gemia, sentindo-se fraca. Tomei o candelabro e aproximei-me do leito. Gustave brincava com os cordões do corpete dela e parecia bem melhor, mas não saciado.

– Vou ensinar algo e quero que faça sempre que sentir fome – disse, deixando o candelabro próximo à cama. Segurei a mulher e a fiz beber mais vinho, depois tomei o cálice e cortei o pulso dela sobre ele para enchê-lo com seu sangue. Soltei-a, completei com vinho e homogeneizei a mistura. Os olhos de Gustave brilhavam cobiçosos. Tomou gosto e recebeu o cálice de minhas mãos, cheio de apetite. Senti que havia aberto uma porta, talvez aquilo compensasse o que lhe havia feito. Acomodei-me na poltrona próxima à cama e o observei beber, satisfeito como uma criança. Logo que o conteúdo do cálice chegou ao fim, percebi sua impaciência por mais. Gustave me olhou, pedindo permissão.

– Sabe o que fazer agora – estava à porta quando me lembrei de avisá-lo. – Gustave...

– Sim? – respondeu, ajeitando a mulher numa posição mais cômoda para ele.

– Pode fazê-las beber antes, torna-se mais fácil. E lembre-se: limpe tudo quando terminar.

Depois daquela noite, ele mudou totalmente. Tratava-me com indiferença, procurava diversão sozinho, nunca estava em casa, e quando estava, trazia uma vítima para saborear. Quando o proibi de levá-las para casa, passou a voltar só para dormir. Realmente nunca demonstrou ter grande interesse em aprender outras línguas ou poesia. Era avesso à ópera e ao teatro. Seus divertimentos favoritos eram ligados ao vandalismo e à perversidade. Atacava carruagens em alta velocidade só pelo prazer de vê-las tombar. Aterrorizava qualquer um que cruzasse seu caminho. Às vezes, parecia um grande ignorante. Gostava de vagar pelos lados da rue du Val d'Amour, onde encontrava todo o divertimento que buscava: brigas, jogo e verdadeiras orgias. Se ele tivesse tentado um pouco mais, teria melhorado. Para piorar sua situação, caiu nas malhas do Conselho. Roubava bebês dos berços, e por isso pagou bem caro, já que devemos esperar que cresçam eles primeiro.

O esclarecimento de Jan Kmam tirou um peso do meu coração. E ele continuou:

– O Conselho o julgou e o sentenciou. Na verdade, Ariel o fez da Espanha. Não pedi por ele, não merecia. Pedi a Ariel que mantivesse segredo e que nada dissesse a Otávio, pois ele sequer sabia de sua criação. Julgado, Gustave revoltou-se contra a sentença de dez dias na caixa. Foi um castigo pior que o meu. Ficou furioso e teve de ser levado à força. Pagou pelo crime, e Paris respirou aliviada durante seu tempo de cárcere, no qual fiquei muito amigo de Togo. Daí em diante, ficou pior. Sua crueldade aumentou. Passou a escolher cuidadosamente a vítima pela cor do cabelo e dos olhos, pela classe social, e por diversas características. Tinha de ser perfeita para que ele a destruísse ao seu modo. Embriagava o escolhido como um peru, para depois saboreá-lo bem devagar. E a culpa era toda minha. Felizmente, foi uma fase vingativa que passou. Anos depois, apaixonou-se pela música de Berlioz, talvez por vê-lo como um rebelde tempestuoso e incompreendido. Foi a algumas de suas desastrosas estreias e chegou a enviar-lhe dinheiro e recebê-lo em casa na minha ausência, para que continuasse compondo. Suas obras preferidas eram *Synphonie Fantastique* e *La Dammatin de Faust,* e odiou-me por impedi-lo de interferir na miséria e na morte de Berlioz. Se não o houvesse impedido, teria imortalizado Berlioz em corpo, alma e música. Se tivesse cometido tal loucura, teria sido condenado à morte.

O tempo passou. Houve a Revolução, vieram Napoleão e seu império de vitórias e derrotas. Pobre Napoleão, senti sua falta. Apesar de tudo, foi um grande homem. Novos virtuosos surgiram e morreram. O tempo voava. Foi durante a época de Napolão III que Otávio resolveu voltar a Paris, cento e setenta anos depois. Tinha tantas cartas suas que poderiam dar num livro. Tinha se instalado numa casa nova, alguns quarteirões longe da minha. Trouxe muita bagagem e alguém especial. Havia comentado numa de suas últimas cartas sem ser muito exato. Queria fazer suspense quanto à pessoa e apenas revelou seu nome: Asti. Deixou-me muito curioso. Não sabia se era um homem ou uma vampira. Passei quase um ano fazendo preparativos para sua chegada, pois a viagem era longa. Comprei a casa e mobiliei-a ao gosto da época, escolhendo criteriosamente as cortinas e os tapetes. Era incrível a quantidade de tapetes que possuíamos graças aos negócios de Ariel. Podíamos montar uma tenda árabe, se desejássemos.

Quando tudo estava pronto na casa, comecei os preparativos para o desembarque seguro dos dois. Chegariam, infelizmente, pela manhã. Deixei a ordem de que tudo em nome de *monsieur* Otávio fosse levado cuidadosamente para o local determinado e deixado sob os cuidados de meu administrador, *monsieur* Serge, um ótimo empregado por sinal. Falava pouco e perguntava muito menos. Igual a ele, nunca mais encontrarei.

Assim que a noite caiu, fui ao encontro deles.

– Como se chama?

– Kmam. Jan Kmam.

A visão de Otávio foi um bálsamo para meus olhos, cansados de ver o vazio à minha volta.

– Seu burguês maldito, como pode ficar aí parado? Venha cá e me dê um abraço – ordenou, vindo em minha direção, sorrindo.

– Ave de rapina! – falei, retribuindo. Aquilo me fez muito bem, há muito não sorria. Foi quase impossível falar, Otávio tinha muito que dizer. Trouxe-me muitos livros, presentes diferentes e sementes de rosas e flores. Seria necessária uma carruagem para transportá-los até a casa.

Obviamente, preferi não falar de Gustave. Achei melhor não falar nada naquela noite. Meu amigo e criador tinha estado muito tempo fora, e eu não desejava dividir sua atenção com mais ninguém, a não ser Asti. Conversamos algum tempo quando senti sua presença. Fiquei simplesmente fascinado com sua beleza. Era a mais bela vampira que já havia visto. Chegou suavemente, sequer ouvi seus passos sobre o piso. Eles eram curtos e delicados. Nada comparado ao andar da mulher francesa. Não, aquele definitivamente era o caminhar de uma personalidade submissa e dócil. O cabelo muito liso e negro pendia sobre o ombro, deixando a longa trança visível sobre seu estranho traje, uma pequena blusa de pura seda e mangas curtas que deixava seu ventre chato e macio de fora. Uma ousadia para aqueles dias. Os pés miúdos calçavam uma espécie de sandália dourada que parecia muito confortável. Sobre o ombro estava uma faixa do mesmo tecido que compunha suas calças. Tomei sua mão estendida e a beijei, observando seus anéis e aspirando o cheiro doce de sândalo. Sua pele era perfeita. A morenice, muito parecida com a sua, Kara, não fora alterada por sua morte. Um tom de pele fantástico! Ela retribuiu o meu sorriso com outro. Sua boca pequena e delicada parecia ter sido esculpida pelo mais atento dos artesãos. O exame era mútuo, afinal eu também deveria parecer diferente. Que olhar profundo e escuro! Sobrancelhas desenhadas e perfeitas. A melhor palavra para descrevê-la era "exótica". Reparei no pequeno círculo vermelho que trazia em sua testa, algo inusitado aos meus olhos tão acostumados à beleza europeia das mulheres daquele século, cheias de pó-de--arroz e perucas.

– Ouvi falar muito a seu respeito. Otávio o ama muito. Senti no início um pouco de ciúme de seu nome e dos momentos que viveram juntos, contudo aprendi a dividir Otávio com você, mesmo não o conhecendo. Espero continuar fazendo o mesmo agora – falou sutilmente, avisando-me para não o roubar dela. Ela tinha um sotaque discreto.

– Devemos resolver da seguinte forma: deixamos Otávio sozinho e ficamos algum tempo juntos – brinquei, fazendo-a rir.

– É uma ideia muito boa. Ela retribuiu ao beijo como eu esperava.

– Kara, seu olhar de reprovação é divino.

– Beijou-a na frente dele, assim sem mais nem menos?

– É uma forma de dizer que somos amigos, não rivais. Nosso ciúme é totalmente diferente do que conhece. Deixe-me continuar. Você vai gostar desta parte.

– Façam isso e destruo os dois com minhas próprias mãos – falou Otávio, fingindo-se de terrível, enquanto a recebia no sofá, a seu lado.

– Kmam beija bem, mas não como você, Otávio – disse, olhando-me de maneira cúmplice, enquanto o beijava.

A conversa girava em torno da Índia. Otávio e Asti viviam em Hardwar. A cidade fica às margens do rio Ganges. Eles falaram de um povo pobre, sofrido e miserável que vivia em cabanas cercadas de valas, que transportavam águas e detritos contaminados. Segundo Otávio, o lugar fedia mais do que Paris ou a Place Grave. Um contraste acentuado: de um lado palácios e do outro a pobreza gritante.

– Vivem seminus, pois os trapos que possuem não são suficientes para lhes cobrir a pele enegrecida pelo sol. Vi homens santos vivendo ao relento e nas sombras das árvores. Comiam apenas o que recebiam de oferendas ou esmolas, ou como queira chamar. Vi funerais à beira do Ganges, algo fascinante e lamuriento. O cheiro dos crematórios está sempre no ar. A lepra e a malária matam na mesma escala. Ainda contam com uma deusa bela chamada Kali. Ela é conhecida por sua sede de sangue. Segundo dizem, ajuda os soldados nas guerras e vive nos locais das cremações. Possui presas, usa uma guirlanda de cadáveres e tem como consorte o deus Shiva. O mais falado, amado e venerado é Krishna, pois o consideram poderoso e consciente. Os ingleses são cruéis e exploradores, nada fazem pelos colonizados, consideram o povo mero selvagem. Na época das chuvas, que podem durar três ou quatro dias inteiros, eles caem doentes e ainda mais famintos. É lamentável. Malditos ingleses pedantes! Duelei com dois ou três deles num espaço de dez anos – desabafou queixoso, segurando a mão de Asti entre as suas.

– A viagem parece ter amolecido seu coração.

– Não, não. Matei todas as noites para viver, mas o que me incomodou foi matar alguém que nada tinha a perder além da vida. Fez o mesmo, não?

– Acredito que nunca escolhemos – disse, olhando-o desconfiado.

– Não, nunca. E como vai seu amigo Gustave?

– Foi Consuelo ou Ariel quem contou? – consegui controlar o susto.

– Ariel também sabia e não me disse? Ele e você sempre tiveram segredinhos – falou, quase indignado.

– Então foi Consuelo, aquela pequena víbora mal-amada.

– Que tem de mal em sua atitude? Ficou solitário. É mais do que aceitável que tivesse se unido a alguém novamente. Eu mesmo o fiz – comentou, beijando Asti de modo orgulhoso.

Otávio mudara bastante: estava apaixonado como um mortal. Foi difícil dividir a atenção de Otávio com Asti. Nos primeiros tempos, ela estava sempre entre nós dois, nas conversas, durante os passeios. Não éramos mais dois amigos passeando juntos. Ficava envergonhado diante dela, quando tratava de certos assuntos. Afinal, fisicamente ela era uma mulher e transpirava feminilidade por todos os poros. Uma noite surgiu em minha casa e foi direto ao ponto.

– Precisamos conversar – disse, olhando-me fixamente enquanto tirava as luvas.

– Sou todo ouvidos, *mademoiselle*.

– Posso ser três coisas para você: amante, amiga e inimiga. Ser sua amante é por demais tentador, contudo respeito e amo Otávio e seria impossível enganar os dois. Posso ser sua amiga, e isso não me impedirá de falar qualquer assunto em sua presença. Não sou uma virgem inocente e tampouco uma mulher humana e obtusa, cheia de cuidados. Bem, ser sua inimiga seria mais difícil, pois o amo – a revelação me fez bem, afinal, sentia-me atraído por ela. – Gostaria de uma resposta.

– Agora?

– Sim.

Tomei-a em meus braços e beijei sua boca e o colo macio, enquanto sentia sua retribuição aos meus carinhos. Levei-a ao quarto, pois não seria nada apropriado nos amarmos diante da janela aberta da biblioteca. Despi seu corpo vagarosamente, desvendando todos os laços e segredos. Minhas mãos correram sobre o espartilho pálido e apertado, para mergulhar nos seios e saborear de seus pequenos sinais e fragrâncias.

Finalmente estava nua à minha frente e livre da combinação. Deparei com sua pele morena, viçosa e sedosa. Suguei seus pequenos seios, fazendo-a gemer, admirando o contraste de nossas cores.

Excitado demais, afundei em seu ventre e o beijei, erguendo-a de encontro a mim. Asti riu dengosa, deleitando-se com meu toque. Puxou a fita dos cabelos e deixou que caíssem sobre meu corpo, como um véu negro e brilhante, para que ocultassem minha nudez descorada. Suas mãos delicadas vagavam sobre meu peito. Por fim, quase arranhando minhas costas, sentiu meu peso sobre seu corpo pequeno. Puxei-a de encontro ao peito e a mordi com força, sem mais resistir. Asti foi minha por uma noite inteira. Desejávamos aquilo, e não era proibido, apenas uma escolha. Depois daquela noite, Asti conquistou-me e eu a conquistei, não faz diferença. Mas, mesmo assim, eu me sentia um estrangeiro naquele mundo de amor. Ela e Otávio estavam sempre juntos abraçados, dançando, discutindo literatura. A verdade era que eu estava envergonhado e enciumado. Resolvi procurar Otávio.

25. A ESTUFA

– Conheço todos os seus mistérios, Kmam – disse, vendo-me um tanto engasgado com as palavras.

– Então, sabe?

– Ela me pediu segredo. Sabe como são as mulheres, mesmo as vampiras. Mas entre nós nunca houve isso. Falo de nós dois, Kmam. Falei muito a seu respeito, sentia saudades de você e de Ariel, e Asti de certa forma apaixonou-se por você. Pediu uma noite e eu a dei. Bem sabe que não podemos possuir ninguém totalmente.

– Podemos viver com isso? – perguntei, vendo-o escolher uma melodia nas partituras.

– Claro que sim. Afinal, ela nos ama e nós a ela. Venha, toque comigo – convidou, esquecendo completamente o assunto.

Asti era mágica e por vezes cheguei a me sentir constrangido. Criara um vampiro que sequer me notava pela casa enorme e vazia. Às vezes, podia ouvir uma criança correndo pela casa e uma ninfa atrás dela. Meus sonhos e desejos mais antigos. Era tudo uma grande ilusão, e estava ficando cada vez mais deprimido. Não queria me divertir nem me alimentar como devia.

– Olhe para você – ordenou Otávio, puxando as cobertas, furioso comigo – Parece um maldito humano doente, uma velha paralítica! Suas roupas estão imundas, percebeu? O que anda fazendo? Só sabe ir do caixão para a cama? Isso é lamentável. Asti contou-me, mas simplesmente não quis acreditar que meu amigo estivesse assim, tão... tão humano! Não você, Kmam. O que há de errado?

– Nada, absolutamente nada – disse, fechando os olhos para não o ver. Eu estava faminto, porém totalmente apático.

– Sei que Gustave o deprime, não o vê, não lhe faz companhia e, além disso, é perigoso. Ariel escreveu-me recentemente e contou do castigo. Roubar bebês!

Esses são delitos medíocres, nunca lhe disse? Num momento de extrema necessidade é permitido, mas por luxúria nem pensar. Não o ensinou, Kmam?

– Sim, ensinei – falei, controlando o desejo de responder com grosseria.

– Ariel ficou descontente. Se desejar destruir Gustave, ele lhe dará permissão.

– Por que faria isso?

– Porque talvez ele prejudique você.

– Dou a ele o que ele deseja: dinheiro. É o preço que pago para me ver livre dele.

– Não seja estúpido, Jan Kmam! Está criando serpentes em casa.

– Não lhe ensinei tudo – falei, recostando-me no espelho da cama.

– É isso que me tranquiliza. Não suporto aquele ar perigoso e debochado – disse, com cara de asco. – Agora vamos, saia desta cama. Asti quer que seja nosso hóspede por alguns meses, o que acha?

– Três noites e nada mais. Não vou ficar suplicando sua atenção enquanto ela o mima e o tem por inteiro – falei, levantando sem alternativa.

– O ciumento de sempre. Você não sabe dividir nada, Kmam.

Estávamos dentro da carruagem quando Gustave apareceu na porta de entrada, retornando de seu passeio.

– Ópera ou balé? – perguntou com desdém.

– Balé, meu caro. Acompanha-nos? – Otávio convidou, sabendo que não aceitaria.

– Não, obrigado. Tenho planos mais movimentados para esta noite. Vou dar uma pequena festa no jardim. A propósito, Kmam, vou usar a estufa – avisou, esperando minha explosão que nunca vinha.

– Use a casa, nela há cômodos suficientes para sua festa. Mantenha-se longe da estufa. Ficarei alguns dias fora e espero encontrá-la do mesmo modo que deixei. Há vinho na adega e dinheiro na gaveta, como de costume. Entretenha-se com isso e tente manter a polícia longe dos portões de minha casa – falei imperioso.

– Acredita que isso me faz feliz?

– Se não fizesse, teria partido há muito tempo.

– Pelo que vejo, Gustave não nos acompanhará ao balé. Que pena. Vamos, Jan, é tarde, não quero perder a abertura – Otávio sabia como ninguém controlar uma situação difícil ou desagradável.

– Obrigado novamente. Como vê, Kmam proporciona todo o divertimento que mereço.

– Cocheiro, vamos – ordenei, olhando-o. Aqueles dias longe dele me fariam muito bem.

Gustave se tornara uma pedra no meu sapato. Eu relutava. Era doloroso aceitar que errara ao torná-lo um de nós. Sempre gastando, trazendo estranhos para dentro de casa, levantando suspeitas e perturbando as criadas. Eu o proibira, o que não significava nada para ele. Logo entenderá o que digo.

Ganhei um belo garanhão de Ariel. O animal negro viajou de navio da Espanha até Paris. Percebi de imediato a inveja de Gustave, mas não disse nada. O cavalo não gostou dele e o jogou duas ou três vezes no chão. Imediatamente, ele o surrou. Proibi que tocasse no animal. Não demorou e encontrei meu belo garanhão morrendo no chão do estábulo. Estava ferido. Gustave o surrara novamente, e, exausto, ele morria. Tomei minha pistola e matei-o para que parasse de sofrer. Percebi que Gustave não tinha limites. Esmurrei-o violentamente e abandonei-o durante meses, tirando seu dinheiro e o direito de dar suas festas. Otávio estava coberto de razão. Gustave me deprimia e aborrecia.

Fazia cinco anos desde a chegada de Otávio, mas sempre que via Asti e a ouvia tocar sua flauta, era como se fosse a primeira vez. Sentia-me em família ao lado dos dois. Adorava vê-los juntos diante da lareira acesa conversando sobre qualquer assunto. Por vezes tocávamos juntos. Otávio no violino, eu no cravo e ela na flauta.

Asti sabia contar lendas fantásticas a respeito de seu povo. Vivia falando de seus deuses místicos e por vezes cruéis. Ela e Otávio poderiam ser vistos juntos nas festas, em cafés e em reuniões sociais que frequentávamos esporadicamente. Não me admirei em saber que dividiam o mesmo caixão. Eles realmente se amavam muito.

– E quanto a você e ela, afinal? Pelo modo que falou, parece que se tornaram amantes, fizeram amor. Corrija-me se eu estiver errada.

– Sim, fizemos amor, mas ao nosso modo. Quanto a mim, continuei sozinho. Ela me quis, me teve e ponto final. Claro, havia carinho entre nós, mas ela gostava de dividir a eternidade com Otávio. Sua ligação com ele era mais forte, compreende? Ela dividiu sua morte com ele, e esse é o elo que nos une e algumas vezes nos separa. Numa das raras ocasiões em que a encontrei sozinho, pude descobrir o que me incomodava. Sentia falta do amor. Não o amor companheiro de Ariel e Otávio, desejava o amor de alguém que me sorrisse como mulher. Um corpo feminino, um corpo que não reconhecesse como o meu. Queria sentir a diferença no andar e nos sussurros suaves da voz feminina. Desejava o cuidado quase materno que Asti despendia a Otávio, os segredos que terminavam em sorrisos marotos, o modo como a puxava para si com desejo. Esses rituais se davam quando desejava sair sozinho. Ela ficava no portão e esperava que ele sumisse na rua. Sabe o que pareciam? Um casal humano ou de pombos em namoro sobre os telhados.

– Onde você está, Kmam? É a sua vez – perguntou Asti. Estávamos jogando havia algumas horas, mas tudo que conseguia era fitar com um ar perdido as prateleiras da biblioteca.

– Importa-se em terminar outro dia?

– Não, vou adorar. Jamais gostei de vencer um fantasma, dá azar.

– Sou um fantasma – andava pela sala atapetada, com as mãos nos bolsos. Nem vestia um casaco. Trajava apenas a camisa branca de costume, as velhas botas e uma jaqueta.

– Sabe, vi Gustave uma noite dessas. Ele estava limpo, arrumado e vestia roupas caras. Cheguei a admirar sua beleza.

– Não quero falar dele, Asti.

– Sabe que não é um fantasma. Possui um coração forte. Posso ouvi-lo batendo. Gustave também possui um – argumentou, tentando desenterrar-me.

– Pois gostaria que ele parasse. Vim para encontrar paz em sua companhia.

– Posso oferecer isso temporariamente, mas e depois? Continuará assim?

– Por que tem sempre as respostas?

– Também as possui, apenas finge que não. Sei o que sente, sei o que o faz sofrer – revelou, fazendo-me encarar seu rosto.

– Sabe mesmo?

– Gosto de agradar as pessoas, de fazê-las felizes, mesmo que depois tenha de matá-las. Contudo, eu as amo. Sou submissa a Otávio, mas jamais deixarei de notar o que se passa à minha volta. – Não conseguiu. Ele não é muito bom nessas coisas. O amor para ele é extremamente simples: ou tem ou não tem. Mas você, Jan Kmam, precisa dele como de sangue. Quer ser amado como nos poemas que devora até o amanhecer, nas óperas e sonatas que escutou, como ocorre entre os casais humanos que observa a distância. Pensa que não sei do dote que deu à pobre Valéria para que se casasse? – Asti havia lido minha alma como a um livro. Sentia-me envergonhado diante de seu olhar. – O que me tortura, meu "Kam", é saber o que está esperando. Permissão? Pensei que fosse forte. Otávio me disse que era confiante. Onde está o Jan Kmam que me tomou em seus braços aquela noite? Havia paixão em seus olhos.

– Não sou forte para o amor. Além disso, dói muito amar.

– Os fracos não podem amar. Escondem-se por trás desse sentimento e alimentam-se dele. Sei que não é fraco, posso ver pelo seu olhar. Otávio jamais o teria feito vampiro se fosse assim.

– Asti, Asti. Não existe ninguém lá fora capaz de me amar. Olhe para mim. Diga-me que mulher em sã consciência se apaixonaria por mim?

– Procure! Procure alguém e depois a roube de seu quarto, seduza-a, beije seus lábios com carinho, fale de seu amor, toque seu coração, conte sobre seus desejos. Sei que é sedutor. Ninguém resiste aos seus olhos.

– Otávio fala demais. Quanto a você, sabe quanto a adoro. É a vampira mais sedutora que já conheci, sabe disso – falei, colocando-a em meu colo para beijar-lhe a boca amante. – Seduzo damas da sociedade, homens, só não seduzo o próprio amor. Não posso nem quero uma relação de amor e ódio, não vou destruir uma vida – calei-me subitamente, pois falara uma grande tolice.

– Otávio roubou-me de meu marido. Ele era perverso. Conheci Otávio durante um banquete. Ele me seduziu com um simples olhar e matou meu marido quando ele quis intervir. Se não o tivesse feito, estaria morta, pois ele sentia prazer em me humilhar e espancar. Otávio me salvou.

– Asti, minha deusa de barro, teu coração é tão grande que poderia viver dentro dele. Não sei se posso.

– Seu tolo, o destino faz o encontro e nós o tornamos eterno. Saia, procure, faça à luz de velas ou de querosene, mas faça. Busque-a nas ruas, no Sena ou no Louvre, mas se mexa – disse, tentando a todo custo me acordar. Olhou à sua volta como se procurasse algo e viu o vaso de rosas. – Sabe por que cultiva rosas em sua estufa? – disse, pegando uma rosa pálida.

– Não compreendo.

– Claro que não, a melancolia o cegou. As rosas são como a humanidade. Veja a riqueza de tipos e detalhes, o colorido que pode ir do mais fraco até o mais forte. Agora, sinta o talo. O ruim são os espinhos. Infelizmente, não podem ser retirados. Mas o que importam os espinhos quando se tem o perfume? Sempre estaremos aqui, noite após noite, amanhã e depois, e nossas dores também, mas e quanto a ela? – perguntou, referindo-se à rosa. – Ela vive pouco – disse, assoprando-a. A rosa se desfez e deixou-me coberto de pétalas. – Não há muito tempo para a humanidade e seu amor mortal. O tempo pode estar envelhecendo a mulher de sua vida. Sei o quanto isso é humano, mas já parou para pensar que alguém ali pode estar procurando por você? – apontou pela janela.

– Um vampiro, Asti. Isto é um sonho.

– Kmam, não nos foi negado o direito de amar. Lembre-se de que logo ela poderá estar como o que tem em suas mãos. Um talo seco e cheio de espinhos.

As palavras de Asti fervilhavam em minha mente na volta para casa. Havia passado meses na casa de Otávio, tempo suficiente para me sentir melhor e aturar Gustave. Fiz o percurso de carruagem repetindo para mim mesmo que ela estava certa. Que direito eu tinha de me julgar incapaz de amar? Um erro cometido não precisava significar danação eterna. A semente havia germinado e começava a crescer dentro de meu coração. Como seria agora depois de tanto tempo? O que eu faria? Depois de tanto tempo vivendo de lembranças, pode-se esquecer como é amar de verdade? Claro, ninguém esquece – disse, sorrindo.

Cheguei exultante em casa e encontrei tudo em perfeita ordem. Não notei o olhar apreensivo do criado ao me receber e pegar a bagagem.

– *Monsieur* Kmam, poderia me dar um minuto?

– Nada de desgostos esta noite, Ledox – pedi, sorrindo para ele. Havia encontrado a alegria novamente, e meu coração estava vivo. Segui para o quarto, comecei a avaliar meu guarda-roupa e descobri que precisava de roupas novas.

As mulheres gostam de homens bem vestidos, falei comigo mesmo, enquanto ia e vinha pelo quarto. Porém, ao passar pela janela de cortinas abertas, percebi que algo estava errado. Acho que passei voando pelo criado que subia as escadas, que com certeza ia insistir em falar comigo sobre o assunto. Quando cheguei à grama, estanquei. Não conseguia acreditar no que via. Havia vidros espalhados por toda a grama, plantas despedaçadas por todos os cantos, vasos quebrados sobre a bagunça que se tornara o piso de madeira agora descoberto. Um furacão não teria feito estrago maior.

Vi flores e rosas destroçadas com violência, minha poltrona feita em tiras, sementes completamente perdidas. O trabalho de anos destruído por completo, acabado. Apoiei as mãos sobre a mesa, que milagrosamente estava de pé, e gritei aborrecido, virando-a finalmente.

– Quer incomodar os vizinhos?

– Sabe quem foi, Gustave? – perguntei, sem nem conseguir olhá-lo. Tinha de me controlar pelo menos por alguns minutos.

– Alguém no limite, talvez solitário e sem dinheiro – falou, pisando nos cacos do chão, fazendo com que estalassem mais uma vez.

– Ele tem nome? – disse finalmente, fitando seu rosto bem de perto.

– Não.

– Filho de uma vadia! – rugi, atracando-me com ele, furioso. Rolamos pelo chão aos murros, destruindo o resto das prateleiras e dos vasos. – Quem você pensa que é? Um nobre? Um burguês? – falei, dominado pela ira. Prendi-o em meu olhar e o fiz sentir dor, deixando-o sem movimentos. – Você não é! – falei enchendo a mão de terra para esfregar em seu rosto.

– Pare! Eu imploro.

– Por que o faria? Vamos, dê-me um bom motivo. Deve ter um. Foi valendo-se dele que destruiu a única coisa que realmente significava algo de bom para mim – disse, chutando areia e sujeira sobre ele.

– Pare, Jan! – gemia, com as mãos na cabeça.

– A partir de hoje você não vive mais nesta casa. Pegue seu caixão e suma! Foi longe demais, Gustave! Nunca o impedi de fazer nada, sempre teve tudo sem que precisasse pedir. Mandei seu nome para o Conselho e ensinei-lhe bem mais do que merecia. E de que modo retribuiu? – perguntei, enquanto ele se levantava do chão coberto de areia. – Com ódio e desrespeito. Dane-se, agora! Nada mais me deve, a não ser sua ausência. Junte o que é seu e saia desta casa. Na gaveta tem o suficiente para que se mantenha num local limpo e seguro por algum tempo. Descubra um modo de ganhar seu próprio dinheiro. Sabe gastar, tente ganhar. Adeus, Gustave Rohan – falei, dando o tiro de misericórdia.

– Acha que vou sentir sua falta?

– Sou melancólico, não estúpido! – protestei.

– Sentirei falta de seu dinheiro, pois foi a única coisa boa que veio de você. Livros? Música? Seu burguês estúpido! Detesto sua companhia. Se aprendi os seus modos foi para sobreviver longe da pobreza. Detesto os seus amigos! Meu maior desejo é vê-lo morto, se possível num monte de cinzas. E afirmo que um dia vou realizar meu desejo, Jan Kmam – falou convicto.

– Não ouse me ameaçar. Posso destruí-lo, se desejar.

– E para quê? Para que o rei tenha de julgá-lo e condená-lo à morte? Vou tirar tudo que conhece como seu. Vou tirar sua casa, seus negócios e finalmente sua vida!

O murro o lançou longe, ferindo-lhe o rosto.

– Não perde por esperar – rugiu, sentindo o gosto de seu sangue.

Gustave seguiu meu conselho e partiu. Levei um ano inteiro para recuperar minha estufa. Aquilo me ocupou a ponto de esquecer que pretendia amar novamente. Gustave sumiu de minha vista. Otávio vivia dizendo que cuidado nunca é demais. Sempre que podia, Asti arrancava-me da estufa e apresentava-me uma jovem. Só importava que fosse jovem e bonita. Jantávamos juntos e comportava-me bem diante de todas elas, já que eu buscava companhia e não uma vítima perfeita. Sentia-me estranho cortejando uma mulher de novo, pelo menos naquelas circunstâncias. Quando queria uma mulher, simplesmente a seduzia e a matava. Por isso, sentia que muitas delas e eu mesmo ficávamos entediados. Cheguei a cochilar ouvindo uma delas. Diante de outra, quase perdi o controle, ela falava o tempo todo e sua voz era irritante. Meu único desejo era torcer seu pescoço e silenciá-la para todo o sempre. Comecei a acreditar que a mulher que eu idealizava só existia em minha mente. Vendo meu orgulho escorrer pela sarjeta, resolvi desistir. Otávio aplaudiu, e Asti odiou. Chegou a me chamar de covarde e de vampiro sem convicção. Mas as preocupações haviam chegado ao fim. Não havia um motivo lógico para conseguir mais problemas.

Os criados não sentiram a menor falta de Gustave e não ousavam perguntar por ele. Serge, o administrador, adorou a ideia de não vê-lo desperdiçar meu dinheiro. Ledox, meu criado de confiança, ficou mais tranquilo. Afinal, ele cuidava dos corpos deixados a esmo pela casa depois de suas festas. Agora, vejo como tivemos sorte em nunca ser descobertos. Gustave sempre foi descuidado. Veja o que anda fazendo, matando em série. Anos atrás, fazia com a intenção de me prejudicar, mas agora é por prazer.

Desculpei as palavras duras de Asti, que afinal não me machucaram, e enviei flores colhidas de minha nova estufa. Eu a fiz bem maior que a primeira. A paz estava restaurada, podia sentir.

Kmam parecia bem mais leve.

26. Thaís

O fim daquele ano estava próximo, e Paris ficava cada vez mais fria e nublada, as chuvas caíam com frequência e tudo à volta estava cinzento e turvo. Naquela noite, alimentei-me longe das tabernas enfumaçadas e do cheiro dos caldeirões de sopa fumegante. Aquilo tudo me dava náusea e me trazia lembranças antigas. Voltei para casa, vesti meu roupão e retomei minha leitura. A chuva molhava a janela. As gotículas brilhando com a luz amarelada dos lampiões a gás me inspiravam numa solidão bem-vinda. Estava totalmente absorvido pela leitura, mas não a ponto de deixar de ouvir um barulho na estufa. Soltei o livro e desci a escada de espada em punho. Gustave pagaria caro dessa vez. Porém, quando cheguei à porta, notei que não era Gustave, era uma presença humana.

Da escuridão da sala onde eu me encontrava vi um vulto através dos vidros embaçados. Quem quer que fosse agia no escuro, como um ladrão.

– Um instante. Podia sentir a presença dele?

– Posso diferenciar a presença humana da de um vampiro. Obviamente existem sutilezas que distinguem cada ser. O melhor disso é saber se é uma presença conhecida ou não.

– Então, conhece meu perfume?

– Não, conheço seu cheiro e o calor de seu corpo. Seu perfume é outra coisa.

– Pode me sentir mesmo que eu esteja distante?

– Sim, posso, é bem forte. Sei quando está no quarto ou na rua, até mesmo enquanto durmo, mas nesse estado se torna mais fraco. O dia não me ajuda muito, fico confuso nesse período. Absorvo melhor durante a tarde e finalmente ao anoitecer, mas nesse momento já estou desperto. Está fazendo pesquisa, Kara?

– Quero saber com o que estou lidando – rebati. – Pode continuar.

* * *

– O barulho foi o de um vaso quebrando. Cruzei o jardim sem permitir que a chuva me tocasse. Ela estava ensopada, abaixada no chão, recolhendo os cacos do vaso. Tateava com as mãos sobre a terra e a planta, tentando não danificá-la. Subitamente, ela se ergueu e ficou frente a frente comigo. Apenas os vidros nos separavam. Pensei que ia gritar e correr apavorada. Nada aconteceu. Desceu os dedos sobre as estantes e encontrou um vaso vazio. Sorriu e começou a ajeitar sua vítima dentro dele.

Manejava tudo com cuidado e delicadeza. Foi com o vaso nas mãos em direção à porta e, lá chegando, abriu-a. Eu estava ali, à sua frente. A chuva molhava a planta recém-depositada no vaso, deixando-a viçosa novamente.

Entrei com ela e apenas saí do seu caminho, que ela conhecia muito bem. Nesse momento, percebi que sempre notava um vaso fora do lugar, uma planta, e até mesmo rosas faltando, e ali estava a resposta.

– Pronto, minha amiga está segura novamente – falou, deixando o vaso sobre a mesa. Parecia conversar com as plantas.

Sua voz carinhosa era agradável de ouvir. Olhei à volta e notei uma cesta de flores vazia. Dentro, havia um xale velho e muito desbotado.

Sem aviso, ela começou a se despir. Tirou os sapatos grosseiros e esticou os pés sobre o piso de madeira, desatou o corpete, afrouxando-o para tirar a saia, ficando somente de camisolão. Tirou o grampo dos cabelos úmidos.

Os cabelos dela eram tão escuros e ondulados quantos os seus. Ela os desemaranhou com os dedos fazendo leves movimentos com a cabeça. Os olhos escuros e vagos, perdidos no tempo, nada viam. Sua pele delicada trazia traços suaves e finos. Tinha a boca pequena e sobrancelhas desenhadas. Ela passou por mim e foi direto para as rosas vermelhas.

– Sentiram minha falta? – perguntou, esfregando suavemente o rosto nas rosas, sem medo dos espinhos. – Claro que sentiram. Seu dono deve amá-las muito, estão sempre tão bem cuidadas – disse, tocando os seus caules tratados. Eu estava a poucos centímetros dela e quando se voltou quase tocou meu braço. – Deve ser um senhor muito sensível, alguém que não se importa em perder tempo cuidando de rosas. Devem ser agradecidas a ele. Gostaria de ser uma de vocês, pois assim teria abrigo, comida e alguém que cuidasse de mim. O cheiro dele está aqui – falou, para depositar a saia e o corpete sobre a mesa. Pegou o xale, preparava-se para dormir em meu divã. Relaxou um pouco, mas foi sacudida por um acesso de tosse.

Ela estava doente e precisava de ajuda. Eu precisava dela, percebi no exato momento em que a vi. Sua delicadeza me fascinou, assim como seu corpo miúdo debaixo da camisola molhada e transparente.

– Deixe-me ajudá-la – pedi, tocando seu ombro enquanto se recuperava. Estava quente e febril. Foi o suficiente para fazê-la erguer-se do divã, assustada. Esbarrou na prateleira e derrubou alguns vasos, e isso a assustou mais ainda.

– Oh, perdão! Não fiz por mal, queria apenas me esconder da chuva.

– Calma – pedi, vendo-a alcançar a mesa em busca das roupas e tentando fugir.

– Eu não roubei nada. Posso limpar a sujeira e pagar pelo estrago com trabalho.

– Por favor, não é necessário. Quem a assustou fui eu. Nada tem de fazer, a não ser me seguir até a casa.

– Não, por favor, *monsieur*. Seu patrão não me viu. Prometo jamais voltar se me deixar partir – argumentou, vestindo a roupa, apressada.

– Não posso permitir que parta – falei seguro, sem perceber que a apavorei ainda mais. A pobrezinha arregalou os olhos e voltou a falar, decidida:

– *Monsieur*, eu não sou ladra, não me entregue à polícia.

– Não vou chamar a polícia – afirmei, vendo o alívio brilhar em seus olhos. – Quero apenas que tire a roupa molhada e...

– Não! Fique longe de mim! – disse, entendendo tudo errado e esquecendo os sapatos, a cesta e tudo mais. Dirigiu-se à porta em fuga, saindo pela chuva.

Detive sua corrida pela grama e tentei evitar seus golpes. Fraca pelo esforço, a jovem caiu desmaiada em meus braços. Levei-a para dentro de casa e acordei Ledox.

– Pegue a carruagem e traga um médico – falei, depositando-a sobre a cama. – Ande homem, o que espera?

Cheio de dúvidas, saiu do quarto de hóspedes em que eu me encontrava e voltou mais tarde com o médico. Acordei a criada responsável pela arrumação e mandei que vestisse algo seco na jovem. Quando o médico chegou, encontrou-a metida em um dos meus camisolões. O velho senhor a examinou e constatou que estava com pneumonia. Teria de descansar e se alimentar muito bem. Paguei pelos seus serviços e remédios receitados. Era tudo que podia ser feito naquela noite, mas minha cabeça fervilhava de ideias para as próximas. Na noite seguinte, contratei uma enfermeira para cuidar dela vinte e quatro horas por dia. Não sabia seu nome, quem era, onde vivia, mas pouco importava: eu a queria viva.

Comprei camisolas com a ajuda de Asti, que simplesmente estava fascinada com minha hóspede. Otávio não era da mesma opinião, achou uma grande loucura, dizia que eu me arriscava sem motivos.

– Como, sem motivos? Olhe para ela. Eu a amo e nem mesmo sei seu nome. Isso é amor. Estou confuso, ansioso e sinto o desejo de tê-la em meus braços como se a conhecesse há muito tempo. Eu a procurava e não sabia, e aqui está ela.

– Isso é culpa sua, Asti – queixou-se Otávio.

– Não seja desmancha-prazeres.

– Eu a encontrei e não vou deixá-la partir. Amo você, e é isso que importa.

– Mas é claro que sim – falou Asti, aproximando-se da cama para ficar ao meu lado. – Ela é perfeita, Kmam, uma linda florista. Como não pensamos nisso? Como são seus olhos? São tão negros quanto seus cabelos?

– São cegos – revelei o que omitira durante aqueles três dias. Otávio riu amargo e Asti foi se sentar na poltrona, abatida demais para dizer qualquer coisa.

– Sabe o que significa? – perguntou Otávio, enfrentando-me com suas novas armas.

– Não quero saber.

– Significa que não poderá lhe dar a vida eterna.

– Esta decisão é minha.

– Não, não é. Conhece as regras. Será punido se a tocar.

– Pedirei permissão a Ariel.

– Mesmo que quisesse, Ariel não poderia permitir, sabe disso.

– Isso é discriminativo e cruel – disse em vão, sentindo-me impotente.

– É a lei. O que ela faria? Como se alimentaria? Pense, Kmam. Vai lhe dar a imortalidade para que dependa de você? Quer condená-la à escuridão eterna? É isso que pretende oferecer junto com o seu amor eterno? – falou incensurável.

– Kmam, não banque o egoísta. E quanto a Gustave?

– O que tem ele?

– Por que o amor consegue deixá-lo cego?

Otávio estava muito aborrecido e frustrado comigo.

– Já pensou na possibilidade de Gustave descobrir o que sente por ela? Não, não passou. Três dias e três noites inteiras! Ela é a arma que Gustave vem esperando para usar contra você. Quando descobrir, vai cair sobre você como um enxame de abelhas. Ela é a brecha na muralha!

– Ele não vai saber até tudo estar consumado.

– *Mon Dieu*! Através dela, ele pode destruir tudo o que você conquistou. Basta uma palavra dele ao Conselho ou uma chantagem benfeita.

– Ela nunca me trairá. Além disso, não sinto Gustave há muito tempo – falei, rejeitando o aviso legítimo.

– Senhores, estão gritando e existem humanos nesta casa – avisou Asti, tentando conter os ânimos.

–Agora virou hábito. Humanos em toda parte da casa. Uma arrumadeira, uma enfermeira, um criado permanente, uma cozinheira, uma ceguinha e depois o que virá? Um padre? – Otávio provocava.

Segurei um vaso próximo cheio de rosas e o atirei sobre ele, furioso.

– Nunca mais a chame assim! – falei, sentindo minha voz no limite humano, na barreira vampírica. Otávio curvou-se, recolheu uma rosa do chão e sentou numa das cadeiras de damasco, falando suavemente:

– Aquela jovem tão bela e doce faz todos nós corrermos riscos desnecessários. Gustave não o esqueceu, não duvide disso um minuto sequer.

Asti estava às costas de Otávio e segurava seu ombro. Olhava-nos apreensiva, temendo um confronto direto.

– Quero que ele vá para o inferno! Nada vai me fazer devolvê-la às ruas. Seria o mesmo que colocá-la nas mãos dele.

– Kmam, ela ainda tem uma chance, Gustave pode não ter notado sua presença.

– Fala como se ele estivesse em meu jardim.

– Acredita realmente que ele vai perdoá-lo? Ele o odeia e deixou isso bem claro durante o tempo em que viveram sob o mesmo teto. Ele espera o momento certo para a vingança.

– Isso jamais acontecerá! – rejeitava todo e qualquer pensamento lógico, sequer notava o quanto ficara vulnerável em meu amor desmedido por uma completa desconhecida. E o pior era o sentimento de conhecimento que trazia comigo. Parecia ter encontrado alguém que perdera havia muitos anos e por ela lutava com unhas e dentes. – Posso protegê-la dele, sei que posso. Gustave nunca descobrirá sua presença nesta casa.

– Nem a conhece! Como pode passar por cima dos direitos dela?

– Desde quando pensamos nisso?

– Perdeu o juízo? Terá que devolvê-la ao mundo. Ela não é um animalzinho que encontrou vagando nas ruas e resolveu criar. Espere que ela fique totalmente sadia e a deixe partir – reclamou, inclinando-se para frente.

Otávio estava totalmente irredutível, e eu também.

– Prefiro matá-la a fazer tal coisa.

– Ótimo! Faça isso. Mate seu desejo e consuma tudo. Mas faça hoje, faça agora! Talvez o sangue dela possa devolver a paz que você perdeu – suspirou infeliz. – Vamos, Asti. Kmam tem algo a fazer – falou, estendendo-lhe a mão.

– Irei num segundo – falou, beijando-o carinhosa.

Otávio olhou-me mais uma vez e seguiu sozinho pela porta.

– Perdoe Otávio, ele teme perdê-lo. O que vai fazer?

– Sei apenas o que não farei.

– Sinto muito, Kmam. Ela seria perfeita. Suave como o vento nas roseiras. Mas sei que pode encontrar outra. Escute, meu querido. Talvez ela possua uma irmã ou uma filha pequena que possa tomar como sua e esperar. O tempo está a seu favor.

–Não haverá outra além dela.

– Kmam, não permita que este desejo impere sobre sua sanidade. Nada vale a sua segurança.

– Asti, de que vale uma casa, o dinheiro e a segurança se não tenho o que mais desejo? Quero amar novamente e quero que alguém me ame. Até o mais miserável mortal e o governante mais cruel têm alguém a seu lado. Alguém que lhe dá herdeiros, que diante de seu caixão chora.

Subitamente, percebi que as palavras de Kmam já estiveram em meus lábios ao tentar defender o amor que eu sentia por ele.

* * *

– Posso suportar a fome e até mesmo a morte, mas este vazio me leva à loucura. Errei criando Gustave, mas não vou pagar eternamente por isso, do mesmo modo que não vou acatar o Conselho. Preciso de algo que justifique o que faço todas as noites, um motivo para sentir o gosto da vida em minha boca outra vez.

– Meu "Kam", meu menino. Conte comigo, estou pronta a ajudá-lo no que precisar, sabe onde vivo. Mas agora me deixe partir, pois Otávio deve estar destruindo a carruagem inteira.

– Obrigado – murmurei, cansado de tanto pensar. Na noite seguinte, soube por Ledox que a jovem passara o dia todo consciente e que tentara partir, mas foi convencida a ficar e me agradecer pessoalmente pela enfermeira e pelos cuidados. Seu nome era Thais. Fiquei tão encantado que fiz rimas a esmo enquanto me arrumava cuidadosamente para vê-la. Naquele momento, lembrei que ela não poderia ver meu casaco de veludo negro ou o brilho apaixonado em meu olhar.

Não me deixei abater por isso. Segui para o quarto de hóspedes e encontrei a enfermeira de saída. Levava nas mãos uma bandeja com os restos de seu jantar. Falei com a senhora e entrei suavemente. Jamais esquecerei aquela segunda visão. Ela sentia os desenhos do lençol e imaginava com seus olhinhos vagos o que sentia. Estava corada e sadia como uma rosa no orvalho matutino. Os cachos desorientados de seu cabelo escorregavam indecisos pelo rosto, convidando-me a tocá-los. Cheiravam à limpeza. Ela parecia nunca sentir minha presença. Contudo, naquela noite, algo me denunciou. Subitamente, ela ergueu a cabeça e aspirou o ar à sua volta e deixou um nome escapar:

– Zimbro. Quem é? – perguntou, num sussurro.

– O dono das rosas – respondi, sem alternativa.

– Costuma vigiar as pessoas?

– Algumas – falei, controlando-me para não assustá-la.

– Desculpe-me, estou sendo grosseira – falou, olhando em minha direção. Obviamente, foi o som da minha voz que a guiou. – Quero agradecê-lo. O que fez por mim é algo muito nobre e caridoso. Preciso pagá-lo de alguma forma.

– De modo algum! Sua saúde é minha recompensa maior – sentei-me na cadeira próxima à cama e ali fiquei, devorando-a com o olhar.

– É uma alma muito bondosa, temente a Deus, a ponto de recolher uma estranha em sua casa, mesmo depois de ter invadido sua estufa. Saiba que serei eternamente grata. Entretanto, sinto-me na obrigação de pagar. Não tenho quase nada, mas tenho forças para trabalhar, graças aos cuidados dispensados pela boa senhora e pelo *monsieur*, que me acolheu desta forma tão generosa – enquanto elogiava a minha bondade, eu observava seus lábios corados e delicados.

– Posso lavar, esfregar o chão, sei cozinhar, não se deixe enganar por minha cegueira. *Monsieur*, gosta de bolo de mel?

Pode imaginar? Eu a devorava com meu olhar de vampiro e ela me oferecia um bolo. Fascinado com sua doce voz, eu respondia sim e não, sem nem perceber por que o fazia. – Ótimo, ótimo – concordava, enquanto fitava seu pescoço, exposto pela camisola entreaberta.

– Oh, obrigada, *monsieur*, fico feliz em saber que me dará a chance de pagar o favor. Sinto-me melhor agora. Começarei amanhã mesmo – disse sorrindo e iluminando seu rosto, encantando-me mais ainda.

– Começará o quê? – falei confuso.

– Deus! *Monsieur* não me escutou, não ouviu uma só palavra do que eu disse.

– Tenho criados. Não preciso de seus serviços – falei um tanto brusco.

– Então, o que quer em troca do favor? – disse, num tom sério.

– Sua total e completa recuperação e um sorriso, se não lhe custar muito – pedi, vendo-a triste e calada.

– Por que me ajuda? Deve haver um motivo.

Vendo-me encurralado por suas questões e temendo perdê-la, inventei uma mentira triste.

– Minha irmã faleceu sem auxílio médico, longe de mim, sua única família. Ela se parecia tanto com você. Era muito apegada a mim e à igreja. Desde esse dia jurei ajudar quem estivesse em situação semelhante, compreende?

– Sinto por sua irmã e compreendo sua dor. Dê-me suas mãos, *monsieur*, rezemos por ela.

Entreguei-lhe minhas mãos e ali fiquei, sentindo-me um rato. Ela acreditou, e eu tentava me controlar, era isso que importava. Bem diferente de você nesse aspecto. A curiosidade de Thais não era agressiva como a sua, talvez fosse a época.

– Acreditamos no que queremos acreditar – eu disse, trazendo à tona a realidade.

– Tem razão. Por algum motivo, ela acreditou em minhas mentiras.

Como imaginava, ela era sozinha. A velha mãe havia morrido há alguns anos deixando-a com um jovem que pretendia desposá-la, mas ele partiu logo depois de conseguir o que desejava, deixando-a entregue à pobreza. O vento soprava a favor da minha vela, finalmente. Como falei, possuía muitos negócios, inclusive aluguéis, o que era muito rentável. Paris crescia, e o número de casas disponíveis era pequeno. Construir custava caro. Preparei uma casa e a mobiliei com tudo de melhor. Se ela não poderia viver comigo, viveria a distância, mas com segurança e conforto.

Thais merecia o melhor que meu dinheiro pudesse comprar. Dentro de um mês, tudo estava arranjado. Contratei uma governanta e coloquei-a sob as ordens da dona da casa. Marie saiu-se muito bem no cargo. Fazia-lhe companhia, aceitava as ordens sem protestos, ajudava nas compras e na hora de se vestir e levava-a para passear sempre que desejava, em coisas que apenas outra mulher poderia fazer.

– Como conseguiu convencê-la a aceitar tudo?

– Não foi fácil. Depois de um mês, ela estava totalmente curada e determinada a sumir de minha vida. Nesse momento, eu a pedi em casamento. Veja do que fui capaz. Ela não aceitou. Chamei-a de ingrata, fiz-me de magoado com sua partida e apelei para seus sentimentos mais humanos. Disse que era um homem sozinho no mundo e que precisava de companhia, de alguém para herdar meus bens. Por fim a chamei de cruel e sem coração.

– Não o amo o suficiente para aceitar seu pedido, *monsieur*.

– Não me chame assim. Somos amigos, lembra-se? – joguei.

– Eu poderia visitá-lo – disse, segurando a cesta em suas mãos delicadas. Ela era minha prisioneira e sequer sabia.

– Deixe-me tomar conta de você – sussurrei, rodeando-a. – Serei seu tutor! Quero cuidar de sua vida e garantir que tenha um futuro longe da rua e da pobreza. Não fuja de mim como minha irmã fugiu – joguei, enquanto tirava a cesta de suas mãos.

– Que terei de oferecer em troca dessa proteção? – perguntou, segurando as pontas de seu xale, que recusava a jogar fora.

– Desejo apenas sua companhia e a promessa de que um dia vai tentar gostar de mim a ponto de me aceitar em sua vida.

– Poderei cozinhar?

– Poderá fazer tudo que seu coração desejar – afirmei, beijando-lhe as mãos.

– Sempre consegue o que quer, Kmam?

– Nem sempre – resumi.

E durante quatro anos eu a visitei quase todas as noites, sempre tomando cuidado. Vivia alerta, vigiando minha própria sombra, mas era feliz. Nossas noites eram assim: lia em voz alta enquanto ela tricotava, levava-a ao teatro e à ópera, às vezes íamos a reuniões sociais. Eu a ensinei a dançar. Era leve como uma pluma, muito delicada em seus belos vestidos.

O negro era sua cor favorita, apesar de não conseguir se ver. Quando chamava as costureiras e modistas para fazer novos vestidos, acontecia sempre a mesma coisa. Thais escolhia as cores escuras.

– Está linda! – falei, vendo-a no tafetá rosa pálido.

– Não consigo imaginar – gemeu, balançando os cachos.

Estávamos na sala, rodeados de caixas e tecidos, e minha amada estava triste. Podia ver a decepção no rosto das três costureiras. Ergui-me da poltrona e aproximei-me dela.

– Thais, rosa é rosa, a cor é clara. Sinta o tecido.

– Que seja branco, azul ou verde. O que importa se não posso ver? – desabafou infeliz, quase chorando.

Ela estava certa, não havia diferença. A única cor que conhecia era o negro da escuridão em que vivia.

– Não fique aí mudo. Vou ficar com ele, não quero aborrecê-lo – disse, tocando meu ombro do alto do banquinho em que estava para tirar as medidas.

– Não. Deve ficar com o que lhe der mais prazer – dizendo isso, percebi um vaso na sala que estava cheio de rosas cor-de-rosa, e no jardim de entrada havia rosas vermelhas. – Espere, voltarei num segundo.

As costureiras entreolharam-se e esperaram, fazendo leves murmúrios.

– Thais sinta este perfume – pedi, aproximando a rosa vermelha de seu nariz.

– Kmam, as senhoras estão esperando – reclamou, após sentir a fragrância.

– Pago para que esperem. Agora me diga o que sente – ela cheirou novamene a rosa e falou com timidez.

– É doce e forte. Ele faz lembrar algo quente.

– Ótimo, e agora? – fiz que sentisse a fragrância da rosa cor-de-rosa.

– É muito delicado e lembra algo frágil. Que está fazendo, Kmam? – perguntou, meiga.

– A primeira é o vermelho, e esta é a cor-de-rosa. A suavidade que sente também se percebe pela cor.

– Então, isso é rosa? – perguntou, tocando o tecido, encantada.

– Exatamente.

– É lindo! Posso ficar com o vermelho também?

– A aquarela toda, *ma petite* – disse, ajudando-a a descer do banquinho.

– Obrigada.

Depois disso, as costureiras simplesmente a cobriram com chapéus, fitas e sapatos, uma verdadeira festa. Ela as escutava e respondia com inteligência, absorvendo cada detalhe. Interessava-se por minha opinião não por obrigação ou dependência, mas por confiar na resposta.

Quando as costureiras partiram e nos deixaram sozinhos, ela pediu que Marie se retirasse, pois queria falar-me em particular.

– Algo errado, Thais, faltou alguma coisa?

– Sim, falta agradecê-lo melhor. Poderia se curvar um pouco? – Assim que o fiz, senti seus dedos sobre meus lábios, e logo depois o beijo veio tímido. – Obrigada! – sussurrou, retirando-se depois de me deixar tonto com nosso primeiro beijo.

* * *

– E quanto ao Conselho, a Otávio, a Ariel?

– Podemos ter amigos humanos e até mesmo escravos de sangue, mas nunca transformar alguém com uma deficiência em vampiro. Seria cruel fazê-lo, carregar um problema físico por toda a eternidade. É punível com morte.

– E o que é um escravo de sangue? – O episódio no casarão e as palavras de Gustave não saíram de minha mente.

– É um humano que aprecia o contato com um vampiro. Ele cede seu sangue pacificamente sem que, com isso, tenha de morrer. Exatamente o que Gustave disse: a jovem que matei era uma escrava de sangue. Gustave jamais a transformaria. Ela seria humana para lhe dar sangue e satisfação. Envelheceria ou seria morta por ele antes disso. Ela era muito bonita. Sua amiga? – perguntou, tranquilo como sempre.

– Chamava-se Ellen. Não éramos muito íntimas, mas acho que a conheci o suficiente para lamentar sua morte.

– É apenas mais um motivo para me odiar. Se tivesse o poder de voltar no tempo mudaria o que fiz, apenas para que não me olhasse acusadora. Seu ressentimento e vergonha me tocam como um chicote.

– Sei que tem vergonha do que sente, do que demonstrou por mim no jardim.

– Pare, não vamos falar nisso, e além de tudo eu me enganei.

– Melhor não mentir, me magoaria muito mais.

Um silêncio pesado caiu sobre nossa cabeça. Somente as palmeiras sussurravam palavras doces, enquanto evitávamos nos olhar de frente. Jan retomou a linha de pensamento e voltou a falar do passado.

– Otávio me evitava e deu ordem a Asti para não me receber em sua casa. Ela me avisou, constrangida. Fingia não me ver, principalmente se estivesse ao lado de Thais. Ele simplesmente sumia na multidão arrastando Asti consigo. Não cobrei explicações. Ele fez uma escolha, assim como eu. Asti era a única que ainda me visitava e chegou a dar aulas de piano a Thais.

– Thais tem uma surpresa para você, Kmam – disse, muito satisfeita.

– Asti, não sei se estou pronta.

– Claro que está. Vem evitando isso há semanas, porém agora não permito mais. Vamos, toque para ele – falou, levando-a até o piano, ainda relutante.

– Perdoem-me se eu cometer algum deslize – falou, sentada diante do piano.

– Sei que não cometerá nenhum. A música está em sua alma.

Ela fechou os olhos, pousou suavemente as mãos sobre o teclado e tocou uma de minhas músicas favoritas, a *Grá-Polonaise Brilhante*, op. 22, de Chopin. Viajei com ela naquela melodia e fiquei ainda mais apaixonado por sua inteligência e delicadeza. Era incrível vê-las juntas e tão amigas, no limite possível para Asti. Ainda não fui claro a respeito desse assunto. Ariel deu-me permissão para ter Thais, mas deixou bem claro que jamais deveria tocar sua mortalidade, estaria desgraçado e sujeito à morte.

– Não entendo. Se o próprio rei deu permissão, qual foi o motivo do descontentamento de Otávio? Não estava tudo bem?

– Ciúme e receio. Ele temia que algo acontecesse por causa da presença dela em minha vida. Ele sabia que se algo acontecesse a Thais, eu entraria em combate direto com Gustave, e isso o preocupava e fazia com que a detestasse. Deveria ter me preocupado também, mas estava apaixonado e só tinha olhos para Thais.

– Você era mais velho, mais poderoso, tinha toda razão em não se preocupar, afinal, o que Gustave poderia fazer? Era uma soma lógica de fatos.

– Ah, isso eu iria descobrir com os anos – disse, ficando pensativo.

Estávamos em 1870, e durante muito tempo eu vinha me controlando diante de Thais. Contentava-me com sua presença, o farfalhar de suas saias e o cheiro de suas mãos que guardava nas minhas, mas aquilo me desgastava e começava a ter o mesmo efeito devastador que sua ausência. Queria tê-la em meus braços e sentir sua retribuição a meus carinhos. Certa noite, cheguei a sua casa insatisfeito. Matara uma mulher e aquilo me perturbou, não conseguia evitar. Enquanto a matava, pensava em Thais. Costumava fazer isso nos últimos anos. Por vezes, entrava na casa e ficava horas inteiras observando-a em sua escuridão protetora, na sua ingenuidade segura. Pensava: posso tomá-la agora em meus braços e bem devagar desabotoar seu vestido, botão por botão, e sentir seu corpo e seus seios.

– Kmam? – perguntou Thais, sentindo meu cheiro, pois como os demais mortais só poderia sentir a presença de um vampiro se ele permitisse.

– Sim, sou eu – falei, jogando-me sobre a cadeira que costumava ocupar todas as noites.

– Como está o tempo lá fora? Marie disse que temos uma linda noite. É verdade?

– É apenas mais uma noite, Thais – resumi frio. Às vezes a odiava por ser cega, detestava vê-la tateando as coisas à sua volta. Nesses momentos, tinha vontade de matá-la.

– Deseja beber algo?

– Não quero nada – falei, sequer sentindo que fora grosseiro. Estava nervosa e tricotava rápido, enquanto franzia as sobrancelhas.

– Posso ajudar em alguma coisa? – disse, puxando o fio de lã vermelha.

Tricotava um cachecol. Era para mim, sempre tinha meias e luvas novas.

– Não, não pode – falei, querendo feri-la.

– Marie disse que anda pálido, um pouco descuidado.

– São os negócios.

Vinha alimentando-me pouco. O sangue não conseguia me satisfazer.

– Anda trabalhando demais, mas sei o que fazer – começou, soltando o tricô na cesta. Ficou às minhas costas e tocou meus ombros tensos. – Fique quieto, Kmam. Primeiro quero que relaxe e feche os olhos – falou, deslizando suas mãos suaves sobre eles. – Isso, fique assim. Agora escute com atenção: amanhã não irá trabalhar. Acordará tarde, tomará seu desjejum e virá me buscar para um piquenique. Levaremos vinho, um assado, bolo e *croissants*. Prefere geleia de laranja ou de morango?

– Morango – menti, juntando-me a ela em seu sonho.

– Um pouco de sol fará muito bem a nós dois, você vai ver. Que me diz? – perguntou, segurando meu rosto e apoiando o queixo sobre minha cabeça. A cena era completamente tentadora.

– Tenho algo a dizer. Amo você, Thais – disse, apoderando-me de seus lábios. Deixei-a completamente tonta em meus braços, mantendo-me o mais humano possível. Desabotoei os botões de pérola com calma, tentando não assustá-la, não agora que conseguira tê-la tão próxima. Thais retribuía de maneira suave, torturava-me com sua timidez e seu cuidado. Tocou meu rosto milímetro por milímetro e sorriu.

– Você é lindo – sussurrou. Gargalhei fascinado enquanto beijava seu colo exposto. Sua beleza não me decepcionou. Era tão perfeita quanto sua voz.

– Como sabe, diga... – falei, cheirando a renda fina da combinação debaixo do espartilho. Fui muito atrevido desabotoando-lhe o vestido até a altura da cintura, mas ela não me deteve. Estava faminto de informações sobre a intimidade daquela mulher. Queria-a por inteiro.

– Feche os olhos – pediu, segurando minha mão que estava em sua cintura.

– Não me peça isso – gemi, sugando seus lábios.

– Quero que saiba como o sinto. Não se apresse tanto, meu amor.

Obedeci e senti cada pequeno traço do seu rosto, a curva suave dos lábios, do queixo e das orelhas. Ela ria em meus braços, parecia sentir cócegas, sua pele arrepiou-se debaixo de meus dedos.

– É a mulher mais bonita que já senti – falei, fazendo-a rir.

– Pensei que nunca fosse me dizer, Kmam. Estava esperando por um sinal seu – revelou, beijando meu nariz na ponta.

– Por que não disse nada?

– Sou a mulher, lembra? Diga-me a cor de seus olhos – pediu.

– Azuis – respondi, detendo os meus instintos.

– Como é azul?

– Seu vestido é azul, a fita que prendia seu cabelo é de veludo azul, o céu é azul. Isto é azul – falei, fazendo-a sentir a pedra de meu anel.

– Seu cheiro é azul? – quis saber, cheirando minhas vestes.

– Não, meu perfume é verde.

Sentindo-a tremer, olhei-a e encontrei sua face triste.

– Por que chora? A envergonhei, foi isso? – perguntei, fazendo-a encarar-me.

– Eu queria ver seu olhar, saber como é o azul.

– *Mon amour*, não precisa chorar por não saber.

– Mas como poderei vê-lo sem saber? – falou com a voz trêmula.

– Sinto, mas não sei como descrever esta cor. Ela pode, como todas as outras, ficar mais clara ou mais escura.

– Como estão agora? – disse, segurando meus ombros, decidida a descobrir.

– Estão escuros de desejo.

– Então você agora é azul para mim. Quero ser sua.

– Não podemos – respondi, já no meu limite.

– As convenções não me importam – disse, cobrindo meus lábios.

– Thais, não sabe o que está propondo.

– Amo você demais, Jan Kmam não me negue isso.

– Desconhece o que sou. Posso ferir e magoar até mesmo quem amo.

– Não me importo.

Saiu do meu colo e puxou-me pela mão rumo a seu quarto. Chegando lá, eu não tinha vontade de lutar ou recuar, era muito tarde para nós dois. Tomei-a em meus braços e a mordi, completando o círculo de amor e sangue. Um grito fraco escapou de sua garganta. Enquanto a sugava, ela se agarrou a mim numa espécie de correspondência a meu ato. Exausta, deixou-se ficar em meus braços e ainda beijou minha boca. Fiquei ao seu lado durante toda a noite, decorando as linhas de seu corpo entre os lençóis, acariciando-a, sentindo-me finalmente saciado.

A manhã aproximava-se, e eu precisava deixá-la. Havia escrito um bilhete para Marie avisando que *mademoiselle* Thais deveria permanecer na cama o dia todo e se alimentar muito bem quando acordasse.

– Kmam?

– Estou aqui.

– Aonde vai?

– O dia não tarda a nascer, preciso ir – murmurei.

– Esqueceu de nosso piquenique?

– Faremos esse piquenique, eu prometo, mas escolheremos outra hora. Não posso ficar aqui, morreria se o fizesse. Juro que morreria com prazer ao seu lado – meus dedos percorriam seus cabelos soltos no travesseiro. Os furos ainda sangravam um pouco. Ela não veria, mas Marie, sim. Beijei sua carne e a deixei perfeita novamente.

– Quero que volte. Volte para mim, pois o amo – sussurrou, voltando a ajeitar-se entre os lençóis.

– Voltarei, meu amor. Espere-me sempre que a noite cair.

– Afinal, o que Thais pensou? Você a mordeu – falei indignada e curiosa. – Acha que ela acreditou?

– Sinceramente? Sou muito sutil – falou cheio de si.

– Kmam, você a mordeu. Que disse a ela na noite seguinte, quando retornou?

– Não precisei dizer nada, Thais contentou-se com o pouco que podia me oferecer. Seu silêncio nem sempre era formado pela dúvida. Thais sabia que eu não era um homem comum. Descobri isso durante uma de nossas idas ao teatro. Durante toda a apresentação da orquestra, mantive-me ocupado observando uma dama que me devorava com os olhos. Avisei a Thais de minha pequena saída, pois precisava de um pouco de ar. Obviamente, ela sabia o que fui fazer. Encontrei-me furtivamente com a dama em questão. Nossa fuga não foi notada. Levei-a até um recanto e satisfiz a nós dois. Voltei ao camarote e encontrei a frieza de Thais. Podia ver que não absorvia a música, mas a suposta traição. E antes mesmo de chegar à carruagem, empurrou minha mão por duas vezes e discutimos.

– Não me toque. Está com o perfume da vagabunda pelo corpo todo.

– Madame, não sei de quem fala.

– Por que espécie de idiota me toma, Jan Kmam? Acha realmente que não sei que tipo de ar foi tomar? Poderia ter me respeitado. Fiquei no camarote sozinha, sentindo-me como uma esposa traída. Houve comentários, sabia? A senhora do meu lado, vendo-me furiosa, tentou me consolar dizendo que os homens são assim mesmo – falou, imitando a senhora. – Isso não me consolou, só me fez sofrer muito mais, pois sei que não é um homem normal. Sendo assim, pensei que não haveria traição. Como pude ser tão tola?

– O que pensa que sou?

– Sei o que não é. Marie disse uma vez que você parecia tão belo quanto um anjo, com seus olhos azuis e cabelos claros, mas que ao mesmo tempo trazia um fogo frio no olhar, como apenas um demônio teria. E que a cada dia que passava parecia mais jovem e viçoso.

– É assim que me vê Thais, como um anjo demoníaco?

– Toco sua pele e sei que não está envelhecendo. Sei que nunca bebeu ou comeu o que servi. Sei que sou sua amante há seis meses e não há nada crescendo em meu ventre. Sei também que o dia tira você do nosso leito. E que este mesmo dia o impede de trabalhar. Precisei de sua companhia esta semana, pois não me sentia bem. Seu administrador falou com Marie. Enfim, sei que nunca pisou naquele lugar durante o dia.

– O que houve? Você está doente?

– Não importa. Posso aguentar a cegueira em que vivo, mas não me obrigue a dividi-lo. Prefiro que me mate com um beijo – falou buscando meus lábios.

Estava dividido e não sabia como agir. Como falar de minha espécie e das leis que a impediam de ser minha eternamente? Durante aqueles três anos vivi um sonho e naqueles últimos seis meses o prazer supremo de tê-la inteira, contudo iria perdê-la num piscar de olhos devido a dúvidas e ciúme. Quando ela caiu doente, tudo ficou pior. O aviso de Otávio queimava-me a consciência como fogo e foi ao lembrar-me dele que busquei o conselho controlado de Asti.

– Talvez venha a morrer bem antes do que imagina. Está sofrendo, devemos fazer algo – falou com naturalidade, depois de vê-la prostrada na cama.

– Irei transformá-la antes que aconteça – falei, andando pela sala, desarrumado e preocupado. Thais estava tendo uma reação à mordida.

Foi o suficiente. Estanquei no meio de mais uma das minhas idas e vindas e o encarei, buscando uma explicação.

– Eu estava totalmente desnorteado e sensibilizado por seu estado de palidez e me culpava a cada momento. Não tinha a menor ideia do que se tratava. Estávamos conversando quando ela se sentiu mal e caiu desmaiada no chão. Quando acordou, estava totalmente angustiada e começou a chorar e transpirar sangue. Asti nada sabia a respeito. Sentia-me como um marido diante da morte inevitável da esposa. Para minha sorte, Marie dormiria fora aquela noite.

– Deve saber algo, Asti. Tente lembrar. Otávio nunca comentou algo sobre isso? Implorei, andando sem rumo pela sala.

– Nunca soube de nada parecido e jamais tive um escravo de sangue.

– Não a escravizei, ela é dona de sua vontade.

– Kmam – Thais chamou do alto da escada.

– O que faz fora da cama? Deve descansar, querida – falei, beijando-lhe a testa gélida. Nesse instante percebi que ela estava semiviva e tinha as pontas de seus dedos roxas. – Não, tudo menos isso. Thais! Thais... Thais... – chamava, tocando seu peito imóvel. Nesse momento o vi pela janela. Era Otávio.

Ele observava a cena com uma expressão de descaso e aborrecimento. Entrou suavemente pela varanda e tirou-a de meus braços, sem dizer uma palavra. Deitou-a sobre os travesseiros e fitou-a por alguns segundos.

– Asti, traga vinho e um cálice.

– O que vai fazer? – perguntei, vendo-o examiná-la.

– Salvar a vida dela. Não foi o que pediu? – disse, como se tivesse ouvido meu chamado silencioso. – Venha, ajude-me. Corte seu pulso e alimente-a com algo a mais que beijos. Este é meu presente a ela – falou, deixando somente algumas gotas de seu sangue caírem juntamente com o meu no cálice cheio de vinho. – Existem muitos males, mas apenas um remédio, o sangue. Como diria Ariel, o vinho é apenas para suavizar o gosto.

Minutos depois, ela estava tão bem quanto você naquela noite no hotel.

– Não posso acreditar! Kmam, você não ousou fazer isso comigo, diga que não – falei furiosa, pronta para atingi-lo.

– Você desenvolveu um quadro semelhante ao de Thais. Como acha que ficou boa? Com uma aspirina?

– Desgraçado!

– Aonde vai?

– Embora! – gritei, caminhando pela calçada deserta.

– Está sendo infantil. Foram algumas gotinhas – disse, fazendo-me voltar. – Teria morrido se não bebesse.

– Por que não me deixou com Vitor? Ele poderia ter feito alguma coisa. Sabe o que é uma transfusão de sangue? Se esse era o problema, ele resolveria. Obviamente, você não contou a ele – falei, sentindo-me ultrajada.

– Teria morrido. Você despertaria com fome, estaria dentro de seu caixão coberta de flores, e lá dentro, sozinha, no escuro, com pouco ar, poderiam acontecer duas coisas. Poderia desmaiar com medo do escuro e ficar lá sozinha, acordando para desmaiar de novo durante muito tempo. Ou poderia simplesmente enlouquecer de medo e cavar com as próprias unhas uma saída. Isso aconteceria com ou sem transfusão de sangue. Teria morrido se não a tivesse alimentado. Funciona como um antídoto contra a bagunça que promovi em seu sangue. Entendeu?

– Filho da puta!

– Kara, às vezes tenho vontade de colocá-la sobre meus joelhos e lhe castigar à moda antiga. O que importa é que minha rosa estava saudável novamente, mas fui proibido de possuí-la outra vez. Uma nova mordida poderia desencadear uma reação mais forte. Estava feliz como há muito não acontecia, pois tinha Thais e Otávio. Passei a limitar minhas visitas a ela, com medo de não resistir a seus encantos. Ela não gostou nem um pouco da ideia e cometeu seu primeiro e último erro.

27. Primeiro e último erro

– Parece que foi ontem, *monsieur*.

– Thais! Que faz aqui? – perguntei indelicado, enquanto limpava as mãos num trapo velho. Absorvido pelas plantas, não senti sequer a sua presença.

– Consegui surpreendê-lo, meu amor? Finalmente – disse, chegando mais perto para me tocar.

– O que foi que eu disse?

– Há três noites não me visita e não nos amamos há três meses, não gosto dos números. Sabe o que são três noites sem sua presença? – reclamou.

Uma tortura, eu bem sabia, mas ela tinha de ser forte como eu.

– É uma eternidade. Sei que não me comporto como uma dama, mas...

– Madame. Se não a visitei foi para proteger sua frágil saúde e existência. Há nesta cidade um homem, falamos sobre tal pessoa, e o que pedi encarecidamente para fazer?

– Só senti saudades.

– Thais! – gritei, esmurrando a mesa de madeira, fazendo-a pular assustada.

– Bruto, egoísta, selvagem! Odeio você, Jan Kmam! É igual a todos os outros homens, teve o que queria e agora vai me abandonar. Saiba que não precisa, pois deixo você antes – disse, numa enxurrada furiosa como nunca e depois fugiu. Na fuga, topou e caiu no chão da estufa.

A raiva a impedia de concentrar-se no caminho, e, além disso, tantas coisas tinham mudado ali.

– Solte-me, quero partir. A estúpida ceguinha apaixonada vai partir.

– Não repita isso! Está me ouvindo? Jamais se trate dessa forma. Você sabe mais do que qualquer outra pessoa que conheço. Eles podem ver, mas somente você pode sentir, entendeu?

– Eu queria apenas abraçá-lo. Sinto sua falta. Três dias é muito tempo para alimentar a solidão de meus momentos escuros.

– É preciso, não quero que corra riscos.

– Estar em seus braços vale qualquer risco. Às vezes sonho com você ou pelo menos com o que penso ser sua imagem. É assim – seus dedos tentavam como sempre imaginar meus traços. – Sobrancelhas, olhos, nariz – disse sorrindo, quando segurei entre os dentes seus dedos delicados. – Meu cachorrinho – falou, coçando minha orelha. Deitei-a no divã rapidamente e comecei a latir enquanto lhe mordiscava o colo, os seios e a cintura. Sua gargalhada era a música que apreciava ouvir. Ela exigia tão pouco. Lembro-me de dois ou três pedidos, nada mais. Satisfazia-se com minha atenção e meu abraço. Era um amor tão intenso. Desejei mil vezes levá-la para meu caixão. Queria tê-la em meus braços enquanto dormia, desejava ardentemente ver seus cabelos salpicando o cetim. Agora que tudo passou, vejo o quanto poderia ter aproveitado, deveria ter transformado Thais no primeiro momento em que pousei meus olhos sobre ela. Sim, aquele primeiro instante. Ah! Como era feliz! Mesmo com a sombra sinistra de Gustave pairando sobre nossa cabeça, era feliz. Finalmente, conseguira satisfazer e saciar meu desejo por alguém. Tínhamos um modo de viver, uma rotina, sempre podia vê-la bordando ou fazendo algum serviço doméstico. Às vezes, ela lembrava Valéria. O jeito de andar e de sorrir meio de lado e até o modo de me beijar.

– Eu ficava confuso, estou confuso. Sinto que vocês três são a mesma mulher. Sinto o mesmo por todas as três. Vejo todas em você, Kara. A mesma boca, o cheiro e os movimentos – revelou.

– Pare, Kmam, isso é impressão. É improvável demais para acontecer ou ser verdadeiro – afirmei, sentindo seu olhar perturbador me varrer como uma onda.

– Como pode negar algo tão natural?

– Você acha natural me comparar às duas mulheres que amou e enterrou?

– Negar tal fato é negar a mim mesmo. No entanto, aqui estou – falou, abrindo os braços.

Sem argumentos, calei-me. Kmam era a constatação real de tudo que supomos apenas existir nos livros, sonhos ou pesadelos.

– Sou Kara Ramos agora. O passado pouco importa, se fui Valéria ou Thais, o que importa é o presente. Além disso, não acredito em destino. Sou eu que traço o meu.

– Isso pouco importa para o destino. Mas não quero aborrecê-la com minhas certezas, quero continuar minha história, é preciso que saiba desse final trágico.

* * *

– Eu o vi – falou Asti, fitando minha preocupação.

– Tem certeza?

– Kmam, eu o vi como o vejo agora. Era Gustave. Otávio foi o primeiro a senti-lo. Ele estava em companhia de uma dama bastante elegante. Era mortal e rica. Tomaram um coche de aluguel e sumiram pelo Boulevard dos Capuchinhos. Talvez estivesse no Saint Gabriel, não sei, o que importa agora é sua presença constante em Paris – falou, sentando-se a meu pedido.

– Logo agora que tudo ia tão bem.

– Kmam, pelo menos sabe exatamente onde ele está, e isso lhe dá a vantagem de proteger Thais de forma completa.

– Sei que sua presença significa perigo e morte, nada mais. Não consigo sentir segurança em lugar algum. Terei que por Ledox de prontidão. Visitar Thais, nem pensar. Perdi minha liberdade. Gostaria de matá-lo! Mesmo quando humano nunca suportei viver debaixo de sentenças ou sendo coagido, obrigado a esperar. Maldição! – rugi finalmente, pondo-me de pé para andar sem rumo na sala. Nesse momento, Otávio chegou. O criado o recebeu, desejando boa noite.

– Pretende realmente desbotar o tapete? – perguntou, beijando Asti. – Gustave não merece o desgaste.

– Gostaria que a terra o engolisse – desejei, ainda em movimento.

– Kmam, você é um sonhador e está surpreso, como imaginava. Deveria saber que ele logo retornaria a Paris – o tom era de repreensão.

– Durante quatro anos tive paz, tenho o direito de sonhar – falei, parado diante da lareira acesa. Abri o relicário e fitei o rosto de Thais, já sentindo saudade. Teria de mandar uma carta contando tudo.

– Claro que tem, Kmam, mas sonhe com mais vontade. Fez o que eu disse?

– Prontamente! Obrigado pela maravilhosa ideia.

– O que vocês dois andaram aprontando? – perguntou Asti, desconfiada.

– Daqui a alguns meses teremos o Conselho, então sabia que ele voltaria. Tanto você quanto Gustave serão apresentados.

Asti riu, satisfeita com a notícia, mas Otávio não.

– Você será apresentada como minha criação, minha amante e companheira de eternidade. Amo você – sussurrou, apaixonado como sempre.

– Seguindo minhas instruções, Kmam retirou o nome de Gustave do livro de pedidos. Ele não será recebido, é um desgarrado, um *personne* e talvez já saiba disso, pois já recebi meu convite – disse, retirando o envelope do casaco e passando-o às minhas mãos.

– O meu também já chegou – revelei. O lacre em cera vermelha com o 'V' no centro estava partido. As palavras traziam o mesmo convite de cem anos atrás, com exceção da data e do grau de intimidade com o qual se dirigia a nós dois. No final da mensagem, estava uma piada bem ao estilo de Ariel. "O que acontece com um vampiro após os mil anos?" A resposta estava logo em seguida. "Perde o apetite." Um sorriso tentou brilhar em meus lábios, mas com o ânimo em que me encontrava, não pude aproveitá-la.

– Vejo que Ariel concordou com nossa decisão. Gustave trazia nosso sangue e era melhor não nos arriscarmos, ter tal criatura como rei era tudo que não precisávamos – Otávio estava satisfeito e eu também.

– Então se tratava de uma decisão política? – perguntei, entendendo o que significava o erro de Kmam.

– Quase isso. Gustave não poderia suceder Ariel, mesmo que conseguisse se unir a ele totalmente. Poderia possuir o sangue, mas nunca o caráter justo e conhecimento necessário.

– É por isso que nos odeia tanto, como um dia odiou Thais – refleti.

– Não. Gustave a deseja apenas porque foi minha. Contudo, este foi apenas o motivo mais forte. Que me odeie pela transformação, disso não o culpo. Mas das demais acusações sou inocente, se é que existe isso em mim. Dei-lhe dinheiro e negócios que afundaram rapidamente. Nada parava em suas mãos, nada. Quando me lembro dessas coisas, vejo que não cometi erro algum em relação às minhas decisões.

– E o que aconteceria agora que era um *personne*?

– Asti fez a mesma pergunta – falou, retomando. – Poderia procurar alguém que o indicasse como protegido, mas era improvável. Todos sabiam da decisão de Ariel e pensariam muito antes de fazer tal coisa.

– Ganhou muito mais que um inimigo, conquistou uma sombra eterna e perigosa. Sabe o que significa isso? – Asti estava preocupada.

– Sim, perdi o que nunca tive: paz.

– Só que ele ganhou o direito de fazer o que quiser sem ser punido.

– Não, Asti. Gustave perdeu os privilégios, o que não significa ficar impune caso cometa algum crime contra um membro do Conselho. Se o fizer, será julgado e castigado. Não há mais direitos, somente a morte.

– Deve tomar mais cuidado agora. Temo por Thais e por você.

– Não se preocupe tanto, posso cuidar de nós dois – garanti, mais calmo.

– Asti tem razão, Kmam, ganhou uma sombra perigosa. Já passou alguma vez por sua cabeça a possibilidade de sair de Paris? Morar em outra casa? Deixe-me terminar – pediu, vendo que tentava impedir sua proposta acertada. – Sei que Paris corre por suas veias, mas deveria considerar a hipótese. Thais teria segurança para envelhecer ao seu lado.

– Não me dê falsas esperanças.

– São esperanças de um futuro melhor, mas me deixe organizar tudo. Conheci algumas noites atrás um corretor. Ele tem um casarão para vender com três andares, janelas altas e vitrais vindos de Lisboa. Algo perfeito do outro lado do continente, nas Américas, em São Luís. Nós, franceses, andamos por lá e fomos expulsos, é verdade, porém isso faz muito tempo. São Luís agora é de todos. Pode comprar escravos e investir em algum negócio local. Tenho certeza de que se sentirá em casa. Nada mais sei sobre a propriedade, todavia podemos pedir desenhos.

– Lançar-me ao mar a esta altura, mudar de pátria e de língua. Não, obrigado – falei, preguiçoso.

– É a hora certa para mudar. Você sabe um pouco do idioma.

– Mudar ou fugir?

– Pense, Kmam – Asti entrou na conversa, depois de um longo silêncio. – O Brasil pode lhe trazer segurança, paz e felicidade ao lado de Thais. Ouvi falar em suas belezas paradisíacas, sua flora é riquíssima. Pense em uma nova estufa e em Thais. Ela precisa de sua companhia, e o que tem? Seu afastamento quase constante. Quando Otávio me contou, pensei apenas em vocês dois felizes, juntos e em segurança.

– A descrição do corretor me encantou. Possui um átrio no centro do casarão. Tem fonte, varandas, balcões e espaço para um belo jardim. E o nome da rua em que foi construído, rua do Sol, não é encantador?

Tinham razão, Paris não era mais segura, e uma mudança nos faria bem. Na noite seguinte, fui apresentado ao corretor, jogamos quase a noite toda, e o pobre homem, meio fraco a conhaque, contou-me a respeito das histórias trágicas da casa. Pensei bem, fechei o negócio e pedi desenhos para visualizá-la melhor. Estava muito curioso, e Thais ficaria muito mais.

Os documentos e desenhos começaram a ser preparados. Os mesmos que teve em suas mãos para executar a reforma. Thais adorou a ideia, ficou muito mais ansiosa do que poderia supor. Sua mente trabalhava rapidamente organizando detalhes, e foi graças a ela que salvei muitos dos meus pertences e livros.

– Devemos mandar tudo na frente, meu amor. Já imaginou ter de esperar que a casa fique totalmente organizada para partirmos? Ou ficarmos acomodados em qualquer canto enquanto isso acontece? Não, absolutamente. Devemos mandar tudo para que seja devidamente arrumado para a nossa chegada – falou, fazendo o papel de dona de casa organizada. Concordei e encarreguei Serge dos detalhes. Até mesmo alguns vinhos foram enviados. Venderia minha casa após a partida, e os negócios em Paris poderiam ser dirigidos a distância, com a supervisão de Otávio e Serge.

Otávio e Asti estavam envolvidos com os preparativos da grande noite. O Conselho se reuniria dentro de poucos dias e quase não nos vimos naquele último mês. Por motivo de segurança, encarreguei Ledox e mais um homem de tomar conta da casa de Thais durante o dia. Pretendíamos partir duas noites depois do Conselho. Não que eu fosse participar. Estava decidido a não comparecer ao evento, por medida de segurança. Incumbi Otávio de uma carta em que explicava a Ariel meus motivos e fazia-lhe um pedido, o único durante todos aqueles anos como favorito. Poderia ousar pedi-lo, o que não significava ser atendido, mas a sorte parecia estar do meu lado.

Comecei a sentir o gosto amargo da despedida. Estava ansioso e sentia uma mistura perturbadora de sentimentos. Vaguei por minhas ruas favoritas, pelos bancos do Sena e catedrais às quais recorria em momentos de completa solidão. Durante todo o mês, depois da assinatura dos documentos de posse do casarão, percorri os caminhos mais antigos e escuros. Realmente queria levar comigo um pedacinho que fosse da língua e do gosto de seus habitantes. Pesaroso, lembrei-me das revoluções, das guerras e dos amores. Vaguei pela neblina, fingi sorver um cálice de vinho num café, perdido no meio da festa que era Paris durante a noite, durante aqueles anos que jamais voltariam.

– Logo que isso terminar, voltarei a Paris, mesmo sabendo que posso me surpreender como um marido traído – sorriu e mudou de assunto rapidamente. – Acredita em seus sonhos?

– Às vezes. Quando parecem verdadeiros, costumo ter cuidado durante o dia, essas coisas. Claro, existem pessoas que acreditam que os sonhos são previsões.

– Sim ou não?

– É uma resposta difícil, Kmam. Nem sempre as coisas que sonhamos são coerentes. Os sonhos por vezes trazem montanhas de loucura onde tudo está em desordem. Uma vez sonhei que era uma rainha e depois que poderia voar – revelei, rindo.

– Gostaria de voar? – falou, como se pudesse realizar meu sonho.

– Sim, gostaria muito. Quer saber? Acredito em meus sonhos, mas porque os respeito. Por que pergunta? – era minha vez.

– Nunca prestei atenção em sonhos, nem quando era humano. Depois os via somente como vestígios do passado. Geralmente, tentava salvar Valéria e minha família. Horrível. Então, por que ligar? Mas, infelizmente, durante um pesadelo, não há como despertar por completo. Não durante o dia. Claro, dormi em divãs, camas, nos braços de Thais, mas nesse estado não existe sonhos, só um cochilo. Algo que gera dor de cabeça e mau humor. Já meus amores sempre tiveram pesadelos. Cobria-as de carinho e amor, e tudo que elas conseguiam eram pesadelos. O mal povoava a mente delas com sonhos medonhos, que as faziam despertar gritando de medo como você. Eles são avisos. Como de costume, naqueles últimos meses de nossa estada em Paris, fazia companhia a Thais durante a noite. Uma vigília rigorosa que ela adorava, afinal ficávamos juntos. Eram quase quatro da manhã e estávamos no quarto. Tinha lido três capítulos do *Morro dos*

Ventos Uivantes, em seguida descrevi. Sem perceber, perguntei algo e não obtive resposta. Ela respirava suavemente, com a mão sobre meu peito. Tum, tum, tum, tum, tum, tum.

Kmam abriu os olhos e fitou-me. A luminosidade deles espantou-me.

– Fogo – ela sussurrou muito baixo.

– Que tem o fogo? – perguntei baixinho, enquanto entrava em seu sonho.

– Está queimando – respondeu franzindo a testa, ainda adormecida.

– Claro, *ma chérie*, queima sim – afirmei, vendo-o arder diante dos seus olhos.

Acho que ri da brincadeira até ela falar, apertando minhas roupas:

– Não deixe que queime. Não o deixe queimar tudo – avisou apavorada. – Apague, apague. O fogo, posso vê-lo. As chamas estão em minhas mãos, Kmam! Não deixe que me toque! – gritou, tentando fugir.

Ela o via, não me pergunte como. Ao seu lado vi o fogo consumir a casa. Entre as chamas estava Gustave, intacto. Ele ria diabólico enquanto a segurava pelo braço, forçando-a a vê-lo e tocando-a de um jeito imoral. Olhei-me caído, quase morto ao chão, meu sangue como um rio, manchando tudo. Gustave puxou a espada sem que eu pudesse detê-lo.

– Acorde, Thais. Está tudo bem meu amor, estou aqui – falei, enquanto a embalava.

– Não! Não está! Você estava ferido. Tentei ajudá-lo, mas não conseguia ver, e ele apareceu. Havia sangue. Eu vi a cor, era vermelho, eu vi. Ele tinha uma espada na mão e feriu seu rosto e depois seu peito – disse, tocando minha camisa, aflita.

– Foi um sonho ruim, tente se acalmar – pedi, abraçando-a carinhoso.

– Estávamos lá, o cheiro era de querosene, e ele me empurrou – parou. – Prometa que não vai segui-lo. Prometa!

– Quem é ele? – perguntei, querendo confirmação.

– Gustave.

A simples menção de seu nome fez meu sangue gelar.

– Por que o seguiria, Thais? Escute-me. Ele jamais nos descobrirá. Faltam apenas cinco dias, e nada nem ninguém nos impedirá de subir a bordo daquele navio. Você está segura. Ele jamais a tocará, eu juro. E, além disso, como pode tê-lo visto? Você não o conhece.

– Era ele, eu sei. Era Gustave e ele nos odeia com toda a força que possui.

– Não. Gustave odeia somente a mim. Ele não sabe da sua existência e é desse modo que vai continuar – afirmei, tentando deter a areia entre os dedos.

– Não importa, meu amor. Prometa que vamos embora de Paris e que jamais o seguirá – suplicou, agarrada a mim. – Jure por nosso amor que partirá naquele navio, não importando o que venha a acontecer.

– Eu, Jan Kmam, prometo. Eu juro, partiremos desta cidade.

– Saiba que trouxe paz ao meu coração. Esses pesadelos sempre me perturbaram. Estou ao seu lado, sinto-me segura, mas minha mente percorre caminhos obscuros que somente se iluminam com o fogo que insiste em nos destruir. Gostaria de ser mais forte e corajosa. Temo por você. Apesar de saber o quanto é forte e poderoso, sei que não poderá...

– É a mulher mais corajosa que conheço.

– Vou morrer – afirmou, resignada.

– Psiu! Não fale bobagem, você jamais morrerá. Não vou permitir, entendeu?

– Você não é Deus – disse inflexível. – Reze comigo, precisamos de perdão.

– Não preciso de perdão, preciso de paz ao seu lado.

– Ele ajuda a todos, Kmam – continuou insistente.

– Não a mim. Isso acabou há muito tempo. Peço que não o coloque entre nós dois. Conto somente com minha espada e o amor que sinto por você.

– Então rezarei por nós dois. Sei que ele vai perdoar e proteger nosso estranho amor – refugiou-se diante do seu pequeno altar, onde uma vela sempre estava acesa e rezou em silêncio.

Eu queria esquecer o quanto falara com aquele homem cruelmente pregado na cruz. Quem era ele afinal para prometer a vida eterna a alguém? Saí do quarto e só parei quando estava numa rua escura e longe dela, e o primeiro que surgiu no meu caminho pereceu.

– Acredita em Deus?

– Poderia dizer que sim ou não e chocá-la da mesma forma, contudo acho que devo mais do que isso. O mundo é tão cruel quando somos humanos. Perdemos tantas coisas: a saúde, a beleza, a própria vida, coisas simples e importantes, mas mesmo assim nos forçamos a acreditar em Deus, que há algo melhor após a morte. Não sou humano. Tive tudo que a mortalidade me permitiu. Morri e não ganhei um lugar melhor. Sou totalmente consciente da escolha que fiz. Pedi, implorei por isso. A vingança levou-me a pedir pelo que sou hoje. Continuo pagando por meu desejo errôneo, se é que algo me obriga a pagar, mas não existe arrependimento. Jamais hesitei, Kara, nunca senti remorso. É prazeroso receber seus carinhos e até mesmo o repúdio. Sentir que sou mais poderoso e que posso decidir pelo sim ou pelo não. Jamais conseguirei deter esses sentimentos. Minha fome clama por isso. É errado aos olhos da humanidade, só que não faço parte dela como de repente quer que eu acredite em Deus?

– Está se contradizendo. Há algum tempo, disse que estava confuso, pois via em mim Valéria e Thais, que todas nós éramos uma só mulher. E que negar isso era negar a si mesmo, sua existência.

– E?

– Somente alguém poderoso teria condições de fazer tal coisa. Alguém como Deus.

– Kara, Deus não me fez o que sou hoje. Otávio sim. Ele consumou a minha existência como um anjo da morte. Deus poderia ser é capaz de sacrificar seu próprio filho e criar coisas belas como você. Mas algo como eu? Definitivamente não. Ele não criaria algo tão medonho.

– E quanto ao diabo?

– Que tem ele?

– Por favor, Kmam. Ele era um anjo e do dia para a noite tornou-se um demônio.

Ele gargalhou sem bancar o cínico. Era apenas o prazer da inocência de minha proposição e o súbito interesse pelo distinto assunto.

– Então, minha querida Kara, acredita que sou filho do diabo? – completou, erguendo as mãos como garras sinistras.

– Eu não disse isso.

– Claramente, não. O mundo não mudou. Até hoje escuto pessoas culpando o diabo por isso ou aquilo. Tudo que sei é que tanto o bem quanto o mal ocupam a mesma casa, dormem na mesma cama e dividem as mesmas ideias. Eles vivem bem aqui – disse, tocando meu coração, assustando-me um bocado. – No coração humano. Resta saber quem manda em quem.

– Mas deve acreditar em algo.

– Quero que saiba que não me sinto amaldiçoado e condenado a viver num inferno. Porém, será que mereci ver o massacre de minha família? Devo pedir, implorar, gritar por perdão diante de imagens, diante da luz trêmula e frágil de uma vela? Será que sou mais cruel que meu algoz? Quero ver meus crimes, meus acusadores e minha sentença – pediu, por fim.

Tentei dizer algo, mas nada saiu, afinal tudo estava tão distante e consumado.

– E quanto a Ariel e Otávio? Eles nunca disseram nada sobre essas coisas?

– Eu jamais perguntei. Estava desiludido com essas coisas e não foi nada difícil esquecê-las. Talvez por repúdio. Talvez seja algo para ouvir e tentar acreditar. Faça isso Kara, ainda pode. Não quero tirar sua fé. Esqueça esse assunto, está me aborrecendo – avisou.

– De modo algum. Onde há amor, existe uma força maior, Deus. Quando amamos, chegamos a tocar a eternidade. Ela se faz perpétua num beijo ou num simples gesto. Amou, Jan, sei que amou. Nesses momentos contou com seu coração, e somente com ele. Não precisou de seus poderes, o amor escapou por uma fresta pequena para que sua frieza e crueldade notassem. Sei o que sente.

– Pare, Kara! Nem por hipótese me cobre bondade e fé.

– Ouça – pedi, insistindo no erro. – Por algum motivo não terminou com tudo aquela noite no hotel. Disse que iria me matar e não o fez, por quê? Mereço uma resposta.

– Cometi um grande erro com você, Kara. Fiz você crer num homem que morreu há muito tempo.

– Melhor não continuar.

– Você começou e terá de ouvir até o fim. De certa forma me vê como uma coisa perigosa da qual foge. Sou um vampiro, Kara, alguém que mata para viver, não poupo ninguém. Estou morto.

– Isso tudo é uma grande mentira. Sei que você sente algo por mim, que tem sentimentos.

– Sentimentos que me levam a consumar o ato de matar. Não pensei que sentisse tanto, Kara. Sinto muito, mas é a verdade.

– Não!

– Sim! Quer que eu sinta o que sente: amor. Você é louca? Não bebo outra coisa além de sangue. Quando tenho uma mulher em meus braços, meu único desejo é agradá-la, mas tudo sempre termina em morte. Quer me confundir e magoar?

– Não, jamais – disse, segurando seu rosto frio e frustrado. – Você pode sentir. Aquela noite no hotel é a prova disso. Lá, hesitou, pense – pedi.

– Hesitei como um tolo porque teve a sorte de me tocar. A paixão de seu beijo sufocou minha fome, afogou minha ira, sepultou a ânsia que devorava meu peito. E sabia que ia realmente matá-la, mas sua bendita coragem levou a minha. Tudo que eu queria era terminar com sua arrogância. Mereço um pouco de respeito, mas você me beijou. Dividiu comigo o que poderia ser seu último suspiro. Isso me deteve. Durante muito tempo, sonhei em ter novamente algo assim, algo que apenas Thais conseguiu.

– Não fiz por mal.

– Quieta! – murmurou, inclinando-se vagarosamente.

– Não – sussurrei, cobrindo seus lábios com os dedos. – Vamos somente nos magoar, isso vai nos machucar.

– Não ouse fugir – murmurou, enfeitiçando-me com seu olhar anil.

Fechei os olhos e baixei a cabeça em fuga declarada. Um pouco mais e estaria perdida.

– Abra os olhos – ordenou, sacudindo-me ríspido. – Quero que me veja enquanto falo, e garanto que não será um sonho.

Encarei seu aborrecimento e esperei, sem muita ansiedade.

– Disse que possuo sentimentos, que posso sentir amor e consequentemente ter fé. Vai negar?

– Não.

– Ótimo! Isso tudo me leva a crer que me vê como um homem, alguém com um coração, certo?

– Eu... Eu... – maravilha, não conseguia mais articular palavra alguma.

– Se tudo isso é verdade, como penso ser – começou ele, deslizando as mãos por minhas costas –, o que a levou a fugir do meu amor declarado?

Encurralada por suas afirmações, tentei fugir.

– Solte-me, não lhe devo explicações!

– Ah, deve sim. E vai dá-las agora – Kmam apertou o cerco e meu braço. Depois de alguns minutos, estava cansada e ofegante. A luta foi em vão.

– Pronta para responder?

– Dane-se.

– Se é assim que deseja – falou num suspiro cansado, para depois cobrir minha boca com a sua.

Ao contrário dos seus braços, os lábios nunca foram de pedra. Eram macios e fartos. Não era um beijo punitivo, mas sim um carinho. Mas eu não poderia aceitar, nada de rendição. Mesmo desejando loucamente permanecer ali e aproveitar a maravilhosa sensação de prazer que somente aquele ser poderia proporcionar com um simples beijo. Eu o empurrei com toda força que possuía. Vi-me livre de seus lábios, mas não de seu abraço.

– Enganou-se, não foi? – sua voz estava compreensiva e cheia de calma.

– Sim. Gostaria de crer em tudo que disse e por alguns segundos o faço, mas quando me toca vejo quanto estou errada, morro por dentro. Thais teve muita coragem. Sou covarde demais para tomar uma decisão como essa. Não conseguiria. Mesmo amando você como amo, não seria capaz de cometer tal loucura. A consciência me impede – disse, agarrando-me a ele para chorar.

– Eu sei, eu sei – sussurrou abraçado a mim. A chuva súbita que começou a cair lavou meu rosto e pareceu consolar minha alma. Minhas palavras deixavam o gosto de uma justiça amarga. Minutos depois, observava a chuva inesperada e constante molhar a pista escura. As lâmpadas pareciam holofotes distantes.

Parada diante da janela, secava os cabelos molhados. Um estranho desejo me tomou, queria correr para a cama e esconder-me debaixo das cobertas para ouvir a chuva forte. Talvez esse gesto infantil me fizesse esquecer os acontecimentos anteriores à nossa chegada em casa. Por algum motivo, Kmam não seguiu para o hotel.

– Por que aqui? – falei, vendo-o aproximar-se pelo vidro da janela.

– É melhor terminarmos com isso onde tudo começou.

– Tudo começou no casarão – ainda de costas.

– Engana-se. Foi nesta casa – falou, referindo-se ao primeiro beijo que trocamos. – E saiba que a partir de hoje está livre. Livre desse sentimento. Jamais a tocarei de novo. Acho que isso a faz feliz, não?

– Quantas vezes mais vai dizer isso, Kmam?

– Quantas vezes nos trairmos.

Kmam suspirou e esperou algum tempo antes de falar. Quando o fez, estava distante e fleumático. Foi o fim. Perdera o que nunca havia me pertencido.

28. Perdas e danos

– Como não compareceria ao Conselho e partiria em breve, resolvi fazer uma surpresa a Thais. Algo com que ela realmente sonhava.

– Vamos, Kmam, diga onde estamos.

– Um pouco mais de paciência – pedi, estendendo o cobertor para que pudéssemos nos sentar. – Fique onde está.

– Sinto o cheiro do Sena – disse, andando pela grama, impaciente. Estava primorosa em seu vestido negro de veludo. Suas joias brilhavam sob a luz da lua cheia. Acendi as velas do candelabro, fixei-o na terra úmida e fui finalmente até ela.

– Não há cadeiras, portanto nos sentaremos sobre o cobertor.

– É o que estou pensando?

– É, meu amor, um piquenique.

– Às margens do Sena. Como pôde me esconder? Deveria mordê-lo por isso – brincou, beijando meu rosto. – E Ledox?

– Não se preocupe, ele não está olhando – disse, para em seguida beijá-la, faminto. – Como pode sentir vergonha dele? Ele sequer nos olha.

– Posso sentir sua presença e isso basta para me intimidar.

Durante o jantar, esquecemos as preocupações e o medo de sermos descobertos. A noite nos pertencia naquele recanto sossegado de Paris. A cidade estava calma à nossa volta, com as luzes a gás iluminando o *boulevard* arborizado, o Sena brilhando sob a luz suave da lua cheia. Quando finalmente lhe dei o presente da noite, ela ficou de pé e me convidou para dançar. O som da pequena caixinha de música nos imitava, ou nós a ela. Éramos nós dois ali presos, sob a proteção de vidro, dançando num espaço limitado e frágil, onde duas pessoas tentavam desesperadamente ficar juntas e se amar. Aquele pequeno mimo veio da Suíça e demorou quase um ano para ficar pronto e mais um mês para chegar às minhas mãos. Obviamente apressei todo mundo, mas valeu a pena. Gostaria de trazer a imagem de Thais apenas por alguns segundos para que a contemplasse. Seria como olhar-se num espelho.

Sabe, aquele era seu vestido favorito, só o vestia em ocasiões muito especiais. Foi com ele que exigiu ser retratada no relicário e foi com ele que dançou a última vez comigo – enquanto falava, tocava o peito, onde o relicário pendia sobre seu coração, um lugar em que somente sonhava estar. Estranhamente, completávamos um ao outro.

Subitamente, a caixinha de música silenciou, havia algo errado. O sorriso de Thais morreu na dúvida.

– Senhor, Kmam – avisou Ledox, de pistola na mão.

– Coloquei-me à sua frente e vi Gustave retirar a bota dos restos da caixinha de música. Havia um sorriso vitorioso em seus lábios e algo de perverso no olhar.

– Sinto tanto. Bela noite para um piquenique – disse, erguendo com o cabo da bengala negra a tampa da cesta. – Temos de tudo: bolo, assado, vinho, geleia de morango e champanhe, mas vejo que falta algo – desdenhou, sem tirar os olhos de nós dois.

– É Gustave – Thais sussurrou, segurando minhas roupas.

– A *mademoiselle* acertou – falou, ouvindo seu sussurro.

– Ledox, leve *mademoiselle* para casa – ordenei.

– Não tão depressa – Gustave avisou, puxando a pistola da capa. – Está carregada, Kmam, não duvide – disse, atirando para o alto.

– Kmam, que está acontecendo?

– Nada, Thais – respondeu Gustave, pronunciando seu nome com prazer indisfarçável.

– Partamos, meu amor – ela pediu nervosa.

– Sabemos o que isso pode causar em alguém como ela, portanto, por que não nos acomodamos e bebemos uma taça de vinho. Nada como um encontro entre velhos amigos. Fique, Thais. Quero que testemunhe algo – pediu perverso.

– O que quer que tenha a dizer, diga agora, pois não pretendo esperar muito tempo – avisei, sentindo a mão de Thais em minhas costas.

– Kmam, eu cresci nesses últimos anos – avisou, bloqueando minha entrada em sua mente. – Consuelo é uma boa professora, mas não muito.

– Ela sempre teve um fraco por garotos. Como foi com ela, Gustave?

– Vou ser honesto. Ela prefere você como amante, mas afirma que minha fome é bem maior que a sua.

– Comparar-nos é o mesmo que esperar a primavera no inverno. Se realmente cresceu, o que deseja?

– Recebi uma carta do Conselho que não me trouxe boas notícias. Relutei muito em procurá-lo, contudo me vi obrigado, pois se trata de minha eternidade.

– Sabe que é uma decisão sem volta, está perdendo seu tempo e gastando o meu – falei, tomando a mão de Thais o tempo todo, protegendo-a com meu corpo, pronto para partir.

– Fui tão ruim assim?

Seu ódio estava totalmente controlado, mas visível através de seus olhos.

– Bem mais do que pode imaginar – disse, vendo-o guardar a pistola.

– Vai colocá-la em meu lugar? Oh, não. Claro que não. Como pude me esquecer: ela é cega. Cegos e outros tipos de aleijados não são aceitos pelo Conselho. Sinto muito, Thais.Tive uma sorte melhor, fui somente rejeitado, não serei escravizado. É pena uma mulher tão bonita virar escrava de sangue.

– Não lhe dê ouvidos, Thais. Está frustrado, pois de agora em diante é somente um fantasma que o Conselho esquecerá.

– Kmam, amanhã, às duas da madrugada, estarei neste mesmo local, esperando-o. Sabe o que quero. Traga sua espada, pois, caso contrário, contará com um amigo inesperado no navio. Sei para onde vai, sei de tudo. A balança finalmente pesa a meu favor. Tenho direito de exigir esta luta, e o Conselho a aceitará como justa.

– Será um prazer conceder o favor. Como pôde acreditar que me negaria? Dei e vou tomar sua vida eterna – falei, enquanto o olhava sobranceiro. Surpreendentemente Gustave não deixou sua raiva transparecer. Controlou seu ego e falou com uma calma digna de uma serpente.

– Fico muito grato – disse, curvando-se diante da carruagem.

– Vejo-o mudado. Quem conseguiu tal proeza? Consuelo ou a pobreza?

– Caí no agrado de uma bela dama. Como sou um cavalheiro, devo omitir o nome. Ela gosta muito de minha companhia. Pena não ser totalmente recíproco.

– Sabe o que fazer? – perguntei, tentando finalizar aquela conversa delicada.

– Asseguro que não haverá descuidos de minha parte. Planejo isso há muito tempo. Além disso, você foi um bom mestre.

– É um elogio? – perguntei, realmente desconhecendo aquele ser.

– Um dos poucos que me permito fazer. Quanto à *mademoiselle,* sinto se fui grosseiro logo no nosso primeiro encontro, mas ver Kmam negar minha maioridade e nossos direitos me irrita. Ficarei feliz em tê-la eternamente ao meu lado quando tudo isso findar.

Antes que pudesse dizer qualquer coisa, Thais saiu de seu silêncio e o enfrentou:

– *Monsieur*, agradeço a preocupação, mas devo esclarecer minha situação. Amo Jan Kmam e apenas a ele pertencerei enquanto viver. Viver na escuridão não significará me igualar ao senhor.

Gustave lançou-lhe um olhar assassino e por fim gargalhou.

– Espirituosa como você gosta, Kmam.

– Como vê, meu caro, ninguém lamentará sua partida – disse, fazendo sinal para Ledox seguir.

O galope dos cavalos com o balanço suave da carruagem foi tudo o que tive até em casa. A voz de Thais era o estalo do leque impaciente. Mantinha os lábios fechados com firmeza, meditava. Mantive-me a distância, não pretendia aborrecê-la mais. Parecia furiosa, era visível em suas sobrancelhas elevadas.

– Vá para casa. Quero ficar só, por favor – avisou assim que descemos diante de sua casa.

– Não, preciso ficar agora mais do que nunca. Pensei que Gustave agiria de outra maneira. Por um momento achei que me atracaria com ele.

– Não é isso o que fará amanhã?

– Não, lutaremos como cavalheiros.

– Cavalheiros! Irão brigar como dois animais por algo estúpido: que espécie de poder permite que dois homens se destruam?

– Sabe o que somos! É um direito nosso. Espero por isso tanto quanto ele. Você o ouviu, sabe quais são suas intenções. Gustave quer tudo que possuo, inclusive você, meu bem mais precioso. Já lhe expliquei o que ocorreu entre nós dois.

– E quanto a mim, Kmam? – perguntou. – Não deixe que meus pesadelos se tornem realidade. Você me prometeu.

– De modo algum fugirei. Compreenda, meu amor.

– Sei que sou uma mulher inútil, sempre fui. Minha mãe sempre dizia que meu maior crime fora ter sobrevivido ao parto. Ela tinha razão. Sou uma cega impotente que vaga esbarrando em todo mundo. Nunca ousou sequer pensar nisso perto de mim, mas sei que jamais serei o que é, Kmam, você não completará o que começou.

– Que está dizendo? Acredita realmente que tudo que vivemos foi por pena? Thais, eu amo você desde o primeiro momento, desde o primeiro toque. Pare, nada mais fale ou me destruirá, passei por cima de muitas coisas por você.

– Tenho de continuar, disso depende nossas vidas. Escute-me com atenção. Este amor está condenado.

– Não!

– Foi um erro. Nunca pertencerei a seu mundo e jamais voltará para o meu. O jogo chegou ao fim, Kmam, e eu perdi. Vá embora.

– Que está dizendo?

– Chegou o momento de decidir. Quero que termine com isso.

Olhei-a incrédulo e levei as duas mãos à cabeça, confuso. O cinismo contido de Gustave nada mais fora do que espadas nuas cortando nossos sonhos. Thais compreendera minha hesitação e a distância que coloquei entre nós dois tentando evitar o pior. Se anos atrás tivesse contido meu desejo por companhia, nada teria acontecido, não daquela forma.

– Fecharei os olhos para que não veja meu medo e não lutarei. Sei que me amará como das outras vezes e não sentirei nada além de prazer. Venha, pois meu corpo já hesita de medo – revelou, deixando uma lágrima escapar sobre o rosto delicado.

– Não posso – falei, beijando sua mão estendida, gelada de medo. É livre para partir. Darei uma vida nova a você longe de mim – falei, decidido a cumprir a promessa. Meu coração sangrava e pude sentir uma lágrima inundar meu olhar, turvando minha visão como uma cortina rubra.

– Está me mandando embora? – Thais estava incrédula.

– Sim, pensei que quisesse. Será melhor para nós dois.

– Como pode? Como pode crer que conseguiria viver longe de você. Não conseguiria amar outro alguém, minha alma pertence a você – falou, quase sem vida.

– Pede-me a morte e ofereço outra vida.

– A morte me acolheria, daria a meu coração a certeza de ser eternamente sua. A morte me estreitaria ao seio como uma amiga fiel. Tiraria o peso da dúvida e evitaria o meu sofrimento. Ela me livraria da dor de suportar uma mulher perfeita em sua vida.

– Jamais haverá outra.

– Mentira! – gritou, topando numa cadeira para cair ao chão, furiosa. – Seu amigo tem razão, sou uma aleijada.

– Ele não é meu amigo.

– Não me toque! – empurrou minha mão. – Posso me erguer sem ajuda. Não vê que está me humilhando ainda mais. Quero chorar sozinha.

– Perdeu esse direito quando disse que me amava. Agora me deixe ajudá-la.

– Acha que sou sua escrava? – falou, arrastando-se pelo tapete.

– Diabos, Thais! Deixe-me ajudar você! – falei imperioso.

– Não, meu amo e senhor – desdenhou amarga.

– Pare! – rugi, destroçando os móveis para alcançá-la, encolhida junto à cortina. Era um bichinho assustado. Embalei seu pranto sentindo o cheiro gostoso que vinha de seu corpo jovem e vivo. – Insurgir-se contra mim de nada adianta. Amo-a demais para levar a sério suas ofensas – sussurrei, sentindo-a mais calma depois do desabafo.

– Prometa que não irá.

– Sabe que não posso lhe prometer tal coisa.

– Não vê? Está seguindo como no sonho.

– Meu amor, foi apenas um pesadelo. Vou matar aquele verme e cortar a cabeça dele fora. Depois vamos embarcar no navio, eu prometo.

– Conceda-me um desejo.

– Peça.

– Quero ser sua novamente.

– Não é prudente.

– Disse-me para pedir. Tenho meus direitos e ordeno. – Calei-a com um beijo e levei-a para o quarto. O cinema chamaria de uma cena clássica, onde a porta se fecha e a tela escurece. Amar Thais era algo profundo, por isso a despi suavemente, como se cada peça fosse a primeira. Ergui seu corpo em meus braços e a deitei sobre os lençóis. Seu corpo tremeu sob o meu. Suas mãos sensíveis deslizaram sobre meu rosto. Retribuí a carícia e a ouvi dizer que seria sempre minha. Nossos corpos nus enfim se encontraram e mordi seu pescoço saciando a nós dois. Deixei-a dormindo naquela manhã. Não tive coragem de me despedir. Deixei somente uma rosa e parti. Na noite seguinte, acordei já sentindo a presença de Asti e de Otávio pela casa, com os móveis cobertos por lençóis. A partida era iminente.

– Recebi seu bilhete e concordo com cada linha. Serei seu padrinho – Otávio falou, vendo-me vestir um belo casaco negro, sem pressa.

– Amanhã partirei em paz dessa cidade – comentei, recebendo ajuda de Asti para fazer o nó do lenço em volta do meu pescoço. – Por que estão tão quietos?

– Fui aceita pelo Conselho – disse Asti, radiante.

– Deixe-me abraçá-la, minha irmã. E Ariel, como estava? Que disse sobre meu pedido?

– Saudoso. Deseja vê-lo antes da partida. Quanto ao pedido, disse-me que tem algo para dar a você – falou Otávio, confiante.

– Ariel permitirá?

– Ele vai curá-la para você, Kmam.

– Este é o dia mais feliz de minha vida! – gritei, abraçando-os.

– Chega, Kmam, não vamos bancar os sentimentais, não agora depois de duzentos anos.

– Sua ave de rapina!

– Burguês maldito. Já que o perdi para ela, espero que ela corresponda ao seu amor.

– Não duvide disso.

Minutos depois, estávamos na rua buscando alimento. Os terraços dos cafés estavam cheios de pessoas bebendo animadas. A noite principiava em Paris. Seduzi minha vítima sem muita pressa.

Havia tempo e sentia-me maravilhoso, meus planos corriam bem e meus problemas findariam naquela noite. Ledox apareceu na hora marcada e levou-nos para o local do encontro. O duelo não tardaria. Eu estava eufórico. Trazia minha espada adormecida na bainha. Fiquei imaginando quantos homens tinham tombado diante de sua lâmina banhada em sangue. Quantas vidas seu fio levara à morte e por quanto tempo mais suportaria o jejum que lhe fora imposto por um herdeiro tão secular quanto ela. Nela repousava a história de minha família, a história dos Kmam. Meu avô contava casos sobre bárbaros, sobre um império erguido com luta e sangue. Falava de Clóvis, o rei dos francos, fundador de um império forte e destruidor, capaz de fazer o reino dos alamanos e visigodos desaparecer completamente de suas planícies. Era desse povo que minha família inteira descendia, um povo acostumado a lutar e clamar por liberdade. O que faria aquela noite era conhecido entre meus ancestrais como “combate”, a maneira mais lógica de resolver conflitos pessoais. O vencido era condenado. Hoje, era conhecido como duelo. Era proibido, mas quem se importava? Paris estava cansada de compactuar com o fato. Tudo era motivo para tirar a vida de um malfeitor. Um *boulevard* vazio era tudo de que precisávamos para lavar a honra com sangue. No lugar de padrinhos e pistolas, padrinhos e espadas. Assim seria.

Saltei da carruagem e senti a grama acolher o couro de minhas botas. O local estava deserto como um mundo envolto em névoa. Fiquei me perguntando se aquele não seria um bom lugar para uma emboscada. Afastei a ideia traiçoeira de minha mente e me preparei para o combate. Despi-me do casaco e do lenço no pescoço, deixando a camisa entreaberta. Andava de um lado para o outro lentamente, contendo a impaciência diante da demora de Gustave. A chuva fina varreu seu rosto de meus pensamentos. Otávio estava encostado na carruagem, indiferente à chuva. Simplesmente me olhava andar pela terra lamacenta. Ledox ajeitou a capa e o chapéu, protegendo-se como podia. O frio devia estar incômodo.

Asti, em seu vestido violeta, esperava dentro da carruagem, com o olhar distante. Dividíamos a mesma espera tediosa ouvindo o murmúrio do Sena. Os cavalos pisoteavam a lama e bufavam impacientes. Seus dorsos negros brilhavam molhados e as crinas pareciam fiapos sem vida.

– Um pouco mais, amigos – pedi, tocando o focinho frio do animal.

– Kmam, começo a desconfiar deste encontro. Conta-se um pouco mais de três horas e não vejo esperança para este duelo – disse Otávio, vindo para o meu lado.

– Ele virá.

– Algo está errado. Onde estão os padrinhos dele? Onde está Gustave? – perguntou Asti, compartilhando conosco suas dúvidas.

– *Monsieur* Kmam, alguém se aproxima – alertou Ledox, pegando a pistola que engatilhara sob a capa.

Um mortal aproximava-se cortando a névoa, o rosto coberto pelo capuz de sua capa negra. A poucos passos, ele revelou o rosto totalmente desconhecido aos nossos olhos.

– Trago uma mensagem para *monsieur* Jan Kmam, da parte do senhor Gustave Rohan – a carta surgiu de seu bolso como uma demonstração clara da fuga de Gustave.

Arranquei-a de suas mãos e quebrei o selo de Gustave, furioso.

– Que espécie de brincadeira é essa? – falei, desembainhando a espada para encostá-la no peito do mensageiro.

– *Monsieur*... eu... – gaguejou, recuando amedrontado.

– É um trote, uma piada? – rugi, segurando a mecha de cabelo negro entre os dedos, enfezado.

– Que se passa, Kmam? – perguntou Otávio.

– Veja você mesmo – disse, passando-lhe a carta e a mecha de cabelo de Thais.

– Diga-me quem entregou essa carta. Fale! – ordenei, jogando-o no chão.

– Meu senhor, o que lhe fiz? – o inocente perguntou, rastejando na lama, de costas.

– Onde ele está? – continuei investindo contra o mensageiro apavorado.

– *Monsieur*... – começou, cuspindo o endereço. – Era para entregá-la ao senhor – vendo meu ódio transbordar em taça cheia, retomou. – Um cavalheiro fez-me portador de tão valiosa carta. Ele estava com uma dama de traços finos e uma delicada jovem que chorava muito. A pobrezinha era cega e estava caída no chão, contudo, o cavalheiro nem a ajudava. Somente riam dela e de seu desespero. Pude vê-los pela porta, estava entreaberta. Eu não queria espiar, mas falavam alto, discutiam. Quando o cavalheiro voltou, trazia a carta. A jovem foi silenciada. Pensei em chamar a polícia quando a vi apanhar. Ele parecia não se preocupar com minha presença.

– Sabe o nome da mulher? – exigi, erguendo-o do chão agilmente.

– Marie. Pude ouvir quando o cavalheiro pediu isso a ela e me deu em pagamento – o homem entregou-me o anel, nervoso e arrependido.

– Deus! – o nome saiu de meus lábios num rugido. O anel em minha mão pertencia a Thais, era nossa aliança. Caí de joelhos na grama e lá fiquei inerte, fitando a pedra azul.

– Tome – falou Otávio, entregando algumas moedas para o sujeito. – Fuja enquanto pode.

– Ele está com ela, Otávio – consegui falar.

– Eu sei. Temos de agir bem rápido – disse, batendo a porta.

Saltei da carruagem tão depressa que somente um raio me deteria. Chutei a porta e encontrei a casa revirada e uma mulher falsa e cruel fingindo-se de vítima, ao lado do vigia morto.

– Ele entrou, matou o vigia e levou Thais – o tapa jogou-a no chão pesadamente.

– Cobra asquerosa! Traidora! – eu a puxava pelos cabelos, arrastando-a pela desordem da sala. Minha Thais deveria ter lutado muito ali.

– Tente não matá-la, Kmam, pelo menos por enquanto – sugeriu Otávio desvirando umas cadeiras para ele e Asti assistirem ao interrogatório.

– Fale, pois sei que vem fornecendo informações a Gustave. Sempre senti algo de estranho em seus olhares, mas nunca esperei por isso. Sabe o que ele fará a Thais? Não será nada comparado ao que farei a você, Marie – disse, esbofeteando-a, furioso.

– Ele a ama, *monsieur*, não lhe fará mal algum – sussurrou no chão, limpando os lábios feridos.

– Pensa que eu sou estúpido? Gustave não vai aparecer para salvá-la! Ele abandonou você à própria sorte e espera que termine o que ele começou – disse, erguendo-a pelo vestido.

– Perdoe-me, senhor.

– Diga para onde ele a levou! – perguntei, tomando-a pelos cabelos desgrenhados.

– Ele não me contou, perdão. *Monsieur*, Gustave jurou que me daria a eternidade se seguisse suas ordens e o ajudasse com as despesas.

– Perfeito, ainda o sustento! Olhe para mim! – ordenei, vendo-a baixar a vista, envergonhada. – Estúpida! Gustave não ama ninguém. Perdeu o seu e o meu dinheiro sustentando aquela víbora.

– Não, não compreende. Amo somente o *monsieur*. Dei Thais a ele para que fique comigo. Sou sua. Farei você esquecê-la – completou. Como se uma força estranha e poderosa a deixasse cega à minha revolta, beijou-me faminta, não se importando com nada nem ninguém.

Fiquei tão surpreso que tudo que desejava era me afastar. Seu toque deu-me nojo e cheguei a empurrá-la. Desolada, ela se encolheu no chão e chorou copiosamente.

Meu ódio desapareceu como fumaça levada pelo vento e transformou-se em compaixão. Não desejava tirar a limpo sua traição. Um balde de água gelada não teria feito o mesmo comigo. Dei as costas para ela e fitei a madrugada morrer lentamente, embalada pelos seus soluços. Tinha consciência do que deveria fazer, mas seu desconhecimento dos fatos me fez estancar. Gustave soubera arquitetar um plano perfeito. Tinha comprado favores de Marie e me oferecido como garantia.

– Sabe o que tem de fazer, Kmam. Não temos muito tempo, o alvorecer não tarda – Otávio mirou meus olhos e saiu levando Asti consigo.

– Marie – chamei-a. – Eu a perdoarei – estendi a mão, ajudando-a a levantar do chão.

– Sinto se o magoei. Queria somente que me amasse. Quando soube que ia partir, quase morri. Cada vez que vinha a esta casa, eu me arrumava e ficava vigiando pela janela. Queria ser a primeira a recebê-lo na porta, queria o seu "Boa-noite, Marie". Nesse instante, você era todo meu.

Nunca descobri como aquele amor desmedido nascera em Marie. Ela era sempre tão eficiente, sabia a hora certa de se retirar da sala e somente me olhava por cima do bordado. Nos primeiros anos fazia companhia a Thais, mas depois que nosso relacionamento ficou mais íntimo, quase não a via pela casa. Certamente o amor é egoísta. Eu e Thais, Thais e eu – afirmou cansado.

–Perdoarei seu crime. Mas quero algo em troca – falei seduzindo-a, deixando-a ainda mais vulnerável à minha pessoa.

– Peça, farei qualquer coisa.

Marie respondeu às minhas perguntas, mas nada sabia. Matei-a suavemente. Ela sequer notou o que acontecia. Aos poucos, mergulhou na inconsciência de meu beijo e morreu, pensando ter realizado seus sonhos. Parti do que sobrou de meu mundo de sonhos com a certeza de jamais voltar a ele.

A investigação sobre o paradeiro de Thais não ia nada bem.

– Até agora nada *monsieur*, ninguém a viu. Eles parecem ter sumido, mas só podem estar na cidade. Vigiei a carga de diversos navios e nenhum deles recebeu algo parecido com caixões. Também percorri as cabines e não vi a *mademoiselle* – disse, devolvendo-me o relicário que levou consigo.

Ledox tinha percorrido espontaneamente todos os cantos prováveis em busca de informações do paradeiro de Thais, mas nada encontrou. Agradeci e dispensei-o para que fosse descansar e comer alguma coisa.

– Melhor seria falar com Togo ou Ariel – sugeriu Asti.

– Se cometer tal erro, jamais verei Thais. Gustave a mataria ao menor sinal de perigo e jogaria seu corpo em minha porta, com toda certeza.

– Kmam, talvez seja a solução.

– Gustave está jogando e fez o primeiro movimento, fiz o meu, e agora só me resta esperar pelo próximo.

– Isso é loucura – reclamou Asti agitada.

– Eu sei – afirmei, olhando a sala pouco iluminada. Não havia mais criados para acender as luzes. Todos haviam sido dispensados, só restava Ledox.

– Novidades, Kmam – falou Otávio, surgindo na sala. – Mais uma carta. Encontrei-a na porta de entrada – disse, entregando-a em minhas mãos.

Quebrei o selo e deparei-me com algo já esperado.

Caro Kmam,

primeiro deixe-me pedir desculpas. Minha ausência ao nosso encontro obviamente o deixou irritado, eu sei. Fui terrivelmente grosseiro, mas o motivo da ausência foi um dos melhores: uma dama. Sim, mademoiselle *Thais está comigo. Peço que não se preocupe, pois Thais está em ótimas mãos. Mandei-lhe prova disso na carta anterior. Gostou da surpresa? Acredito que perderá seu navio, mas existem outros. Quanto a Thais, não sei, ela é tão singular. Agora, vamos ao que realmente interessa. Por sua causa, perdi direitos preciosos, coisas que jamais serão substituídas. Portanto, nada mais justo que me pague. Pague para tê-la novamente. Serei justo, bondoso e, quem sabe, até humano. Pouparei a vida dela, deixarei que continue humana e pronta para voltar ao seu legítimo dono: você. Traga seu administrador e deixe que me preocupo com as testemunhas.*

Hotel Saint-Gabriel, suíte 114, à meia-noite. Gustave Rohan.

– É o fim.

– O que vai fazer? – perguntou Otávio, seguindo-me até o quarto.

– Vou me preparar. Amanhã, toda a bagagem seguirá comigo e Thais para o navio. Ele não vai me impedir de partir. Pouco importa se partirei rico ou pobre – disse, vestindo-me rapidamente. – Gustave ainda não está no endereço indicado, ele não seria tolo.

– Mesmo assim, seria bom alguém averiguar – falou Asti, pronta a fazê-lo.

Otávio e eu saímos em direção à casa de Serge, onde o notifiquei da transação comercial que se daria na noite seguinte. Sem perda de tempo, pedi todo o dinheiro em caixa. Não era muito, mas daria para nos manter longe de Paris até o próximo navio zarpar. Otávio ofereceu-me ouro, mas recusei. Meu cofre particular guardava uma pequena fortuna em joias. Depois de tudo organizado, entreguei-a nas mãos de Otávio, longe do alcance de Gustave, que teria tudo que estivesse em meu poder.

– A reserva no Saint-Gabriel estava em seu nome, Kmam. Gustave a fez pessoalmente há uma semana. A suíte ainda continua vazia como deduziu – disse Asti mais tarde, revelando o fruto da investigação.

Estávamos em casa, tudo havia sido preparado. O navio partiria com a maré alta, de madrugada. Até lá, tudo estaria resolvido.

– Ele já se sente dono até mesmo do meu nome. Ele não vai escapar do fio de minha espada.

– Só que o Conselho não estará do seu lado. Procure não se arriscar sem necessidade. Lembre-se de que tem toda a eternidade para destruir Gustave e amar novamente. Seja egoísta.

– Gostaria de dar esta casa para você, é tão minha quanto sua. Sinto que Gustave também vai se apoderar dela, é uma pena – lamentei.

– Que importa? Ele nunca terá você!

– Vamos comer – disse Asti, tentando manter os pensamentos ruins distantes.

As noites felizes acabaram ali, na mesa de um cabaré, onde seduzimos e amamos nossas vítimas e as fizemos eternas com beijos mortais. A imagem de Thais não me saía da mente. Podia vê-la chorando e chamando por mim, enquanto Gustave rasgava seu vestido, fazendo-a sofrer. Pare! Subitamente, saí do meu delírio. Furioso, peguei a primeira dama à minha frente, arrastei-a para um dos quartos do bordel e a mordi. Pouco depois, chorei sobre seu corpo morto. Chorava de saudade de minha amada.

Deixei o bordel e uma trilha de corpos por onde passei. A euforia havia dado lugar à revolta. Havia gritos ecoando pela rua. A polícia corria pela viela, procurando-me pelas sombras. Matei dois deles com ferocidade. Otávio seguiu atrás de mim para tentar me deter.

– O que está fazendo? Quer ser caçado como um animal? – puxou-me para o beco escuro e vazio a fim de conter minha fúria.

– O que importa? Eu ainda ficaria vivo. A dor continuaria a mesma! – rugi, esmurrando as paredes até minhas mãos sangrarem.

– E quem vai lutar por ela, Kmam? Ela precisa de você.

– Deveria ter transformado Thais há muito tempo. Ela poderia ter fugido dele, poderia estar viva.

– Cale essa boca e me escute! Ela está viva. Por que acha que sente essa dor? Thais está falando com você, com seus sentidos. E, além disso, seu sangue e o meu ainda correm por suas veias, pense nisso. É pouco, mas é o suficiente para mantê-la viva.

– Thais pode ter enlouquecido. Acha que ele não a tocará, Otávio? Ela não vai suportar, eu sei.

– Acorde, Kmam. O amor humano dói. Ela conhece o prazer em seus braços, Thais jamais se esquecerá. Se ainda vive, é somente por sua lembrança.

A bagagem foi transferida para o navio, na cabine reservada, e a casa de Thais foi fechada. Segui sozinho para o Saint-Gabriel, onde encontrei Serge na recepção. Ele não entendeu muito bem a princípio, mas assim que soube que Gustave estava envolvido nos negócios, confirmou suas suspeitas de algo sujo. Um funcionário do hotel nos conduziu à suíte luxuosa, onde nos acomodamos. Quando se tratava de dinheiro, Gustave era sempre pontual. Entrou acompanhado de duas testemunhas humanas. As apresentações foram gélidas de minha parte, e recordo-me de não ter apertado a mão de ninguém. Quando Serge compreendeu que estava passando todos os meus bens e negócios para Gustave tentou me impedir de cometer tal loucura. Agradeci sua atenção e o fiz voltar ao seu lugar para dar continuidade ao inevitável. Coloquei minha assinatura na última folha e finalizei a doação legal em vida de tudo que trabalhei durante séculos para construir. Dei-lhe tudo: meu navio, meus negócios e minhas casas de aluguel. Até mesmo o casarão ele quis. Não queria nada daquilo, se não tivesse Thais ao meu lado. Enquanto Gustave levava as testemunhas para a porta de saída, chamei Serge e entreguei uma bolsa em suas mãos. Era seu pagamento por tantos anos de lealdade.

– *Monsieur*, é muito – reclamou, tentando devolvê-la.

– É pouco diante de sua lealdade. Agora me escute e suma de Paris, vá para a América ou qualquer outro lugar. Gustave é um homem vingativo e não vai perdoar sua atitude em minha defesa. Paris, meu amigo, agora está entregue à besta. Parta e salve sua vida.

Apertei sua mão e me despedi. Logo depois, ele passou a Gustave a pasta de couro com os desenhos do casarão, sua escritura e outros papéis sem mais nenhuma importância.

– Ah, o peso da responsabilidade. Viu, foi muito fácil – disse Gustave, confortavelmente numa das cadeiras.

– Tem tudo que queria.

–Agora me leve a Thais – ordenei, ainda de pé.

– Para tudo há um tempo certo e o seu ainda não chegou. Sente-se, Kmam. Thais logo chegará a Paris. Achei mais seguro tirá-la da cidade. Você tem muitos olhos por aqui – comentou, olhando o anel em meu dedo. – Dê-me o anel.

– Deve estar brincando – disse, incrédulo. – Contente-se com minha fortuna, é só o que terá.

– Kmam, como acha que vou provar que sou seu único e incontestável herdeiro?

– Sele seus documentos e cartas com seu rabo.

– Indelicadezas não o levarão a lugar algum. Talvez o levem ao cemitério do Montmartre, onde lamentará a morte trágica de seu anjo.

– Vou caçá-lo, Gustave. Quando encontrá-lo, sobrará muito pouco para ser queimado – disse, puxando com dificuldade o anel colocado por Ariel, a prova de minha existência, de meus poderes e de todos os favores que deveriam ser concedidos apenas a mim.

– Caçar-me, que tolice! Deve preocupar-se em fazer mais dinheiro, pois posso precisar de mais novamente. Matou Marie? – quis saber, olhando o anel em seu dedo.

– Não foi para isso que a deixou viva? Para que terminasse o que começou?

– Pensou que sempre estaria um passo à minha frente, não foi? Mas não estava. Tanto conhecimento e uma simples chantagem conseguiu deixá-lo assim. Sua namoradinha também é inteligente?

– Thais é bem mais inteligente que você, Gustave. O que não é muito difícil.

– Thais é uma chama fixa num corpo belo e frágil, não vai durar muito. Além disso, posso apagar essa chama com um sopro. Basta desejar, e ela será eterna. Quer isso, Kmam?

– Do que está falando?

– Quero-a para mim. Gosto dela – disse com dificuldade.

Gargalhei alto de sua petulância. Gustave foi sincero, queria Thais e a desejava como mais um de meus bens. Ela não passava de um objeto que ele desejava comprar.

– Falo sério, Jan, dê-me Thais. Sou um *personne* rico. Posso fazê-la imortal. Teria certeza de que ela estaria bela e jovem. Dê a Thais o direito de viver.

– Perdeu o juízo se acredita realmente que venderei Thais como uma coisa! Thais e eu dividimos algo chamado amor, uma palavra da qual você nem conhece o significado. Nunca a condenaria a viver eternamente ao seu lado, seria o mesmo que condená-la à morte. Prefiro vê-la envelhecer a cada dia, ver seu rosto se encher de rugas e seus cabelos ficarem brancos a condená-la a ter você como companhia pela eternidade.

Cuspia as palavras, enquanto Gustave se contorcia numa careta de remorso por ter se humilhado para propor tal acordo.

– Pois que seja feita a sua vontade.

Ele não me esperou. Segui-o como se fosse sua sombra. O momento da troca havia chegado. Fomos de carruagem pela cidade em direção ao porto. Ledox conduzia com velocidade, compreendia minha pressa. Não trocamos uma palavra durante o caminho. Gustave manteve o olhar voltado para o anel em seu dedo. Deveria estar muito feliz, conseguira tudo que sempre quisera. Maldito seja aquele verme! Acompanhei seus passos em direção aos diversos armazéns e negócios ali estabelecidos. Por nós, cruzavam pessoas que desembarcavam com grandes volumes. Via marinheiros barbudos e prostitutas sorridentes acompanhadas de estivadores rumo ao cabaré para beber um trago. Puxei a gola da capa e protegi o rosto das luzes a gás, alerta aos movimentos de Gustave. Podia ouvir seu coração bater suave.

Os barcos rangiam manhosos. Sentia o cheiro do mar e dos detritos vindo na brisa fria. Sempre à frente, Gustave desviava das pessoas que saíam dos portões como uma cobra escorregadia. Um grande armazém de mercadorias surgiu à nossa frente. "Kmam Empreendimentos Marítimos."

– Mude a placa, Gustave. O que as pessoas vão pensar?

– Terei muito tempo para resolver esses detalhes após sua partida.

O galpão cresceu à nossa frente. Dono da situação, destrancou o portão, puxou as correntes e abriu a pesada porta. Os vigias haviam desaparecido. Foi nesse momento que senti um cheiro conhecido no ar. Era forte e intoxicante. Recuei com todos os meus instintos alertas e vi uma das lanternas pingando na entrada, dei-me por satisfeito e segui galpão adentro. A lanterna em sua mão penetrava a escuridão sem força, e eu sequer conseguia ver meus pés. Meu olhos logo se habituaram à pouca iluminação e começaram a buscar detalhes. O galpão estava com carga, alguns barris e caixas lacradas, provavelmente porcelana e cristais vindos da Itália. Quando decidi perguntar do que se tratava aquele cheiro, eu a vi.

Thais estava à minha frente deixando-me cego para todo o mais. Gustave ergueu a lanterna sobre nossa cabeça, iluminando-a por inteiro. Estava pendurada, e suas botinhas não tocavam o chão. O peso de seu corpo fazia a corda gemer. A cabeça tombada a deixava com ares de morta. Avancei e fiquei debaixo dela, buscando sinal de vida.

– Thais? – chamei, tocando seu tornozelo. Imediatamente, ela ergueu a cabeça e fitou o vazio, buscando a minha voz.

– Kmam?

– Estou aqui. Irei colocá-la no chão num minuto.

– Meus pulsos doem.

– Paciência, meu amor – pedi, subindo nos barris ao seu lado, para cortar a corda. Tirei a espada oculta na capa e libertei-a. Gustave, a poucos passos dali, observava a cena em silêncio.

– Há alguém conosco?

– Sim, Gustave, mas tranquilize seu coração.

– Tocante, continuem, finjam que não estou aqui – falou ele, interrompendo nosso reencontro.

– Tire-me daqui, Kmam. Não suporto esse homem. Vamos, antes que ele destrua nossa vida.

– Ele fez algo com você? Fale, não tema, Thais – pedi, encarando seu silêncio.

–Tire-me daqui – suplicou, segurando minhas roupas.

– Vê, cumpro minhas promessas. Além disso, *mademoiselle* é fidelíssima. Eu até tentei persuadi-la, mas a resposta foi sempre não, não e não. Foi uma pena. Seríamos tão felizes, a vida não mudaria em nada. Continuaria tendo o que sempre teve, visto que possuo tudo que foi seu – voltou a sugerir malicioso. – Venha para mim, Thais, complete-me mais uma vez.

– Fique longe de mim!

– Thais, sua tola. Agora Kmam descobriu nosso segredinho.

Abracei Thais, que chorava segurando os ombros, caída no chão. Em minha pressa, não percebi o vestido rasgado. Toquei seu ombro e fitei a mordida na altura do seio esquerdo.

– Não importa. Amo você e sempre amarei. Quero que fique aqui, entendeu? Não saia até que eu venha buscá-la – escondi-a detrás dos barris.

– Kmam, vamos embora, não lute por isso. Ele quer nos matar. Estamos em perigo.

–Vou matar Gustave – beijei rapidamente seus lábios e me afastei.

Thais gemeu em meus braços como um animalzinho amedrontado. Gustave arrastava a ponta da espada no chão, enquanto nos fitava.

– Cortarei sua língua fora e depois sua cabeça – disse, avançando sobre ele. O metal gritou feroz no ar, soltando faíscas. O aço tinia enquanto nos deslocávamos pelo galpão no vaivém imposto pela luta. Cheguei próximo o suficiente para esmurrar seu rosto e arrancar sangue de seus lábios. Sorri satisfeito e o empurrei sobre as caixas de madeira, ouvindo o conteúdo quebrar ruidoso. Gustave ergueu-se rápido como um demônio e voou sobre mim, derrubando-me no chão. Rolamos atracados entre as espadas, quebrando tudo à nossa volta.

– Kmam! – Thais estava nervosa, ouvindo o que acontecia à sua volta. Assemelhávamo-nos a feras de dentes expostos e pupilas dilatadas. Ela teria ficado tão assustada quanto você, Kara, durante aquele inferno na biblioteca – comentou, vendo-me recostada na parede.

– Vendo-o recuar, avancei sobre seu corpo caído, cravando a espada no chão limpo. O maldito escorregava como cobra. Sua mão fechou-se em minha garganta e apertou-a. Chutei seu peito e o vi recuar, sem ar. Minha espada o atingiu no ventre, abrindo-lhe as roupas e o estômago, mas o golpe apenas o irritou e lhe causou dor. Em segundos, o sangue e o corte haviam desaparecido. Num deslize, fui ferido, minha espada tocou o chão e por muito pouco não foi arrancada de minhas mãos. Gustave riu, vendo-me recuar com o braço quase fora do ombro, e gritou para aterrorizar Thais.

– Kmam foi ferido, Thais! Vou cortar a cabeça dele. Será seu presente de casamento.

Até sentir o ombro voltar ao normal, só consegui recuar. Thais andava sem rumo, fora do lugar onde a deixara.

– Fique onde está, Thais! – ordenei, detendo os golpes de Gustave. Ao ouvir os gritos dela, descuidei-me e senti o aço frio cortar minha carne. Contive o grito na garganta para não assustá-la e deixei a espada de Gustave banhada de sangue.

– Ele está morrendo, Thais! – gritou Gustave, vendo-a cada vez mais perto da luta.

– Fique onde está! – repeti, sentindo o sangue inundar minha boca.

– Sou eu, Thais – sussurrou Gustave, lambendo suas mãos estendidas.

O golpe desceu ligeiro. A perna fraquejou, jogando-o ao chão sem equilíbrio. Começou a rastejar em fuga, olhando-me num misto de dor e revolta. Segui-o golpeando, achando somente o chão, e, quando o espetei como se fosse um inseto, torci a espada e puxei incitado. Não sei como ao certo ele conseguiu ficar de pé novamente, mas conseguiu e avançou em direção a Thais. Em minha carreira cega e desvairada, cortava o ar, furioso. Gustave colocou-a na sua frente e esperou o golpe que não pude evitar. Era minha espada. Estava ali, cravada no ventre de Thais e em Gustave, que me olhou demoníaco para depois se afastar. Seus dedos delicados tocaram o aço. Fitava o vazio com os olhos enormes, graças à dor. Foi tão depressa. Como ela estava ali? Como poderia estar ali?

Puxei a espada e a segurei em meus braços, para que não caísse. O som da lâmina no chão pareceu cortar minha alma em dois pedaços. A luta havia acabado. Gustave recuou ainda armado. Poderia ter cortado minha cabeça, mas nada fez.

– Foi ele, Thais, foi Kmam! – acusou, sumindo nas sombras do galpão como um fantasma maligno.

– Quero que me escute. Vai ficar tudo bem, vou ajudá-la. Basta que me diga que posso fazer isso – disse, afastando o cabelo úmido de suor de sua testa. A mulher que amava agonizava diante de meus olhos.

– É tarde. Saia deste lugar – pediu, cada vez mais pálida. A mão repousava sobre o ferimento. A mancha de sangue cobria as delicadas rosas da estampa. – Ele quer queimá-lo, Kmam.

– Thais?

– Eu sempre soube, meu amor. Meus pesadelos me diziam. Fuja.

– Não vou permitir que morra.

– Qual a cor? – pediu, sentindo minhas emoções nas pontas dos dedos sujos de sangue.

– São como as rosas vermelhas – murmurei, vendo-as cair em sua face apagada.

– A eternidade é um presente e não quero recebê-la assim – falou, fechando os olhos.

– Não me deixe. Como vou viver sem você?

– Estarei sempre aqui – tocou meu peito, onde o relicário pendia e pediu que a beijasse.

Cobri seus lábios num beijo sôfrego. Suas mãos seguraram meus ombros com força e aos poucos foram afrouxando, para suavemente caírem ao longo do corpo. O som que saía de minha garganta era um urro, o lamento animal de uma fera ferida de morte. A voz de um vampiro. Minhas lágrimas tentavam em vão colorir sua face sem vida, mas era muito tarde.

Encoberto pelo dourado dos seus cabelos, Jan Kmam chorava. Uma profunda prostração o tinha dominado, levando-o ao pranto aberto. Indecisa e a poucos passos dele, sentindo seu corpo enrijecido pelo choro, não hesitei mais. Tomei-o em meus braços e o acolhi em meu peito. Ele não ofereceu resistência. Afaguei seu cabelo e fiz por ele o que um dia fizera por mim. Consolei-o no remanso do meu abraço. Acalentei meu amor como se fosse o mais mortal de todos os homens e deixei que chorasse em meu ombro. Calmo, Kmam ergueu o rosto e ofereceu-me o azul de seu olhar. Tremi. Era como ver mármore branco manchado de sangue. Mantive o controle, segurei seu queixo e, sem saber ao certo como fiz, sequei suas lágrimas. Num minuto de eternidade nos fitamos, sem saber por que o fazíamos, como se o mundo houvesse parado para que pudéssemos compreender.

Jamais seríamos os mesmos depois daquela noite. Kmam tentou dizer algo, contudo calou. Beijou meu rosto e afastou seu olhar do meu. Sentado no sofá, recostado nas almofadas, ele prosseguiu, imune à minha presença.

– Deitei Thais no chão e percebi que algo molhava minhas botas. O cheiro forte despertou-me para o perigo próximo e real. Era querosene puro. Ele vinha dos barris que Gustave abria e empurrava, ensopando o chão.

Ergui-me, com a espada em punho e o encarei a distância.

– Satisfeito, Kmam? Agora, junte-se a ela!

– Gustave!

Cruzei o galpão cego de ódio, ouvindo meu coração bater alto. A última coisa de que me lembro de ter visto com clareza veio do ar. Ela voou luminosa tal qual estrela cadente e se espatifou no chão, acendendo tudo à minha volta. A lambida feroz devorou meu corpo, faminta. Experimentei a agonia causticante do fogo em minha carne. As labaredas esquentaram o metal da espada em minha mão, para nela fundir-se numa pavorosa visão. O galpão, agora chamejante como o dia, selou meu destino. Desesperado, rolei no chão, na tentativa inútil de apagar o fogo. Foi nesse momento que tudo voou pelos ares, como um grito semelhante ao meu.

Jogado no vazio, cortei o céu como uma tocha, procurando o mar. A queda quebrou meus ossos e apagou o fogo, mas nesse momento de submersão veio o pior. A água salgada cauterizou o que restava de minha pele, e as ondas levaram-me para a margem vagarosamente. Eu sabia o perigo que corria. A manhã não tardava, tinha que me esconder.

29. Vida e morte

Na lama da praia, percebi que não podia gritar. Minha boca estava selada e meus olhos eram brechas pelas quais não enxergava quase nada. Arrastei-me sentindo dores indescritíveis. A lama funcionou como um alívio. O céu cada vez mais claro. Foi quando vi Otávio e Asti. Eu era somente um esqueleto enegrecido e coberto de lama.

– Otávio! Aqui! – chamou Asti, aproximando-se de mim. – Por Krishna! O que fizeram?

– É Kmam? – Otávio perguntou, tirando a capa.

– Sim, é ele, veja o anel de safira – falou, tocando minha mão escura.

Fui levado para a carruagem e lá colocado dentro de um caixão tosco. E foi o fim. A escuridão abateu-se sobre mim e nada mais pude ver ou ouvir.

– Como isso aconteceu? – Ariel gritava.

– Pensei que estivesse sob controle – falou Otávio, com sinceridade. – Tente não me culpar. Conhece a teimosia de Kmam tanto quanto eu.

– Togo? – o rei chamou o vampiro quieto no centro da sala. – Vá e mantenha tudo em segredo.

– Que faremos? – perguntou Asti, fitando-me agitado. – Calma, Kmam, vamos ajudá-lo.

Eu só conseguia fazer pequenos ruídos.

– Quieto, estamos aqui para ajudá-lo, meu amigo – disse Ariel, surgindo na borda do caixão. – Tirem a espada da mão dele e preparem tudo. Voltarei logo.

Otávio retirou-me do caixão e cuidadosamente depositou meu corpo dentro de uma banheira. Fitei a louça branca e não entendi o que acontecia. Com uma tesoura, Asti cortou os trapos queimados que restavam de minhas roupas. Na execução, chorava triste. Otávio tentava consolar Asti e a si mesmo.

Enquanto esperávamos, eu mais do que qualquer um, sentia-me faminto e dolorido.

– Cubra a banheira, ele chegou.

Asti jogou uma coberta, escurecendo minha visão. Havia som de vozes no quarto. Um minuto depois a porta do reservado foi aberta, e Ariel entrou. Havia alguém com ele, um humano. Foi rápido. Ariel o atacou junto à beirada. Pude sentir o cheiro do sangue. Movi-me dentro da banheira, arranhando a louça com minhas unhas escuras. Precisava me alimentar ou enlouqueceria.

– Sua vez, meu amigo – falou Ariel, cortando o pulso sobre meus lábios.

Dessa fonte milenar, alimentei-me diversas vezes. Quando a coberta foi erguida pela quinta vez, pude eu mesmo matar minha vítima. Assustei-a demais. Era só pele e osso. Tinha os olhos vermelhos e o corpo nu. Quando ela caiu aos meus pés, já não sentia dor. Asti trouxe roupas limpas e ajudou-me a vesti-las, pois estava fraco mesmo depois de alimentar-me. Apoiado em seu ombro, saí do reservado para o quarto. Estava na casa de Otávio. Sentei-me na poltrona próxima e observei Ledox retirar os corpos. Por um segundo, vi que me observava com respeito e admiração.

– Seja discreto – pediu Otávio, fazendo com que me movesse novamente.

Ariel, sentado na bela cadeira de veludo verde, fitava-me pensativo. Asti andava muda, com sua saia negra arrastando no tapete. Otávio esperava ao meu lado, perdido em pensamentos.

– Preciso destruir Gustave – falei rouco. Minha voz não era mais a mesma. Eu não era mais o mesmo de cinco noites atrás. Sim, fiquei cinco dias adormecido, inerte a tudo e a todos.

– Acha que vai conseguir? – perguntou Ariel, quase irritado.

– Vou matá-lo.

– Tem outros problemas. Gustave é o menor deles. A notícia do incêndio saiu em todos os jornais e jornalecos de Paris. O armazém levou mais dois, seu negócio virou cinzas e a polícia tem um corpo nas mãos. Você morreu para este século – resumiu tudo.

– Ela era minha mulher e merece um enterro decente – falei seguro.

– Farei isso por você, Kmam. Vocês dois terão um belo enterro.

– Ótimo. E quanto aos seus negócios?

– Tudo que eu tinha foi passado legalmente para as mãos de Gustave – falei, sentindo-me humilhado.

– Então deixemos que ele cuide da imprensa e dos credores. O prejuízo foi grande, Gustave terá de indenizar algumas pessoas, mas será fácil, seu dinheiro sobra nos cofres. O navio partiu e levou o resto de suas coisas, seu administrador apareceu e deixou bem claro suas suspeitas de assassinato por parte de Gustave. Sinto, mas aquele homem já está morto. Gustave deve silenciá-lo nos próximos dias. Todos acreditam que você realmente está morto. Até mesmo o Conselho crê nisso. Foi dado como desaparecido, e é dessa forma que manteremos este incidente. O anel que vi no dedo de Gustave de nada vale. Você é e sempre será meu favorito. Seus poderes sofreram uma baixa terrível e vai levar algum tempo até que volte a ser o Kmam de antes, por isso fique quieto! Nada de vingança por enquanto. Gustave foi rejeitado, o Conselho não fará nada contra ele. – falou Ariel.

– Pensei que seria punido – reclamou Asti, confusa e frustrada.

– Asti, você é nova em nosso meio e não compreende em que situação Kmam se colocou – Ariel começou, compreensivo. – Gustave já estaria morto se o motivo fosse outro, mas aos olhos do Conselho nada aconteceu. Kmam defendeu sua amante humana e por causa dela pereceu. Não o perseguiremos e tampouco vamos destruí-lo, Kmam sabe disso. Quando o rejeitamos, demos a ele liberdade. Deveria ter previsto isso ao aceitar o pedido.

– Sabe o que tem que fazer, Kmam? – perguntou Otávio. Ele estava muito bonito, arrumado e atraente, os cabelos vermelhos soltos e penteados. Sentia-me inferior.

– Não posso me esconder. Quero matar Gustave!

– Morrerá se tentar fazê-lo nesse estado. E não quero que ele o veja assim. Não seria justo com nenhum de nós.

– Otávio está certo. Seria humilhante para você, e está muito fraco. Gustave acredita em sua morte e é cego demais para sentir sua presença. Aproveite-se disso– murmurou Asti, tocando meus cabelos ralos, opacos. Era incrível como minha beleza havia desaparecido.

– Imagine o prazer que terá surpreendendo-o daqui a alguns anos. Essa vingança deve ser bebida fria. Lembre-se sempre de que estará acima dele.

– Estou cansado.

– Nós sabemos. É por isso que estamos aqui e vamos ajudá-lo a se recuperar. Queremos o velho Jan Kmam de volta – comentou Ariel, sorrindo triste. – O que faremos com o criado?

– Ledox sempre foi fiel. Proíbo qualquer um de tocar nele. Diversas vezes ajudou-me com as falhas de Gustave. Deixem que viva – falei, não admitindo discussão.

– Este homem foi o responsável pelo salvamento de Kmam. Sua rapidez em nos avisar sobre o que se passava naquele galpão foi intuitiva, coisa muito rara num humano.

– Não sei. O que acontecerá quando partirmos, como servirá a um senhor mortal?

– Partir?

– Convidei Otávio, Asti e você para irem comigo para o Egito, mais precisamente para o Cairo, o que me diz? – estava empolgado.

– Não sei.

– Podemos escolher um túmulo vazio numa bela pirâmide e deixar que você descanse o quanto quiser. Imagine-se deitado num belo sarcófago ou sob as areias suaves de uma tumba vazia. Ouvi dizer que são quentes durante o dia e gélidas à noite. Se quiser, pode ficar acordado e se recuperar aos poucos. A escolha será sua, não importa para onde vá, mas tem de sair de Paris. – Ariel foi taxativo.

– Vamos por partes, Otávio. Conserve Ledox com você, sei que lhe servirá de forma impecável.

– Podemos eternizá-lo – sugeriu Asti, próxima à lareira.

– Ele não vai aceitar.

– Como sabe? Ele é um homem feito, já provou da vida, é bonito, forte, um pouco simplório, mas isso com o tempo some.

– Eu perguntei a ele anos atrás. Sabem o que me disse? Obrigado, *monsieur* Kmam, mas me daria muito trabalho – sorri, lembrando de sua expressão segura. – Qualquer outro aceitaria pensando no milhão de vantagens que teria, mas aquele homem simplório foi sincero. Ledox tinha razão.

– Ficarei com ele se assim desejar, visto que é um homem de vontade. Caso contrário estará livre para partir – falou Otávio, aceitando meu pedido.

Asti perguntou se eu iria com eles. Sentia-me exausto de pé. Ajeitei o cobertor grosso sobre os ombros e refleti a respeito do assunto enquanto observava as chamas engolirem a madeira. A voz de Thais ecoou em minha mente. Jure por nosso amor que partirá naquele navio, não importa o que aconteça. Eu tinha uma promessa a cumprir. Perdido em pensamentos, percebi que aguardavam uma resposta.

– Por algum motivo, sinto-me incapaz de decidir com clareza. Quero parar de pensar um pouco. Gostaria de ficar só por algum tempo. Amanhã darei a resposta – fechei os olhos, exausto.

– Tempo é o que não falta. Decida com o coração – falou Ariel, já de saída.

– Voltarei para ajudá-lo, descanse – disse Asti, beijando minha testa antes de seguir Otávio e Ariel, que se retiravam do quarto.

Fiquei sentado olhando para as chamas, lembrando que meu coração havia morrido junto com minha florista. Na noite seguinte, Asti alimentou-me de seu pulso. Só conseguimos nos curar com o sangue de nossos iguais mais próximos, caso contrário o processo é lento. Satisfeito, adormeci na cadeira e lá fiquei até ser acordado por Ariel e Otávio. Apesar de estar vestido em seda, sentia-me repulsivo, mas não me deixei abater. Recebi-os com um sorriso e contei a todos os meus planos para o futuro.

– Acho perigoso, afinal o casarão não lhe pertence mais.

– Acredita realmente que Gustave deixará Paris no auge de seus direitos legais e se lançará ao mar para viver no Brasil? Nunca, ele preferiria a morte. E além dos excelentes motivos que possuo para deixar a cidade, prometi a uma dama que o faria. Pelo menos isso tenho que cumprir, dei-lhe minha palavra de honra. Quero ser fechado em meu caixão e colocado num navio com destino ao Brasil. Quero descansar em São Luís. É lá que desejo dormir – afirmei, dando a conversa por encerrada.

As providências foram tomadas em segredo absoluto. Enquanto esperava o barco, soube que Gustave mandou derrubar minha estufa e vendeu a casa com tudo que restava dentro. Não lamentei. A estufa fazia parte de um passado que eu tentava todas as noites esquecer. Eu ficava cada vez mais melancólico. Ariel sabia disso e cuidava de tudo com pressa. A saudade e o desalento dentro de mim poderiam me levar ao suicídio. Passava as noites observando o fogo com a mão no peito. Havia perdido o relicário na explosão, a única lembrança que possuía de Thais havia desaparecido no mar.

Como Asti havia prometido, Thais descansava no cemitério Montmarte. Lá depositei rosas vermelhas e uma vela.

– Sempre haverá rosas para você – falei, sentindo o orvalho em meu rosto.

Toquei a inscrição na lápide e percebi que ela talvez estivesse certa, não é preciso muito para amar. O mármore brilhante trazia em seu epitáfio a inscrição: “Aqui jazem os corpos de Jan Kmam e Thais Cécile Kmam, que seu amor e suas almas imortais descansem em paz por toda a eternidade”. Abaixo estavam nossas datas de nascimento e morte.

Estávamos no quarto. Meu caixão tinha sido devidamente embalado dentro de uma caixa de madeira resistente. Sua tampa estava aberta, esperando-me acolhedora.

– Está pronto? – perguntou Ariel. Seu olhar era de despedida.

– Sim, estou. Paris não tardará a acordar.

– Deveria estar mais bem vestido. Essa camisa é de um século atrás, Kmam.

– Gosto dela, sinto-me bem assim – comentei, tocando a camisa branca e antiga. Era a preferida de Thais. Não que fosse de seu tempo, era uma relíquia que trazia do tempo de Valéria. Queria dormir com ela em meu corpo e pensamentos.

– Isto era para sua menina. Agora é seu – disse Ariel, passando-me um frasco de vidro escuro. – Beba o conteúdo quando acordar, conserve-o próximo ao corpo, assim permanecerá vivo. Agora venha cá e me dê um abraço, seu tolo. Recupere suas forças e volte para todos nós – sentenciou, beijando meu rosto.

– Pode ter certeza disso.

– Com quem vou jogar xadrez, agora? – perguntou Asti, jogando-se em meus braços um tanto chorosa. – Com quem brigarei e discutirei poesia? Vai lembrar-se de nós quando acordar?

– Sempre, minha deusa de barro, sempre – disse, beijando-lhe a testa.

– Tome. Isto pertence a você – falou, tirando algo de um lencinho perfumado. – Encontrei-o somente há duas noites e mandei polir. Estava muito sujo, foi quase um milagre encontrá-lo inteiro.

– Você o achou! – falei emocionado, fechando as mãos em torno do relicário. Depois de tantos dias, finalmente sorria.

– Obrigado, Asti! Devolveu meu coração.

– Vamos, já chega. Parecem um casal de pássaros arrulhando – comentou, fazendo todos rirem.

– Está com ciúme, ave de rapina?

– Claro, seu burguês idiota! – xingou, abraçando-me com força. – Basta abraçá-lo para sentir que ainda é meu. Sabe que sempre terá um lugar nessa casa e em qualquer outra em que eu viver, não sabe?

– Levarei todos vocês comigo – disse, tocando o peito.

– Mande notícias. Haverá alguém para trazê-las até mim, não importa a distância. – Seus olhos penetraram os meus para dizer com uma força única: "Sempre amarei você. Agora vá dormir".

– Gustave agora possui duas sombras: a dele e a de Jacques. Ele será uma espécie de vigia. Quando acordar, saberá exatamente onde encontrará o pequeno verme. É meu presente para você. Lembre-se de que deve lutar segundo as regras. Gustave foi rejeitado. Deu-lhe seus bens e a doação significa sua morte.

– Fui obrigado.

– Sabemos e entendemos, mas o Conselho não. Sei que vai conseguir um bom motivo para destruir Gustave. Obrigue o verme a combater abertamente como você, tome dele o que mais ama, pois um dia ele também vai amar. O melhor é se recolher e descansar em paz, meu amigo.

Olhei seus rostos e percebi que sentiria uma saudade quase humana de minha segunda família.

A caixa foi lacrada a pregos e correntes e levada ao barco. Sabia que estaria seguro. Um vampiro e um jovem mortal de confiança foram encarregados de minha chegada ao Brasil. O acompanhante cuidou de minha entrada no casarão em nome do novo dono, Gustave Rohan. Foi minha vez de brincar com ele.

A caixa foi levada em direção ao sótão e lá foi esquecida. Em qualquer outro lugar da casa, eu teria sido perturbado. As correntes foram tiradas, mas os pregos ficaram, por medida de segurança. Eu saberia como me livrar deles. Meus últimos momentos de consciência antes que tudo sumisse na escuridão foram para minha amada Thais. Deixei minha mão fechar-se sobre o relicário e entreguei meu último pensamento a ela. Então, tudo se apagou.

* * *

– E o que o acordou?

– Algo forte que emanava de sua presença. Sua voz conhecida ecoou por toda a casa e chegou até meus ouvidos. Foi nosso primeiro contato. Você me acordou, Kara.

– Paguei ao vigia para entrar na casa sozinha e tirar minhas próprias conclusões sobre o estado em que se encontrava. Pretendia denunciar a situação às autoridades competentes e tudo que consegui foi despertar um vampiro!

– Sim, naquela noite me servi do presente de Ariel, pois estava sem forças para atacar sequer um rato. Mais forte, consegui caçar os que moravam dentro da caixa. Depois estraçalhei a tampa da caixa e peguei o vigia vagando pelo casarão. Antes, tentei comprar sua lealdade, mas ele me traiu e morreu. Achei melhor voltar a dormir, mas você voltou mais decidida do que antes. Você é parte importante de tudo que aconteceu. Ainda quer fugir de seu passado? Quer fugir de tudo que vivemos?

– Não sei.

UNIDADE III

Kara e Kmam

30. A hora de encarar o futuro

A tarde arrastava-se manhosa e uma brisa leve invadia o quarto. Sentia-me sonolenta, uma reação natural do meu organismo cobrando por descanso, pois tinha ido dormir de dia. Kmam vinha me impondo seu ritmo noturno. Não consegui parar de bocejar enquanto contava a Vitor. Ele deveria saber em que espécie de confusão estava metido juntamente comigo.

– Lembre-se que isso jamais deve cruzar seus lábios, principalmente diante dele. Não sei como reagiria – preveni.

– Entendo sua preocupação. Kmam me detesta e veria nisso um bom motivo para se livrar de mim. Se pudesse, já teria me matado há muito tempo.

– Vitor, está sendo muito severo, vejo como uma leve antipatia. Kmam não suporta ser desafiado e você fez isso algumas vezes.

– Por um sorriso como o seu ele me mataria – disse, preparando-se para sair.

– Pensei que passaria a tarde comigo.

– É melhor voltar para a cama, está com uma aparência cansada.

– Estou com saudade de minha vida.

– Que tal fugir amanhã e passar o dia fora? Avisamos na recepção para não mandarem camareira e assim garantimos a segurança de Kmam. Antes do anoitecer estaremos de volta, ele nunca saberá.

– Obrigada, Vitor – comemorei, levando-o à porta, apenas de roupão.

– Pelo quê?

– Pela companhia humana.

– Vou fingir que acredito. O que ele faria se eu beijasse você? O que você faria?

– Não sei – disse. Talvez estivesse curiosa também.

– Acho que podemos descobrir. – Vitor tomou-me em seus braços e beijou-me. Foi agradável, mas faltou algo. – Bem, cuide-se! Qualquer coisa sabe onde estou.

Nesse momento percebi que uma jovem e uma senhora haviam saído do elevador e não pude deixar de ouvir o comentário maldoso.

– Como pode ser tão volúvel? Durante o dia um moreno e durante a noite um loiro. Vagabunda!

Por um momento desejei matar aquela velha faladeira. Mostraria os dentes para ela e depois sugaria seu sangue bem devagar. Mas logo os pensamentos se foram e me senti estranha por desejar tal loucura.

– Tio Júlio, poderia me escutar por um segundo? – pedi, andando pelo quarto com o telefone nas mãos.

– Onde você está? Há três dias venho ligando para sua casa e pensei que estivesse morta, caída em algum canto. Sou velho para isso, Kara. Hoje, quando fui lá, não encontrei ninguém. Seus vizinhos dizem que não a veem há muito tempo – estava aborrecido, contudo aliviado em receber meu telefonema.

– Tio...

– Daí liguei para seu irmão e o que ele me diz? Kara está apaixonada, não sabia? Um francês chamado Jan Kmam roubou o coração dela. Se queria fugir, menina, por que não avisou?

– Tio Júlio, agora chega. Não está me dando chance de explicar o que aconteceu. Sou uma mulher adulta e dona dos meus atos. Só lhe darei uma explicação em nome do respeito e carinho que sinto pelo senhor– falei, assumindo o controle.

– Desculpe-me, mas você nos assustou. Marta ficou muito preocupada e por muito pouco não ligou para sua mãe. Liguei para Marcos depois que soube da morte de Ellen. Marta ficou assustada, disse que eram amigas e que poderiam estar juntas. A família e a polícia acreditam que ela foi mais uma vítima do Assassino do Robe Vermelho. Há muito falatório a respeito. O maldito lunático ainda não foi nem identificado. Ninguém sabe de nada. Você deve agradecer a Deus por ter escapado dele. E por onde é que anda?

– Marcos estava certo. Jan voltou de Paris. Havíamos brigado logo depois que saí do hospital, mas fomos ao baile juntos e fizemos as pazes. Ele me convidou para ficar com ele no hotel em que está hospedado e, como estou de férias, aceitei.

– Ele é de boa família? Lembre-se de que tem um nome a zelar. Cuidado nunca é demais, principalmente com estrangeiros. Nunca sabemos quais são suas intenções. Ele não é traficante, é?

– Somos ambos adultos, tio. E ele não é traficante, é colecionador de arte. Costuma viajar o mundo em busca de novos artistas. Satisfeito? – era uma mentira muito plausível.

– Isso dá dinheiro?

– O suficiente para viver bem. Pode ser discreto, tio?

– Calma, Kara, não vou publicar no *Imparcial* – disse, feliz.

– Vendeu minha parte nos negócios?

– Não. Resolvi eu mesmo comprá-la.

– Como?

– Quero manter o negócio em família, e a notícia atraiu uma mosca, Paul Rohan – meu sangue gelou nas veias.

– Faça qualquer coisa, tio, menos vender a ele.

– Algum problema? Ele não gostou da reforma?

– Apenas não venda a ele, não acredito que conseguiria fazer tal coisa. Ele é muito perigoso, entendeu? Fazer negócio com ele seria o mesmo que negociar com uma serpente.

– Eu bem que desconfiei dessa raça. Acredita que teve a petulância de me procurar para saber onde você estava? Segundo ele, precisava falar com você urgentemente sobre um amigo em comum. Suspirei aliviado quando o vi porta afora.

– Ele esteve na sua casa?

– E sequer avisou. Trouxe flores para Marta e uma garrafa de vinho para mim. Parecia querer nos agradar a qualquer preço. Estava com Lambert.

– Tio, o que pedirei agora é muito importante e quero que prometa que vai fazer. Se ele voltar, não o receba, entendeu? Não o receba. E jamais diga onde estou, nem pense em mim perto dele.

– Isso está muito confuso, Kara.

– Confie em mim tio, e não se arrependerá.

– Tudo bem, além disso, não sei mesmo onde está.

– Podemos fechar negócio amanhã?

– Claro, os documentos já estão prontos. Precisa de dinheiro, é isso?

– Não muito, por enquanto.

– Posso dar metade do valor amanhã – disse, já de posse do número do telefone do hotel. O dinheiro seria depositado em minha conta e apenas os sócios saberiam da transação.

– Vai partir, não é?

– Sim, vou. Vou fazer uma surpresa para mamãe. Ela vai adorar.

– De qualquer maneira, tem a obrigação de se despedir de nós. Um jantar ou almoço, você escolhe, dessa forma poderemos conversar à vontade.

– Tenha certeza disso. Vou levar a bebida.

– Fico satisfeito em saber que alguém conseguiu tirá-la do luto. Contudo, quero conhecer esse homem causador dos meus problemas. Traga o francesinho. Aposto que ele nunca viu um boi-de-orquestra brincar. Prometo que ele será bem recebido.

Tio Júlio não aceitou minhas desculpas e negativas. Ordenou minha ida à festa e desligou o telefone, fazendo cobranças. Meti os pés pelas mãos. Sem mais nada a fazer, fechei a janela e voltei para a cama. Adormeci de imediato e só acordei muito mais tarde. A princípio, pensei que fosse a televisão ligada, depois um sonho e continuei sentindo a sonolência me dominar.

– Quando falou pelo telefone, pensei que estivesse exagerando nos detalhes, mas, vendo-a agora, percebo que estava certo. É Thais renascida em Kara! Por que continua mortal? – disse a visitante, aproximando-se um pouco mais da cama.

– Tem vontade própria, conhece as mulheres deste século. São teimosas e voluntariosas. Chegou a me chutar, pode acreditar nisso?

– Deve imortalizá-la, Kmam. Quer perdê-la novamente?

– Não posso, estou preso aos seus caprichos.

Nesse momento, percebi que não era um sonho ou a televisão. Havia alguém bem próximo conversando com Kmam. Sonolenta, abri os olhos e encontrei uma desconhecida. Recuei e puxei o lençol até o pescoço, buscando uma explicação.

– O que está acontecendo?

– Tem uma voz muito bonita, sabia? – comentou a mulher de beleza perturbadora. Sem tirar os olhos dela, percebi o quanto o seu cabelo era sedoso. Caía solto até a cintura bem-feita, moldada pela calça negra. O pescoço pálido ostentava uma fina corrente de ouro com um amuleto na forma do olho de Hórus. Bastou um sorriso para eu perceber que a mulher à minha frente era tão sobrenatural quanto Kmam.

– Acho que a assustei.

– Duvido. Kara só tem medo do escuro – disse brincalhão.

– Conheço você. É Asti – falei, sentindo-me muito inteligente.

– Pensei que nunca fosse descobrir.

– Kmam, seu grosseiro! – Asti o censurou, batendo em sua mão. – Veja seus olhos como brilham magoados.

– Obrigada, está tudo bem, já conheço sua grosseria habitual – ergui-me da cama para pegar o roupão. – Meu nome é Kara Ramos. É um prazer.

– O prazer é todo meu. Trouxe meu amigo à vida e sou muito grata por isso – disse, inclinando-se para beijar rapidamente meus lábios.

Recuei perturbada com seu estranho carinho.

– Kara não está acostumada com nossos modos, Asti.

Já vestida, acompanhei os dois vampiros até a sala e vi que uma maleta escura repousava sobre a mesinha de centro. Kmam recebeu a caixa nas mãos e abriu as trancas, revelando uma joia em forma de arma, uma espada. Tomou-a em suas mãos, dirigiu-se para um local vago no quarto e cortou o ar repetidamente. O aço brilhava frio como seus olhos satisfeitos.

– Seu fio não foi tocado, continua afiada. Otávio tomou conta dela pessoalmente, fez a limpeza e a poliu de novo.

– Agora me sinto completo – disse Kmam, deslizando os dedos pela lâmina.

Seu desenho começava largo na altura do cabo e afinava ao longo do corpo. Era bonito vê-lo com a espada nas mãos, sua postura elegante contrastando com algo tão antigo. Ele pareceu sentir meu olhar, pois o retribuiu.

– Esta é a espada da qual falei, Kara. Venha e compartilhe de minha alegria. Tome-a em suas mãos.

Kmam, às minhas costas, entregou-me a espada e pousou suas mãos sobre as minhas, para que a segurasse.

– Quase! – disse assim que a deixei pender para o chão. Seu peso era admirável e provavelmente não conseguiria erguê-la sobre minha cabeça, como vira Kmam fazer, agilmente.

– Não se preocupe, sei o quanto pesa. Pode me ajudar?

– Ajudar?

– Quero batizá-la novamente, só que com uma alma feminina. Ela passou pelo fogo e está virgem de novo.

– Eu não sei o que fazer – falei, tentando sair do círculo dos seus braços, sem saber como estava tão próxima a ele.

– Não é difícil, eu ensino. Não vai doer, prometo – continuou, hipnotizando-me com sua voz sedutora. – Segure a lâmina com cuidado, pois é muito afiada. Agora beije a pedra no centro do cabo – ensinou, colocando minhas mãos sobre o fio da espada. – Isso. Agora repita comigo: "Que sua lâmina leve seu dono à vitória. Eu, Kara, lhe dou meu nome e meu sangue em batismo..." – gemi, sentindo Kmam apertar minhas mãos sobre a lâmina. – "...para que permaneça invencível e que do meu sangue não prove nunca mais. Que pereça todo aquele que desafiar seu fio, que morra aquele que tentar subjugar seu dono." – finalizamos, vendo meu sangue escorrer pelo aço frio. Beijei a pedra azul com certo receio.

Kmam fez o mesmo e me libertou. Fitei minhas mãos e meus dedos buscando cortes e nada encontrei, assim como não havia sangue na espada.

– Que espécie de bruxaria você fez?

– Correção. Que espécie de bruxaria nós fizemos.

– Kara, venha, deixe-me desfrutar de sua companhia. Não fique tão assustada. Há muito tempo não converso abertamente com outra mulher. Já está acostumada conosco, mas ainda vejo medo em seu olhar. É totalmente desnecessário, não lhe farei mal algum. Sei que pertence a Kmam e respeito isso.

– Não pertenço a Kmam e também não sou amante dele. Estou em sua companhia por força maior.

– Kmam tem razão, você é voluntariosa. Por que não veste uma roupa e vai jantar no restaurante do hotel? – sugeriu, tentando me excluir.

– Pensei que fosse perigoso.

– Gustave deve estar caçando em algum ponto de prostituição. Seria difícil cruzar com ele no restaurante.

De repente, percebi que tinha o dever de dificultar as coisas. Não iria deixar os dois sozinhos. Era minha chance de fazê-lo provar de seu próprio veneno.

– Acho que não, obrigada. Estou sem ânimo para mudar de roupa ou sair do quarto. Vou jantar aqui mesmo. Você se importa?

– Não. Diria que é bem melhor, pois pretendo sair com Asti. Precisamos conversar – comunicou.

Rapidamente peguei a chave e a escondi. Ele sequer viu meu movimento.

– Otávio está com você?

– Não, não. Ficou em Paris. Kmam contou tudo?

– Algumas coisas. Vai ficar muito tempo? – perguntei, vendo Kmam revirar o quarto em busca da chave.

– Vou partir ainda hoje. Estou longe há dois dias. Vim trazer a espada e conhecer você. Tem um jatinho me esperando.

– Kara, viu as chaves da moto? – perguntou, aborrecido.

– Não, não vi. Onde as deixou?

Melhor assim, andando se lembrará de mim, pensei, esquecendo-me de que Asti poderia ler meus pensamentos.

– Sim, posso. Somos amigos, Kara, nossa amizade é algo forte e não quero que lute contra ela. Estaria perdendo seu tempo e afastando Kmam de você com esse ciúme tolo. Quero vê-lo feliz, e essa felicidade ele só encontrará a seu lado. Quando queria a amiga, procurava-me; porém, quando buscava a amante, procurava você. Ele sempre a amou, e é dessa forma que vai continuar – voltou a atenção para Kmam. – Esqueça, Kmam, prefiro andar, a noite está linda. Adeus, Kara. Espero revê-la em breve. Pense no que lhe disse, aceite e tudo ficará mais fácil.

Eles saíram de braços dados, muito felizes, deixando-me para trás. Bati a porta furiosa e joguei as chaves longe.

– Vai ter volta, Kmam, pode esperar!

31. No dia seguinte...

A paisagem corria ligeira pela janela do carro. Recostada no banco, aproveitando, pensava no dia maravilhoso que tivera. Observei Vitor ao volante, cantarolando a música que vinha do rádio. Sua pele estava corada deixando-o com uma aparência ótima. Deveria estar em igual condição, bem diferente da palidez anterior. Havíamos saído cedo, todas as providências para a segurança de Kmam tinham sido devidamente tomadas, e ele descansaria tranquilo. Procurei tio Júlio e assinei os documentos. O dinheiro foi depositado em minha conta, e sem abrir o jogo fugi outra vez. Vitor esperou no carro, evitando mais perguntas. Tínhamos de estar no hotel antes do anoitecer. De lá seguimos para a praia, e o mar pareceu me dar novas forças. Aquele não era lugar para pensar em Kmam, afinal estava me bronzeando ao sol. Adormeci estendida na toalha sobre a areia. Tive um pesadelo que me despertou de um salto. Foi terrível, as imagens ainda me faziam tremer. Via-me vampira no alto de uma torre e sem medo esperava o sol nascer e me devorar a carne. Por reflexo, cobri os olhos.

– Você dormiu ao sol, por isso acreditou estar em chamas. Tente esquecer Jan Kmam pelo menos por hoje – pediu Vitor, fazendo as vezes de José do Egito.

– Tem razão, Vitor, agora passe óleo nas minhas costas.

Almoçamos na praia, fomos para o shopping, e, cansados de olhar vitrines, resolvemos que era hora de partir. Nossa cota de normalidade estava preenchida. Foi no susto, vendo o céu já escuro, que nos demos conta do cair da noite. No caminho de volta, Vitor começou a suspeitar de que éramos seguidos. A revelação assustou-me, e preocupei-me muito mais quando o pneu do carro furou. Se arrependimento matasse, cairíamos os dois duros ali no acostamento.

– Maldito azar.

– Antes fosse, Kara. Posso estar sendo paranoico, mas acho que furaram o pneu ainda no estacionamento do shopping.

– Sabotagem? O que vamos fazer?

– Droga! Roubaram o pneu sobressalente.

– Temos que chamar um táxi e o guincho – disse, pegando o celular de Vitor.

Os carros passavam por nós rápidos e indiferentes. Um deles, grande e preto com o vidro fumê, desacelerou e passou bem devagar. Em outros tempos, eu acreditaria em ajuda, mas não era o caso. Ninguém com um carro desse tipo pararia. Olhei em volta e percebi que Vitor tinha razão, não era paranoia. Metros à frente, o carro retornou e parou. A porta abriu-se e de dentro surgiram dois homens, ou melhor, vampiros. Um deles ficou ao volante. Tentamos correr mais fomos detidos junto ao carro. Vitor foi contido por um deles, que segurava sua garganta imobilizando-o. O segundo tentava me segurar, mas eu continuava a me debater e espernear, dificultando sua missão.

– É ela? – o que detinha Vitor perguntou, fitando meu rosto com atenção.

– Sim. É ela – ele confirmou olhando uma foto minha.

– Matem o homem e tragam Kara – ordenou o vampiro no banco do motorista.

– Fique longe de mim! – gritei, tentando me soltar.

O vampiro mal acabou de falar e perdeu o braço. Os gritos, o sangue jorrando e o som da luta me atordoaram. Caí no chão devido ao empurrão que levei. Não conseguia me mover. Só via o vampiro sangrando aos berros até Jan silenciá-lo com um corte rápido no pescoço. Sua cabeça rolou e caiu aos meus pés. Gritei assustada. Um verdadeiro escândalo. Jan Kmam dividiu ao meio o segundo vampiro e procurou meu olhar. Havia coberto o rosto com as mãos, tamanho o horror. A essa altura, o terceiro deles já havia fugido a toda velocidade no carro. Carinhoso, Jan recolheu-me do chão. A simples visão do sangue me deixou zonza. Fitei seu rosto preocupado próximo ao meu e preparei-me para enfrentar sua ira.

Quando chegamos ao hotel, sentia-me melhor. Jan Kmam não disse uma só palavra o caminho todo, que fizemos num táxi. Dentro do quarto, sem saber o que se passava em seus pensamentos, eu esperava calada. Vitor entrou e entregou-me a mochila e as chaves.

– Estão muito bonitos, com uma cor interessante. Como se chama isso?

– Vitor, você não ia ligar para sua mãe? – menti, para tirá-lo do quarto em segurança.

– Ainda é cedo. – respondeu-me.

– Lembrei. Vocês estão bronzeados. As mulheres vestem peças de roupas pequenas chamadas biquínis. O que vestiu, Kara? – perguntou devorando-me com o olhar insinuante.

Era provocação pura. Kmam queria saber até onde podia brincar com seu controle.

– Fomos somente à praia. – começou Vitor, mas foi interrompido.

– Deixe-a responder!

– Um biquíni. Não posso?

– E onde estavam até agora?

– Estávamos jantando.

– Mentira, por que levou a mochila?

– Eu não ia fugir, Kmam. Só passei o dia fora. O que levou quando saiu com Asti?

– Foi por ciúmes que desobedeceram às minhas ordens?

– E você, está com ciúme?

– Como pôde? – perguntou indignado, enquanto avaliava Vitor de cima a baixo. – Sabe a que se expôs? Se eu não houvesse aparecido, os vampiros de Gustave a teriam levado!

– Saia, por favor. Foi um dia muito cansativo, quero descansar.

– Ele não vai a lugar nenhum. Vai ficar e explicar por que me desobedeceu.

Antipatizar com Vitor era coisa comum para Kmam, mais daí a machucá-lo eu não permitiria. A aversão e a animosidade estavam visíveis no olhar de ambos. Kmam só conseguia ver Vitor à sua frente.

– O passeio foi ideia minha. Eu a convenci.

– Mentira, eu praticamente o obriguei. Estou cheia desta prisão domiciliar.

Empurrei Vitor para trás, sem perceber que deixava Kmam mais raivoso ainda. Defendê-lo não fora uma de minhas melhores ideias. Jan Kmam cerrou os punhos ao longo do corpo e ficou à minha frente, cobrindo-me com sua sombra.

– Por que motivo o defende dessa forma? Será que seu homenzinho não pode se defender sozinho?

– Posso fazer muito mais do que isso.

– Não, Vitor, ele está provocando você – falei, segurando-o como podia.

– Teme perder seu amante? Teme que eu o mate? Acha que vou perder meu tempo com um bosta insignificante como esse? Não, não é esse o motivo. Vitor deve ser o próximo a pedi-la em casamento para depois fazer o de praxe, tentar estuprá-la.

O tapa foi rápido. A marca vermelha em seu rosto deveria estar ardendo um bocado. O silêncio aterrador apavorou-me e fiquei sem saber o que fazer.

– Vai pagar caro por sua estupidez, menina! – rosnou mudado. Seus dedos fecharam-se sobre meu pulso como garras afiadas. Gemi de dor e despertei a revolta de Vitor. Ele me tirou das mãos de Kmam e o empurrou, pronto para se engalfinhar com ele numa luta que só o levaria à morte.

– Parem com isso! – falei, metendo-me entre os dois e segurando Kmam com um braço e Vitor com o outro. Kmam empurrou-me com força. O limite foi o chão. Caída junto à parede, pude ver Vitor pular sobre Kmam e esmurrá-lo. Claro que Kmam permitiu apenas para se divertir e logo depois o acertou para valer. Vitor o socou mais uma vez, e eles se atracaram. Kmam o golpeou no estômago e, por fim, no rosto novamente.

– Pare, vai matá-lo! Ficou louco! Pare! – implorei, vendo-o jogar Vitor na parede, sujando-a de sangue. Caído e desacordado, ele sangrava pelo canto da boca como um boneco.

– Deus, você o matou. Veja o que fez a ele! Fale comigo – choraminguei ajoelhada perto dele para ver o que restava.

– Ele vai sobreviver. Poderia ter sido pior se fosse Gustave no meu lugar. Parece que ainda não entenderam o perigo – falou, dando-me as costas.

– Por que fez isso? Ele é apenas um homem. Não pode matá-lo por tentar me defender de sua grosseria – gritei, encostando-o na parede, cega pela raiva. Ele não reagia aos meus empurrões. Subitamente, segurou meus pulsos e falou, olhando-me nos olhos.

– Vou mandá-lo embora com seu dinheiro. Seus serviços não são mais necessários.

– Do que está falando?

– Ele também tem uma história para contar – disse, apontando para Vitor, que recobrava os sentidos.

– Você está bem? – perguntou-me.

– Estou, e você? Sente algo? – ajudei-o a recostar-se na parede.

– O problema é o que eu não sinto, mas pelo menos estou vivo.

– Conte a ela – ordenou Kmam, autoritário.

Vitor encarou-me e tentou sair, erguendo-se do chão em dores.

– Vai fugir? Seu pai fez a mesma coisa depois de me atacar pelas costas. Quer que eu mesmo conte? – falou Kmam, manhoso. Suas palavras fizeram o médico parar diante da porta.

– Vitor! Fale comigo – cobrei, aborrecida.

– Vitor é filho de Manuel, o vigia do casarão – disse Kmam de uma vez, fitando-me sem remorso algum.

– Ele não era meu pai. Ele era meu padrasto. Minha mãe casou com ele cinco anos depois da morte do meu pai verdadeiro.

– Então, por que quer tanto o dinheiro?

– Isso não é da sua conta.

Kmam ergueu-se da poltrona e voltou com a pasta de couro nas mãos. Que outras surpresas ainda me aguardavam?

– Aqui tem a mesma quantia que prometi ao seu padrasto. Agora saia deste hotel, e se quiser permanecer vivo, saia de São Luís antes que Gustave o pegue – avisou Kmam, grosseiro.

– Kara, sinto muito.

– O que prometeu a ele, Vitor?

– Meu padrasto prometeu a ele que traria roupas, uma vítima e o ajudaria a sair do casarão em segurança, contudo não cumpriu sua palavra e pagou com a vida.

– Ele ficou encantado com minhas promessas e tentou me matar para conseguir mais. Queria que eu o deixasse me ferir logo quando despertava de uma traição?

Kmam tentava justificar seus atos, dando-me satisfações.

– É verdade? Prestou-se a me vigiar enquanto ele dormia?

– Foi preciso. Além disso, foi um prazer cuidar de sua segurança.

– Aconselho-o a partir – avisou Kmam, irritado.

– Kara, pode vir comigo se quiser, podemos fugir dessa loucura. Irá para Natal ou qualquer outro lugar, o que me diz?

Levantei da cadeira, fiz Vitor sorrir vitorioso e coloquei Kmam em alerta.

– Vai continuar a enganá-la?

– Isso não é mais da sua conta. Kara, venha comigo. Entenda que preciso de dinheiro, minha mãe não tem como se manter agora que meu padrasto foi assassinado. Ganho pouco para sustentar a todos.

Estava de costas para os dois, tentando entender como tudo aquilo tinha começado.

– Tem sido um grande amigo, Vitor. Fez coisas que jamais esperei de sua parte, mas acho melhor que vá sozinho – o sorriso morreu em seus lábios e brotou nos de Kmam. – Sabemos do que eles são capazes. Em outras circunstâncias eu iria com você, mas seria nos condenar à morte. Se Kmam não tivesse aparecido, provavelmente estaríamos mortos. Não vou terminar como Thais, mesmo que isso signifique ficar ao lado deste homem. Vá embora e salve sua vida. Quando este maldito pesadelo chegar ao fim, talvez possamos perdoar um ao outro. Adeus – disse, beijando seu rosto. Em seguida, abri a porta para que deixasse o quarto, mudo com seus pensamentos.

– Foi uma atitude acertada. Não esperava isso de você.

– Vá à merda!

Saí do banheiro vestida no roupão e comecei a organizar as roupas que havia trazido. Kmam, ainda no quarto, fingia ver televisão. A todo instante ele me olhava, vigiando meus passos. Terminada a arrumação, preparei a cama para me deitar, apaguei o abajur e finalmente fiquei quieta no escuro, fitando o teto.

– Pedi seu jantar.

– Já jantei – disse, sentindo a voz tremer.

– Eu... Queria realmente... – ele não conseguia finalizar o pensamento.

Jan Kmam estava confuso! Ele dispensou o jantar e saiu levando a chave da moto. Eram três horas da manhã e eu ainda rolava na cama. Nesse momento, ouvi a chave destrancar a porta. Coberta e fingindo dormir, senti sua presença no quarto. Algo foi depositado ao meu lado. Eram rosas, pude sentir pelo cheiro. Ele se inclinou, beijou minha testa e se foi. Durante todo o dia fiquei no quarto tentando compreender a atitude de Vitor e o comportamento possessivo de

Kmam. Tentei me distrair com revistas e livros, mas nada tirava o rosto dos dois da minha cabeça.

Comi no chão da sacada. Foi onde passei o dia inteiro fazendo meu piquenique particular. Acabei adormecendo por lá.

– Kara – uma voz chamou suave.

– Hummm...

– Vamos para a cama. Vai acabar pegando um resfriado dormindo ao relento.

– Vá embora. Vou jantar no restaurante, passei o dia todo no quarto. Preciso ver algo além das paredes – falei, saindo porta afora, sem esperar sua resposta.

– Conhece os seus limites – ainda o ouvi dizer antes de bater a porta.

Jantei com tranquilidade, vendo os turistas conversando animadamente em grupos, ouvindo a música ambiente e acompanhando o movimento contínuo dos garçons. Não havia nenhum rosto conhecido.

– Vamos sair – avisou Kmam, abotoando a camisa.

– Pode ir sozinho, estou com dor de cabeça – menti, fechando a porta.

– Hoje é dia de São Pedro, as pessoas saem para se divertir. Chamam de festas juninas, São João.

– Pensei que não fizesse parte deste mundo – comentei seca.

– Posso não fazer parte do seu mundo, mas usufruo de suas festas. Agora, vista algo alegre, temos um encontro.

– Não precisa de minha companhia, se vai encontrar Asti ou matar alguém.

– Você começou, Kara, você termina. Ligou para seu tio, deu nosso telefone e prometeu se encontrar com ele e sua tia. Por que não me contou? Porventura pretendia levar Vitor e fingir que ele era eu?

– Não levaria sequer uma cópia sua. Além disso, trata-se de minha família.

– Ledo engano. Sou seu namorado agora.

– Queria que eu dissesse que fugi com um vampiro? – falei, envergonhada. Por que o miserável tinha de descobrir tudo?

– Então fugiu comigo. Que romântico! Quando nos uniremos eternamente com votos de amor?

– Tente não bancar o pretensioso. Como soube dessas coisas?

– Tio Júlio ligou para confirmar nossa ida.

– Que disse a ele?

– O que ele queria ouvir: sim.

– Escute, não mate ninguém e não abuse da posição em que o coloquei.

– Espere e verá.

– Eles são minha família. Respeite-os como se fossem a sua.

32. A FESTA DO BOI

Tínhamos acabado de chegar à Vila Palmeira e tudo estava preparado para os festejos. Havia pessoas em todos os cantos. Barracas acomodavam os visitantes e ofereciam bebidas, comidas típicas e tira-gostos para acompanhar um bom gole de tiquira. Por enquanto, o som tocava *reggae* com as grandes caixas, que estavam na potência mínima, esperando o grito do puxador para expandir o toque do Boi-de-Orquestra. Do outro lado do grande espaço, víamos claramente a aglomeração dos tocadores de boi, preparando os últimos detalhes para começar a brincadeira.

– Kara, aqui! – chamou tio Júlio, fazendo sinal na multidão.

– Lembre-se do que disse – falei para Kmam, enquanto sorria para tio Júlio.

– Temos que parecer íntimos – argumentou, segurando minha mão, carinhoso.

Após as apresentações, tio Júlio começou a tirar todas as informações possíveis de Kmam, um verdadeiro interrogatório. Prevenido, Jan saiu-se muito bem e não cometeu nenhum deslize. Tia Marta o achou encantador, apenas um pouco pálido. Em sua inocência, ofereceu-nos a casa de praia do Araçagi. Kmam, muito cuidadoso e dono da situação, agradeceu, mas revelou que faltavam poucos dias para sua partida.

Confiante e aceito, Jan Kmam envolveu minha cintura e puxou-me para mais perto. Podia sentir seu quadril próximo e os dedos sobre meus ombros nus, graças ao vestido de alças. Recuei e fui detida com suavidade. Habilidoso, colocou-me à sua frente e deixou que ficasse sem nenhuma ação.

– Que pretende, meu amor? –sussurrou, enquanto beijava minha orelha.

– Eu só estava...

– Tentando fugir. Por que não fica quieta e deixa tudo como está, será melhor para todo mundo, não acha? – dizendo isso, olhou para meus tios e sorriu amável.

Quem apreciava a cena de longe, acreditava que estávamos apaixonadíssimos e que trocávamos confidências de amor.

– Miserável – sussurrei, quase o beijando e desviando no último momento, para deixá-lo na vontade.

– Achou divertido?

– E você, não?

– Foi uma ideia maravilhosa – dizendo isso, cobriu minha boca com a sua, num beijo para lá de quente, deixando-me tonta e sem ação. – Lembre-se, Kara, temos a noite inteira pela frente. Não prometa o que não pode me dar, pois posso tomar com carinho.

Os brincadores de boi posicionaram-se sob aplausos. A música surgiu grandiosa e contagiante, animando a todos. Os tambores pareciam alterar os batimentos dos nossos corações, colocando-os em seu ritmo. As maracas e o toque dos pandeiros uniram-se para esperar o trompete alto e vibrante.

Era sedutor demais. As rimas vinham rápidas e inteligentes como de costume, exaltando o Estado e o boi que iria brincar. Vestidos de seda e veludo bordado, com seus chapéus salpicados com pedaços brilhantes de espelhos reluzentes, eles dançavam. Movimentavam-se num balé ritmado e brincavam envolvidos pelo ritmo do bumba-meu-boi. Homens escuros, claros, todos unidos para conservar o que sabem ser de valor, sua cultura regional, seus mitos e suas lendas. Minutos depois, a música baixou e a rima surgiu, anunciando o boi que acabava de chegar para brincar na roda. Ele tinha o dorso brilhante e aveludado e exibia os chifres enfeitados com laços e fitas coloridas, balançando a saia no chão. Os brincadores jogavam-se à sua frente evitando os chifres, respeitando sua majestade. Os personagens surgiram um a um para contar sua história e participar da roda. Pouco depois o novilho estava prestes a ser sacrificado.

– Ele vai matar o boi? Vamos, não me deixe nesse suspense! – perguntou Kmam, ansioso.

– Sim, Pai Francisco vai matar o boi. Sua mulher está grávida e deseja comer a língua do boi.

– Mas logo do boi mais querido do seu patrão?

– É um desejo. Ele é mais forte e a faz desejar o proibido. Obriga seu marido a atendê-la por amor.

– O que os vaqueiros estão fazendo? É vinho?

– Estão matando o boi e vão beber seu sangue, representado pelo vinho – nesse momento, percebi seu interesse. Para Kmam, aquilo era conhecido e sedutor demais para ser ignorado. Tratava-se de morte e vida brindadas com sangue em nome do desejo. O desejo fora atendido; a vítima, sacrificada; e seu sangue, bebido. Por um segundo, vi o boi ali indefeso. Podia ver seus olhos enormes pedindo ajuda, temendo o fim. Vi o sangue jorrar do pescoço, seu coração quase explodindo. Fechei os olhos.

O boi sumiu e Pai Francisco foi preso. As mulheres reuniram-se e rezaram para o boi voltar à vida, e do nada ele surgiu, mais bailarino do que nunca, dançando diante de todos. Ao fim da brincadeira, Kmam teve a ousadia de gritar:

– "Bravo, bravíssimo!"

Tio Júlio segurou seu ombro e o tirou de perto de mim. Saíram para conversar sobre o boi e paquerar as meninas. Pareciam dois moleques, segundo tia Marta. Se não tivesse visto com os meus próprios olhos, não teria acreditado.

– De onde ele veio, Kara? – perguntou tia Marta, enquanto os seguíamos.

– Paris.

– Como se conheceram? Pelo que sei, não foi na empresa – continuou.

– Nós esbarramos um no outro. Ele estava perdido, precisava de ajuda e eu dei. Acabamos saindo juntos e cá estamos.

Nunca tinha resumido tão bem a verdade. Pouco depois, sentados em volta de uma mesa conversando, tentei manter o papo distante dos assuntos de família e de cunho pessoal, mas ele conseguiu a confiança de tio Júlio, o que significava que descobriria tudo até a primeira geração dos Ramos.

– Ela sempre foi assim – comentou titio, sorvendo o suco de cupuaçu. – Nunca falou demais, a menos que seja do seu interesse. Quando isso acontecer, ela vai fazer milhões de perguntas e só vai parar quando tiver arrancado tudo de você. Acho que já passou pelo crivo dela, não?

– Pensei que ela nunca fosse parar de fazer perguntas. Mas acredito que consegui matar sua curiosidade a meu respeito. Sou uma pessoa muito simples. Filho único e viúvo, dono de meu próprio negócio de arte.

Claro, todos acreditaram na história de Kmam. Parecia enredo de novela mexicana.

– Duas coisas me deixam curioso a respeito de Kara.

– Pensei que estivesse satisfeito com tudo que sabe a meu respeito, Kmam querido – falei, pisando em seu pé debaixo da mesa.

– É verdade, mas sei que não responderia a estas perguntas só para me deixar curioso. Portanto, devo perguntar a alguém neutro. Por que é tão ciumenta e como arranjou a tatuagem? – disse, beijando meu ombro, carinhoso.

– Ciumenta ela sempre foi, nunca gostou de dividir nada com ninguém, mas acho que você também sofre do mesmo mal – sugeriu tia Marta, sorrindo para mim. – A palavra dividir não existe no dicionário de Kara, lembre-se disso, meu rapaz.

– Tia Marta...

– Deixe de tolice, Kara. Se ele perguntou, é porque está muito interessado em você.

– Madame acertou. Interesso-me muito por Kara, mas ela parece não ver.

– Bem, a tatuagem é outra grande história. Essa ela não contou nem mesmo a Lucas, seu falecido marido. Terá que descobrir sozinho. Tente a tortura, talvez descubra – brincou, sem saber que Kmam levaria a sério.

– O que acha, Kmam? – perguntou meu tio, brincalhão.

– É a coisa mais bela que já vi. Lindíssima como a dona – disse, fazendo-o sorrir.

Cheguei a acreditar que Kmam estivesse se divertindo em nossa companhia. Deixei de prestar atenção na conversa para apreciar sua beleza e lembrar que o amava. Desviei minha atenção para os casais que dançavam ao som do *root reggae*. Eles faziam movimentos sensuais de corpos colados, seguindo o ritmo contagiante e convidativo.

– Venha. Vamos dançar.

– Minhas pernas estão doendo, fiquei muito tempo de pé.

– Quando chegarmos ao hotel eu faço uma massagem, mas agora vamos dançar. Você prometeu, lembra-se? Kara duvida de seus dotes como professora de dança. Acho que suas explicações não foram suficientes – mentiu, erguendo-me suavemente da cadeira.

– Kara é uma ótima dançarina. Deve estar encabulada com nossa presença. Também vamos dançar, não é, Marta?

– Claro, Júlio – falou titia, seguindo-o.

– Se não estivéssemos em público, juro que o chutaria num lugar muito humano de sua anatomia – disse ao seu ouvido, enquanto nos afastávamos sob o olhar dos meus tios, que ficaram distantes, temendo incomodar nosso namoro.

– E aleijaria seu pobre namorado na frente de todos? Que crueldade.

– Tente não pisar nos meus pés.

– Tente não pisar nos meus – disse, colando meu corpo ao seu, para seguir o ritmo.

Dançamos durante um bom tempo, aproveitando o ritmo do *reggae* coladinho. De costas para Kmam, sentia seu corpo colado ao meu, movendo-se de forma provocante. Suas mãos seguravam meu quadril, e ele deslizava o nariz por meu pescoço. Era provocante demais. Poderia ter recusado seus beijos, mas os aceitei e representei o papel da namorada apaixonada.

– Temos de ir, está ficando tarde.

– Tão cedo? – perguntou Kmam.

– Homem, são duas da manhã e acha cedo!

– Kmam é um tanto noturno.

– Só não se esqueçam que têm um jantar marcado conosco. Avisem-me quando estiver próximo de partirem – disse titia, estendendo a mão para Kmam, que a beijou, cavalheiro.

– Cuide bem de nossa sobrinha, Kmam – disse meu tio.

– Cuidarei.

Depois da partida de meus tios, ficamos em silêncio por algum tempo, fingindo ver o movimento das pessoas à nossa volta.

– Podemos ir?

– Pode me dar alguns minutos? Estou com fome.

– Quer me deixar à mercê de Gustave?

– Tem razão. Vamos embora, vou pensar em algo no caminho para casa.

– Pensando bem, quero vê-lo matar.

Ele gargalhou levando a mão à testa, enquanto andava pelo acostamento.

– Ficou louca, *petite*?

– É proibido ou se envergonha do que faz?

– Não. Nunca. Mas por que isso agora?

– Sei o que foi quando era vivo, quem amou e com quem viveu, mas não tenho certeza do que é agora. Há uma definição embaralhada em minha mente com sensações que somente me confundem. Quero a verdade. Façamos um trato: você proporciona o que quero ver, e eu dou algo em troca – insisti sem medo.

– Já me deve um favor.

– Que sejam dois.

– Está mesmo pronta para ver o que só ouviu de meus lábios?

– Sim, estou – falei, estendendo as mãos para ele. Tomou minha mão entre as suas e a apertou, olhando-me nos olhos sério.

Na Praia Grande, o movimento era intenso. As pessoas desfilavam num jogo conhecido, com roupas curtas ou seminuas, cheias de drogas e bebidas. Começava a me arrepender da ideia, quando uma mulher abordou Kmam.

– Oi, procurando companhia?

– Acabo de encontrar, não é, querida?

– Vai ser uma festinha a três? Então vai custar caro – perguntou a prostituta, chegando perto da moto para nos avaliar.

– Dinheiro é o que não falta.

Kmam colocou uma nota de cem reais em seus seios, com carinho.

– Onde vai ser? – perguntou, mais do que animada.

– Que tal num beco? Queremos variar – disse, tocando-lhe as coxas.

– Não sei. Fantasiar custa caro, e teremos de usar camisinha, garanhão. Já vou dizendo que faço de tudo, menos vestir robe vermelho.

– Por mim está ótimo. Vamos procurar um lugar sossegado.

A mulher aceitou, e saímos os três na moto. Minha vontade era pular. Sentia nojo de mim mesma. Nunca deveria ter começado aquilo. A rua estava deserta. Invadíamos a escuridão e seus recantos de sombras. Ratos sumiam pelas galerias imundas conforme a moto avançava. Kmam puxava-me de um lado e conduzia a mulher do outro. Eu não ousava falar nada, tremia de medo.

Finalmente chegamos a um beco. A luz amarelada do poste não o atingia por completo. Kmam devorava a mulher com os olhos famintos. Ela tirou o chiclete da boca e avançou sobre ele, puxando-o para o fundo. Ensopada, a rua refletia seus corpos se movendo. A água vinha de um cano no chão, cheia de espuma e de pequenas bolhas.

– Kara, venha até aqui – ordenou.

– Não.

Inquieta, na ponta clara do beco, andava de um lado a outro. Vi seus olhos brilhantes vindo em minha direção e tentei fugir na moto.

– Olhe para mim. É muito tarde para mudar de ideia.

Meus olhos habituaram-se à iluminação. Sentia o coração na boca. Observei a mulher muito à vontade fitar meu medo.

– Quer agradá-lo, não é? Sei como é, vejo muito homem estranho pela cidade, todos querendo algo novo. Quase sempre estão cansados da comida de casa – comentou rindo e me rodeando. Sua peruca loira brilhava na escuridão, destacando seu ar vulgar. Recuei do seu toque e vi Kmam trazer a moto para dentro.

– Quer ser beijado? Isso é novo para mim. Quer um cigarrinho?

– Não preciso de incentivos – resumiu, tirando o cigarrinho de suas mãos. – Agora fique quieta! – ordenou entre um beijo e outro. Desviei o olhar sentindo as lágrimas rolarem e o ouvi rugir furioso.

– Olhe!

Encarei seu olhar e mordi o lábio, contendo os soluços. Kmam abriu a blusa da mulher, puxou o sutiã negro e libertou os seios para tocá-los com avidez. Ela segurava sua cabeça e dizia coisas ao ouvido. Kmam a encostou na parede, deslizou a mão sobre suas pernas e por fim deixou a mão sumir debaixo da saia. Inclinou-se para frente e sujou seu seio intumescido. Ela gemeu e tentou empurrá-lo, mas era tarde demais. Ele buscou seu pescoço com a boca inundada de sangue e mordeu com força. Seus olhos se fecharam no êxtase de saborear o alimento quente. A mulher não mais se sustentava. Era erguida por Kmam, que ainda sugava seu sangue. Ele reabriu os olhos e buscou os meus. Pouco depois, a mulher foi largada no chão.

– Satisfeita? – perguntou, fazendo-me recuar.

– Fique longe de mim! É igual a Gustave! – afirmei.

– Não gostou? Queria ter visto mais de perto, era isso? Podemos conseguir outra. Que tal um homem, agora? Um ao seu gosto feminino, que me diz? Sei o que a cala, fui muito doce, as mulheres me fazem isso. Mas posso ser mais selvagem se quiser e estraçalhar a garganta do próximo.

– Pare!

– Hipócrita!

Kmam agarrou-me pelo pescoço e arrastou-me furioso até o corpo, obrigando-me a observá-lo bem de perto. Queria me provar algo.

– Olhe bem para ela. Veja quem morreu para que me odiasse! É isso o que faço, é o que sou há quatrocentos anos, noite após noite. E você ainda me ama – disse, arrancando-me um beijo amargo e cruel. Largou-me sobre o corpo e afastou-se, para sumir nas sombras. Eu chorava perto da mulher caída ao chão.

– Como consegue chorar tanto?

Voltei-me em sua direção e vi seus olhos animais brilhando na escuridão em que se escondera.

– Choro porque me envergonho do que sinto. Choro porque amo você e vejo que este amor vai me destruir. Tudo que fez até agora de nada adiantou. Sofri, o vi matar e, no entanto, nada mudou. É este amor maldito que sinto por você! Sei onde estou, mas sei que devo parar agora ou não terei como voltar.

33. O começo do fim

O pequeno quarto me assustou, já estava acostumada com o espaço do hotel. Ali havia uma cama, uma mesa redonda e um velho guarda-roupa caindo aos pedaços, como o resto daquele casarão da rua da Estrela. A comodidade tinha acabado. Lambert tinha aparecido na recepção do hotel querendo confirmar nossa presença. Saímos às pressas e nos escondemos no primeiro buraco que encontramos. Diante da janela, sonhava com o instante em que tudo chegaria ao fim. Kmam observava o celular sobre a mesa, quieto, quase estático.

– Gostaria de sair, sinto-me mal, é muito pequeno. Não tenho privacidade para nada – expliquei, cansada de sua presença perturbadora. Depois do incidente do beco, tudo ficara mais tenso. – Quando ele vai ligar?

– Em breve.

Abri os olhos um pouco mais calma e falei desconfiada:

– Isso não é resposta, deve saber mais do que isso. Sempre que mente responde com frases curtas.

– Bem diferente de você. Quando mente, fica faladeira e sua voz treme.

– Vindo de você, é um elogio – retruquei. – Em pleno século XXI e irão se digladiar numa luta de espadas.

– Quando estivermos lutando, não estaremos aqui, e sim em 1872, naquela noite. Tudo parecerá igual, menos o vencedor. Vou cortar a cabeça de Gustave e queimar seus restos numa fogueira a céu aberto. Só vão restar cinzas, nada mais.

Suas pupilas queimavam como o fogo da justiça. Ele me olhou e sorriu, saindo do transe.

– Está com medo, mas não deve esquentar sua cabeça com isso, estará segura. Eu a protegerei com minha vida imortal. Além disso, Gustave não vai vencer – comentou distraído.

– Claro, estarei bem longe quando isso acontecer – disse muito segura.

– Estará segura porque a protegerei vencendo a luta e conquistando o direito à sua liberdade – falava enquanto andava pelo quarto, explicando-me como estaria protegida por suas leis.

– Óbvio. Estarei aqui mesmo, bem quietinha. Ficarei à sua espera até o amanhecer. Caso não retorne, pegarei minhas coisas e seguirei para o aeroporto. Tenho reservas num voo pela manhã, não se preocupe.

– Impossível! Já comprou a passagem?

– Está lá no aeroporto me esperando.

– Cancele.

– Pensei que pretendia me proteger.

– É o que venho tentando fazer, mas você se esforça para que seja impraticável. Está sempre escondendo coisas, gritando e reclamando. Gustave não é obrigado a lutar comigo, ele precisa de um motivo para fazê-lo, e esse motivo é você, minha pequena caixa de problemas. Gustave a deseja tanto que não vê o perigo a que se expõe. Se não estiver lá, ele não lutará. Terei de deter minha espada e sair do campo de batalha, respeitando seu direito. Perdi tudo e não vou me tornar um renegado por limpar o mundo do esterco que Gustave representa! Você irá nem que tenha de arrastá-la pelos cabelos.

– Como pode me usar de isca para sua maldita vingança?

– É o único modo de pôr um fim a essa situação inconveniente. Temos regras.

– Ótimo, arranje uma para invalidar esse pedido absurdo. Pretendem se matar e querem que eu assista. Nunca vi uma luta de boxe em toda a minha vida e de repente quer que eu veja um duelo bárbaro.

– Cubra os olhos ou vire de costas se quiser, mas estará lá, não vai conseguir estragar meus planos.

– Para vê-lo morrer e acompanhá-lo como Thais? – estava sufocada pelo medo.

– Maldita mulher! Pegue o aparelho e ligue cancelando a passagem.

Esmurrou a mesa, que tremeu com o golpe violento.

– Não!

Ele pegou o celular e me forçou a segurar o aparelho. Encarou meu rosto tentando me assustar e gritou sem paciência:

– Faça logo, Thais!

A raiva sumiu de seu rosto numa onda ligeira. Estava visivelmente desorientado.

– *Pardon* – a voz surgiu num murmúrio. – Às vezes se parece tanto com ela. Chega a doer olhar para você, Kara. Quando acordo e a vejo, parece que nada aconteceu, sinto o passado falar comigo. Sinto que é minha e que posso tocar em você e dizer o quanto a amo. Thais era minha mulher, tinha permissão para amá-la, mas você... – parou, voltando-se com o semblante afetuoso, enlevado pelo amor que sentia por alguém que não era eu.

– Quem pensa que sou?

Kmam ajoelhou-se perto da cama e respondeu suavemente.

– Uma mulher assustada que me ama tanto quanto me odeia.

– Não sou um objeto – falei, segurando o relicário que pendia fora de sua camisa. Não estou presa em volta de seu pescoço, não pode me carregar com você e me tocar quando desejar. Vê só? Ele cabe na palma de suas mãos. Não pode fechar os dedos sobre mim. Sinto muito.

– Basta pedir e me terá, seremos um do outro. Posso jogar isso fora e esquecer o passado.

– Não. Do que adiantaria me colocar no lugar dela? Sempre estaria pendurada em seu pescoço sem nunca fazer parte de você, nunca estaria plenamente comigo. Prometi a mim mesma que jamais cometeria este erro de novo. Ou sou tudo ou não sou nada.

– Você é tudo para mim, *petite*.

– Estamos nos traindo de novo. Estou decidida, não irei.

– Você me deve algo.

– Escolheu o momento errado para fazer cobranças.

– Cumpri minha parte, cumpra a sua. Preciso de sua presença e de mais nada.

– Poderia evitar esse combate, sair da cidade e esquecer Gustave.

– A história se repetiria. O que faria depois de minha partida? Iria procurá-lo, ameaçar sua vida, entregá-lo às leis dos homens? Não, talvez viesse comigo e assim poderíamos fugir dele eternamente. É isso o que está propondo?

– Eu...

O telefone tocou, interrompendo a conversa. Quase pulei de susto. A conversa foi rápida. Eles marcaram a hora, o local e o prêmio, ou seja, eu. A noite foi difícil, não conseguia dormir. De dia, nem conseguia comer de tão nervosa. O duelo se aproximava. Uma rivalidade de quase duzentos anos chegaria ao fim com uma cabeça rolando.

Kmam saiu para se alimentar e deixou-me sozinha, com a promessa de não demorar. Por precaução, tranquei a porta e a janela. Sentia-me desprotegida longe dele. Parecia que a qualquer momento Gustave apareceria para me matar. As coisas estavam no limite e são nesses momentos que surpresas costumam acontecer.

Kmam estava seguro por sua imortalidade e sua espada. E quanto a mim? Que tinha eu para me defender além das unhas roídas? Percebi que deveria fazer algo. Fui até minha mochila e retirei a arma da bagunça em que estavam meus pertences. Estava comigo desde o desastroso passeio ao lado de Vitor. O tambor vazio foi preenchido com as seis balas e outra vez posto no lugar. Não me enganava, a arma não deteria um vampiro, mas poderia atordoá-lo enquanto eu fugisse. Sua simples imagem me transmitia segurança. Mas onde a levaria, na bolsa? Não, muito demorado. Na braguilha? Não, muito visível. A resposta era óbvia. Usaria nas costas, presa no cós da calça, coberta pela jaqueta.

– Pronta? – Kmam perguntou assim que abri a porta.

– Estou.

– Ótimo. Isso é para você. Um presente e uma proteção contra Gustave – disse, deslizando o anel em meu dedo.

– É lindo.

– É seu.

Acho que paralisei no caminho. Kmam puxou minha mão e virou-se para mim, buscando uma explicação. Olhava-os e não acreditava no que via: eram Ribeiro e Léo saindo do elevador. O que a polícia desejava conosco?

– Boa noite! – falou Léo, educadamente.

– O senhor é Jan Kmam? – o tenente Ribeiro perguntou.

– Sim, sou eu. O que deseja, cavalheiro?

– O senhor deve me acompanhar até a delegacia para prestar algumas explicações. Está sendo acusado de roubo.

– Será impossível no momento, tenho um compromisso inadiável esta noite – Kmam explicou-se, de forma suave e segura. Sua calma era inacreditável. Sabendo do perigo que todos ali corriam caso irritassem o homem ao meu lado, resolvi conversar com Kmam bem depressa e explicar a situação.

– Acho que não entendeu, está sendo detido. – insistiu Ribeiro.

– Tenente, pode me dar um segundo para falar com meu noivo? – menti e puxei Kmam para um canto. – Aqueles homens podem colocá-lo na cadeia durante dias. Pelo que sei, tem um pequeno problema com o sol.

– Não vou me submeter a isso.

– As coisas mudaram. Você é estrangeiro, não tem documentos muito menos passaporte e visto de entrada. Como vai provar sua inocência sem se expor? Entenda que eles podem colocar sua cara na televisão e tornar sua eternidade um inferno. Para eles, você é um fantasma.

– Foi Gustave. Foi aquela cobra, ele quer me afastar de você.

– Você agora surgiu para o meu mundo, não é mais um vulto na multidão.

– Tenho de segui-los, *petite*?

– Infelizmente sim, a menos que deseje levar bala pelas costas. Não quero nem posso – avisei, tentando dar-lhe uma segurança que não sentia.

– Podemos ir? – perguntou Ribeiro, impaciente.

– Sim, claro. Devemos esclarecer este mal-entendido de uma vez – disse, puxando Kmam.

Kmam agora estava em meu mundo e teria de ajudá-lo. Estranhamente, não estávamos indo para a rua. Voltamos pelo corredor, rumo ao quarto. Era o fim para nós dois.

– O senhor está preso por roubo – falou Ribeiro, algemando Kmam à minha frente. As joias foram as primeiras a serem encontradas e apreendidas por Léo. O caixão foi notado assim que Ribeiro o topou com o pé.

– Inferno! – xingou, segurando-se na mesa para não cair. Ele puxou a lona e o revelou a todos. – É um caixão?

– É, não o toque. Estou restaurando, é uma peça muito antiga.

Ribeiro esqueceu o caixão e olhou tudo à sua volta.

– Primeiro é atacada, seus vigias aparecem mortos e seu noivo é acusado de roubo por Gustave, o dono do casarão. Que está acontecendo?

– Por que não pergunta a Paul, ele deve ter algo a dizer – sugeri.

Jan Kmam atacou a mente de Ribeiro, que levou a mão à cabeça e tentou ficar de pé.

– Levem-no para o carro – disse, pálido.

Não fui detida ou revistada, caso contrário a arma teria sido descoberta. Graças a Léo, fui ao lado de Kmam na viatura. Minha cabeça rodava e foi nesse momento que nos comunicamos sem palavras.

"– Kara, o que pretende?"

"– Ligar para tio Júlio e conseguir um advogado. Só temos dez horas até o amanhecer. Temos que tirá-lo da cadeia antes que isso aconteça."

Jan Kmam foi levado para uma cela para pouco depois prestar depoimento. Peguei o telefone e disquei para o número, quando Lambert tomou o aparelho de minha mão.

– Gustave tinha razão, Kara. O amor faz coisas estranhas acontecerem.

– Veio assistir ou participar?

– Melhor falar logo o que quer, seu canalha.

– Gustave quer muito sua companhia e oferece uma troca. Você pela retirada das acusações e a devolução das joias de Kmam. Por enquanto ele só foi acusado de roubo. Mas ainda podem surgir acusações como a de assassinato, ele não vai ficar parado lá esperando o sol nascer, vai?

Percebi que Kmam estaria em péssima posição se aquilo fosse sugerido, sem contar com seus atributos que logo poderiam ser descobertos. De um jeito ou de outro, ele estava exposto. Minha culpa. Ele deveria ter fugido. Agora era tarde.

– Quanto tempo vai levar para libertar Kmam?

– Vai depender somente de você. Deve me acompanhar. Gustave a espera ansioso.

– Vou acompanhá-lo assim que a ordem de soltura cruzar aquela porta – apontei o gabinete de Ribeiro.

– Considere feito.

Seu secretário recebeu as ordens e saiu às pressas pela porta.

– Léo – chamei, assim que o vi sair do gabinete de Ribeiro – onde está Kmam?

– Continua na cela, mas logo será interrogado. Sabe que por pouco não foi acusada de cúmplice?

– Kmam é inocente. Aquelas joias pertencem a sua família e ele pretende vendê-las.

– E onde estão as provas?

– Foram destruídas num incêndio – menti, como Lambert me instruíra. – Posso assistir ao interrogatório?

– Isso é trabalho para o advogado dele. Onde ele está?

– A libertação de meu cliente logo estará em suas mãos, policial. Venha, Kara, deixe as coisas acontecerem naturalmente – falou Lambert.

– Largue-me, verme – disse, puxando o braço.

– Se eu entrasse ali e assistisse ao interrogatório, Kmam entenderia todo o negócio. Ele ficaria furioso e seria impossível deter sua fúria. Teríamos um banho de sangue. É o que deseja?

– Você certamente seria o primeiro – afirmei, indo sentar-me numa das velhas cadeiras de espera da delegacia.

Três horas depois, o interrogatório começou. Enquanto esperava, fitava a escuridão do lado de fora e percebi que Kmam precisaria de ajuda para chegar em casa. A lembrança de sua pele queimando ao sol veio-me à mente. Fui para o telefone público de dentro da delegacia e liguei para a única pessoa que poderia ajudá-lo.

– Vitor? Preciso de ajuda.

– Fale, estou ouvindo. Onde está?

– Numa delegacia. Kmam foi preso por minha culpa. Não ria, o assunto é muito sério – contei tudo, enquanto Lambert vigiava meus movimentos bem de perto.

– Não deve nada a Kmam, é ele quem lhe deve paz e segurança. Deixe-o fritar, será melhor para todos. Ele merece. Meu queixo ainda dói.

– Vitor, não posso condenar sua atitude, mas dependo de você. Fiz uma troca e estou nas mãos de Gustave. Se Kmam virar cinza eu morro. Ele é o único que pode me salvar. Ajude-o e estará me salvando.

– Como se mete nestas confusões, Kara?

– Acho que sou um ímã para desgraças.

Expliquei tudo a Vitor o mais rápido que pude e assim que percebi a aproximação de Lambert desliguei o telefone.

– Para quem ligou? – perguntou Lambert. Sua presença me enojava.

– Não é de sua conta.

– Engano seu, mocinha. Pertence a Gustave de hoje em diante e minha obrigação é vigiar seus passos.

– Liguei para o disque-piada. Sabe, já que pertenço a Gustave, terei direitos, serei como ele e farei muitos pedidos. O primeiro será a sua morte. Será que me atenderá?

Ele empalideceu, recuou e nada disse. Às duas da manhã, Vitor ligou para contar que tudo estava pronto como havíamos planejado. O interrogatório teve seu fim uma hora depois. Segundo Léo, Kmam não se contradisse em nenhum momento e permaneceu muito calmo, sequer transpirava. Ribeiro tinha piorado da dor de cabeça, e por isso interrompeu as perguntas. Escrevi um bilhete rápido e passei a Léo, para que desse a Kmam. Eram somente as notícias de sua libertação, menti, dizendo que tudo saiu como esperado.

Quatro horas da manhã, e meus nervos estavam à flor da pele. O secretário de Lambert entrou na delegacia e passou alguns papéis. Estava tudo certo, Kmam seria libertado. Peguei minha bolsa e o segui porta afora, vendo o secretário cruzar a porta do gabinete, pronto para libertá-lo. Observei o carro de Vitor estacionado discretamente, próximo à delegacia. Tudo estava correndo às mil maravilhas, só restava fugir das garras de Lambert.

As ruas do centro em direção ao casarão estavam vazias. São Luís dormia inocente, cega às sinistras barganhas feitas em nome do desejo. O que Kmam estaria pensando? Como trataria Vitor? Olhei pela janela e percebi que Lambert tinha outros planos, não estávamos mais indo em direção ao casarão.

– Pare o carro – falei, puxando a arma. – Saia ou eu atiro.

– Deve estar brincando!

– Fora! – engatilhei a arma, convicta. – Está carregada e não treinei em latas velhas. De onde estou posso fazer um buraco feio em sua cara. Agora saia!

– Estúpida! Que terá ao lado de Jan Kmam? Ele não tem nada, está na miséria!

– Isso pouco importa. Fora! – gritei, empurrando-o com a mão.

Foi meu erro. Ele se jogou sobre mim e tirou a arma de minhas mãos debaixo de luta. Dono da arma, colocou-a no painel e segurou meu pescoço com força, quase me sufocando.

– Agora que estamos de igual para igual, que tal chegarmos a um acordo? – disse, abrindo minha calça *jeans*.

– Porco! – cuspi, para receber um tapa.

Debatia-me debaixo dele, sentindo seu toque devasso rasgar minha camiseta. Esticava-me ao máximo para alcançar a arma. Ele tentou deter minha mão, mas foi mordido e arranhado por minhas unhas. Dona da arma e com seu sangue em minha boca, recostei ofegante na porta e ordenei que ficasse a distância. Furioso, ele voou sobre meu corpo e teve o que não esperava: três tiros à queima roupa. O sangue quente salpicou meu rosto. Ele estava muito perto, congelado em sua expressão de surpresa. O corpo caiu pesadamente. Empurrei-o com pés e mãos, enjoada, e abri a porta do carro para vomitar. Guardei a arma no cós da calça e puxei a bolsa de cima do banco, vendo o sangue inundar os tapetes do carro luxuoso. Respirei fundo e chorei angustiada. Nesse momento, vi o céu clarear vagarosamente, tinha de sair dali o mais rápido possível. Sem saber ao certo como, comecei a correr pelas ruas. Os postes, aqui e ali, iluminavam minha fuga desesperada. Sem fôlego, olhei para trás e não vi o carro, somente o calçamento brilhava às minhas costas, segurei-me na parede e continuei a correr. As pernas doíam e uma fisgada puxava minha mão para o ventre, porém eu continuava.

Não posso parar, vou ser presa, vou apodrecer na cadeia, dizia a mim mesma. Fechei os olhos e parei sem forças para continuar. Tudo o que ouvia era meu coração enlouquecido e minha respiração ofegante. Era verdade, uma arma tem algo de maligno. Cedo ou tarde alguém acaba morrendo. Cobri o rosto com as mãos e pensei em Kmam. Deveria estar seguro na companhia de Vitor, dentro do porta-mala protetor, enquanto eu assassinava pessoas.

Saí da sombra da casa e fui agarrada por duas mãos de aço. Automaticamente, comecei a me debater e procurar a arma. Facilmente detida, tive a boca coberta.

– Kara, sou eu, Kmam. Tente se acalmar, por favor – pediu, olhando-me dentro dos olhos. – De quem é este sangue?

– É de Lambert. Atirei nele – disse, explicando o acontecido.

– Calma, querida, vai terminar tudo bem, prometo – respondeu, pegando minha arma e guardando consigo.

– Vocês ficaram loucos? O dia está nascendo – avisou Vitor.

O galo cantou bem próximo e anunciou a despedida da noite. O dia vinha ligeiro, varrendo telhados e trevas, jogando os fantasmas no limbo, fechando sepulturas e expondo o corpo morto de Lambert. A brancura das nuvens era tão visível quanto a fragilidade de Kmam à luz do sol. Um bem-te-vi cortou descaradamente o céu, debochando inocente da situação em que nos encontrávamos. Kmam contemplou o porta-mala aberto por um segundo eterno e fechou os olhos em sinal de desgosto.

– Venha comigo, Kara – o convite lancetou meu coração.

– Não posso – gemi recuando, fugindo da verdade.

– O que a impediria agora? Venha comigo, não lhe resta nada, venha meu amor. A luz vinha, e vinha sobre nós, como castigo.

– Não faça isso, Kara. Vai se arrepender pelo resto da eternidade.

– Salve sua vida, vamos – empurrava seus ombros, enquanto me puxava para ele.

– Não sem você.

– Não seja tolo! Ande, salve sua vida. Faça pelo amor que me tem. Faça! – falei, vendo-o entrar na mala.

– Não!

– Por Deus, Kmam, quer me matar de medo? Matei para ajudá-lo e agora quer destruir tudo?

– Kmam, Kara, o sol! – avisou Vitor, assustado com o fim daquilo.

– Dane-se, Kmam! – falei, empurrando-o, furiosa demais.

O medo gelava meu sangue nas veias enquanto ele ria manhoso, sem um pingo de temor. Ele me puxou de encontro ao seu corpo e cobriu minha boca num beijo ardente. Segurei seu rosto e retribuí com a mesma ansiedade, não me importando com Vitor. O sol, entretanto, retribuiu com dor a ousadia de Kmam, que me soltou e sumiu dentro do porta-mala escuro.

34. As escolhas

– Ela está dormindo, dei um sedativo. Estava muito nervosa. – disse Vitor, mostrando a caixa do remédio.

– Quanto tempo até que ela desperte?

– Não posso precisar, mas foi um calmante leve.

– Dará tempo.

– Para que a arraste para outra confusão? Deixe-a em paz. O que fez essa manhã foi cruel.

– Eu a amo.

Tinha acordado há algum tempo. Estávamos na casa de Vitor, o quarto de pensão não oferecia mais segurança. Encostada na porta, ouvia a conversa baixa entre os dois.

– Deve ter dito isso a todos que matou – desdenhou Vitor.

– Pense o que quiser, mas não sou obrigado a suportar suas palavras ásperas. Controle-se ou terá um pequeno problema físico.

– Está destruindo a vida dela, será que não percebe? Ela matou um homem. Kara não é como você. Ela é humana!

– Porque escolheu assim. Deveria ter transformado Kara há muito tempo. Estaria correndo menos riscos.

– Não se atreva! Ela o odiaria por toda a vida.

– Acha que não sei disso? Quero o amor dentro de seu coração, não o rancor que exala por todos os poros.

– Eu a conheço o suficiente para saber que jamais fará tal escolha.

– Já desejou muito alguma coisa e a viu desaparecer diante de seus olhos?

– Sim, algumas vezes.

– Isso está acontecendo conosco há séculos. Quando estávamos prontos a ceder, algo acontecia, alguém se colocava em nosso caminho. Mas desta vez será diferente.

–As mulheres de sua vida nada têm a ver com ela, são apenas coincidências.

– Kara é a primavera de minha vida. Ela sempre voltará, como as rosas de uma roseira, perfeitas e vermelhas, tintas e doces como o sangue que trocamos enquanto nos amamos. Iguais, vindas da mesma essência, vindas de uma mesma alma imortal.

Vitor estava constrangido com suas palavras e chocado com a verdade que escondiam, pois havia me desejado com a mesma intensidade.

– Foi sua paciente duas vezes. Deve ter notado a tatuagem.

Envergonhado, Vitor recostou-se no espelho da cadeira, tentando achar segurança.

– Tatuagens são coisas comuns hoje em dia, quase todos possuem uma.

– Tolo! Kara pode não admitir, mas sou seu amante. Ela me pertence, seu coração sabe disso, contudo, sua mente me rejeita. À medida que vivemos, acumulamos gostos e prazeres. Valéria, Thais e Kara são a mesma mulher. As três possuíam o mesmo gosto pelas rosas vermelhas. Todas conseguiram guardar isso. Sabe quantos homens matei pelo mundo? – Vitor nem conseguia imaginar. – Milhares, todos iguais a você, alienados, mas felizes. Vocês nos mantêm vivos e seguros nas sombras com sua ignorância. Kara possui a rosa porque sempre a amou. Todas as três, minhas amantes eternas, minhas rosas vermelhas. Os nomes mudaram, talvez os projetos para o futuro, mas o beijo continua o mesmo. Parece tolice para você?

– Não...

– Saiba que não é, meu caro. A mulher que dorme naquele quarto é minha velha conhecida e foi pensando em nosso amor que decidiu fazer aquela pintura. Seu subconsciente me chamava, queria ser reconhecida. Em seus sonhos ela me conhecia. Aquela rosa é nossa marca, o modo como nos comunicávamos. Kara foi e sempre será minha. Não importa, ela voltará. Hoje, amanhã, daqui a mais um século, sempre estarei esperando.

Recuei assustada demais para aceitar as verdades. Tropecei na cadeira, derrubando algo e chamando a atenção dos dois.

– Kara, você está bem? Posso entrar? – perguntou Vitor, detendo-se próximo à porta. Kmam abriu a porta e entrou decidido.

– Sente-se bem, *petite*?

– Sim, somente topei em algo.

– Dormiu bem, Kara?

Pareciam meus pais, um de cada lado.

– Podemos conversar, *petite*?

– Sobre o quê?

– Lambert. Quero saber o que houve.

Soltei a mochila, sentei-me na ponta da cama e comecei a falar. Contei tudo.

– Destruí a arma, nada resta.

– Continuo sendo a principal suspeita. Todos me viram com ele na delegacia, saí com ele, minhas digitais estão no carro. Vou ficar e enfrentar meu erro. Tenho dinheiro e posso conseguir um bom advogado. Matei um homem e não consegui ter pena dele. Senti tudo menos pena. Queria acordar e descobrir que tudo não passou de um pesadelo. Não sei como agir, há um vazio enorme devorando meus pensamentos e não consigo lutar contra eles. Havia tanto sangue!

– Não deixe que isso a torture, foi obrigada a fazê-lo. Lutou e matou para se defender.

– Pare, não me toque, não quero ser consolada. Errei e alguém morreu por isso.

– Kara, gostaria de dizer algo que a consolasse e que fizesse a culpa cessar, mas conheço a morte, sinto. Não há volta. Suas leis vão destruir sua vida. Venha comigo após a luta e a libertarei disso.

– Para seguir as leis de um Conselho em que a morte é o bilhete de entrada?

– Não sei como posso agradá-la. Parece um cacto cheio de espinhos. Quanto mais me espeta e fere, mais desejo provar de seu veneno. Espero que não leve cinquenta anos para me dar uma flor – dizendo isso, saiu do quarto.

– Onde ele está? – perguntei, terminando a difícil tarefa de me alimentar.

– Amolando a espada. Como tudo isso começou? – perguntou Vitor, andando pela cozinha, preocupado com o desfecho daquela noite.

– Faz diferença?

– Nenhuma. Gostaria de ir com vocês.

– Deve perguntar isso ao dono da noite, *monsieur* Jan Kmam.

– Estará por sua conta e risco. Só protegerei Kara e mais ninguém – respondeu de longe. – Pode perder a vida. Kara, fale com ele, não tenho paciência para convencer mais ninguém – disse, enquanto prendia os cabelos.

– Hoje, não decido nada – afirmei cansada.

– Quero apenas garantir uma segurança extra para ela.

Vitor não percebeu o último olhar malévolo de Kmam e apressou-se para nos acompanhar.

– Onde a escondeu? – quis saber, referindo-me à espada que sumira milagrosamente durante a revista do quarto.

– Guardei-a sob os tacos soltos do assoalho. Tive medo de que a escondesse para evitar a luta.

– Então não ia lutar naquela noite?

– Não, eu ia imortalizá-la, Kara. Querendo ou não.

– Não posso acreditar!

– Estou pronto, aonde vamos? – perguntou Vitor, dentro do carro, interrompendo mais uma discussão.

– Praia do Calhau.

O conjunto Vinhas sumiu no corredor das lâmpadas, aumentando minha tensão. Agarrada à cintura de Kmam, observava Vitor nos seguir a certa distância. Era segunda-feira, e a avenida Litorânea estava completamente vazia em certos pontos. Corríamos próximo à areia, e o vento trazia os respingos das ondas que quebravam. O ar frio batia em nosso rosto, quase cortante. Kmam, indiferente, protegia-se apenas com seus óculos. Escondida atrás dele, aspirei seu perfume misturado à brisa marítima. Quando paramos, o que vimos à nossa volta foi somente uma pista deserta e silenciosa. Só os faróis dos veículos nos iluminavam.

– Fique aqui, voltaremos logo – disse para mim, convocando Vitor a segui-lo.

Atravessaram a pista e sumiram atrás de uma pequena duna. Retornaram arrastando destroços de um pequeno barco. Fizeram essa operação duas vezes, e quando finalmente terminaram, uma grande fogueira ardia à nossa frente. As chamas lambiam a madeira faminta, e o calor agradável convidou-me a chegar mais perto. Senti meu rosto esquentar, estendi os dedos e fechei os olhos para aproveitar melhor a deliciosa sensação.

A luz avermelhada substituiu os faróis. Kmam levou a moto para longe da fogueira. Abria espaço para algo. O mar escuro, sussurrando a distância, falava por nós, cada qual perdido com seus pensamentos, envolvido com seus próprios problemas e temores. Tirei os olhos da madeira em brasa e observei Kmam ao meu lado. Estaria com medo? Pensando em desistir de tudo? Não, preferiria morrer a fugir. Desejei ter o poder de invadir sua mente e descobrir o que seus olhos viam enquanto brilhavam suaves. Que aconteceria se dissesse sim? Ele me tomaria em seus braços e me faria eterna desta vez? Sentia falta dos seus braços.

– Kara? Como se sente?

– Estou bem, algum problema? – respondi, mas o que pensava era: "Estou ótima! Penso até em me entregar a você."

– Não, quero apenas que continue assim, bem calma. As coisas vão ficar tensas e seu controle salvará sua vida, entendeu?

– Claro.

– Vitor, deve ficar dentro do carro e em momento algum tente interferir, compreendeu? Vá, Gustave aproxima-se.

Vitor deu-lhe as costas e desejou sorte. Havia receio em seu olhar.

– Rapaz? – chamou Kmam, fazendo Vitor voltar-se para ele. – Obrigado por tudo.

– É um prazer ajudá-lo.

– Kara, quero que escute com atenção. O que vai acontecer aqui é um ritual com regras estabelecidas há séculos. Faça tudo o que eu disse e por preço algum me desobedeça. Não deve se mover. Pouco importa o que vai ver ou ouvir, não saia do lugar. Promete?

– Prometo! – disse, olhando em seus olhos.

– Lembre-se de que me deu sua palavra – falou, entregando-me a capa que depositei sobre a moto. Kmam soltou os cabelos, entregou-me a fita e seguiu pela areia sozinho. Diante da fogueira, cravou a espada e curvou a cabeça, para, em silêncio, fazer uma espécie de ritual. Sua camisa negra tremulava, suas formas delineadas pela postura pareciam transformá-lo em uma estátua de aço. Podia ver seu maxilar contraído, os olhos cerrados e os dedos crispados sobre o cabo desenhado da espada. Ao final, ele ficou de pé, limpou o joelho e me observou em silêncio.

– Não duvido de minha vitória, não me permito isso. Não é prepotência ou confiança em demasia no que aprendi ao longo dos tempos, é por amar você. Porém, se perceber minha derrota, antes que minha cabeça role... – ele parou.

– Não me assuste. Como suportaria ser escrava de Gustave?

– É sobre essa hipótese que falo Kara, aguentaria tal tortura eternamente? Sei que não. Você precisa de amor.

– Eu não suportaria tal desgraça. A morte seria mais agradável.

– Sim, meu amor, seria.

Fechei os olhos por um momento tentando entender o que discutíamos. Falávamos de suicídio coletivo? Qual seria meu fim e o dos que amava se Gustave vencesse? Minha morte seria boa para todos. Hora de decidir se seria boa para mim mesma.

– Quando chegar o momento, faça, não vou fugir. Apenas seja rápido.

– Pode deixar, meu amor. Se tivermos de morrer, morreremos juntos desta vez.

Dois faróis distantes chamaram nossa atenção, meu estômago doeu. Sem falar mais nada, Kmam começou a se afastar.

– Kmam?

– Sim, *petite*?

Beijei seus lábios, cheia de amor e desejo. Ficamos abraçados durante um longo tempo, passando confiança um para o outro, e durante um segundo nos fitamos como se nunca mais fôssemos nos ver.

– Boa sorte, meu amor.

O conversível vermelho parou suavemente na pista, revelando o rosto de Gustave Rohan. Antes de descer, ele olhou à sua volta, esbanjando soberba. Cruzou a areia altivo, espada na mão e pronto para a luta.

Ficar a poucos passos de Gustave não foi uma das melhores experiências de minha vida, mais uma para a recente coleção de dissabores. Sua beleza era indelicada. Ele parecia usá-la para agredir visualmente qualquer um que se aproximasse dele. Seus olhos verdes transmitiam uma arrogância sem limites.

– Boa noite, *mademoiselle* – disse, curvando-se num cumprimento exagerado. – Não vai retribuir? Uma pena. Seu defensor não viverá o suficiente para saborear o momento. Vamos, Kmam. Sabe que é inevitável.

Agarrada por Gustave, ainda lutei. Vitor quis sair do carro pronto para me defender, mas foi detido por Kmam, que o segurou assim que saiu porta afora, enquanto o monstro rasgava minha camiseta para expor meu pescoço.

– Não! – gritei, sentindo a língua repulsiva de Gustave tocar minha pele.

– Devo provar do que será meu.

Era aquilo que Kmam temia, teria de ser dele. A mordida não me deu nada além de fraqueza. Ainda nos seus braços, ouvi o rugido baixo de Kmam virar trovão, enquanto Gustave gargalhava com os lábios sujos de sangue.

– Detenha-o!

– Não posso!

– Então me largue e me deixe ajudá-la. – cobrou furioso.

– Não, ele mataria você e ela! Acalme-se, vai acabar logo.

Detida nos braços de Gustave, sentia suas presas em minha carne, os lábios sugando meu sangue. Empurrava-o e lutava, a dor era enorme. Tentava gritar, mas só conseguia gemer.

– Foi doce, Kmam! Poderia passar dias bebendo dela sem me cansar.

Quando ele finalmente me soltou, fui ao chão como uma boneca de pano sem forças para permanecer de pé. Caída, senti meus cabelos se encherem de areia assim como minhas mãos. Nesse momento Kmam me pegou em seus braços.

– Tire-me daqui.

– Será rápido, eu juro. Fique de pé, por favor. Precisa ser forte ou ele a tomará sua.

– Jamais.

Gustave andava à nossa volta e ria.

– Não é de admirar que tenha tantos admiradores. Ellen era macia e atraente, mas muito submissa. Já você, Kara, continua a lutar, mesmo exausta. Seu sentimento combativo vai me levar ao êxtase. Aliás, falando em prazer, fiquei muito satisfeito com o seu serviço. Lambert realmente estava se tornando dispensável. Matá-lo foi um gesto de utilidade sem igual. Quanto me cobrará pelo serviço? Estou curioso.

– Sua curiosidade morre hoje, Gustave. É hora de lutar.

– Pressa nunca foi seu estilo, meu caro. Sei que gosta de saborear cada momento de sua lerdeza eterna.

Era perturbador vê-los tão próximos. Eram gigantes feitos do mesmo marfim, raro e fino, mas esculpidos por mãos diferentes. Ambos estavam com as cabeleiras esvoaçantes. Não tinham feito nenhum movimento para dar início à luta. Apenas se encaravam em silêncio, se estudavam.

Sem nenhum aviso, Gustave e Kmam cravaram as espadas na areia e ficaram mais próximos, encarando-se friamente.

– Vejo que trouxe meu anel – comentou Kmam, sem desviar o olhar. Vai devolvê-lo ou terei de cortá-lo com sua mão?

– Devolvê-lo? Pegarei o que me falta! Guardei um lugar na mão para seu mais precioso anel. Talvez presenteie Kara com ele. Decidirei depois de sua morte.

Kmam sorriu e perguntou, indiferente:

– Para quem dará seus bens, Gustave? Quem será o afortunado que ficará com tudo que roubou? Será Ian, seu criado preocupado? É tão insuportável que não vejo mais ninguém por perto para reclamar minha fortuna.

– Vejo que ainda sente falta de seus bens. É normal. Cheguei a desistir em certos momentos. Nunca fui homem de negócios, matei diversos administradores. Estavam sempre me roubando. Lembra-se de Serge? Claro que se lembra. Fiquei arrependido após matá-lo, mas não podia deixar que continuasse a me acusar de assassinato. Sabe, durante todo esse tempo depois de sua ressurreição fiquei me perguntando onde tinha se escondido – disse, realmente muito curioso.

– Debaixo de seu nariz! Enquanto se divertia como uma criança vaidosa em Paris, cruzei o oceano e me escondi no sótão da casa que resolveu ignorar.

A surpresa de Gustave divertiu Kmam, e muito. Gustave armou-se novamente e avançou lado a lado com Kmam em minha direção. Forcei meus pés a permanecer parados, enquanto o coração batia na boca. Eles nada disseram. Deram as costas um ao outro e com a ponta de suas espadas traçaram um círculo ao meu redor. Estavam frente a frente, esperando algo acontecer.

Observei Vitor a distância e percebi o quanto estava atento. O metal zuniu às minhas costas, dando início à luta. Paralisada pelo medo e sentindo um arrepio percorrer minha espinha, ouvi os avisos de Kmam ecoarem em minha mente. Esperei que ficassem visíveis e contemplei um quadro assustador. Via duas feras determinadas em luta aberta. De dentes cerrados, Gustave investia contra Kmam, que recebia com firmeza seus golpes possantes. As espadas soltavam faíscas ao se chocarem, brilhando iluminadas pela fogueira que lançava as sombras de seus corpos sobre a areia. Kmam e Gustave moviam-se com destreza. Em dado momento, ficaram próximos a ponto de se esmurrarem, mas de nada adiantou. Segundos depois, as espadas colidiram novamente, enquanto mediam forças. O chute acertou Kmam no tórax e o lançou longe, tempo suficiente para que Gustave avançasse sobre ele e por muito pouco não cravasse a espada em seu peito. O solo recebeu o golpe e o liberou a tempo para que evitasse uma estocada no estômago. Gustave cortou o ar várias vezes antes de atingir a espada de Kmam, que conseguiu se livrar da desvairada sucessão de golpes. Atingido no peito, Gustave recuou e tocou a camisa manchada de sangue. Insatisfeito, rugiu e avançou, girando a espada sobre a cabeça, num gesto enlouquecido.

O encontro fez o aço faiscar e zunir. Se fossem humanos, estariam exaustos, mas nem os via respirar de tão concentrados. A agressividade chegou ao limite quando Gustave rasgou o rosto de Kmam com as unhas, numa patada. Fechei os olhos, temendo vê-lo ferido, mas ao ouvir um grito de dor os reabri dando de cara com o ombro totalmente lacerado de Gustave. Ele rastejou e encarou o adversário com os olhos dilatados pela dor. Rindo, lançou areia no rosto de Kmam, sua última cartada.

– Recue, Kmam! – gritei, ao ver Gustave avançar sobre ele.

A espada encontrou apenas o ar cortando-o violentamente. Kmam havia flutuado em segurança sobre sua cabeça. A surpresa deixou Gustave boquiaberto e muitíssimo inferior em matéria de poderes. Aquele era o pulo-do-gato.

– Acreditou realmente que lhe ensinaria tudo? – disse Kmam, descendo sobre Gustave e empalando-o de cima para baixo.

– Ainda está vivo? É por pouco tempo – avisou, empurrando seu corpo com a bota.

Caído e sangrando, Gustave recuou para perto do fogo a fim de lançar uma tocha sobre Kmam.

– Já conheço esse truque, idiota – disse, seguindo seu rastro pela areia manchada.

– *Chian*! – xingou Gustave, puxando Kmam pela perna.

Eles rolaram pelo chão como animais. Tentavam jogar um ao outro nas chamas da fogueira, sem nada conseguir. Kmam insistiu com toda força que lhe restava, enfiando o rosto de Gustave nas labaredas. Uma enorme mancha negra consumiu sua pele.

– Meu rosto! – vociferou, tocando a carne imortal.

– A culpa foi sua, Gustave. Quando lhe dei a vida eterna, tive esperanças verdadeiras de que poderíamos fazer companhia um para o outro. Eu o amei, o eduquei, e você só sabia me desprezar e ferir. Percebo agora que destruiu a si mesmo e tudo que amei em você.

Sem perder mais tempo, Kmam decepou a mão daquele que um dia fora seu pupilo. Caí de joelhos hipnotizada pelo quadro horripilante. Dominado pela dor, ele caiu assim como o seu orgulho. Por incrível que possa parecer, Gustave estava com medo. Seu rosto lívido estampava o sentimento.

– Maldito seja! O que quer de mim? – perguntou aos berros. Seu sangue manchava a areia como um mosaico. Já estava muito ferido para haver cicatrização.

– Nada. Tudo o que tirou de mim não vale nada se não tenho a pessoa que mais amei. Você não pode me devolver Thais.

– Tenho muito dinheiro, Kmam. Deixe-me pagá-lo. O que posso oferecer pela minha vida?

– Sua cabeça!

A lâmina batizada com meu sangue o atingiu pesadamente no pescoço e jogou sua cabeça no chão, deixando gravada uma última expressão de dor. Cobri o rosto e tentei não ver o que se seguiu, mas o som da espada sangrenta atingindo o corpo várias vezes foi mais poderoso. O sangue de Gustave manchava a praia, maculando-a com sangue imortal. Seus restos foram lançados na fogueira. Kmam parecia fora de si, expurgava ali um ódio secular e inumano.

A fumaça negra subiu dos restos de Gustave. Nada sobrou além das cinzas para testemunhar o que havia ocorrido em tão belo cenário. Kmam pegou a espada de Gustave, jogou-a para cima e com a sua a quebrou ao meio, destruindo-a por completo. Ainda extasiado, tomou-me em seus braços e beijou-me, sem perceber que me sujava de sangue. Vitor recebeu-me num abraço silencioso, tudo o que eu precisava naquele momento. Vi Kmam se afastar em direção ao mar, como se nada pudesse deter seus passos. Entregou a espada ao solo, despiu-se sem nenhum pudor e sumiu nas ondas. Uma espécie de limpeza da alma e, quem sabe, do passado.

– Kara, você está bem?

– Não – admiti, deixando que Vitor me acomodasse no banco do carro. Meus nervos estavam exaustos.

Kmam retornou vestido e limpo, cheirando a mar. Em seu dedo descansava o anel que lhe dava novamente o título de favorito. Estava calmo, como se nada nem ninguém pudesse alterar o sabor de sua vitória. Algo apertava meu coração como garras afiadas. Era hora da despedida.

Levantei cedo e fui ver o dia nascer no jardim de Vitor. Um grilo ainda cantava entre as plantas refrescadas pelo orvalho matinal. A terra úmida acolhia meus pés descalços, transmitindo liberdade e paz. Tudo parecia renovado assim como eu mesma. A presença de Jan Kmam em minha vida trouxe mudanças únicas. Isso era mais do que um desejo no âmago do meu ser, era a realidade.

O jardim de Vitor não estava bem cuidado, havia folhas mortas nos canteiros, as roseiras precisavam ser podadas e os crisântemos recolhidos. Tudo estava um tanto fora de ordem, mas paradoxalmente na ordem natural das coisas. Ainda com a roupa de dormir, vagava num terreno desconhecido. Fechei os olhos e deixei que o sol banhasse meu rosto. Seu calor suave me fez sorrir enlevada, envolvida por seu toque. Perguntas vagavam por minha mente. Como seria ser vampira? O que sentiria? Abandonar minha família me custaria muito. A vida de um vampiro traz poderes, mas também muitas privações. Só que eu o amava tanto, como viveria sem sua presença?

– Sonhando acordada?

– Não consigo pensar em nada. É como se de repente todas as minhas preocupações tivessem escoado pelo ralo.

– Na verdade, rolaram pela areia como a cabeça de Gustave.

– Gostaria de varrer essa imagem horrível de minha mente.

– Nunca tinha visto nada tão brutal. Não conseguia desviar o olhar. Era como estar no cinema sem pipoca – brincou por fim.

– Nossa! Como consegue pensar em comida!

– Falando nisso, que tal um bom café?

Passei o dia todo com Vitor, era o melhor lugar para ficar até que Jan Kmam despertasse, afinal precisávamos nos despedir. Não seria tarefa fácil depois de tudo que vivemos. Mas estava decidida, precisava retomar a minha vida normal e esquecer o amor que sentia por um vampiro de quatrocentos anos! A noite veio lenta, e desta vez recebi as estrelas de peito aberto. Havia mudado algo muito sutil, provocado pela morte de Gustave. Fitei a mochila sobre a cama e admirei o anel em meu dedo. Deveria devolvê-lo ou guardá-lo como uma lembrança de todo o medo e decepção que havia conhecido, do amor que sentia por Kmam? Coloquei o anel novamente no dedo e fiz de conta que não estava comigo.

– Podemos conversar, Kara? – perguntou, tocando meu ombro delicadamente.

– Sim – precisava dizer-lhe adeus, pensei sentando na beirada da cama.

– Em que estava pensando?

– Acho que em tudo.

– Entendo. Tem ideia do que vai fazer com a polícia?

– Talvez eles nem estejam me procurando – pensei, enganando-me.

– Quero que me acuse.

– Como?

– Diga-lhes que matei Lambert. Afinal, quem vai desmentir suas palavras, quando Vitor poderá afirmá-las junto com você?

– Isso é errado.

– Kara, sabemos que é o melhor. Deseja ir para a cadeia?

– Cometi um crime e devo pagar, se assim as leis de meu mundo decidirem. Vou ter direito a um advogado.

– Sei que é uma mulher forte, mas daí a ir para a cadeia... Uma jaula...

– Kmam, não é a Bastilha.

– Não brinque com seu destino.

– Seria melhor que alguém me cortasse em pedaços e me jogasse numa fogueira? É isso que sugere?

– *C'est différent* – disse em francês, irritado.

– Não, não é. Olhe meu pescoço e verá suas leis.

– Eu não tive escolha –lamentou.

– Você cumpriu suas leis da mesma maneira que cumprirão comigo. Temos muitas falhas, mas não desdenhe de nossas leis.

– Não estou desdenhando de seu mundo. Não sou melhor que Lambert ou Roberto, mas quando humano jamais tentei abusar de ninguém para satisfazer meus desejos. Existem leis para esse tipo de crime em seu mundo e no meu, e se elas existem é para manter a postura de um povo. Lambert a atacou.

– Não quero continuar com esse assunto. Uma vez disse que sairia de minha vida assim que tudo terminasse – falei, olhando em seus olhos. – Acabou, Kmam.

– Venha comigo, fuja deste castigo.

– Fugir não é o melhor caminho.

– Você encontrou um modo de se punir pela morte de Lucas e agora por Lambert. Droga! Cedo ou tarde vai se arrepender por negar o que sente e não tem coragem de assumir. Como consegue se acovardar dessa maneira! Foge de tudo, do amor que compartilhamos, de você mesma!

– Lucas pertence ao passado – afirmei distante.

– Vivemos uma grande aventura, fomos um do outro, somos um do outro. Mas você faz questão de tratar o assunto de forma distante, como se a decisão dependesse apenas de sua vontade. Como se dela eu não tivesse participado – queixou-se.

A situação era complicada. Tentava manter o controle. "Isso, Kara, dizia para mim mesma, olhe o vazio e respire fundo. Um pouco mais e tudo terá chegado ao fim. É somente o momento delicado e definitivo do adeus. Encare seus olhos azuis e seja firme. Tente não tocá-lo, beijar seu rosto e jamais deixe que ele a abrace. Se isso acontecer, diga-se de passagem, você estará perdida."

– Jamais esquecerei o que aconteceu, Kmam. Vou sempre me lembrar dessa experiência como algo de certa forma instrutivo, como você costuma dizer – ri para seu rosto tenso. – Conhecer você, sua história e todos os que cruzaram o seu caminho foi incrível. Foi e será uma aventura única, mas não posso segui-lo. Tente entender meus motivos. Eu sinto muito.

Calei-me, sem palavras ou forças para continuar com aquela tortura. Detestava ter de dizer-lhe palavras de consolo. Ele não poderia ser consolado. Diabos! Ele merecia beijos, não negativas!

– Vai me esquecer? Diga-me francamente, Kara.

– Não vou esquecê-lo, pois eu te amo.

– Então por que me pede para esquecer? É por que somos diferentes?

– Kmam, não é isso.

– Kara, para você é fácil esquecer. Dentro de alguns anos sua mente cairá na inconsciência da morte e nada restará, mas e quanto a mim? – perguntou, egoísta.

– Encontrará outra – forcei-me a dizer.

– Está me insultando. Que farei com a lembrança dos seus beijos, dos seus carinhos feiticeiros? – estendeu a mão, da qual fugi. Ele riu triste, fechando os olhos, como se minha imagem pudesse macular sua retina. – Sabe o que posso fazer? – era uma ameaça. Senti sua mão fechada sobre meu pulso, enquanto os olhos estavam dentro dos meus, usando todo seu poder de persuasão. – Posso passar por cima de sua vontade. Escravizar alguém é fácil para mim. Ficaria totalmente dependente, submissa, dobraria seu orgulho, a aprisionaria, *petite*. Que acha dessa possibilidade? – um arrepio percorreu minha espinha e terminou em meu estômago.

– Isso seria cruel, odioso, e de forma nenhuma seria amor – falei, sentindo a voz trêmula.

– Nosso amor chega a limites impossíveis.

– Eu o odiaria por toda a eternidade, fugiria assim que me desse às costas. Teria de me matar como fez a Gustave – falei, puxando o braço, com medo.

– Não duvido de sua capacidade de me fazer sofrer, Kara. Poderia suportar seu ódio e revolta. Mas não sei se suportarei sua ausência, meu amor.

Desanimado, ele se sentou na poltrona a minha frente e continuou falando:

– Sinto-me um padre que se habituou a ver a imagem plácida do objeto de adoração e que dele não consegue mais se afastar. Encontra nele tudo: fé, força, coragem para continuar, o desejo de agradar e em nenhum momento consegue resistência aos seus olhos para lhe negar algo, ou energia para fugir, duvidar. Poderia levá-la no ombro em préstito religioso para que todos lhe rendessem homenagens, graças, mas sempre sabendo que no fim regressaria para o seu altar em meu coração.

Abalada, perturbada com suas palavras, levei a mão à testa, tremendo. Estava sendo bem mais difícil do que poderia supor.

– Venha comigo.

– Por que pede o que me é impossível? – gemi fraca.

– Peço o que quer me dar.

– Tem de ser dessa forma – falei, mantendo o controle.

– Não, é assim porque deseja – continuou, tendo-me em seus braços.

– É a melhor maneira.

– Seríamos tão felizes. Correríamos o mundo, eu e você – seduzia com o som de sua palavra. Seus pequenos beijos tocavam meus olhos. – Ainda há tempo para voltar atrás, Kara, basta que diga sim – induzia. Fez-me olhar em seus olhos e ordenou. – Diga sim.

Escutei o “SIM” ecoar em minha mente convidativo, acolhedor, pronto para escapar de meus lábios e entregar-me nas mãos de Kmam. Num segundo e estaria perdida, enfeitiçada, seduzida pelo amor que sentia e por sua força vampírica.

– S...

– Kara.

Vitor chamou do outro lado da porta, sem saber que tinha salvado a minha vida. O noticiário local havia citado meu nome e todas as implicações e suspeitas que pesavam sobre mim. Acenei de volta e afastei-me dos braços de Kmam, totalmente confusa e desperta.

– A resposta é não, Kmam.

Frustrado demais para dizer qualquer coisa, Jan Kmam ficou de pé e pegou minha mochila. Precisávamos partir.

– Tome. Melhor não usar a moto, a polícia deve estar procurando vocês dois agora – falou Vitor, entregando as chaves de seu carro a Kmam.

– É uma boa ideia.

– Bem esperto, doutor. Onde aprendeu? Na escola?

– Não sou tão inocente quanto pareço.

– Disso eu já sabia. Pelo amanhecer, seu carro estará de volta. Sabe, nunca fiz isso antes, mas agora vejo necessidade. Obrigado – falou, apertando sua mão de forma firme. – Tente não vagar sozinho depois do anoitecer, pelo menos durante algum tempo. Posso não reconhecê-lo de imediato e seria tarde para voltar atrás.

Jan Kmam tentava manter a postura fria e distante de sempre, mas era evidente que estava agradecido.

– Amigos?

– Não garanto nada – disse, tocando seu ombro com firmeza. Pelo menos sabia que Vitor estava seguro.

– Nos vemos em breve, Kara. Lembre-se: estou com você – disse Vitor, abraçando-me, carinhoso.

– Sabe onde me encontrar – falei, retribuindo seu abraço. – Obrigada, meu amigo, obrigada por tudo.

Olhei Jan Kmam ao meu lado, dirigindo com segurança, e relembrei os momentos que passei a seu lado. Foram tantos, alguns péssimos, mas como negar os poucos em que me senti tão bem em seus braços, imaginando que poderia esquecer o que ele realmente era e pensar em ser um pouco, só um pouquinho, feliz.

O carro parou diante de minha casa. Nossos olhos encontraram-se na semiescuridão e vimos o sofrimento refletido neles. Era mútuo, verdadeiro. Estendi a mão numa despedida. Ficou ali solitária no vazio da distância estreita de seu corpo. Emudecido, Kmam só me olhava, deixando-me com a dor da rejeição. Quando estava prestes a recolher a mão, ele a tomou entre as suas e me puxou para si, como se fosse me fazer sumir dentro dele.

– Adeus, *ma petit*. Não se arrependa de sua decisão, pois tenho orgulho dentro do peito e jamais retornarei. Quando sair dos meus braços, não haverá mais volta. Minha sombra protetora nunca mais cobrirá a sua. Estas ladeiras, estes becos e casarões não mais ouvirão meus passos. Sairei deste paraíso levando comigo apenas o gosto de seus beijos. Desta terra vou partir e somente retornar quando você não mais existir – revelou, enquanto fitava meus olhos úmidos.

– Kmam, eu tomei essa decisão há muito tempo e apesar de me trair muitas vezes, estou decidida – peguei a mochila. O nó em minha garganta parecia sufocar-me, mas sabia que deveria seguir em frente. Reuni minhas forças, e num esforço sobre-humano lhe disse o que precisávamos ouvir. – Adeus. *Au revoir, mon bien, mon amour*, meu Kmam – disse, beijando-lhe os lábios. Ele me deteve e mergulhou em minha boca num último beijo apaixonado e infeliz, para somente então me deixar partir.

Não ousei olhar para trás. Apressei o passo, pois se tivesse virado naquele momento, teria me jogado em seus braços e pedido perdão, dito com todas as letras o quanto o amava e que pouco me importava o futuro, ou quantos pereceriam para alimentar minha eternidade, noite após noite. O olhar dele parecia queimar minhas costas, e a cada passo sentia que quebrávamos e pisávamos nosso coração sem dó. E adiante desapareci, debaixo das copas das árvores mais baixas.

UNIDADE IV

Os restos mortais

35. Luta desleal

A casa acolheu-me como um abraço de mãe, quente e protetor. Desabei pela porta e chorei pesando minhas decisões. Deixei que os soluços balançassem meu corpo, peito e alma, feridos de morte. Enquanto tateava no escuro à procura do sofá para me apoiar, chutei uma pilha de livros no chão. Havia algo errado. Recobrei o fôlego e levei as mãos à face úmida. Tropeçando nos objetos espalhados pela casa, segui em direção ao interruptor. Uma sensação invadiu-me com violência. Eu não estava sozinha, havia mais alguém na escuridão. Uma risada sinistra tomou conta do ambiente.

– Kmam, é você? – falei, vendo uma silhueta na poltrona. Acendi a luz.

– Quem diria, o francês a deixou num rio de lágrimas – debochou Roberto, deixando-me paralisada. Estava tão à vontade que nem parecia alguém desiludido.

– O que está fazendo em minha casa? Como entrou aqui? Saia ou vou chamar a polícia – falei, vendo o telefone próximo.

– Vá em frente e chame a polícia. Eles estão procurando você por roubo e pelo assassinato de pelo menos duas pessoas. Dá para imaginar? Lambert e Paul Rohan, que ainda está desaparecido. Logicamente, você e seu amante esconderam o corpo, mas não demora muito e o tenente Ribeiro o encontrará. Não percebeu que estiveram aqui vasculhando a casa? Ainda me fizeram o favor de deixar a porta aberta.

Não podia negar a bagunça ao meu redor. A casa tinha sido revirada de todas as formas possíveis. As gavetas e portas estavam abertas e havia papéis por todo o chão. Nenhum móvel tinha ficado no lugar, como se procurassem um cofre na parede ou coisa parecida.

– Desgraçados! O que procuravam?

– Não sei, diga-me você. A última notícia que tive é de que tinha roubado as joias de Rohan com seu francesinho. Seu tio Júlio está tão abatido. Ter uma sobrinha assassina e ladra derruba qualquer um. Kmam deve ser muito macho para fazê-la agir dessa forma. E eu tentando tratá-la com carinho, usei a tática errada. Ele é bom de cama? Melhor do que Lucas? Ele dizia que era ótimo fazer sexo com você.

– Saia de minha casa!

De pé, com um sorriso vaidoso nos lábios, Roberto bloqueou a porta e colocou-se na minha frente. A violência do tapa jogou-me no chão e fez meus lábios sangrarem. Levei a mão à boca dolorida e o encarei furiosa. Certamente, não seria uma visita de cortesia. Na melhor das hipóteses, Roberto tinha vindo me humilhar. A única coisa a meu favor era ter enfrentado coisa pior. Ao ver a faca em sua mão, recuei com medo. Estava sendo otimista demais.

– Quer a minha parte na empresa, empregadinho? – debochei.

– Acha que vai continuar me comprando, Kara?

– Para quem sempre teve um preço, sua reação é surpreendente!

– Cadela! Vim cobrar minha dívida e fazê-la sofrer.

Roberto empurrou-me sobre a estante. Bati com a lateral da cabeça e por pouco não desmaiei. Ele me imprensava com o braço, encostando o aço frio da faca junto ao meu pescoço. Tinha que dar um jeito de sair dali.

– Durante todos esses anos esperei e esperei. Lucas, tudo bem, era meu amigo e tudo que fosse dele era meu também. Mas dormir com São Luís inteira? Rameira! Primeiro seu médico cuidadoso, depois o francês imundo! – gritou, puxando-me com grosseria pelos cabelos.

Controlei o gemido de dor e aguentei sua proximidade repulsiva com firmeza. Ainda não conseguia me mover o suficiente para acertá-lo como gostaria.

– Vadia, traidora! Quantos homens teve enquanto ainda estava com Lucas? Quantos? – a faca feria meu pescoço.

– Largue-me! – ordenei, mesmo em minha posição.

– Você não manda mais, chefinha. O que é isso no seu pescoço?

Insano, puxou o curativo de uma só vez e revelou a marca da mordida de Gustave. A ferida o excitou de um modo doentio.

– Que espécie de coisa é essa? Eu sabia que gostava de loucuras, mas essa me surpreendeu. Posso morder também?

Roberto gargalhou e cobriu minha boca com a sua, enquanto me debatia feito louca para afastá-lo de mim. Quando se distraiu mordendo meus lábios e se descuidou, chutei-o entre as pernas. Ele me soltou o suficiente para que eu mordesse sua mão e tirasse sangue. Ainda assim, não me largou. Apenas me espancou com força, retribuindo a agressão.

– Sua puta! Vai descer bem baixo comigo e vai gostar.

Caída no chão, sentia o rosto latejar do murro recebido. A boca sangrava livremente e tinha sangue até em meus olhos. Eu estava calada, mas meu orgulho gritava, clamando vingança.

– Tenho vontade de furá-la agora mesmo. Mas serei paciente, para que possa aproveitar nosso encontro antes de morrer. Três anos é muito tempo para esperar por uma simples transa. Prometo que durará o suficiente para compensar a demora. Espero que sinta nojo, medo e dor. Só assim pagará pela humilhação que sofri em suas mãos e nas mãos daquele francês. As marcas ainda me ardem na cara – disse, chutando-me no chão.

Gemi de dor e contive o grito. Tinha de pensar em algo, não podia continuar caída e indefesa. Algo incomodava-me na altura da cintura. Recuei a mão e encontrei minha tesoura. Arrastei-me sobre ela e fingi chorar, ajeitando-a entre meus dedos.

– É um milagre! Kara está chorando. Olhe para mim! Diga-me como é estar do outro lado.

Sem que eu pudesse detê-lo, Roberto puxou-me e ficou sobre meu corpo. Minha camisa cedeu ao seu puxão e lutei para manter o sutiã no lugar. Frustrado, batia em mim ainda mais. Seu objetivo agora era arrancar minha calça. Ele forçava seu peso sobre meu corpo de modo violento, machucando minha pele. Mais um pouco, e ele teria uma surpresa.

Seminua, o vi descer as calças e curvar-se sobre mim. Mordi sua orelha e senti o sangue inundar minha boca. Ele gritou, e o murro quase me deixou inconsciente. Puxou minhas pernas e ajeitou meu corpo para agir melhor. Tonta, senti o desabotoar do *jeans*. Estava na hora de agir.

Soltei uma das mãos e desmanchei sua expressão vitoriosa ao cravar a tesoura na altura de suas costelas. Seu grito de dor tirou-me do choque. Não ficaria ali paralisada. Corri para a cozinha em busca de algo para me defender. Encontrei o conteúdo dos armários e gavetas espalhado pelo chão. Roberto atravessou a porta com o jorro vermelho descendo por sua roupa. Atirou a tesoura ensanguentada na minha direção. Aproveitei seus inúmeros insultos para catar o garfo de churrasco que vi aos meus pés. Ainda não sabia o que faria com ele, mas Roberto descobriria em breve.

– Fique longe ou juro que vai sofrer um bocado – falei, vendo-o sangrar.

Estávamos exaustos, mas nenhum de nós pretendia ceder. Roberto apoiou-se na parede para retomar o fôlego, respirava com dificuldade. Sentia meu corpo pegajoso com a mistura de sangue e suor que me banhava. O gosto ferroso em minha boca reavivava lembranças recentes e dava-me forças para continuar.

– Lucas não me deu tanto trabalho. Parecia uma mulherzinha perto de você. – comentou, segurando o ventre perfurado.

– Do que está falando?

– Eu deveria ter insistido mais com você. Teria cedido e não perderia meu lugar merecido, mas eu não a desejava à força como agora. Serei caridoso e direi o que aconteceu com seu casamento feliz, para que morra bem informada.

– Fale logo, miserável!

– Ora, cale a boca! Será que nunca notou nada, sua imbecil? Destruí seu casamento. Tive muito trabalho para que ele não durasse mais do que durou. Sempre os enganei, mais a você do que a Lucas. Sabe como ele era fogoso e não perdoava um rabo-de-saia. Depois que casou, quis se tornar um homem sério, mas não resistiu. Bastava pagar a mulher certa, e ele a seguia como um cachorrinho.

– Como pôde fazer isso?

– Era fácil, Kara, você acreditava nas cartas, nos telefonemas e nos endereços que eu enviava para que flagrasse seu marido.

– Escreveu as cartas? – sentia um nó na garganta.

– Escrevi. Mas a ideia foi da Alva. Só uma mulher pensaria nisso. Ela também tinha planos e me queria demais para negar meus pedidos. Quando você e Lucas discutiam, era ela quem segurava a barra. Alva o embebedou numa dessas ocasiões e o levou para a cama. Foi sua vingança particular. Nós trabalhamos juntos em quase tudo, menos na morte dele. Isso foi exclusividade do seu amor aqui. Alva não estava mais na casa. Ele acordou revoltado, tentou me agredir e descobriu nosso plano. Queria afogá-lo, mas decidi usar esta belezinha aqui – falou, balançando a faca que tinha nas mãos.

– Por quê, seu mostro?

– Pelo direito de ter você e tudo o que seu pai sempre guardou de mim. Eu era o homem perfeito, e o que ele fez depois de tantos anos de lealdade? Permitiu que se casasse com Lucas, aquele vagabundo.

– Você transformou carinho e respeito em desejo e ambição. Não venha me culpar por isso. Veja o que fez com a nossa amizade!

– Amizade? Sempre fomos seus empregados! E não me venha com essa história de "papai pagou seus estudos", porque não aguento mais. Arrume uma desculpa diferente desta vez! Eu vou ficar com sua parte na empresa, vou culpar Kmam por sua morte e depois pegarei a parte de seu tio Júlio! Com a idade que ele tem, ninguém estranharia um enfarto repentino.

Parei um minuto para analisar tanto rancor. Perguntei-me se durante todos os anos de convivência, havia pisado naqueles dois ou feito alguma grosseria. Nada. A inveja e a raiva eram gratuitas.

– Talvez algum dia você entenda o que é amar alguém e não poder tê-lo. Além disso, você participou do fim de Lucas tanto quanto eu. Sei que nunca o amou. Casou-se com ele para agitar sua vidinha vazia. Eu esperei demais, Kara. Decidi que se não pode ser minha não será de mais ninguém. Claro que podemos evitar isso. Diga que me ama e que virá comigo.

Temi por minha vida. Estava sozinha, nas mãos dele. Kmam partira para sempre, e eu em breve encontraria o meu fim.

– Diga que me ama!

Dois pedidos numa única noite deixariam qualquer viúva satisfeita, mas aquele era um dos piores momentos da minha vida, mais um para a recente coleção. Minhas alternativas haviam se esgotado. Kmam tinha razão, eu jamais suportaria viver numa jaula ou na companhia de um homem que não amasse. Sorri amarga e fiz Roberto se aproximar cheio de esperanças.

– Nunca serei sua, Roberto. A morte seria uma companhia mais digna e bem-vinda. Além de tudo, amo Jan Kmam como jamais amarei outro alguém.

Roberto avançou furioso. Enfiei o garfo em seu pulso, sem conseguir impedir que a faca penetrasse minha carne com firmeza. O aço frio fez todos os pelos de meu corpo se arrepiarem no último reflexo. Seu corpo tombou em cima do meu. Vi seus olhos castanhos bem de perto, era o olhar de meus pesadelos, aquele que me perseguia e me matava, roubando-me de Kmam. Meu carrasco não era Gustave, afinal.

Escorreguei pelo chão sem tocar em meu agressor. Ele recuou sem uma expressão definida no olhar, no limite de suas forças e sanidade. A dor queimava minhas entranhas. Fechei os olhos e chamei por Kmam, imaginando seu sorriso. No meu delírio, eu sorria também.

O sangue deslizava por meus dedos, umedecendo a camiseta rasgada. Calada com minha dor, chamei seu nome mil vezes, arrependida de minha estúpida escolha. Via a cozinha turva, minha visão começava a falhar. Tudo parecia enorme, e eu tão pequena. Roberto estendeu a mão e tentou tocar meu rosto em sua adoração doentia. Arrastei-me sem forças para longe. Restava pouco de mim, mas jamais me renderia.

– Poderia ter sido diferente – balbuciou.

Ouviria qualquer coisa enquanto morria, menos as desculpas esfarrapadas daquele rato vestido de homem. Tapei os ouvidos e chamei por Kmam novamente.

– Chame o meu nome, sua vagabunda! O meu nome!

A fúria o despertou do transe. Ele estava pronto para me furar novamente.

O som da porta sendo estraçalhada deteve Roberto, antes que cravasse a faca em meu peito. Kmam dominou o ambiente com sua presença altiva e poderosa. Roberto colocou-se de pé e o encarou sem medo, mas foi por pouco tempo. Logo a luz revelou seu rosto vampírico. Caída, observei a máscara de ódio e fúria dirigida a Roberto. Ele recuou amedrontado, sem entender o que via. As presas de Kmam estavam à mostra, e seus olhos pareciam cristais cortantes, repletos de uma energia hostil. O murro atingiu Roberto com uma força esmagadora, jogando-o sobre a pia. Entre os escombros, Roberto parecia alquebrado, mas ainda determinado a destruir Kmam. A tentativa de furá-lo com a faca foi patética. Kmam o prendeu pelo pescoço e esmagou sua mão, estalando os ossinhos que se partiam. Os gritos de dor não o perturbaram, eram pura música. A patada leonina rasgou o rosto de Roberto e o colocou no seu devido lugar, no chão.

Seus olhos estavam arregalados e expressavam todo seu desespero. Jan Kmam recolheu com calma a faca caída e seguiu Roberto pela cozinha, fazendo-o implorar por piedade. Cansado da brincadeira, cravou a faca em seu estômago e comentou:

– Eu avisei para ficar longe. Não existe piedade para ratos como você – falou, empurrando a faca até o cabo no corpo já sem vida.

Ajoelhado a meu lado, ele me pegou nos braços e me levou até o sofá.

– Você veio.

– Você me chamou, *petite* – murmurou, beijando minha testa, úmida de suor.

– Ele matou Lucas – falei, contendo um espasmo de dor.

– Não fale, descanse. Vou levá-la para um hospital.

– A polícia está atrás de nós. Leve-me para o Vitor – gemi mais alto e o desesperei.

–Perdoe-me por não ter sido mais rápido – disse, cruzando os portões.

Passamos pelas pessoas como fantasmas ligeiros. Fitei o céu e vi as estrelas se distanciarem de mim. Estava tudo tão escuro. Kmam pedia-me para manter os olhos abertos. Eu tentava lutar contra o cansaço, certa de que não poderia vencer desta vez.

– É um absurdo, sequer me ensinou a dançar direito. Lembra-se de quando andamos pelos telhados? Claro que se lembra, você adorou o passeio. Pois bem, vamos dançando pelas telhas, vamos voando – dizendo isso, galgou a parede à nossa frente sem problemas e voou sobre os telhados.

Sua jaqueta flutuava e acariciava meu rosto. Não eram asas. Kmam não se transformara num morcego. Ele simplesmente voava sobre os telhados, usando todo seu poder de vampiro para salvar minha vida. Célere, ele vez ou outra tocava um telhado para novamente flutuar sobre os espaços vazios.

36. Entre a morte e a vida eterna

– Abra os olhos, Kara! – dizia, tentando acordar-me de um sono pesado e sem volta.

Gemi ao ser depositada sobre a cama, e com dificuldade abri os olhos para ver o rosto sensibilizado de Vitor.

– O que houve? O que fez com ela? – cobrou, segurando-o feroz, interrogativo.

– Foi o Roberto – falou, empurrando-o, trazendo-o à realidade. – Não é momento para discussão, homem, salve-a!

Reconheci no rosto de Vitor o abatimento quase palpável que já vira nos olhos de meu tio no momento em que me avisou da morte de meu pai, nos olhos do policial que me procurou cheio de cuidados enquanto tentava me dizer que Lucas tinha sido encontrado morto. De seu modo silencioso, Vitor anunciava meu fim. Estava morrendo e sabia disso, podia sentir o entorpecimento dominar braços e pernas.

– Não posso fazer nada, Kmam, sinto muito.

Kara está morrendo – balbuciou, deixando as lágrimas molharem o rosto endurecido pela impotência.

– Não! – gemeu, caindo de joelhos a meu lado. – Apiede-se, Senhor. Fere minha carne, leve minha vida, mas poupe a de quem amo. Não pode me tomá-la novamente. Por três vezes, não! – disse, abraçando meu corpo pálido e sem forças.

– Kmam, eu te amo. Beije-me – murmurei, sentindo seu coração bater mais forte que o meu.

– *Pardon, pardon* – pediu desculpas, cobrindo minha boca num último beijo.

Vitor pediu que parasse e tentou deter Kmam, mas foi ameaçado com um simples olhar para que apenas visse o que se seguiria. Comecei a me recuperar lentamente, os cortes e machucados sumiam, deixando a pele perfeita de novo.

O ferimento fechava aos poucos, debaixo de um borbulhar escuro e dolorido. Erguida para beber do corte sangrento no peito de Kmam, senti a vida voltar a meu corpo. Abraçada a ele, presa nos seus braços como se deles fizesse parte, como se eles fossem a extensão do meu corpo, eu o possuí. O gosto adocicado em minha boca alimentou minha carne e afastou-me da morte. Enjoada, empurrei--o e tentei fugir dos braços de Kmam, que tentava me segurar e acalmar. Algo me dominava a alma e me fazia gritar enlouquecida.

– Largue-me! – pedi, cravando as unhas em seus braços, que me seguravam como muros. – Pare, pare o barulho, pare – gemi, levando as mãos aos ouvidos com os olhos muito abertos e dilatados.

– Vai passar, meu amor, vai passar – disse, beijando meus cabelos e ainda detendo-me com cuidado.

Meu coração batia tão rápido que parecia querer explodir dentro do peito. Uma angústia apavorante consumia minha capacidade de controle. Tentava respirar e tudo que conseguia era arquejar sem oxigênio. Em certo momento olhei minhas mãos e as vi quase transparentes. Podia ver cada veia e artéria suplicando por sangue.

– Como dói! – gemia, segurando o estômago dolorido, faminto.

– O que fez para ela sofrer tanto? – perguntou Vitor, aproximando-se e tocando minha testa gelada. – Ela está gelada, o que está havendo?

– Está morrendo muito depressa. O sangue foi pouco, ela estava muito fraca. Você cria algum animal? Um cão? Um gato que seja!

– Não, não tenho. Só as plantas no jardim.

Kmam agarrou Vitor com força, levando-o para perto da cama, onde eu tremia sobre os lençóis. Os dois se encararam sem trocar uma única palavra, uma súplica velada e uma chama de coragem nascendo.

– Não me toque! Eu sei o que fazer. Não vou deixar Kara morrer porque seu sangue não foi suficiente.

Encolhida na cama, sentia o corpo ser sacudido por tremores. A dor torturava meu corpo e mente. Um formigamento percorria minhas mãos, fazendo-me esfregá-las com força. Kmam ajudou-me a levantar.

– Kara, olhe para mim. Deixe-me ajudá-la.

Vitor sentou-se ao meu lado e estendeu o braço para Kmam, que o cortou com a unha. Como se a dor fosse insignificante, ele me ofereceu o pulso com o filete escorrendo. Eu assistia a tudo perplexa, mas sabia o que meu corpo pedia sem parar.

– Será somente um gole – disse, mentindo.

Seu pulso pingava sangue sobre os lençóis e sua cor era tão viva e convidativa.

Levei-o aos lábios sem aviso, fazendo-o estremecer, mas logo depois se controlou para me passar segurança. Sugava com força e apetite. O coração de Vitor batia depressa, deixando-me alerta. Sentia Vitor enfraquecer conforme bebia seu sangue. Suas mãos escorregaram de minha cintura, e, enfim, ele desmaiou.

– Chega! – gritou Kmam, afastando-me de Vitor.

– Eu o matei?

– Está vivo.

– Pode parar o sangue? – pedi, vendo o sangue ainda escorrer de seus pulsos.

Já sobre a cama, ele despertou. Observava-me tirar seus sapatos.

– Jura que está bem? Sente alguma dor?

– Ficarei bem. Preciso somente de tempo para me recuperar do seu beijo. Estou feliz por ter salvo sua vida mais uma vez. É meu trabalho. Sou seu médico, esqueceu?

– Obrigada – falei, após beijar seus lábios carinhosamente.

Saímos do quarto e deixamos que descansasse, ainda era muito cedo. Kmam seguiu meus passos e subitamente me dei conta de que pertencia a ele agora. Cruzei os braços sentindo uma enorme solidão. Estava vazia de sentimentos, de medos e de expectativas. Kmam sentou no sofá coberto por uma manta de crochê e observou-me andar pela sala. Olhava o mundo e tudo estava diferente. Até mesmo o quadro a giz de cera na parede parecia atraente. O homem ali fixado, completamente empenhado na difícil tarefa de empurrar uma rocha com o dobro de seu tamanho, parecia se mover, empurrando-a com esforço. Estiquei os dedos e toquei-o fazendo o movimento sumir por completo. Havia sido uma ilusão provocada pela percepção aguçada que agora possuía. Busquei uma resposta de Kmam e só encontrei seu olhar fascinado. Admirava-me como uma pintura. Estava orgulhoso como um pai diante da filha que se tornou mulher.

– Não me olhe assim.

– É a vampira mais bonita que já vi.

– Não me chame assim, por enquanto – pedi, sentindo a voz mudada.

– Como se sente?

– Estou bem – falei, evitando que entrasse em minha mente.

Nesse momento, percebi que tudo se mexia no jardim escuro. Via insetos pequenos e grandes nas plantas, formigas passeando sobre as árvores. Ouvia o suave ciciar das folhas e flores como se elas falassem comigo. Senti um cheiro de sopa aquecida misturado ao de café. Alguém se banhava com um sabonete forte, desses antigos, o que me fez enjoar.

– Fale comigo, Kara.

– Obrigada – falei, afundando-me em seu abraço.

– Pensei que a tivesse perdido para sempre. Gosto tanto de você, Kara, eu a amo. Será que poderá algum dia me perdoar?

– Ah, Kmam, eu não o odeio, você salvou minha vida. Eu jamais desejei morrer. É verdade que também não queria sentir dor nem ser agredida, só queria ser feliz. Tudo que consegui foi ser rejeitada e enganada. Eles destruíram meu casamento e ainda disseram que foi fácil– comentei chorosa. O que sou realmente?

– Alguém que já sofreu demais. Os problemas deram uma nova direção à sua vida, aproveite. Veja só, ainda saiu ganhando. Venha, quero responder sua pergunta na prática– disse, puxando-me com delicadeza, rumo ao banheiro. Pronto, pode olhar – disse, virando-me para o espelho.

Diante do meu reflexo, arregalei os olhos e avancei para enfrentar meu novo eu. Sorri fascinada e toquei a pele, para ter certeza de que não se tratava de uma ilusão. A pele estava macia e tépida debaixo de meus dedos, os olhos mais escuros e fascinantes, o cabelo parecia um véu brilhante, ondulado e negro caído sobre meus ombros. Admirada de minha beleza vampírica, ri e meus caninos surgiram entre os lábios vermelhos. Toquei meus dentes cuidadosamente e percebi o quanto eram afiados, fortes. Olhei as roupas sujas e rasgadas e desejei tirá-las de imediato.

– Vou buscar sua mochila – avisou, olhando-me pelo espelho.

Banhada e envolta pelo roupão, percebi que tudo tinha se modificado, até mesmo o modo que a água molhava meu corpo. Parecia que não me tocava. Podia ver nitidamente as veias em meus seios e pulsos. As unhas tinham se tornado maiores e translúcidas. Sentia-me vigorosa. Poderia derrubar uma casa se quisesse.

Kmam voltou uma hora depois com minha mochila e com um ar grave no rosto.

– A polícia estava lá. Não me viram, mas encontraram o corpo. As coisas estão cada vez mais complicadas, Kara. Temos de descobrir uma maneira de deixar a cidade e o país o mais rápido possível – falou, vendo-me organizar as roupas que havia trazido.

– Devem estar vasculhando as ruas à nossa procura – disse, tirando o roupão, sem nenhum pudor de ficar nua na sua frente. Pude sentir seu olhar admirado analisando meus gestos. – Como sairemos da cidade? Devem estar na rodoviária e no aeroporto.

Parei por um minuto e percebi que agora eu tinha um limite de horário.

– Kara, precisa saber de algumas coisas.

– Meus limites? – arrisquei, sentindo os cabelos completamente secos. Parecia um milagre. – Como pode secar em tão pouco tempo? – a escova deslizou suave sobre os cachos.

– Sim, seus limites e sei que já os conhece, nós os compartilhamos agora. Mas além deles existem outros.

– Sol, fogo, espadas, do que mais devo ter medo?

– Seu passado, seus tios, sua família.

A frase me fez soltar a escova sobre a penteadeira.

– Eles vão entender, sei que vão entender.

– Não espere por isso.

– Todos vão pensar que sou uma assassina.

– Gostaria que fosse diferente, Kara.

– Gostaria de ver minha mãe e meus irmãos. Ela jamais aceitará. Devem estar pressionando minha família em busca de respostas.

– Sinto como se tivesse fracassado em algum ponto.

– Enquanto morria, disse o que sentia, não foi suficiente?

– Sempre negou esse sentimento. Na primeira vez você me beijou e evitou a resposta. Na segunda, disse enquanto se despedia. Na terceira, enquanto morria, o que de nada vale.

– Olhe aqui, Kmam, se pensa que vai me dizer essas coisas e ficar por isso mesmo, está muito enganado. Não conseguiria ser como Valéria ou submissa como Thais. Sou quem vê agora e é tudo, mas jamais negaria o direito de saber o que lhe dei como meu último suspiro de vida. Eu amo você, Kmam, desde o primeiro beijo – disse, em francês.

Eu não era mais uma inimiga, mas sim uma vampira louca de paixão, pronta para despertar um amor feito de noites eternas e apaziguadoras. Nossos lábios tocaram-se emanando um doce hálito. Suas mãos buscaram minha cintura, e a camiseta deu lugar à nudez dos meus seios. Debaixo dos seus beijos eles sumiram, deixando somente prazer. Puxei sua camisa e soltei seus cabelos indo beijar seu pescoço. Queria sucumbir a ele enquanto matávamos nossa fome. Deslizei as mãos sobre suas costas, sentindo seu corpo nu junto ao meu. Nosso amor seria como as marés que têm momento certo para acontecer. Algo duradouro, elevado no momento exato da mordida que vinha voraz. Com a mão espalmada em seu peito, ouvi e senti o coração pulsar, meu sangue e o dele fluir juntos. Enfim, entregávamo-nos a um mundo de sensações, numa tarefa que exigia amor de ambas as partes. Estávamos perdidos no limite das carícias e do olhar cúmplice, amante. No doce êxtase da mordida, podíamos novamente apreciar o prazer da entrega, da perda dócil da fome de amar.

Naquela noite, nua em seus braços dentro do caixão, percebi que sempre o desejei. Era em seu corpo que encontraria a paz. Descobri o amor no encontro de nossas vidas, de nossos corações batendo juntos. Não me sentia diferente de qualquer outra mulher apaixonada, não havia culpa, apenas uma paz grandiosa envolvendo meus sentidos. Finalmente tinha encontrado minha cara-metade.

Meus dedos tocavam com suavidade seu peito exposto, e meu pensamento voava longe. O contato da corrente de ouro com o relicário trouxe-me de volta à Terra. Não resisti em abri-lo e observar uma parte de meu passado. Kmam fechou a mão sobre a minha.

– Vou tirá-lo, prometo.

– Por quê?

– Para agradá-la. Não sente ciúme?

– De mim mesma? Não, isso faz parte de minha alma e do meu passado.

– Andou ouvindo atrás das portas ou simplesmente viu algo enquanto voltava à vida? – olhávamos juntos a figura.

– As duas coisas. Finalmente compreendo o que meus sonhos queriam me dizer. Mas algo me preocupa.

– O quê? – perguntou, fechando o relicário.

– Por três vezes nos encontramos e esta é a primeira chance que temos de nos unir totalmente. Quero dizer, tudo mostra que vamos continuar vivendo este amor eterno. Mas e os outros? Eles voltarão a perturbar nossa paz? Nossa vida?

– É provável que sim. Não temos poderes para evitar o encontro futuro. O que importa é que já os conhecemos, enquanto eles ainda irão nos conhecer. Não temos o direito de interferir em suas vidas em nome de nossas antigas diferenças, mas sempre haverá a possibilidade de tomá-los como nossas vítimas. Mas isso não será proposital ou movido pelo espírito de vingança. Tudo acabou, por fim.

– Tem razão. Não o tire, não faça nada para mudar o que é, sou como você. – Observava o relicário sobre sua pele.

– As mudanças já foram feitas e foi você quem as provocou. Pode continuar se quiser – ofereceu, com os dedos perdidos nos meus cabelos.

– O que faremos amanhã?

– As malas. Vitor corre perigo e nós também, se aqui continuarmos. O problema em si não é partir, pois contamos com a ajuda de Otávio e Asti em Paris.

– Então o que nos prende aqui?

– Sua bela carinha e a minha em todos os jornais de amanhã.

– O mais contraditório é que me sinto maravilhosamente morta-viva. Isso é normal?

– Apenas depois dos cem anos, *mon amour*. Vamos vestir algo em você.

– Ah! O grande segredo! Prefiro suas camisas – falei, deitando-me novamente sobre ele, que sorria satisfeito. – Quando a roubou, hein? Seu pequeno ladrão – disse, cheirando-o. – Que riso mais safado! De que ri, Kmam?

– Prefiro-a nua.

– *Monsieur* é ótimo estar com você, vai ser sempre assim?

– Até que alguém abra a tampa do caixão e nos encontre completamente despidos. Eu seria empalado e deixado ao sol, enquanto você, *ma petite*, seria contratada pela melhor revista masculina do país para posar nua.

– Kmam! Você é terrível. Este século lhe fez mal, deixou-o descarado, tarado e ainda por cima ligado em cultura barata. Onde estão Byron, Poe, Dumas, Goethe?

– Eles entenderiam se a vissem como eu vi, nua e plena. Obviamente, isso é impossível.

– É claro, todos morreram – falei um pouco triste. Afinal, perdera muito dos grandes feitos e acontecimentos da história mundial.

– Acredita que permitiria que a vissem nua? *Jamais, mademoiselle, jamais!* – falou em francês, gaiato. – Definitivamente estes não são assuntos de alcova.

– E quais seriam, *monsieur*? – falei suave, para adoçar sua revolta com beijos.

– Coisas do tipo: você me ama?

– Não se cansa de ouvir, *mon amour*?

– Já se cansou de falar?

– Que acha? – continuei atiçando.

– Perguntas com perguntas. Onde aprendeu este terrível hábito?

– Com um homem alto, bonito, de olhos azuis e longas presas – disse, tocando-lhe o rosto suave, para depois beijá-lo enquanto o arranhava com as unhas.

– Madame, que conduta! Faria sucesso em Paris. Haveria uma fila de mais de mil cortesãos em busca de um lenço seu, do doce perfume que traz na curva dos ombros, desses cachos em sua nuca ou da brancura deste colo perfeito e macio – dizendo isso, colocou-me debaixo dele.

– Assim, vamos virar – falei, sentindo seus beijos sobre a malha da camiseta. O caixão balançou, mas não virou.

– Viu só? Não virou!

– Escutou isso?

– Foi seu coração clamando pelo meu.

– Foi um bem-te-vi anunciando o dia – afirmei, olhando a janela trancada e vedada por uma coberta grossa. A porta cerrada parecia não me passar muita segurança. Era meu primeiro sono depois da mordida, e o sol me assustava muito. Procurei a lona com o olhar e a encontrei próxima da tampa, apenas esperando que fosse fechada.

– Foi um galo, o dia nasceu. Não tema ou trema, minha Julieta, estamos seguros – fez uma pausa e prosseguiu. – Temer o sol é importante, mas se apavorar é perigoso.

– Estou assustada – falei, olhando dentro de seus olhos carinhosos.

– Acho natural. Venha, ajeite-se, vou fechar a tampa – avisou, fechando-a de modo que a lona nos cobrisse.

A escuridão era espessa, mas nossos olhos e sentidos faziam com que nos víssemos muito bem.

– Melhor?

– Muito. Sinto-me tão cansada e há pouco estava tão ativa – murmurei, sentindo seu braço envolver minha cintura.

– Este é um lugar único para um vampiro. Dentro em pouco, estará dormindo calmamente. Nada de medo, de insônia, de dor de cabeça ou de problemas.

– Jura? – falei, muito sonolenta.

– Juro.

– *Bonjour,* Kara – falou, dormindo também.

A primeira coisa que pude ver ao acordar foram os olhos de Kmam. Eles me observavam cordialmente. Sentia um formigamento na ponta dos dedos e um pouco de dificuldade para me mover.

– Logo passará, é apenas a dormência do nosso sono. Com o passar dos anos, ficará quase imperceptível.

Ele tinha razão, pois pouco depois podia mover-me com a agilidade que meu corpo podia oferecer.

Diante de Vitor, que jantava tranquilamente na cozinha, líamos o jornal da manhã. As manchetes não eram nada boas. Estávamos na primeira página. O retrato falado de Kmam estava ao lado de uma foto minha. Meu estômago doeu.

– Este desenho está horrível, meus olhos parecem dois pires! Mas você, *ma petite,* está linda. Onde tirou? – comentou distraído.

– Kmam!

– Eu sei, estamos com problemas.

– Pensaram no que irão fazer sobre tudo isso? – perguntou Vitor, dando um grande gole no suco de jussara.

– Tenho algumas ideias vagando em minha cabeça.

– De qualquer forma, vamos deixá-lo em breve.

Notei que não me sentia atraída pelo pão de massa fina dentro da cesta. O gosto e o cheiro de Vitor, no entanto, estavam me deixando faminta. Tinha os olhos grudados nele.

– Isso é tolice. Aqui estarão mais seguros – falou, servindo-me um copo de jussara muito gelada.

– Terei de recusar, Vitor.

– Deus! Que tolice a minha, sinto muito.

Aquilo era perturbador e comecei a imaginar como reagiria diante de minhas vítimas.

– Escutem. Ninguém apareceu para fazer perguntas sobre vocês dois. Pense, Kara, mais do que ninguém você sabe como são as coisas por aqui. O assunto deve estar na boca do povo e a poeira vai demorar a baixar.

– Ele tem razão, estamos de pés e mãos atados. Nem posso voltar para juntar o que é meu, fui simplesmente cuspida de minha casa. Se estivesse morta, nada disso estaria nos jornais. Estaria em letras garrafais: “Jovem restauradora é encontrada morta”.

– É isso! Vamos dar a eles o que tanto desejam – falou Kmam, matando a charada.

– Deve estar brincando! – retrucou Vitor, seguindo seu raciocínio.

– E por que não?

O plano era maluco, mas agora tínhamos um. Ao ouvir os detalhes, simplesmente tremi. Seria o fim para mim como pessoa em São Luís.

– Pegou tudo?

– Sim – comentei cabisbaixa.

– Vai dar tudo certo – disse, abraçando-me forte.

– Eu sei. É exatamente isso que me assusta.

Minutos depois, todos os nossos pertences estavam no carro de Vitor, rumo a uma casa no Maiobão. O conjunto ficava afastado do centro da cidade, o que o tornava perfeito para nos esconder por alguns dias. Segundo Vitor, a casa pertencia a um primo, e ele ficara encarregado de alugá-la. Encontrava-se desocupada há meses e sem móvel algum por dentro, ou seja, abandonada. Kmam adorou e fez questão de pagar três meses de aluguel, um exagero, já que não ficaríamos mais que quinze dias. Prontos e determinados a seguir o plano à risca, despedimo-nos de Vitor mais uma vez.

37. Morte anunciada

Era uma festa nas escadarias. Montara-se um pequeno esquema de caixas de som de grande porte, havia músicos e o público. Assim que o *reggae* começou, deu-se início à festa na escada da rua estreita, que de tão antiga parecia destoar com os novos costumes que vieram da Jamaica. O *root reggae* tocava alto animando todos à nossa volta. Das sacadas, pessoas dançavam e cantavam animadas. Infelizmente, tudo aquilo me deixava ansiosa.

– Estou com medo – falei, quando paramos numa rua estreita e muito movimentada.

– Não é medo, é fome. Lembre-se: nada de casais. Por enquanto, escolha alguém sozinho em busca de companhia. Leve-o para um canto reservado e deixe-se vencer pelo desejo. Seduza, convide e afague. Deixe que pense que a possui, e quando estiver totalmente absorto, tome-o para si – falou, tocando meu rosto. Eram conselhos maravilhosos, mas assustadores para minha mente ainda humana.

– Não vou conseguir.

– Claro que vai conseguir, *petite*. Com estes olhos e esta boca? Já eu, terei sorte se conseguir seduzir alguém. Estarei ao seu lado no momento certo. Vá, faça sua parte e divirta-se. É para ser um prazer, não uma tortura.

Analisei diversos homens e finalmente encontrei um dançando sozinho. Era perfeito, bonito e tão atraente ao meu olhar que por um segundo pensei que estivesse traindo meu Kmam. Fiz o convite e ele aceitou de imediato. Seu corpo forte tocava o meu no ritmo da música. Sua pele morena debaixo de meus dedos era deveras convidativa. Percebi que o queria demais. A fome crescia dentro do meu coração, quase me levando a morder sua boca.

– Desculpe-me, não fiz por mal.

– Tudo bem, gata. Sabe beijar muito bem.

– Vamos dar uma volta – sugeri, assim que a música parou um pouco.

Ele gostou da ideia. Sorri para ele e o conduzi para longe da festa. Quando uma rua deserta surgiu, agi de uma maneira desconhecida até aquele momento. A fome parecia realmente guiar meus atos, e a única coisa que vinha à mente era o sangue que corria vivo em seu corpo atraente.

– Acho que aqui está bom – comentou ansioso, tocando meus seios.

– Não precisamos de público.

– Tem razão. É muito decidida – falou, puxando-me para junto do seu corpo.

– Sou movida por uma força maior.

– Está com frio?

– Não – falei, vendo sua garganta exposta convidar-me sedutora.

– Então por que está tão gelada?

– Deve ser falta de um abraço mais caloroso – falei, descendo a mão por seu corpo.

– Qual o seu nome? – perguntou, já tentando abrir meu jeans.

– É Alva – menti, pensando naquela víbora traiçoeira.

– Lindo nome – falou, enfiando a mão por baixo de minha blusa.

– Olhe, vá embora, mudei de ideia.

– Que é isso, gata? Vamos transar – gemeu em meu pescoço.

– Não, não vamos! Está livre – disse, como uma rainha que liberta o prisioneiro.

– Você é doente, é? Primeiro me atiça, me deixa todo excitado e depois desiste só para ver a minha frustração? Comigo não, você vai até o fim – disse, puxando-me.

– Seu grosso! – falei, empurrando-o ao chão com uma força desconhecida.

– Quanto quer pela transa? Vamos, diga, eu pago.

Aquela foi a gota final. Eu o encarei, segurei em seu cinto já liberado e o empurrei contra a parede. Vendo-o sorrir malicioso, perguntei:

– Você me quer?

– Quero.

– Pois então terá – falei, arrancando sua camisa. Agora, estávamos debaixo da luz de um poste e ele podia me ver claramente. O espanto não tardou. Inclinei-me sobre ele e mostrei meus caninos. Debaixo de minhas mãos, ele se debateu como criança e tentou me empurrar. Cravei os dentes em seu pescoço e o ouvi gemer de dor. O sangue invadiu minha boca muito rápido, quase me engasgando. Afastei os dentes dos furos e me detive em lambidas, vendo o homem enfraquecer, cada vez mais débil pela perda significativa de sangue.

– Continue – disse Kmam, surgindo na outra ponta da rua. – Mas desta vez apenas sugue.

Voltei aos furos e suguei a vida do jovem que nos olhava amedrontado. Ele pesou, e eu o segurei em meus braços. Sentia seu coração bater cada vez mais devagar, cada veia cedendo à minha vontade, dando-me um prazer sem igual.

– Chega! Ele já deu para você tudo o que tinha.

Não conseguia parar de mirar seu rosto pálido. Matara de novo e desta vez fora por vontade própria e não por força das circunstâncias. Aquele homem não tinha feito nada. Suas palavras foram grosseiras, mas e daí?

– Você conseguiu, parabéns.

– Sinto uma culpa enorme.

– Ficaria assustado se não sentisse. Com o tempo, vai ser algo mais suave, até desaparecer. Agora tire o dinheiro e o relógio.

– Não vou roubá-lo.

– Estamos numa cidade. Quer chamar a atenção da polícia logo agora que o Assassino do Robe Vermelho deixou de atacar?

– Não, não quero.

– Posso prosseguir?

– Pode.

Ele jogou o relógio fora e guardou o dinheiro no bolso, depois que me recusei a ficar com ele.

– Agora vamos chamar a atenção – falou, andando ao meu lado.

Kmam conseguiu arranjar uma briga num piscar de olhos. Subitamente, tudo virou uma grande confusão de empurrões e socos. A patrulha apareceu e o caldo entornou no empurra-empurra. Ficamos frente a frente com a polícia, que nos reconheceu na segunda olhada. O policial deu ordem de prisão e foi empurrado por Kmam, que me puxou ladeira abaixo em direção à moto. Houve tiros e gritos de segura ecoando às nossas costas. Agarrada a ele sobre a moto, podia ouvir a sirene soando atrás de nós. A pista sumia rápida entre ladeiras, curvas e sinais fechados. As luzes amarelas pareciam *flashes* retratando uma corrida cega, e o som dos tiros era bem real aos nossos ouvidos.

Um ponto surgiu distante. Era a ponte São Francisco que se desenhava à frente. A moto saltou sobre a ladeira, impulsionando nossos corpos violentamente para frente, e continuou descendo veloz entre os carros, o que provocou freadas bruscas e batidas ao longo do caminho. Com isso, um para-choque deslizou na pista. Kmam desviou e diminuiu a velocidade para não bater de frente com um carro que vinha veloz. Ficamos lado a lado com o carro de polícia, que continuou a atirar. Quando os tiros atingiram minhas costas e o braço dele, percebi que o fim estava próximo. Voltamos a acelerar já na ponte iluminada. O momento chegou. Eu e Kmam voamos sobre a murada onde a moto se chocou, quebrando a grade de proteção de ferro e concreto. Despencamos de uma altura de quase vinte metros no voo mortal e alucinante dentro da água do mar. Pude sentir meus ossos quebrando-se no impacto, até ficar inconsciente.

A moto afundou sob o olhar das pessoas, que foram obrigadas a parar devido ao acidente. Queriam ver nossos corpos boiando mortos. Ficamos assim até a corrente nos levar suavemente para afundar nas águas escuras e desaparecer do mundo dos vivos.

38. Quinze dias depois...

A velha grade de refrigerantes sustentava com facilidade o peso do televisor. A seu lado, um moderno e portátil aparelho de som. Tocava Chopin. As janelas abertas acolhiam a brisa que varria o ambiente e levantava as páginas de revistas, único luxo de uma sala isenta de móveis. Os travesseiros e almofadas espalhados sobre os desenhos do tapete faziam aquele pequeno espaço lembrar um tenda árabe. Entre eles, Kmam e eu estávamos entretidos com tarefas diferentes.

Kmam relia um de seus livros favoritos de poesia, absorto com o conteúdo. As pernas, para variar, estavam estiradas e cruzadas. Se estendesse a mão poderia tocar seu peito exposto, mas nada fiz.

Entre lápis, giz de cera e folhas rabiscadas, encontrei esboços de um rosto conhecido: o rosto de Kmam. Pelas paredes, fixa com fita adesiva, estava a minha produção de dias anteriores. São Luís vista por meus olhos vampiros. Um canto paradisíaco repleto de mistérios e sombras, formas e contrastes.

Os velhos casarões, meus amores eternos, surgiam para inclinar suas sombras poderosas sobre o chão, cheios de confissões a fazer. Sobrados pareciam ter boca e olhos coloridos, prontos a nos engolir na sombra colorida de seu hálito. Cores escuras e claras, dos azuis aos verdes, moldadas nas formas retilíneas de suas paredes, no desenho cheio de arabescos de suas sacadas de ferro, sorrindo para o mundo. Por vezes, a lua banhava um telhado sombrio, umedecido pelo orvalho, deixando tudo vivo. O gato deslizava seguro de cada passo, consciente de seu poder felino. Tinha a cauda erguida e o deboche nos olhos de esmeralda, enquanto aproveitada a lambida distraída. Eram meus companheiros de telhado, sombra de muro, viradores de latas, predadores silenciosos.

Meus dedos deslizavam ágeis pelo papel, buscando o melhor ângulo. O giz que escapava de cada traço grudava em minhas mãos, manchando-as de negro.

– Droga!

– Desenhe com mais calma. Parece estar lutando com o papel.

– Não estou lutando, eles é que são frágeis demais.

– Quem você está desenhando?

– Você.

– Acho que vou expor seus trabalhos, fazê-la virar uma artista plástica e ganhar muito dinheiro.

– Está sempre pensando em dinheiro.

– Isso a aborrece? – quis saber, fechando o livro.

– Não sei – suspirei.

– A resposta é sim quando diz não sei. É crime querer ter conforto?

– Temos conforto.

Tudo que possuíamos ali me bastava: a cama de ferro, o guarda-roupa improvisado, a cozinha limpa e o tapete da sala sem móveis. Podíamos viver sem precisar de muito.

– Desculpe-me, Kara, mas devo discordar. Não temos conforto e sequer segurança. Nem temos móveis! Gosto de viver bem e de ter coisas belas à minha volta, como você. Olhe estas roupas! Deveria estar bem-vestida. Sei que uma mulher gosta dessas coisas, e você não é diferente. Quero satisfazer seus desejos, vê-la num lindo vestido. Merecemos algo melhor que este buraco. O que acha de um belo jardim? Eu preciso dessas coisas. Claro, posso passar sem elas, mas sentirei falta. Além disso, estamos em constante perigo, a casa não é segura. A porta já foi forçada duas vezes. Poderíamos estar mortos se não tivéssemos notado e feito barulho. Definitivamente, não sei levar uma vida monástica.

Ouvia calada a todas aquelas verdades e sentia a partida próxima. Ela torturava minha alma.

– Está sempre certo, meu amor – falei, erguendo-me e indo para o quarto.

Jogada sobre a cama, fiquei olhando as paredes. Realmente vivíamos num buraco, mas um buraco em São Luís. Paris era tão longe. Como poderia ver minha família? Todos acreditavam que eu estava morta. O jornal com a notícia estava grudado na parede, com os demais que falavam de nós dois. Morte na ponte São Francisco. A correnteza levou os corpos. Família chocada nega a conduta da restauradora. Jovem herdeiro ainda desaparecido. Segue a maldição do casarão.

Ao perceber minha apatia, Kmam arrancou os jornais da parede e começou a rasgá-los. Segundo ele, reduzia minha melancolia. Entramos em mais uma discussão sobre como deveria me comportar agora que era vampira. Ele levou os recortes para a cozinha e pôs fogo com o isqueiro de Lucas. Ao notar meu olhar melancólico sobre o objeto, também o lançou nas chamas. Transtornada, enfiei a mão no fogo para recuperá-lo e me queimei. A dor foi tremenda e antes que Jan pudesse examinar o ferimento me refugiei no quarto evitando sua presença. Sentindo menos dores, fui para a sala receber Vitor, sabendo que Kmam havia aproveitado para sair de casa.

Vitor trazia notícias. A minha suposta morte tinha causado uma grande confusão no seio da minha família. Marcos queria saber se eu havia mudado depois de ter sido atacada no táxi. Não suspeitava da transformação, mas achava que eu tinha enlouquecido. Um trauma qualquer, vá saber. Gostaria muito de conversar com ele e explicar toda a verdade, mas não podia. Quase caí para trás quando Vitor contou quem mais estava na cidade: minha mãe. Dona Clara de volta a São Luís, dá para imaginar? Somente um evento como este para tirá-la de Natal.

– Seu tio descreveu Kmam como um homem honesto e verdadeiro. Ele acredita que são inocentes e acha que alguém armou para cima de vocês. Seu irmão também parece seguir essa teoria. Só espero que não comecem a investigar demais.

– Não sei o que dizer.

– Eles ainda têm esperanças de que você esteja viva. Acham que virá falar comigo se estiver se escondendo. Queria ter vindo antes, mas tive medo de ser seguido.

– Fez bem em esperar. Todo cuidado é pouco.

– Seu enterro simbólico será amanhã.

– E você precisa ir. Será meu único amigo presente.

– Para ser sincero, estava pensando em ficar em casa.

– Nem pensar. Se não for, alguém pode perceber. Que eles fiquem com os mistérios em torno da minha morte e você com a verdade. A hora da partida está próxima. Deixaremos as chaves onde as encontramos. Só levaremos as roupas, o restante ficará – falei, quase sem pausa entre as palavras. – Por que me olha assim? Estou assustando você?

– Você mudou tanto. É inacreditável.

– E está na hora de retribuir tudo o que fez por mim e ajudar nas suas pesquisas.

Ainda piscando os olhos sem acreditar no que ouvia, Vitor abriu a maleta e tirou os fracos de coleta de sangue. Agora poderia analisá-las e descobrir algo de útil para o mundo. Depois de fazer algumas perguntas básicas, ficou mais curioso que nunca. Tentou em vão encontrar meu pulso, batimentos cardíacos, pressão, sem nada conseguir. Eu podia controlar todos eles. A única coisa que encontrou foram ótimos reflexos. Ficou de boca aberta ao descobrir que eu podia ficar o tempo que quisesse sem respirar, sem que isso afetasse meus órgãos e tecidos.

– Precisamos decidir um código para nossas correspondências – disse ele, animado.

– Que seja então. Se receber uma carta de uma tal de Fleur não jogue fora.

– Jamais cometeria essa grosseria, minha flor. Quanto a mim, vou escrever em nome da cidade. Louis – disse rindo.

– Lerei com carinho. Agora vá, meu amigo, precisa sair. Adeus! – falei, recebendo seu abraço gentil e humano.

Tranquei a porta e fui me vestir. Negra como a noite, saí para visitar a casa de meus tios. Queria ver minha mãe. Saciei minha fome e continuei meu caminho solitário. A porta do terraço estava aberta como sempre. Sumi entre as pessoas usando alguns dos poderes que já dominava e as observei pela janela aberta. A árvore ocultou-me entre suas folhas. Ajeitei-me nos galhos e pude ver todos sentados na sala, pensativos, pareciam falar sobre mim.

Minha mãe era uma mulher de rosto pequeno e constituição delicada, mas nunca isenta de força e determinação. Segurava uma foto minha nas mãos. Mãos que cheiravam à alfazema, que agradavam e castigavam. Seus olhos eram negros como os cabelos, sempre presos no alto da cabeça. Ah, aquela era minha mãe!

– Ela está morta agora. Sua inocência nunca será provada, eu sei, mas ela será sempre minha filha, não importa o que foi obrigada a fazer. O que vale é que ela conseguiu realizar um sonho. Vejo agora que o casarão não tem culpa. O que é ele? Pedra e areia. Amanhã, vamos enterrar apenas seu nome, pois sua alma imortal estará sempre viva em nossos corações.

As lágrimas vermelhas escorriam livres. Para eles, Kara Ramos estava morta. Um vulto surgiu na porta da esquina. Corri para ele e o abracei, carinhosa.

– Perdoe-me.

– Que andou fazendo, *petite*?

– Enterrando o passado.

Contei a Kmam o que tinha escutado. Falei sobre o meu enterro. Era engraçado repetir a frase. Imaginei o caixão vazio, coberto de flores.

– Será que irão se lembrar de mim?

– Como você descobriu esses dias da melhor e da pior maneira, é impossível esquecer você.

Durante a espera que nos levaria a Paris, percorremos vários lugares de São Luís, inclusive o cemitério. Tinha um compromisso naquela última noite.

Parada diante do jazigo de minha família, conversei com meu pai. Falei de minhas descobertas e decisões. Contei tudo e pedi perdão por amar o ser que criara seu assassino. Pedi para que tentasse de alguma forma consolar mamãe e fazê-la esquecer de meus erros. Observei meu nome gravado junto a todos os outros na lápide fria e depositei rosas para todos e para mim mesma.

Observei Kmam caminhar entre as sepulturas lendo as lápides e cheirando rosas murchas. Sua distância respeitosa foi um presente, mas era chegado o momento de participar de minha vida completamente. Chamei-o baixo, sabendo que ouviria. Tomou minhas mãos entre as suas e encarou-me, prevendo minhas ações.

– Pai, este é Jan Kmam. Eu sei que sempre me desejou o melhor. Quero que saiba que estou satisfeita e plena, e se Kmam me amar mais provavelmente morrerei sufocada. Ele é mandão, prepotente, ciumento, mas muitas dessas características você também possuía. Tenho certeza de que se dariam muito bem, principalmente se falassem de negócios. Bem, vim dizer adeus. Estou de partida. Vou para Paris. Adeus, pai, sempre amarei você – falei, tocando o mármore negro e brilhante com respeito. – Vamos embora.

No caminho de volta, decidi que ainda tinha uma coisa importante a fazer, a última despedida. Kmam questionou se valia a pena. Não tardaria muito para o amanhecer e tínhamos que nos preparar. Insisti na ideia, aquele adeus teria um sabor especial.

Parei diante do prédio de Alva e agarrei-me à parede junto com ele. Num instante, lá estava eu no seu quarto, observando-a deitada na cama.

– Como consegue dormir depois de tudo que tramou pelas minhas costas? – perguntei, puxando o lençol com força.

Alva caiu no chão desorientada, tateando no escuro. Olhava na nossa direção totalmente apavorada.

– Kara? Você está viva? Que alegria – murmurou, cínica e surpresa.

– Não, eu morri. Saltei da ponte, esqueceu?

– Posso ajudar em alguma coisa?

– Sim, basta me dizer quanto Roberto pagou para você embebedar Lucas. Não negue. Ele me contou tudo antes de me furar com uma faca. Curiosamente, a mesma que usou em Lucas. Algo muito romântico, a meu ver.

– Kara, eu não sabia. Roberto não falou que pretendia matá-lo.

– E pensar que você me consolou como uma boa amiga!

– Não grite, meu amor, assim acordaremos os vizinhos – avisou Kmam, suavemente.

– Farei o possível, meu doce – respondi cínica.

– O que são vocês? Loucos?

– Não. Somos vampiros – corrigiu Kmam, sentando-se próximo à janela aberta, por onde havíamos entrado.

– A polícia vai prendê-los.

– Seu cinismo é assustador. Só agora compreendo o sumiço daquele rolo de filme, Alva. Você revelou todos eles, inclusive o da porta do sótão. Viu o vulto na foto, sabia que havia alguém atrás dela e não me disse nada. Queria que ele fizesse o serviço sujo por você?

– Sim, achei que fosse um assassino que me livraria de você de uma vez por todas.

– Seus amigos são encantadores, Kara. Por que não a convida para jantar? – falou Kmam.

– Quero que morram, entendeu? Agora que você e Roberto se foram, chegou minha vez de mandar. Você agora é parte do passado!

Estávamos calados, apenas observando a avalanche de ódio. Kmam jamais iria interferir, ele sabia que deveria resolver aquilo sozinha.

– Eu gostava de você, Alva. Mas isso também é parte do passado – falei sem nenhuma emoção na voz.

Sem mais nada para dizer, puxei Alva pela camisola, mirei fundo em seus olhos e a arremessei na direção de Kmam, que desviou no último instante deixando a janela exposta.

– Assim você me derruba, *petite*.

– Desculpe, ela escorregou.

– Você me surpreendeu.

– Não sinto culpa, Kmam. Quer mesmo discutir isso?

– Acho que não. Afinal, vou ser beijado dentro de poucos minutos. De que me importa o resto? – falou, recebendo meu beijo.

Fomos embora com o horizonte ameaçando revelar novas cores. Atrás de nós, um corpo estatelado na calçada faria a alegria dos repórteres e da polícia. Mais uma morte misteriosa em São Luis. Para mim, justiça.

39. Paris: cidade das luzes e dos vampiros

Pela manhã, a casa recebeu a visita de um homem chamado Marques que nos tiraria em segurança de São Luís com destino à França. Enviado por Otávio, Marques agiu com rapidez e discrição. O caixão foi envolvido por uma lona grossa e depositado dentro de uma caixa de madeira, cuidadosamente selada. Depois, seguiu para o aeroporto, onde passamos pela alfândega como restos mortais e seguimos sem problemas rumo à cidade-luz.

Acordamos no Plaza Athenée, um dos mais belos e caros hotéis da cidade. Como fomos parar dentro da suíte, eu não sei, e confesso que a decoração da suíte me tirou esses pensamentos da cabeça. O quarto era o mais elegante que já tinha visto. Mas nossos olhos queriam ver muito mais e juntos fomos para a janela, coberta pelo tafetá claro da cortina. Lá embaixo, a vida fervilhava. Era a avenue Montaigne 25, a dois quarteirões da avenue dos Champs-Elysées. Nela estava a sedução dos mais finos e requintados bares e lojas. Podia ver Dior, Christian Lacroix, Cartier, Chanel, Bugatti, Bar des Theâtres e muitos outros vizinhos, o teatro de Champs-Elysées, Nina Ricci, Valentino.

Estava encantada, e quando ouvi Kmam dizer que faríamos compras ali mesmo, quase sufoquei de alegria. Não poderia desfilar pelos corredores repletos de obras de arte com meu *jeans* desbotado e a camiseta surrada, seria imperdoável. Um crime, segundo Kmam. Ele estava radiante, afinal estava de volta a Paris depois de duzentos anos! Felizmente, havia trazido uma roupa, digamos, apropriada para o ambiente. Não queria fazer feio diante de Asti e Otávio. Pelo que sabia, eles costumavam se vestir muito bem.

– Como estou? Não minta.

– Encantadora – falou, pegando-me em seus braços.

– Obrigada. São tantos elogios que me sinto na obrigação de ficar vaidosa.

Paramos os dois de negro em frente ao espelho. Eu com um vestido e colar de pérolas, ele com calça de *tweed* e camisa cinza. Só interrompemos os elogios quando bateram à nossa porta.

Senti que era chegada a hora. Kmam abriu a porta e deu espaço para que Otávio e Asti entrassem.

– Não vai me abraçar, burguês? – perguntou Otávio, com um sotaque que me fez sorrir.

– Primeiro você, ave de rapina – respondeu, Kmam, que era só alegria.

Os dois vampiros trocaram algumas palavras para amenizar a saudade. Otávio tinha os cabelos curtos, bem rentes. Seu rosto realmente parecia o de um romano.

– Agora chega. Já mimei você demais! Deixe-me ver a mulher da qual Asti tanto falou nesses últimos dias.

Seu olhar me percorreu de alto a baixo. Avaliava-me, e por um segundo entrou em meus pensamentos, mas eu o detive, educadamente.

– "Retirou-me educadamente, *mademoiselle.*" É corajosa e sensual. Thais não trazia esse fogo no olhar. Escolheu muito bem, Kmam. Agora entendo sua relutância em deixar Saint-Louis – comentou ao me rodear, finalmente beijando-me nos lábios. – Doce como um morango e forte como a morte.

– *Merci, monsieur* – falei, fazendo-o sorrir.

– Viu como tinha razão? – falou Asti, aproximando-se delicadamente.

– A imortalidade e o amor lhe fizeram muito bem – comentou, apertando minha mão com suavidade.

– Obrigada, Asti. Posso abraçá-la? – pedi, tentando mostrar que meu ciúme tolo tinha acabado.

– Ficaria encantada.

– Suas palavras me ajudaram muito, obrigada – murmurei ao seu ouvido para depois beijá-la nos lábios.

– Fico feliz.

– Senhoras, devemos partir. A noite nos aguarda. Espero que não se importe de dividir Kmam comigo. Tenho milhões de coisas para lhe contar – falou Otávio, pousando a mão sobre o ombro de seu antigo pupilo e amante.

– Será um prazer.

Seguimos pelo saguão chamando tanta atenção quanto qualquer outro hóspede do hotel. A discrição conta muito para os vampiros nos dias de hoje, e os ricos são mesmo meio exóticos. O Café Costes foi nossa primeira parada após sair do hotel. Ficamos quase três horas aproveitando a decoração *cool* do ambiente, plenamente parisiense, onde as mesinhas típicas enchiam as calçadas e o local inteiro.

A verdade era que estava me sentindo um tanto deslocada. Asti, Kmam e Otávio resolveram falar em francês. As frases que trocara comigo enquanto fingíamos beber foram difíceis para ele. Quanto a Kmam, sentia que necessitava sorver o idioma como se fosse o mais perfeito *Sancerre rosé*. Estava ávido pelo seu país, por sua gente, por seus amigos. No caso de Asti, era saudade de um vampiro que sempre admirou, cuidou e amou. Perdida nesses devaneios, não percebi que Kmam me chamava suavemente.

– Asti vai ficar com você e logo nos encontraremos no Le Petit Marcel. Vá com ela – falou, esfregando seu nariz gelado no meu.

Fiquei parada na calçada, sentindo falta de seu cheiro, enquanto o via se afastar com a mão no ombro de Otávio. Eles eram como crianças que se afastaram durante muito tempo. De certa forma, precisavam se reencontrar.

Eu e Asti cruzamos as portas do Le Petit Mercel. A música alta me convidava a dançar logo de cara. O ambiente era para quem desejava um pouco mais do que música e divertimento. Asti logo conseguiu companhia, mas antes de partir me ensinou como chegar ao local onde nos encontraríamos. Sozinha, enciumada, dirigi-me para o local do próximo encontro depois de me alimentar. Duas ruas adiante, um Rolls Royce negro chamou minha atenção e quando o motorista desceu para abrir a porta, tive certeza de que se tratava de minha condução. Esperavam-me há algum tempo. Asti estava adormecida nos braços de Otávio, e Jan Kmam, pensativo.

– Desculpe-me pela demora – falei, sentando-me ao lado de Kmam sem tocá-lo.

– Sem problemas, pequenina – respondeu Otávio, para depois voltar a falar com Kmam. – O que achou de nossa amante, Kmam?

– Mudada – fez uma pausa e olhando pela janela, prosseguiu. – Paris parece uma menina que se tornou mulher. Em certos momentos, eu a desconheci. Mas vou reconquistá-la, garanto – comentou, com seu jeito poético.

Observava a paisagem, quando fui interrogada por Otávio de maneira educada.

– E como você sente a cidade, pequenina? – ele deslizava os dedos sobre o cabelo sedoso de Asti. Encostei-me em Kmam, rendendo-me a ele novamente. Fui acolhida sem protestos ou reservas em seus braço, o que me levou a responder um pouco mais animada.

– Pulsando como um grande coração. Sempre ouvi falar daqui, mas não poderia imaginar que as palavras pudessem ser tão pobres. Paris brilha como uma joia. Existem mistérios e encantos que somente se comparam aos da minha cidade. Velhas casas, velhos prédios, construções de aço e vidro. O doce contraste entre o novo e o velho. Decididamente quero subir na Torre Eiffel – falei, sorrindo. – Sinto necessidade de explorar a cidade toda, numa única noite.

– Eu a proíbo, *mademoiselle* – retrucou, fazendo resistência à minha ideia. – Agora vamos aos fatos. Senti seu olhar ciumento durante toda a noite, pequenina – avisou, mudando radicalmente o rumo e o tom da conversa.

Seu olhar era gelado e muito resistente. Fixei meus olhos nos seus e o fitei, sossegadamente, sem jamais demonstrar medo.

– Vou ser bem sincera.

– É desse modo que Kmam e eu resolvemos nossos problemas. Amo-o tanto quanto você ou Asti, talvez até um pouco mais visto que o criei. Respeito sua posição, seu amor, do mesmo modo que deve respeitar a minha. Não vou arrancar Kmam de seus braços.

– Gostaria que parassem com essa conversa – pediu Kmam, olhando-nos cuidadoso.

Asti também nos observava, já desperta e consciente da conversa e de seus pontos perigosos.

– É uma conversa necessária – falou Otávio, obtendo minha concordância. Nesse momento, afastei-me de Kmam e fiquei firme em minha posição de defesa.

– A mentira é um jogo perigoso e às vezes enfadonho e não pretendo jogá-lo com você, Kara. Serei franco. Será privada muitas vezes da companhia de Kmam. Nesses momentos, ele estará comigo.

– Se assim desejar – falou Kmam insondável.

– Sua presença o tirou de nosso meio durante muitos anos. Quase morreu tentando salvá-la – ele levava aquilo a sério.

– Não foi Thais, e sim Gustave o responsável. Tudo isso é passado – Kmam reclamou.

– Otávio, esta conversa é enfadonha – falou Asti, juntando-se a Kmam um tanto aborrecida.

– Continue Otávio, gosto de sua sinceridade – deixei que ele prosseguisse, mas ele não o fez. Otávio calou-se, enquanto falava com Kmam em silêncio.

– Não há necessidade de segredos ou seja lá o que escondem nesse jogo de olhares que domino muito bem. Pelo que sei, devo respeitar sua autoridade e maturidade. Então que seja, o farei, mas em nenhum momento me julgue novata demais para não trazer Kmam aos meus braços quando desejar. Deixe que a amizade de vocês fale mais alto, contudo que ela não venha a gritar em meus ouvidos. Têm o direito de estarem juntos e permitirei que o façam, será bom – continuei, jogando com as mesmas armas usadas por ele em sua intimidação. – Sei de todos os males que causei a Kmam, mas tudo isso é passado. Defenderia a nós dois, caso fosse necessário. Desejo ardentemente que isso não seja preciso, pois ambos estamos cansados de fugir.

O silêncio era uma barra de ferro erguida por Otávio, e ela pesava sobre minha cabeça também.

– Ele pode escolher, pensou nisso?

– Acho que não, Otávio. Seria perigoso e muito drástico. E com certeza poderia surpreender-nos com sua escolha.

– Que quer dizer? – ele quis saber um tanto áspero.

– Ela quer dizer, Otávio, que poderia simplesmente não escolher nenhum dos dois e sumir sem deixar rastros. É isso que deseja depois de tantos anos de afastamento?

– Não.

– Nem eu – afirmei.

– Sua cooperação muito me satisfaz e alegra – comentou Otávio, como um cavalheiro dignamente vencido.

– Fico feliz.

Asti observou-me com respeito e lançou-me um discreto sorriso de solidariedade. O carro parou diante do Plaza, e o motorista veio abrir a porta.

– Durmam bem, crianças – falou Asti pela janela de vidros baixos.

– Você também, obrigada pela noite encantadora – falei no mesmo tom amigável. Otávio permanecia emburrado no banco traseiro.

– Otávio.

– Diga, espartana – xingou amável, falando por fim.

– Amanhã ficarei encantada em lhe ceder o nosso menino – falei debruçada na janela e encantada com seu ciúme tão humano. Cobri seus lábios num beijo, o qual ele conhecia muito bem o significado.

Asti e Kmam entreolharam-se e ficaram em alerta.

– *Mademoiselle*, conduz muito bem seu amante, fui vencido. Cuide bem do meu menino.

– Cuidarei dele como se fosse seu – falei após me separar dele sem nenhum constrangimento.

O beijo é algo típico entre nós, como um aperto de mão humano, mas bem mais íntimo e revelador, e, sem dúvida nenhuma, com mais significado. Uma troca de conhecimento e cumplicidade.

O carro sumiu na rua e nós dois cruzamos a porta giratória de vidro fosco do hotel. Kmam estava mudo. Pronta para dormir de camiseta, percebi Kmam aborrecido desde que chegamos e parecia desejar continuar assim. Estava parado diante da janela ainda aberta, olhos vagos.

– Pensei que não fosse conseguir. Acha que me saí bem? – perguntei, abraçando-o pela cintura.

– Me senti um objeto em suas lindas mãos – pronto, ele falou. Larguei-o sentindo sua impaciência e observei-o fechar a janela.

– Não fui a primeira a sugerir isso.

– Poderia ter evitado. Poderia ter parado.

– Como? Deixando-o vencer?

– Vê, continua disputando-se como se fosse um prêmio – falou ofendido.

– São somente quatro da manhã. Pegue seu caixão e tome um táxi, afinal agora sabemos quem ganhou – falei, indo para o armário e retirando as malas de dentro dele. Furiosa, arremessava as coisas a distância.

– Ninguém ganhou!

– Você venceu, lembra-se? Até cortou a cabeça do perdedor! Quem estava em jogo? Quem foi o prêmio, Kmam? Talvez eu devesse ter usado uma espada – debochei, falando sozinha. Ele desviou a vista e nada disse, mas era verdadeiro seu arrependimento.

– Que está fazendo?

– Arrumando minha cama! Este caixão está pequeno demais para nós dois.

Tomei os travesseiros da cama e os levei para o armário, em marcha forçada e pesada.

– Kara.

– Fale, não vê que estou ocupada.

– Amo você.

– O que quer que eu faça? Que me jogue novamente em seus braços?

– Não, quero que abra os seus para me receber.

Ergui a cabeça e olhei-o bem perto. Seu olhar suplicava perdão, e a boca, um beijo.

– Somente às vezes, Kmam, tenho vontade de... – falei, sentindo seu corpo próximo.

– Que tem vontade de fazer? – perguntou, esfregando o rosto no meu.

– Vamos descobrir – falei, levando-o para o caixão e fechando-o de uma só vez.

As noites vieram, uma após a outra, marcando lentamente nossos passos pela cidade e meu desenvolvimento como vampira. Otávio realmente me tomou Kmam, mas tentei encarar essas noites como benéficas. Saía sozinha, sabendo que eles desfrutavam da companhia de Kmam e eu não, mas no fim da madrugada ele vinha para meus braços, louco de saudade e de desejo. Isso de certa forma me fazia bem, e me fez entender que temos às vezes de dividir nossos amores com outras pessoas, o que é normal em nossa espécie. Havia tempo para milhões de coisas, como, por exemplo, escrever cartas para Vitor, fazer compras para mim e para Kmam ou andar pelas margens do Sena, sem temer os perigos que isso significava. Também podia ler e estudar sozinha ou acompanhada pelo melhor dos mestres: Kmam. Aulas de francês, italiano, espanhol, russo, alemão, grego, e como se não bastasse, piano, viola e harpa. Claro, essas foram minhas escolhas. Coisas que sempre tive vontade de fazer e nunca tive tempo ou determinação suficiente para concretizar.

No voo do tempo, passaram-se cinco anos desde a nossa chegada em Paris. Agora vivíamos num apartamento no Quartier Latin, localizado entre prédios comerciais e cafés, ou como se chama em Paris, café bar. Durante todos estes anos mergulhei num novo mundo, mas a cada noite repetia as mesmas perguntas. Como estão os meus? Pensava em minha família e em São Luís. Ah, que saudade cortante. Movida por esse sentimento, sugeri a Kmam meu retorno ao Brasil, para limpar meu nome diante de minha família. Afinal, passaram-se cinco anos, era tempo suficiente para ser esquecida.

Lembro-me como se fosse hoje. Estávamos saindo do apartamento de Asti e Otávio na rue Grenellen. Kmam ouviu meus motivos e respondeu com um simples e sonoro não. Encerrou o assunto e fez parecer que jamais o havíamos discutido. O que não significou exatamente para mim seu esquecimento, diga-se de passagem.

Nada adiantou, a resposta era sempre a mesma. Tudo bem, Kmam não permitiu, não quer ouvir falar no assunto, mas respeitosamente devo insistir, pensava, sentindo sua frieza para com meus desejos. O primeiro passo do plano foi comprar uma arca. O segundo passo foi o mais difícil.

– Que é isso? – perguntou, recebendo o envelope branco de minhas mãos depois de um longo e profundo beijo – Kara... – chamou, vendo-me sair sem deter os passos.

Sinto-me na obrigação de lutar por um direito que considero meu, o direito de ir e vir para onde bem entender. Você quer tirá-lo, passar por cima de meus sentimentos e submeter-me à sua vontade autoritária e dominadora. Esta é a única maneira de fazê-lo entender o que é sentir-se sozinho, escravizado e submisso. Não mais falarei ou dormirei com você até que resolva compreender e aceitar meu pedido, que sempre foi feito de maneira respeitosa. Não fugirei, acho degradante. Sabe o que desejo. Quando resolver compreender, avise-me.

Kara Ramos.

Aquelas foram nossas últimas palavras por quinze dias. No apartamento, solitário e silencioso, havia muito espaço. Foi por seus recantos que me refugiei em meu voto de silêncio absoluto. Kmam passava por mim e, nos primeiros dias, quase que por hábito, comentou algo, abraçou-me, mas me mantive estática em seus braços. Ele se afastava num misto de vergonha e raiva. O piano, próximo à janela de vidro, recebia-me salvador. Negro e brilhante, tornou-se minha voz. Kmam às vezes ficava na sala ampla absorvendo seu som, talvez esperando que desistisse e corresse para seus braços, pedindo desculpas, mas isso não iria acontecer, afinal, eu nada fizera para ser perdoada.

Era uma greve de carinho, gestos, palavras e até mesmo olhares. Sentíamos falta um do outro, mas continuávamos com a queda de braço.

Mais quinze dias se passaram. Estávamos presos um ao outro num mundinho sufocante de olhares ressentidos onde reinava o bom gosto da decoração clássica e ao mesmo tempo informal, perdidos no entra-e-sai do silêncio sepulcral.

Certa noite, ao voltar da rua, vesti uma de suas camisas usadas, pois trazia seu cheiro, e vesti meu roupão por cima, buscando refúgio no desenhos. Estirada sobre as almofadas macias, desenhava ouvindo Chopin, quando Kmam entrou pela porta. Como de costume, esperei que fosse para o quarto, mas ele não o fez. Parou à minha frente e tirou a jaqueta de couro, enquanto me fitava com frieza. Jogou-a sobre o sofá próximo e sentou na poltrona à minha frente, brincando com as chaves da moto, sem parar de me olhar. Continuei minha atividade, sabendo que aquele olhar era de desejo.

– Que acha que está fazendo? – perguntou numa suavidade que me dizia para ter muito cuidado. Mantive a viola no saco e fingi nada ouvir.

– Acha isso divertido? – prosseguiu, inclinando-se para frente a fim de ficar mais perto. Silêncio absoluto em resposta.

– Quer me enlouquecer? Posso aguentar isso por cinquenta anos se quiser, Kara – falou, recostando-se na cadeira. Suas palavras deixaram escapar da muralha toda mágoa que sentia, todo o desgosto. Parecia realmente infeliz. – Acredita que Chopin vai falar ou fazer amor com você? Quanto tempo vai manter essa palhaçada? – perguntou, levando as mãos às têmporas.

Silêncio mortal.

– Hein? – gritou, lançando as chaves sobre minha cabeça, para atingir o abajur do outro lado da sala.

Seus olhos estavam escuros e demonstravam toda a contrariedade que sentia, mas ele não me comoveu e tampouco me assustou como acontecia quando eu estava viva. Simplesmente recolhi os desenhos sob seu olhar assassino. Ele os tomou de minhas mãos e os rasgou, depois pisoteou os lápis e o giz de cera, furioso. Sob suas botas vi meu trabalho virar lixo, mas nada fiz além de sair de sua presença.

– Onde pensa que vai? – perguntou, detendo-me em seus braços.

Encarei-o e esperei pela violência que não veio. Kmam começou a falar, ainda me impedindo de sair da sala.

– Percebi quando tudo começou. Acha que não notei suas fugas, seus levantes? Cansou de Paris, cansou de mim e do meu amor. Cinco anos! Isso não é nada, não sabe nada. Nem começou a se descobrir e já está disposta a deixar quem a criou. Devia ter deixado você morrer. Sabia que Vitor tentou me impedir? Não, não sabe. A única coisa que sabe fazer é ficar calada como uma múmia. Estive pensando – começou, deslizando as mãos nos cabelos que tanto queria tocar. – Vou permitir que vá e faça o que deseja. Morda Vitor, eu não ligo, faça-o um de nós. Espero que goste do que vai ver. Ele vai secar e morrer como uma fruta podre – não vendo reação, ficou mais furioso ainda. – Maldita! Saiba que seu sangue não tem força para eternizar uma formiga. Vá, junte-se àquele fragmento de homem. Sei das cartas que escreve. Tenho vontade de matá-la. Eu a amo. – comentou, chutando a mesinha próxima e destruindo-a por completo.

– Desgraçado, egoísta! – falei em claro francês, quebrando a greve de dois meses, dezessete dias e dez horas.

Kmam ergueu os olhos e me fitou esperançoso.

– Durante todos esses anos venho amando-o e fazendo-o feliz, satisfazendo-o com carinhos e dengos. Nunca pedi mais do que o necessário, e agora quando peço cinco dias para explicar aos meus o que houve, você age como um senhor de escravos. Estou nesse silêncio graças à sua intransigência. E ainda por cima tem coragem de insinuar uma traição. Maldito seja!

– *Petite. Pardon*, sou um estúpido, um cretino – falou, segurando-me pela cintura, enquanto eu lutava, sem forças.

– Deve ser mesmo, para pensar isso de mim.

– Entenda-me. Tive medo de que fosse me abandonar, afinal estava tão decidida. Não sabe o quanto sofri. Primeiro, afastou-se, depois me privou de sua companhia. Para me enlouquecer, decidiu dormir naquela caixa e finalmente o silêncio total. Como pensa que iria conseguir aguentar por cinquenta anos? – falou, tocando meu rosto com carinhos apaixonados, carentes.

– Não pensou nisso quando me dizia não.

– A ideia de dividi-la com o mundo me aterrorizou, aquelas malditas cartas! Além disso, acho perigoso.

– Kmam – falei, olhando dentro de seus olhos. – Vitor sempre será um grande e fiel amigo. Como consegue ter tanta desconfiança depois de tudo que fez a nosso favor? É por intermédio dele que sei como está minha família – seus olhos se suavizaram.

– Sua decisão me causou desconfianças, esta é a verdade – comentou, cheio de dúvidas.

– Olhe para mim. Vitor é meu amigo, você é meu amor, meu amante, meu xodó. Quanto à traição, ela só acontece quando duas pessoas querem. Eu não quero, portanto não adianta ele querer – Kmam ergueu as sobrancelhas e sorriu mais do que satisfeito. – Desde a morte de Lucas, você é meu único amante. Às vezes, você se porta como um ser humano. Ciúme, raiva, como pode ser tão tolo?

– É fácil quando se fica dois meses sem o amor e o carinho de quem se ama.

– Você mereceu cada dia.

– Eu sei – suspirou agarrado a mim, para descobrir sua camisa debaixo do roupão. – Kara, isso foi golpe baixo! Então era dessa forma que suportava nossa distância? Roubando minhas camisas?

– E você não.

– Eu não uso sutiã, Kara.

Nós dois rimos e ele tornou a falar:

– Nunca mais repita isso, pode me matar na tentativa.

– Como pode ser tão manhoso. Sempre foi assim ou é consequência de algo? – perguntei, sentindo suas mãos deslizarem debaixo da camisa.

– A culpa é sua. Otávio nunca me tratou assim.

– Fico feliz em saber – disse, retribuindo seu beijo.

– Cinco dias! Começo a desistir de minha decisão – falou com um olhar maroto.

– Um ano é bem mais tempo.

– Tudo bem, tudo bem, cinco dias e nem um a mais. Concorda comigo?

– Não sei, demorou tanto, talvez deseje mais – brinquei, fazendo-o semicerrar os olhos, perverso.

– Kara, não me obrigue a acorrentá-la.

– Seu cachorro, me fez chorar – falei, beijando seu pescoço, amolecendo-o totalmente.

– Se não estivesse morto, diria que você me matará de saudade. Vai partir apenas daqui a quinze dias, afinal estou carente, muito carente. Preciso recuperar este mês de solidão – falou, levando-me rumo ao quarto.

– Concordo plenamente – disse, abrindo sua camisa.

Quinze dias depois, parti de Paris sob a proteção de Marques, que ficaria comigo durante toda a semana. Claro, ele se hospedou num hotel. Eu preferi a atmosfera do casarão da rua da Estrela. Ali as lembranças pareciam estar bem mais vivas. Kmam o achou perigoso e vagabundo, como sempre, um viciado em luxo. Vitor nada sabia de minha chegada, queria fazer uma surpresa. Por motivos pessoais, Vitor havia saído da emergência do antigo hospital em que trabalhava. Soube por suas cartas que agora trabalhava num grande laboratório. Estava desenvolvendo sua pesquisa sobre tipos de câncer. De qualquer maneira, fui até ele na segunda noite após minha chegada. Entrei às escondidas no laboratório silencioso e muito bem equipado e o observei durante alguns minutos. Estava mais velho, com uma aparência cansada. Andava trabalhando demais pelo visto. Misturava líquidos e anotava dados enquanto colhia amostras de sangue de um coelho. Desci ao solo suavemente e fiquei às suas costas. Ele nem percebeu quem beijou seu pescoço. Vitor voltou-se rapidamente.

– Doutor, estou morrendo. Ando chorando sangue nos últimos dias. Ele tirou os olhos da cobaia e me encarou, surpreso.

– Mãe de Deus, é você? Kara Ramos! – falou sorrindo.

– Claro! Quem mais chora sangue por estas bandas? – falei num abraço.

– Por que não me avisou? Eu teria ajudado, sei lá, feito alguma coisa.

– Não foi necessário. Cheguei em segurança e partirei do mesmo modo. Não se preocupe.

– Quando chegou?

– Ontem pela manhã.

– E só me procura hoje?

– Precisava de algum tempo para me habituar com a cidade. Ficarei mais três dias.

Seus olhos se arregalaram e, não se contendo, reclamou aborrecido.

– Tem todo tempo do mundo e vai ficar somente cinco dias? Eu não acredito nisso, deve ser coisa de Kmam.

– Precisamos conversar, aqui é seguro?

– Não para você. Como entrou?

– Voando – brinquei rindo.

– Preciso apagar a fita do sistema de segurança. Mas hoje não. Venha, vamos para casa.

Minutos depois estávamos em sua nova casa. Ele havia se mudado.

– Nossa, as coisas mudaram – falei, vendo o luxo de seu apartamento. – Está rico, Vitor? – perguntei, vendo que seu padrão de vida melhorara, e muito.

– Graças a você, mudei para melhor.

– O que fiz?

– Deu-me seu sangue.

– Ah! Então a pesquisa está dando certo – comentei, acomodando-me no sofá.

– O resultado com certos tipos de câncer é espantoso e estou bem perto de descobrir a resposta, pelo menos para um tipo específico, a leucemia. O laboratório está mantendo tudo em segredo, mas tenho certeza de que vamos conseguir.

– Não contou a ninguém, não é?

– Não. Elaborei primeiro um soro com amostras de seu sangue e depois levei a público, pelo menos para este laboratório. Eles me ajudam na pesquisa e terei parte nos lucros caso funcione.

– Quer mais umas amostras? Posso ceder, se quiser. Tudo em nome da ciência. Vai ajudar a todos sem distinção, não vai?

– É meu maior desejo e sabe disso. Por que pergunta? – falou, preparando-se para colher as amostras.

– Na maioria dos casos, somente alguns poucos são afortunados – falei, esfregando o polegar no indicador, falando em dinheiro. – Curam-se, e isso eu não poderia suportar.

– Nem eu, Kara. Destruo tudo antes que aconteça, juro.

– Soube recentemente que meu sangue ainda é fraco, por isso tome cuidado com estas amostras, pois elas podem sofrer uma mudança. Afinal, faz cinco anos, tudo mudou, entendeu?

– Acho que as respostas para minhas dúvidas podem estar nelas.

– Trouxe um presente para você, mas tem de ter cuidado, muito cuidado mesmo ao usá-lo, Vitor, afinal, esta amostra aqui – falei, mostrando-lhe um pequeno frasco antigo – tem mais de mil anos.

– Deus, de quem é? – falou, recebendo o frasco com muito cuidado.

– Um amigo me deu – falei, lembrando da cara de Otávio quando lhe fiz a proposta, em nome da humanidade. – Lembre-se: você descobriu a cura. Jamais nos meta nessa coisa. Seríamos julgados. O Conselho não permite envolvimento com avanços e descobertas da humanidade. É crime para um vampiro, e o castigo é a morte. Estou arriscando meu pescoço. Kmam sequer sonha com isso.

– Kara, jamais serão citados. Juro pelo sangue que corre por minhas veias. Quando obtive o soro, fui muito pressionado pelo laboratório, mas nada revelei.

– Quanto tempo a farsa vai durar?

– Vou passar o segredo para alguém no momento certo e continuar salvando vidas. O sangue de vocês parece se desdobrar, e o soro demora a acabar. Claro, se for bem manipulado, mas geralmente oferece resistência à coagulação longe do seu organismo. Estou muito perto para desistir.

– Está certo, Vitor – disse, abraçando-o.

Ele fez muitas perguntas. Respondi as que podia e falei de tudo que aprendi, de tudo que fiz, como estava feliz ao lado de Kmam. Ele ficou satisfeito e me contou sobre minha família. De algumas coisas, eu já sabia pelas cartas, como a morte de tia Marta, um ataque fulminante do coração, e a mudança de minha mãe para São Luís. Espantoso, não? Depois de tantos anos, ela resolvera voltar. Marcos também veio, deixou Natal. Precisava ajudar nos negócios da empresa. Ele assumiu o lugar de tio Júlio. Tudo corria normalmente e agradeci por nada ter afetado a vida deles. Kara Ramos só deixou lembranças, nem todas boas.

– Sempre que tenho tempo visito seu tio. Ele fala sempre de você e de como era bonita, forte e decidida.

Vitor se calou um instante, percebendo que tinha falado demais.

– Quero que saibam a verdade.

– Vai procurá-los? – perguntou, assustado com a ideia.

– Não é permitido. Além disso, mudei muito. É aparente, como você mesmo pode ver. Quero que se lembrem de como era viva. De certa forma, estou morta. Os sentimentos mudaram e não quero enfrentar seus olhares sobre mim. Vitor eu vim lhe pedir um favor.

– Diga.

– Quero que entregue um manuscrito a Marcos, pode fazer?

– Considere feito.

Durante os dois outros dias andei pela cidade sozinha e na companhia de Vitor, buscando vestígios do passado. Tentava encontrar a melhor forma de começar a escrever, sem nada conseguir até esta noite, quanto descobri o que realmente contava para mim. Percebo quanto a vida é preciosa e única para cada ser. Os detalhes, a história em comum, os momentos de amor, de tristezas, o simples fato de se estar vivo. Deveríamos agradecer cada segundo que respiramos, e há muitas pessoas respirando mal nos hospitais. Mas quem sou eu para falar? Sou uma vampira, vivo da morte alheia, mas garanto que não sou a única, não mesmo. Não estou defendendo meus atos, que isso fique bem claro. O mundo pode nos dar de maneira mágica e de forma incoerente o que queremos, não importando para ele o destino. É, acredito, todos nós temos um e o vivemos, querendo ou não.

E Kara Ramos viveu e continuará vivendo o seu. Amei. Infelizmente, não gerei outro ser humano e jamais o farei. Talvez no futuro eu sinta dor ao me lembrar disso, mas não me importa. Estou respirando, amando alguém que me ama, e isso nos deixa muito egoístas. Pensei que esse tipo de coisa sumisse com o tempo, afinal não somos mais humanos. Há tanta consciência, amor e paixão. A sensação de vigor que nos invade a cada noite quando despertamos... Mas acho que não podem compreender essas coisas. Afinal, ainda são humanos.

40. O FIM. OU QUASE.

Kara Ramos pegou uma folha limpa e escreveu um bilhete à mão, com sua caligrafia, para juntar ao manuscrito.

Confio em vocês. Sei que esta história nunca cruzará seus lábios ou o de qualquer membro de nossa família. Devo continuar morta para esta cidade e para o mundo.

É o melhor. Sinto falta de todos. Sei que não sou a filha perfeita, mas tentem me perdoar.

Vivam, amem, gerem. Nunca deixem nossa família desaparecer no esquecimento que essas páginas devem ter. Acho que consegui explicar tudo no fim das contas. Como poderia esquecer-me do casarão? Lembram-se dele? É, ele está fechado novamente e talvez esse seja seu destino. Melhor assim, nunca se sabe o que pode sair do sótão.

Kara Ramos.

Kara recolheu todos os seus pertences e os guardou com cuidado. Preparava-se para a partida, que viria com a manhã. As páginas datilografadas foram postas dentro da velha pasta de couro de Jan Kmam. Vitor, pessoalmente, entregaria a Marcos, pois não havia mais tempo. Aquele era seu último dia em São Luís. À noite, despertaria em Paris e na noite seguinte, quem sabe onde? Pensando nisso, fechou as janelas, vendo o amanhecer chegar lentamente na neblina fria que cobria os telhados dos casarões vizinhos. Um bem-te-vi cantou e sumiu pelo céu, muito festivo. Era verdade, a cidade despertava lentamente. Kara mergulhou na arca e a fechou, trancando-a por dentro. A escuridão a envolveu e acalentou a falta que sentia do corpo de seu amado. Minutos depois, apagou em seu sono vampiro, no mundo conhecido da escuridão.

41. O visitante

– A caixa é esta?

– É – respondeu Vitor, em dores. Seu rosto estava roxo e a boca arrebentada deixava vazar um filete de sangue. O lado esquerdo de seu rosto parecia uma massa disforme, seu olho sumia num imenso inchaço.

Era contido por dois homens fortes, que o espancavam a qualquer sinal de levante ou fuga. Marques estava morto no chão. O homem bem vestido, e obviamente o cabeça da situação, aproximou-se da arca fascinado e tocou-a com cuidado e respeito.

– Não abra, Perez! – avisou Vitor, espantado.

– Por que espécie de idiota me toma? Sei que estou lidando com vampiros, e esta belezinha aqui não gosta de sol.

– Não, você não sabe. Jan Kmam vai matá-lo. Agora apenas reze para que seja rápida sua ida para o inferno – cuspiu Vitor em sangue, para ser imediatamente espancado.

– Idiota como sempre. Acredita que vou ficar esperando por ele? Se Kmam tentar, o colocamos dentro de uma jaula – Perez não entendeu o sorriso de Vitor. – Do que está rindo?

– De sua pretensão.

Perez tinha muitos planos, mas nenhum deles era enfrentar Jam Kmam.

– O que vai fazer?

– Em consideração à nossa amizade, contarei. Assim terei um bom motivo para matá-lo – desdenhou com a arma na mão. – Kara foi comprada por um laboratório como fonte de conhecimento.

– Não existe futuro para aquele que profana o sono imortal de um vampiro – falou Vitor, mas as palavras não eram suas, elas vinham da mente de Kara, através dele.

– Chega! – gritou, batendo no médico. Só parou ao ver a arca tremer no chão.

Vitor aproveitou o medo de todos no quarto, que tremia inteiro, e avançou sobre Perez, para lutar pela arma, que disparou. A quietude foi quebrada pelo gemido de Vitor, atingido mortalmente.

– Vamos, o que temem? Tragam a arca – ordenou Perez, fazendo os dois capangas agirem bem depressa.

A porta fechou-se após a partida de todos, deixando um quarto vazio e revirado pelo vento frio da desgraça e do perigo.

Continua em...
Alma e Sangue – O Império dos Vampiros.

A SEGUIR, UM TRECHO DE

ALMA E SANGUE – O IMPÉRIO DOS VAMPIROS

O alarme continuava a soar irritante. Kara procurava um telefone quando deparou com sua mochila vazia sobre a poltrona de couro. Fitou o armário atrás da escrivaninha, arrancou as portas, puxou as gavetas e, por fim, achou o manuscrito, a espada e o resto de seus pertences. Rapidamente, desfez-se do vestido e pôs seu jeans negro, a camisa branca e o corselete de seda. Despejou o conteúdo da mochila e pegou o essencial; todo o resto teria de ficar. Enrolou a caixa de música numa camiseta e pegou a pasta contendo o manuscrito. Resolveu deixá-la de lado e o envolveu num saco plástico. Era tudo o que precisava. Saiu do escritório e agarrou-se à parede fazendo do teto seu caminho.

Movia-se com rapidez. As câmeras de vigilância eram um alvo fácil para sua espada. Outro grupo de seguranças surgiu no caminho oposto ao seu. A porta do elevador mostrou a saída. Em seu interior havia dois vampiros. Ela esperou o momento certo e pulou empurrando-os para fora, acenando gentilmente enquanto as portas se fechavam.

Quando a porta voltou a abrir, lançou-se dentro de um grande galpão. Havia sons de máquinas, o cheiro do arroz em casca era forte. Estava em uma usina de arroz, mais precisamente na área de estocagem. Era uma fachada grandiosa para o esconderijo de um vampiro. O vento trouxe o cheiro do rio. Seu olfato não se enganaria, o odor daquela lama sempre estaria em sua memória. Continuava no Brasil, no interior de São Luís, Pindaré. Percorreu os corredores repletos de sacas empilhadas buscando a saída. O som de tiros tomou o ambiente, junto com o cheiro de sangue humano. Kara correu na direção do som dos disparos e espiou pela porta entreaberta.

Viu dois de vampiros se alimentando, enquanto um mortal, trajando roupas de segurança, tentava se defender de arma em punho. Tinha a camisa rasgada, sangue no ombro e o pavor estampado na face. Kara entrou suavemente e balançou a lâmpada pendurada no centro da sala. O piscar das luzes assustou-os. Os vampiros não conseguiam senti-la, mas experimentaram o aço frio de sua espada. O mortal sentiu o jorro de sangue ainda quente em sua face. Assustado, buscou ferimentos sobre o corpo. Nesse momento, algo bateu contra seus pés. No vaivém da luz, viu a cabeça do vampiro. Seus gritos encheram a sala. A vampira empurrou-o e continuou atacando, cortando, sentindo o sangue do inimigo salpicar seu rosto. A lâmpada iluminava os corpos mutilados, sem vida. Vendo o segurança paralisado, Kara pegou-o pelas vestes e ordenou:

- Corra!

Ele cruzou a porta com a respiração acelerada, o coração a mil. Kara foi logo atrás. Puxou-o na esquina de uma parede de sacas de arroz e cobriu sua boca para que não gritasse. Havia vampiros procurando por ela por todos os lados do galpão. Vampiros jovens, recém-gerados, provavelmente filhos de sangue de Caio Graco.

– Se quer continuar vivo, fiquei quieto – sussurrou, mirando os olhos do mortal.

O homem, muito nervoso, respondeu com um aceno de cabeça. Quando ela retirou a mão de sua boca, olhou para cima e viu as vigas de sustentação do teto, um bom lugar para guiar seus passos. Saltou sem fazer ruído, e de lá, ainda incógnita aos olhos dos seus perseguidores, estudou dois caminhos: a porta da frente do galpão, distante e bastante vigiada, e a dos fundos, que anunciava uma possibilidade de liberdade. Os vampiros comandados por Graco esgueiravam-se pelos corredores. Em breve, ela e o segurança estariam cercados. Kara tomou uma decisão e voltou ao chão silenciosamente.

Sabia que havia chegado o momento de usar todo o conhecimento passado por Jan Kmam. Artes marciais, combate com espada e luta em campo de batalha. Ela segurou a espada com as duas mãos e se jogou em combate direto. O metal rugia entre saltos e empurrões, chutes e gritos. Matou vários vampiros num balé gracioso. Num giro, pegou um deles do ombro para baixo, para espanto dos demais. Eles pararam de avançar, sem coragem de enfrentá-la.

Uma seta metálica atingiu o ombro direito de Kara, e seu grito cortou o galpão. Sua espada pendeu ao chão. O sangue pingava de seus dedos. O segurança se aproximou e estancou sem saber se poderia tocá-la ou não. Kara viu a face vitoriosa de Graco no corredor a alguns metros de distância. Ele sorriu e sumiu nas sombras. Os vampiros tomaram novo ânimo e se aproximaram. Enquanto o círculo se fechava, o segurança buscou em vão algo com que pudesse se defender. Kara reuniu suas forças, era o momento de medidas extremas. Segurou a espada com vigor.

– Agarre-se em mim. Agora!

O homem seguiu as ordens e passou os braços sobre seus ombros com força, com a vampira já em movimento. Kara segurava a espada firmemente com as duas mãos, o peso do segurança fazia o ferimento doer ainda mais. As telhas se quebraram quando passaram velozes pelo teto. O salto foi o mais alto que conseguiu alçar, e a espada amorteceu a colisão. Atravessaram o teto e despencaram de uma altura de quase dez metros. Caíram pesadamente no chão de forma dolorosa. Estavam a céu aberto, mas não em liberdade. À frente deles havia um muro de cinco metros coberto por uma cerca elétrica. O som das balas era real e não tardou para Kara ser atingida. Queriam detê-la a todo custo, mas agora faltava pouco. Ela correu levando o segurança, bloqueando os tiros que poderiam atingi-lo. Precisava dele vivo.

Conseguiram despistar os perseguidores por alguns minutos e se esconderam num galpão de caminhões de transporte do arroz. Num canto isolado, Kara cravou a espada no chão e tocou o ombro. A seta enterrada na carne não tinha atravessado o osso, tinha ficado no meio do caminho. Trincou os dentes e se jogou contra a parede sufocando o grito. A ponta da seta surgiu sangrenta do outro lado do ombro. Segurou-a e puxou com força. Caída no chão e completamente fatigada, percebeu o segurança olhando-a mais do que admirado.

– Como se chama?

– Fernando Miranda.

Pare ele, Kara era um espectro. A pele pálida, suja de sangue, e os olhos negros dilatados a deixavam ainda mais singular. Nesse momento, ela notou a visão turva. Examinou a ponta da seta e sentiu o cheiro forte do narcótico sobre o metal. A letargia iria dominá-la em breve. Não conseguiria fugir, pensou frustrada, mas o homem à sua frente, sim. As balas saíam lentamente de seu corpo, perdia muito sangue, enfraquecia depressa.

– Preciso de sua ajuda. Tome – murmurou passando-lhe a mochila e um cartão. – Ligue para este homem e conte tudo a ele. Só entregue a mochila a ele e a mais ninguém, compreendeu? Somente a Jan Kmam. – Seu peito doía, ainda havia balas em seu corpo.

– Você está muito machucada. É como eles?

– Não. Sou diferente.

– Posso ajudá-la, apoie-se em meu ombro. Podemos fugir pelo rio, logo vai amanhecer.

Fernando sorriu. Era um homem de coração forte. Seu pescoço ficou próximo aos lábios da vampira.

– Desculpe-me, mas só existe um modo de me ajudar – sussurrou hipnotizando-o, prendendo-o com seu olhar. Agarrou-o com força e o mordeu. Ele tentou lutar debilmente, mas estava debaixo das mãos pequenas, porém fortes, de uma vampira. Ela sugava suavemente, não queria matá-lo. Bebeu somente o necessário para se fortalecer e lambeu a ferida antes de soltá-lo. Ao tocar o pescoço, Miranda viu o sangue, afastou-se dela e a fitou com uma expressão pouco definida, pois pensava ter sido beijado.

– Perdoe-me, foi preciso. Nada vai acontecer.

– Vamos, deve haver alguma brecha nessa cerca por onde possamos passar – balbuciou ao retomar seus pensamentos, sem entender o que tinha acontecido. Só queria ajudá-la, estava penalizado com seu estado.

Saíram do galpão em silêncio, ocultando-se como podiam. Estavam próximos da cerca quando Kara, num último esforço, jogou-o sobre a cerca eletrificada. Foi muito rápido. Miranda caiu no rio e sumiu dentro das águas escuras, emergindo minutos depois. Havia conseguido. Nadou para a margem e de lá fitou Kara, para desaparecer entre as árvores. A vampira caminhou entre o aglomerado de máquinas abandonadas onde o mato crescia alto, e viu um casebre a distância. Ficava junto aos silos de arroz. Tremia de frio, a visão estava cada vez mais turva. A cabeça doía como se estivesse doente. Forçou a velha porta de madeira e mergulhou na escuridão do casebre. Deparou com um depósito. Buscou um interruptor e percebeu que ali não havia luz elétrica. Kara via bem no escuro, mas não o suportava, havia algo nele que a aterrorizava. Viu o lampião pendurado num gancho enferrujado na parede, estava coberto de poeira, mas tinha um pouco de querosene. Abriu as gavetas da velha mesa e achou uma caixa de fósforos surrada. Iluminada pela pequena chama, acomodou-se sobre a cadeira alquebrada enquanto o seu precioso sangue imortal escorria pelos ferimentos. Estava encharcada, sentindo-se imunda. Seus músculos estavam tensos, a nuca doía. Tocou o pescoço e sentiu o nódulo latejar. A cicatrização estava lenta e isso a enfraquecia. Kara virou o rosto e, debaixo da cascata de seus cabelos, viu as escadas. Pegou o lampião e desceu os degraus rumo ao porão. Por muito pouco não caiu direto até o piso de baixo. O local era um quadrado perfeito de concreto com paredes limpas. Sentou-se no chão grosseiro, recostou a cabeça na parede e ouviu os ratos passearem. Sentia sua presença, mas não conseguia vê-los com nitidez. Kara colocou a espada no colo e tentou se concentrar, precisava falar com Jan Kmam. Ele tinha protelado a viagem para o Brasil e só a permitiu sob recomendações extremas. Poderia haver verdade nas palavras de Graco? A vampira sorriu com certa amargura e se lembrou de sua última noite em Paris.

TIPOLOGIA: Georgia [texto]
New Baskerville [entretítulos]
PAPEL: Alta Alvura 75gr/m2 [miolo]
Supremo 250 gr/m2 [capa]
IMPRESSÃO: Paym Gráfica [julho de 2009]